Dunkle, regenreiche Nacht im Herbst 1944: Der Laut eines Schusses jagt durch die Gassen einer kleinen Stadt in Polen, abgefeuert von einer Jüdin auf einen SS-Sturmbannführer, 37 Jahre alt. Tags darauf werden 37 Menschen öffentlich hingerichtet. Steven Uhlys monumentaler Roman erzählt mit großer emotionaler Kraft von Willkür und Widerstand, von den letzten Kriegsmonaten bis in die jüngste Vergangenheit. Er berichtet vom Leben einer jüdischen Flüchtlingsgruppe, von einer umgesiedelten Bauernfamilie aus der Bukowina, von den ungeheueren Lebensumständen der Entwurzelten in den Camps für »Displaced Persons« und verwebt dabei Weltpolitik und den Lebenswillen der häufig im Untergrund agierenden Menschen zu einer bislang nicht erzählten Wirklichkeit der Jahre nach 1945.

STEVEN UHLY, 1964 in Köln geboren, ist deutsch-bengalischer Abstammung, dabei teilverwurzelt in der spanischen Kultur. Er studierte Literatur, leitete ein Institut in Brasilien, übersetzt Lyrik und Prosa aus dem Spanischen, Portugiesischen und Englischen. Er lebt mit seiner Familie in München.

STEVEN UHLY BEI BTB
Mein Leben in Aspik. Roman
Adams Fuge. Roman
Glückskind. Roman

STEVEN UHLY

Königreich
der Dämmerung

Roman

btb

Verlagsgruppe Random House FSC® N001967

1. Auflage
Genehmigte Taschenbuchausgabe Oktober 2016
btb in der Verlagsgruppe Random House GmbH,
Neumarkter Str. 28, 81673 München
Copyright © 2014 by Secession Verlag für Literatur, Zürich
Alle Rechte vorbehalten
Umschlaggestaltung: semper smile, München
Umschlagmotiv: © plainpicture/Fogstock
Druck und Einband: GGP Media GmbH, Pößneck
SK · Herstellung: sc
Printed in Germany
ISBN 978-3-442-74613-2

www.btb-verlag.de
www.facebook.com/btbverlag
Besuchen Sie auch unseren LiteraturBlog www.transatlantik.de

Mein Dank gilt:

Tsvi
Anat
Lilach
Israel (Izi)
Christian
Joachim
Achi
Avner
Naomi
Helmut
Nili
Matej
Helga
Walter
Hanno
Georg
Klaudia
Michel
Carsten

Für Ricarda

(1938)

Die Nacht ist vorgedrungen,
der Tag ist nicht mehr fern.
So sei nun Lob gesungen
dem hellen Morgenstern!
Auch wer zur Nacht geweinet,
der stimme froh mit ein.
Der Morgenstern bescheinet
auch deine Angst und Pein.

Jochen Klepper
(1903–1942)

EINS

Er war einem hageren kleinen Mann in abgetragener Kleidung gefolgt, der niederträchtig genug schien, ein paar seiner Landsleute zu verraten. Sie verstecken sich in der Kirche, hatte der Pole mit breitem Akzent gesagt, und er hatte erwidert, Aber in der Kirche haben wir jeden Winkel durchsucht, dort war niemand. Der Pole sagte nichts weiter, zuckte nur mit den Schultern, als wolle er sagen, Es ist nicht meine Schuld, dass ihr sie nicht gefunden habt. Er wusste, dass der Deutsche ihm folgen würde, ganz gleich, ob er vermutete, der Pole wolle ihn in die Irre führen, ihn ein wenig hinhalten, um selbst am Leben zu bleiben, oder sonst irgendeine kleine Gemeinheit begehen. Der Deutsche würde ihm folgen, weil Aussicht auf noch mehr Juden bestand, vielleicht sogar Frauen, von Frauen hatte der kleine Mann vage gesprochen, wie um seine Verheißung nicht allzu marktschreierisch feilzubieten. Und er hatte recht gehabt. Der Deutsche folgte ihm durch die verwinkelten Gässchen, achtete nicht auf den Regen, der fein und unablässig wie ein kaltes, seidenes Tuch auf die Stadt fiel und allem einen silbergrauen Glanz verlieh, den geduckten schiefen Häuschen, die schmal waren und so dicht gedrängt standen, als wäre ihnen immerzu kalt. Die steilen Schieferdächer glänzten wie flüssiges Pech, und das unebene Straßenpflaster war schlüpfrig. Der Pole trug alte, ausgetretene Halbschuhe, seine Schritte erzeugten nur ein dumpfes Reiben auf den Steinen, das vom harten Klopfen der ihm folgenden Militärstiefel übertönt wurde. Der Deutsche schritt mit der Selbstverständlichkeit eines Unantastbaren an den lauernden Fenstern vorbei. Überall verwehrten ergraute Vorhänge und verschlossene Fensterläden den Einblick in das Innere, aber er wusste, dass der Klang seiner Schritte von unzähligen Ohren verfolgt wurde, deren Besitzer schweigend verharrten, als könne sie die Bewegungslosigkeit vor seinem Zugriff retten. Er genoss das

Gefühl der Macht, und noch mehr genoss er die Gewohnheit dieses Genusses. Zwei Jahre zuvor, als er nach Polen gekommen war, mit dem ersten wichtigen Auftrag seiner Karriere in der Tasche, hatte ihn die unvermittelte Bestätigung seiner Überlegenheit verwirrt und verunsichert. Er hatte kaum glauben können, dass die Besiegten wirklich so sehr und in jeder Beziehung unterlegen waren. Gleich am ersten Tag hatte ihn der Obersturmbannführer nach Turck mitgenommen, einer verwaschenen Stadt am Bug, einem schmalen, aber langen Flüsschen, das fünfzig Kilometer westlich in die Weichsel mündete. Wir werden ein Exempel statuieren, hatte der Obersturmbannführer gesagt, sein Name war Ranzner, ein großer, hartgesichtiger Mann, dessen schmaler Schädel von einer ledernen Haut bedeckt war, die im Alter keine tiefen Falten aufweisen würde, eher unzählige kleine Einschnitte an der Oberfläche, wie ausgetrocknete Flussläufe von den Schläfen zu den Augen und von den Mundwinkeln in alle Richtungen strebend. Vielleicht rührte die fehlende Tiefe seiner Gesichtszüge aus der Unbeweglichkeit seiner Mimik, vielleicht war sie rein physiologischen Ursprungs. Ranzner zeigte niemals öffentlich Genugtuung über einen Sieg oder eine Hinrichtung, und auch seine sonstigen Regungen wirkten alle seltsam gebremst, als spare er stets Kraft für einen entscheidenden Augenblick. Er sah sich als strengen Leitwolf, der mit unerbittlicher Disziplin über ein blutrünstiges Rudel herrschte. Die betonte Passivität seines Auftretens und die kleine, runde Intellektuellenbrille auf seiner Adlernase wirkten nur auf den ersten Blick wie ein Widerspruch zur Maskenhaftigkeit seines Gesichts. In Wirklichkeit waren es genau die Komponenten, die sich jener zulegt, der weiß, dass ihm nicht zwei, sondern tausend Hände jederzeit zur Verfügung stehen, wofür auch immer, und so wirkte Ranzner nicht schrecklich oder furchteinflößend, sondern eher wie eine wandelnde Statue, eine Allegorie menschgewordener Macht, glaubwürdiger als der Reichsführer SS, mehr Himmler als Himmler selbst, als wäre Letzterer eine Kopie von diesem und nicht umgekehrt.

Sie waren in einem Kübelwagen mit offenem Verdeck über holprige Feldwege gefahren, in deren getrocknetem Schlamm die Spuren von Hufen, Stiefeln und Panzern zu einem chaotischen Relief erstarrt waren.

Vor ihnen zwei Reihen Motorräder, hinter ihnen zwei Reihen Motorräder. Die Sonne hatte geschienen und er hatte neben Ranzner im Fond geschwitzt und sich gefragt, was wohl geschehen würde. Der Obersturmbannführer hatte ihn sogleich mit jener unbesorgten Milde des Ranghöheren behandelt, in deren Obhut er groß geworden war und die er stets zu pflegen gewusst hatte. Vorgesetzte mochten ihn, und das hing nicht allein mit seinem Äußeren zusammen, seinem dicken strohblonden Haar, seinen perfekten arischen Gesichtszügen mit dem jungenhaften Blick. Sie fühlten auf Anhieb, dass er sie als das akzeptieren würde, was sie sein wollten, ganz gleich, was es war, und das beruhigte sie und weckte in ihnen etwas Väterliches. Während er aus den Augenwinkeln die sanft geschwungene Landschaft beobachtete, mit ihren reifen Feldern und den dunkelgrünen, saftigen Wäldern im Hintergrund, klärte Ranzner ihn im Plauderton über seine zukünftigen Aufgaben auf. Als Sturmbannführer würde er Ranzners Befehle in konkrete Ablaufpläne übersetzen.

»Sie werden Judenverstecke finden«, sagte er leichthin, als handele es sich um Waldbeeren, die es zu pflücken galt. »Wie Sie das machen, ist mir ganz gleich. Aber Sie müssen alle finden. Ein einziges Versteck, das Sie nicht finden, kann die Brut einer neuen Pest bergen, denken Sie immer daran.«

Ein einziges Versteck. Auch das wusste der schmächtige Pole, der vor ihm herging, den Kopf zwischen die Schultern gezogen, um den Hals vor dem kalten Nieselregen zu schützen, die Revers seiner verschlissenen Lederjacke mit der linken Hand zusammenhaltend.

»Wir sind gleich da«, sagte er zu dem Deutschen, der ihn gleichgültig aus seiner arischen Höhe ansah, wie man einen vorbeihuschenden Hund betrachtet. Dieser Pole war das notwendige Mittel zu einem notwendigen Zweck. Nicht mehr und nicht weniger. Er würde alles tun, um am Leben zu bleiben, jetzt gleich, hier zwischen den lauschenden Häusern, vor den blinden, triefenden Fenstern, die doch voller Augen und Ohren waren, konnte er ihm den Befehl geben, die Hosen herunterzulassen und zu masturbieren, und er würde es tun. So wie damals, im ersten Kriegsjahr, die Juden von Turck singend durch die Bänke ihrer Synagoge krochen, während man ihnen die nackten Gesäße peitschte, so wie der Jude, der sich vor Angst in die Hosen gemacht hatte, den anderen Juden seinen Kot ins Gesicht schmierte. Weil er den Befehl erhalten hatte, weil in der Ausführung selbst des perversesten Befehls die Verheißung des Lebens enthalten war wie eine verschlüsselte Botschaft, die nur der Empfänger verstand. Scheinbar teilnahmslos hatte Ranzner den Ekel und die Faszination im Antlitz seines neuen Sturmbannführers registriert, hatte ihm kurz auf die Schulter geklopft, wie um ihn wieder zu sich zu bringen, während die Juden mit ihren kotverschmierten Gesichtern und ihren blutigen Ärschen unter dem Gelächter ihrer Peiniger Ringelreihen tanzten und dann kurzerhand niedergestochen wurden.

»Warum erschießt man sie nicht?«, hatte er Ranzner gefragt, als sie nur noch übereinander gesunkene Leiber inmitten einer sich allmählich ausbreitenden roten Pfütze waren.

»Zu laut hier drinnen«, hatte Ranzner knapp geantwortet, »ist nicht gut für das Trommelfell.« Dann hatten sie die Synagoge verlassen, damit sie angezündet werden konnte. Fern in seinem Innern hatte er damals eine Stimme vernommen, die darauf bestand, dass hier etwas Ungeheuerliches geschehen war, eine zutiefst erschrockene Stimme, die er seit seiner Kindheit nicht mehr gehört hatte. Aber anders als in seiner Kindheit gelang es ihm jetzt, in Turck, diese Stimme der Angst und der Schwäche niederzukämpfen mit jener

Stimme, die er sich im Laufe der Jahre angeeignet hatte wie ein Gegengift, das man heimlich jemandem entwendet hat.

Er hatte gelernt, sein Leben lang hatte er gelernt, ein Mann zu sein. Jetzt wollte er seiner Aufgabe gewachsen sein, kein anderer Wunsch durfte Platz haben in seinem Herzen, und er begriff, dass Ranzner ihn nicht zufällig mitgenommen hatte. Das Exempel hatte ihm gegolten, war nichts als eine Inszenierung für einen einzigen Zuschauer gewesen, damit dieser gleich zu Beginn erkannte, auf welcher Bühne er hier stand.

Es regnete jetzt stärker, aus der kalten Seide war unverhofft ein schwerer Vorhang geworden, der die Sicht behinderte. Die Gasse war hier noch enger geworden, und die Häuser schienen sich vornüber zu lehnen, um einander an den Giebeln zu berühren. Die Gegend wirkte noch ärmer, die Häuser waren in einem verwahrlosten Zustand. Zwischen den Pflastersteinen war Schlamm hervorgequollen, der an manchen Stellen zäh fließende Pfützen bildete, so dass sie an die Hauswand ausweichen mussten. Zum ersten Mal seit sie aus dem Lager losgegangen waren, hatte er das Gefühl von Leichtsinn. Der Pole vor ihm war zu einem dunkelgrauen Schemen geworden, zu einem Kobold, der ihn durch eine Stadt führte, die sich nicht mehr über, sondern unter der Erdoberfläche befand. Während er weiter durch die enge Gasse ging, tadelte er sich für seine unmännlichen Gefühle. Sie waren höchstens zwei Minuten gegangen, sie mussten jeden Moment zur Kirche gelangen. Leise, damit der Pole vor ihm nichts bemerkte, zog er seine Pistole aus dem Halfter an seiner rechten Hüfte. Das schwere Gewicht der Waffe in seiner Hand war wie ein Anker, den er in die Wirklichkeit warf, damit die Angst ihn nicht abtrieb. Er war ein großer starker Arier, geboren, über andere Völker zu herrschen, und mit einer Waffe in der Hand würde ihn nichts und niemand besiegen. Der Pole blieb stehen, wandte sich halb zu seinem Begleiter und streckte mit einer kurzen kraftlosen Bewegung den Arm aus. Zu ihrer Rechten gab eine leicht abschüssige Gasse den Blick auf eine kleine Kirche frei. Wie alle anderen Gebäude in dieser Stadt war auch sie so klein und stämmig gebaut, wirkte so niedrig und in sich kauernd, als presse sie sich an die Erde, anstatt auf ihr zu stehen. In dem kurzen, breiten Turm gab es genau zwei Glocken, eine kleine und eine mittelgroße, er hatte sie bei der ersten Durchsuchung gesehen.

Die Gasse war höchstens zehn Meter lang. Schlammiges Wasser rann über das Pflaster nach unten. Der Deutsche atmete auf, die Kirche war eine Orientierungsboje im verwirrenden Geflecht der Altstadt. Ohne es zu bemerken, vertraute er dem Polen ein wenig mehr, und als sie die kurze Gasse betraten, ging er nicht mehr hinter, sondern neben ihm. Zur Linken öffnete sich eine kleine, knarrende Haustür. Eine junge Frau trat heraus. Sie trug einen langen, schweren Rock, der einmal rot gewesen sein mochte, jetzt aber ein blasses Grau-Rosa aufwies. Kopf und Oberkörper waren in schwarze Tücher gehüllt, wie viele, konnte man unmöglich sagen, es schienen unendlich viele zu sein, denn ihre Körperformen verschwammen vollständig unter der Kleidung. Allein ihr Gesicht war zu sehen, ein hübsches, längliches Gesicht mit schmaler Nase und vollen, ebenmäßig geschwungenen Lippen, die eigentümlich bebten. Ihre braunen Augen waren länglich geformt und standen ein klein wenig schräg, was ihr ein orientalisches Aussehen verlieh. Sie sah ihn intensiv an, während sie auf ihn zukam. Aus der Haustür drang ein Duft von frischem Brot. Der Pole blieb stehen und wies mit einer weiteren kraftlosen Armbewegung auf die Frau, die jetzt vor ihnen stand.

»Das ist Margarita Ejzenstain.«

Seine Stimme verriet keine Gefühle, sie war so gleichgültig, als stelle er zwei Menschen, die ihm nichts bedeuteten, einander vor. Unter einem der vielen schwarzen Tücher von Margarita Ejzenstain erschienen zwei Hände, die sich um einen unwahrscheinlichen Revolver klammerten. Er sah so alt aus, dass der Deutsche noch dachte, er müsse aus dem letzten Jahrhundert stammen. Als sie mit beiden Daumen den Hahn spannte, verzog sie das Gesicht zu einer Grimasse, und der Deutsche dachte noch, die Waffe müsse recht schwergängig sein. Die Pistole in seiner eigenen Hand hatte er vollkommen vergessen, spürte nicht mehr ihr Gewicht, nur noch das Gewicht in den Händen des Mädchens, er entschied, sie müsse fast noch ein Mädchen sein, so jung sah sie aus, als sie die Stirn runzelte, während ihre beiden Zeigefinger mühsam den Abzug betätigten. Als der Schuss donnernd an seine Trommelfelle fuhr und dann wie ein wildes Tier durch die Gassen jagte, wurde der Deutsche nach links herumgerissen und stand jetzt genau vor dem Polen. Er wollte die Pistole hochreißen und den Polen töten, aber stattdessen fiel sein Arm herab und gaben seine Finger die Pistole frei, die mit einem scheppernden Geräusch auf das Pflaster schlug. Er dachte noch, dass es nichts mache, weil er sie ohnehin nicht entsichert hatte. Ein zweiter Schuss donnerte an seine Ohren und riss ihn von den Füßen, zuerst gegen die Hauswand hinter ihm, dann auf das kalte, nasse Pflaster. Er lag auf dem Rücken und sah, wie sich der Pole und das Mädchen über ihn beugten. Der Pole bückte sich und hob die Pistole auf. Er sah ihm dabei zu, wie er sie entsicherte und mehrmals auf ihn abfeuerte. Jetzt erschien erneut das Gesicht des Mädchens vor ihm. Ihre schönen vollen Lippen bebten immer noch, und Regen oder Tränen liefen ihr über die Wangen. Er sah ihr dabei zu, wie sie etwas sagte, das er nicht verstand, wie sie die Lippen schürzte und ihm ins Gesicht spie, wie der Pole sie hochriss und davonzerrte. Das Letzte, was er sah, waren unendlich viele Regentropfen, die durch den dunkelgrauen Spalt zwischen zwei schwarzen Giebeln direkt auf ihn herabfielen, immer weiter, bis der Spalt schwarz wurde und die Tropfen weiß, als betrachte man das Negativ eines Fotos oder als drücke man die Handflächen fest auf die geschlossenen Augenlider. Er roch noch den Duft von frischem Brot und fühlte noch die Kälte, die sich in seinem Körper ausbreitete, leise und schnell wie eine Armee im Dunkeln.

ZWEI

Als man ihn fand, waren seine Augen starr in den Himmel gerichtet. Der Regen hatte ihn durchnässt, und dunkelroter, sandiger Schlamm hatte sich von unten an seiner schwarzen Uniform festgesaugt. Sein Blut floss gemeinsam mit dem Regenwasser zur Kirche hin, und statt des Brotduftes hing ein schwerer Geruch nach Exkrementen und Eisen in der Gasse. Bald brachten sie einen alten Holzkarren, einen Einachser, den zwei Polen zogen. Die Polen schoben das Gefährt von der Kirche her die Gasse hinauf, bis sie bei ihm angelangt waren. Dann hoben sie ihn hoch und legten ihn auf die nassen Bretter. Danach trieben zwei SS-Männer, ein stämmiger Ungar, der kaum Deutsch sprach, und ein schmächtiger Bayer, den niemand verstand, sie mit Stockhieben zum Hauptquartier. Es wurde langsam dunkel, doch der Regen hatte nicht nachgelassen. Diesmal nahmen sie den direkten Weg von der Kirche zum Rathausplatz.

Es war ein hübscher viereckiger Platz, der schon bessere Tage gesehen hatte. Bis auf das Rathaus standen auch hier verputzte Fachwerkhäuser dicht an dicht gedrängt. Das Rathaus dagegen war großzügig gebaut, ein Stilgemisch aus nordischer Renaissance und Bauernhaus, wie man es in dieser Gegend häufig bei öffentlichen Gebäuden antraf. Es wirkte ein wenig wie ein Eindringling, der sich breitgemacht hatte. Vor der Freitreppe hielten die beiden Polen entkräftet und mit schmerzenden Rücken den Karren an. Weitere Hiebe bedeuteten ihnen, den Sturmbannführer herunterzuheben und in das Gebäude zu tragen. Auf der Treppe rutschte einer von ihnen aus, der Tote entglitt seinen Händen und schlug schwer mit dem Kopf auf den Stein. Der Bayer erlitt einen Wutanfall und prügelte den Polen bewusstlos. Er blieb auf der Treppe liegen, während die beiden SS-Männer dem anderen Polen halfen, den Sturmbannführer ins Rathaus zu tragen.

Obersturmbannführer Ranzner hatte bereits von der Ermordung seines Untergebenen erfahren. Aus diesem Anlass würde er die Truppe am nächsten Morgen auf dem Platz zum Appell antreten lassen und eine Rede halten. Er zählte das Halten von Reden zu einer seiner vielen Stärken. Jetzt aber, als die drei Männer den nassen und schmutzigen Körper hereintrugen, als er den Geruch nach Blut und Erde, nach Kot und Feuchtigkeit durch die Nase einsog, fühlte er einen leichten Ekel in sich aufsteigen. Er hatte es zu seinem Privileg gemacht, gefallenen Offizieren eigenhändig die Augen zu schließen, denn, so pflegte er auf seine distanzierte Art zu sagen, sie alle waren wie seine eigenen Söhne. Aber es kostete ihn jedes Mal Überwindung. Wenn sie tot waren, hörten sie auf, etwas zu sein, waren sie nur noch eine düstere Ermahnung des Nichts an das Leben, ohne Stolz und Würde, sinnloses Fleisch, das schon jetzt stank, er wusste nie, wonach, es war wie Gummi, wie manche Frauen, eigenartig.

Die SS-Männer scheuchten den Polen hinaus und legten den Toten im Vestibül nieder. Arcimboldo-Imitate aus der Tschechei hingen an den Wänden, eine zierliche Jugendstil-Kommode stand unter einem von ihnen. Es zeigte ein Gesicht, das ganz aus Gemüse bestand und einen schwarzen Helm auf dem Kopf trug, der ein wenig an eine Suppenschüssel erinnerte. Diese und einige andere Stücke waren auf Ranzners Befehl eigens aus Deutschland hergebracht worden. Sie sollten dieser Untermenschenarchitektur, wie er sie nannte, eine zivilisierte Atmosphäre verleihen. Ranzner trat zu dem Toten. Er beugte sich mit ausgestreckten Beinen leicht über das blasse Gesicht des Sturmbannführers, die Arme auf dem Rücken verschränkt, und blickte ihm in die toten Augen.

»Minsns siam Schuss, Obastuambannfiahra!«, bellte der Bayer, als habe man ihn um einen Rapport gebeten. Die Anwesenheit der beiden machte Ranzner nervös.

»Warten Sie vor der Tür, bis ich Sie rufe!«

»Zu Befehl, Obersturmbannführer!«, riefen sie. Dann schlugen sie die Hacken zusammen, streckten ihre Brüste vor und machten auf dem Absatz kehrt.

Als sie draußen waren, kniete Ranzner nieder, überwand das Ekelgefühl und blickte dem Toten aus nächster Nähe in die Augen. Wie ein Dieb vor der Tat blickte er sich im Vestibül um, dann streckte er die Hand aus, führte sie direkt vor den Augen des Toten zwei-, dreimal hin und her und beobachtete ihn gespannt. Als nichts geschah, beugte er sich noch weiter nach unten und flüsterte dem Leichnam ins Ohr:

»Treitz? Sturmbannführer Treitz? Karl Treitz, sind Sie noch da? Wenn Sie noch da sind, befehle ich Ihnen, mir ein Zeichen zu geben. Haben Sie gehört?« Er blickte ihm wieder in die Augen, und genau in diesem Moment glaubte er, ein kurzes Glimmen in der linken Pupille zu sehen. War es möglich? Er hatte dieses Glimmen schon bei anderen Toten gesehen, doch er war nie sicher gewesen, ob es nicht ein Produkt seiner Einbildung war. Er beugte sich wieder zu Treitz' Ohr.

»Sturmbannführer, ich erteile Ihnen hiermit den Befehl, Ihre Mörder zu suchen und zu stellen. Vergessen Sie es nicht, vergessen Sie nichts!«

Nachdem Ranzner eine Weile vergeblich auf ein weiteres Zeichen gewartet hatte, streifte er sich einen schwarzen Lederhandschuh über und schloss dem Sturmbannführer die Augen. Er erhob sich, setzte einen distanzierten Ausdruck des Bedauerns auf und rief die SS-Männer herein. Als sie den Leichnam hochhoben, zuckte sein rechter Arm in einer kurzen, wilden Bewegung, die sofort wieder erstarb. Die SS-Männer kümmerten sich nicht darum, zu oft hatten sie solche und andere Phänomene bei Toten beobachtet. Ranzner aber wandte sich ab, damit sie seine Überraschung und Genugtuung nicht bemerkten. Das musste ein Zeichen gewesen sein. Der rechte Arm! Zweifellos hatte Treitz versucht, zum Abschied den Deutschen Gruß zu machen. Hatte der Reichsführer SS also tatsächlich recht? In diesem Augenblick traf Ranzner zwei Entscheidungen: Am nächsten Morgen würde er in der Gasse, in welcher Treitz ermordet worden war, siebenunddreißig Polen erschießen lassen, einen für jedes Lebensjahr des Sturmbannführers. Er wollte kein Massaker, nur einen symbolischen Akt. Außerdem würde er noch diese Nacht eine Rede einstudieren. Er rief Anna, seine Haushälterin, damit sie den Schmutzfleck im Vestibül beseitigte.

Anna Stirnweiss war eine junge, auffallend große und schmale Erscheinung. Ranzner hatte sie zwei Jahre zuvor bei einer Judenverladung im Berliner Ostbahnhof gesehen. Seitdem war sie sein Mädchen für alles. Annas Gesicht wäre schön gewesen, hätte es nicht irgendwann einen Ausdruck unsäglicher Lebensmüdigkeit angenommen, als wäre ihr nicht nur der zerbeulte Wassereimer zu schwer oder der Abzieher mit dem dunkelgrauen Putzlappen, sondern auch ihre zerschlissenen Schuhe, die viel zu groß für ihre zierlichen Füße sein mussten, und ihre Schultern, die nach vorn gewölbt waren, als wollte sie ihre Brüste abschirmen, und schließlich der Kopf, den sie immerzu hängen ließ, als wäre er selbst ohne ihre frühere Haarpracht zu schwer für den zerbrechlich wirkenden Hals. Ranzner hatte durchaus etwas für Anna übrig. Er verbot sich jedoch jeden Gedanken, der zu weit ging, denn er war sich seiner Höherwertigkeit sehr bewusst.
Er beobachtete sie, während sie auf die Knie ging und den blutgefärbten Schlamm abwusch, das Wasser, das dem Toten entronnen war, die Erinnerung an den Ekel, den er verursacht hatte, den Ekel und die Hoffnung. Ranzner sah, wie sich Annas Gesäß unter ihrem schwarzen Rock abzeichnete. Unter seiner Spannhaut zuckte kurz die Backenmuskulatur, dann wandte er sich um und verließ das Vestibül durch eine große hölzerne Flügeltür, deren einziger Schmuck zwei runde Türknäufe aus Messing waren. Dahinter öffnete sich ein großzügiges Treppenhaus mit einer überraschend weißen Marmortreppe. Sie hatte am Fuß die gleiche halbovale Form wie die

Freitreppe vor dem Gebäude, doch nach zehn oder elf Stufen teilte sie sich in eine linke und eine rechte Treppe, die auf eine Galerie führten. Auch hier hingen erbeutete Bilder aus der Prager Renaissance zwischen hohen, gotisch anmutenden Fenstern und standen Biedermeiermöbel aus Deutschland ein wenig verloren an den Wänden. Das gesamte Treppenhaus war dunkel getäfelt und wirkte eher behäbig mit seinen klobigen Steinsäulen. Hier hatte ganz offensichtlich mehr als eine Epoche gebaut, und es wirkte ein wenig, als hätte jeder neue Stil gegen seine Vorgänger aufbegehrt. Das Ergebnis bestätigte auf eigenartige Weise das Provinzhafte des Rathauses.

Mit der Selbstverständlichkeit eines Königs stieg Ranzner die Stufen hinauf, wählte die linke Treppe zur Galerie und begab sich auf die rückwärtige Seite. Seine Gemächer befanden sich genau über dem Vestibül.

DREI

Anna stand in ihrer Kammer und zog die Schürze aus. Sie schaute in den Spiegel, ein nacktes, altes Ding, das ohne Rahmen an der Wand hing, voller blinder Flecken, ein Riss zog sich von unten hoch, der jetzt mitten durch ihr Gesicht ging. Anna schaute sich an, so dass der Riss ihre Nase entlangwanderte und zwischen ihren Augen hindurch zur Stirn. Ranzner hatte sie rufen lassen, Fritz, sein Adjutant, hatte einfach die Tür aufgerissen, sie genüsslich von oben bis unten angeschaut und ihr knapp verkündet, Der Häuptling will dich sehen, beeil dich. Sie hatte ihren Rock angezogen, während Fritz noch in der Tür stand und schaute, dann hatte er übertrieben laut geseufzt und war gegangen, ohne die Tür zu schließen.

Der Riss war ganz fein. Und doch gab es eine kleine Verschiebung zwischen den Gesichtshälften. Genau dort, wo ihr rechtes Auge war, befand sich ein runder schwarzer Fleck. Anna konzentrierte sich darauf. Sie musste jetzt das Spiel spielen. Ranzners Spiel, denn er hatte es erfunden. Nur wusste er nicht, dass sie auf ihre Weise mitspielte. Ich werde jetzt das Spiel spielen, sagte sie zu dem Gesicht im Spiegel und versuchte, ihren müden Augen etwas Entschlossenes zu verleihen.

Sie drehte sich um und stieß dabei leicht gegen das Bettgestell. Ihre Kammer war so klein, dass sie vom Bett fast vollständig ausgefüllt wurde, ein altes Ungetüm aus Eisen, mit hohem Kopf- und Fußende und einer durchgelegenen Strohmatratze. In der Kammer gab es kein Fenster. Sie lag in einem Seitenflügel des Rathauses und musste einst als Abstellkammer gedient haben. Oder als Vorratsraum. Anna hatte gelernt, auf diese äußeren Umstände ihres Lebens als Rechtlose nicht weiter zu achten.

Sie durfte Ranzner nicht zu lange warten lassen. Sie hatte sich länger vorbereiten wollen, aber sie wusste auch, dass ihr Spiel nur funktionierte, wenn der Druck groß genug war. Also verließ sie ihre Kammer und ging durch einen langen, schmalen Flur auf eine weitere Tür zu. Dahinter lag das große Treppenhaus. Anna ging langsam, als messe sie jeden ihrer Schritte genau. Von draußen hörte man das tiefe Brummen eines Dieselmotors im Leerlauf. Anna konzentrierte sich. Das Spiel hatte begonnen. Sie war die Untermenschin. Sie ging die Treppe hinauf, wählte, am Absatz angekommen, den rechten Aufgang und stand bald darauf vor der Tür. Sie klopfte an – Herein! – und öffnete. Dort stand er schon, Obersturmbannführer Josef Ranzner, in seiner allwöchentlichen Lieblingsrolle, er trug seine graue Uniform und sah sie aus seinem Indianergesicht ausdruckslos an. Sie, die Untermenschin, zuckte zusammen unter diesem Blick. Das tat sie jedes Mal, ganz wie eine Hure, die stöhnt, als käme es ihr, damit es ihrem Kunden kommt. Ranzner war ihr Kunde. Sie wusste, was ihn aufgeilte. Angst. Wie bei einer

Hure, so gab es auch tief in ihr eine andere Frau, die unerreichbar war und alles beobachtete, was geschah, berechnend, nur auf den Lohn schielend. Diese Frau hatte einen geheimen Namen, und ihr Lohn war Leben. Und noch tiefer verborgen, das hatte Anna erst vor kurzem mit Erleichterung und Schrecken entdeckt, gab es ein kleines Mädchen, das von all dem nichts mitbekam. Es saß auf einer Wiese und pflückte Blumen und lächelte selbstvergessen. Es war fünf Jahre alt und wusste noch nicht, dass ihre Mutter ihr an diesem Tag sagen würde, Dein Vater kommt nicht mehr wieder, wir müssen jetzt allein zurechtkommen. Der letzte glückliche Tag in Annas Leben. Eines Tages würde sie diesen Tag wiederholen, sie würde sich auf die Wiese ihres Heimatdorfes in Brandenburg setzen und Blumen pflücken und alles wäre wieder gut, der Vater wäre nie fortgegangen und drei Jahre später zurückgekehrt mit jener Fremdheit im Gesicht, die sie nicht mehr vergessen sollte. Die Mutter hätte nie sagen müssen, Jetzt bist du angekommen, als hätte es ihre Familie zuvor gar nicht gegeben. Der Riss im Spiegel wäre der Riss im Spiegel, sonst nichts.

»Setz dich dorthin, Anna!«, sagte Ranzner und wies auf einen Stuhl, der in der Mitte des Raumes stand. Dann stellte er sich hinter sie und fasste sie sanft an den Schultern. Die Hure zuckte unterwürfig zusammen, die geheime Frau schätzte die Lage ab. Das Mädchen hielt inne und wartete.

»Weißt du, was geschieht, wenn einer von euch einen unserer Soldaten ermordet?«

»Nein, nein, ich weiß es nicht.«

»Oh doch, du weißt es. Du weißt, dass ich dann wütend werde und viele von euch hinrichten lasse, denn einer von uns ist so viel wert wie siebenunddreißig von euch.«

»Siebenunddreißig?«

Ranzner lächelte überlegen.

»Siebenunddreißig Jahre war Sturmbannführer Treitz alt. Ich werde meinen Männern morgen verkünden, dass siebenunddreißig von euch sterben werden, und ich frage mich, ob du nicht mit den anderen unter einer Decke steckst.«

»Nein, bestimmt nicht.« Ranzner lächelte. Er steckte die Hände in die Hosentaschen und schlenderte um Anna herum.

»Was sollst du auch sonst sagen, Jüdin, dir steht das Wasser bis zum Hals.«

»Warum hassen Sie uns?«

»Ich hasse euch nicht, du kleiner Dummkopf. Ich habe euch nie gehasst. Wenn ich euch hassen würde, dann wäre deine Gegenwart mir unerträglich und ich hätte dich schon längst getötet. Weißt du, warum ich dich vielleicht töten lassen muss?«

»Nein.«

»Aus rein taktischen Gründen. Viele andere Offiziere haben auch Jüdinnen, Polinnen oder anderes Kroppzeug. Offiziell darf das natürlich niemand wissen, aber in Wahrheit wissen es alle. Die da oben«, er machte eine Bewegung mit dem rechten Zeigefinger, »drücken beide Augen zu, solange wir effizient arbeiten. Aber die Zeiten sind kritisch, meine Truppe ist nicht mehr die, die sie einmal war. Früher«, er blieb stehen und blickte durch ein hohes Fenster in die Nacht hinaus, »früher waren wir eine arische Armee, die Besten von allen. Gott, was habe ich Jünglinge gesehen in jenen Zeiten, groß, stark und schön, unerschrocken und klug. Wiedergeburten von Siegfried.« Er seufzte und wandte sich wieder zu Anna um. »Aber heute muss ich eine Horde Ausländer und Verbrecher dazu bewegen, gegen die Russen zu kämpfen. Glaubst du, das ist leicht?«

Anna wusste nicht, was sie sagen sollte. Sie hatte nie gesehen, dass Ranzner besonders viel arbeitete. Er ließ sich in der Gegend herumkutschieren, trank gerne Wein und Schnäpse und schlief morgens lange. Außerdem onanierte er sehr viel, Anna wusste es, denn sie wusch seine Kleidung.

»Antworte! Glaubst du, das ist leicht?«

»Nein.«

»Nein. Du hast recht, Anna. Es ist nicht leicht. Die Soldaten dort draußen«, er wies auf das Fenster, »kommen inzwischen aus Litauen, Schweden, Ungarn, Holland. Viele von ihnen verstehen weniger Deutsch als du, Anna.«

»Ich verstehe.«

»Wirklich? Ja, ich glaube, du verstehst sehr gut. Siehst du, wenn ich mit Ausländern, die selbst halbe Untermenschen sind, gegen Untermenschen kämpfe und auch noch eine Jüdin als Hausmädchen anstelle, dann können wir auch gleich aufhören, Leute umzubringen, und den ganzen Krieg vergessen. Meinst du nicht?«

»Ich weiß nicht.«

»Lüge mich nicht an, Anna, oder tu es so, dass ich es nicht bemerke. Natürlich wäre es dir am liebsten, wir würden alles einfach abbrechen, wie man ein Fußballspiel abbricht, weil es zu stark regnet. Aber so ist das nicht.« Ranzner machte eine Pause und ging zu seinem Schreibtisch. »Ich habe hier eine kleine Rede vorbereitet. Ich möchte, dass du sie dir anhörst. Morgen früh werde ich zu meinen Männern sprechen, und«, fügte er leiser hinzu, »wenigstens einer soll sie verstanden haben. Bist du bereit?«

Anna nickte. Ranzner stellte sich drei Meter von ihr entfernt auf und verharrte mit geschlossenen Augen. Er konzentrierte sich, er hörte das Zwitschern der Vögel, er sah die Dächer der Häuser, die feucht glänzten, er roch die frische Morgenluft und sah den Nebel aufsteigen, er blickte hinab auf seine Männer, die den Platz ausfüllten, es mochten dreitausend sein, so groß war seine Truppe inzwischen geworden, er blickte in die Gesichter und sah ihre arischen Züge, ausschließlich arische Züge, und er überließ sich einige Minuten diesem Anblick, während Anna dasaß und wartete und sich ihrerseits konzentrierte. Sie wusste, dass dies in Wahrheit keine Generalprobe für eine Rede war, das hatte Ranzner gar nicht nötig. Sie wusste längst, dass die Blätter, die er in der Hand hielt, irgendwelche Dokumente waren. In Wahrheit improvisierte Ranzner, in Wahrheit galten diese Reden nur ihr allein. Wie eine

Hure spürte sie, dass ihr Freier sie insgeheim liebte, obwohl er vorgab, sie zu verachten. Und wie eine Hure zog sie die Verachtung vor, um seiner Liebe zu entgehen. Wenn er so mit geschlossenen Augen dastand, mit seiner langen, gebogenen Nase und seiner gespannten Haut, sah er beinahe wirklich aus wie ein Indianer, der in ein Ritual versunken war. Anna dachte daran, wie er ein paar Stunden zuvor im Vestibül neben dem toten Körper seines Sturmbannführers gehockt und mit ihm gesprochen hatte. Sie hatte ihn von der Treppe aus beobachtet.

»Männer!«, brüllte Ranzner plötzlich, und Anna zuckte zusammen. Er öffnete die Augen und starrte sie an, sein Gesicht hatte einen fiebrigen Ausdruck angenommen.

»Männer! Ihr alle wisst, weshalb wir hier sind.« Erneut machte er eine kleine Pause, lächelte dann und hob die Hände: »Wir sind auf einer Entlausungsaktion!«

Das war einer jener Witze, die Ranzner stets am Beginn seiner Reden machte. Er hatte ihr einmal erklärt, was es mit diesen Witzen auf sich hatte, sie dienten der Auflockerung der Gemüter. Seine Männer sollten spüren, dass er, Ranzner, niemals nervös war, ganz gleich wie nah die Russen waren. Anna hatte aufgehorcht: Die Russen waren nah. Ohne es zu wissen, hatte Ranzner ihrer Hoffnung Nahrung gegeben.

Jetzt aber hörten sie beide vor ihrem inneren Ohr, wie dreitausend raue Kehlen im Chor Laute ausstießen, kehlige und bewundernde und männliche, Ranzner hörte es in seiner Phantasie, und Anna hörte es in ihrer Phantasie, die sich Ranzners Phantasie vorstellte.

»Aber wie Läuse nun einmal sind, verstecken sie sich überall zu dem einzigen Zweck, ihrer gerechten Ausrottung zu entgehen! Und manchmal, Freunde, fallen sie über einen von uns her, wenn er friedlich und unaufmerksam ist, denn das ist die einzige Art, wie sich Läuse trauen, über Menschen herzufallen!«

Anna hatte Ranzners Metaphorik nie besonders originell gefunden, aber er sah sie auf eine Art und Weise an, die ihr sagte, dass es ihm nicht um gute Vergleiche ging, sondern allein darum, sie zu treffen. Sie verstand und gehorchte. Sollte er sie doch getroffen sehen, wenn ihn das glücklich machte. Wie eine Hure verspürte sie irgendwo tief in sich nichts als Mitleid für ihren Freier. Mitleid und Abscheu.

Ranzner ließ seinen Blick schweifen.

»Die jüdischen Ratten haben einen der Edelsten in unseren Reihen barbarisch hingeschlachtet!«, brüllte er so laut, als gelte es, seine Wut durch die Wände hindurch hörbar zu machen. Dabei bohrte sich sein Blick in die besiegten Augen der Frau, die mit vorgezogenen Schultern vor ihm auf dem Stuhl kauerte. »Wir aber werden ein Exempel statuieren, um allen in dieser Stadt zu zeigen, wer hier der Herr im Haus ist, wer hier das Sagen hat, wer hier über Leben und Tod entscheidet!«

Eines Tages würde er sie wirklich mit anderen Gefangenen vor ein Exekutionskommando stellen lassen, das wusste Anna. Ein Mann, der sogar unfähig war, sie zu vergewaltigen, musste noch weitaus gefährlicher sein als einer, der seine Triebe ungehemmt auslebte. Manchmal wünschte sie sich, er würde sie nehmen, sie zu seiner Gespielin machen, wie andere Offiziere es mit ihren Mädchen taten. Es hätte eine körperliche, eine handfeste Abhängigkeit gegeben, auf die sie sich hätte verlassen können. Aber Ranzner war ein Gefangener seiner eigenen Ferne, das hatte sie inzwischen begriffen. Er würde sie eher töten lassen, als sich seine Liebe einzugestehen.

Ranzner strich sich eine Strähne aus dem Gesicht und schüttelte drohend die Hand mit ausgestrecktem Zeigefinger. Mit solchen Gesten hatte alles angefangen in Deutschland, in ihrem Deutschland, das sie vielleicht für immer verloren hatte. Die Wiese vor ihrem Dorf tauchte kurz auf, die Gänseblümchen, aber Anna durfte jetzt nicht abschweifen. Sie wischte das Bild weg.

»Wir werden nicht zulassen, dass irgendeiner glaubt, er könne Katz und Maus mit uns spielen. Wir wissen genau, dass der Jude nach wie vor der große Hetzer zur restlosen Zerstörung Deutschlands ist. Wo immer wir in der Welt Angriffe gegen Deutschland lesen, sind Juden ihre Fabrikanten! Gibt es denn einen Unrat, eine Schamlosigkeit in irgendeiner Form, vor allem des kulturellen Lebens, an der nicht wenigstens ein Jude beteiligt gewesen wäre? Sowie man nur vorsichtig in eine solche Geschwulst hineinschneidet, findet man, wie die Made im faulenden Leibe, oft ganz geblendet vom plötzlichen Lichte, ein Jüdlein! Deshalb, Männer, vergesst niemals den ureigensten Sinn unserer Mission: die restlose Germanisierung des Warthelandes. Dies ist unser heiliger Auftrag, damals wie heute!«

Welch ein Widerspruch, dachte Anna, Die einzige, die ihn verstehen kann, ist eine Jüdin. Seinen Männern waren diese verqueren Ideen sicher längst gleichgültig geworden. Aus Gesprächen, die sie belauscht hatte, wusste sie, dass der Krieg härter wurde, Ranzner schickte seine Soldaten immer häufiger zur Unterstützung der Wehrmacht an die Ostfront. Wegen der hohen Verluste musste er ständig neue Leute rekrutieren. Aber das focht ihn nicht an. Während Anna die erschrockene Untermenschin spielte, war sie zugleich fasziniert und angewidert von Ranzners Kunst, sein Rathaus wie eine Filmkulisse zu bewohnen. Sie waren beide Schauspieler darin, Ranzner ebenso wie sie.

Und doch, irgendetwas war anders als gewöhnlich. Ranzner wirkte aufgeregt und ungeduldig, als sei ihm die Probe in Wahrheit lästig. Natürlich verriet sein Gesicht nichts dergleichen, es glühte, als wäre er wirklich der Fanatiker, für den er sich ausgab. Aber Anna hatte sich angewöhnt, auf die Füße des Häuptlings zu achten. Das konnte sie inzwischen aus den Augenwinkeln, ja, sogar ihre ängstliche Mimik nutzte sie, um Ranzner unbemerkt zu beobachten. Dabei kam sie sich manchmal wie ein Hund vor, der die Laune seines Herrchens auskundschaftet. Es lohnte sich, denn Ranzners Füße führten ein Eigenleben, das ihrem Besitzer verborgen blieb. Oder vielleicht waren sie eine Geheimsprache, in der er zu ihr sprach – nicht der große SS-Darsteller Ranzner, sondern der geheime Josef Ranzner, der sich gewiss irgendwo verborgen hielt, wie sie sich hinter der Untermenschin verbarg.

Die Sprache der Füße war leicht zu verstehen. Wann immer Ranzner von Gefühlen bewegt wurde, sah Anna es dort. War er ungeduldig, so wippte einer der beiden Füße oder vollführte schnelle Taktschläge auf dem Boden. Zweifelte er, so bewegten sie sich seitwärts über den Boden, nach links und wieder zurück nach rechts und wieder nach links, so lange, bis Ranzner zu einer Sicherheit gelangt war.

Heute vibrierte sein ganzes rechtes Bein unablässig, sogar wenn er sprach oder brüllte wie jetzt:

»Der von den Juden geleistete Widerstand kann nur durch energischen, unermüdlichen Tag- und Nachteinsatz unserer Stoßtrupps gebrochen werden. Äußerste Wachsamkeit ist geboten. Es geht um die totale Vernichtung der jüdischen Untermenschen, das kann nicht deutlich genug gesagt werden.« Und dann rief er noch lauter, so dass seine Stimme sich überschlug und heiser klang: »In treuer Waffenbrüderschaft werden wir unermüdlich an die Erfüllung unserer Aufgaben herangehen und stets beispielhaft und vorbildlich unseren Mann stehen! Sieg Heil!«

Dabei sah er sie aus seinen lauernden Augen an wie ein Wolf, der nach einer Gelegenheit suchte, sie anzufallen und aufzufressen. Und doch war heute etwas Flatterhaftes in diesem Blick, das auch ihn als Pose entlarvte. Anna erschrak jetzt wirklich. Manche Dinge wollte sie nicht sehen. Sie musste an den gnadenlosen Ranzner glauben können, um ihr Spiel zu spielen. Wann immer er es ihr zu leicht machte, hinter seine Fassade zu blicken, wurde die Angst plötzlich sehr greifbar. Wo war die Grenze? Wie viel musste man gesehen haben, um nicht mehr lügen zu können? Sicher, sie war darauf angewiesen, Ranzner gut einschätzen zu können. Aber gegen Ranzners unfreiwillige Ehrlichkeit konnte sie sich nicht wappnen, sie drang ungehindert zu ihr durch. Niemals, niemals durfte die schemenhafte Gestalt, die sich dort abzeichnete, klare Umrisse bekommen.

Ranzner hatte offenbar nichts bemerkt. Er brüllte weiter, während sein Blick ziellos im Raum wanderte, als gelte es, eine Heerschar in Bann zu halten. Er brüllte von dem vorbildlichen Leben des Sturmbannführers, von seinen arischen Tugenden, von dem großen Verlust für die SS, von seinen Vatergefühlen, vor allem aber von Rache. Er brüllte:

»Wären die Juden auf dieser Welt allein, so würden sie ebenso sehr in Schmutz und Unrat ersticken, wie in hasserfülltem Kampfe sich gegenseitig zu übervorteilen und auszurotten versuchen, sofern nicht der sich in ihrer Feigheit ausdrückende restlose Mangel jedes Aufopferungssinnes auch hier den Kampf zum Theater werden ließe!«

Plötzlich war es zu Ende. Ranzner blickte Anna feierlich in die Augen und sagte:

»Sturmbannführer Karl Treitz war ein guter Kamerad, ein hervorragender Soldat und ein glühender Patriot! Wir werden ihn und seine solide Arbeit vermissen.«

Ranzner hielt inne. Er war unschlüssig. Einerseits hatte Treitz ihm ein untrügliches Zeichen gegeben. Andererseits hatte er sich von einem Juden in einen dummen Hinterhalt locken lassen. Das war nicht das Handeln eines Herrenmenschen. Am Ende hatte Treitz jüdische Vorfahren gehabt, und dann war es gut, dass er von seinesgleichen umgebracht worden war. Ranzner wusste, dass er diesem Gedanken nicht wirklich Glauben schenken durfte, denn dann würde sich jeder tote SS-Mann in einen Juden verwandeln, nur weil er tot war, und ihm selbst könnte Ähnliches widerfahren. Aber der Gedanke war da, er wusste nicht, warum.

Er blickte Anna an. Er musste noch etwas sagen:

»Sturmbannführer Treitz ist in Erfüllung seiner heiligen Pflicht gegenüber Volk und Führer als ein arischer Held gestorben, und mehr noch, als ein Held der SS, der rassischen Führung unseres geliebten Vaterlandes!«

Er machte wieder eine kurze Pause, blickte sich im Raum um wie jemand, der etwas sucht. Dann öffnete sich sein Mund und sagte: »Die Schwarze Sonne leuchtet dir heim, Karl Treitz, du wirst wiederkehren und Rache üben.«

In diesem Augenblick geschah etwas Seltsames. Anna selbst saß auf dem Stuhl, vor ihr stand Ranzner, sie waren allein im Raum. Fort war der Riss im Spiegel, fort die imaginäre Armee. Das Spiel war vorzeitig beendet. Sie war verwirrt. Sie beobachtete Ranzner. Sie fing Scham in seinen Augen auf. Das hatte sie noch nie gesehen, und einen Augenblick lang zweifelte sie an ihrer Wahrnehmung. In ihrem Kopf hallte es nach: ›Die Schwarze Sonne leuchtet dir heim.‹ Ranzner stand immer noch zögernd da, als wisse er nicht weiter. Schließlich wandte er sich ab und setzte sich hinter seinen schweren englischen Schreibtisch aus dem neunzehnten Jahrhundert. Er lehnte sich in seinem Stuhl zurück, seine Kiefermuskeln arbeiteten, er war nervös. Anna wollte wegsehen, sie wollte nicht wahrnehmen, wie Ranzner um seine Fassung rang, die Gefahr, die von ihm ausging, war so greifbar, dass sie ihre Panik niederkämpfen musste. Aber sie rührte sich nicht, sie saß nur auf ihrem Stuhl und schaute ihn an wie eingefroren.

Ranzner fühlte sich nackt. Er wusste nicht, warum er die Schwarze Sonne erwähnt hatte, und noch weniger wusste er, warum er sich jetzt so schutzlos fühlte. Aber es war, als hätte er Anna Einblick in ein intimes Geheimnis gegeben. In Ranzners Rücken führte eine breite getäfelte Flügeltür mit rechteckigen Fensterkassetten auf die große Terrasse hinaus. Die Stadt lag in völliger Dunkelheit, die Straßenbeleuchtung war ausgeschaltet und die Fenster der Privathäuser waren verdunkelt.

»Weißt du, was die Schwarze Sonne ist, Anna?«, fragte Ranzner nach einer Weile, ohne das Mädchen anzusehen.

»Nein.«

»Die Schwarze Sonne«, sagte Ranzner gedehnt, wie jemand, der zu verstehen gibt, dass es sich um etwas Besonderes handelt. Aber Anna erkannte die verzweifelte Pose.

»Der Sturmbannführer, den ihr ermordet habt, er wird zurückkehren. Und er wird sich erinnern, an mich, an dich und an seine Mörder. Er wird sich rächen. Glaubst du das?«

»Nein.«

»Natürlich nicht, denn dann müsstest du einsehen, dass ihr uns niemals loswerdet.«

Anna blickte an Ranzner vorbei, als sei er nicht mehr im Raum. Sie wirkte jetzt wie ein Tier, das nach einem langen Winterschlaf zum ersten Mal die Augen öffnet. Langsam und mit tonloser Stimme sagte sie:

»Wenn wir alle zurückkehren, warum wollen die Deutschen uns vernichten?«

»Wer sagt denn, dass ihr alle ...?«, gab Ranzner unwirsch zurück, unterbrach sich und stand auf. »Geh, die Probe ist vorbei!«

Anna erhob sich langsam und mechanisch, sie war jetzt wieder eine Schauspielerin in der Rolle des Hausmädchens. Sie verließ den Raum und schloss die Tür. Erst, als sie die Treppe hinunterstieg, um zu ihrer Kammer zu gelangen, begriff sie, was geschehen war: Ranzner hatte ihr seine Angst vor dem Tod gebeichtet und es dann bereut. Er musste sehr viel Angst vor dem Tod haben, wenn er sich an diese absurde Hoffnung klammerte. In Wahrheit, dachte sie, als sie im Vestibül auf die Tür zuging, die zu ihrer Kammer führte, Gibt es keine Übermenschen oder Untermenschen. In Wahrheit, dachte sie, Ist er nichts von dem, was er zu sein vorgibt, ist er kein Häuptling, sondern nur ein Mitmensch, der zu einem Gegenmenschen geworden ist aus unbekannten Gründen. Er hatte sie hintergangen, zwei Jahre lang hatte sie geglaubt, er sei wirklich der Unmensch, den nichts Normales rühren konnte, der keine Schwäche hatte, weil seine Härte ihn vor allem schützte. Ja, bei allem Gehabe und aller Wirklichkeitsferne, die Ranzner an den Tag legte, hatte sie doch stets an seine unbedingte Härte und Rücksichtslosigkeit geglaubt, und sie hatte gehofft, er sei konsequent genug, um dafür auch sie zu opfern, sobald sie ihn nicht mehr unterhielt. Das war die Grundlage ihres gemeinsamen Spiels gewesen und ihre Überlebensgarantie. Nun aber war es anders gekommen. Ranzner hatte ihre stille Übereinkunft gebrochen, weil er zu schwach war. Er war nichts als ein ängstlicher Schauspieler, der sich an das Leben klammerte, wie sie selbst sich an das Leben klammerte. Sie fühlte Enttäuschung, als sie die Tür zu ihrer Kammer öffnete. Enttäuschung und Angst, eine Angst, vor der sie sich nicht mehr würde schützen können.

Als Anna fort war, öffnete Ranzner die Tür zur Terrasse und trat hinaus. Die Terrasse befand sich genau über dem Portal des Rathauses, durch das ein paar Stunden zuvor sein toter Untergebener getragen worden war. Der Platz lag im Dunkeln, man hörte die regelmäßigen Schritte der Wachsoldaten, sonst nichts. Der Regen hatte endlich aufgehört. Nur in der Ferne erklang ab und zu ein Grollen wie aus den Tiefen der Unterwelt. Das war der Krieg, der langsam näherkam.

VIER

Kein Licht in der Dunkelheit.
Kein Gedanke an Licht.
Überhaupt kein Gedanke.
Eine Ewigkeit lang.

Als sie endlich zu Bewusstsein kam, war es zunächst nur ein Dämmern. Sie ließ sich treiben und fühlte sich fern von allem. Sie erinnerte sich. Er war tot. Erschossen von einer Frau. Margarita Ejzenstain. Polnische Jüdin. Untermensch. Sie. Welches Jahr? Sie wusste es nicht mehr. Wie lange lag sie schon hier? Diese Schmerzen, alles schmerzte, wenn sie noch länger so lag, würde sie einen Blutstau bekommen und ohnehin sterben. Sie musste hinaus, ans Licht, sich bewegen, frei sein, ganz gleich, was geschehen würde. Aber sie blieb reglos liegen und versuchte, wieder in das Nichts zu gelangen, aus dem sie erwacht war. Begraben, dachte sie, Lebendig begraben bin ich. Wenn sie jemals wieder herauskäme, wäre es wie eine Wiedergeburt. Nicht einmal, wenn die Kramers die Dielen anhoben, um ihr Essen zu bringen, nicht einmal, wenn sie ihr den Topf brachten, damit sie ihr Geschäft verrichten konnte, sah sie das Tageslicht. Sie lag im Keller, direkt auf der harten Erde, die nur spärlich mit ein paar Decken ausgekleidet war. Feucht war es, und immer noch bestand Gefahr, dass der Bach über die Ufer trat. Dann würde es eine Überschwemmung geben und sie hätte kein Versteck mehr. Wie absurd, dass ausgerechnet Deutsche sie aufgenommen hatten, wo sie doch die Deutschen hasste. Sie wäre gern zu Polen gekommen, aber es fanden sich in der Eile keine, die eine Jüdin aufgenommen hätten. Als der Pfarrer gesagt hatte, es seien Deutsche, wollte sie sich weigern. Aber Piotr hatte gesagt, Was willst du, von Deutschen versteckt werden oder von Deutschen umgebracht werden, etwas anderes gibt es nicht. Da hatte sie sich gefügt.

Die Kramers hatten sie sehr freundlich aufgenommen, hatten sie von Anfang an behandelt wie eine Tochter. Vor allem Frau Kramer vermittelte ihr das Gefühl, willkommen zu sein. Das hatte sie nicht erwartet, es hatte ihre Ansichten über die Deutschen wie ein Kartenhaus zusammenfallen lassen, und sie fühlte sich desorientiert, ohne zu verstehen, warum ein Teil dieses Volkes sie töten wollte, während ein anderer sie beschützte. Anfangs fühlte sie sich, als hätte ihr jemand den Glauben an die Menschen zurückgegeben, doch nach und nach war sie wütend geworden. Denn jetzt waren die Deutschen keine unbarmherzige Rasse mehr, jetzt waren die Deutschen Menschen, die verrückt geworden waren und denen niemand Einhalt geboten hatte.

Die Kramers waren nicht aus dieser Gegend, sie waren verpflanzt worden, ohne zu wissen, worauf sie sich eingelassen hatten. Das Haus, ein Bauernhof mit ein paar Hektar Ackerland, hatte früher Polen gehört, die vertrieben, deportiert, umgebracht worden waren, wer wusste das schon? Man konnte es sich denken. Auch das Loch im Keller war von den Polen gegraben worden. Zwei Tage nachdem die Kramers eingezogen waren, stand plötzlich ein Mann in schmutziger Kleidung in der Stube und stellte sich als Adam Herschel vor, Lodzer Jude, von den Vorbesitzern versteckt. Die Kramers, hatte Frau Kramer ihr einmal erzählt, waren sprachlos gewesen, hatten sich dann aber schnell gefasst und Herrn Herschel so lange beherbergt, bis er eine Möglichkeit fand, an die Küste zu gelangen. Dort wollte er mit einem Schiff nach Schweden hinüber. Sie haben nie wieder etwas von ihm gehört.

Der Pfarrer hatte sich natürlich gemerkt, was geschehen war. So war sie, Margarita Ejzenstain, in das Loch gekommen, in dem sie jetzt schon seit vier Monaten lag. Wenn sie nicht schwanger wäre, alles wäre leichter. Sie hätte in Bewegung bleiben, sich vielleicht auch zur Küste durchschlagen können. Aber so. Frau Kramer kümmerte sich rührend um sie. Einmal am Tag machte sie sogar Gymnastik mit ihr, weil sie glaubte, das sei gut für Schwangere. Sie hatte selbst zwei Kinder zur Welt gebracht, einen Jungen und ein Mädchen. Der Junge war an der Front gestorben, Unternehmen Barbarossa, hatte Frau Kramer ihr erzählt, mit Bitterkeit in der Stimme und Tränen im Gesicht, die beide gar nicht zu ihrer Fröhlichkeit passten. Dann hatte sie die Tränen mit kurzen, heftigen Handbewegungen weggewischt, als wolle sie einen Spuk beenden, und sie angelächelt wie jemand, der um Verzeihung bittet.

Vielleicht hatten sie Margarita deshalb in ihrem Keller aufgenommen. Aus Rache für den gefallenen Sohn. Manchmal, in den langen Stunden, die sie untätig in der Dunkelheit ihres Verstecks verbrachte, dachte sie darüber nach. Dann stellte sie sich eine kaum wahrnehmbare Verbindung zwischen dem toten Kramersohn und sich selbst vor, wie ein feines Garn, das vielleicht an ihrer Seele befestigt war und sich durch die Spalten zwischen den Brettern über ihr aus dem Keller zog, zu den Fenstern, hinaus aufs Feld, durch Wälder hindurch und über Flüsse hinweg, grüne, leuchtende Wälder und kristallklare Flüsse, in denen Kinder schreiend badeten und das feine Garn nicht bemerkten, das über ihren Köpfen gespannt war oder vielleicht zu ihren Füßen am Grund des Flusses, wo es sich durch das Geröll zog, zum anderen Ufer hin und weiter, immer weiter, bis es zuletzt in der Erde verschwände, dort, wo der Kramersohn begraben läge, wenn er denn begraben lag. Margarita fragte sich häufig nach der Natur dieses Garns, aber sie fand keine andere Vorstellung, kein anderes Gefühl als Vergeltung.

Eigentlich konnten ihr die Gründe für die Barmherzigkeit der Kramers gleichgültig sein. Vielleicht hatten sie nur das Herz am rechten Fleck, vielleicht gab es ja wirklich gute Menschen, ganz unabhängig von ihrer Rasse. Wenn sie nur nicht so viel Zeit zum Grübeln hätte. Und zum Erinnern. Oft fielen die Bilder sie wie eine Horde wilder Tiere an, gegen die sie sich nicht wehren konnte, und je länger sie hinsah, desto stärker machte das Gefühl sich in ihr breit, jedes Bild sei eine eigene Wirklichkeit und ein anderes Leben gewesen. So zerfiel ihr die Vergangenheit, sie verlor ihren Zusammenhalt und wurde zu einer losen Sammlung von Eindrücken, die nicht mehr ihr zu gehören schienen. Tomasz. Die Hochzeitsreise nach Lodz. Tomasz' erstes Auto. Seine Anstellung in Krakau. Tomasz hätte Karriere gemacht, das wusste sie. Und dann wären sie vielleicht nach Amerika ausgewandert, wie sein Bruder. Der Überfall. Tomasz war ganz ruhig gewesen, er hatte gesagt, Frankreich und England werden das nicht zulassen. Und zunächst schien er recht zu behalten. Aber dann kam Dünkirchen. Die Deutschen vertrieben die Engländer vom Festland und eroberten Frankreich. Wer sollte ihnen jetzt noch helfen? Tomasz war ratlos gewesen, zum ersten Mal hatte sie ihn verzweifelt gesehen. Es hatte geschmerzt. Sie wollte ihn trösten, aber es gab nichts, womit sie es hätte tun können. Ihre Eltern drängten zur Flucht. Aber es war zu spät gewesen, viel zu spät.

Sie wollte jetzt nicht daran denken, nicht schon wieder. Sie würde lernen, nicht zu denken, wenn dies notwendig war. Nicht denken, bis die Deutschen wieder fort sind. Wenn sie jemals wieder fortgingen. Wer die Gedanken müßig treiben lässt, vernachlässigt die Seele. Das hatte ihre Großmutter gesagt, wenn sie andere Leute beim Grübeln erwischte. Der Spruch ging noch weiter, am Ende hieß es, Sie alle verwirken ihr Leben – auch wenn sie leben, sind sie wie tot. Aber wie tot war sie ja jetzt schon, sie, die nach Berlin zu Onkel Max ziehen und Kunst studieren wollte, ausgerechnet nach Berlin. Von Onkel Max hatten sie bis 38 gehört. Seitdem nichts mehr, und schon damals munkelte man, es geschähen ungeheuerliche Dinge in Deutschland. Aber niemand wollte sie so recht glauben, Gerüchte wirken immer so übertrieben, dass man meint, man müsse zwei Drittel abziehen, um zur Wahrheit zu gelangen. Nun, diesmal war es umgekehrt gewesen, und wer hätte sie darüber informieren sollen? Das alles war fast wie eine Naturkatastrophe über sie hereingebrochen, auch die Deutschen wirkten, als gehorchten sie einem düsteren Schicksal, dessen langer Arm sich irgendwo aus der Vergangenheit ins Jetzt reckte und sie wie Marionetten führte. Dieser Deutsche, den sie getötet hatte. Er war in die Gasse gekommen wie ein Lamm zum Passahfest. Sie hatte hinter der Tür gewartet, wie vereinbart, hatte seine schweren Stiefel gehört und die leichteren Schritte von Piotr, der ihn in sein Verderben führte, zu ihr. Sie hatte die Tür geöffnet und zugesehen, wie die beiden Männer durch die Gasse auf sie zukamen, nebeneinander. Für jemanden, der nichts außer diesem Bild sah, hätten sie auch Freunde sein können. Und sie hätte eine gemeinsame Freundin sein können. Sie dachte oft an jene Augenblicke vor dem ersten Schuss aus dem uralten Revolver, den Piotr dem Pfarrer gestohlen hatte. Ein Museumsstück, der Pfarrer war stolz darauf gewesen, einen solchen Besitz zu hüten, und er hatte ihn gern jedem gezeigt, der ihn sehen wollte. Er bewahrte ihn in der Sakristei auf, direkt beim Wein und den Hostien, Wie passend, dachte Margarita. Von dort hatte Piotr ihn weggenommen, nachdem er gesehen hatte, was die Deutschen mit Tadeusz und einer Handvoll anderer Juden gemacht hatten. Er hatte gesagt, dieser eine Deutsche habe das Kommando gehabt. Ich bringe ihn dir, Margarita, das schwöre ich. Und er hatte ihn ihr gebracht. Wie lange war das jetzt her? Viereinhalb Monate? Ungefähr. Als sie in der Gasse beieinanderstanden wie gute Freunde, hatte sie die Augen des Deutschen gesehen. Böse Augen hatte sie erwartet, stattdessen blickte sie in blaue, unschuldige Kinderaugen. Darauf war sie nicht vorbereitet gewesen. Kinderaugen und Mörderhände, hatte sie gedacht und einen plötzlichen Ekel empfunden, als wäre der Deutsche ein glitschiges Monstrum, kein Mensch, eine Missgeburt, halb Embryo halb Gewaltverbrecher. Wie ungläubig er dreingeschaut hatte, als ihn der erste Schuss traf. Als hätte man ihm überraschend Heimaturlaub gegeben. Er hatte einen schönen Tod, er war erschossen worden und Schluss. Viel zu kurz, viel zu schmerzlos für das, was er mit Tadeusz gemacht hatte. Mit Tadeusz und den anderen.

Sie hörte Schritte auf der Steintreppe, die in den Keller führte. Sehr schnell erkannte sie Frau Kramer an ihrer Art, fast zögerlich die Stufen herabzusteigen, die typische Vorsicht einer älteren Frau, die von der Sicherheit der Jugend verlassen worden war oder sie vielleicht nie gekannt hatte. Die Kramers hatten ihr eingeschärft, niemals selbst die Dielen anzuheben. Wir müssen stets aufmerksam sein, wenn wir leben wollen, hatte Herr Kramer gesagt. Ohne Aufmerksamkeit gibt es kein Leben, hatte ihre Großmutter oft gemurmelt, wenn sie wieder einmal abwesend aus dem Fenster geblickt hatte, versunken in Erinnerungen an ihre ferne Jugend.

Margarita wartete auf den ersten Lichtspalt, der sie blendete, obwohl er von einer trüben Petroleumlampe kam, die Frau Kramer neben sich auf den Boden gestellt hatte, während sie die Dielenbretter anhob und zur Seite legte. Frau Kramer war eine kleine, stämmige Frau, die sehr gut in dieses niedrige Bauernhaus passte. Im trüben Licht der Funzel wirkte sie wie eine der herben Gestalten eines niederländischen Sittengemäldes. Das Lächeln ihrer schmalen Lippen entblößte große, weiße Zähne, die ein wenig unregelmäßig standen. Sie war sicher nie eine schöne Frau gewesen, aber sie strahlte eine unaufdringliche Wärme aus, die ihre Gegenwart angenehm machte. Margarita lächelte zurück und ließ sich aus dem Loch helfen. Sie war ganz steif vom langen Liegen, die Gelenke schmerzten und der Kreislauf kam nur langsam in Gang. Ihre Freude über die Befreiung aus dem Loch währte nur kurz. Der Keller war trostlos. Es gab keinen Putz an den Wänden, und die düstere Stimmung, die von den dunkelroten Ziegeln ausging, machte ihr erst recht bewusst, in welcher Lage sie sich befand. Die Einrichtung bestand aus Gerümpel, das wahllos im Raum verteilt war, alte Möbel und Gerätschaften, die von den polnischen Vorbesitzern zurückgelassen worden waren und für die jetzt niemand mehr Verwendung hatte. Auf einer Seite befanden sich zwei Oberlichter, die mit Holzbrettern vernagelt waren. An der gegenüberliegenden Wand standen grob gearbeitete Holzregale, in denen dicke Einmachgläser standen, die im Schein der Petroleumlampe in verschiedenen Farben glommen, dunkelrot, dunkelgelb, orange, grün. Vor den Regalen hingen drei oder vier Dauerwürste von der Decke herab. Der Keller war so niedrig, dass Margarita sich nicht vollständig aufrichten konnte. Sie war groß, Frau Kramer wirkte neben ihr wie ein Quader neben einem Obelisken. Hand in Hand machten sich die beiden Frauen auf einen langsamen Spaziergang durch den Keller, immer im Kreis, schweigend, Margarita mit gesenktem Kopf wie die Büßerin einer Prozession, Frau Kramer aufrecht und zuversichtlich, als wäre der Keller in Wirklichkeit ein besserer Ort. Nach einer Weile blieb Margarita stehen.

»Ich glaube, jetzt geht es.«

»Komm, Kind, setzen wir uns, vom Stehen verrenkst du dir nur den Nacken«, sagte Frau Kramer mit ihrer melodiösen Stimme. Sie gehörte zu den wenigen Menschen, die sich scheinbar immer genau auf der Grenze zwischen Sprechen und Singen befinden. Margarita dachte, dass sie in Wahrheit ein Vögelchen war, ein kleiner, dicker Spatz, der versuchte, ein Mensch zu sein, und sich doch durch seine Stimme verriet. Und durch sein freundliches Wesen. Sie setzten sich auf zwei kleine Schemel, die den polnischen Vorbesitzern gehört haben mussten. Erst jetzt bemerkte Margarita, dass Frau Kramer sie feierlich ansah.

»Ich habe gestern mit meinem Mann über dich gesprochen«, sagte sie mit ihrer Singstimme. »Es ist jetzt alles geklärt.«

Margarita sah sie fragend an. Sie verstand nur, dass Frau Kramer es sich nicht nehmen ließ, ein Ritual zu veranstalten, um ihr etwas Wichtiges mitzuteilen. Es musste etwas Gutes sein.

»Du bist eine junge, schöne Frau, die ein Kind erwartet. So jemand kann doch nicht in einem Erdloch liegen, wer weiß wie lange.« Sie rieb Margarita am Ärmel und lächelte aufmunternd. Dabei bildeten sich zwei kleine Grübchen in ihren Pausbacken.

»Wir haben beschlossen, dass du ab jetzt den ganzen Keller bewohnen sollst.«

Margarita erschrak.

»Aber wenn man mich findet! Dann sind wir alle verloren.«

»Sei still, Kind, sei still. Niemand wird dich finden, so Gott will. Die Barbaren können tun, was sie wollen, aber finden werden sie dich nicht.«

»Wenn ich nur so sicher sein könnte wie Sie, Frau Kramer.«

»Du musst sicher sein, Kind, du musst. Sonst schaffst du es nicht.«

Sie schwiegen. Frau Kramer tätschelte ihr immer noch den Arm und sah sie aufmunternd an. Margarita starrte vor sich hin. Bislang hatte sie in einem engen Erdloch gelegen, das in ein großes Erdloch gegraben worden war, in diesen dunklen Keller. Jetzt sollte sie nicht mehr doppelt, sondern nur noch einfach begraben sein. Die Kramers hatten wirklich ihren ganzen Mut zusammengenommen, um ihr ein solches Wagnis anzubieten. Aber sie hatten recht. Sie konnte nicht schwanger sein und immerzu auf kalter, feuchter Erde liegen. Das würde sie nicht überleben.

»Werde ich Licht haben?«

»Nur am Tage, das musst du verstehen.«

Sie verstand. Nachts konnte das Licht durch die Bretterfugen vor den Oberlichtern dringen und ihre Anwesenheit verraten. Licht zu haben, wäre beinahe wie eine Wiedergeburt. Zum ersten Mal seit langem spürte sie, wie Hoffnung in ihr aufkeimte. Eine seltsame Hoffnung. Als wäre diese Veränderung bereits Teil des Weges, den sie bis zu ihrer endgültigen Befreiung zurücklegen musste. Als könnte nicht plötzlich alles vorbei sein, sondern nur allmählich, als wären lange Dunkelheit und lange Gefangenschaft dasselbe und als könnte man ebenso wenig plötzlich frei sein, wie man plötzlich das Tageslicht ertrüge. Sie durchschaute den Mechanismus der Hoffnung so deutlich, dass sie glaubte, das entlarvte Gefühl müsste sich augenblicklich in Nichts auflösen, verschreckt wie ein scheues Tier. Aber es blieb. Sie lächelte.

»Gut. Es ist gut, wir werden es so machen. Ich danke Ihnen, Frau Kramer. Ihnen und Ihrem Mann.«

Frau Kramer umarmte sie jetzt überschwänglich, legte eine Hand auf ihren Bauch und rieb ein wenig ungeschickt darauf herum. Dann begann sie zu weinen.

»Es kann doch nicht Gottes Wille sein«, sagte sie nach einiger Zeit mit erstickter Stimme, »dass es kein neues Leben mehr geben darf. Das kann doch nicht sein.«

Margarita war nicht auf einen Gefühlsausbruch vorbereitet gewesen. Sie lauschte stumm der anderen Frau, als spiele diese eine lange nicht gehörte Melodie. Eine der Tränen, die Frau Kramer vergoss, während sie sich an Margarita klammerte, rollte aus ihrem rechten Auge die Wange hinab und fiel der jungen Frau auf den Hals. Margarita spürte diese kleine Stelle so intensiv, wie sie sonst nur ihre Rückenschmerzen wahrnahm. Sie schloss die Augen und konzentrierte sich darauf. Die Stelle schien größer zu werden, je mehr Sekunden verstrichen. Sie bemerkte nicht, dass ihr selbst Tränen in den Augen standen. Es war, als gäbe es nur diese eine feuchte Stelle in ihrem Bewusstsein. Plötzlich hatte sie das starke Verlangen, den Geschmack von Frau Kramers Tränen im Mund zu spüren. Sie nahm ihr Gesicht in beide Hände, fühlte die zarte Haut auf ihren Handflächen und küsste sie auf die Augen. Fuhr sich mit der Zunge über die Lippen. Schmeckte das Salz. Frau Kramers Salz. Küsste sie wieder.

»Mütterchen, Mütterchen«, flüsterte sie. »Nicht weinen. Alles wird gut.«

FÜNF

»Mein liebes Kind. In Wirklichkeit ist die Erde hohl. Alles dies, was uns umgibt und was du bald schon sehen wirst, ist das tiefe Innere unseres Planeten.« Sie zeigte auf die Petroleumlampe, die vor ihr auf einem kleinen, klobigen Holztisch stand.

»Dies ist das Zentralgestirn des Erdinneren. Es erleuchtet die ganze Welt. Draußen? Ach, Kind, draußen gibt es nichts Interessantes. Draußen klammern sich die Menschen an die Erde, als wollten sie große Stücke aus ihr herausreißen. Draußen sind die Menschen viel kleiner, viel, viel kleiner. Und deshalb sind es sehr viele. Sie laufen wie Ameisen umher, immer auf der Suche nach etwas, immer verirrt im Kreis, immer viel zu schnell. Aber hier drinnen, mein Kind, hier gibt es nur uns zwei und diesen Tisch mit der Sonne darauf und diese Regale dort an der Wand mit den Einmachgläsern, die schimmern wie ferne Sterne, und das alte Holzbett, das hinter uns an der Wand steht, und das Buch, das ich in meiner Hand halte.«

Das Buch war nicht dick. Es hatte einen hellblauen Stoffeinband, der ein wenig verdreckt war. Auf dem Deckel stand in rotbraunen gotischen Lettern *Die deutsche Mutter und ihr erstes Kind*. Es war von einer Dr. Johanna Haarer verfasst worden und im Lehmanns Verlag in München und Berlin erschienen. 1940. Herr Kramer hatte es auf der Straße vor einem Wohnhaus, an dem er zufällig in der Stadt vorbeigekommen war, aus einem ganzen Stapel Bücher gezogen. Er hatte mit dem Buch in der Hand dagestanden und das Haus betrachtet, ein schönes, geräumiges Haus aus der Jahrhundertwende, und er hatte sich daran erinnert, dass er schon einmal etwas Ähnliches gesehen hatte, ein paar Straßen weiter, in der Nähe des Flusses. Damals war er früher gekommen und hatte, gemeinsam mit einer kleinen Menschenschar, zugeschaut, wie eine junge Frau im Morgenrock mit einem etwa sechsjährigen Mädchen aus dem Haus gelaufen kam, gefolgt von einem jungen Mann in eleganter Kleidung, der die Arme schützend über seinen Kopf hielt, während zwei Männer in schwarzen SS-Uniformen hinter ihm herliefen und ihn mit Knüppeln schlugen. Herr Kramer hatte sich nicht abgewandt, als der Mann zu Boden ging und die Frau schreiend zurückgerannt kam, um ihm wieder auf die Beine zu helfen. Er hatte gesehen, wie der Mann sich mit blutendem Kopf aufraffte, um weiterzulaufen. Herr Kramer hatte die umstehenden Leute beobachtet, Leute aus Nachbarhöfen, Stadtleute. Sie standen schweigend, manche grinsten, andere hatten versteinerte Gesichter, manche blickten gleichgültig. Die zwei SS-Leute beschimpften die Vertriebenen ohne Unterlass, wobei sie so laut schrien, dass ihre Stimmen heiser klangen. Das Mädchen klammerte sich an seine Mutter und weinte. Oben an den Fenstern standen SS-Leute und begannen jetzt, Gegenstände auf die Straße zu werfen, kleine Möbel und Bücher, die Bücher hatten sich im Fall geöffnet und machten flatternde Geräusche, als verlören sie alle ihre Worte und hätten nur noch weiße Blätter, wenn sie unten aufschlugen. Es war windig gewesen, Kleidung wehte hernieder, Herr Kramer hatte Herrenanzüge gesehen und ein blaues Kleid, das wie ein Gespenst eine Weile seine Höhe hielt, bis es in einen Baum gewirbelt wurde und sich im Geäst verheddert. Die kleine Menschenschar hatte sich rasch über die Sachen hergemacht, es kam sogar zu Rangeleien, aber die SS-Leute kümmerten sich nicht darum.

Das alles war schon ein paar Jahre her, aber Herr Kramer erinnerte sich noch genau. Er wusste, was in dem Haus geschehen sein musste, vor dem die Bücher gelegen hatten. Herr Kramer beschloss, dass *Die deutsche Mutter und ihr erstes Kind* ein sehr nützliches Buch war, und steckte es ein. Jetzt lag es in Margaritas Händen. Sie las viel darin, denn ihr gefielen der wissenschaftliche Ton und die genauen anatomischen Zeichnungen. Siebenundfünfzig gab es davon im Buch. Margarita glaubte, es sei wichtig, dass sie sich informierte, um nicht irgendetwas falsch zu machen. Oft las sie so laut, wie die Heimlichkeit ihres Daseins es zuließ, damit das Kind in ihrem Bauch nicht in vollkommener Stille heranwuchs. Und wenn ihre Augen müde wurden vom trüben Licht der Petroleumlampe, dann erzählte sie, was ihr gerade in den Sinn kam, so wie die Geschichte von der hohlen Erde. Jetzt öffnete sie das Buch erneut und las vor:

»So zahlreich und vielfältig die Ursachen sind, die ein Kind zum Schreien veranlassen, so wird manche Mutter nach sorgfältiger Prüfung erklären müssen, dass es sich um keine von allen handelt. Das Kind schreit eben, und gar nicht wenig – warum aber, ist unerfindlich. Es bleibt oft nichts anderes übrig, als anzunehmen, dass es aus Anlage, Gewohnheit oder geradezu zum Zeitvertreib schreit.«

Sie machte eine Pause und blickte auf ihren Bauch.

»Dass dir das nicht in den Sinn kommt, hörst du!«

Frau Dr. Haarer war sehr bestimmt bei der Lösung des Problems: »Das Kind wird nach Möglichkeit an einen stillen Ort abgeschoben, wo es allein bleibt, und erst zur nächsten Mahlzeit wieder vorgenommen. Häufig kommt es nur auf einige wenige Kraftproben zwischen Mutter und Kind an – es sind die ersten! – und das Problem ist gelöst.«

Sie blickte auf. An einen stillen Ort, dachte sie und sah sich im Keller um. Allein, dachte sie. Plötzlich dachte sie an den SS-Mann, den sie erschossen hatten, Piotr und sie. An den SS-Mann mit den unschuldigen blauen Kinderaugen. Und sie begriff endlich, was sie so seltsam berührt hatte, bevor sie den alten Revolver abfeuerte. Es war die unendliche Einsamkeit gewesen, die sie aus diesen arischen Augen angeblickt hatte, eine Einsamkeit, die so offenlag wie dieses Buch von Frau Dr. Haarer. Sie stellte sich vor, dass Frau Dr. Haarer die Mutter des Deutschen war, und fragte sich, wie sie wohl aussah. Sie musste groß und hager sein, mit einer langen, knochigen Nase und hohlen Wangen. Eine vertrocknete Frau, der Nachgiebigkeit fremd war, die stets in der Angst lebte, ausgenutzt zu werden, und die alles dies mit ihren ausgeklügelten Erziehungsmethoden an ihre Kinder weitergegeben hatte. Alles dies und die Einsamkeit.

Margarita las weiter, aber nicht mehr laut, denn sie wollte nicht, dass ihr ungeborenes Kind mehr von Frau Dr. Haarers Ansichten erfuhr. »Versagt auch der Schnuller, dann, liebe Mutter, werde hart! Fange nur ja nicht an, das Kind aus dem Bett herauszunehmen, es zu tragen, zu wiegen, zu fahren oder es auf dem Schoß zu halten, es gar zu stillen. Das Kind begreift unglaublich rasch, dass es nur zu schreien braucht, um eine mitleidige Seele herbeizurufen und Gegenstand solcher Fürsorge zu werden. Nach kurzer Zeit fordert es diese Beschäftigung mit ihm als ein Recht, gibt keine Ruhe mehr, bis es wieder getragen, gewiegt oder gefahren wird – und der kleine, aber unerbittliche Haustyrann ist fertig.«

Margarita legte das Buch auf den Tisch und erhob sich. Mit eingezogenem Kopf stand sie da, ihr Bauch wölbte sich schon weit nach vorn. Sie umfasste ihn mit den Händen, streichelte ihn. Dann sagte sie feierlich:

»Mein liebes Kind, ich verspreche dir, ich werde dieses Buch als eine umgekehrte Anleitung nehmen. Wo es sagt *Nicht stillen!*, da werde ich dich stillen, wo es sagt *Hart werden!*, da werde ich weich sein. Wo es sagt *Abschieben!*, da werde ich dich in die Arme nehmen. Du wirst dann bestimmt ein kleiner Tyrann, aber vielleicht später kein großer.«

Sie setzte sich wieder, die Ansprache war beendet. Ihr Kind würde aus einem kleinen dunklen Loch in ein großes dunkles Loch kommen. Es würde weder frische Luft atmen noch das Tageslicht sehen. Das war schlimm genug. Aber es würde auf keinen Fall von Anfang an nachts allein sein, wie Frau Dr. Haarer verlangte. Es würde nie allein sein, solange sie in dieser Unterwelt leben mussten. Und sie selbst würde auch nicht mehr allein sein. Das waren zwei gute Neuigkeiten an einem Tag.

Es klopfte an der Kellertür. Zweimal schnell, zweimal langsam. Das war das Zeichen, das sie vereinbart hatten. Herr Kramer war auf den Gedanken gekommen, und anfangs hatte Margarita es albern gefunden. Aber es war doch sehr angenehm, genau zu wissen, wer kam. Denn obwohl beide das gleiche Klopfzeichen machten, klang es jeweils unterschiedlich. Frau Kramer klopfte ganz leise, wie eine Verschwörerin, die um Einlass bittet. Herr Kramer dagegen laut, wie jemand, der sein Kommen verkündet. Jetzt hatte es leise geklopft.

Seit Margarita sich mit den Möbeln der polnischen Vorbesitzer im Keller eingerichtet hatte, kam Frau Kramer sooft sie konnte herunter. Je dicker Margaritas Bauch wurde, desto aufgeregter war sie. Sie hatte begonnen, Kleidung für das Baby zu stricken, obwohl Wolle sehr knapp war und sie ihre eigenen Sachen auftrennen musste. Manchmal saßen die beiden Frauen beisammen wie Mutter und Tochter und besprachen Dinge, die zu geschehen hätten, wenn das Kind erst geboren war.

Sogar Herr Kramer kam häufiger. Er war ein schweigsamer Mann, der stets den Eindruck machte, nicht an den Platz zu gehören, an dem er sich gerade befand. Wenn Margarita seine schweren Schritte auf der Kellertreppe hörte, richtete sie sich auf ein Gespräch mit wenigen Worten und langen Pausen ein. Trotzdem mochte sie seine Anwesenheit, denn er strahlte eine große Verlässlichkeit aus.

Sehr bald schon wurde diese Verlässlichkeit auf eine harte Probe gestellt. Als Margarita im siebten Monat schwanger war, wurden die Lebensmittel knapper. Die Ernte war nicht gut gewesen, außerdem hatte die Wehrmacht zwei Zwangsarbeiter, die auf den Feldern halfen, abgezogen, damit sie im Altreich in der Waffenproduktion arbeiteten. Einen ganzen Herbst lang hatten die Kramers auf ihrer Parzelle zugebracht, um die Ernte zu retten, und dann war die Wehrmacht gekommen und hatte die Hälfte beschlagnahmt. Außerdem hörte man, dass die Russen langsam näher kamen.

Margarita hatte unentwegt Hunger, aber es gab nicht genug. Die Regale an der Kellerwand, wo früher die Einmachgläser in verschiedenen Farben geleuchtet hatten, waren leer. Und der Winter würde kalt werden, das spürte man. Eines Morgens erklärte Herr Kramer seiner Frau, dass es so nicht weitergehen konnte. Es konnte nicht sein, dass sie beide hungern mussten, während eine Fremde im Keller saß und nichts anderes tat, als auf die Niederkunft eines weiteren Essers zu warten.

»Aber sie ist keine Fremde mehr«, erwiderte Frau Kramer. Herr Kramer wusste nichts darauf zu erwidern. Er begriff, dass seine Frau viel weiter gegangen war als er. Sie hatte Margarita und deren Kind in die Familie aufgenommen. Er hatte das nicht getan, und er würde es vielleicht niemals tun. Es war Abend. Sie saßen in der Küche an einem langen Holztisch, der davon erzählte, dass die polnische Familie, die einst hier gelebt hatte, groß gewesen sein musste. Die Küche war der geräumigste Ort im ganzen Haus, mit Ausnahme des Heuspeichers im ersten Stock. Sogar der Stall war kleiner. Frau Kramer stand auf und setzte sich an den Kachelofen. Sie wusste, was in ihrem Mann vorging. Woher nur sollten sie ausreichend Lebensmittel holen, ohne aufzufallen? Ihr Blick wanderte zu den beiden kleinen Fenstern über Spüle und Herd. Draußen sah man die Zufahrt, die sich zur Landstraße nach Lodz schlängelte. Sie war von hohen Ulmen gesäumt, in deren ausladenden Kronen sich bereits die Dunkelheit niedergelassen hatte. In wenigen Wochen würden sie ihre Blätter verlieren.

»Vielleicht kann der Pfarrer etwas geben«, sagte Herr Kramer nach einer Weile.

»Woher soll der Pfarrer mehr nehmen, als er selbst zum Leben braucht?«

»Der Pfarrer könnte andere Familien fragen.«

»Was soll er ihnen sagen? Da ist eine Jüdin bei den Kramers, die ein Kind bekommt und unbedingt mehr essen muss? Der Pfarrer kann uns nicht helfen, und die anderen Familien haben sicher nicht mehr als wir.«

Sie schwiegen erneut. Draußen schlug der Hund an. Sicher eine Katze. In die Stille mischte sich das behäbige Ticken der Standuhr, die neben dem Treppenaufgang stand. Sie war ein Erbstück aus Frau Kramers Familie und eines der wenigen Möbelstücke, die sie mitgebracht hatten.

»Wir könnten die Standuhr verkaufen und vom Erlös eine dritte Kuh anschaffen«, schlug Frau Kramer vor. Herr Kramer sah seine Frau an, die aufgestanden war, um sich eine Decke um die Schultern zu schlagen. Es überraschte ihn, dass sie dieses wertvolle Familienstück hergeben wollte. Sie war immer ein wenig konsequenter, als er vermutete. Aber wer würde in diesen Zeiten eine Standuhr kaufen?

»Die SS«, sagte Frau Kramer knapp. »Ich habe es selbst gesehen. Sie durchstöbern die verlassenen Häuser nach Gegenständen, Möbeln, Bildern und anderen Sachen, die sie selbst gebrauchen können, bevor die neuen Besitzer kommen. Sie sind ganz verrückt nach wertvollen Dingen. Du könntest mit der Uhr zu ihnen gehen und sie ihnen anbieten.«

»Mit diesem Gesocks will ich nichts zu tun haben.«

»Dann mach ich es.«

SECHS

An einem kalten Oktobermorgen machte Herr Kramer sich auf den Weg in die Stadt, um die Standuhr seiner Frau an die SS zu verkaufen. Die Sonne war noch nicht aufgegangen, ein fahles Licht lag auf der Landschaft und ein feuchtkalter Nebel hob sich träge von den Feldern. Bevor Herr Kramer die Uhr auf den Zweiachser lud, auf dem sie zusammen mit allen ihren übrigen Sachen einmal hier angekommen war, ließ Frau Kramer sie mehrere Male schlagen. Sie musste sich auf die Zehenspitzen stellen, um an das große Messingblatt zu reichen. Dicke schwarze Zahlen im gotischen Stil prangten darauf. Sie schob den breiten Minutenzeiger mit einem gichtigen Zeigefinger auf die volle Stunde und trat einen Schritt zurück. Die Uhr schlug acht Mal. Frau Kramer hatte ihren Arm um die breite Hüfte ihres Mannes gelegt, und gemeinsam standen sie da, als lauschten sie einem Konzert. Frau Kramer wollte sich den tiefen und gemächlichen Gong ihrer Standuhr sehr gut einprägen. Ihr Vater hatte gesagt, Gib sie niemals fort, du wirst keine andere

Uhr finden, die so beruhigend ist. Sie würde versuchen, ihren Klang nicht zu vergessen. Vielleicht, so hatte sie zu Margarita gesagt, Kann ich sie hier oben in meinem Kopf schlagen lassen, und dabei hatte sie mit dem Finger an ihre breite Stirn getippt.

Herr Kramer kannte ihren Hang zum Ritual. Sie verstand es, ganz unverhofft etwas Gewöhnliches in etwas Besonderes zu verwandeln. Dann war sie für ihn wie ein wildes Reh, das man nicht stören durfte, wenn man sehen wollte, was es als Nächstes tat. So stand er da und verfolgte gebannt die Handlungen seiner Frau. Sie bewegte sich in solchen Momenten anders, beschwingter und graziler, aber ein Fremder hätte es vielleicht nicht wahrgenommen. Herr Kramer hatte sich nie gefragt, warum sie es tat, denn für ihn war es ganz offensichtlich, dass sie und die Dinge, die sie berührte, dadurch schöner wurden.

Nach dem achten Schlag war der weihevolle Moment vorüber. Frau Kramer seufzte und ließ ihren Mann los. Herr Kramer öffnete das Türchen der Uhr, um das lange Pendel abzuhängen und die beiden zylinderförmigen Messinggewichte von den Ketten zu nehmen. Er wickelte alles in ein grobes Leinentuch ein und legte es draußen auf den Wagen. Danach tat er dasselbe mit der Uhr. Frau Kramer gab ihrem Mann einen Kuss auf die Wange, bevor er den Schal um Hals und Ohren schlang und hinaustrat. Er gab der Kuh einen Klaps, nahm sie am Joch und ging den Weg hinunter. In der Ferne brummte ein leises Donnern, das seit Wochen unmerklich lauter wurde. Die Räder rumpelten über die gefrorene Erde, die Lade klapperte laut. Auf der Landstraße wurde es besser. Herr Kramer ging eine Stunde lang über nackte Felder, durch kleine Wäldchen, über einen Bach, drei Spähpanzern entgegen, überholt von Lastkraftwagen der Wehrmacht, bis zu einem beweglichen Posten der SS.

Er sah sie von Weitem. Dahinter, in einer leichten Senke, lag die Stadt, nur zwanzig Minuten entfernt. Ein schlanker Panzerwagen mit aufgebocktem Maschinengewehr stand am rechten Straßenrand, wie ein großes Insekt, das auf Beute wartet. Auf der gegenüberliegenden Straßenseite hatte sich ein Kübelwagen postiert. Es war niemand zu sehen. Sie werden frieren, sagte sich Herr Kramer und ging weiter. Er hatte seinen Pass griffbereit, er war ein ausgewiesener Siedler, er wusste, dass er Teil eines staatlichen Projekts und deshalb sicher war.

Trotzdem wurde er unruhig. Die SS-Leute würden nichts davon bemerken, denn Herr Kramer gehörte zu den Menschen, die fast immer stoisch wirkten. Vielleicht kam es durch seine brummige Stimme und seine klaren Formen, das üppige und gleichmäßige Rund seines Kopfes, das nicht durch zu viele Haare gestört wurde, die dunklen und tiefliegenden Augen unter dichten Augenbrauen und über Wangen, die einmal Bäckchen waren in besseren Zeiten, In jüngeren Zeiten, korrigierte Herr Kramer sich, In jüngeren Zeiten war ich wohl sogar zu dick. Der Krieg hat auch sein Gutes, sagte er sich und lachte kurz und bitter auf. Eigentlich wäre Herr Kramer ein fröhlicher Mensch gewesen, wäre nicht der Krieg gekommen und hätte ihm seinen Sohn genommen. Seitdem war sein Humor verdorben, und er wollte ihn niemandem mehr zumuten, nicht einmal sich selbst. Einmal hatte er seiner Frau die Wahrheit über das gesagt, was er empfand, nur einmal. Sie hatte Kartoffeln geschält, und er hatte gesagt, Seit Karls Tod bin ich verrückt. Da hatte sie kurz innegehalten und ihn skeptisch angeblickt. Geh, hatte sie dann gesagt, Du warst schon immer verrückt. Er wusste bis heute nicht, was er darauf erwidern sollte.

Als Herr Kramer fast am Kontrollposten der SS angekommen war, öffnete sich die Tür des Kübelwagens und ein Mann in schwarzer Uniform stieg aus. Herr Kramer blieb stehen und wartete. Die Kuh streckte ihre großen Löffelohren vom Kopf weg und betrachtete neugierig den SS-Mann, der mit schnellen Schritten auf sie zukam. Herr Kramer sah, dass er sein Sohn hätte sein können, so jung war er. Aber die Jungen waren gefährlich. Herr Kramer hob langsam den rechten Arm, streckte die Finger.

»Heil Hitler.«

»Heil Hitler! Papiere!«

Herr Kramer zog seine Papiere aus der Manteltasche, die Kuh beschnupperte den Ellbogen des SS-Mannes und erhielt dafür einen Klaps auf die Nüstern. Als er die Papiere von Herrn Kramer entgegennahm, fiel ihm eine blonde Strähne in die Stirn. Herr Kramer war erstaunt über die Länge seines Haars. Er betrachtete den Mann genauer. Seine Uniform hatte nur auf den ersten Blick makellos ausgesehen. Jetzt sah Herr Kramer, dass sie verschlissen wirkte, an manchen Stellen schien sie sogar mit Schuhcreme geschwärzt zu sein.

»Was wollen Sie in der Stadt, Volksgenosse?«, fragte der Mann ohne aufzublicken.

»Die Standuhr meiner Frau an die SS verkaufen.«

Der SS-Mann sah ihn prüfend an. »Sie wollen mir wohl einen Bären aufbinden, Volksgenosse!«

»Nein. Sie liegt hinten auf dem Karren. Meine Frau meinte, die SS interessiert sich für alte Möbel.« Er zögerte. »Wir brauchen Vorräte für den Winter.«

»Arbeitet ihr denn nicht?«, fragte der SS-Mann und versuchte, strenger auszusehen, als es seiner Jugend anstand. Er fragte sich immer noch, ob der Bauer, der da vor ihm stand, ihn auf den Arm nehmen wollte. Das Einzige, was ihn zweifeln ließ, war die Tatsache, dass die SS sich wirklich für alte Möbel interessierte.

»Doch, wir arbeiten, aber die Wehrmacht muss auch versorgt sein.«

»Haben Sie etwas dagegen, dass die Wehrmacht ihren Teil bekommt, Volksgenosse?«

»Nein. Aber wenn die Vorräte für den Winter ausreichen sollen, brauchen wir Geld. Deshalb verkaufe ich die Standuhr meiner Frau.«

»An die SS?«

»Ja.«

»Habt ihr denn nur diese eine Kuh da?«

»Ja«, log Herr Kramer, weil er befürchtete, sie würden die andere Kuh konfiszieren.

»Nur Sie und Ihre Frau?«

»Ja.«

»Wo?« Herr Kramer wies mit einer kurzen Bewegung in die Richtung, aus der er gekommen war.

»Etwa eine Stunde zu Fuß von hier.« Der SS-Mann überlegte kurz.

»Ihr solltet mindestens zwei Kühe haben«, sagte er dann und verriet seine ländliche Herkunft.

»Das denke ich auch«, sagte Herr Kramer und versuchte auszusehen wie einer, der wirklich denkt, was er sagt.

»Kann ich die Uhr mal sehen?« Aus dem Kübelwagen stieg ein zweiter SS-Mann. Die Kuh streckte ihre Ohren vom Kopf weg und beglotzte den zweiten Mann. Er war kaum älter als der erste. Auch seine Uniform wirkte ungepflegt. Herr Kramer war nach hinten gegangen, hatte die Lade heruntergeklappt und zog jetzt die eingewickelte Standuhr heraus. Als er sie hingestellt und ausgewickelt hatte, setzte der erste SS-Mann eine prüfende Miene auf, als wolle er im nächsten Augenblick ihren exakten Wert schätzen.

»Was will er damit?«, fragte der zweite SS-Mann.

»Er sagt, er will sie an die SS verkaufen.«

Der zweite SS-Mann lachte auf. »Alter Mann, in der Stadt bezahlen sie dir höchstens den Preis fürs Brennholz!«

»Glaubst du, sie ist nichts wert?«, fragte der erste SS-Mann.

»Quatsch, ich glaube, dass die Brennholz nötiger haben als alte Möbel.«

»Aber der Obergruppenführer kauft doch alte Möbel.«

Der zweite SS-Mann wackelte mit dem Kopf und schnitt eine ungeduldige Grimasse. »Der Obergruppenführer is'n Schöngeist, verstehste. Der kauft keinen Bauernschick wie das hier.«

»Also glaubst du doch, dass sie nichts wert ist.«

»Ach, ist mir doch egal, was sie wert ist«, sagte der zweite SS-Mann und wandte sich unzufrieden ab.

»Sind seine Papiere in Ordnung?«, fragte er im Weggehen. »Dann lass ihn.« Der erste SS-Mann zögerte.

»Was ist in dem anderen Tuch?«

»Das Pendel und die Gewichte«, sagte Herr Kramer, der sich nicht geregt hatte. Der SS-Mann gab auf. Er wirkte jetzt so enttäuscht wie ein Kind, das ein Abenteuer erhofft hat und einer Banalität begegnet.

»Sehen Sie zu, dass Sie weiterkommen«, sagte er und ging ohne ein weiteres Wort zu dem Kübelwagen hinüber.

Als Herr Kramer die Uhr erneut eingewickelt und auf den Karren gelegt hatte, hörte er hinter sich ein leises metallisches Rasseln, das schnell lauter wurde. Hinter dem letzten Hügel tauchten nacheinander neun oder zehn Panzer der Wehrmacht auf, die mit hoher Geschwindigkeit fuhren. Sie würden gleich hier sein. Herr Kramer beschloss, den Karren hinter den Panzerwagen der SS zu fahren, um zu vermeiden, dass die Kuh nervös wurde. Das Rasseln der Panzerketten wurde lauter. Wenn sie es so eilig haben, dachte Herr Kramer, Und wenn die feine SS schon so schlecht aussieht, dann kann es auch im Großen und Ganzen nicht zum Besten stehen. Als die Panzer am Kontrollposten der SS vorbeifuhren, erzitterte der Boden und die Kuh wurde nervös. Herr Kramer hielt sie am Joch fest und beruhigte sie. Dann ging er weiter. Die Panzer mussten querfeldein gefahren sein, denn ihre Ketten hatten harte Erdbrocken auf der Straße zurückgelassen. Die Räder rumpelten und die Lade klapperte. Herr Kramer dachte nach, während er die Panzer beobachtete, die sich rasch entfernten. Er musste sich in der Stadt nach der Lage an der Front erkundigen oder vielleicht in einer Wirtschaft den Volksempfänger hören.

Als er die Senke erreichte, in der die Stadt lag, blieb er kurz stehen. Das tat er jedes Mal. Die Stadt war nicht sehr groß, sie erinnerte ihn ein wenig an Lübeck mit ihrer runden mittelalterlichen Gestalt und den vielen spitzen Kirchtürmen. Er erinnerte sich gut an Lübeck. Es war die einzige große Reise gewesen, die er vor der Umsiedlung gemacht hatte. Zwei Tage nach der Hochzeit waren sie aufgebrochen, Wie lange war das jetzt her?, fünfundzwanzig Jahre und ein paar Monate. Damals hatte Deutschland einen Krieg verloren, und sie hatten mit dem Gedanken gespielt, in die neue Republik zu ziehen, nach Lübeck, das ihnen so gut gefallen hatte. Aber dann war seine Frau schwanger geworden, und der Alltag hatte sie den Gedanken vergessen lassen. Später war aus der Republik wieder ein Reich geworden, und dieses Reich war zu ihnen gekommen und hatte gesagt, Kommt zu uns, und diesmal waren sie dem Ruf gefolgt. Damals hatte er sich gefreut, denn nun waren sie nicht mehr in der Minderheit, sondern Deutsche unter Deutschen. Aber als sein Sohn starb, hatte er aufgehört, sich darüber zu freuen, hatte stattdessen begonnen, sich zu fragen, ob es nicht besser gewesen wäre, wenn sich gar nichts verändert hätte, wenn alles beim Alten geblieben wäre.

Jetzt stand er hier und blickte auf eine Stadt, die ihm stets fremd bleiben würde, deren einzige Verbindung mit seinem eigenen Leben in ihrer Ähnlichkeit mit einer anderen fremden Stadt bestand. Ähnlich auch in ihrer Schönheit. Es gab zwar nicht so viel Wasser wie in Lübeck, doch ein Fluss schlängelte sich hindurch und teilte sie in zwei fast gleich große Kuchenhälften. Schöne alte Steinbrücken führten von einem Ufer zum anderen, und im Winter fuhren die Leute Schlittschuh auf dem gefrorenen Wasser.

Die Sicht war nicht gut. Der Nebel hatte sich in der Senke offenbar länger gehalten und lag jetzt wie ein kalter Schleier über den Dächern. Die Sonne stand verschwommen wie ein zerlaufenes Eigelb über dem Horizont und sandte ein diffuses Licht aus, das allmählich begann, ihn zu blenden. In zehn Minuten würde er die ersten Häuser erreichen. Er ging weiter.

In der Stadt herrschte bereits reges Treiben. Die Geschäfte waren geöffnet, und Menschen eilten durch die Straßen und Gassen, um ihre Besorgungen zu erledigen. Die Fensterläden waren zurückgeschlagen, und hier und dort sah man ein geöffnetes Fenster im ersten Stockwerk, auf dessen Fensterbank Bettwäsche zum Lüften lag. Der Karren rumpelte laut über das Kopfsteinpflaster, und die Kuh hatte Mühe beim Auftreten. Es lag eine Frische in der Luft, die Herrn Kramer tief durchatmen ließ.

Er kannte den Weg zum Rathausplatz. Dort hatte die örtliche Führung der SS ihr Quartier aufgeschlagen. Er führte die Kuh durch verwinkelte Gassen, wo der Karren gerade hindurchgelangte, vorbei an der kleinen Sankt-Josephs-Kirche, in der er einmal für seinen Sohn gebetet hatte. Je näher Herr Kramer dem Rathausplatz kam, desto mehr SS-Leute sah er. Sie strebten durch die Straßen oder marschierten an ihm vorbei. Niemand achtete auf ihn, alle schienen in großer Eile zu sein. Viele waren auffallend jung. Herr Kramer beschloss, die nächste Zivilperson um Auskunft zu fragen. Es war eine alte Frau, die aus ihrer Haustür getreten war, um einen weißen Emailtopf im Rinnstein zu leeren. Sie wirkte abgemagert und müde. Während sie ihm in jenem breiten Dialekt, den er aus seiner Heimat kannte, erzählte, wie es um die Front stand und dass die Wehrmacht Verstärkung brauchte, wie die SS alles, was männlich war, rekrutierte, wie die Bevölkerung allmählich aufgeteilt war, hier die Frauen, die Kinder und die Alten, da die Männer, samt und sonders in Uniform, und dass ihr das alles gleichgültig sein konnte, weil man ihre drei Jungen schon verschlissen hatte, sie hatte ihren Dienst am Vaterland gründlich geleistet, gründlicher als manch einer, der sich beschwert, und dabei blickte sie verächtlich auf eines der Nachbarhäuser. Während sie vor Herrn Kramer stand und noch viel mehr erzählte, wanderte ihr Blick unentwegt über die Kuh, die geduldig neben Herrn Kramer stand und wiederkäute. Herr Kramer bemerkte es, aber er fand keine Pause, die er hätte nutzen können, um das Gespräch zu beenden. Ohne ihn länger als einige Sekunden anzusehen, bevor ihr Blick erneut über die Kuh und jetzt auch den Karren wanderte, erzählte sie von den Einsatzorten ihrer Söhne, einer war in Frankreich gefallen, ein anderer in Afrika, vom Jüngsten hatte sie seit einem Jahr keine Nachricht mehr, sie sagte,

Ach, wenn Sie wüssten, guter Mann, was unsereins durchmachen muss in diesen Zeiten, und dann blickte sie sich verschwörerisch um, senkte die Stimme und vertraute Herrn Kramer an, dass die kleinen Leute doch stets für alles Große herhalten müssten, Wenn wir nicht hungern täten, gäbe es schon längst keine Ostfront mehr, das sage ich Ihnen, guter Mann, das sage ich Ihnen, sagte sie, und es war, als spreche sie nicht mit Herrn Kramer, sondern mit der Kuh, so sehr waren alle ihre Sinne auf das Tier gerichtet. Sie hätte wohl immer weiter gesprochen, nur damit die Kuh nicht wegginge, wenn Herr Kramer sie nicht mit einem Dank und einem Gruß unterbrochen hätte und gegangen wäre. Aber er kam nicht weit.

»He, Volksgenosse!«, rief sie ihm hinterher, und alle Klage war aus ihrer Stimme gewichen. »Hast du nicht ein wenig Milch für mich? Ich will's auch bezahlen.« Herr Kramer blieb stehen. Die Kuh war bereits gemolken worden, aber er hatte etwas Milch im Euter gelassen, damit er in der Stadt nichts zu trinken kaufen müsste. Jetzt verkaufte er sie für eine Reichsmark. Das war viel Geld, und ursprünglich hatte er weniger nehmen wollen. Aber sein Instinkt hatte ihm gesagt, dass er das Doppelte bekäme, wenn er es nur verlangte.

»Warte!«, rief die Alte und verschwand im Haus. Kurz darauf tauchte sie mit einem schmutzig wirkenden Blechkanister auf. Herr Kramer kniete sich ein wenig schwerfällig vor das Euter der Kuh und begann, Milch in den Kanister zu melken. Hinter ihm fing die Alte leise zu singen an:

Maikäfer, flieg!
Der Vater ist im Krieg.
Den Opa zieh'n sie auch noch ein,
das wird wohl die Vergeltung sein.
Maikäfer, flieg!

Dann lachte sie leise und nickte vor sich hin. Herr Kramer hatte den Eindruck, dass sie nicht ganz bei Trost war. Verrückt geworden, dachte er, Wie ich selbst. Nur dreimal so schlimm. Sohn um Sohn.

Nachdem Herr Kramer sein Geschäft abgeschlossen hatte, ging er weiter. Nach wenigen Minuten war er am Ziel. Vor ihm lag der Rathausplatz. Links von ihm stand der schmale, hohe Turm des gotischen Münsters, genau gegenüber am anderen Ende des länglichen Platzes stand das Rathaus. Es war im selben gotischen Stil erbaut, und man hätte es leicht für eine weitere der unzähligen Kirchen halten können, die es in der Stadt gab. Herr Kramer mochte die Gotik, er liebte es, dicht an die Türme heranzutreten und nach oben zu blicken. Dann wurde ihm schwindelig und ein Schauer lief ihm über den Rücken, wenn er daran dachte, wie es sein musste, wenn man oben war.

Aber jetzt dachte er nicht daran, sondern steuerte den Karren auf das Rathaus zu. Das war nicht leicht, denn auf dem Platz wimmelte es von Menschen. Die meisten trugen die schwarzen Uniformen der SS. Sie waren in Aufbruchsstimmung. Überall standen und fuhren Kübelwagen und leichte Panzerwagen herum, ohne dass Herr Kramer ein Muster ihrer Bewegungen erkennen konnte. Alles wirkte sehr zielstrebig, Befehle wurden hin und her gebrüllt, das Stimmengewirr der Soldaten vermischte sich mit den Motorengeräuschen und den trockenen Klopflauten marschierender Stiefel. Es roch nach Benzin und Pferdedung.

Die wirre Prozession der SS-Streitkräfte bewegte sich um einen kleinen Markt, dessen Stände sich genau in der Mitte des Platzes befanden und der ein wenig wirkte wie eine belagerte Burg. Von dort drangen robuste Stimmen, denen man die Gewohnheit des Brüllens anhörte, zu Herrn Kramer hinüber. Sie boten alles Mögliche feil, doch aus der Entfernung sah es nicht so aus, als gebe es viel zu kaufen. Trotzdem war der Markt rege besucht, vor allem Frauen gingen dort langsam von Stand zu Stand, um Lebensmittel zu erstehen. Herr Kramer war versucht, auf den Markt zu gehen, doch er entschied sich anders. Zuerst wollte er sein Geschäft mit der SS abschließen. Er hielt sich am Rand des Platzes und kam gut voran.

Er gelangte zum Rathaus. Links und rechts neben dem Eingang waren zwei SS-Leute postiert. Sie wirkten, als würden sie für immer dort stehen, als könnte nichts und niemand sie zu einer menschlichen Regung verleiten. Herr Kramer führte die Kuh an den Fuß der Freitreppe und blockierte die Räder des Wagens. Er war sicher, dass niemand es wagen würde, vor den Augen der SS einen Diebstahl zu begehen. Als er die Treppe hinaufstieg, erwachten die SS-Leute zum Leben.

»Halt, Volksgenosse. Wohin des Wegs?«, sagte einer der beiden von oben in gelassenem, fast schläfrigem Tonfall, der ihm sogleich deutlich machte, dass er hier nicht auf die Unerfahrenheit hoffen konnte, die ihm vor der Stadt begegnet war. Das verwirrte ihn, denn der Wachtposten war so jung, dass Herr Kramer erneut an seinen gefallenen Sohn denken musste. Eigentlich dachte er bei allen jungen Männern, die er sah, an seinen Sohn, aber dieser hier sah ihm sogar ein wenig ähnlich. Er hatte braunes Haar und ein rundliches Gesicht, das beinahe unschuldig aussah. Vielleicht war es diese Ähnlichkeit, die Herrn Kramer ein wenig schutzloser machte als gewöhnlich. Er hob die Hand zum Deutschen Gruß, während er noch ein paar Stufen erklomm, und sagte mit seiner brummigen Stimme:

»Heil Hitler, ich wollte zum Oberbefehlshaber der hiesigen SS.«

»Aus welchem Grund?«, fragte der SS-Mann gelangweilt. Er wirkte auch jetzt wie eine Kriegerstatue, die ihn aus kalten, grauen Augen musterte, ohne die geringste Anteilnahme zu verraten. Der andere SS-Mann hatte ihn nur kurz beobachtet und ignorierte ihn seitdem. Herr Kramer war verunsichert. Sie mussten denken, er sei verrückt, wenn er sein Anliegen vorbrachte. Zögernd brachte er eine Erklärung hervor:

»Wir sind Siedler, meine Frau und ich. Unser Hof liegt etwa anderthalb Stunden zu Fuß Richtung Westen. Wir haben wenig Vorräte für den Winter, deshalb kam meine Frau auf die Idee, nun ja, sie hat eine antike Standuhr von ihrem Vater geerbt, und wir dachten, ob der Oberbefehlshaber sie sich einmal anschauen könnte. Vielleicht möchte er sie kaufen.«

»Der Obergruppenführer ist heute nicht in der Stadt.«

»Ist heute nicht in der Stadt«, wiederholte Herr Kramer, ohne recht zu begreifen. Die kalten Augen des SS-Mannes waren immer noch auf ihn gerichtet, unbeweglich wie eine Wand.

»Wann kommt er denn wieder?«

»Das geht Sie nichts an, Volksgenosse.«

»Nein, natürlich nicht. Ich wollte nur ...« Er verstummte, denn ihm wurde bewusst, dass er sich verdächtig machte. Der Lärm in seinem Rücken und die kompromisslose Gleichgültigkeit vor ihm hemmten seine Gedanken. Er stand da und hatte plötzlich das Gefühl, als bündelten sich sämtliche Geräusche des Platzes in seinem Kopf.

Der SS-Mann entschied, das Gespräch sei beendet, und ignorierte ihn. Es war, als sei er wieder zu Stein geworden, als sei er nie wirklich lebendig gewesen. Herr Kramer stand noch eine Weile unschlüssig auf der Freitreppe, dann machte er kehrt und stieg zu seinem Wagen hinab wie ein geschlagener Ringer. Er war an der Unnahbarkeit eines Wachtpostens gescheitert. Ich habe mich ins Bockshorn jagen lassen, sagte er sich, während er den Radblock entfernte, Ins Bockshorn jagen lassen, als wäre ich der Junge und er der alte Mann. Jetzt stehe ich da mit einer Standuhr, die keiner will, mit einer Standuhr, deren Zeit abgelaufen ist, deren tiefer Gong nur noch in der Erinnerung seiner Frau schlagen würde, unhörbar für ihn, ein fernes Echo aus besseren Zeiten. Er wusste, dass er die Standuhr nicht mehr mit nach Hause nehmen konnte. Seine Frau hatte ihr Ritual abgehalten, und es täte ihm weh, es im Nachhinein zunichtezumachen. Aber er wusste nicht, was er tun sollte.

SIEBEN

Er hielt nicht die Rede, die er improvisiert hatte. Noch in der Nacht hatte er sich an seinen schönen englischen Schreibtisch gesetzt, mit dem Rücken zur Terrasse, und hatte eine neue Rede verfasst. Er hatte nicht nach Anna rufen lassen, um die Rede an ihr zu erproben. Jetzt stand er auf dieser Terrasse und blickte in einen grauen, wolkenverhangenen Morgen, blickte gedankenverloren, als hätte er dies geplant, über die Dächer des Rathausplatzes mit seinen ängstlich geduckten Häusern hinweg, achtete nicht auf die dreihundert Männer, die zu seinen Füßen standen, in Reih und Glied, und die darauf warteten, dass er sie auf den Tag einstimmte. Er sah aus wie immer, ein unnahbarer Gott mit einem unergründlichen Indianergesicht, der scharf geschnittenen Adlernase, die wirkte, als könne sie sich in jeden Feind hacken und tödliche Wunden beibringen, dem schmalen Mund, der niemals öffentlich und kaum je privat lächelte, der machtvollen Verschlossenheit, die von seinen Augen ausging.

Aber in Wahrheit war alles anders als sonst. Er war nie ein Judenhasser gewesen, ihre Verfolgung und Vernichtung war stets nur ein Mittel gewesen, das seiner Karriere diente, und seine Karriere war stets nur ein Mittel gewesen, das seiner Selbstachtung diente. Aber genau deshalb hatte er die Belastungen ertragen können, die erbarmungslose Menschenhatz, die ständigen Tötungen, die notwendigen Züchtigungen, genau deshalb, weil er kein Judenhasser war, hatte er anständig bleiben können, in der Art, die der Reichsführer SS meinte. Anständig inmitten der Schlachtereien, der Staudenauslese, wie es hieß, des Kampfes gegen den jüdisch-freimaurerisch-bolschewistischen Untermenschen.

Aber seit gestern Abend war alles anders. Seit gestern Abend hasste er. Er hasste Anna, obwohl er nicht genau wusste, warum dies so war. Wenn er an den Abend zuvor dachte, überkam ihn ein Gefühl der Demütigung, das mit einem Schlag seine gesamte Karriere in Frage stellte. Sie hatte ihn lächerlich gemacht. Dafür würde sie büßen. Zunächst aber würden andere für sie büßen. Es galt nun, den Hass zu überwinden, um zu einer reineren Quelle der Vergeltung zu gelangen, dorthin, wo keine Gefühle mehr waren, die ihn schwächeln oder vorschnell handeln ließen. Dies war der verborgene Anlass seiner Rede. Ranzner wusste, dass der Hass seine Autorität untergraben und die gemeinsame Sache in Frage stellen würde. Er wusste, dass es nur ohne Hass eine sachliche Notwendigkeit gab, Menschen zu töten. Er ahnte, dass diese Rede die wichtigste seiner bisherigen Laufbahn sein würde. Und er war bereit, die Herausforderung anzunehmen.

Ranzner blickte auf seine dreihundert Mann. Viele sprachen nur schlecht Deutsch. Sie würden seiner Rede kaum folgen können. Ranzner dachte wehmütig zurück an die Anfangszeiten, als sie von Sieg zu Sieg geeilt waren, er und seine deutschen Recken. Blindlings waren sie allen Gefahren entgegengetreten, hatten zusammengehalten wie Blutsbrüder, die einander das Leben retteten, auch wenn sie selbst dabei draufgingen. Draufgingen, dachte Ranzner noch einmal mit Nachdruck, als hätte sich das geändert. Er blickte auf seine Leute, die immer noch schweigend warteten und es noch weitere drei Stunden täten. Zum Glück hatte der Reichsführer SS keine Polen akzeptiert. Minderwertig, hatte der Reichsführer SS gesagt. Dann lieber deutsche Verbrecher, hatte der Reichsführer SS gesagt und deutsche Gefängnisse durchforsten lassen nach Freiwilligen. Er, Ranzner, hatte erst durch eine Feldpost davon erfahren.

Er seufzte unwillkürlich. Es half nichts, sich darüber zu beklagen, das Reich brauchte Kämpfer, und die SS war nach wie vor bereit, alles für den Endsieg zu geben, ob als Elite oder als Vielvölkerarmee, das war zweitrangig. Es ging jetzt nur um Effizienz, und deshalb musste er diesen Soldaten noch einmal in Erinnerung rufen, weshalb sie hier waren und worin ihre gemeinsame Mission bestand. Er musste noch einmal die Poesie ihrer Taten beschwören, um sie das Leid, das sie tagtäglich sahen, vergessen zu machen und stattdessen an die heilige Sache zu gemahnen, der sie verpflichtet waren. Sie sollten sich ihres Adels bewusst sein, wenn sie in die Schlacht zögen, jede Faser ihres Seins sollte Übermenschliches ausstrahlen, dass der Feind es spüren musste und erzittern würde, sosehr er sich auch hinter seinen Palisaden verschanzt hätte. Sie sollten sich ein Beispiel nehmen an ihm, der hier stand, unerschütterlich und bereit, jeden letzten Rest seines arischen Blutes zu opfern, um das deutsche Volk zu der Größe und Macht zu führen, die ihm gebührte, an ihm, der Speerspitze des Heiligen Reiches.

»Männer!
Als SS-Männer seid Ihr
nicht allein Soldaten, Ihr seid
vorbildliche Träger
der Idee Adolf Hitlers, Euch
kennzeichnen Kriegserfahrung,
Abhärtung,
Stolz auf den Anteil an
vielen Siegen,
das Bewusstsein überstandener Anstrengungen
und Gefahren ebenso wie
das große Vermächtnis, das Euch
die nationalsozialistische Idee auferlegt,
seit Ihr in den Reihen der SS kämpft.
Mit Tapferkeit und
gelassener Ruhe, mit
dem Gefühl
Eures soldatischen Könnens
und Eurer Überlegenheit seid Ihr
in eine neue Lebensform
hineingewachsen, die fern

von jeder Durchschnittlichkeit
auf den außergewöhnlichen Umständen
des Krieges beruht, Euer Name
ist verbunden mit den Schlachten in
Polen, Belgien, Holland,
Frankreich, Jugoslawien,
mit den Gebirgspässen und Meerengen
Griechenlands und
den karelischen Schneefeldern,
den mittelrussischen Wäldern, den
ukrainischen Steppen
und den kaukasischen Gefilden, Eure
Bewährung und Eure
Leistung gibt Euch
jenen überlegenen Gleichmut,
der Euch im Kampf den Erfolg
und den Hass der geschlagenen Feinde,
in der Heimat aber
Bewunderung und
Liebe
des deutschen Volkes einträgt.

Männer!
Ein Grundsatz muss
für Euch absolut gelten: Ehrlich,
anständig,
treu
und kameradschaftlich
haben wir zu Angehörigen unseres eigenen Blutes
zu sein und zu sonst
niemandem!
Wir Deutsche, die wir als Einzige
auf der Welt

eine anständige Einstellung zum Tier haben,
werden ja auch zu den Menschentieren
eine anständige Einstellung einnehmen.
Deshalb werden wir nicht grausamer sein
als nötig, das ist klar.
Ob
beim Bau eines Panzergrabens
zehntausend polnische Weiber
an Entkräftung umfallen
oder nicht,
interessiert mich nur insoweit,
als der Panzergraben
für Deutschland
fertig wird.
Deshalb soll mir keiner kommen
und sagen,
Ich kann mit den Kindern
und Frauen den Panzergraben
nicht bauen, denn dann
sterben sie daran.
Ich werde ihm antworten,
Du bist ein Mörder
an Deinem eigenen Blut,
denn,
wenn der Panzergraben
nicht gebaut wird,
dann sterben deutsche Soldaten,
und das
sind Söhne deutscher Mütter.
Das ist unser Blut.

Männer!
Ich wünsche,

dass Ihr
mit dieser Einstellung
dem Problem aller fremden,
nichtgermanischen Völker
gegenübertretet,
vor allem den Polen und
den Russen.
Alles andere ist
Seifenschaum!
Sieg
Heil!«

»Sieg Heil!«, brüllte es zurück aus dreihundert Kehlen, und wer
genau hinhörte, der nahm vielleicht die kehligen Vokale der Dänen
wahr oder das stimmlose S eines Ungarn. Aber niemand hörte
genau hin. Allein das letzte Wort Ranzners würde noch einige
Zeit für Verwunderung bei den Ausländern und für verhohlen-
es Schmunzeln bei den Deutschen sorgen. Seifenschaum. Was
mochte das bedeuten?
Die Rede war beendet. Ranzner machte auf dem Absatz kehrt und
verließ den Balkon. Er war zufrieden. Es war ihm gelungen, seine
überlegene Gelassenheit zurückzugewinnen. Er ging davon aus,
dass die beste Art, seine Männer anzufeuern, darin bestand, ihnen
nicht etwa emotionale Gründe für die Gewalt zu liefern, sondern
Gründe für Notwendigkeiten, die über alles und jeden hinweg-
brausten wie ein reißender Strom, dem sich niemand mehr entge-
genstellen kann, weil er die Kraft der Natur selbst war. Ranzner war
zufrieden. Er hatte sich mit seiner Rede erfolgreich gegen seinen
eigenen Hass therapiert. Er wusste jetzt, dass er Anna erst töten
würde, wenn der Augenblick gekommen wäre.

ACHT

Das Letzte, was er sah:

Regentropfen, die durch den dunkelgrauen Spalt zwischen zwei schwarzen Giebeln direkt auf ihn herabfielen, immer weiter, bis der Spalt schwarz wurde und die Tropfen weiß, als betrachte man das Negativ eines Fotos oder als drücke man die Handflächen fest auf die geschlossenen Augenlider oder als sei aus dem Regen Schnee geworden und aus der Dämmerung die Nacht.

Er roch noch:

den Duft von frischem Brot.

Er fühlte noch:

die Kälte, die sich in seinem Körper ausbreitete,

leise und schnell wie eine Armee, die im Dunkeln ein Nachbarland überfällt. Momente später hörte er eine Stimme, die seinen Namen rief. Sie war überall und nirgends. Sie war laut und leise. Sie war nah und fern. Er dachte, jetzt müsste es wieder heller werden, die vielen weißen Punkte, die starr über ihm hingen wie ferne Sterne, müssten sich zusammenschließen und zu einem Tunnelausgang werden, den er beschreiten könnte, um frei zu sein, wovon auch immer, von dieser Dunkelheit, dieser Kälte, die er kaum noch sah und kaum noch fühlte, die aber da war.

Und es wurde heller. Aber im selben Augenblick hörte er auf zu hören und zu fühlen. Alles war still. Eine schöne Stille, so schön, dass er sich daran erinnerte, wie sehr er genau diese Stille sein Leben lang vermisst hatte.

Eine Stille, die Ruhe bedeutete. Und Frieden.

Plötzlich ein Gesicht, genau vor ihm. Sein Vater, Adolf Treitz, der Gutshof des Vaters, Eisen im Saarland im Jahr 1907. Genau vor ihm schwebte das Gesicht in einem milchigen Licht ohne Konturen. Er spürte Schmerzen, unerträgliche Schmerzen, sein Kopf, sein Körper, alles fühlte sich an, als wäre es grausam zusammengequetscht worden, er wandte sich um, er sah zwei riesige Schenkel voller Blut, weit dahinter zwischen den Brüsten das Gesicht seiner Mutter, Anna Treitz, geborene Gettmann. Gerade eben hatte sie ihn geboren, jetzt hob sie den Kopf und blickte ihn an ohne Freude, ohne Willkommensgruß.

Er wandte sich wieder seinem Vater zu. Deutlich und düster wie ein Rembrandtgemälde sah er aus. Fahl schimmerte die weiße Haut, und die stechenden Alkoholikeraugen mit den schweren Lidsäcken drangen wie durch einen Nebel zu ihm. Um den Vater war es dunkel geworden, als hätte er alles Licht in sich aufgesaugt und nichts für ihn, seinen Sohn, übrig gelassen. Als sein Vater die Verwirrung bemerkte, lachte er laut und vulgär. Er sah die schlechten, von Karies angefressenen Zähne seines Vaters, und er hörte das Lachen, als wäre es sein eigenes. Er roch den Alkohol, der dem geöffneten Mund seines Vaters entwich, als hätte man eine Flasche Schnaps direkt vor seiner Nase geöffnet. Er hatte Angst, aber sein Vater gab der Angst einen Sinn. Er sagte:

»Ich werde einen Mann aus dir machen, ob du willst oder nicht.«

Er erinnerte sich, dass er nicht wollte. Aber er musste so tun, als wolle er, weil sonst alles nur schlimmer würde. So war er der geworden, der er war, als eine Frau ihren Revolver wie einen großen Zeigefinger auf ihn richtete, der ihn aufrief, endlich einmal wirklich das zu tun, was er wollte. Vielleicht tat er deshalb nichts, als sie mühsam den Abzug betätigte, tat er endlich einmal nicht das, was von ihm erwartet wurde, als er ihr dabei zusah, wie sie ihn tötete. Und jetzt war es, als hätte er immer nur so getan, als wolle er leben, und als wäre es ihm erst in jenem Augenblick aufgefallen, als sie vor ihm stand mit ihrem verwaschenen grauroten Rock, ihren vielen schwarzen Tüchern und ihrem Gesicht, vor allem ihrem Gesicht. Er hatte sogleich gewusst, dass er sie lieben würde, wenn sie nicht die wäre, die sie war, und er nicht der geworden wäre, der er niemals hatte sein wollen. Wenn er jetzt an sie dachte, spielte die Erinnerung ihm manchmal einen Streich. Dann fühlte es sich an, als hätte er sich eine Maske mit ihrem Gesicht aufgesetzt und als trüge sie eine Maske mit seinem Gesicht und als tötete er sich selbst, weil er vergessen hatte, dass er nicht sie war und sie nicht er. Dann erinnerte er sich wieder, wer sie wirklich waren, und fühlte sich elend, weil er in Wahrheit sie erschossen hatte, nicht sie ihn.

Die Angst verschwand, und er wusste wieder, dass er Sturmbannführer Treitz war und dass sie nichts als eine polnische Jüdin war, die er getötet hätte, wenn er nicht versagt hätte.

Das Spiel der Masken machte ihm zu schaffen.

Es dauerte lange.

Es spann sich selbst weiter, ohne dass er Einhalt gebieten konnte.

Er dachte:

Ich bin in der Hölle.

Er dachte:

Ich werde bestraft, für alles was ich getan und nicht getan habe.

Er suchte den Teufel. Irgendjemand musste alles dies veranstalten.

Er hatte geglaubt, allein zu sein.

Aber er war nicht allein.

Es musste jemand da sein.

Es war niemand da, außer ihm selbst. Und er selbst war nicht mehr er selbst. Er war Sturmbannführer Treitz. Ein Mensch, dort und dort geboren, irgendwo zur Schule gegangen, dies und jenes getan, gestorben. Ein Fremder, an dessen Leben er sich erinnerte, als wäre es sein eigenes gewesen. Vielleicht hatte er sein eigenes Leben nur inszeniert wie ein Theaterregisseur, der selbst die ganze Zeit über im Zuschauerraum sitzt. Er hatte sich als seine eigene Puppe tanzen lassen. Er hatte sich sogar töten lassen, als wäre er nichts anderes als die Hauptfigur in einem Drama.

Wie sollte er jemals vergessen.

Er fühlte sich elend.

Die Angst war verschwunden, und er stellte fest, dass man auch ohne die Angst das Leben verpassen kann.

Oder war sie nur deshalb fort, weil er tot war?

Aber ich denke, dachte er.

Oder war dies kein Denken mehr?

Schwamm er vielleicht als ein winziges Nichts in Gedankenströmen, die irgendwoher kamen und irgendwohin flossen und die alle logisch waren, weil es ihr eigenes Gesetz war, logisch zu sein, nicht seines?

War es vielleicht immer so gewesen und hatte er es einfach nur nicht bemerkt und hatte stattdessen geglaubt, wer Herr über den eigenen Kopf ist, der ist auch Herr über das Schicksal und die Welt? Wie sehr hatte er Herr über seinen Kopf sein müssen!

Der Kopf seines Vaters hatte nichts Verlässliches hergegeben. Er dachte an seine Mutter.

Wie hatte sie ausgesehen?

Er erinnerte sich nicht mehr genau.

Er fühlte sich wie jemand, der ein Foto voller Unbekannter vor Augen hat und wahllos ein passendes Gesicht sucht, um sagen zu können: Das ist meine Mutter.

Er fand eines.

Es zeigte eine schmale Frau mit langer, gerader Nase, breiten, hohen Backenknochen und hageren Wangen. Ihr Blick war intensiv und dunkel. In ihren Augen fand er ein Gefühl der Ferne, die stets von seiner Mutter ausgegangen war und die sich auf alle wie ein kaltes Tuch gelegt hatte, auf seine drei älteren Brüder, auf seine kleine Schwester, sogar auf seinen Vater. Er erinnerte sich daran, dass ihr Gesicht stets ernst war, kaum je hatte er sie lächeln sehen. Als kleiner Junge hatte er vermutet, dass sie es heimlich tat, damit niemand sie überraschen konnte. Oder vielleicht tat sie es nur mit Anna, seiner kleinen Schwester, der jüngsten von allen. Er hatte sich gefragt, warum sie ihr Lächeln verbarg, und keine Antwort gefunden. Sie verbarg es auch vor ihm, und obwohl er ihr manchmal aufgelauert hatte, in einer Ecke des Flurs, durch den sie allein kam, oder ganz oben in der Scheune, wenn sie unten Stroh holte, überraschte er sie nie beim Lächeln.

Seine Geschwister waren ihm gleichgültig, wenn er jetzt an sie zurückdachte.

Alle.

Außer Anna.

Sein Vater hatte immerzu gelacht, immerzu über irgendjemanden. Laut und vulgär. Es war ein gefährliches Lachen gewesen, und eigentlich war es kein Lachen gewesen, eher ein Moment des Chaos, dem alles Erdenkliche folgen konnte.

Er erinnerte sich:

Als er begann, in der Wirtschaft zu helfen, verschüttete er oft das Bier. Dann rief einer der Kunden, Hee, Adolf, dein Sohn hat immer noch nicht gelernt, wie man Biergläser trägt. Er erinnerte sich genau an das Gesicht des Mannes, ein derbes saarländisches Bauerngesicht, breit und rund, Stammgast in einer Wirtschaft, in der es nur Stammgäste gab. Sein Vater kam aus der anderen Ecke, hinten rechts, wo er mit seinen Freunden zechte. Er sah sich den Bierfleck auf den groben, abgewetzten Dielen an und lachte schallend. Dann versetzte er ihm eine Ohrfeige, die noch Stunden später schmerzte, ging wortlos an die Theke, warf ihm einen Lappen vor die Füße und kehrte zu seinen Freunden zurück, während die anderen Männer lachten.

Er sah seine Mutter hinter der Theke an, sie trug den Kopf der Frau auf dem Foto. Sie hatte alles gesehen, aber sie blickte nur ernst und dunkel herüber und arbeitete dann weiter. Er hatte sich elend gefühlt, so elend wie jetzt, als wäre dieses Gefühl das Licht, in dem er durch sein Leben gegangen war und das er deshalb nicht wahrgenommen hatte, solange er nicht tot war. Tot und allein.

Als die Gedanken zu Bildern wurden, bemerkte er es zunächst nicht. Als er es bemerkte, war es ihm gleichgültig.

Die Bilder genügten ihm, er brauchte keine Namen mehr, keine gesprochenen Worte, sie hatten stets nur verschleiert, was ihn jetzt mit der Gewalt von Schlägen berührte, die seine Wahrnehmung bis in den letzten Winkel mit Schmerz ausfüllten. Erst jetzt wurde ihm bewusst, dass es kein Glück gegeben hatte in seinem Leben, erst jetzt, als er nicht einmal mehr wusste, wer sein Vater und seine Mutter gewesen waren, erst jetzt, als er sich nicht mehr an sein Geschlecht erinnerte, als er eher ein Es als irgendetwas anderes war, der schwindende Rest eines traurigen Lebens, erst jetzt fand er zu sich selbst.

Als die Bilder verblassten und nur noch die Trauer und der Schmerz übrig waren, ohne Anfang und ohne Ende, wie eine Ewigkeit, die deshalb bestand, weil die Zeit aus ihr getilgt worden war, gab es keinen Sturmbannführer Karl Treitz mehr.
Alles hörte auf zu sein.

NEUN

Ein Glück, dachte Frau Kramer, dass es draußen stürmte, dass der Himmel dunkelgrau war, als stünde die Nacht bevor, obwohl es eben erst ein Uhr nachmittags geschlagen hätte auf der alten Standuhr. Dass die Schneeflocken wild tanzten, als wollten sie das Haus hinter einem unaufhörlichen Flimmern verschwinden lassen. Dass ihr Mann sich beizeiten im Stall zu schaffen gemacht hatte.
Als die ersten Wehen einsetzten, war Herr Kramer unruhig geworden, hatte etwas von Ausbesserungen gemurmelt und eilig die Stube verlassen. Sie hatte sich gedacht, dass er so reagieren würde, und war doch erstaunt, ihre stille Vorhersage so pünktlich eintreffen zu sehen. Vielleicht, überlegte sie kurz, während sie Briketts nachlegte, um Wasser im Kessel zu erhitzen, war diese

Zuverlässigkeit, wie sie es für sich nannte, überhaupt das Erstaunlichste an ihrem Mann. Denn sie war unwillkürlich, das wusste sie genau.

Jetzt war sie mit Margarita allein. Die junge Frau saß auf einem groben Holzschemel, den sie aus dem Keller geholt hatten, weil er niedrig genug war. Margarita hielt ihre Röcke hochgerafft, und ihre Hände umklammerten den Stoff wie eine Reling, an der sie sich festhalten könnte. Schmerz stand in ihrem Gesicht. Obwohl die Küche nicht besonders geheizt war, hatte sich ein schimmernder Schweißfilm auf ihrem Gesicht gebildet, sie starrte gebannt auf ihren weit vorgewölbten Bauch, dessen Nabel wie ein Stöpsel aussah, der unter zu großem Wasserdruck stand und jeden Augenblick herausspringen konnte. Es roch nach Eisen und Ruß.

Die Wehen hatten wenige Minuten zuvor eingesetzt, und jetzt wartete Margarita auf die nächste Welle. Die erste war so stark gewesen, dass sie glaubte, vom Schmerz hinweggetragen zu werden, auf ein dunkles Meer, ohne Halt und ohne Orientierung. Aber gleichzeitig hatte sie zwei starke Hände gespürt, die sich um ihre Schultern schlossen, und eine Stimme, ganz dicht an ihrem Ohr, eine Stimme wie ein weicher Gesang, der irgendetwas verhieß, ein Ende vielleicht, Ende von allem, oder Anfang, sie wusste es nicht genau, aber die Stimme sang immer weiter, war wie eine Boje, auf die sie zuschwimmen konnte, während die Welle noch weiter stieg, abnahm und weiter stieg. Dann plötzlich verschwand der Schmerz, und Margarita kehrte zurück in die Küche, auf den Holzschemel, wie eine Gestrandete.

Frau Kramer wusste, dass das Kind noch längst nicht unterwegs war. Sie hatte genügend Geburten miterlebt, Geburten ihrer Mutter, ihrer älteren Schwestern, der Frauen auf den Nachbarhöfen in ihrer alten Heimat. Ihre eigene Geburt, wie sie die Geburt ihres Sohnes nannte. Die Geburt ihrer Tochter, über die weder sie noch ihr Mann jemals sprachen. Jetzt schienen Bilder vor ihrem inneren Auge auf wie in einem trüben Daguerreotypen, während sie eilig saubere

Tücher herbeiholte, einen alten Zuber bereitstellte, um das Kind gleich nach der Geburt waschen zu können, Bilder von schreienden Frauen, von schreienden Neugeborenen, blutige Bilder voller Leben, während sie die rostige Küchenschere mit Wodka desinfizierte, immer einen Blick auf Margarita gerichtet, die jetzt dasaß, als lausche sie in sich hinein, Bilder, die vorüberzogen wie ein längst vergessenes Album, das nur aufgeschlagen wird, wenn die Dinge sich wiederholen.

Margarita versuchte, sich abzulenken. Sie beobachtete die sicheren Griffe, die Frau Kramer tat, ihre Schritte von hier nach dort, achtete auf das Klock-Klock von Frau Kramers Holzpantoffeln, als wäre es der Rhythmus zu einer heimlichen Choreographie, in der alles vorausgeplant war und nichts schiefgehen konnte und deren Hauptdarstellerin nicht sie selbst war, sondern Frau Kramer. Aber sie hatte Angst, Angst zu bersten, aufzubrechen und sich nie wieder einsammeln zu können, Angst zu verschwinden und Platz machen zu müssen für ein fremdes Wesen, das sie nicht kannte und das jetzt mit hemmungsloser Gewalt an ihr riss. Tomasz, fuhr es ihr durch den Kopf, und sie sah die Gestalt ihrer toten Liebe wie ein Postkartenmotiv, es war alles seine Schuld, er hatte ihr dies zugefügt, warum hatte sie sich nur auf ihn eingelassen. Jetzt war er tot, und sie musste allein mit den Folgen ihres verlorenen Glücks zurechtkommen. Sie fühlte Wut in sich aufsteigen, Wut auf alles und jeden, sie wollte schreien vor Wut, als die nächste Wehe einsetzte. Sie schrie.

Herr Kramer saß im Stall auf einem Strohballen und starrte die Kuh an, die sich nicht um ihn kümmerte. Er trug einen alten braunen Anorak und hielt eine dunkle Wollmütze in der Hand. Seine Blicke wanderten über die Farbmuster ihres Fells, es war schmutzig weiß und hatte hellbraune Flecken, deren Formen irgendwie weich waren. Er versuchte, die Linie zu sehen, an der das Weiß endete und das Braun begann, doch es wollte ihm nicht gelingen. Es gab keine klare Grenze, es war, als könne man nur bis kurz davor und kurz danach blicken, aber niemals genau darauf. Die Kuh strahlte eine Ruhe aus, die ihm guttat. Sie stand einfach da und käute, senkte ab und zu den Kopf, nie zu langsam, nie zu schnell, klaubte ein wenig Stroh auf, hob ihren Kopf mit genau derselben Geschwindigkeit, malmte langsam und bedächtig, als wolle sie nichts überstürzen. Die Scheune strahlte eine feuchte Gemütlichkeit aus, Dampf entstieg den Nüstern der Kuh und markierte ihre Atemzüge im flackernden Licht der Petroleumlampe, die neben Herrn Kramer auf dem Boden stand, Dampf drang aus Herrn Kramers Mund, beide Dämpfe hatten ihren unbedingten Rhythmus, es war, als hätten er und die Kuh sich doch etwas zu sagen. Der Wind fuhr ans Scheunentor und ließ es unaufhörlich klappern, Herr Kramer konnte Holz und Metall hören, Holz auf Holz, Metall auf Metall.

Erst, als Margarita schrie, wachte er aus seiner Versunkenheit auf. Wenn jemand sie jetzt hörte, fuhr es ihm durch den Kopf, Wäre es um sie geschehen. Wenn jemand sie jetzt hörte, dachte er dann, müsste er ihn töten, würde er in den Krieg eintreten, hätte er keine andere Wahl mehr. Er drehte den Docht der Petroleumlampe herunter, bis sie erlosch. Dann stand er auf, zog den Anorak weiter zu, zog das Stalltor gerade so weit auf, dass er hindurchpasste, ein Windstoß fuhr herein, plötzlich tanzten Schneeflocken um Herrn Kramer, bis hin zur Kuh, die sich kurz umschaute. Dann schloss er das Tor hinter sich und begann, eine erste Runde um den Hof zu drehen.

Draußen flimmerte der Schnee so dicht vor seinen Augen, dass Herr Kramer sich mehr an die Umgebung erinnerte, als dass er sie sah. Der Hof lag in völligem Dunkel, kein Licht drang nach außen, allein der graue Rauch, der aus dem Kamin stieg und sofort verweht wurde, verriet Anwesenheit. Unter seinen Stiefeln knirschte der Schnee, der Wind blies stark und verursachte ein stetes Rauschen und ein vielfaches Knistern und Knacken im Geäst der Bäume. Es war die richtige Nacht für die Geburt eines verbotenen

Kindes einer verbotenen Frau und – Herr Kramer zögerte kurz – verbotener Beschützer. Dort draußen, jenseits der Dunkelheit, in den erleuchteten Nachbarhöfen, den kleinen und großen Städten des Warthelandes, gab es jetzt niemanden, der ihnen eine nachträgliche Genehmigung geben konnte oder wollte, niemanden, dem er eine verständliche Erklärung liefern könnte. Natürlich, es gab den Pfarrer, und es gab noch ein paar andere Familien, die Menschen versteckten, und vielleicht gab es weiter draußen noch Menschen, die verstanden, was hier geschah. Aber sie alle zählten nicht. Es zählten nur diejenigen, vor denen sie Margarita versteckten. Herr Kramer verstand sie besser, als ihm lieb war. Worte stiegen in ihm auf, Worte, die er gehört hatte über die Juden, solange er denken konnte. Parasiten. Das war so ein Wort, das ihm immer wieder durch den Kopf ging, seit Margarita zu ihnen gekommen war. Schwanger. Trächtig. Ratten. Ratten vermehren sich überall, man kann sie nicht ausrotten. Herr Kramer fühlte mit einem seltsam unfassbaren Schmerz, wie sehr die Worte passen könnten, wenn er es zuließe, wenn er nur ein klein wenig nachgäbe. Er sah sich auf einem schmalen Grat stehen und ahnte, dass er ohne die unbeirrbare Menschenliebe seiner Frau, die er in schlechteren Augenblicken Gutgläubigkeit oder Naivität nannte, fallen konnte, vielleicht schon längst gefallen wäre.

Es war gar nicht lange her, da hatte er vor diesem Abgrund gestanden, drüben in der Stadt. Er erinnerte sich mit einer Mischung aus Scham und Verwunderung an den Marktplatz, an die SS-Wachen, an sich selbst, wie er langsam auf den Markt zuging, wo die Frauen sich gegenseitig überschrien, obwohl sie kaum etwas in ihren Auslagen hatten. Die Kuh an seiner Seite war ungeduldig geworden, sie wollte fressen, aber Herr Kramer hatte lange am Fuß der Rathaustreppe gesessen ohne etwas zu tun, beinahe so unbeweglich wie die Wachsoldaten auf dem oberen Absatz.

Zunächst wollte er auf die Rückkehr des Obersturmbannführers warten. Aber die Zeit verstrich, die Sonne kletterte zögerlich am

Himmel empor, und die auf dem Platz wartenden SS-Leute teilten sich unter lauten Befehlen ihrer Gruppenführer in strammstehende Abteilungen auf, hier die Skandinavier, dort die Deutschen, daneben die Letten, auch Franzosen gab es und Holländer, alles Freiwillige, die der Arbeitslosigkeit entgehen wollten und die auf reiche Beute in den eroberten Gebieten hofften. Sie trugen graue Uniformen mit großen, aufgenähten Taschen und weiche Schirmmützen auf dem Kopf. Manche trugen anstelle der Mützen große runde Stahlhelme, unter denen ihre kleinen Köpfe noch kleiner wirkten. Sie waren sehr jung und sahen aufgeregt und optimistisch aus. Maschinenpistolen hingen an ihren Schultern und wirkten, wie die Helme, zu groß. Ihre Stimmen waren hell, und wenn Herr Kramer die Augen schloss, dann hätte er beinahe den geräuschvollen Aufbruch einer Kinderlandverschickung hören können, wäre er jemals zugegen gewesen. Aber Herr Kramer hatte niemals eine Kinderlandverschickung gesehen. So schloss er die Augen und hörte hier und dort eine helle Stimme, in der beinahe etwas von dem Gesang mitschwang, den Frau Kramer ihrem Sohn vererbt hatte.

Zwischen den Fußtruppen standen oder rangierten Panzer- und Spähwagen, Kübelwagen und Motorradeinheiten mit dunklen Lederuniformen. Alles postierte sich in einem großen Halbkreis um den Markt, als gelte es, ihn zu beschützen oder zu belagern. Es waren viele Leute, Herr Kramer hatte noch nie eine so große SS-Einheit gesehen, aber er wunderte sich nicht. Sie lagen nicht so weit von der Front entfernt, immer häufiger hörte man in der Ferne ein dumpfes Grollen, als gebe es ein Gewitter hinter dem Horizont, aber es klang doch anders.

Himmlersche Heerscharen. So hatte die Frau gesprochen, der Herr Kramer die Milch verkauft hatte. »Schauen Sie sich die Himmlerschen Heerscharen doch an«, hatte sie gesagt, »die haben gestern noch bei mir im Garten Äpfel gestohlen und sind davongelaufen, wenn ich mit dem Besen kam.« Jetzt waren ihnen große Helme, lange Gewehre und schwere Stiefel gewachsen, und sie würden nicht mehr davonlaufen, sie würden ... Aber zwischen den ganz jungen sah Herr Kramer auch ältere Männer, Männer in seinem eigenen Alter, und manche von ihnen wirkten nicht mehr so beweglich, dass er ihnen einen längeren Marsch zugetraut hätte. Aber sie standen dort, sahen sich schweigend um, blickten in die Gesichter ihrer Kameraden, die ihre Söhne sein konnten, und sagten nichts.

Dann, wie auf eine wortlose Verabredung hin, begann der Abzug der SS, es gab keine Rufe mehr, keine Gespräche, es wurde marschiert. Eine Viertelstunde dauerte es, bis auch der letzte Mann den Platz verlassen hatte durch die Hauptstraße, die direkt nach Osten zum Stadtrand, den Berg hinauf, durch den Wald und dahinter führte. Bald war nichts mehr zu hören von der SS. Der Platz wirkte nun leer und groß, das Kopfsteinpflaster glänzte in der Feuchtigkeit, die den ganzen Tag über nicht aus der Stadt weichen würde. In der Mitte befand sich, klein und verloren, der Markt.

Der Platz sah nun so aus, wie Herr Kramer sich fühlte, dachte Herr Kramer selbst von sich und dachte es in der dritten Person, als erzähle er es einer zweiten Person, die vielleicht auch Herr Kramer hieß. Es überraschte ihn selbst, dass er zum ersten Mal in seinem Leben ein zufälliges äußeres Erscheinungsbild der Welt unmittelbar mit seinem inneren Gefühlszustand in einen Zusammenhang bringen konnte. Der Platz wirkte leer und groß. Mehr noch aber überraschte ihn, dass er Gedanken dachte, die er noch nie genau so gedacht hatte, obwohl ihm schwante, dass ihr Inhalt ihm nicht neu war. Ihm?, dachte Herr Kramer und blickte wie zu sich selbst herüber, vielleicht von dort drüben, in der Mitte des Marktes, wo die Marktweiber jetzt, in der Stille nach dem SS-Abmarsch, doppelt so laut zu brüllen schienen, als wäre der freie Platz eine Bühne für ihre zerschlissenen Stimmen, ihre abgearbeiteten Körper und ihre derben, breiten Gesichter. Etwas war geschehen mit Herrn Kramer in der Zeit des allmählichen SS-Abmarsches, das Herr Kramer bis jetzt nicht bemerkt hatte, das er selbst über sich in der dritten Person an eine zweite Person mit Leere und Größe umschrieb und wovon er wiederum im selben Augenblick nicht wusste, was er sich damit sagen wollte.

Herr Kramer saß also dort auf dem unteren Treppenabsatz und sah hinüber zu den Marktweibern, während die Kuh neben ihm unruhig geworden war und nun ihrerseits zu den Marktweibern hinüberglotzte, als wisse sie genau, was es dort gab. Aber Herr Kramer konnte noch nicht auf die stummen Hinweise der Kuh achten, die außerdem durstig geworden war. Er sah sich unter den Marktweibern stehen und herüberblicken mit einem eigenartigen Ausdruck der Leere und Größe, als wolle er jeden Moment zu einem zweiten Herrn Kramer sagen, Was tut Herr Kramer nur da am unteren Treppenabsatz, Herr Kramer? Macht sich zum Narren, spielt mit dem abwegigen Gedanken, eine wertlose Standuhr auf dem Markt feilzubieten, wo sie doch nur auf seine Kuh schielen werden, als wüssten sie genau, was es da gibt. Herr Kramer regte sich noch nicht von seinem unteren Treppenabsatz, denn er dachte, wie jemand, der zu einem zweiten Herrn Kramer dachte, Was tut Herr Kramer auf dem Marktplatz, hat die Kuh verkauft und die Standuhr obendrein und macht sich mit dem Geld einfach davon, um nicht auch noch eingezogen zu werden in die Himmlerschen Heerscharen, ist schon auffallend, nur ein Mann unter so vielen derben Marktweibern und in der ganzen Stadt, die verweibt ist, jetzt, wo die ganze SS abgezogen ist, nur noch die beiden Statuen oben am Treppenabsatz, die kaum noch Menschen sind, und Herr Kramer dort auf dem Marktplatz, wie der herübergafft, Herr Kramer.

Irgendetwas war geschehen, dachte Herr Kramer. Seine Gedanken waren noch nie so klar gewesen wie jetzt, aber auch noch nie so unverständlich, als Herr Kramer Herrn Kramer sagte, er werde Herrn Kramer vorschlagen, die naive Frau, die ihm nur Schereien machte, und die jüdische Rättin, die bei ihnen untergekrochen war, einfach sich selbst zu überlassen und die eigene Haut zu retten. Sehr gut, sehr gut, Herr Kramer, hatte Herr Kramer gesagt. Aber wovor? Wovor, hatte Herr Kramer zu Herrn Kramer gesagt,

Will Herr Kramer, dass ich die Haut rette, wovor, es gibt rundherum nichts, wo man hingehen kann, erst recht nicht ein volksdeutscher Bauer Kramer, der in seinem Leben nicht weiter als bis Lübeck gekommen ist, und das, weil er geheiratet hat, die Frau, die er jetzt im Stich lassen soll, nur weil sie naiv ist und einer dahergelaufenen Jüdin beim Kinderkriegen helfen will. Ausgerechnet einer Jüdin, brüllte Herr Kramer mit den Marktweibern zurück, und plötzlich waren sie nur noch zwei Herren Kramer, Denn es muss eine Entscheidung fallen, sagte sich Herr Kramer und stand langsam auf in seiner behäbigen Art. Er wusste noch nicht, was er machen würde, und er fühlte sich, als hätte der andere Herr Kramer sich nun aus dem Pulk der Marktweiber gelöst und käme genau auf ihn zu, nur ohne die Kuh, die Herr Kramer am Zügel führte und die froh war, dass es endlich in Richtung der Düfte ging, die sie schon seit einiger Zeit in eine gewisse Unruhe versetzt hatten. Als der Herr Kramer ohne Kuh und der Herr Kramer mit Kuh einander begegneten, war ihnen, als gingen sie durch einen Spiegel, oder vielleicht sah es auch nur so aus für den dritten Herrn Kramer, der doch nicht fort war, weil er immer noch keine Entscheidung gefällt hatte, weil es nicht in seinen Bereich fiel und weil er niemals eine Entscheidung fällen würde über die Entscheidungen, die in seinem Namen gefallen waren. Später einmal würde Herr Kramer sagen, Ich war immer ein einfältiger Mann, aber es gab da eine Begebenheit in meinem Leben. Und dann würde er in Gedanken versinken und einen Blick wie in weite Ferne im Gesicht tragen und er würde nie weiterkommen als bis zu diesem Punkt, denn er würde es nicht so erzählen können, wie es jetzt erzählt wurde, als Herr Kramer plötzlich ganz allein auf den Markt zuging und nicht wusste, was er tun würde, sich aber komisch fühlte als einziger Mann unter so vielen Frauen, alten Weibern mit Stimmen wie Rost, jungen Mädchen, die sich schon die Kindheit aus allen Tönen herausgebrüllt hatten, und unter so vielen Frauen, alten Weibern und jungen Mädchen, die für ihre Familien einkaufen gingen auf diesem kleinen

Markt, der kaum etwas bot, wie Herr Kramer jetzt sah, als er langsam näher kam.

Er war jetzt an der Vorderseite des Hauses angelangt. Klein und alt stand es vor ihm im nächtlichen Schimmer der weißen Landschaft. Das Dach trug schwer an einer dicken Schneedecke, die massive Holztür, die direkt in die Stube führte, sah aus, als wäre sie für Zwerge gemacht, und auch die beiden Küchenfenster, die jetzt durch dicke Holzläden verschlossen waren, wirkten winzig. Ein Hexenhäuschen ist das, dachte Herr Kramer und dachte an die beiden Frauen darin, die etwas taten, von dem er ausgeschlossen war. Leben hervorbringen. Plötzlich wünschte er sich, es möge ein Junge werden, und wunderte sich sogleich über seinen Wunsch, der war, als werde sein Sohn zum zweiten Mal geboren, als würde sich alles noch einmal von vorn zu drehen beginnen, und er wusste mit einem Mal genau, warum er damals auf dem Marktplatz die Kuh verkauft hatte, auch wenn er es damals auf dem Marktplatz nicht wusste, sondern sich nur darüber im Klaren war, dass er kein Geld erhalten würde für die Kuh, weil niemand Geld hatte, sondern jede Menge Lebensmittel und Gebrauchsmittel für den Haushalt wie Bienenwachs und Seife und Fett und Petroleum, weil die Frauen, junge Mädchen, alte Weiber, sogar nach Hause liefen, um mehr Dinge zu holen, die sie ihm anbieten könnten. Das ging so, bis der Karren voll war, während die Kuh zufrieden an einem Ballen Heu käute, der unter der Ladentheke eines Standes lag. Am Ende hatten die Leute ihn ausgelacht, als er sich selbst vor den schweren Karren gespannt hatte und ihn kaum ziehen konnte. Als er schweißgebadet durch die holprigen Straßen der Stadt ging, verfolgt von kleinen Kindern, die sich über ihn lustig machten, ihn Esel und Ochs am Berg nannten. Als er alle zehn Minuten eine Pause machen musste. Als er sich fragte, ob er jemals wieder nach Hause käme. Als er der Frau, die ihm die Milch abgekauft hatte, die Standuhr für zehn Reichsmark verkaufte. Als er an dem SS-Posten vorbeikam und die ungläubigen Blicke der jungen Männer sah. Als er vor

Erschöpfung fast zusammengebrochen war. Als seine Frau ihm im Dunkeln entgegengeeilt kam und sie gemeinsam den Karren bis vor das Haus zogen. Als er lange am Feuer saß und sich nicht rühren konnte, während seine Frau ihm heiße Brühe einflößte. Ich bin stolz auf dich, hatte sie gesagt, und er schob beschämt die Erinnerung an seine Zweifel beiseite.

ZEHN

Die Wehen kamen immer häufiger und stärker, Frau Kramer, die gezählt hatte, um die Abstände zu messen, hörte auf damit, denn nun hatte sich ein Rhythmus eingestellt, den sie fühlen konnte.
Margarita war vom Hocker gerutscht und lag nun auf dem Boden. Wie viel Zeit vergangen war, wusste sie nicht und fragte sie nicht. Das Letzte tun. Das war das Einzige, worum es ihr noch ging, während Frau Kramer ihr gut zuredete und versuchte, mit Decken und Tüchern Margaritas Lage bequemer zu gestalten. Vorsichtig betastete sie Margaritas Muttermund und stellte fest, dass er sich ein wenig geöffnet hatte. Doch es war noch nicht genug.
Margarita fühlte ihren Körper wie einen Fremden, der ihr Dinge zufügte, die sie nicht erwartet hatte, das Licht in der Küche war trübe geworden vor ihren Augen, aber gleichzeitig nahm sie die Gegenstände mit großer Klarheit wahr, Wie beim Sterben, dachte Margarita und streckte die Arme am Kopf vorbei Richtung Fenster, als könne sie sich damit langziehen und irgendetwas bewirken. Sie sah sich um, sah den unförmigen Holzschemel, auf dem sie gesessen hatte, den groben, aber doch schönen Holztisch aus schwerer Eiche, der davon erzählte, dass man sein Holz nicht sorgfältig bearbeitet hatte, denn in seinen dicken, eckigen Tischbeinen

sah Margarita jetzt viele Stellen, die eher flüchtig mit Sägemehlpaste ausgebessert waren, Sägemehlpaste, die sich im Laufe der
Zeit verfärbt hatte zu dunklen, schmutzigen Flecken.

Frau Kramer hörte nicht auf, mit ihrer Singstimme von Dingen
zu erzählen, von Geburten, die sie schon erlebt hatte, und die alle
schlimmer aussahen und sich schlimmer anfühlten, als sie eigentlich waren, Du hast, mein Kind, sagte sie jetzt, während sie ihr von
beiden Seiten ins Becken griff, um es kurz anzuheben, schwitzend
und mit gerötetem Gesicht, Noch nie ein Kind zur Welt gebracht,
und dein Körper weiß nicht, was mit ihm geschieht. Er ist wie ein
sturer Esel, der nicht einsieht, dass er etwas Neues tun soll. Aber
er wird es schon tun, er wird es schon tun, fügte sie noch hinzu und
tastete jetzt Margaritas Unterleib ab.

»Dein Junge dreht sich nicht, mein Kind. Es wird wohl nicht ein
Mondgucker werden?«

»Es wird ein Junge?«, fragte Margarita naiv zurück.

»Ach, ich weiß nicht, mein Kind, ich habe das nur so gesagt«, erwiderte Frau Kramer ein wenig gedankenverloren, während sie
erneut Margaritas Muttermund betastete und daran dachte, wie
schwer ihre eigene erste Geburt gewesen war, als sie ihren Jungen
zur Welt gebracht hatte, der jetzt schon längst von dieser Welt vergessen war, sie wusste nicht einmal, wo sein Leichnam lag, und ob
er überhaupt begraben worden war. Jetzt brachte sie wieder einmal
ein Kind zur Welt, ein Kind, das von ihrem toten Jungen hätte festgenommen werden müssen, und wer weiß, was ihr toter Junge
sonst noch mit ihm angestellt hätte. Ihre Augen füllten sich langsam mit Wasser, Margarita sah es, und mit einem Mal hatte auch
sie Tränen in den Augen, die ihr rechts und links die Schläfen hin-
abrollten, ohne dass sie genau wusste, warum.

»Aber Kindchen, wer wird denn jetzt weinen!«, rief Frau Kramer
und wischte sich mit den Handrücken über die Augen.

Eine neue, besonders heftige Wehe ließ Margarita aufschreien. Das
Kind hatte die letzte Drehung nicht vollzogen, aber es wollte jetzt

mit aller Macht hinaus aus seiner engen Welt, seine winzige Nase drückte sich bedrohlich nah am Schambein seiner Mutter vorbei, aber so groß war sein Köpfchen nicht, und jetzt schrie auch Frau Kramer, denn sie sah bereits die schwarzen Haare, und sie brüllte gegen die haltlosen Schreie von Margarita an, damit sie drückte und nicht aufhörte, und sie erzählte ihr, dass das Kind kam, dass man schon die schwarzen Haare sehen konnte, aber Margarita hatte schon den Schemel mit ihrem rechten Arm in eine Ecke geschleudert und brüllte jetzt wie von Sinnen, während sich die schwarzen Haare langsam, viel zu langsam einen Weg mitten durch sie hindurchbahnten, während unter den schwarzen Haaren allmählich der Sauerstoff knapp wurde und während Frau Kramer, die sich zusammenriss, damit begann, all die Kunstgriffe anzuwenden, die sie so oft bei anderen Frauen angewandt hatte. Aber sie hatte noch nie einem Mondgucker auf die Welt geholfen, und der Mondgucker war jetzt ins Stocken geraten, auf halbem Weg, weil seine Mutter glaubte, keine Kraft mehr zu haben, Aber du hast diese Kraft, brüllte Frau Kramer jetzt und schüttelte Margarita an den Schultern, damit sie die Augen öffnete, Mach deine Augen auf, du dummes Huhn! Mach deine Augen auf und bring endlich dein Kind zur Welt!

Draußen stand Herr Kramer wieder vor der niedrigen Holztür, die zur Stube führte, an der er heute Nacht schon unzählige Male vorbeigekommen war, und hörte, wie die beiden Frauen in der Küchenstube miteinander kämpften, hörte, dass das Kind schwarze Haare hatte, hörte Schreie, die wie Todesschreie klangen, wusste, dass in seinem Rücken die Sonne aufgehen würde, es musste jeden Moment geschehen.

Der Wind hatte sich gelegt, es fiel kein Schnee mehr, und die weiße Landschaft glühte kühl von innen her in einem unwirklichen Licht, das sich jetzt, im Morgengrauen, langsam veränderte und von einem strahlenden Wintertag kündete. Im Osten hörte man, lauter als vor dem Sturm, das dumpfe Dröhnen der Frontgefechte.

Als die beiden Frauen aufhörten zu schreien und man stattdessen eine neue Stimme hörte, ein Stimmchen vielmehr, das klang, als wäre es nicht glücklich, zur Welt gekommen zu sein, sah Herr Kramer, dass sich im Osten auf dem Feldweg, der zu seinem Bauernhof führte, etwas bewegte. Er konnte nicht erkennen, was es war, aber es bewegte sich schnell und wurde größer und war ein Lastkraftwagen der Schutzstaffel, gefolgt von einem Kübelwagen. Hinter Herrn Kramer lugte ein erster Zipfel der Sonne in die Landschaft hinein und überzog alles mit einer neuen Sichtbarkeit, und als Herr Kramer seine Starre überwand und auf die niedrige Holztür zulief, war er gewiss, dass es wirklich ein strahlender Tag werden würde.

Herr Kramer stieß die schwere Tür auf. Er konnte wieder klar denken.

»Die SS kommt hierher! Margarita muss in den Keller mit dem Kind!« Aber die beiden Frauen, die er vorfand, bewegten sich in einer Trance, die für ihn unerreichbar war. Margarita lag noch immer auf dem Boden, die Nabelschnur lag zwischen ihren Beinen wie ein großer Bandwurm mit abgebissenem Kopf, seine Frau hielt ein kleines, blutiges Stück Mensch in den Händen, dessen dünnes Stimmchen kaum zu hören war, sie schickte sich an, es in einem in drei rostige Eisenringe gefassten Holztrog mit warmem Wasser zu baden. Den hatten sie aus ihrer alten Heimat mitgebracht, und Herr Kramer fragte sich, ob auch seine Kinder darin gebadet worden waren, Sohn und Tochter, Mach die Tür zu, sagte seine Frau zu ihm, und er gehorchte automatisch, die SS würde noch mindestens fünf Minuten benötigen, bis sie hier wäre, kalkulierte er und wusste, dass er keinen Einfluss auf die weiteren Ereignisse hatte.

Er wusste auch, warum die SS ausgerechnet zu ihnen kam. Er wandte sich um, ging zur Treppe, die eng und steil die rechte Wand erklomm, blieb am unteren Absatz stehen und sagte ruhig:

»Ich packe meine Sachen.« Dann stieg er hinauf, die Stufen knarrten.

ELF

Es regnete nicht, als erneut gestorben wurde in der kleinen abschüssigen Gasse, die von der langen Gasse weg und hin zur Kirche führte. Es war kalt und es wurde gefroren an diesem frühen Morgen im Spätherbst irgendwo im Wartheland, das früher einmal Polen geheißen hatte. Es wurde sich daran erinnert, dass das Wartheland einmal Polen war. Siebenunddreißigfach wurde sich daran erinnert. Auf Polnisch und auf Deutsch. Oder vielleicht auch nicht. Vielleicht wurde sich an nichts erinnert, außer vielleicht an das Leben im Allgemeinen und Besonderen. Siebenunddreißigfach im Besonderen. Das käme hin. Das könnte geschehen sein, bevor gestorben wurde an jenem kalten Frühmorgen im wartheländischen Spätherbst, siebenunddreißigfach. Es wurde gestanden, dicht an dicht, es war zu kalt für die Scham vor der eigenen Haut auf der fremden Haut. Und es wurde gezittert, ach, was wurde gezittert, die Zuschauer konnten nicht sagen, ob vor Kälte oder vor Angst. Das aber war nicht wichtig, Ursachen waren nicht wichtig. Nur Ergebnisse zählten. Und man wollte Ergebnisse. Der Krieg, dies eigenartige Ding, war eine tapfere, angestrengte Suche nach Ergebnissen, unverrückbaren, unwiderruflichen. Geschichte wurde gemacht, es ging immerzu voran für irgendjemanden. Ein jeder Jude, der fiel, war ein Stück Fortschritt, denn der Jude war unwiderruflich tot. Ein toter Jude war ein Beweis, dass der Führer den Fortschritt wollte und alles aufbot, ihn zu erringen. Und war nicht jeder Pole im Grunde ein Jude? War nicht ihr Tertium Comparationis die Untermenschlichkeit, die sie sich teilten wie Straßenköter einen schmutzigen Winkel, in dem sie sich vor dem Zugriff der Ordnungshüter verkrochen?

Es wurde gefroren, verräterisch gefroren, siebenunddreißigfach verräterisch, heimtückisch gefroren. Die Zuschauer hatten sich günstig postiert, sie trugen warme Ledermäntel und große, runde

Helme, einige auch schicke Schirmmützen mit einem alten indischen Symbol darauf, das erzählen konnte von der aufgehenden Sonne, vom Tag und vom Leben.

Aber es musste gestorben werden, und es war gleichgültig, ob die Sonne bald aufgehen würde (sie würde bald aufgehen) oder ob sie bald untergehen würde (sie würde bald untergehen). Der Krieg würde bald vorbei sein, bald wieder gäbe es Polen, ein wenig nach links verschoben auf der Landkarte, aber Polen. Und bald, schon bald würde Deutschland wiedervereinigt werden, und bald, schon bald würde die Sonne nicht mehr aufgehen und nicht mehr untergehen. Alles das war gleichgültig, denn jetzt, vor diesen vielen baldigen Ereignissen, diesen definitiven Ergebnissen, vor diesen siebenundsiebzig Zuschauern, würde es in alle Ewigkeit ein Totsein geben, siebenunddreißigfaches Totsein. Die Zuschauer hatten aufgehört mit einfach nur Stehen und Zuschauen. Sie hatten schon ihre schwarzen Pistolen hervorgeholt aus den schwarzen Lederhalftern an den warmen Hüften und hatten sie schon entsichert und standen jetzt da, die Arme gesenkt, als wollten sie gleich den Startschuss geben für ein Wettrennen ins Jenseits. Dann hörten sie wieder auf mit Aufhören und wurden wieder zu einfach nur stehenden Zuschauern, deren warmer Atem kleine Dampfwölkchen in die kalte Luft entließ, die sich weiter oben in der Atmosphäre, vielleicht schon im ersten Stockwerk, mit den siebenunddreißig kleinen Dampfwölkchen vermischten, die einstweilen noch aus frierenden Mündern drangen, dort, auf der anderen Seite der Gasse, gleich links neben einer niedrigen Holztür, aus deren Ritzen und Spalten auch jetzt der Geruch von frischem Brot drang.

Es wurde auch viel gedacht. Über schlanken Beinen, über sanftem Venushügel, über jungen Brüsten, hinter hübschen Augen, die nicht aufhören konnten, hübsch zu sein, auch jetzt nicht, wurde gedacht: Gericht Gottes! Dir hab' ich mich übergeben!

Es wurde gedacht hinter gerunzelter Stirnhaut, unter kahlem Schädel, über eingefallenen Wangen, über gezählten Rippen, über üppig behaartem Geschlecht wurde gedacht: Die gesellschaftlich wirksamen Kräfte wirken ganz wie die Naturkräfte: blindlings, gewaltsam, zerstörend, solange wir sie nicht erkennen und nicht mit ihnen rechnen. Die gesellschaftlich wirksamen Kräfte wirken ganz wie die Naturkräfte: blindlings, gewaltsam, zerstörend, solange wir sie nicht erkennen und nicht mit ihnen rechnen. Die gesellschaftlich wirksamen Kräfte wirken ganz wie die Naturkräfte: blindlings, gewaltsam, zerstörend, solange wir sie nicht erkennen und nicht mit ihnen rechnen. Die gesellschaftlich wirksamen Kräfte, und es wurde gedacht: Euch, dem Helios Geweihten, heitern Tags Gebenedeiten, Gruß zur Stunde, die bewegt Lunas Hochverehrung regt! Und es wurde gedacht: Der Himmel ist so verflucht nah da. Zum Greifen. Mein Herz hüpft fort. Eins. Zwei. Drei. Vier. Ich kann nicht. Ich will nicht. Man erstickt hier. Es muss draußen hell sein. Ich will, ich werde hinausgehen. Ich bin keine Ratte. Und es wurde gedacht und gedacht und gedacht, auf Polnisch und auf Deutsch und heimlich sogar auf Jiddisch (Schwer zu sein ein Jud), wie konnte das passiert sein? Es gab unter den Polen also immer noch Juden, die niemand aufgestöbert hatte, weil sie sich in aller Öffentlichkeit versteckten, aber das machte nun keinen Unterschied mehr. Und auch nichts wurde gedacht, gar nichts. Es wurden Augen schreckensweit geöffnet, dass die Zuschauer Angst gehabt hätten, hätten sie nicht ihre festen Pistolen gehabt und hätte nicht so nackt gewesen sein müssen, so lächerlich, hässlich nackt. Es wurde gestunken, es wurde gepinkelt, mindestens zwanzigfach gepinkelt, und vierfach gekotzt und dreifach geschissen und fünffach in Ohnmacht gefallen. Es wurden die Ohnmächtigen wieder aufgerafft auf Geheiß der Zuschauer, die hatten aufgehört zu zittern, ach, aufgehört, wo werden die Ohnmächtigen gewesen sein, in jenem Augenblick des Aufhörens mit Zittern, vielleicht (wird kurz gedacht worden sein) an einem besseren Ort. Aber es musste wieder zu sich gekommen werden, damit weiter gezittert müssen werden konnte, erbärmlich gezittert, mit schreckensweiten Augen, dünnen, verschränkten Armen, gebeugten Körpern, hängenden Brüsten, verfrorenen Geschlechtsteilen, dass die Zuschauer richtig Lust bekamen, diesem erbärmlichen Schauspiel endlich ein Ende zu bereiten.

Und ein Zuschauer, ein junger, blonder Hüne in schicker schwarzer Uniform mit indischem Symbol, der noch nie ein solches Sterbenselend gesehen hatte, dachte: Die Gesamtlinie ist absolut die: Wir haben diesem Volk keine Kultur zu bringen. Die Gesamtlinie ist absolut die: Wir haben diesem Volk keine Kultur zu bringen. Die Gesamtlinie ist absolut die: Wir haben diesem Volk keine Kultur zu bringen. Die Gesamtlinie ist absolut die, und ein anderer, noch jüngerer, stand dort mit Lust in den Augen, die schwere Pistole in seiner Hand ein Orakel, und dachte: De dood te geven en de dood te nemen, de dood te geven en de dood te nemen, de dood te geven, und viele Zuschauer dachten nichts, gar nichts, glotzten, wie man auf einem Marktplatz glotzt, wenn die Marktweiber sich in die verfilzten Haare bekommen, weil sie eine Kuh kaufen wollen, die sie nicht bezahlen können, und ein Zuschauer dachte an Annas Gesäß, wie es sich abzeichnete, wenn sie auf den Knien war und den Boden wischte, und dachte, Was für eine Schweinerei, wenn dies alles hier zu Ende ist, und ekelte sich schon jetzt vor den dreckigen Leibern und dem Eisengeruch und beschloss, Jetzt ist Schluss, und in diesem Augenblick ging die Sonne auf und fiel ein Licht auf ein indisches Symbol, das erzählte von der aufgehenden Sonne, vom Tag und vom Leben.

Dann wurde gestorben, siebenunddreißig Mal. Und als die Zuschauer fertig waren damit, aufzuhören, Zuschauer zu sein, und stattdessen Regisseure, die die Puppen tanzen lassen im Takt ihrer einzigen Melodie, und der Rauch aus ihren schwarzen Pistolen langsam in der kalten Luft verflog und die Schüsse aus ihren schwarzen Pistolen verhallt waren oder noch immer durch entfernte Gassen hetzten, wie irre Tiere auf der Flucht vor den Ursachen, vorbei an lauschenden Fenstern, die in engen Häusern steckten, als die

Zuschauer wieder Zuschauer waren und sie den letzten Akt des Stückes inszeniert hatten und die Hauptdarsteller alle gestorben waren und es also eine Tragödie gewesen sein musste, da steckten sie ihre Pistolen wieder in ihre schwarzen Lederhalfter und brüllten ein paar Polen herbei, die vor Einachser gespannt waren wie Ochsen, um die Hauptdarsteller wegzuschaffen, aus der Stadt heraus, so mancher Pole würde noch selbst hineinfallen in die Grube, die er anderen gegraben haben würde.

ZWÖLF

Wie es kam, dass Obersturmbannführer Ranzner die Grenze doch noch überschritt, wusste er hinterher selbst nicht. Er hatte früh am Morgen auf der Terrasse des Rathauses gestanden, die schwarzen Stiefel bis zu den Waden im Neuschnee, und über den Platz geblickt. Er hatte sich dorthin gestellt, in der Rechten die Meerschaumpfeife, die er nur zu besonderen Anlässen hervorholte, die Linke in die Hüfte gestemmt, damit Anna ihn vom Büro aus sähe, wenn sie dort einträfe. Er hatte seinen Blick über die verschneiten, alten Häuschen schweifen lassen wie ein Heerführer und sich währenddessen mit Annas Augen beobachtet, und was er sah, erfüllte ihn mit Ehrfurcht und, ja, er mochte es sich kaum eingestehen: mit Liebe.

Aber dann hatte er wirklich hingeschaut, hatte die makellose Schneedecke betrachtet, die den Platz und die Dächer bedeckte und die alle scharfen Kanten zu weichen Kurven abschwächte, und hatte ein Gefühl wie im Märchen gehabt, als müssten in den geduckten, mittelalterlichen Häusern Hexen und andere

Fabelwesen wohnen und nicht bloß Polen und deutsche Siedler und vielleicht der eine oder andere Jude, der ihnen entgangen war. So verwunschen sahen die Häuser aus, als müsste alles ein gutes Ende nehmen. Und dann wäre die Tatsache, dass der Platz sich in weniger als einer Stunde ganz und gar verändern würde, weil dort Lastwagen und Kübelwagen, Jagdpanzer, Motorräder und Haubitzen auffahren würden, Teil dieses guten Endes. Dann wäre es seine, Obersturmbannführer Ranzners Pflicht, keine Wehmut zu empfinden angesichts der Tatsache, dass er und seine Leute dieses Städtchen räumen mussten, weil der Russe kam, weil der Reichsführer SS die Parole ausgegeben hatte: Alle nach Posen! Denn Posen sollte zur Festung gemacht und bis zum letzten Blutstropfen verteidigt werden. Dann wäre der Endkampf, der auf sie alle wartete, ganz gleich wie er ausginge, das gute Ende?

Und die weibischen Gefühle, allen voran die Sentimentalität, mit der er die vertrauten Häuser anschaute, mit der er ein anderes Ende herbeisehnte, müsste er hier und jetzt und ein für alle Male fallen lassen, dass sie im Schnee erfrören und ihn nie wieder bei der Ausübung seiner heiligen Pflichten behindern konnten? Ja, so musste es werden.

Wenn nun Anna hereinkäme, würde er sie warten lassen, damit sie ihn so sähe und verstünde, dass er keine Rücksicht mehr auf sie nehmen konnte, damit sie begriffe, dass nun Größeres im Raum stand als sein Erbarmen mit einer kleinen Jüdin, die einen Aufschub erhalten hatte, solange sie nützlich war. Vor seinem inneren Auge sah Ranzner sich vor ihr stehen, ein Richter über Leben und Tod, der keine persönlichen Gefühle kannte, weil er wusste, dass persönliche Gefühle alles verwässerten, alles Klare zu einer trüben Brühe machten, in der sich niemand mehr zurechtfand. Da er, Ranzner, vollkommen davon überzeugt war, würde auch die Jüdin verstehen, dass er es nicht persönlich meinte, sondern rein sachlich. Seine Haltung würde ihr sagen: So gerne ich dich am Leben ließe, so sehr muss ich an den deutschen Volkskörper denken.

Seine Augen würden ihr sagen: Was hätte ich erreicht, wenn ich jeden Winkel nach Juden durchsuchen ließe und mein eigenes Haus nicht sauber hielte? Zum Dank für ihre treuen Dienste würde er ihr einen raschen Tod gewähren, ein Schuss, und sie wäre erlöst von ihrem Dasein. Und dann hätte er alles erledigt und könnte diesen Ort verlassen ohne jede Sentimentalität.

In diesem Augenblick hörte Ranzner, wie die Tür zu seinem Büro geöffnet wurde. Er rührte sich nicht, er folgte seinem Plan, er sah sich nun tatsächlich durch Annas Augen, die ihn vom Büro aus beobachten musste, und das war ein ganz eigenartiges Gefühl von Erfüllung. Es machte ihn nervös.

Anna hatte sich wie gewohnt auf ihr Zusammentreffen mit Ranzner vorbereitet, sie war ganz da und ganz fort und stand nun mitten in seinem Büro und beobachtete das wippende rechte Knie des Obersturmbannführers durch die Scheibe der Terrassentür hindurch. Wie seltsam war es, dass Ranzners Körper ihr immer vertrauter geworden war im Laufe der Zeit, als gäbe es eine Komplizenschaft zwischen ihnen, von der Ranzner selbst nichts wusste. Jetzt erzählten Ranzners wippendes Knie, sein steifer Rücken, seine verkrampften Nackenmuskeln ihr davon, dass er angespannter war als sonst und dass er sie um diese Zeit hatte rufen lassen, weil etwas Außerordentliches bevorstand. Dass sie vorsichtig sein musste.

Als die Pfeife ausging, wandte Ranzner sich vom Rathausplatz ab und betrat sein Büro. Ohne sie zu begrüßen, betrachtete er Anna, die vor ihm stand. Sie war so schlank und schön wie immer anzuschauen, er nahm es mit aller gebotenen Neutralität zur Kenntnis. Sie stand da, hielt Kopf und Blick gesenkt, und das nötigte ihn, sich zu nähern, denn sie sollte ihm in die Augen sehen. Mit dem Zeigefinger hob er ihr Kinn, und als ihr Kopf sich hob, als sie die Augen aufschlug und ihn direkt ansah, gab es eine Pause von allem. Sie war ganz kurz, sie fiel kaum auf, und Ranzner fand sofort den Anschluss. Er nahm die Haltung ein, die er einnehmen wollte, er sprach zu ihr, ohne sich eines einzigen Wortes schuldig zu machen, er kam ein wenig näher und sein Blick fiel auf ihren bebenden Mund, er dachte an die Pistole, denn nun war alles gesagt, er musste sie zücken und allem ein Ende machen, um ohne Wehmut ... Aber in diesem Moment küsste sein Mund die vollen Lippen der Frau, in diesem Moment zogen seine Hände die Frau an den Schultern ganz nah heran, bis die beiden Körper gegeneinanderstießen, in diesem Moment lag ihm sein Plan auf der Zunge wie ein entfallenes Wort, und im nächsten Moment wurde auch dieses Gefühl fortgeschwemmt.

Anna wehrte sich nicht, als Ranzner sie an sich zog. Sie verschloss ihren Mund nicht, als er sie küsste mit seinen schmalen, harten Lippen. Sie war erstaunt darüber, und sie entdeckte, dass die Hure in ihr schon seit langem darauf wartete, endlich in ihrer Rolle aufzugehen. Es war, als hätte sie lange geprobt für diese Aufführung und nun wäre die Premiere. Sie sah das kleine Mädchen von der brandenburgischen Wiese aufspringen und mit offenem Mund herüberschauen. Sie sah die Frau mit geheimem Namen näher kommen, ganz nah.
Dieses Ereignis, das nun darin bestand, dass Ranzner ihr die Kleider vom Leib riss, dass er sie ins Nebenzimmer zerrte, sie auf den Diwan, der dort stand, warf und sich mit hektischer Bewegung die SS-Uniformhose öffnete, dieses Ereignis vereinte alle Frauen, die Anna waren, zu einem großen Staunen, zu einem gemeinsamen Gefühl des Unerhörten, des Neuen. Es vereinte sie zu einem einzigen Schmerz in der Mitte ihres Körpers, als Ranzner mit den schnellen Bewegungen eines Mannes, der nichts als die Selbstbefriedigung kannte, in sie eindrang. Es vereinte sie zu einer Hitze, die sich von dort in ihrem ganzen Körper ausbreitete, und endlich zu einer Trauer, als es schon vorbei war, ehe es richtig begonnen hatte, weil

Ranzner seinen Samen wie ein Junge verschossen hatte und dann auf Anna zusammengebrochen war.

Nun lagen sie da, ein Paar nach dem Akt, ihre Augen waren geschlossen, der Schweiß auf ihren Stirnen glänzte noch und trocknete bald, ihre Atemgeräusche beruhigten sich allmählich.

Anna suchte im Inneren nach ihren Zufluchtsorten, doch es war, als hätte Ranzners Invasion alles hinweggefegt, was sie sich mühsam aufgebaut hatte, alle Schutzwälle, alle Märchenwiesen, alle geheimen Kammern. Sie war nur noch eine Frau ohne Ehre, eine Frau, die sich mitschuldig gemacht hatte an dem Verbrechen, das an ihr begangen worden war, und auf eigenartige Weise empfand sie Dankbarkeit für dieses klare Gefühl.

Josef Ranzner lag mit geschlossenen Augen auf Anna und suchte nach einem Ausweg. Er fühlte sich klein und schwach, als läge er an der Brust seiner Mutter, es war unerträglich. Er war ganz gelähmt, er wusste nicht, wie er entkommen sollte, er hatte es geahnt, all die Jahre seines Lebens hatte er gewusst, dass er in diese eine Falle nicht gehen durfte, und nun war es geschehen, aus einer kindischen Regung heraus hatte er sich hinreißen lassen zu dieser Entwürdigung. Ekel stieg in ihm auf, Ekel gegen das, was er getan hatte, Ekel gegen sich selbst und vor dem Körper, auf dem er lag.

Mit einem Mal sprang Ranzner auf, so schnell, dass Anna zusammenzuckte. Er sprang auf und wandte sich ab, nicht einmal anschauen wollte er sie noch. Er zog sich die Unterhose über das nasse Geschlecht, er schloss seine Hose, er strich das Hemd glatt, die Uniformjacke. Bis er, zumindest von außen betrachtet, wieder Obersturmbannführer Ranzner war, der Leitwolf einer wilden Meute, dem niemand zu nahe kommen durfte.

Anna lag immer noch nackt auf dem Diwan. Sie sah Ranzner an und rechnete damit, dass er sie nun doch noch töten würde. Sie empfand keine Furcht mehr, kein Heimweh nach der verlorenen Kindheit, keine Hoffnung, heil zu entkommen. Sie hatte alles gehabt, das ganze Leben, sogar die Liebe war ganz am Ende noch zu ihr gekommen in der überraschendsten aller Gestalten, und so lag Anna da und war immer noch erstaunt, denn sie wusste zugleich, dass sie in höchster Not ihr kostbarstes Gut in die Waagschale geworfen hatte, um am Leben zu bleiben. Wie es dann kam, dass diese Notdurft von ihr Besitz ergriff und sich wandelte, dass sie ihr diesen Mann, der mit dem Rücken zu ihr stand und sich nicht bewegte, als stünde er plötzlich wieder draußen auf der Terrasse, in ein anderes Licht stellte, das war das größte aller Geheimnisse. Nicht ein Gedanke, nicht ein einziges ihrer Gefühle, die sie früher hatte, wenn sie an Ranzner dachte, wurden davon widerlegt oder ausgelöscht. Nichts an ihm hatte sich geändert. Anna lag nackt auf dem Diwan, als wäre sie ein Gemälde, sie verschränkte die Arme hinter dem Kopf, sie war bereit, sich zu opfern, den letzten Schritt zu tun, ohne nach dem Sinn zu fragen. Das hatte sich geändert.

Ranzner stand mit dem Rücken zu ihr, ein Widerstreit aus Starre und Flucht. Er wollte alles relativieren, was geschehen war. Aber es war schon alles relativiert, viel mehr, als er geahnt hatte, und nun stand er da und floh innerlich und nichts bewegte sich, das Zimmer nicht, die Frau in seinem Rücken, das Telegramm auf dem Schreibtisch im Nebenzimmer, das in der Nacht gekommen war und auf dem der Befehl zum sofortigen Rückzug nach Posen geschrieben stand. Alles blieb, wo es war, auch die Pistole blieb in ihrem Halfter an seiner Hüfte. Erschießen? Er fand keinen Grund mehr, für nichts.

Irgendwann übernahm Ranzners Körper das Kommando. Er atmete tief durch, entspannte sich und verließ Ranzners Gemächer, ohne sich noch einmal umzuschauen oder ein Wort zu sagen. Ranzner schritt die Treppe hinunter mit dem Bewusstsein, geschlagen zu sein und doch in den Endkampf zu ziehen, um zu siegen, ein Paradoxon, ein Gordischer Knoten, und keine Lösung, kein Schwert in

Sicht. Ranzner kam am unteren Treppenabsatz an, wo einer seiner Adjutanten ihm einen schwarzen Mantel, Handschuhe und eine Fellmütze entgegenhielt, und ertappte sich dabei, dass er dem Mann dankte. Ranzner schritt durch das große Foyer, zwei SS-Männer schlugen die Hacken zusammen und öffneten die breite Flügeltür, er nickte ihnen zu – auch das war ihm neu – und stieg die breite Freitreppe hinunter zu dem Kübelwagen, der vorgefahren war, um den Obersturmbannführer nach Posen zu bringen, dorthin, wo vor etwas mehr als einem Jahr der Reichsführer SS von den Tugenden der Schutzstaffel gesprochen hatte, der rassischen Elite des deutschen Volkes, von der Ausrottung der Juden in Europa, von Tapferkeit und Ehrlichkeit und von den Russen, immer wieder von den Russen, die nun mit letzter Verzweiflung ihre Fünfzehnjährigen an die Front schicken würden, Millionen von Fünfzehnjährigen, um doch wieder von der siegreichen deutschen Armee zurückgeschlagen zu werden. Ranzner bestieg den Kübelwagen, der Fahrer salutierte, der Wagen setzte sich in Bewegung und entführte ihn aus dieser Stadt, die nun wieder niemandem gehörte, es sei denn den Hexen und anderen Fabelwesen, die hinter den Fenstern hausten, und vielleicht waren Polen und Deutsche und Russen und Juden ja nur unterschiedliche Arten von Fabelwesen in einer märchenhaften Welt aus Krieg und Vernichtung.

DREIZEHN

Am 21. Januar war zunächst alles ruhig. Es hatte nicht mehr geschneit, es war noch kälter geworden. Der Wind, der nachts um das Haus geweht hatte, legte sich, als die Sonne über den weißen Feldern aufging.

Die beiden Frauen schliefen, und zwischen ihnen schlief ein drei Monate altes Baby, das den Namen Lisa Kramer trug. Sie schlief zwischen ihrer Mutter und ihrer Großmutter, aber natürlich dachte Lisa noch nicht in solchen Begriffen, das taten nur die Behörden, bei denen Lisa angemeldet werden würde, wenn der Schnee schmelzen und die Wege endlich wieder freigeben würde. Lisa kannte den Namen ihrer Mutter noch nicht, und wenn sie ihn kannte, so konnte sie ihn zumindest noch nicht verraten, und das war gut so, denn sie hätte womöglich Margarita gesagt, aber die gab es nicht, es gab nur Maria Kramer, und so waren sie also drei Generationen, die in einem Bett schliefen, weil es keinen Mann im Haus mehr gab.

Frau Kramer hatte es insgeheim kommen sehen, sie hatte gehofft, dass den Behörden die Existenz ihres Mannes aufgrund eines Fehlers entgangen wäre, sogar nachdem er in der Stadt gewesen war, hatte sie noch gehofft, dass der Bauer Kramer keine Rolle spielen würde in diesem großen Spiel, das eine einfache Frau wie sie nicht überblicken konnte. Sie hatte sich Vorwürfe gemacht, dass sie ihn losgeschickt hatte mit der Standuhr, um überall bekannt zu geben, dass es hier noch einen wehrfähigen Mann gab, den man in den Tod treiben konnte.

Niemals aber hätte sie gedacht, dass Gott oder der Teufel ausgerechnet Lisas Geburt bestimmen würde als Moment des Abschieds von diesem Mann, den sie seit fast dreißig Jahren liebte und dessen Abwesenheit seit drei Monaten wie eine Wunde in ihrem Herzen brannte. Niemals hätte sie gedacht, dass Margaritas Plazenta mit einer heftigen Nachwehe herauskäme in dem Moment, als ihr Mann durch die Stube eilte, um seine Siebensachen zu packen, niemals hätte sie gedacht, dass ihnen keine Zeit bleiben würde, sich zu verabschieden, wenigstens einander zu umarmen und einen Blick zu wechseln, der alles sagen würde, bevor Herr Kramer das Haus verließ, um den Soldaten, die draußen vorfuhren, keinen Anlass zu geben, das Haus zu betreten, während sie selbst hin- und herrannte, um das Kind zu waschen, um die Nachgeburt im Keller verschwinden zu lassen, genau dort, wo Margarita früher gelegen hatte, in der Erde unter den Planken, um schließlich das viele Blut vom Boden zu schrubben, Margaritas Blut, die nun erschöpft mit ihrem Kind im Ehebett der Kramers lag und versuchte, keinen Laut nach außen dringen zu lassen.

Dass alles geklappt hatte in jener Nacht, war kein Trost gewesen, dass ihr Mann kaum Proviant mitgenommen hatte, damit sie genügend im Haus hätten, hatte sie wütend auf ihn gemacht, So ein Idiot, hatte sie gerufen und war dann in Tränen ausgebrochen, während Margarita ihr hilflos vom Bett aus zugesehen hatte.

Aber dann war sie wirklich Großmutter geworden, denn die Frau im Wochenbett konnte nicht viel tun, und sie musste sich um alles kümmern, das Feuer im Ofen in Gang halten, die Kuh füttern und melken, die Hühner versorgen und die Eier einsammeln, Teig anrühren und Brot backen, den Rahm abschöpfen und einen Teil davon buttern, Käse konnten sie nicht mehr herstellen, weil sie kein Lab mehr hatten. Das Haus in Ordnung halten, die Mahlzeiten zubereiten aus dem, was da war. Viele Dinge, die früher ihr Mann getan hatte in seiner schweigend ruhigen Art, so dass ihr gar nicht aufgefallen war, wie viel Arbeit er erledigte. Jetzt hatte Frau Kramer den ganzen Tag zu tun und war außerdem damit beschäftigt, Kleider für Lisa zu nähen aus den Sachen, die ihr Mann dagelassen hatte. Bis er zurückkommt, habe ich ihm neue besorgt, dachte sie.

Margarita hatte geschwiegen, die beiden Frauen hatten dem Donnergrollen in der Ferne, die gar nicht mehr so weit weg war, zugehört, als wäre das die Antwort.

In den folgenden Wochen war der Kanonendonner noch näher gekommen, bis er so nah war, dass die beiden Frauen begannen, sich Sorgen zu machen. Sie sagten sich, dass schon alles gut gehen würde und dass sie bestimmt gewarnt würden, falls die Rote Armee doch durchkäme bis hierher. Dann schwiegen sie über ihre Zweifel und klammerten sich an den Alltag. Insgeheim aber dachten sie darüber nach, was mitzunehmen wäre.

Eines Tages, Lisa war seit einem Monat auf der Welt, Margarita war wieder auf den Beinen und half Frau Kramer, so gut sie konnte, tauchte um die Mittagszeit ein Panzerspähwagen der Wehrmacht am Horizont auf, klein wie ein Insekt, und kämpfte sich allmählich näher. Es war ein schöner, sonniger Wintertag, der Himmel war klar und der Schnee warf das Licht so gleißend zurück, dass man nicht lange hinschauen konnte.

Nach der Richtung zu urteilen, aus der sich das Fahrzeug näherte, musste es aus der Stadt kommen. Die beiden Frauen standen an einem der Fenster, die nach Osten zeigten, kniffen die Augen zusammen und wischten sich die Hände an den Schürzen ab und wussten nicht, was zu tun wäre.

»Soll ich in den Keller mit dem Kind?«, fragte Margarita. Frau Kramer dachte über diese Möglichkeit nach. Sie sagte: »Nein. Leg dich ins Bett und tu, als ob du schläfst, und lass mich mit ihnen reden. Vielleicht sind sie ja ganz vernünftig.«

Margarita zog sich ins Schlafzimmer zurück, Frau Kramer blieb am Fenster stehen und beobachtete das Panzerfahrzeug, das über die weißen Felder genau auf sie zuholperte. Ihre eigenen Worte hallten durch ihren Kopf. Ganz vernünftig. Sie seufzte. Wer war denn überhaupt noch vernünftig auf dieser Welt?

Es dauerte eine Weile, bis der Panzerspähwagen knatternd wie ein Traktor vor dem Bauernhaus der Kramers zum Stehen kam. Jetzt wirkte er nicht mehr klein und insektenhaft, sondern groß und bedrohlich. Die Kanone, die aus dem Geschützturm ragte, zeigte genau auf das Haus. Dahinter öffnete sich eine Luke, und nacheinander kamen zwei Männer zum Vorschein. Sie waren so vermummt gegen die Kälte, dass Frau Kramer ihre Gesichter nicht sah.

Als sie ihnen zuschaute, wie sie durch den Schnee auf das Haus zustapften, überkam sie mit einem Mal eine ganz verrückte Hoffnung. Ihr war, als müssten die beiden Männer Vater und Sohn sein, als kämen sie heim, als wäre der Krieg plötzlich zu Ende gegangen, weil alle Soldaten die Front verlassen hatten. Im nächsten Moment würden sie sie beim Namen rufen, und sie selbst würde hinausstürzen in die Kälte und würde ihnen um den Hals fallen und wäre zum ersten Mal seit langer Zeit wieder glücklich.

Aber der Kanonendonner in der Ferne hörte nicht auf. Frau Kramer rührte sich nicht. Sie wartete, bis die beiden Männer die Haustür erreicht hatten und anklopften. Dann ging sie hin und öffnete die Tür einen Spalt breit und blickte in zwei fremde Augenpaare, die umrahmt waren von Fellmützen, Kapuzen und Schals.

»Familie Kramer?«, rief einer der Männer heiser durch seinen Schal hindurch.

Frau Kramer nickte und sagte: »Was davon übrig geblieben ist.«

Die beiden Männer wechselten einen Blick. Dann sagte der andere: »Dürfen wir einen Moment hereinkommen?«

Ohne ein Wort zu sagen, öffnete Frau Kramer die Tür ganz und machte den Weg frei. Die Soldaten betraten die Stube, brachten den Schnee an ihren Stiefeln mit, zogen sich Kapuze, Mütze, Schals vom Kopf und waren zwei Männer so alt wie Frau Kramers eigener Mann. Sie hatten ein Papier dabei, auf dem stand, dass Wilhelm Kramer, geboren 1898, sich zum Volkssturm zu melden hatte, da die landwirtschaftliche Produktion im Wartheland nicht mehr kriegswichtig war. Sie zuckten mit den Achseln, als sie erfuhren, dass die SS ihn schon einen Monat zuvor mitgenommen hatte. Einer von beiden sagte, Ist nicht das erste Mal, dass die uns zuvorkommen. Der andere sagte, Sie können hier nicht bleiben, Frau Kramer. Die Russen werden alles überrennen. Die haben vor nichts Achtung, die misshandeln unsere Frauen und töten die Kinder. Sie wollten wissen, ob Frau Kramer allein war, aber ehe sie Ja sagen konnte, begann Lisa im Schlafzimmer zu weinen.

So kam es, dass aus Margarita Ejzenstain Maria Kramer wurde, geboren am 15. April 1925 in Ostra, südliches Buchenland, als zweites Kind der Eheleute Marta und Wilhelm Kramer, Angehörige der volksdeutschen Minderheit in Rumänien, umgesiedelt zum Zweck der Germanisierung des Reichsgaus Wartheland, Mutter von Lisa Kramer, uneheliches Kind, weil der Vater an der Front gefallen war, bevor die Eltern heiraten konnten. Genau so war es gewesen.

Frau Kramer holte Ausweise hervor und Einbürgerungsurkunden, Lisas Dokumente würden natürlich nachgereicht, aber der Schnee, die Kälte und die Männer, die fort waren und nicht mehr helfen konnten, hatten die beiden Frauen hier festgesetzt, und das Reich hatte sich nicht blicken lassen außer in Gestalt von Soldaten, die noch mehr Männer haben wollten für einen Krieg, um den sie nicht gebeten hatte und dem sie alles geopfert hatte, was sie liebte.

Die beiden Männer sahen betreten drein, sie wiederholten ihre Warnung, bevor sie gingen, und Frau Kramer sah ihnen lange nach, als sie mit ihrem Panzerspähwagen weiterfuhren zum nächsten Bauernhof.

An diesem Abend fragte die neue Maria ihre neue Mutter, warum sie ihr noch nie von ihrer Tochter erzählt hatte. Frau Kramer ließ das Nähzeug in den Schoß sinken und sah sie lange an. Sie seufzte und sagte mit ihrer Singstimme:

»Mein liebes Kind, manche Menschen gehen den einen Weg, andere gehen einen anderen.« Sie machte eine Pause und sah zu den Fenstern, die das Licht der Petroleumlampe trübe spiegelten. Sie sagte:

»Hat je eine Bäuerin eine Königin zur Welt gebracht?« Sie nickte und sagte:

»Ja, meine Liebe, ich habe das getan, und es war überhaupt nicht meine Absicht, gewiss nicht.« Sie schüttelte den Kopf und murmelte:

»So ähnlich muss es der Gottesmutter mit dem Jesuskind ergangen sein. Klug dahergeredet hat er, aber Möbel bauen wollte er nicht.« Sie lächelte traurig. Dann fasste sie sich und sagte lauter:

»So schlimm ist das nicht, Jungen sind anders, das weiß eine Frau und Mutter. Sie erwartet von ihm, dass er wild ist und nicht auf sie hört. Sie liebt ihn sogar dafür!« Den letzten Satz rief sie fast aus. Sie nahm ihre Näharbeiten wieder auf. Leise sagte sie:

»Maria war die Einzige, die froh war, dass wir hierherkamen.« Sie atmete tief durch und schloss die Augen und öffnete sie wieder und schaute zur Decke, als wäre dort etwas Großes aufgetaucht:

»Mein Gott! Eine Völkerwanderung war das!«, rief sie aus, wie um sich abzulenken vom Eigentlichen. »Mit Planwagen karrten sie uns und andere Familien übers Land.« Sie machte eine Pause. Sie flüsterte:

»Und als wir endlich da waren ...« Sie brach ab. Wie ein Blinder, der nach seinem Stock greift, um weitergehen zu können, nahm sie ihr Nähzeug wieder auf und nähte. Margarita sah die Tränen, die Frau Kramer über die Wangen liefen und auf Lisas neue Kleider fielen, eine nach der anderen, am liebsten hätte sie jede einzelne weggeküsst, am liebsten hätte sie ihre neue Mutter umarmt. Doch Frau Kramers Trauer um die echte Maria Kramer schob sich zwischen die beiden Frauen, Margarita saß da mit schweren Armen und starren Händen und fragte nichts und tat nichts.

Den Rest des Abends verbrachten sie schweigend, Frau Kramer dachte an ihre Kinder, das eine tot, das andere verloren, und an den Mann, der fort war und vielleicht nie wiederkehren würde.

Maria dachte an Tomasz, ihren Tomasz, der ihr jetzt, da sein Kind auf der Welt war, wie ein schöner Traum aus einer anderen Zeit erschien. Ein Traum, den sie von nun an genauso verleugnen würde wie den Namen Margarita. Wie auch Tadeusz, ihren älteren Bruder. Beide hatten die Deutschen auf dem Gewissen. Jetzt war sie selbst eine Deutsche.

Ihr Blick fiel auf Lisa, die neben ihr im Bett schlief, und einen Moment lang war ihr, als wären all diese Menschen gestorben, damit dieses Kind zur Welt kommen konnte, als flössen sie alle ein in dieses neue Leben, sogar der deutsche Offizier, den sie erschossen hatte vor einer Ewigkeit, wie ihr schien.

Die Zeit stand still, wenn man aus dem Fenster auf die erstarrten weißen Flächen blickte, in den kalten, blauen Himmel. Die beiden Frauen schienen zu wissen, dass sie die Einzigen waren, die jetzt noch Bewegung erzeugen konnten. Sie taten es langsam und mit stoischer Regelmäßigkeit. Sie wandten sich ab von der eisigen Landschaft dort draußen, ihre neue Sonne war ein kleines Baby. Wie zwei Planeten kreisten sie um Lisas Lächeln, Lisas Hunger, Lisas Schlaf. Sie feierten Weihnachten mit einem Suppenhuhn, Silvester mit einem Brathähnchen und machten sich Sorgen um die Vorräte.

Bis zum 21. Januar, als zunächst noch alles ruhig war. Die beiden Frauen standen auf, die eine fütterte ihr Kind, die andere die Tiere im Stall. Frau Kramer molk die Kuh, als der Kanonendonner einsetzte. Sie erschrak und verschüttete einen Teil der Milch, so nah war er jetzt. Ob das die Windstille ist, fragte sie sich.
Sie kehrte mit der frischen Milch zum Haus zurück. Vor der Tür stand eine großgewachsene Gestalt neben einem Pferd. Es war der Pfarrer, ein junger Mann, dessen Haar früh ergraut war. Sein schmales Gesicht mit der langen, geraden Nase und seine schlanke Gestalt verliehen ihm etwas Asketisches. Er wickelte sich aus seinen Winterkleidern und setzte sich an den Tisch der Kramers. Er lächelte nicht, als er Maria und das Kind sah. Er sagte:
»Ich reite alle Höfe ab, die von dem Räumungsbefehl nichts mitbekommen haben. Sie evakuieren nur die Städte.« Er sah Maria in die Augen. »Hast du meinen alten Revolver noch?«
»Nein, Herr Pfarrer. Es tut mir leid, dass wir ihn ...«
Der Pfarrer winkte ab. Er seufzte. »Den hättet ihr jetzt gut gebrauchen können.« Er schaute sich in der Stube um. »Ihr müsst heute noch fort. Nehmt nur das Nötigste mit. Geht genau nach Westen. Hier«, er legte einen Umschlag auf den Tisch, »Geld für eine Woche. Falls ihr es überhaupt brauchen könnt.«
Dann verabschiedete er sich und ritt zum nächsten Hof.

Eine Stunde später trieben die beiden Frauen die Kuh, die vor den Karren gespannt war, vor die Haustür und luden alles auf. Das meiste war Proviant, für sie selbst, für die Kuh und die vier Hühner, die sie in Käfige gesteckt hatten. Der Rest war Kleidung und Feuerholz. Keine Möbel, hatte Frau Kramer gesagt. Wenn die Standuhr noch da gewesen wäre, dann vielleicht. Aber das war vorbei, und in diesem Haus war sie nie heimisch geworden, Einen alten Baum verpflanzt man nicht, sagte sie und dachte an die polnische Familie, die ihre Wurzeln hier in der Erde und in jedem Winkel des Hauses gelassen hatte.

Maria dachte an ihr Kind und an die Kälte, die es nicht kannte, und sie bekam eine neue Angst, diesmal um jemanden, der gar nichts tun konnte, der allem ganz und gar ausgeliefert war. Sie wickelte ihr Kind in dicke Schichten und wickelte immer noch eine Schicht darum, bis Frau Kramer ihr Einhalt gebot. Sie sagte:

»Sie muss an deinem Körper sein, sonst erfriert sie.«

Da wickelte Maria sie wieder aus und band sie sich auf die nackte Haut, den Kopf zwischen ihren Brüste. Dann zog sie so viel Kleidung darüber, dass man nichts mehr von Lisa sah.

Der Kanonendonner war nun so laut, dass es klang, als wären die Russen im Wald angekommen, der sich hinter dem Haus über einen Hügel zog und dann weiter hinab bis zum Fluss, der höchstens fünf Kilometer entfernt Richtung Stadt floss.

Maria setzte sich auf den Karren, und Frau Kramer stapfte mit der Kuh am Seil los. Sie blickten nicht zurück, als das Bauernhaus hinter ihnen allmählich kleiner wurde. Sie erfuhren nie, dass der Ofen noch stundenlang weiterheizte, bevor er kalt wurde und mit ihm die Luft. Sie sahen die Eisblumen nicht, die sich an der Innenseite der Fenster bildeten. Und sie mussten nicht mit ansehen, wie zehn Stunden später ein russischer Panzer durch die hintere Wand fuhr und das Ehebett der Kramers unter sich begrub, das Dach und die Wände der Zimmer einriss, die Stube mit ihrem klobigen Holztisch unter seinen Ketten zermalmte und die anderen Bauernmöbel, die nicht den Kramers gehörten, sondern der polnischen Familie, die einst hier gelebt hatte, so lange war das noch gar nicht her.

Als die Panzerdivision der sowjetischen Armee weiter nach Westen fuhr, stand dort, wo Lisa Kramer zur Welt gekommen war, kein Haus mehr.

VIERZEHN

Anna wollte nichts vergessen. Sie hatte ein Archiv in ihrem Kopf angelegt, das sie immer, wenn sie allein war, aufsuchte, um sich zu vergewissern, ob alles noch an seinem Platz war, jede Erinnerung. Doch es gab einen ganz besonderen Ort in diesem Archiv, dessen wahre Bedeutung ihr erst im Nachhinein bewusst wurde. Es war die Erinnerung daran, wie sie überlebt hatte, nachdem Obersturmbannführer Josef Ranzner abgereist war, ohne seinen Nachlass, zu dem auch Anna gehörte, zu regeln.

Die Ereignisse führten dazu, dass Anna später nicht wusste, wer der Vater ihres Kindes war.

Als alles vorbei war und sie immer noch lebte, als Ranzners SS-Leute die Dinge mitgenommen hatten, die er behalten und in Posen bis zum letzten Blutstropfen verteidigen wollte – die Arcimboldo-Imitate, Beutemöbel aus drei Jahrhunderten, die Illusionen über sich selbst und diesen Krieg –, als der Lärm der abrückenden Truppe draußen auf dem Platz verklungen war, kleidete Anna sich an, ging in ihre Kammer, streifte den Wintermantel mit dem gelben Stern auf der linken Brust über, in dessen Mitte in hebräisch anmutenden Lettern das Wort Jude geschrieben stand. Sie besaß keine Kopfbedeckung, keine Handschuhe, keine Winterstiefel.

Sie ging eine Zeit lang durch das verlassene Rathaus, sah in alle Zimmer und Säle, rief sich die Möbel und Bilder in Erinnerung, die Ranzner hatte abtransportieren lassen. Noch einmal stand Anna an der Stelle, wo Ranzner den Sturmbannführer Treitz verabschiedet hatte, noch einmal dachte sie an das Gespräch über die Wiedergeburt der Nazis, das ihr die Augen über Ranzners Angst geöffnet hatte.

Irgendwann stieß Anna einen Flügel des großen Eingangsportals auf und verließ das Rathaus. Es schneite winzige Flocken, die ihr in den Augen brannten. Sie stieg die Freitreppe hinunter und überquerte den Platz. Die vielen Stiefel-, Rad- und Kettenspuren im Schnee hatten bereits ihr hartes Profil verloren, bald wären sie nichts als vage Vertiefungen, und schon am folgenden Tag würde eine unberührte weiße Decke hier liegen wie ein sauberes Tuch, das jemand auf einem Tisch ausgebreitet hat, um eine neue Mahlzeit zu servieren.

Anna ging ziellos durch die Straßen des Städtchens, sie genoss das Gefühl des Gehens, sie genoss die zunehmende Kälte in ihren Gliedern. Sie genoss die Leere in ihrem Kopf, der nichts dachte.

Irgendwann stand sie vor der Kirche. Nach links führte eine kurze, schmale Gasse tiefer in die Altstadt, Geruch nach frischem Brot drang von dort an ihre Nase. Sie hatte keinen Hunger. Sie betrat die Kirche, setzte sich in die erste Bankreihe, betrachtete den Altar, die Ständer ohne Kerzen, das Kreuz im Hintergrund, an das ein Mann genagelt war, der den Kopf hängen ließ.

Anna schlief ein. Aber plötzlich wurde sie von neuem Lärm geweckt. Menschen drangen in die Kirche, alte und junge Frauen mit Kindern. Von draußen drangen Motorengeräusche herein, Männer schrien Befehle. Die Leute, die in die Kirche strömten, beachteten Anna nicht, sie wirkten verängstigt, manche knieten sich nieder und beteten mit verkrampften Gesichtern, die Kinder schrien oder flüchteten sich in den Schlaf, die alten Frauen sagten nichts, sie saßen und standen, sie hatten Kopftücher an, ihre Runzeln verrieten höchstens etwas darüber, wie sie ihr Leben verbracht hatten, nicht, was sie gerade fühlten.

Immer voller wurde die Kirche, immer lauter das Klagen.

Anna sah die Furcht in den Augen der Menschen, sie verstand jedes Gefühl, das an ihre Sinne drang, und jedes Wort. Aber sie gehörte nicht dazu. Sie betrachtete die Deutschen, als befände sie sich nicht im selben Raum, als gäbe es eine Haut zwischen ihr und den anderen, als hätte die Tatsache, dass ihre Muttersprache die der anderen war, jede Bedeutung verloren.

Anna stand auf und ging durch den breiten Gang zwischen den Bankreihen zum Portal. Der Stern auf ihrer Brust ließ die Menschen zurückweichen, als sie durch sie hindurchschritt, ohne sie anzusehen. Was macht die denn hier, sagte eine der Frauen. Anna stemmte das schwere Portal der Kirche auf, ein eisiger Windstoß fuhr herein, die Helligkeit blendete sie.

Dann war Anna draußen im Schnee. Der Platz hatte sich verändert. Überall standen Panzer, Lastwagen und Haubitzen, die Reifen-, Ketten- und Stiefelspuren der Deutschen waren jetzt Reifen-, Ketten- und Stiefelspuren der Roten Armee, die gekommen war, um die verlassene Stadt zu befreien.

Zwei Rotarmisten stürzten auf Anna zu, die Waffen im Anschlag. Als sie den gelben Stern auf ihrem Mantel sahen, änderte sich ihr grimmiger Gesichtsausdruck, sie waren in Lublin und in Lodz gewesen und wussten, was die Deutschen getan hatten. Sie schickten Anna quer über den Platz, dann stürmten sie die Kirche, in der es totenstill wurde.

Anna ging zwischen den hin- und hereilenden russischen Soldaten zu einem Raupenfahrzeug, einem großen Kastenwagen, der neben dem Rathaus stand, das nun einen neuen Bewohner erhielt, den Kommandanten dieser Panzerdivision, der schon seine Möbel über die große Freitreppe in das Innere tragen ließ.

Das Fahrzeug sah aus wie eine dunkelgrüne Schildkröte. Auf der Motorhaube, auf der Seite und auf dem Dach prangten rote Kreuze in einem weißen Kreis. Annas Lippen waren blau angelaufen, in Annas Händen und Füßen war kein Gefühl mehr vor Kälte, ihr Gesicht war starr wie eine Maske geworden. Sie klopfte am Heck des Wagens gegen eine Metalltür. Eine kleine, füllige Frau mit Pausbacken und Stupsnase öffnete ihr, Anna machte Gesten, die besagten, sie habe herkommen sollen, die Frau half ihr beim Hochsteigen, Anna konnte sich nicht mehr festhalten mit ihren kalten Händen.

Im Inneren war es eng. Zwei Pritschen standen links und rechts an den Wänden, dazwischen verlief ein schmaler Gang. Auf einer Pritsche lag ein Soldat, der sich nicht rührte und der nichts sagte. Sein Kopf war verbunden, der Verband war blutig. Es roch nach Campher. Eine zweite Krankenschwester, eine schmale, kleine Frau mit hoher Stirn und klaren, blauen Augen, saß neben ihm auf einem Hocker. Jetzt erhob sie sich und nahm Anna in Empfang.

Die beiden Frauen behandelten sie mit der Sachlichkeit von Menschen, die nichts anderes taten, als Schlimmes zu sehen und noch Schlimmeres zu verhindern, wenn sie es konnten. Sie setzten Anna in eine Ecke des Krankenwagens direkt hinter dem Fahrerhaus, am Kopfende der Pritsche, auf der der Soldat lag. Sie gaben ihr einen Wodka und wickelten sie in warme Decken. Ab und zu stöhnte der Verletzte, als träume er.

Anna döste vor sich hin, ihre Glieder wurden warm und begannen zu jucken. Nach einiger Zeit öffnete sich die hintere Tür, ein Mann rief mit lauter Stimme herein, die Krankenschwestern sprangen auf und nahmen etwas entgegen. Es waren Emailnäpfe mit dampfender Kartoffelsuppe, auch Anna bekam einen. Sie aß und schlief erneut ein.

Jemand rüttelte an ihrem Arm. Sie schlug die Augen auf, es dauerte eine Weile, bis sie begriff, wo sie war. Vor ihr stand ein schmächtiger Mann mit einem viel zu weiten Wintermantel. Seine Wangen waren hohl, er hatte dunkles, krauses Haar, seine Augen lagen tief in ihren Höhlen, er wirkte, als habe er seit Tagen nicht geschlafen.

Er zog sich die schwarzen Lederhandschuhe einzeln von den Fingern und sagte auf Jiddisch:

»Ich bin vom Jüdischen Antifaschistischen Komitee der sowjetischen Regierung.« Er steckte seine Handschuhe in die Manteltasche. Anschließend zog er ein Formular aus einer schmalen Mappe, die er bei sich trug. Sein Gesicht hatte lauter Kurven, die Stirn war nicht nur hoch, sondern breit, das Kinn war schmal und rund, die Wangenknochen formten ihre Bögen dicht unter den Augen, die Nase war lang und gekrümmt. Ein seltsames Gesicht mit seltsamen Augen, die Anna beunruhigten. Sie sagte:

»Ich spreche nur Deutsch.«

Er wandte sich zu den Krankenschwestern um und sagte etwas auf Russisch. Die Frauen nickten, als wüssten sie nicht, was sie sagen sollten. Dann zog er einen Hocker aus der gegenüberliegenden Ecke und setzte sich vor Anna. Er lächelte flüchtig, für einen kurzen Augenblick veränderte sich sein todmüdes Gesicht, und Anna sah einen anderen Mann mit einem anderen Leben und anderen Gefühlen, für sich, für die Welt. Für Anna. Dann war es fort, als wäre es nie da gewesen, und er sagte:

»Ich habe ihnen gesagt, dass Sie eine verschleppte deutsche Jüdin sind. Man muss ein wenig achtgeben.« Er blickte erneut zu den Krankenschwestern, die herüberschauten, und lächelte ihnen beruhigend zu, die Frauen lächelten zurück, es wirkte auf Anna wie ein Abkommen, Lasst mich nur machen, Also gut. Zu Anna gewandt sagte er:

»Sonst denkt man noch, Sie seien eine Kollaborateurin, und das sind Sie doch nicht, nicht wahr?« Er lächelte Anna an, aber in seinen Augen lag jetzt ein Lauern. Anna betrachtete ihn und sah seine Scheu und seine Wildheit und hörte sich noch einmal das Wort Kollaborateurin an und wusste, dass beides gelogen wäre, Ja und Nein. Sie sagte:

»Werden Sie mir glauben?«

Er wiegte den Kopf auf seinem dünnen Hals und erwiderte:

»Das kommt darauf an, wie Sie es sagen.«

»Wie ich es sage?« Anna zog die Augenbrauen hoch. Sie versuchte zu verstehen, was er meinte, sie las in seinem Gesicht, sie sah seine Unsicherheit und seine Gefährlichkeit. Sie sagte:

»Nein, darauf kommt es nicht an, und Sie wissen es.«

Er neigte den Kopf leicht. »Sie haben recht, wir Menschen sind besser verschlüsselt als jede geheime Botschaft. Aber Sie haben mich trotzdem überzeugt.«

»Wovon?«, fragte Anna.

Er sah sie überrascht an. Er runzelte die Stirn, als müsse er darüber nachdenken. Dann nickte er langsam und sagte:

»Davon, dass Sie es wert sind, ganz gleich, was Sie getan haben.«

Anna spürte, dass dieser Satz ein Köder war, sie sah, dass der andere ihr erneut auflauerte, und jetzt erschien er ihr wie ein Jäger, der am besten getarnte Jäger von allen, mit seinem schmächtigen Körper, seinem dünnen Hals und seinen hohlen Wangen sah er aus wie die leichteste Beute, man hätte ihn nur niederstrecken müssen, vielleicht war sogar Anna dazu in der Lage.

Aber seine Augen verrieten die Tarnung. Anna sagte:

»Die Nazis haben auch vom Wert der Menschen gesprochen.«

Er zuckte mit den Schultern, zog sich hinter die Deckung seines Lächelns zurück und sagte:

»Ich verlasse mich auf meine Menschenkenntnis.«

Anna sah sich mit einem Mal von außen, sie und der Fremde waren zwei Spieler, die ein unsichtbares Roulette spielten, der Einsatz war Annas Leben. Das Spiel war neu, aber die Regeln kannte Anna gut, sie waren uralt, Josef Ranzner hatte sie eingewiesen, und dieser Mann, der vor ihr saß und ihr auflauerte, brachte ihr bei, dass diese Regeln überall galten.

Plötzlich brach er das Spiel ab. Er streckte eine schmale Hand aus, zauberte ein neues Lächeln auf sein Gesicht, ein offenes und freundliches, als gäbe es kein Misstrauen in der Welt, und sagte:

»Ich bin Abba.«

Anna ergriff seine Hand zögerlich, sie fühlte sich weich und zart an, Anna war verunsichert, gerade hatte sie ihn durchschaut und schon war er ihr wieder entschlüpft.

Abbas Blick wanderte erneut zu den beiden Krankenschwestern, die sich mit gedämpften Stimmen unterhielten. Dann richtete er seine Aufmerksamkeit wieder auf Anna:

»Ich nehme an, Sie wollen nicht nach Deutschland zurück, nicht wahr?«

Anna schüttelte den Kopf. Er nickte.

»Gut.« Er überlegte kurz, bevor er fortfuhr:

»Ich will Ihnen etwas sagen, und dann denken Sie bitte gut darüber nach: Die Situation der Juden in der Sowjetunion ist besser, wir werden nicht umgebracht, wir kämpfen an der Seite der Russen gegen die Deutschen, manche von uns bekommen Tapferkeitsmedaillen. Wir sammeln Geld im Ausland für die sowjetische Armee.« Er schwieg und sah Anna forschend in die Augen. Er senkte die Stimme:

»Aber niemand weiß, was geschehen wird, wenn dieser Krieg vorbei ist.« Er machte eine neue Pause. Er sah Anna an, als wolle er ihre Gedanken lesen, und Anna blickte zurück und wartete. Er sagte:

»Es gibt eine Organisation, die Ihnen helfen kann, Europa zu verlassen Richtung ...«, er zögerte, er warf den Krankenschwestern einen kurzen Blick zu, er sah Anna noch einmal in die Augen, »Richtung Palästina. Sind Sie interessiert?« Ohne zu überlegen, nickte Anna. Sie hatte in Abbas Augen gesehen, dass er sich in Gefahr begab, indem er ihr diese Frage stellte. Das beruhigte sie, es gab ihr zum ersten Mal seit langer Zeit das Gefühl, dass sie etwas verband mit einem anderen Menschen.

Abba lächelte flüchtig und sagte leise:

»Sehr gut. Ich werde den Krankenschwestern jetzt sagen, dass ich Sie in ein Auffanglager für befreite Juden mitnehme. Bis dahin ist alles legal. Dort werden Sie gemeinsam mit anderen Menschen, die ausreisen wollen, warten, bis wir eine Möglichkeit gefunden haben, Sie über die Grenze nach Rumänien zu bringen.«

Aus seiner Manteltasche kramte er einen Stift hervor und füllte das Formular aus. Anna musste ihren vollen Namen, ihr Geburtsdatum, ihren Geburtsort und ihren Ausbildungsgrad angeben. Zahlen und Wörter, die ein ganzes Leben umrissen und sich jetzt seltsam abstrakt anfühlten, als gäben sie eine bestimmte Position in einem Koordinatensystem an, mehr nicht. Keine Wiese und kein Kind darauf. Alle Wiesen sahen gleich aus, alle Kindheit war vorbei.

FÜNFZEHN

»Ich heiße gar nicht Lisa Kramer«, sagte Lisa eines Morgens beim Frühstück und schaute zufrieden in das erschrockene Gesicht ihrer Großmutter. »Und außerdem bin ich auch gar kein Mädchen«, fügte sie hinzu. Jetzt lächelte die Großmutter beruhigt und fragte: »Was bist du denn dann?«

»Ein Soldat«, gab Lisa zurück und beobachtete mit Gefallen, wie die Großmutter die Stirn runzelte. »Ein Soldat«, bekräftigte sie, »wie Onkel Tobi aus dem vierten Stock.« Frau Kramer schüttelte den Kopf und nahm einen Schluck aus ihrer Kaffeetasse.

»Was hast du nur mit diesem komischen Kauz?«

»Er ist nett, und er erzählt tolle Geschichten«, sagte Lisa leichthin.

»Tolle Geschichten über den Krieg«, gab Frau Kramer zurück und presste die Luft durch die Lippen zum Zeichen ihrer Missbilligung. Lisa ignorierte es. Sie aß ihr Butterbrot, baumelte mit den Beinen und setzte ein gelangweiltes Gesicht auf.

»Was habt ihr denn heute in der Schule?«, fragte Frau Kramer, um das Thema zu wechseln. Lisa zuckte mit den Achseln und sagte:

»Nur dumme Fächer.«

Frau Kramer seufzte und blickte aus dem Fenster. »Willst du heute mal versuchen, allein in die Schule zu gehen?«

Lisa schüttelte den Kopf und Frau Kramer fügte sich. Wie soll ich dich erziehen, dachte sie, wenn ich dir jeden Wunsch erfülle. Aber im selben Moment kannte sie die Antwort. Sie würde Lisa überhaupt nicht erziehen. Lisa erzog sich selbst. Sie hatte ein Wissen über die Welt mitgebracht, das Frau Kramer in Staunen versetzte, und manchmal fragte sie sich, wie viel das Mädchen mitbekommen hatte von dem, was ihm schon alles zugestoßen war.

Sie machten sich zum Aufbruch bereit. Es gab eine Zahnbürste aus Holz, die Borsten standen in alle Richtungen. Die teilten sie sich, zuerst Lisa, dann Frau Kramer. Mantel, Schuhe, den dunkelgrünen Ranzen aus gelacktem Leinen, der fast leer war, da es jetzt wieder verbotene Bücher gab, darunter auch Schulbücher, und neue Bücher würde es erst im nächsten Jahr geben, aber das hatte der Direktor schon letztes Jahr bei Lisas Einschulung gesagt.

Dann gingen sie los. Sie stiegen die enge Wendeltreppe des Hauses hinunter bis zur Gasse und gingen dann langsam über den gepflasterten Weg um drei Häuserecken bis zur Marien-Schule. Es nieselte leicht, das passierte oft hier, das Meer war so nah, dass die Luft fast immer feucht war, und im Winter kroch die Kälte durch alles hindurch, obwohl die Temperaturen nicht so tief sanken wie in Polen. Minus zwanzig Grad wie damals auf der Flucht hatte Frau Kramer in den fünf Jahren, die sie inzwischen hier wohnten, nur einmal erlebt. Während Lisa mit ihrem Schulranzen neben ihr herhüpfte, betrachtete Frau Kramer die schmalen, hohen Backsteinhäuser der Lübecker Altstadt, die ihr auch jetzt noch fremd und ungastlich erschienen. Fünf Jahre in einem Wartesaal, dachte sie, aber dann verscheuchte sie diesen Gedanken und wandte sich Lisa zu, die sorglos durch die Straßen ihrer Heimatstadt ging und sich um nichts anderes kümmerte, als den nächsten Pflasterstein zu treffen, den sie sich ausgeguckt hatte.

Auch Lisas Grundschule war ein rotes Backsteingebäude mit spitzen Giebeln. Als sie am Eingangstor ankamen, streckte Lisa die Arme zu Frau Kramer empor, Frau Kramer beugte sich zu ihr hinunter, Lisa zog ihren Kopf heran und gab ihr einen Kuss. Sie rief: »Bis später!« Sie lief los, dann blieb sie stehen, winkte Frau Kramer und lief weiter. Frau Kramer winkte zurück und blickte ihr nach, bis sie im Gebäude verschwunden war.

Dann kehrte sie langsam auf demselben Weg zurück, den sie gekommen waren. Sie würde sich zu Hause in das kleine Wohnzimmer setzen und ihr Geburtstagsgeschenk für Lisa fertig nähen, einen Wintermantel, den sie aus einem ihrer eigenen Mäntel geschneidert hatte. In der Küche stand ein Tischofen aus Eisenblech und Schamotte, mit dem sie im Winter heizten. Es gab noch ein paar Holzreste und Tannenzapfen in der Abstellkammer, die mussten für das Feuer ausreichen. Es war nicht leicht, die Temperatur des Ofens zu regulieren, aber Frau Kramer würde trotzdem einen Kuchen für Lisa backen. Sie würde lächeln und fröhlich sein, den ganzen Tag, wenn es sein musste. Als wäre dies ein Glückstag und nicht gleichzeitig auch das Gegenteil. Das bin ich dem Kind schuldig, dachte sie.

Die nächsten Monate würden schwer werden für sie, das wusste Frau Kramer. Sie fürchtete sich vor dem Winter, der alles hervorholte, was schmerzte, alle Gefühle, alle Verluste. Vor ihrem inneren Auge tauchte Margarita auf, Margarita schwanger im Keller, Margarita schreiend vor Schmerzen bei Lisas Geburt. Das Geräusch der Haustür, als ihr Mann ging, ohne Lebewohl zu sagen. Margarita mit der winzigen Lisa im Arm. Margarita neben ihr im Bett, wo ihr Mann früher gelegen hatte. Margarita in dicke Decken gewickelt auf dem Karren. Margarita zu Fuß, nachdem die Russen ihnen alles weggenommen hatten. Margarita am Ende ihrer Kräfte. Margarita ganz still, umtanzt von großen, weißen Flocken, ohne Wärme im Leib, ohne Kind vor der Brust, denn das hatte Frau Kramer an sich genommen, die Tränen waren ihr dabei gefroren, kaum dass sie aus den Augen getreten waren. Margarita ganz allein im Schnee, als Frau Kramer weiterging, mit nichts als Lisa auf dieser Welt. Die Erinnerung war in Bewegung gekommen und ließ sich nicht mehr anhalten. Frau Kramer bog in ihre Straße ein, doch sie nahm sie nicht wahr. Stattdessen sah sie die nächtliche Ankunft in Lübeck, fühlte sie den endlosen letzten Marsch zu ihrer vorläufigen Bleibe, betrat sie die stickige, feuchte Scheune, in der sie einen Winter lang gemeinsam mit anderen Volksdeutschen aus dem Osten überlebt hatten. Sie sah die britischen Soldaten, die sie in das Auffanglager nördlich von Lübeck gebracht hatten, nur, um sie ein paar Monate später wieder fortzuschicken, weil das Lager für neue Flüchtlinge benötigt wurde, für Juden. Sie fühlte den Hunger, der im Magen wütete wie ein wildes Tier, sie hielt Lisa im Arm, die immer dünner wurde, dem Tod immer näherrückte. Sie spürte die Furcht, auch ihr letztes Kind noch zu verlieren.

Frau Kramer kam am Haus an, schloss auf, stieg mit schweren Beinen die Treppe hinauf, aber anstatt im dritten Stock anzuhalten und die Wohnungstür aufzusperren, folgte sie einer plötzlichen Eingebung und ging bis in den vierten Stock. Drei Parteien wohnten auf jeder Etage, die Türen waren im Halbkreis um die steinerne Wendeltreppe angeordnet. Ganz rechts wohnte Herr Weiss. Frau Kramer drückte auf den Klingelknopf und wartete.

Nach einer Weile öffnete Herr Weiss die Tür. Er war klein, keine dreißig Jahre alt, sein Becken war breiter als seine Schultern, eine dicke Hornbrille thronte auf seiner Nase, sein braunes Haar war schütter. Er trug eine graue Strickjacke und eine graue Stoffhose, beide wirkten alt und zerschlissen, seine Füße steckten in Filzpantoffeln. Aus seiner Wohnung drang Tabakgeruch. Er lächelte unsicher.

»Wir müssen über Lisa reden«, sagte Frau Kramer.

Sie redeten über Lisa. Sie saßen in Herrn Weiss' kleinem Wohnzimmer, das genauso geschnitten war wie das von Frau Kramer. Widerwillig stellte sie fest, dass es ganz sauber und ordentlich aussah. Die Möbel waren billig und schmucklos, an den Wänden hingen lauter Bilder mit Jagdszenen, Erbstücke von meinen Eltern, sagte Herr Weiss, es klang wie eine Entschuldigung. An einer Wand stand ein altes Klavier, das wusste Frau Kramer schon, manchmal hörte sie ihn spielen. Der schwarze Lack war hier und da abgeplatzt, das Holz hatte sich an manchen Stellen verfärbt. Die Tastenklappe stand offen, auf dem Notenhalter befand sich ein vergilbtes Heft.

Frau Kramer verbot Herrn Weiss, Lisa Geschichten vom Krieg zu erzählen.

»Der Krieg ist vorbei«, sagte sie und sah Herrn Weiss streng an.

Herr Weiss blickte schüchtern zurück und wiegte den Kopf, aber er erwiderte nichts. Frau Kramer sagte:

»Sie haben ihr erzählt, dass Sie im Krieg die Leichenteile von gefallenen Soldaten eingesammelt haben. Unter Feuerschutz! Herr Weiss!«

Herr Weiss nickte und blinzelte sie an.

»Glauben Sie, das ist gut für eine Siebenjährige?«

Herr Weiss sagte, Nun ja, nun ja, er hob die Schultern, er brummelte vor sich hin, er sagte:

»Sie hört mir so gerne zu«, und in seinem Tonfall lag eine unausgesprochene Bitte. Frau Kramer schüttelte den Kopf. Sie versuchte, die Sympathie für diesen verschrobenen Mann, die in ihr aufkam, zu ignorieren. Sie sagte:

»Herr Weiss, wir haben alle eine schwere Zeit gehabt ...« Plötzlich konnte sie nicht weitersprechen. Ein Kloß hatte sich in ihrem Hals gebildet, ihre Augen wurden heiß, sie kämpfte, aber sie hatte schon verloren.

Na, na, machte Herr Weiss und tätschelte ungeschickt den Oberarm von Frau Kramer. Sie hatte die Hände vors Gesicht geschlagen und saß nun laut schluchzend vor ihm. Er hob den Zeigefinger und rief leise aus:

»Ich weiß! Ich setze uns einen Tee auf! Das ist doch eine gute Idee, das mache ich jetzt!« Er floh in die Küche und werkelte dort herum und kam erst zurück, als der Tee fertig war.

In der Zwischenzeit hatte Frau Kramer sich wieder gefasst. Sie tupfte ihre Wangen mit einem Stofftaschentuch ab, das sie aus ihrer Handtasche gefischt hatte. Als Herr Weiss mit einer bauchigen weißen Teekanne und zwei zerbrechlich wirkenden Porzellantässchen zurückkam, setzte sie sich zurecht und lächelte ihn schwach an.

»Sie sind ein netter Mann«, sagte sie.

Herr Weiss wiegte den Kopf, nuschelte, Nun ja, nun ja, und sagte:

»Man tut, was man kann.« Dann lächelte er sie an und entblößte zwei Reihen schiefer Zähne, die aussahen wie Kegel, die von einer Kugel getroffen worden sind und im nächsten Moment umfallen. Herr Weiss bemerkte Frau Kramers erschrockenen Blick, er zeigte auf seinen Mund und sagte:

»Ist das Geschenk von einem russischen Offizier.«

Frau Kramer fragte:

»Aber wie ist das denn passiert?«

Herr Weiss nickte vor sich hin, schenkte den Tee ein, sagte, Tja, also, tja. Dann setzte er sich und sagte:

»Ach, das war in der Gefangenschaft. Jeder musste vor ihn treten, und er saß hinter einem kleinen Tischchen und nahm die Daten auf, Name, Geburtstag, Geburtsort, Einheit, solche Sachen.« Er wiegte den Kopf hin und her, er sagte:

»Probieren Sie doch mal den Tee, der ist hervorragend, finde ich.« Dann nahm er selbst einen Schluck, setzte die Tasse wieder ab, nickte vor sich hin und sagte:

»Ich verstand nicht auf Anhieb, was er von mir wollte. Da hat er mir mit der Pistole ins Gesicht geschlagen. So:« Er hielt die Teetasse hoch und führte sie in Zeitlupe gegen sein Kinn. Er zuckte mit den Achseln, machte, Tja, hm, sagte:

»Ich hab ihn einfach nicht verstanden. Aber der Kiefer, der war gebrochen, und dann konnte ich nur noch Süppchen trinken. Ach, ja, und sprechen konnte ich auch nicht mehr.« Er lachte kurz auf. »Das habe ich dann erst wieder bei den Nonnen gelernt.«

»Bei den Nonnen?«, fragte Frau Kramer, die ihren Tee trank und gar nicht merkte, dass Herrn Weiss' Erzählung sie in einen Bann gezogen hatte.

Herr Weiss machte, Ja, ja, er nickte, er brummelte etwas, er sagte: »Ja, zu denen bin ich als Erstes gekommen, als ich wieder in Deutschland war. Die haben mit mir gesungen. Und ja, ja, das war das Singen, darüber habe ich wieder sprechen gelernt.« Er setzte seine Tasse ab und blickte Frau Kramer inspiriert an. »Ist das nicht erstaunlich, ist es doch, nicht wahr?« Er hob die Hand und machte eine Geste in der Luft, die davon sprach, dass manche Dinge unerklärlich sind. Frau Kramer nickte und schenkte sich mehr Tee ein.

Am Ende ihres Besuches lud sie Herrn Weiss zu Lisas Geburtstag ein, aber Herr Weiss hatte eine bessere Idee. Er wollte den Geburtstag bei sich feiern, denn dann könnte er am Klavier Lieder singen. Frau Kramer brauchte nur einen kurzen Moment, dann willigte sie ein und verabschiedete sich. Sie stieg die steinerne Wendeltreppe hinunter in den dritten Stock, setzte sich im Wohnzimmer ans Fenster und arbeitete weiter an Lisas Wintermantel.

Während sie die Säume nähte, wanderten ihre Gedanken zurück zu Herrn Weiss' Erzählung von der Gefangenschaft. Vor ihrem inneren Auge veränderte sich der Nachbar und wurde zu Herrn Kramer, der vor einen russischen Offizier geführt wurde und nicht verstand, was dieser von ihm wollte. Sie schloss die Augen, um das Bild zu vertreiben, es war schon schwierig genug, in dieser Stadt zu leben, in die sie nur gegangen war, weil sie hoffte, er würde, wenn er aus dem Krieg zurückkäme, bestimmt denken, dass sie hierhergekommen wäre, weil sie dächte, dass er dächte, dass sie so denken würde. Aber Herr Weiss war aus der russischen Gefangenschaft zurückgekehrt, und ihr Mann war nicht gekommen. Sie wusste, dass es in Sibirien noch viele tausende Kriegsgefangene gab, sie wusste, dass die Regierung mit den Sowjets verhandelte. Aber Sibirien!

Wie lange konnte ein Mann in seinem Alter das überstehen? Frau Kramer seufzte und nähte weiter.

SECHZEHN

Anna saß im Auto und schaute in die Nacht. Die Lichtkegel des Fahrzeugs rissen eine grelle Lücke in die Dunkelheit, und dieser Lücke folgten sie. Sie saß neben Abba in einem sowjetischen Kübelwagen, Der ist ausgeliehen, hatte Abba ihr gesagt, als sie das Städtchen hinter sich gelassen hatten, es hatte geklungen, als hätte er sagen wollen: geklaut.

Es war Zufall, dass er Anna aufgegabelt hatte, Die Sowjets haben mich informiert, hatte er gesagt, Die haben mir gesagt, da ist eine Jüdin, was sollen wir mit der machen.

Du bist eine Bürgerin Israels, hatte er ihr gesagt, als sie ihn gefragt hatte, was er wirklich mache, Die Brichah sammelt die Reste dessen ein, was die Nazis übrig gelassen haben, hatte er gesagt, Die Gründung Israels ist in Gefahr. Er nannte eine Zahl, er sagte, So viele Juden gab es vor dem Krieg in Europa, er sagte, Die Zionisten wissen es genau, sie haben die Juden gezählt, und jetzt sind sie weg bis auf ein paar Reste, umgebracht von den Deutschen und ihren vielen Helfern.

Anna hatte ihn ungläubig von der Seite angesehen, im Flüsterton hatte sie die Zahl wiederholt, mit einem Fragezeichen dahinter, das sagen wollte, Bist du dir sicher? Ist es nicht eine Null weniger, oder zwei?

Doch Abba hatte gar nicht reagiert, zu beschäftigt war er gewesen, den Wagen nicht in die Böschung rutschen zu lassen, die Straße war zerfurcht von den tiefen Spuren der Panzer und Lastwagen der sowjetischen Armee, die den Deutschen auf den Fersen waren, den Deutschen, unter denen sich Obersturmbannführer Ranzner und seine vier Adjutanten befanden, Wir fahren nach Posen, hatte Abba gesagt, und Anna hatte ihn von der Seite angesehen und gefunden, dass er aussah wie ein Raubvogel mit seiner gebogenen Nase und seinem leicht fliehenden Kinn, den hohlen Wangen und diesen Augen, die mehr zu sehen schienen als gewöhnliche Augen. Posen?, hatte Anna gefragt, Nicht ganz, hatte er geantwortet und ihr von einem Haus der Brichah erzählt, das die Sowjets nur deshalb duldeten, weil sie nicht wussten, was sie mit den befreiten Juden anstellen sollten, und weil sie sie eigentlich loswerden wollten. Keiner will uns haben, hatte er gesagt, Und das ist gut, jetzt ist es gut.

Dann hatte er von der Lehre der Vernichtung gesprochen, er hatte gesagt, Die Nazis haben keinen Unterschied zwischen Juden und Juden gemacht, sie haben uns alle gleich behandelt. Das müssen wir jetzt auch tun. Dann werden wir ein Volk sein. Wir werden in der Lage sein, einen jüdischen Staat in Palästina zu gründen. Und wir werden Vergeltung üben. Vergeltung?, hatte Anna gefragt, und Abba hatte genickt, ohne sie anzusehen. Er hatte vom bewaffneten Kampf gesprochen, davon, dass es notwendig sei, viele Deutsche zu töten, um die Juden in der ganzen Welt aufzurütteln und zu sagen: Niemand darf uns ungestraft morden! Und wieder hatte er die Zahl genannt und dabei grimmig in die kalte Nacht hinausgeschaut, Auge um Auge, Zahn um Zahn, hatte er gesagt, Wir werden ganz Hamburg vergiften, das jüdische Blut wird gerächt werden, und Anna hatte gedacht, Ist es das, was er wirklich macht, Deutsche umbringen?, und einen kurzen Moment lang hatte sie sich wieder gefühlt wie früher, als sie noch eine Heimat hatte. Es war nur eine Erinnerung gewesen und gleich wieder vorbeigegangen, und sie hatte gesagt, Das ist derselbe Wahnsinn, aber das hatte Abba nicht gelten lassen.

Nach diesem Gespräch waren sie schweigend durch die Nacht gefahren. Später würde Anna sich an eine endlose Birkenallee erinnern. Geisterhaft standen die weißen Bäume links und rechts der Straße, mit ihren dünnen Ästen, die wie schütteres Haar herabhingen.

Anna hatte ganz krumm vor Kälte in ihrem Sitz gesessen, die Arme umeinandergeschlungen, und hatte versucht, sich unvorstellbar viele tote Menschen vorzustellen. Vor ihrem inneren Auge war eine Ebene aus Leibern bis zum Horizont entstanden, die Ebene hatte sich hochgewölbt, immer weiter, und war zu einem unbesteigbar hohen Berg geworden. Wo sind die jetzt alle, hatte sie sich gefragt und an die Wiedergeburt gedacht, in einem anderen Leben, als sie noch die Anna war, die sie kannte, nicht die fremde Frau, die jetzt in diesem Auto neben einem Juden saß, der sie nach Palästina bringen wollte, weil das seine Sache war, neben einem Juden, der genauso viele Deutsche ermorden wollte, wie die Deutschen Juden umgebracht hatten, um das Gleichgewicht wiederherzustellen, Welches Gleichgewicht, fragte Anna sich, Auf welcher Waage?

Sie fuhren durch einen Nadelwald, der Weg wurde schmaler, die Bäume standen dicht am Straßenrand, Anna hatte ein enges Gefühl im Körper, als warte der Wald nur darauf, sie zu verschlucken, sobald sie stehen blieben. Es schneite noch immer, die Flocken waren jetzt größer, sie blieben an der Windschutzscheibe kleben, die Scheibenwischer konnten nichts mehr gegen sie ausrichten. Ab und zu musste Abba das Seitenfenster herunterkurbeln und mit dem Handschuh nachhelfen. Dann fuhr ein eisiger Windstoß ins Auto und die Flocken wirbelten umher. Ganz gebeugt saß Abba hinter seinem Lenkrad, um durch die freie Stelle zu sehen. Er tat es schweigend und ohne ein Gefühl zu offenbaren, Anna dachte, Für ihn ist alles unbedeutend im Vergleich zu der Sache, für die er kämpft: Israel, die Vergeltung. Sind das zwei verschiedene Dinge, fragte sie sich, Oder ist es ein und dasselbe?

Als sie den Wald hinter sich ließen, sahen sie die Lichter einer Stadt in der Ferne. Das ist Posen, sagte Abba, ohne sie anzuschauen, Aber Tulce liegt näher. So hieß das Dorf, wo die Brichah das Haus unterhielt, Die Wächter sind russische Juden, sagte Abba, Rotarmisten. Wir haben sie von der Armee ausgeliehen, weil wir niemandem trauen können, wenn wir überleben wollen, und du hältst dich besser auch daran. Er sah sie an, Anna blickte in seine dunklen Augenhöhlen und wusste nicht, was sie fühlen sollte für oder gegen diesen Mann.

Dann kamen sie an. Das Haus war ein quadratischer Bau mit acht Fenstern auf jeder Seite, alle dunkel, zwei Stockwerke hoch, das Dach war beschädigt, Fliegerbombe, sagte Abba, Aber es ist warm und du bist sicher dort.

Anna erfuhr, dass hier im Krieg polnische Zwangsarbeiter Uniformen für die deutsche Wehrmacht genäht hatten, Wo die jetzt sind, weiß keiner, sagte Abba.

Der Haupteingang war eine Tür an der rechten Flanke. Abba fuhr vor, im Licht der Scheinwerfer erkannte Anna, dass das Gelände, auf dem das Haus stand, ebenfalls quadratisch war, aber größer und umstanden von dichtem Gestrüpp und niedrigen Bäumen.

Abba schaltete den Motor aus, die Scheinwerfer erloschen, schlagartig war es still und dunkel. Sie sahen sich an, keiner erkannte das Gesicht des anderen, die Bewegung war eine Gewohnheit, die ohne Licht ihren Sinn verloren hatte. Abba sagte:

»Du gehst rein und sagst, Abba schickt dich. Sag Folgendes: Ad Lo-Or.« Anna wiederholte es, Abba lächelte.

»Deine erste Hebräisch-Lektion.«

»Was bedeutet es?«

»Es ist ein Schlüssel zu der Tür dort. Dahinter liegt Israel. Viel Glück!«

»Danke.«

Anna stieg aus, Abba ließ den Motor an, wendete auf dem Gelände und fuhr fort, um weiterzukämpfen für Israel und für die Vergeltung.

Sie blickte ihm nach und spürte mit einem Mal, dass sie ihn vermisste. Wie Neuland hatte er sich angefühlt.

Sie ging zum Eingang. Die Tür öffnete sich, eine grelle Taschenlampe leuchtete Anna ins Gesicht, eine Männerstimme fragte leise etwas auf Russisch. Anna verstand nicht, sie sagte ihren Text auf. Die Taschenlampe erlosch, und jetzt erkannte Anna einen hünenhaften Schatten, der ihr bedeutete zu folgen. Sie gingen durch einen Gang zu einer zweiten Tür linker Hand. Am Ende des Ganges sah Anna eine Treppe, die nach oben führte.

Der Schatten öffnete die Tür, dahinter weitete sich die Dunkelheit zu einem großen Raum, Anna sah die Nacht durch die Fenster hindurch, dreimal acht, dazwischen atmete und röchelte und hustete es aus vielen unsichtbaren Mündern, der Schatten ging langsam voraus, Anna folgte ihm dicht wie eine Blinde mitten hinein in das Atmen und Röcheln und Husten, mitten hinein in die stickige Wärme vieler Leiber, in den Geruch zahlloser Ausdünstungen ungewaschener Menschen. Israel, fuhr es ihr durch den Kopf, und wäre sie nicht so müde gewesen und hätte sie nicht die ganze Ungewissheit ihres Lebens genau in jenem Moment so geballt gespürt wie einen Schmerz in den Brüsten, einen stechenden, ziehenden Schmerz, dann hätte sie vielleicht laut aufgelacht.

Der Schatten blieb stehen, Anna stieß gegen ihn, er packte sie am Unterarm und zog sie nach unten, bis ihre Hand groben Stoff berührte. Anna verstand, dies war ihre Bleibe, sie war nun ein Atem mehr, und wenn sie schlief, ein Röcheln und Keuchen und Husten, ein Träumen und ein Wachen mehr in diesem Saal, der Israel war.

SIEBZEHN

Anna zählte nicht die Tage, die sie in dem Haus vor den Toren von Posen in dem kleinen Dorf namens Tulce verbrachte, während Obersturmbannführer Josef Ranzner, seine vier Adjutanten und der Rest seiner Truppe gemeinsam mit anderen Einheiten der SS, Fahnenjunkern der Wehrmacht, Polizisten, Feuerwehrleuten und Volkssturmmännern versuchten, Posen gegen die Rote Armee zu verteidigen. Der Kanonendonner war Tag und Nacht zu hören, so nah, dass Anna irgendwann nicht mehr auf ihn achtete und sich sogar dabei ertappte, wie sie es genoss, dass der Lärm sie von den anderen Menschen im Haus isolierte.

Die Enge machte ihr zu schaffen. Anders als viele andere Juden hatte Anna keine Übung darin, wie Vieh gehalten zu werden. Oder vielleicht war ich eine andere Art von Vieh, dachte sie, Eine Art, die allein in ihrem Stall steht, eine Art, die nicht massenhaft vertilgt wird, sondern die man von Zeit zu Zeit reitet. Sie wischte den Gedanken weg, er half ihr nicht, die neue Lage leichter hinzunehmen.

In dem Haus in Tulce gab es zwei große Säle übereinander, die voller Menschen waren, die nichts anderes taten, als zu warten. Je zwei Feldbetten waren zusammengerückt, dazwischen führten schmale Gänge, kaum breiter als ein Mensch, durch die Reihen. Zwischen den Kopf- und Fußenden gab es keine Lücken. Links neben Anna, auf der anderen Seite des Ganges, lag eine Frau mit ihren drei Kindern, ein Junge von zehn Jahren, ein Mädchen, das höchstens sechs war, und ein Kleinkind, auch ein Mädchen. Die vier teilten sich zwei Betten.

Annas Kopf lag gleich zu Füßen eines alten Mannes, der sich nur aus seinem Bett erhob, wenn es nicht anders ging. Er trug einen gestreiften Häftlingsanzug und darüber einen Mantel der Waffen-SS und verbreitete einen ranzigen Geruch. Annas Nase brauchte eine Weile, bis es ihr gelang, ihn zu ignorieren. Anna war zu groß für das Feldbett, wenn sie sich ganz ausstreckte, stießen ihre Füße gegen den Kopf einer älteren Frau, die allein zu sein schien.

Rechts neben ihr und so nah, als gehörten sie zusammen, lag ein junges Mädchen, höchstens siebzehn Jahre alt. Ich heiße Ruth, sagte sie in der Nacht, als Anna in dem Haus ankam. Du hast Glück, flüsterte Ruth, während Anna das Bett mit den Händen ertastete und sich vorsichtig darauf niederließ. Dein Platz ist erst gestern frei geworden, sagte sie. Anna lag auf dem Rücken und ihre Augen wollten sich nicht schließen, ihr Körper wollte noch nicht ankommen in dieser Fremde, die schon ein Stück Heimat sein sollte, voller Schicksalsgenossen, aber das Wort selbst fühlte sich fremd an, Annas Schicksal war von ihnen allen getrennt verlaufen, Wie soll ich zu ihnen gehören, wenn wir nichts teilen, nicht die Erfahrungen und nicht einmal die Sprache, fragte sie sich. Aber Ruth sprach Deutsch, sie kam aus Schwerin, das war gar nicht so weit von Annas Heimatdorf entfernt, und in jener Nacht erzählte sie Anna im Flüsterton, dass der alte Mann ganz schlecht dran gewesen sei, Kein Wunder, sagte sie, Ich bin jung, und mir hat das Lager schon zugesetzt. Aber der! Dass der das überhaupt bis hierher geschafft hat. Und dann seufzte sie und sagte, Jetzt hat er es hinter sich, und du hast ein Bett.

Anna schlief ein.

Als sie aufwachte, war es hell.

»Guten Morgen!«, sagte eine Stimme neben ihr. Anna wandte sich nach rechts und blickte in Ruths Gesicht. Ruth hatte kaum Haare auf dem Kopf. Ruth hatte große Augen und ein kleines, eingefallenes Gesicht. Ruth hatte Arme so dünn wie ihre Knochen, die sich unter der Haut abzeichneten. Ruth trug mehrere gestreifte Häftlingsanzüge übereinander. Ruth lächelte. Sie sagte:

»Genug geschlafen! Wie heißt du?«

»Anna.«

»Woher kommst du? Wie ist es dir ergangen? Erzähl!«

Anna starrte Ruth an und wusste nicht, wie sie schweigen sollte über das, was sie erlebt hatte, und entdeckte so sehr viel mehr über das, was sie erlebt hatte. Sie sah Abba, der den Mund öffnete und »Kollaborateurin« sagte. Ruth lauerte ihr nicht auf wie Abba, sie lag neben ihr, den Kopf in die Hand gestützt, und wartete mit der kindlichen Neugier eines Menschen, der seinesgleichen vertraut.

Nun erst begriff Anna, dass Abba sie durchschaut haben musste, eine einzige lebende Jüdin in einer westpolnischen Stadt, die von den Deutschen besetzt war, was hat die wohl gemacht. Sie verstand, dass Abba sie begnadigt hatte, nicht um ihretwillen, sondern um Israels willen. Sie wollte irgendetwas sagen, eine Halbwahrheit, damit Ruth sie in Ruhe ließe, Ich war Zwangsarbeiterin bei der SS, aber wie klingt das denn, dachte sie und schwieg.

»Kein Problem«, sagte Ruth plötzlich. »Hier gibt es einige, die noch keinen Ton gesagt haben. Ich bin nicht sehr hübsch, mich wollten sie nur so lange arbeiten lassen, bis ich von selbst gestorben wäre.« Sie grinste schief, ihr Mund war so groß in ihrem kleinen Gesicht, fand Anna und fühlte eine Sehnsucht in sich, Wäre ich doch auch im Lager gewesen, dann würde ich jetzt zu ihnen gehören und könnte erzählen. Oder ich wäre tot und wäre eine von unzählbar vielen und niemand würde mir Fragen stellen.

Es gab keine Küche im Haus, das Essen stammte aus dem Dorf, wo die Männer der Brichah es kauften und zubereiten ließen. Zweimal am Tag kamen Leute mit Ochsenkarren über die verschneite Hauptstraße zum Haus der Juden und luden ihre Ware in Holzkübeln ab, dünne Brühe aus Knochen, die schon so oft ausgekocht worden waren, das kaum noch etwas in ihnen steckte. Manchmal eine Katze, die durch zweihundert hungrige Münder musste. Auf dem Weg zu den Juden wurde sie kalt, im Haus gab es keine Möglichkeit, sie wieder aufzuwärmen. Besser als nichts, sagte Ruth, die sich damit auskannte, nichts zu bekommen.

Zu den Mahlzeiten mussten alle auf die Füße kommen, auch die Alten und Schwachen, Aufstehen ist gut, sagten die Rotarmisten, Aufstehen heißt Weiterleben. Ruth half dem alten Mann, zu dessen Füßen Anna lag, Ich hab ihn mir ausgesucht, sagte sie zu Anna, Für irgendjemanden muss man doch da sein. Ruth wollte keine Hilfe, sie wuchtete den alten Mann in drei Stufen hoch, zuerst sitzen, dann knien, am Ende stand er, und Ruth schwitzte und zitterte vor Anstrengung, aber Anna staunte über die Kraft in diesem Körper aus Haut und Knochen. Der Alte ließ es geschehen, ohne eine Miene zu verziehen, ohne ein Wort zu sprechen, sein Schädel und sein Gesicht waren von einem grauen Flaum überzogen, seine Augen so groß wie Ruths, sein Körper so klapprig wie ihrer, allzu viel konnte er nicht wiegen, und doch.

Die Menschen stellten sich hintereinander auf, zu einer Schlange, die sich zweimal durch den Saal wand und nur langsam voranschleppte zwischen den Betten hindurch, während die Rotarmisten im Flur standen, dort, wo die Treppe zum oberen Saal, der Haupteingang und die Tür des Saals, in dem Anna sich befand, aufeinandertrafen. Ein jeder hielt einen Emailbecher in der einen und einen Löffel in der anderen Hand, Anna hatte beides von dem Verstorbenen geerbt, Pass gut darauf auf, sagte Ruth zu ihr, Ohne Geschirr gibt es kein Essen, ist wie im Lager.

Sah man nur flüchtig hin, dann bestand die Menschenschlange aus Menschen in gestreiften Schlafanzügen – das waren die Lageranzüge – und SS-Angehörigen, die gemeinsam geduldig anstanden. Manche trugen ganze Uniformen, man konnte sogar die Einschusslöcher im Stoff sehen, Woher kommen die denn überhaupt, fragte Anna, und Ruth zuckte mit den Achseln und sagte, Die haben uns die Russen gegeben, weil nichts anderes da ist, haben sie gesagt.

Es gab eine Kelle für jeden, und dann ging man zurück zu seinem Bett. Die Ungeduldigen tranken die Suppe direkt aus dem Napf, in zwei Minuten waren sie fertig mit dem Essen, Aber wenn du klug bist, dann isst du mit dem Löffel, sagte Ruth, Ganz langsam, sieh mal, so. Sie tauchte den Löffel vorsichtig in die Suppe, dann hob sie ihn hoch und höher. Der Löffel erreichte Ruths Mund, aber sie steckte ihn nicht hinein, sondern schlürfte die Suppe von der Seite in kleinen Schlucken. Ganz ernst sah sie dabei aus, als vollzöge sie eine rituelle Handlung. Als der Löffel leer war, setzte sie ihn ab und grinste Anna zufrieden an, So glaubt dein Magen, dass es mehr ist, sagte sie, Und du selbst glaubst es auch. Anna nickte, sie verstand dieses Prinzip des notwendigen Selbstbetrugs sehr gut, sie hatte es jahrelang geübt, wenn auch anders als Ruth.

Einmal in der Woche, am Samstag, fuhr ein Lastwagen der Brichah vor, zwei Männer sprangen heraus, öffneten die Laderampe, und dann bekamen sie Besseres zu essen, Gemüse, Dörrfleisch, getrocknetes Obst, Schokolade. An den Verpackungen sah man, dass es von der Roten Armee stammte.

Die Frau mit den drei Kindern hieß Abramowicz. Sie war polnische Jüdin, sie hatte bis zuletzt in ihrer Wohnung in Posen gelebt und war erst in die Umgebung geflohen, als die SS ihren Mann auf der Straße vor dem Haus halbtot prügelte und dann mitnahm. Frau Abramowicz hatte am Fenster gestanden und es mit angesehen und ihrem Ältesten, dem zehnjährigen Ariel, die Augen zugehalten. Ariel war ein stiller Junge, der am liebsten das einzige Buch las, das sie hatten mitnehmen können, als sie alles zusammenrafften und über die Hintertreppe aus der Stadt flohen – Oscar Koelliker, *Die erste Umsegelung der Erde durch Fernando de Magallanes und Juan Sebastián del Cano. 1519–1522. Dargestellt nach den Quellen von Oscar Koelliker. Mit 32 Tafeln und Karten. München, H. Piper & Co Verlag, 1908.*

Seitdem hatte Frau Abramowicz kaum mehr Milch in ihren Brüsten für ihre Kleinste, Dana. Die Leute im Dorf verkaufen uns keine, sagte sie und schwieg. Anna betrachtete das Baby. Es war dünn, aber nicht so dünn wie Ruth und der Alte, und das beruhigte sie.

Anna lauschte in sich hinein. In ihrem Inneren geschahen verwirrende Dinge, die sie nicht in Gedanken einsperren und kontrollieren konnte. Sie saß oder lag auf ihrem Feldbett. Den Mantel mit dem gelben Stern trug sie Tag und Nacht, denn es war nicht so warm, wie Abba gesagt hatte, es gab kaum noch Feuerholz, die verfeindeten Armeen hatten das meiste beschlagnahmt oder schon verbraucht. Eine Toilette gab es nicht, man musste das Haus verlassen und sich im umliegenden Gestrüpp erleichtern und sich anschließend mit Schnee säubern, mehrere Frauen hatten eine Blasenentzündung davon bekommen.

Anna war übel und das war die Folge eines Kampfes, der in ihr tobte. Wenn ihr so übel war, dass sie nichts essen konnte, hatte die gute Kraft gesiegt. Dann verteilte sie ihre kalte Brühe, half Ruth, den alten Mann zu füttern, dessen Fußgeruch inzwischen zu ihrem Leben gehörte, schenkte Frau Abramowicz' Kindern ihr Dörrfleisch und die Schokolade.

Sie wurde dünner. Ihre Monatsblutung blieb aus, Das ist normal, sagte Ruth, Ich habe seit einer Ewigkeit nicht mehr menstruiert.

Im selben Augenblick wusste Anna, dass es nicht stimmte, dass sie in Wahrheit versuchte, hungernd zur Schicksalsgenossin zu werden, hungernd erzählen zu können vom Leiden aller, das endlich auch zu ihrem eigenen Leiden geworden wäre. Die Wahrheit war, dass Anna die Wahrheit aushungern wollte, damit sie verschwand und nicht mehr wahr wäre.

Sie legte ihre Hände flach auf den Unterleib und blickte zu Frau Abramowicz' Baby, das auf dem Feldbett lag und schlief. Es schlief viel, Vielleicht, dachte Anna, Weil es auf diese Weise Energie spart und am Leben bleibt, und sie konzentrierte sich auf ihre Handflächen, als könnte sie mit ihnen fühlen, ob unter ihrer Bauchdecke das Gleiche geschah, Kaum dass es entstanden ist, muss es schlafen, dachte Anna, Weil ich glaube, wenn ich hungere, bekomme ich die Kontrolle über meinen Körper zurück und über mein Schicksal. Über mein Leben. Über die Vergangenheit. Sie schüttelte den Kopf.

Sie sagte niemandem etwas.
Sie hörte auf, ihre Malzeiten zu verschenken.

Eines Tages blieb der Kanonendonner aus. Es war um die Mittagszeit, Anna löffelte ihre Knochensuppe, und plötzlich war es still,
und plötzlich hörten sie das Schlürfen der hundert Münder, das
Schlürfen und das Löffeln, Metall auf Metall, jedes kleine Husten,
jedes Gespräch im Flüsterton. Die Menschen verharrten, sie warteten darauf, dass es erneut begann. Doch es war vorbei.
Am nächsten Tag rief jemand vom Fenster her, Seht doch, seht!
Sie stürzten an die Fenster und sahen Männer vorbeigehen, viele
Männer, ein endloser Zug, der über die Dorfstraße kam und nach
Osten ging, Männer in Lumpen, Männer in zerfetzten Uniformen
der deutschen Wehrmacht und der SS, besiegte Männer mit aus-
druckslosen Gesichtern, verdreckte Männer, die noch am Leben
waren, mehr nicht, und die einer unsicheren Zukunft entgegengin-
gen, Jetzt haben die ihren eigenen Todesmarsch, sagte Ruth, die
sich auskannte mit Todesmärschen.
Anna dachte an Ranzner und seine vier Adjutanten, wenn sie noch
lebten, mussten sie wohl hier vorbeikommen. Sie stand einen Tag
lang am Fenster und suchte in tausenden Gesichtern, sie fragte
sich, Würde ich sie wiedererkennen, sie rief sich ihre Gesichtszüge
in Erinnerung, einen nach dem anderen, sie erinnerte sich sehr
gut an jeden Einzelnen, in ihrem besonderen Archiv waren Nah-
aufnahmen gespeichert, die rief sie ab und versuchte, den Kampf
um Posen, die Entbehrung, die Niederlage und alles, was sie in
den Augen, Mündern, Wangen der Soldaten fand, die am Haus der
Juden vorbeimarschierten, hineinzugeben, um zu ahnen, wie sie
wohl nun aussähen. Aber es funktionierte nicht richtig, die Bilder
ließen sich nicht verändern, sie kehrten immer wieder in ihre alten
Formen zurück. Anna fragte sich, Warum will ich sie überhaupt
sehen, was würde es bedeuten zu wissen, dass einer oder zwei
oder drei oder alle noch am Leben sind? Sie fand keine Antworten

und blieb doch am Fenster stehen, bis es dunkel wurde und sinnlos. Dann legte sie sich auf ihr enges Lager und fühlte sich vergiftet von all den besiegten Männern, die an ihr vorbeigegangen waren.

Als der Frühling kam, begannen die Hecken und Bäume, die das Haus umstanden, zu blühen. Wenn es nicht so gestunken hätte nach dem Kot, der dort überall lag und der nun aufgetaut war, es wäre fast idyllisch gewesen.

Anna und Ruth machten lange Spaziergänge, die sie aus dem kleinen Tulce hinaus aufs Land führten, wo das Leben, das es noch gab, seinen natürlichen Rhythmus wieder aufgenommen hatte. Die Bäume und Felder wurden grün und verliehen der Landschaft eine unberührte Schönheit, die nichts von den vergangenen Jahren zu wissen schien, als wäre der Krieg ein langer Winter gewesen und nun wären sie beide zu Ende gegangen. Besser als jeder Todesmarsch, sagte Ruth von Zeit zu Zeit, wenn sie unterwegs waren, und Anna hatte den Eindruck, dass auch das Mädchen damit beschäftigt war, nicht zu vergessen.

Sie hatte sich an Ruth gewöhnt, obwohl sie viel redete. Das Mädchen hakte sich bei ihr unter, während sie gingen, und während sie die Landschaft genoss, erzählte sie ihr wie nebenbei, Es gab viele deutsche Juden mit polnischem Pass, weißt du. Ich wusste gar nicht, wie viele wir waren, aber die Nazis zeigten es uns, sie machten eine Art Volkserfassung, kaum dass sie an die Macht gekommen waren, und siehe da, es gab ein paar tausend polnische Juden, die in Deutschland lebten und glaubten, sie seien zuerst Deutsche, dann Juden und ganz zum Schluss Polen. Die Nazis drehten das um, sie stellten uns Briefe zu, in denen stand, Nein, nach Überprüfung des genauen Sachverhalts teilen wir Euch mit, dass Ihr zuerst Polen, dann Juden und noch nie Deutsche wart. Also raus mit Euch! Tja, Ruth zuckte mit den Achseln, Anna spürte die Bewegung an ihrem eigenen Arm, Wir hatten keine Wahl. Wir konnten nicht einmal unsere Sachen mitnehmen, nur zwei Koffer pro Familie und ab in den Zug nach Polen. Da saßen wir dann in Warschau, und was in Warschau passiert ist, hast du ja wohl mitbekommen, nicht wahr? Anna wusste es nicht, Ruth erzählte es ihr, denn sie hatte es von anderen Frauen erfahren, Wir selbst blieben nicht in Warschau, wir fuhren nach Westen an die deutsche Grenze, denn wir glaubten den Nazis natürlich kein Wort, Die spinnen, sagte mein Vater, weißt du, mein Vater ist, war ein aufgeklärter Mensch, wirklich, er war so eine Art Salon-Zionist, weißt du, einer von denen, die zwar nicht aktiv waren und bestimmt nicht auswandern wollten, weil sie alles nur für einen schönen Traum hielten, aber sie waren auch nicht dagegen, dass die jungen Leute ein bisschen träumten und sich dafür anstrengten. Es ist gut, für seine Ideale einzustehen, sagte er. Bei uns in der Wohnung stand eine Box für Palästina, da warf er Geld rein, wenn er welches übrig hatte. Sie lachte, Aber das kam nicht allzu oft vor, denn wir waren nicht reich, kein Wunder, er war orthodox, und meine Mutter verdiente nicht genug Geld, um auch noch Israel zu finanzieren. Aber sie war natürlich einverstanden mit seinen Spenden. Ruth seufzte, Einmal im Jahr kam ein junger Mann vom lokalen Verband der Zionisten und entleerte die Box und nahm das Geld mit. Dann füllte sie sich wieder allmählich. Wo war ich eigentlich stehen geblieben? Ach ja: Wir gingen nach Westpolen, aber welch ein dummer Zufall! Die Nazis kamen plötzlich über die Grenze und sagten, Jetzt reicht's uns aber mit Euch! Plötzlich schwieg Ruth. Die Geräusche der Natur drangen wieder ungestört an Annas Ohren, das Gezwitscher der Vögel, das leise Geräusch des Windes, wenn er durch die Blätter, die Gräser fuhr und über die jungen Felder strich. Ja und dann, sagte Ruth nach einer Pause, Wurden wir getrennt, die Männer und die Frauen, und meine Mutter und ich kamen in ein Lager in Schlesien. Du hast bestimmt noch nichts davon gehört, es heißt Grünberg, was sage ich, es hieß Grünberg, ich rede ja, als wäre alles immer noch da, dabei mussten wir das Lager ja verlassen, weil es aufgelöst wurde, und die Nazis dachten sich, Wir machen einen Spaziergang mit den

Frauen, sie machte ihre Stimme ganz grob und sagte, Bei dem schönen Wetter! – Pause.

Gezwitscher, Wind, Sonne, die Füße auf der Erde, Schritt für Schritt, zwei Frauen, die eine bei der anderen untergehakt, in der Ferne ein Wald.

Und dann, sagte Ruth, Gingen wir und gingen, Anna, jetzt wandte sie sich ihrer neuen Freundin zu und blickte sie so intensiv an, dass Anna erschrak über den ernsten Ausdruck in ihren Augen, denn sie hatte es akzeptiert, von Ruths Todesmarsch zu hören, als sei es ein Spaziergang, aber es ließ sich nicht durchhalten, das sah sie, während sie erschrocken in Ruths todernstes Gesicht blickte, die sich jetzt wieder abwandte und in die Landschaft blickte, als sei nichts gewesen, Und dann, sagte Ruth, Habe ich versucht, meine Mutter durch das deutsche Reich zu schleppen, sie lachte hell auf, es klang wie das Lachen eines glücklichen Mädchens, Du glaubst gar nicht, rief sie in die polnische Landschaft hinein, Wie schwer die eigene Mutter werden kann! Bleischwer, vor allem, wenn man selbst nur noch zwanzig Kilo wiegt. Wir wogen also nichts und kamen doch kaum voran, und meine Mutter – Pause.

Die Landschaft drängte heran, die Laute – aber jetzt wollte Anna hören, was geschehen war, nicht, weil sie eine Überraschung erwartete wie bei einer guten Geschichte, sondern weil sie wusste, was nun kommen würde, und sie wollte, dass es endlich ausgesprochen und vorbei wäre, denn es kam ihr quälend vor, auf den Tod hinzuhören, sie hätte lieber das Leben gefühlt. Und da sagte Ruth zu Annas Überraschung, Aber du kannst dir ja denken, was dann passierte, nicht wahr?

Anna nickte, halb erleichtert, halb enttäuscht, Warum nur, fragte sie sich, Vielleicht ja, weil die Erlösung nur kommt, wenn alles raus ist, und deshalb sagte sie, Dann ist deine Mutter gestorben, nicht wahr? Und sah Ruth dabei an, die den Kopf abwandte und tat, als schaue sie immer noch in die Landschaft, und dabei nickte und sagte, Ja, genau.

Ruth sah nicht mehr aus, als wäre sie kurz zuvor aus dem Konzentrationslager befreit worden, ihre Augen und ihr Mund wirkten nicht mehr so groß, ihr Gesicht war nicht mehr so klein und eingefallen, ihre Haare waren länger geworden, und als Anna ihr sagte, Du siehst gut aus, grinste Ruth schief und erwiderte etwas zu laut, Dreißig Kilogramm! Langsam bin ich mir wieder selbst ähnlich. Doch eine solche Rückkehr, das wussten sie beide, war niemandem vergönnt.

An dem Tag, als die Ochsenkarren mit der Mahlzeit nicht zum Haus kamen, glaubten die Juden im Judenhaus an ein Missgeschick oder an einen Irrtum, vielleicht war der Kärrner, ein recht alter und etwas klappriger Mann, dem sämtliche Zähne fehlten, erkrankt und hatte niemanden gefunden, der ihn ersetzte. Die Menschen zuckten mit den Schultern, sie hatten Schlimmeres, viel Schlimmeres erlebt. Dann warten wir eben bis morgen mit dem Essen, sagte Ruth.
Aber auch am nächsten und am übernächsten Tag blieben sie aus. Die Rotarmisten, die das Haus bewachten, zogen los und kamen mit schlechten Nachrichten zurück. Den Leuten missfiel das Judenhaus. Sie mochten den Judengestank nicht, der manchmal durch das Dorf wehte, wenn der Wind von Osten kam. Sie wollten keine Juden in ihrer polnischen Landschaft spazieren sehen. Und sie hatten den Leuten, die den Juden seit Monaten das Essen lieferten, klargemacht, dass sie keine Juden mehr durchfüttern durften. Spinnen die, schrie Ruth außer sich, aber Frau Abramowicz schüttelte nur den Kopf und sagte, Hier hat sich nichts geändert.
Die Angst war wieder da. Während der Belagerung von Posen hatten die Menschen im Judenhaus noch gebangt, weil man nie wissen konnte, ob die Deutschen nicht aus dem Nichts eine Wunderwaffe abfeuerten und die Russen in die Flucht schlugen. Aber dann hatte Deutschland kapituliert und der Frühling war gekommen. Wir haben uns verführen lassen, sagte Ruth bitter, und zum

ersten Mal überhaupt ergriff der alte Mann das Wort und sagte auf Jiddisch, Riboymo shel oylam kenn nischt iberuul zein, und meinte, dass derjenige, der alles gemacht hatte, die ganze Welt, nicht an jedem Fleck vorbeischauen konnte, weil es ihm unter der Hand zu groß geworden war. Und das sagte der alte Mann mit einem geheimen Groll, denn er schwieg Gott und dessen Welt an, seit er feststellen musste, dass der Riboymo shel oylam nicht vorgesorgt hatte, damit es Dinge wie grundlosen Hass und Mordlust und systematisches Demütigen und Quälen und Vergasen und den Verrat am eigenen Volk nicht gäbe zwischen den Menschen.

Eine Woche später wurden die Rotarmisten abgezogen. Sie machten Gesichter wie Menschen, die wissen, dass sie dieses Mal nicht gehorchen dürfen. Aber sie gehorchten. Sie warnten die Leute im Haus, sie sagten, Sobald ihr etwas Verdächtiges bemerkt, lauft weg. Dann gingen sie, ihre Waffen nahmen sie mit.

»Wir müssen selbst Wachen aufstellen«, sagte jemand. Anna meldete sich freiwillig. Und so verbrachte sie gemeinsam mit fünf anderen, drei Männern und zwei Frauen, die erste Nacht seit langer Zeit im Freien. Sie verteilten sich rund um das Gebäude und spähten hinaus und lauschten ins Dunkel. Einer der Männer hatte Anna einen Knüppel in die Hand gedrückt, sie sagte, Was soll ich damit, und legte ihn weg.

Zwei Tage lang blieb alles ruhig. Zwei Tage lang überlegten sie, wie sie so fliehen konnten, dass keiner zurückblieb, denn das war das Wichtigste. Nicht einen mehr bekommen die Gojim von uns, sagten diejenigen, die in Konzentrationslagern gewesen waren, Nicht einen mehr, wiederholten sie eindringlich.

Sie teilten Träger für die Alten und die Kinder ein, damit es schnell ging, wenn es sein musste. Sie trainierten zwei Tage lang, einer rief, Sie kommen, und schon waren alle in Bewegung, der Flur war das Nadelöhr, wegen der Menschen, die aus dem ersten Stock kamen, deshalb beschlossen sie, dass die, die konnten, durch die acht Fenster steigen sollten, die nach Osten gingen.

Niemand dachte mehr, Das ist doch übertrieben. Nichts war mehr übertrieben.

Sie kamen in der Nacht.

Sie kamen, als wäre ein Pogrom eine Inszenierung, ein Stück aus dem Mittelalter, das man so wirklichkeitsgetreu aufführen muss wie möglich. Sie kamen mit Fackeln und Mistgabeln, mit Knüppeln und Stricken und Pistolen. Sie kamen mit einer Wut, von der sie selbst nicht wussten, wer sie ihnen vermacht hatte, aber sie wussten genau, an wem sie sie auslassen mussten. Männer, vor allem Männer, alte, junge, manche fast noch Kinder, ein paar Frauen waren auch dabei. Mit ihnen kamen die Dorfhunde, die normalerweise frei herumliefen, doch jetzt hatten sie sie an kurze Leinen genommen, und die Hunde spürten die Energie und zogen ihre Herrchen hechelnd voran, als gelte es, Hasen zu jagen.

Sie gingen die Dorfstraße hinunter bis zum östlichen Rand, dort lag das Haus. Sie gingen schweigend, um die Juden zu überraschen in ihrem Bau.

Sie kamen am Judenhaus an, aber sie kamen zu spät, denn die Juden hatten sie über die Dorfstraße kommen hören und waren geflohen, sie waren aus den acht Fenstern gestiegen, hatten einander die Kinder gereicht, sie waren die Treppe hinuntergestürzt, sie hatten die Alten aus dem Haus gezerrt, sie waren in der Dunkelheit mitten durch das stinkende, duftende Gestrüpp gerannt und über die Felder getürmt, die sich dahinter ausdehnten. Alles hatten sie zurückgelassen, das wenige, was sie noch besessen hatten, war nun auch verloren.

Anna trug Marja, die sechsjährige Tochter von Frau Abramowicz. Das Mädchen klammerte sich zitternd an sie, es wimmerte nicht und weinte nicht, die Juden schwiegen, wie die Polen schwiegen, ein gemeinsames großes Pssst! lag über dieser Nacht.

Die Juden liefen durch die Dunkelheit, durchquerten einen Bach, der zum Dorf hinfloss, und als sie zwei Kilometer weit gelaufen waren, ließen sie sich in ein Kornfeld fallen und ruhten aus und blickten in den Nachthimmel, der übersät war mit Sternen, zweihundert Menschen. Als Letzte kamen die Träger, unter ihnen war Ruth, gemeinsam mit einem Mann schleppte sie den Alten, der sein Schweigen wieder aufgenommen hatte wie eine Masche. Jetzt lagen sie erschöpft auf dem Boden, der immer noch kühl war, und rangen nach Luft.

Hier können wir nicht bleiben, sagte eine der Frauen nach einer Weile, Morgen früh finden sie uns. Sie rafften sich auf, die Jungen zogen die Alten und die Kinder wieder hoch. Dann gingen sie bis zum Morgengrauen, bis sie in einen Wald kamen, der mehr Sicherheit versprach. Während sie gingen, fühlte Anna, dass dies der Weg in das gelobte Land war, dass er nichts anderes sein konnte als eine letzte Flucht, und vielleicht diente dies alles nur dazu, sie zu bestärken in dem, was sie waren.

Aber was sollen wir jetzt, nach allem, was geschehen ist, auch anderes denken, dachte sie dann und wusste es nicht.

ACHTZEHN

Der Lastwagen kam aus dem Westen. Er hatte der amerikanischen Infanterie gehört, aber das war schon eine Weile her. Ungefähr sechs Monate zuvor hatten zwei Zivilisten sich aus dem Wagenpark verschiedener US-Einheiten bedient. Es waren Männer mit britischen Passierscheinen gewesen. Sie hatten nicht irgendeinen Lastwagen gestohlen, sondern ein Beutefahrzeug der deutschen Wehrmacht, das umlackiert worden war und nun, da die Alliierten frei über Deutschland und seine Besitztümer verfügten, keinen großen Nutzen mehr hatte.

Seitdem war er fast pausenlos im Einsatz. So auch an diesem Tag. Dem ersten Fahrzeug folgten vier zivile Lastwagen, die alle unterschiedlich aussahen, sie waren notdürftig grün übermalt worden, aber man konnte noch die Schriftzüge der Firmen erahnen, denen sie einmal gedient hatten.

Sie waren im Morgengrauen aufgebrochen und Schleichwege gefahren, um den Patrouillen der Alliierten und den großen Flüchtlingsströmen auszuweichen. Sie hatten einige Posten relativ billig passieren können, denn die Laderäume der Lastwagen waren leer.

Als sie die Grenze zum ehemaligen Wartheland überquerten, war es ein Uhr nachmittags. Die Sonne schien, der Himmel war fast wolkenlos, und die Fahrer schwitzten ein wenig hinter den verstaubten Windschutzscheiben.

Auf den Straßen verkehrten Armeeverbände, Menschen, die zu Fuß unterwegs waren, manche gingen nach Osten, andere nach Westen, es war schwer zu erkennen aus welchem Grund, ob sie nun Hamsterkäufe tätigen wollten oder auf der Flucht waren oder endlich nach Hause zurückkehrten. Alle waren sie bepackt mit Taschen und Säcken, alle sahen sie aus wie Menschen, die durchhielten um jeden Preis.

Das letzte Stück fuhren die Lastwagen über Landsberg an der Warthe, Schwerin an der Warthe, Birnbaum. Sie umfuhren Posen weiträumig, und als sie an ihrem Ziel ankamen, war es später Nachmittag.

Ein Mann sprang aus der Beifahrertür des ersten Lastwagens, er trug die Uniform eines britischen Offiziers, seine Bewegungen waren elegant.

Er hieß Peretz. Er sprach mehrere Fremdsprachen mit hebräischem Akzent.

Er näherte sich dem Haus, gefolgt von dem Fahrer, einem untersetzten Mann mit Stirnglatze und rotem Gesicht, das ihm den Anschein verlieh, immerzu angestrengt zu sein. Mit kleinen Schritten folgte er dem weit ausschreitenden Peretz zum Haus. Sie rümpften die

Nase über den Gestank, der in der Luft lag. Die Fahrer und Beifahrer der übrigen Lastwagen warteten mit laufenden Motoren.

Sie verschwanden im Haus und tauchten wenige Minuten später wieder auf. Peretz machte eine Bewegung mit den Armen, die den anderen sagte, Das Haus ist leer. Die übrigen Fahrer stiegen aus und versammelten sich um Peretz. Er sagte:

»Sieht aus, als hätten sie das Haus fluchtartig verlassen. Da liegen eine Menge Sachen herum, die man normalerweise mitnehmen will.« Sie wandten sich um und blickten zurück zum Dorf, durch das sie gefahren waren. Niemand sagte, was er dachte. Peretz sah sich um. Er zeigte in die entgegengesetzte Richtung.

»Wenn die von da zum Haus gekommen sind, dann sind unsere Leute dorthin geflohen.«

Die anderen nickten, nichts Logischeres gab es, man flieht auf derselben Linie, aus der die Verfolger kommen, der Mensch ist kein Hase. Sie bestiegen ihre Lastwagen und fuhren weiter.

Peretz hatte ein Gespür für Flüchtlinge. Er war in derselben Soldatenuniform der britischen Armee nach Europa gekommen, die er jetzt trug. Zusammen mit dreißigtausend anderen Juden aus Palästina hatte er gegen die Nazis in Italien gekämpft. Ein versteckter Jude verhält sich nicht anders als ein versteckter Nazi, sagte Peretz später zu seinem Verbindungsmann von der Institution für Einwanderung B, der ihn fragte, ob er es sich zutraue, in Europa zu bleiben und jüdische Überlebende für Israel zu finden. Der andere hatte die Stirn gerunzelt, aber Peretz wusste, wovon er sprach, er hatte die Nazis nicht als Unmenschen, sondern als Unterlegene erlebt.

Jetzt führte er seine Kolonne zielsicher zu einem Wald etwa zehn Kilometer östlich von Tulce. Die Sonne ging unter, als sie dort ankamen. Noch lag ein Glanz auf den Feldern, doch der Wald ragte dunkel und undurchdringlich vor ihnen auf, als sie auf der Landstraße, die ihn in einigem Abstand säumte, Halt machten.

Die Stille des Übergangs vom Tag zur Nacht umgab die Männer, die nun alle aus ihren Lastwagen stiegen und Richtung Wald schauten. Peretz ging nach hinten in den Frachtraum und brachte ein Sprachrohr der Wehrmacht zum Vorschein, einen großen, grünen Trichter aus Blech, der ziemlich zerkratzt war. Er hatte es einem deutschen Soldaten abgenommen, nachdem er ihn erschossen hatte. Seitdem führte er es als Kriegsbeute mit sich und als Symbol, denn er hatte das besondere Gefühl, er, Peretz, habe den Nazis die Sprachgewalt über die Wirklichkeit entrissen und besitze sie nun selbst. Man sah noch immer den Reichsadler, der auf der Seite des Sprachrohrs prangte. Aber das Hakenkreuz darunter hatte Peretz weggekratzt und stattdessen einen Davidstern eingeritzt, der etwas krakelig aussah.

Mit dem Trichter in der Hand näherte Peretz sich nun dem Waldrand. Nach ein paar Metern blieb er stehen und rief auf Hebräisch, auf Deutsch und auf Jiddisch hinein. Er rief:

»Hier spricht Peretz Sarfati von der jüdischen Fluchthilfeorganisation Brichah! Wir sind da, um Sie in Sicherheit zu bringen! Bitte kommen Sie heraus! Wir bringen Sie weg von hier!«

Dann wartete er. Ob sie nun dachten, dass dies eine Falle war, die ihnen polnische Antisemiten stellten, spielte keine Rolle. Peretz wusste, dass immer einer dabei war, der das Risiko einging. Das waren die Hasardeure, diejenigen, die nur in Extremen lebten.

Niemals aber hätte Peretz damit gerechnet, dass es eine Frau wie diese sein würde, die sich nun aus dem Schatten der Bäume löste und durch das schmale Feld zwischen Waldrand und Landstraße auf ihn zukam, so langsam und zielstrebig, dass die Männer von einer seltsamen Spannung ergriffen wurden. Was ist das für ein Mensch?

Niemals hätte Peretz damit gerechnet, in ein Gesicht ohne Furcht zu blicken, als die Frau näher kam und er spürte, dass sie ihn aus einem Blickwinkel musterte, den er, der glaubte, alles schon gesehen zu haben, nicht kannte.

Niemals hätte er damit gerechnet, dass man einen Schock erleiden konnte beim Anblick von so viel Schönheit in einem Gesicht, von den Bewegungen eines Körpers, von der seltsamen Energie, die von ihm ausging.

Als die Frau vor ihm stehen blieb und ihren Blick über die Männer und die Lastwagen der Brichah gleiten ließ, fehlten Peretz die Worte. Er starrte sie ungläubig an und vergaß, warum er gekommen war.

Vom Lastwagen aus rief Peretz' Fahrer ihr zu:

»Sind noch mehr Menschen im Wald?«

Anna nickte. Zu Peretz gewandt sagte sie:

»Die Leute aus dem Haus in Tulce und noch mehr Menschen, die schon dort waren, als wir ankamen. Ich weiß nicht, ob wir alle in die Lastwagen passen.«

Natürlich muss eine Frau wie diese eine solche Stimme haben, fuhr es Peretz durch den Kopf. Er riss sich zusammen und sagte:

»Ich rufe sie noch mal.« Er entfernte sich ein paar Schritte von Anna, atmete tief durch und rief erneut seinen Text in den Wald, aber nun klang seine Stimme schrill und nervös.

Diesmal kam mehr Bewegung in die Schatten der Bäume. Nach und nach traten die Menschen aus dem Wald und durchquerten das Feld. Als sie alle bei den Lastwagen angelangt waren, hatten sie eine breite Schneise aus zertretenem Korn hinterlassen.

Schweigend standen sie auf der Landstraße und schauten erwartungsvoll in die Gesichter der Fluchthelfer. Peretz erkannte, dass Anna vermutlich recht hatte und es zu viele waren. Er ignorierte sie, um nicht wieder aus dem Konzept zu kommen, und versammelte seine Männer um sich.

Es gelang ihnen, alle Menschen in den Lastwagen unterzubringen, aber anschließend schwor Peretz sich, so etwas nie wieder zu machen. Er war sich nicht sicher, ob er es nicht nur getan hatte, um Anna nicht recht geben zu müssen.

Sie stopften die Menschen regelrecht in die Laderäume der Lastwagen. Wie Vieh standen sie dort, Körper an Körper gedrängt, niemand konnte sich hinsetzen. Für diejenigen, die schon einmal auf diese Weise transportiert worden waren, in entgegengesetzter Richtung und in Viehwaggons, die sie in Konzentrationslager brachten, war es am schlimmsten. Aber schlimm war es auch für die Kinder, die umzingelt waren von Leibern, die sie überragten und die über ihnen zusammenzuschlagen drohten wie hohe Wellen, wenn die Lastwagen um Kurven fuhren oder bremsen mussten.

Die Rückfahrt dauerte länger als die Hinfahrt. Die Fahrzeuge waren hoffnungslos überladen und konnten auf schlechten Straßen nur im Schritttempo fahren. Wenn uns jetzt eine Achse bricht, dachte Peretz, aber er dachte den Gedanken nicht zu Ende, denn Annas Bild kam ihm dazwischen, die hinten im Laderaum seines Lastwagens stand, und Peretz fühlte nichts als Vorfreude. Mein Gott, bist du durcheinander, dachte Peretz besorgt.

Er hatte stangenweise amerikanische Zigaretten vor sich auf dem Boden liegen. Damit bezahlten sie die russischen Soldaten an den Kontrollpunkten. Wenn einer sein Gewissen spürte und nachfragte, Was transportiert ihr denn da?, dann sagten sie die Wahrheit: Juden. Was wollt ihr mit Juden?, fragten die meisten dann überrascht zurück, und sie antworteten: Aus Europa schaffen. Dann konnte es sogar passieren, dass sie gelobt wurden, dass die Soldaten sagten, Das hättet ihr früher machen sollen, dann wäre uns diese ganze Schweinerei erspart geblieben, oder: Gut so, weg mit denen, die sind schließlich Schuld an dem Schlamassel. In solchen Fällen lächelte Peretz freundlich vom Beifahrersitz aus und sagte, Das finden wir auch.

Sie fuhren bei Nacht durch das besiegte Deutschland, wo es jederzeit passieren konnte, dass Flüchtlinge, die auf dem Weg in den Westen waren, die Straßen verstopften. Wo es bei den Aufräumarbeiten ständig zu Explosionen von Blindgängern kam. Wo unzählige Menschen kein Dach über dem Kopf hatten und bei diesem milden Wetter am Straßenrand übernachteten, manche lagen halb auf dem Asphalt, weil der nicht so feucht war, und sie mussten aufpassen, dass sie niemanden überfuhren mit ihren Lastwagen.

Niemals hatte Peretz eine solch totale Niederlage für möglich gehalten, und jetzt war sie Alltag. Und dann dachte er wieder an Anna und fühlte, dass auch der Alltag schon wieder zu Ende war und eine neue Zeit anbrach.

Anna versuchte, ihren Bauch zu schützen. Marja stand zwischen ihr und Frau Abramowicz, die Dana im Arm hielt und vor dem Druck der anderen Körper schützte. Ariel stand hinter Frau Abramowicz. Ruth war irgendwo weiter vorn bei dem Alten.

Marjas Köpfchen drückte gegen Annas Unterleib, aber es war so eng, dass Anna das Mädchen gar nicht sehen konnte, denn ein anderer Leib, der breite Rücken der Mutter, füllte die Lücke über dem Mädchen aus und ließ Anna keine Bewegungsfreiheit. Der Druck der Körper gegeneinander war so groß, dass Anna die Füße vom Boden nehmen konnte, ohne tiefer zu rutschen. Sie dachte, Wir könnten alle die Füße hochheben, so eingezwängt sind wir hier. Was für ein Bild, dachte Anna: Ein Haufen Juden lernt das Fliegen zwischen den Wänden eines Lastwagens.

Anna konnte die Arme nicht bewegen. Es war stickig und heiß. Nach einer Weile spürte sie, dass ein eigenartiges Gefühl in ihr hochkroch. Wie eine Flut stieg es an und drohte sie zu verschlingen. Sie wollte nur raus an die frische Luft, ihre Arme und Beine bewegen, sie wollte lieber im Wald schlafen und Angst vor den Polen haben oder vor irgendwelchen anderen Menschen, die Juden hassten, das war sie gewohnt. Aber dies hier bedrohte ihre Selbstbeherrschung. Wie schaffen das die anderen, fragte Anna sich. Sie beobachtete die Gesichter ihrer Leidensgenossen. In der Dunkelheit wirkten sie seltsam abstrakt, reduziert auf ihre wesentlichen

Züge, wie Skulpturen eines Künstlers, der es verstanden hatte, auf unterschiedlichste Weise immer das Gleiche darzustellen.

Höchste Konzentration, das war es, was Anna sah, höchste Konzentration darauf, nicht die Nerven zu verlieren und durchzudrehen, zu randalieren oder in wildes Geschrei auszubrechen. Höchste Konzentration, um nicht denjenigen Leid zuzufügen, denen es genauso schlecht ging wie ihnen selbst.

Anna atmete so tief durch, wie es ihre zusammengepressten Lungen zuließen, und versuchte, sich zu beruhigen. Wenn du das hier überstehst, dachte es plötzlich in ihr, Dann heiratest du. Fast musste sie laut auflachen.

Stunden vergingen. Das monotone Geräusch des Motors, die Bewegungslosigkeit auf den schwankenden Fahrzeugen und die gleichbleibende Dunkelheit, die die Menschen umfing, obwohl draußen bereits der Morgen graute, schickte die Gefühle und Gedanken in einen Kreislauf, dem sie nicht entkamen. Die meisten hielten aus und durch, wie sie es die letzten Jahre getan hatten: Sie schwammen in ihrem uferlosen Inneren wie Schiffbrüchige, deren einziges Ziel Land hieß, deren Sinn nur dadurch nicht aufging im Chaos, dass sie lernten, noch länger zu leiden, als sie bereits gelitten hatten, noch länger aus- und durchzuhalten als bisher.

Anna tat es den Kindern gleich: Sie schlief ein und entdeckte so eine weitere Möglichkeit, den Halt zu nutzen, den die Enge der gepferchten Körper ihr gab.

Als die Lastwagen mit ihrer geballten Fracht über die letzte Demarkationsgrenze rollten und endlich im amerikanischen Sektor von Berlin angekommen waren, träumte Anna von Israel. Während die Männer in den Führerhäusern der Lastwagen aufatmeten und sich gleich ganz anders fühlten, obwohl sie weiterhin auf ihren schmerzenden Hinterteilen saßen und weiterhin über holprige Seitenstraßen fuhren, sah Anna ein Licht, wie sie es noch nie gesehen hatte, warm und glänzend legte es sich auf die ockerfarbene

Erde, die erdfarbenen Häuser, das sanft wogende Meer. Als Peretz den letzten Kontrollposten mit Zigaretten bestochen hatte und sie nun also ganz sicher sein konnten, dass niemand sie daran hindern würde, ihr Ziel zu erreichen, glitt Annas Traum hinab, hinab, hinab in ihren Bauch, und sie sah in der Dunkelheit zwei Augen so blau wie das Meer.

Als die Lastwagen anhielten und die Männer den ersten Laderaum öffneten, fielen ihnen einige Menschen, die ohnmächtig geworden waren wegen der Abgase, die ganz hinten besonders stark ins Innere zogen, entgegen. Den meisten mussten sie beim Aussteigen helfen, so steif waren sie geworden. Anderen waren die Beine eingeschlafen. Die meisten aber hatten durchgehalten und kamen jetzt mit unsicheren Schritten die Rampe herunter, wo Peretz und seine Männer sie erwarteten.

Anna und das kleine Mädchen vor ihr erwachten, weil plötzlich der Halt verloren ging. Sie taumelten, stießen an andere Leiber, die auch in Bewegung geraten waren, und erst allmählich wurde ihnen bewusst, dass sie ihr Ziel erreicht hatten und dass die Tortur vorüber war.

Peretz stand am Fuß der Laderampe und tat, als leite er die Menschen in die richtige Richtung. Sein Fahrer beobachtete ihn befremdet, denn sonst übernahm Peretz diese Aufgabe nie. Sobald er sein Ziel erreicht hatte, machte er sich auf zum Kommandanten, um die Ankunft seiner Schützlinge amtlich zu machen.

Peretz stand da und schob die Menschen sanft in Richtung des großen Eingangstores, aber er beachtete sie nicht, denn sein Blick war auf das Dunkel im Inneren des Laderaums gerichtet. Als Anna erschien, blickte er weg und kam sich vor wie ein kleiner Junge.

Die Sonne ging auf, als Anna die Rampe herunterstieg. Sie erkannte Peretz und fragte ihn:

»Wo sind wir?«

Peretz drehte sich um und tat, als erkenne er Anna nicht wieder. Anna durchschaute sein Manöver, doch sie ließ sich nichts anmerken. Ihr Bauch schmerzte an der Stelle, wo der Kopf des Mädchens sich hineingebohrt hatte. Ihr Nacken schmerzte, ihre Brust schmerzte. Sie fühlte sich erschöpft, obwohl sie geschlafen hatte. Peretz sagte so sachlich wie möglich:

»Wir sind in Zehlendorf. Das ist ein allgemeines Flüchtlingslager, hier sind befreite Kriegsgefangene, Zwangsarbeiter und viele KZ-Überlebende aus UN-Staaten. Sie werden alle eine Weile hier bleiben, bis es weitergeht.«

Anna blickte ihn an und wartete. Peretz tat, als bemerke er es nicht. Aber er hielt nicht lange durch.

Die plötzliche Erkenntnis, dass er über keine Waffen gegen Anna verfügte, war wie ein Schmerz für Peretz. Ohne dass sie gefragt hätte, erklärte er ihr, was ›eine Weile‹ bedeutete: Zwei Nächte, bevor es weiterging zu Mitgliedern der jüdischen Gemeinde von Berlin, die sie aufnehmen würden.

»Die Amerikaner wollen dieses Lager wieder auflösen, weil es zu klein ist. Und wir haben noch keinen geeigneten Ort für unsere Leute gefunden«, sagte Peretz entschuldigend und fühlte sich wie jemand, der groß aufgetrumpft hatte und nun klein beigeben musste.

Anna nickte, wandte sich ab und folgte dem langsamen Strom der Menschen, die zum Tor des spärlich beleuchteten Flüchtlingslagers strebten. Sie blickte nicht zurück.

Peretz sah ihr nach mit einem Gefühl der endgültigen Niederlage.

NEUNZEHN

Als Lisa neun Jahre alt war und der Frühling kam, klingelte es an der Wohnungstür. Es war später Nachmittag, es hatte geregnet, und jetzt schien doch noch die Sonne und verbreitete ein frisches Licht, das ein Gefühl von Aufbruch in den Menschen erzeugte.

Lisa öffnete. Vor ihr stand eine Frau und schaute sie verblüfft an. Sie war stark geschminkt, ihre Kleider wirkten teuer, aber verschlissen, sie stand auf hochhackigen Schuhen, in der Hand hielt sie ein echtes Ledertäschchen, damals war das eine Seltenheit. Lisa erkannte es sofort, denn Herr Weiss hatte ihr den Unterschied zu den Lederersatzstoffen gezeigt.

Als die Frau sich wieder gefasst hatte, sagte sie:

»Wer bist du?«

Es klang überrascht. Lisa sagte trotzig:

»Wer bist *du*?« Die Frau lächelte nervös, strich sich mit der Hand durch die Haare, was wie eine gut einstudierte Geste wirkte, und sagte:

»Ich bin Maria Kramer.«

Lisa starrte die Frau an. Mit einem Mal hatte sie ein Gefühl, als wäre die Frau vor ihr eine Schauspielerin, die sich ausgerechnet ihre Wohnungstür als Bühne ausgesucht hatte.

Bevor sie noch reagieren konnte, kam Frau Kramer, die in der Küche gekocht hatte und sich wunderte, warum Lisa so lange an der Tür stand, in den Flur. Als sie die Frau an der Schwelle sah, veränderten sich ihre Gesichtszüge. Sie stellte sich hinter Lisa, blickte die Frau an wie jemand, der allen Ausdruck aus seinem Gesicht löscht, und sagte:

»Sie wünschen?«

Die Frau starrte Frau Kramer an, Tränen traten ihr in die Augen, leise sagte sie:

»Mutter.«

Wenn dies ein Theaterstück ist, fuhr es Lisa durch den Kopf, Welches ist meine Rolle? Hilfesuchend wandte sie sich zu ihrer Großmutter.

Frau Kramer wusste genau, welches Stück gespielt wurde. Ihr Gesichtsausdruck veränderte sich nicht, er blieb starr und so fremd, wie selbst Lisa es noch nie gesehen hatte. Frau Kramer sagte:

»Tut mir leid, Sie irren sich.« Sie ergriff die Türklinke und wollte die Tür schließen, und das erschien selbst Lisa unhöflich. Aber die andere Frau ließ es nicht zu, sie stellte hastig einen Fuß auf die Schwelle und sagte:

»Mutter, bitte, ich bin es, Maria! Erkennst du mich denn nicht?«

Frau Kramer schüttelte den Kopf:

»Nein. Maria Kramer ist tot. Dies ist ihre Tochter, meine Enkelin. Sie suchen jemand anderes. Bitte gehen Sie jetzt.«

»Mutter!«, rief die Frau, und Lisa fand ihre Verzweiflung sehr gut gespielt. So echt wirkte sie, dass Lisa die Frau ganz ergriffen ansah, wie ein Zuschauer, der vor lauter Spannung sich selbst vergisst.

Frau Kramer zog Lisa in die Wohnung und schob den Fuß der anderen Frau mit der Tür in den Hausflur. Die andere Frau wehrte sich, sie schrie jetzt fast:

»Mutter, bitte! Lass mich nicht allein! Mutter!«

Aber Frau Kramer hatte sich vorgenommen, diesem Schauspiel ein Ende zu bereiten. Mit aller Kraft stemmte sie sich gegen die Tür, bis sie endlich ins Schloss fiel. Dann stand sie erschöpft da, lehnte mit dem Rücken an der Wand, und in ihrem Gesicht fanden Dinge statt, die Lisa nicht deuten konnte.

Von draußen hörten sie ein Schluchzen, das nach einer Weile leiser wurde und schließlich ganz aufhörte. Jetzt lauschten Lisa und ihre Großmutter. Sie hörten, wie die andere Frau sich schnäuzte, und Lisa stellte sich vor, wie sie mit einer gut einstudierten Bewegung ihr Handtäschchen öffnete und ein seidenes Taschentuch hervorholte. Aber wie schnäuzte man sich elegant? Das konnte sie sich nicht vorstellen.

Nach einer Weile hörten sie ein Klopfen, das sich entfernte. Die fremde Frau stieg die Treppe hinunter.

Frau Kramer atmete tief durch.

Der erste klare Gedanke, den sie fassen konnte, galt Lisa. Was soll ich dem Kind erzählen, fragte sie sich. Lisa stand immer noch da, wo Frau Kramer sie losgelassen hatte, und schaute sie an. Frau Kramer schloss die Augen und wartete. Lisa sagte:

»Wer war die Frau, Oma?«

Frau Kramer schluckte. Dann schüttelte sie den Kopf und sagte:

»Das muss eine Verrückte sein. Bestimmt hat sie im Krieg ihre Eltern verloren.«

Lisa nickte. Das klang plausibel, fand sie.

»Aber woher wusste sie, dass Mama Maria hieß?«, fragte sie dann. Frau Kramer zuckte mit den Schultern, und Lisa war ganz überrascht, denn auch diese Bewegung sah aus, als wäre sie einstudiert, und das hatte sie an ihrer Großmutter noch nie bemerkt.

»Ich weiß es nicht, Liebes. Vielleicht hat sie die Nachbarn gefragt, oder sie kennt jemanden, der deine Mama kannte.«

Frau Kramer zuckte erneut mit den Schultern, ihre Kehle war ganz trocken geworden, sie fühlte sich elend. Sie schloss die Augen und begann zu weinen.

»Oma! Deshalb musst du doch nicht weinen!«, rief Lisa und umarmte ihre Großmutter.

»Ach«, log Frau Kramer, »das tue ich doch nur, weil ich an deine Mama denken muss.«

Lisa klammerte sich an ihre Hüften, Frau Kramer streichelte dem Kind übers Haar und war froh, dass sie weinte, denn auf diese Weise wurde alles überdeckt.

Am Nachmittag besuchte Lisa Herrn Weiss in seiner Wohnung. Er hatte Tee gekocht, sie saßen im Wohnzimmer an dem runden Tisch, und Lisa sagte:

»Weißt du, Onkel Tobi, ich würde gerne richtig frei sein.«

Herr Weiss nickte und brummte vor sich hin. Lisa blickte gedankenverloren aus dem Fenster. In der Ferne war ein großes Segelschiff zu sehen. Ohne den Blick davon abzuwenden, sagte sie:
»Aber ich weiß ja nicht einmal, was es bedeutet, frei zu sein.« Sie seufzte. »Meine Freundin Frida würde jetzt sagen: Frei sein bedeutet, dass man alles tun kann, was man will.« Sie sah Herrn Weiss an und zuckte mit den Schultern. »Ich weiß gar nicht, was ich will!« Sie blickte wieder aus dem Fenster. »Meine Klassenkameraden denken noch gar nicht über solche Sachen nach.« Sie schwieg. Sie griff vorsichtig nach der Porzellantasse, die vor ihr stand, und nahm einen Schluck Tee.

Nach einer Weile räusperte Herr Weiss sich. Er machte, Also, tja, er machte, Hm, hm, er sagte:
»Weißt du, wie ich aus dem Nonnenkrankenhaus kam?«
Lisa schüttelte den Kopf. Herr Weiss nickte bedächtig. Er sagte:
»Hm, also, eines Tages kam ein Mann ins Krankenhaus, der suchte seinen Sohn Tobias. Und dieser Mann, tja, der hieß Weiss, genau so, wie ich heute heiße.« Er lächelte Lisa an. Sie sagte:
»War es dein Vater?«
Jetzt grinste Herr Weiss verschmitzt und schüttelte den Kopf:
»Nein, nein, der Herr Weiss war nicht mein Vater, ich kannte den doch überhaupt nicht. Der suchte halt nach seinem Sohn, und zwar schon seit langem.« Er nickte bekümmert. »Aber er fand ihn nicht. Und als er mich sah, so jung und so demoliert, wie ich war, da sagte er: Das ist mein Sohn Tobias.« Herr Weiss nickte. »Ja, ja, so war das.« Er sah Lisa dabei zu, wie sie allmählich verstand, was er ihr erzählt hatte. Sie runzelte die Stirn, dann machte sie große Augen und rief:
»Aber dann bist du ja gar nicht Onkel Tobi!« Sie stutzte und hielt inne. Dann schüttelte sie den Kopf und sagte: »Aber du bist es jetzt, nicht wahr?«
»Genau!«, rief Herr Weiss leise. »Ich bin es jetzt, weil ich es sein wollte.«

»Und jetzt bist du frei?«, fragte Lisa skeptisch.

Herr Weiss wiegte den Kopf, er machte, Hm, er blickte aus dem Fenster und sagte:

»Was heißt schon frei sein? Das weiß ich auch nicht. Aber ich musste wenigstens nicht mehr zu meiner Familie zurück.«

Lisa nickte langsam. Sie verstand Herrn Weiss sehr gut, denn sie musste nur ihre eigenen Gefühle auf Links drehen.

»Ich würde ja so gerne zu meiner Familie. Aber es geht nicht«, sagte sie matt.

Herr Weiss sah sie mitleidig an und nahm sich vor, ihr demnächst etwas Schönes zu schenken.

Am Abend lag Lisa im Bett und starrte an die Decke. Neben ihr lag Frau Kramer ganz still, Lisa wunderte sich darüber, weil die Großmutter sonst recht geräuschvoll atmete. Aber Frau Kramer rührte sich nicht, ihre Brust hob und senkte sich regelmäßig und ihre Augen waren geschlossen. Hoffentlich ist alles in Ordnung mit ihr, dachte Lisa, Nach diesem merkwürdigen Tag.

Die Frau an der Tür ging ihr nicht aus dem Sinn. Sie hatte sich Maria Kramer genannt, und dann wäre sie Lisas Mutter gewesen. Vielleicht war sie es ja und die Großmutter hatte nur Angst gehabt, weil sie jetzt ein Engel war. Lisa runzelte die Stirn. Sie hatte sich ihre Mutter immer anders vorgestellt.

Sie drehte und wendete das Theatergefühl, das sie immer noch verspürte, wenn sie daran zurückdachte. Aber sie kam nicht dahinter, was es bedeutete.

Lisa besaß kein Foto von ihren Eltern. Es ist alles im Krieg verloren gegangen, sagte die Großmutter. Aber der Autounfall hatte nichts mit dem Krieg zu tun gehabt, auch das wusste Lisa von der Großmutter, und von der Großmutter wusste sie auch, dass der Unfall in Polen passiert war, wo heute die Russen herrschten. Wenn Papa und Mama nicht dorthin gefahren wären, dachte Lisa, Dann würden sie noch immer leben. Sie versuchte, tief einzuatmen, sie zog die Luft durch den offenen Mund ein und hob die Schultern an, aber es gelang ihr nicht. Es war, als gäbe es eine Stelle in ihren Lungen, die sich nie füllte, sosehr sie es auch versuchte.

Eine ganze Weile lag sie mit offenen Augen im Dunkeln. Kurz bevor sie einschlief, dachte sie noch, wie seltsam es war, dass die falsche Maria Kramer der Großmutter so ähnlich gesehen hatte. Ich wäre bestimmt auf sie hereingefallen, dachte sie, Wenn Oma nicht dazugekommen wäre. Ein Glück!

ZWANZIG

Anna lag auf dem Rücken und sah in Josef Ranzners Gesicht. Es war dunkel, der Mann über ihr keuchte und stöhnte leise. Mit rhythmischen Bewegungen stieß er sein Glied in Annas Geschlecht, die ihr Becken hob und senkte, hob und senkte, immer im Rhythmus des Mannes, der sie anstarrte, als habe er sie noch nie gesehen. Anna starrte zurück, denn jetzt veränderte sich sein Gesicht, die Haare wurden blond, die Nase breiter, das Kinn kam hervor, die Lippen aufgeworfen, fast fleischig. Annas Gesicht nahm den Ausdruck des Staunens an, während der erste Adjutant seine rhythmischen Bewegungen fortsetzte und vielleicht ein wenig schneller keuchte, ein wenig lauter stöhnte, aber immer noch leise und darauf bedacht, niemanden zu stören. Das Lager war voller Menschen, die zu erschöpft waren, um nachts wach zu bleiben, aber man konnte nie wissen, und jetzt bleckte der zweite Adjutant, der mit den breiten Nüstern, der vorgewölbten Stirn und den kleinen Augen, ein wenig die Zähne, er beugte sich herab zu Anna, er biss ihr sanft ins Ohrläppchen, er flüsterte atemlose Worte, die Anna nicht verstand, es war Hebräisch, er küsste Anna auf den Mund, sein Gesicht war jetzt ganz nah vor ihren Augen, ganz rund war es mit Stirnglatze und dicken, wohlgenährten Wangen und einem fliehenden Kinn und war der vierte Adjutant und keuchte und stöhnte und sprach Worte der Liebe und war Obersturmbannführer Josef Ranzner mit Adlernase und schmalen Lippen und keuchte und stöhnte Worte der Liebe und war alle Adjutanten nacheinander und durcheinander und sie stöhnten Worte der Liebe in einer Sprache, die Anna nicht verstand, es war Hebräisch, Anna schwieg und starrte und staunte, Habe ich damit gerechnet, fragte sie sich und wusste keine Antwort, sie hörte sich stöhnen und keuchen, sie war Anna, immer dieselbe Anna und doch nicht, und doch die andere Anna, diejenige, die sich hingab, Worte der Liebe aus Ranzners Mund, Worte der Liebe, stöhnte und keuchte im Rhythmus, sein Glied in Annas Geschlecht, hob und senkte der erste Adjutant, hob und senkte der zweite, der dritte, der vierte, Warum lacht denn keiner, dachte Anna, sie lachten doch, aber Anna weiß, was geschieht, Anna ist nicht verrückt, Anna hat den Überblick, Worte der Liebe, und stöhnte und keuchte, Anna, der Obersturmbannführer, die Adjutanten, im Rhythmus, Worte, Worte, die Anna nicht verstand, es war Hebräisch.

Und dann kamen sie alle zusammen zum Höhepunkt, während Anna beiwohnte und starrte und staunte, während der Mann über ihr Peretz Sarfati war, der jetzt erschöpft auf Annas Leib sank, seinen Kopf neben den ihren bettete, ein Schweißfilm auf ihren Stirnen, ihre Atemgeräusche vermischten sich und würden sich bald beruhigen, ein Paar nach dem Liebesakt, so lagen sie da, aber sie waren viel mehr als das, und das wusste nur Anna.

Anna wollte verstehen. Ihre Augen suchten in der Dunkelheit der Holzbaracke nach Halt, sie fanden die langen Ritzen im Gebälk, die schwach glommen, draußen schien der Mond und machte eine helle Nacht, warm war es und spät. Anna wollte verstehen, warum sie mit Peretz Sarfati geschlafen hatte. Und sie verstand, dass sie es so gewollt hatte, als er es so gewollt hatte. Anna runzelte die Stirn, niemand sah es, Peretz atmete flacher, er hatte es sich auf ihrem schmalen Körper gemütlich gemacht, aber wenn Anna sein Gewicht mit der drückenden Enge im Lastwagen verglich, dann fühlte Peretz sich fast leicht an. War sie nun willenlos oder gab es hinter ihrem Willen, das zu wollen, was Peretz wollte, einen zweiten Willen, der etwas ganz anderes erreichen wollte?

Dies war kein Verdacht, Anna stellte sich eine rhetorische Frage, die Antwort war vorher schon gefallen, die Frage erfüllte einen anderen Zweck, sie versicherte Anna, dass sie genau wusste, was geschah, dass sie im Bilde war über ihre wahren Beweggründe, dass sie nicht den Überblick verlor über sich selbst, nur weil dort, tief in ihrem Inneren, Dinge geschahen.

Die Ereignisse führten dazu, dass Anna wusste, sie hatte nichts vergessen, sie hatte alles gesehen, jeden einzelnen Gesichtszug, sie hatte alles gefühlt, jedes Begehren des Begehrens, weil es Leben war, Weiterleben, Überleben, sie hatte hingeschaut und gestaunt, und nun öffnete Anna ihr besonderes Archiv und brachte die neuen Ereignisse darin unter.

Das musste sein. Anna wusste, dass es eine geheime Verbindung zwischen Peretz, Ranzner und den Adjutanten gab. Diese Verbindung war sie selbst. Sie, Anna, war geheim in einer Art und Weise, die ihr erst jetzt bewusst wurde, jetzt, da sie frei gewesen wäre, Nein zu sagen und es nicht getan hatte. Warum habe ich mit Peretz geschlafen, fragte Anna sich erneut und schloss die Augen, spürte sein Gewicht, das sich durch nichts von dem Gewicht der anderen Männer unterschied.

Sie fühlte sich wie eine Hure mit sechs Freiern, sie hatte soeben als einzige Frau an einer Orgie teilgenommen, und all diese Männer waren in ihr zum Höhepunkt gekommen und jetzt war sie vollgepumpt mit Sperma. Sie dachte, Ich bin krank geworden, mein Kopf ist krank geworden, und gleichzeitig weiß ich es und bin nicht krank. Sie dachte, Ich muss wissen, sie dachte, Nur solange ich weiß, werde ich nicht krank an meiner Krankheit. Sie dachte, Das ist mein Weg. Sie dachte an Abba und schloss die Augen und ließ sich von Peretz' Gewicht in die harte Strohmatratze drücken und genoss es, dass sie dieses Gefühl so empfand, wie es war.

EINUNDZWANZIG

Frau Kramer schlief nicht. Sie lag neben Lisa und versuchte, regelmäßig zu atmen, damit das Mädchen nicht bemerkte, in welcher Verfassung ihre Großmutter sich befand. Frau Kramer war erschöpft von dem Tag, der nun zu Ende ging, aber sie fand keine Ruhe. In der Dunkelheit entkam sie der Erinnerung nicht mehr, die sie am Tag noch unter Kontrolle gehabt hatte. Wenn sie Lisa angelächelt hatte, hatte sie in Wahrheit einen Schleier über die Bilder gelegt, die sich in ihrem Kopf niederließen. Jetzt stürmten diese Bilder ihren Kopf und füllten ihre geschlossenen Augen bis in die Winkel aus.

Sie sah die Frau in der Tür, die immer noch ihre Tochter war und es immer sein würde, sie sah die Verzweiflung im Gesicht ihrer Tochter, die verschlissenen Kleider, die sie trug, die Wohnungstür, die sich schloss und sie aussperrte, und sie hörte ihr Schluchzen, bevor sie ging. Es tat so weh, dass sie mehrmals japsend nach Luft rang. Sie konzentrierte sich auf den Atem, Das Einzige, was jetzt hilft, dachte sie, Ist Disziplin, ganz gleich, was in der Welt passiert oder hier drinnen im Herzen. Nur Disziplin kann uns retten. Ich bin ein Soldat, dachte sie plötzlich und sah sich in ihrem besten Kleid zusammen mit anderen Frauen durch die Straßen von Lübeck gehen, alle trugen sie weiße Kleider mit großen rot-braunen Blumenmustern, ein Heer von Frauen, die Tag für Tag gegen den

Krieg kämpften, der Krieg war vorbei, aber nicht das, was mit ihm begonnen hatte, die Armut, die Knappheit, die Trostlosigkeit. Und die Lügen. Frau Kramer lag in einem alten Federbett, das noch vor kurzem anderen Leuten gehört haben musste, die jetzt vielleicht tot waren, und die Möbel in der Wohnung hatten auch diesen Leuten gehört, Seit wann geht das schon so, dachte sie, und sie fühlte die Lügen all dieser Frauen, die taten, als blühten sie von Kopf bis Fuß, und sie selbst tat mit, obwohl es in ihr so welk aussah. In Wahrheit, dachte sie, Glauben wir nicht einmal mehr dem Frühling, dass er da ist. In Wahrheit kämpfen wir an der Heimatfront und der Feind ist die Wahrheit und unsere Waffen sind unsere Lügen.

Frau Kramer musste tief durchatmen, sie wusste, dass Lisa noch nicht schlief, sie hörte es an dem flachen Atem des Mädchens, sie fühlte, dass Lisa genauso dalag und die Frau in der Tür sah, ihre Verzweiflung, ihre Rufe nach einer Mutter, die tat, als sei sie nicht da, und durch Lisas Augen fühlte sich alles, was Frau Kramer sah, noch schmerzhafter an, denn die Ahnungslosigkeit des Mädchens war wie eine Lupe, die alles viel deutlicher, viel näher, viel weher zeigte.

Wenn man nicht weiterkommt, muss man an den Anfang zurück-kehren und von vorn losgehen. Das hatte ihre Mutter ihr einmal gesagt. So ging Frau Kramer an den Anfang zurück und sah sich selbst mit einem schreienden Baby im Arm. Wonach schrie dieses Kind? Wonach? Die Frage wiederholte sich in ihrem Kopf, mit diesem Schreien begann das Rätsel, das Rätsel hieß Maria und war ihre Tochter, aber sie verstand sie nicht, wonach schrie dieses Kind, eines Tages würde es sprechen, dann würde sie es verstehen. Sie würde es fragen können, Wonach schreist du, Kind, sag es mir, damit ich es dir geben kann, ich will alles tun, was in meiner Macht steht, ich bin deine Mutter, ich liebe dich, wonach? Aber Maria lernte sprechen, und es gab keine Antwort, Maria lernte sprechen und schrie doch weiter und war doch nicht in der Lage zu sagen wonach, und ihre Mutter war nicht in der Lage, richtig zu fragen, an der richtigen Stelle, mit der richtigen Betonung, der richtigen Vorsicht, der richtigen Liebe. Wonach, wonach? Sie waren gefangen in einem Labyrinth und kannten die Richtung nicht, woher, wohin?

Frau Kramers Gedanken hatten sich festgesetzt, ihr Geist hatte sich verhakt, sie war müde, müde war gar kein Ausdruck, Frau Kramer war erschöpft, zu Tode erschöpft, sie fühlte sich, als ginge sie immer noch durch den tiefen polnischen Schnee mit einem schreienden Baby im Arm, ihr war, als wäre es Maria, ihr war, als wäre sie gar nicht die Mutter, ihr war, als läge die Mutter entkräftet, erfroren hinter ihr, aber sie selbst musste weitergehen, immer weitergehen, obwohl sie sich so gerne dazugelegt hätte, nur ein wenig, nur ein Weilchen, aber das Baby hielt sie davon ab, und sie dachte noch, Danke, Maria, aber da war sie schon eingeschlafen und träumte einfach an derselben Stelle weiter.

Sie träumte einen kalten Traum. Es war Sommer, ihre Kinder, Karl, Maria, ihr Mann, Wilhelm, sie selbst lebten in einem schönen Dorf, auf einem schönen kleinen Hof, sie waren nicht reich und nicht arm, und wenn sie hinausgingen, dann war es warm, so warm! Aber im Haus herrschte immerzu Kälte, Wie seltsam, sagte ihr Mann, Ich werde Löcher in die Mauern schlagen, damit die Wärme hereinströmen kann, Tu das, sagte Frau Kramer, und er nahm eine Axt und spaltete die Wand, aber es fiel nur Feuerholz herein, und Maria schrie, und Karl hob das Gewehr und schoss einen Juden ab und sagte nachdenklich, Heil Hitler, und schoss einen weiteren ab und sagte leise, Sieg Heil, und richtete das Gewehr auf Maria, aber die sagte, Ich bin keine Jüdin, ich heiße Lisa, schieß auf die da, und sie wies auf Maria, die neben ihr stand, und da schoss Karl auf Maria, traf sie in die Stirn, Maria fiel rückwärts zu Boden mit offenen Augen. Sie lag auf dem Rücken und sprach. Sie sagte, Jetzt habe ich noch ein Loch mehr für die Männer, sie wollte noch mehr sagen, aber Frau Kramer gab ihr eine Ohrfeige und schrie, Schweig wie ein Grab! Sie wollte noch mehr schreien, aber da erwachte sie plötzlich schwitzend und lag neben Lisa, die schwer atmete, vielleicht, weil sie träumte, vielleicht von Maria.

Sie schloss die Augen wieder, doch diesmal schlief sie nicht ein. Stattdessen breitete sich vor ihren geschlossenen Lidern die Wohnung aus, in der sie lebten, und sie stellte erstaunt fest, dass in einer Ecke die Standuhr stand und tickte, fünf Uhr in der Früh, sie runzelte die Stirn, Wie kommt die denn hierher, fragte sie sich und schaute sich um hinter ihren geschlossenen Lidern. Aber dann wunderte sie nichts mehr, denn da waren der Tisch, die Kommode, die Tür zur Kellertreppe, und wenn sie nach unten ginge, dann läge dort Margarita Ejzenstain in einem Erdloch unter den Planken und sie müsste sie herausholen, weil sie sich den Tod holen würde bei der Kälte.

Frau Kramer öffnete die Augen, der Tag stand kurz vor seiner Ankunft, im Osten war ein Strahlen ausgebrochen, von dort drang eine besondere Helligkeit durch das Fenster und an die Augen der Frau, die sich jetzt gegen das Kopfende des Bettes lehnte und auf ihre schlafende Enkeltochter hinabsah. Lisa hatte sich kaum gerührt in der Nacht, sie lag auf dem Rücken, ihre Gesichtszüge waren vollkommen entspannt, ihr Mund war geschlossen, wie ein Engel sah sie aus, fand Frau Kramer, ganz rein und klar. Sie dachte an ihre Tochter, sie sah noch immer die Frau in der Tür, sie hörte noch immer ihre Rufe, sie fühlte noch immer den Schmerz.

Dann erhob sie sich leise und verließ das Schlafzimmer, um Frühstück zu machen.

ZWEIUNDZWANZIG

Im Spätherbst 1955 fuhr ein langer Güterzug von Ost nach West. In den Waggons saßen und standen sechshundert Männer. Sie trugen schlechte Kleidung, sie froren, sie hatten Hunger, aber sie beklagten sich nicht. Durch kleine Oberlichter konnten sie die weiße Landschaft betrachten. Manche sahen hin, manche weg, alle schworen sich, nie mehr hierherzukommen.

Nach zwei Tagen erreichten sie den Ural. Der Zug hielt an einem Ort, der ein doppeltes Geheimnis bewahren musste, seine Nähe zur Hauptstadt und die Fracht des Zuges. Es war Nacht, das Gelände hell ausgeleuchtet von gelblich strahlenden Flutlichtern, überall standen Soldaten mit großen, schwarzen Terriern, die trotz ihrer wuscheligen Haare unfreundlich wirkten, die sechshundert Männer dachten, Als wollten wir hierbleiben und sie müssten uns daran hindern. Sie wussten nicht, dass nicht sie bewacht wurden, sondern die Umgebung. Sie wussten nicht, dass die Menschen, durch deren Land sie fuhren, ihre Reise ablehnten. Sie hatten keine Ahnung, dass die Behörden die Wut ihrer Bevölkerung fürchteten, sollten sie zu früh von diesem Zug erfahren.

Militärpolizisten führten die sechshundert Männer in eine alte Lagerhalle, die eilig hergerichtet worden war für diesen Anlass. Kantinenpersonal der Armee setzte sie an wackelige Rohrblechtische und gab ihnen eine warme Mahlzeit. Anschließend verteilte man neue Kleidung an sie. Vom Armeeausstatter, einem Moskauer Staatsunternehmen, waren graue Filzmäntel, grobe Stoffhosen und -hemden angeliefert worden, alles Sonderanfertigungen ohne Insignien und Dienstgrade, Für wen sind die, hatten sie im Betrieb gefragt, Für niemanden, war die Antwort gewesen und das hieß: Fragt besser nicht!

Die sechshundert Männer machten alles mit, sie fragten nicht, Wie kommt es? So gut schmeckte ihnen das Essen, das man ihnen in

Emailnäpfen der sowjetischen Armee vorsetzte, dass sie nichts anderes wahrnahmen, so warm erschien ihnen die neue Kleidung, dass sie sich fast wohl fühlten in ihren ausgezehrten Körpern. Auch wenn sie gewusst hätten, dass sie nur deshalb nach Hause durften, weil die eine Regierung eine bessere Beziehung zu der anderen haben wollte, wenn sie gewusst hätten, dass das warme Essen und die neue Kleidung sie nicht so elend und abgerissen daherkommen lassen sollten, weil es um wirtschaftliche Interessen ging, um viel Geld, es hätte sie nicht im Geringsten gestört.

Aus dem Westen war inzwischen ein weiterer Güterzug eingetroffen. Sie bestiegen diesen Zug, die Militärpolizisten verriegelten die Türen, der Zug fuhr los. Als der Morgen dämmerte, sahen die Männer, dass die Landschaft nicht mehr weiß war. Sie sahen die letzten welken Blätter an den Bäumen, hart gefrorene Ackerfurchen, graue Wolken, sie sahen die weite Landschaft, sie ahnten, dass dies Polen war, jenes Polen, durch das sie einst gestürmt waren wie Unbesiegbare, wie Übermenschen, wie Götter. Wie Teufel, hätten ihre russischen Begleiter gesagt, und sie hätten geantwortet, Nein, wie Soldaten, die Befehle ausführten, und es wäre die Wahrheit gewesen, aber die Wahrheit, das hätten sie vage gefühlt, wäre auch gewesen, dass sich beides nicht unbedingt widersprach. Jetzt standen sie schweigend an den Oberlichtern der Güterwaggons und blickten hinaus in den polnischen Morgen und blickten in Wirklichkeit in die eigene Vergangenheit, aber daran dachten sie jetzt nicht, sie hatten die Hölle überlebt, sie hatten den Preis bezahlt, sie waren entlassen worden, sie fuhren in die Heimat, sie fragten sich nicht, Was ist die Heimat, gibt es sie noch, hat es sie je gegeben, ist sie nicht ein Konstrukt des Geistes, eine Illusion, der wir immer noch hinterherlaufen, jetzt ohne Führer, aber genauso blind, werden wir nicht enttäuscht sein, gestrandet, draußen vor der Tür stehen, und in der Heimat ist längst alles unheimlich geworden, die Augen erkennen nichts wieder, das Herz tastet vergeblich, die Hand streckt sich ins Leere?

Unter den sechshundert gab es einen Mann, der stand nicht am Oberlicht, der blickte nicht in den Herbst. Der hockte am Boden und rauchte selbstgedrehte Machorka, er nannte sich Otto Deckert, denn es gab ihn wirklich, diesen Otto Deckert, er war ein einfacher Soldat der Wehrmacht gewesen, er hatte Seite an Seite mit seinen Kameraden die Festung Posen verteidigt, bis eine Kugel kam geflogen, galt es mir oder galt es dir, wen hat sie weggerissen, wer lag wem vor den Füßen, als wär's ein Stück von mir?

Otto Deckert hockte am Boden, gegen eine Wand des Waggons gelehnt, im Halbdunkel sah man kaum sein scharfes Profil, seine Adlernase, seine unbeweglichen Gesichtszüge, seine winzigen Fältchen, die nie besonders tief, dafür aber mit zunehmendem Alter immer zahlreicher werden würden.

Otto Deckert sprach mit niemandem und niemand sprach mit ihm. Er hatte wie durch ein Wunder überlebt, auch, weil er genügend Angst vor dem Sterben hatte, um die richtigen Entscheidungen zu treffen, die richtige Uniform anzuziehen und die falsche zu verbrennen.

Auf der Innenseite des linken Oberarms hatte Otto Deckert eine Schussverletzung, ein Streifschuss hatte die Haut aufgerissen und alles mitgenommen, was dort vielleicht einmal war. Als die Sowjets ihn fragten, ob er von der Waffen-SS sei, weil die nämlich genau an derselben Stelle die Blutgruppe eintätowiert hatten, war Otto Deckert gut vorbereitet, und anstatt Nein zu sagen wie tausend andere vor ihm, denen nicht geglaubt worden war, erzählte er ihnen die Wahrheit, nämlich, dass Volksdeutsche wie er an ebendieser Stelle die gleiche Tätowierung bekommen hatten, wenn sie im Sammellager medizinisch untersucht wurden. Er hatte Glück, der sowjetische Offizier, der ihn verhörte, glaubte ihm. So, wie Sie aussehen, sagte er mit einem Lächeln, Hätten die Sie sowieso nicht genommen. Dann grinste er breit und rief, Sie sehen eher aus wie ein Kirgise! Er wiederholte seine Worte auf Russisch, und die umstehenden Soldaten lachten. Otto Deckert lachte mit, weil er ein höflicher Mensch war, aber mitten im Lachen musste er wirklich lachen, ohne zu wissen warum. Er lachte, bis er glaubte, weinen zu müssen, aber in diesem Augenblick schlug der sowjetische Offizier mit der flachen Hand auf seinen kleinen Holztisch, und Otto Deckert verstummte. Wo waren Sie angesiedelt, fragte der Offizier, in seinen Zügen fand sich keine Spur der Heiterkeit mehr, die eben noch sein ganzes Gesicht beherrscht hatte. Otto Deckert fasste sich, er nannte den Namen eines kleinen Städtchens in der Nähe von Posen, und vor seinem inneren Auge huschten Bilder vorüber aus einem anderen Leben.

Jetzt fuhr Otto Deckert in die Heimat, aber er wusste, dass dort kein Zuhause auf ihn wartete, er musste achtgeben, dass er sich richtig verhielt bei der Ankunft in Herleshausen und später in Friedland. Er konzentrierte sich. Er rauchte Machorka. Er dachte nicht an den, der er einmal gewesen war, er hatte eine fünfte Herzkammer angelegt und alles, die ganze Vergangenheit, dort hineingelegt. Dann hatte er sie verschlossen und den Schlüssel ins Vergessen geworfen, und das Herz von Otto Deckert schlug weiter, als wäre nichts gewesen.

DREIUNDZWANZIG

Peretz saß im Interzonenzug nach München und sprach mit Peretz. Beide trugen dieselbe britische Uniform, beide hatten schon kurz nach ihrer Ankunft am 8. Mai 1945 das jüdische Abzeichen vom Revers entfernt, beide hatten sie denselben Abzug gedrückt, um den deutschen Soldaten mit dem Sprachrohr zu erschießen. Beide schienen sie nur ein einziger Peretz zu sein.

Doch nun war alles anders geworden. Peretz sprach mit Peretz, und was er zu sagen hatte, schrie er in Peretz' Kopf hinein, dass es dröhnte, während um ihn herum der Zug der Reichsbahn über lauter Nebenstrecken ratterte, weil die großen Verbindungen zerstört worden waren, ein Zug wie ein wandelnder Leichnam, denn es gab keine Reichsbahn mehr, es gab kein Reichsverkehrsministerium mehr, es gab nur noch Körper aus Metall und Holz, die durch das kalte Land fuhren, besessen von den Siegern.

Peretz war erst ein einziges Mal quer durch das Land gefahren, damals, im Frühling fünfundvierzig, in umgekehrter Richtung. Sie hatten gesiegt, sie waren von Norditalien mit der britischen Armee nach Österreich gezogen, und in Wien kam der Befehl zur Auflösung der jüdischen Brigade. Damals war die Verbitterung groß gewesen, So wenig Krieg, hatte es geheißen, Das nehmen wir nicht hin, hatten die Kameraden gemault. Dann schmiedeten sie Pläne, die jüdischen Abzeichen fielen, und mit ihnen fiel alles Gute und Richtige, das sie hergeführt hatte, Um gegen das Königreich der Nacht zu kämpfen, wie einer von ihnen, ein ehemaliger deutscher Musikstudent, gesagt hatte.

Doch während Peretz' Kameraden damit begannen, Nazis aufzuspüren und sie in den österreichischen Wäldern, die gerade in voller Blüte standen, unter der österreichischen Sonne, die mild auf alle hinabschien, zu erwürgen, in Säcke zu stecken und mit Steinen beschwert in Seen zu versenken, war Peretz nach Norden geflohen. Er war dem Ruf des amerikanischen Militärrabbis gefolgt und hatte sich mit Avi und einem Armeelaster durchgeschlagen, und diesen Laster hatte er seitdem nur selten verlassen, so oft waren sie damit herumgefahren, um immer mehr Juden vor ihren polnischen Landsleuten zu retten.

Doch da war Peretz schon nicht mehr nur ein Peretz gewesen, sondern wie ein Blatt mit einem kleinen Riss, und jeder Griff zum Sprachrohr des deutschen Soldaten hatte den Riss ein wenig vergrößert, und in die Lücke war wie aus dem Nichts eine Frau gesprungen und hatte sich dort breitgemacht, und deshalb nahm Peretz nichts von der Landschaft wahr, die träge an seinem Fenster vorbeizog, von den kleinen hessischen Ortschaften, die aussahen wie Schneekugeln ohne Schnee mit Motiven aus den Märchen der Brüder Grimm, deshalb fragte Peretz sich diesmal nicht, Warum darf dies alles so weiterbestehen, als wäre nichts passiert? Warum durften wir nicht auch dies noch zerstören?

Peretz sprach mit Peretz, und was er zu sagen hatte, nahm allen Raum für anderes. Peretz schrie Peretz an, dass Peretz wie benommen auf seinem verschlissenen Sitz saß und blinde Blicke auf die fünf amerikanischen Soldaten warf, die mit ihm in dem engen Abteil schwitzten, weil die Heizung nicht richtig funktionierte. Peretz dachte nicht, Wir schwitzen, weil der Zug kaputt ist, und draußen erfrieren die Menschen, weil das Land kaputt ist. Das sagte einer der Amerikaner, ein junger Bursche, auch er war zu spät zum Kämpfen gekommen, auch er bereute es ein wenig.

Peretz war selbst kaputt, zerrissen zwischen zwei Möglichkeiten, ein ganzer Mann zu sein, einer, der zu seinen Taten steht, und einer, der stark genug ist, darüber hinwegzugehen. Einer, der einer Frau widersteht, und einer, der die Größe hat, eine Frau gewähren zu lassen. Einer, der getan hat, was er tun musste, und einer, der weiß, dass er einen Fehler begangen hat.

Peretz sprach mit Peretz, und während er redete, fuhr der Zug westlich an Frankfurt vorbei, doch man sah kaum etwas von der Stadt, so sehr war alles Stehende in Liegendes verwandelt worden, die Dinge und die Lebewesen, und nun fiel ein Regen über alles her und begrub es unter einem trüben Schleier. Der Zug fuhr langsam, der Tag war lang, und trotzdem dämmerte es grau und undurchdringlich, und Peretz hatte so viel zu sagen, dass er nicht spürte, wie die Stunden verstrichen, wie die Soldaten ihre Gesichter, ihre Uniformen und ihre Gespräche wechselten, und wenn er seinen Passierschein hochhielt oder einen Ranghöheren grüßte, dann war dies der einzige Moment, in dem beide Peretz an einem Strang zogen.

Peretz redete und Peretz hörte zu. Bilder mischten sich dazwischen, Geräusche, die sonst niemand hörte. Alles ergab einen zähen Fluss aus Ermahnungen, Erinnerungen, Selbstanklagen, Rechtfertigungen. So kann es nicht weitergehen. Du bist ein Held. Was hast du getan? Wirf dieses Sprachrohr weg! Vergiss diese Frau. Du riskierst dein Leben für andere. Du bist ein Held.

Peretz wusste, wovon Peretz sprach. Seit diese Frau sich in seiner Mitte niedergelassen hatte, war alles andere zur Nebensache geworden. Ein Mann liebt, Peretz! Aber ein Mann hat eine Aufgabe, die wichtiger als die Liebe ist, Peretz! Ein Mann liebt und kann gleichzeitig seiner Lebensaufgabe nachgehen, Peretz!

Peretz konnte das nicht. Sosehr er sich auch bemühte, immerzu stand diese Frau zwischen ihm und der Welt, zwischen ihm und ihm selbst. Sogar als Klausner, einer seiner angeheuerten Fahrer, mitten auf dem Weg nach Stettin seinen Laster anhielt und über mehr Geld verhandelte, sogar als er ihn beschimpfte, und auch als Klausner ausholte, um seinen Standpunkt mit der Faust zu unterstreichen, kurz bevor Avi und die anderen Fahrer eingriffen, war nur einer der beiden Peretz vor Ort gewesen. Peretz ging Peretz auf den Geist mit seiner Gefühlsduselei. Du bist verrückt, Peretz, sagte Peretz, Sie ist eine Jeckete, nein nicht einmal das, sie ist eine Deutsche, eine Hasardeurin, hüte dich vor ihr! Was weißt du schon von ihr? Du bist ein Held Israels, Peretz!

So sprach Peretz unentwegt zu Peretz, während der Abend sich düster über das Land senkte und alles Licht erstickte, und der Zug ratterte so langsam, dass alle außer Peretz die Köpfe nach vorn fallen ließen und aufhörten, über ihre Abenteuer, über die miserable Verpflegung, über die Wunder auf den Schwarzmärkten, das Heimweh und die Schönheit der deutschen Mädchen zu sprechen. Übrig blieb das trübe Licht im Abteil und das schwarze Fenster, und wenn Peretz jetzt nach links blickte, dann sah er den anderen Peretz, der ihn kritisch und traurig und ratlos ansah und sagte: Du bist im Auftrag der Institution für Einwanderung B hier. Du und

Abba und der Militärrabbi und Ephraim Frank, der neue Kommandant in München, ihr müsst die Flucht von tausenden organisieren. Sei kein Egoist, sei kein Dummkopf, konzentriere dich auf deine Aufgabe. Was ist nur los mit dir, Peretz? Wer bist du eigentlich, Peretz? Ja, sagte Peretz zu Peretz, Wer bin ich eigentlich? Da fuhr der Zug gerade durchs nördliche Bayern, das jetzt den Amerikanern gehörte, die noch nicht wussten, dass sie diesen Teil des besiegten Reiches zu einem vorübergehenden Hafen für die Juden Europas machen würden, doch sehr bald schon würden die amerikanischen Juden um Morgenthau mehr Engagement verlangen, und dann würde Präsident Truman an die bevorstehenden Wahlen und die jüdischen Stimmen denken, und es wäre so weit, in ganz Bayern würden Lager für Juden eingerichtet werden, und deshalb war München der richtige Ort für die zentrale Kommandostelle der Brichah.

Bislang gab es in München jedoch nur einen Mann, der aus Wien angereist kam unter falschem Namen, wer weiß, vielleicht saß er genau jetzt in einem Interzonenzug auf der Höhe von Linz. Zu diesem Mann fuhr Peretz.

Wenn ihn etwas zusammenhielt, dann war es die Welt, die ihn umgab, mit ihren Guten und Bösen, ihren Juden und Briten, die sich auf einen Schattenkampf eingelassen hatten. Wenn etwas Peretz zusammenhielt, dann war es die Lebensaufgabe, die er genau jetzt bewältigte, weil er nicht aufgehört hatte zu funktionieren und pünktlich in den Interzonenzug gestiegen war, obwohl Anna ihn versetzt hatte und er ohne Abschiedskuss zum Bahnhof gekommen war.

Peretz hatte nicht gedacht, Hoffentlich ist ihr nichts zugestoßen, hoffentlich geht es ihr gut. Er hatte gedacht, Warum tut sie mir das an? Dann hatte er sich gescholten, dass er dies gedacht hatte und nicht etwas Edleres, Reiferes, etwas, das jenen Peretz dargestellt hätte, den er in der Welt abgab, und nicht diesen Peretz hier, der sich selbst im Spiegel des Abteilfensters nicht mehr wiedererkannte.

Wieder war Zeit vergangen, niemand sah Augsburg im Westen liegen, der Zug fuhr durch ein Land, das ohne Krieg und ohne Frieden war, mit einem Mann darin, der um sich selbst kämpfte, ohne zu wissen, Was sind meine Waffen?

Es war Nacht, als er in München eintraf. Weil das Dach des Hauptbahnhofs auf die Gleise gestürzt war und immer noch dort lag, hielt der Zug kurz vor der Einfahrt. Müde Menschen kletterten aus den Waggons, es war dunkel und nass, Peretz wurde angerempelt, er kämpfte gegen das Gefühl der Verlorenheit an, er kämpfte dagegen an, Anna zu vermissen, immerzu Anna, als müsse sie ihn an der Hand nehmen und geleiten, als wäre sie nicht nur eine Frau, sondern seine, Peretz' Rettung vor der Sinnlosigkeit des Daseins.

Jemand hielt ihn an der Schulter fest. Peretz wandte sich um und blickte in das Gesicht eines Mannes, der ihn freundlich anlächelte. Sein blasser Teint, die hohe Stirn und die schmale Adlernase verliehen ihm etwas Adliges. Peretz kannte dieses Gesicht, obwohl sie sich noch nie begegnet waren. Sie gaben einander die Hand, Ephraim Frank stellte sich als Ernst Caro vor, Peretz gab seinen eigenen falschen Namen an, und falls jemand sie beobachtete oder ihnen sogar zuhörte im Gewühl der Reisenden, die mit unsicheren Schritten über tote Gleise stolperten, um zur Straße zu gelangen, dann sah er zwei britische Mitarbeiter der UNRRA, der Nothilfe- und Wiederaufbauverwaltung der Vereinten Nationen, die einander höflich auf Englisch begrüßten, sich anschließend zu einer dunklen Limousine begaben, wo ihnen der Fahrer, ein auffallend schmaler Mann mit eingefallenen Wangen, die Türen zum Fond öffnete, sie hinter ihnen schloss, dann selbst einstieg, den Motor anließ und davonfuhr.

Draußen zogen die bizarren Schatten zerbombter Gebäude vorbei, Peretz blickte hinaus, ihm war, als gäbe es nur noch eine einzige wirkliche Stadt. Sie sah immer gleich aus, immer gleich zerstört, immer gleich unkenntlich geworden, und selbst wenn er zwölf Stunden mit dem Zug nach Süden fuhr, kam er doch am selben Ort an, als wären Raum und Zeit ausgelöscht worden, als müsste am Ende aller Reisen stets alles von vorn beginnen. Du bist blind vor Liebe, sagte es in ihm, Mehr ist es nicht. Das geht vorbei. Er nickte unwillkürlich. Vielleicht war es das, vielleicht aber sah er die Welt zum ersten Mal überhaupt so, wie sie war, er wusste es nicht, nichts wusste er mehr, außer, dass er hergekommen war, weil sein neuer Kommandant sich mit ihm und anderen Offizieren der Brichah und der Institution für Einwanderung B besprechen wollte.

Ephraim Frank beobachtete seinen Untergebenen schweigend, während sie auf Umwegen zu ihrem Ziel fuhren. Es war Sperrstunde, nur Soldaten patrouillierten in Jeeps durch die dunklen Straßen. Nur die großen Straßen waren freigeräumt, ein Stück des Weges mussten sie rumpelnd über eine Tramtrasse zurücklegen. Die beiden Männer saßen schweigend nebeneinander im Fond, der eine versuchte, in die Gegenwart zurückzukehren, der andere hatte beim Anblick der entstellten Stadt jäh begriffen, welcher Aufgabe er Monate zuvor zugestimmt hatte.
Als das Schweigen zu lang wurde, sagte Ephraim Frank mit deutschem Akzent:
»Du bist in Palästina geboren, habe ich gelesen.«
Peretz wandte den Blick vom Seitenfenster ab, wo er beobachtet hatte, wie sein Spiegelbild und die dunkle Stadt einander überlagerten. Er sagte:
»Das stimmt, Kommandant.«
»Du kannst Erich zu mir sagen, das ist ... war mein Name, als ich noch Deutscher war. Hier werde ich ihn wohl wieder häufiger verwenden.«
»Aus welcher Stadt?«, fragte Peretz knapp und vermied die Anrede.
»Aus Gelsenkirchen.« Peretz zuckte mit den Schultern.

»Kenne ich nicht.«

»Das war ganz schön, viele Arbeiter, gute Menschen.« Er brach ab, Peretz beobachtete ihn kurz. Frank räusperte sich. Er sagte:

»Eigentlich habe ich meine Kindheit in Dortmund verbracht. Wir sind dahin gezogen, als ich noch nicht mal in die Schule ging.«

»Dortmund kenne ich nur vom Namen.«

»Da sieht es bestimmt jetzt so aus wie hier.«

»Bestimmt, Kommandant.« Ephraim Frank schwieg.

Mit keiner Geste wollte Peretz Sarfati zeigen, dass er nur zu gut wusste, wer Ephraim Erich Frank war. Warum er sich so verhielt, wusste er nicht genau, doch der Peretz in ihm, der alles wusste, ahnte, dass es nichts als Furcht war. Furcht wovor?, hätte er gefragt, hätte er die Zeit, wieder aus dem Fenster zu schauen, und das Spiegelbild mit dem gebrochenen Gestein der Stadt darin hätte vielleicht geantwortet, Furcht vor einem, der wirklich etwas geleistet hat, Furcht vor einem, der ein echter Held ist und sich nicht einmal wundert, wenn man ihn trotzdem nicht kennt. Furcht vor etwas Reinem, das dir deine trübe Seelenbrühe schmerzhafter vor Augen führt als jeder Spiegel.

Doch er kam nicht dazu, denn Ephraim Frank sagte:

»Da sind wir.«

Josef Leibowitz, der Fahrer, zog seine hohlen Wangen noch weiter ein, als er den Wagen auf einen langgezogenen Platz steuerte, der gesäumt war von hoch aufragenden Häusern aus der Gründerzeit. Obwohl auch dieser Platz im Dunkeln lag, sah Peretz, dass die meisten Häuser noch standen. Großzügige Eingänge mit breiten schmiedeeisernen Toren erzählten von reichen Menschen, die ihren Stolz in Stein verewigt hatten. Der Wagen hielt gleich an der Ecke, Josef Leibowitz öffnete den Männern die Türen, sie stiegen aus. Peretz sah sich um, hoch oben an dem Haus, vor dem sie standen, war ein dunkelblaues Schild mit weißer Sütterlinschrift zu erkennen, dort stand: Paradeplatz.

Das Eckhaus trug die Nummer 2, die drei Männer steuerten auf den Eingang zu, einen breiten Torbogen. Dahinter verlief eine Art Arkadengang die Fassade entlang und verband das Haus mit dem Nachbargebäude. Große Schaufenster lagen im Dunkeln, ob sie Auslagen zeigten, war nicht zu erkennen.

Sie gingen geradeaus auf eine große Doppeltür zu, durch die eingefassten Milchglasfenster und die vorgesetzten Schmiedegitter leuchtete gelbliches Licht. Ephraim Frank drückte auf einen der Klingelknöpfe, es dauerte eine Weile, dann hörte man Schritte im Treppenhaus. Jemand kam herunter. Die Treppe knarrte und quietschte. Hinter dem Milchglas erschien eine Gestalt, die klein und schmächtig sein musste. Die Tür öffnete sich, im Spalt erschien ein sehr rundes Gesicht mit schmalen Augen, die von einer Nickelbrille eingefasst wurden. Der Mann trug einen grauen Anzug, eine Krawatte und Schuhe mit Gamaschen. Er sah ein wenig aus wie ein Schauspieler aus den zwanziger Jahren, fand Peretz.

Ephraim Frank nickte dem Mann zu, der die schwere Tür daraufhin weit öffnete und zur Seite wich, um sie hereinzulassen. Sie betraten den Hausflur, ohne ein Wort zu sagen, und folgten dem Mann die Treppe hinauf.

Im dritten Stock des Hauses stand eine weiß getäfelte Tür offen. Sie kamen in einen breiten Wohnungsflur und kurz darauf in einen großen Salon, an dessen Decke ein schwerer Lüster hing. Dunkelrote Stofftapeten bedeckten die Wände, mitten im Raum stand ein langer Eichentisch, an dem mindestens fünfzehn Männer auf Stühlen mit hohen Lehnen saßen und sich ihnen zuwandten. Dies also war das Treffen, zu dem Peretz geladen worden war. Hier sollte die Flucht der europäischen Juden neu geordnet werden, die Gesandten aus Palästina, Leute wie Ephraim Frank, waren gekommen, um die Sache in die Hand zu nehmen.

Und hier gelang es Peretz endlich, für einen Abend diese Frau, die in sein Leben eingedrungen war, aus seiner Mitte zu vertreiben und ein einziger Peretz zu sein, denn hier war er unter seinesgleichen.

Es tat ihm gut, über amerikanische Armeelastwagen zu sprechen, es tat ihm gut, darüber nachzudenken, wie er das Modell kopieren könnte, das der kleine Mann für München ersonnen hatte. Sally Zeve hieß er, und an seinem Akzent konnte Peretz erkennen, dass er, wie Abba Kovner, aus Litauen stammte. Vielleicht war er sogar von ihm hergeschickt worden.

Kein Kontakt zur Struktur der Brichah, sagte Sally Zeve mit seiner hellen Stimme, Völlig unabhängige Arbeitsweise, sagte er, Mit meinen Kontakten zu den Amerikanern und mit den Kontakten meiner neuen Geschäftspartner zur bayerischen Regierung können wir zum Zwischenhändler werden und vielleicht sogar eine Monopolstellung erringen. Auf diese Weise, fuhr er fort, Gehen alle Trucks durch unsere Hände und wir haben genügend für die Transporte. Wer sind deine Geschäftspartner?, fragte ihn jemand. Sind es Gojim?, fragte ein anderer. Sally Zeve lächelte. Er sagte, Besser. Er blickte Ephraim Frank an, der ihm zunickte, und fuhr fort:

»Es sind zwei Deutsche, die sich die Finger schmutzig gemacht haben.«

»Nazis?«

»Einer ein lokaler Autohändler, der bis Kriegsende fast hundert Zwangsarbeiter hatte. Der andere ein Bankier mit Parteiabzeichen, der im Hintergrund bleiben muss.«

Es entstand eine Stille, in deren Mitte Sally Zeve stand und sich wohlzufühlen schien. Jemand sagte:

»Was soll das bringen?«

Sally Zeve lächelte noch breiter, als hätte er auf genau diese Frage gewartet. Er sagte:

»Ein Jude, Überlebender der Nazi-KZs«, dabei zeigte er mit allen Fingerspitzen seiner Hände auf sich selbst, »und zwei Mitläufer – das ist die beste Kombination, die sich für unsere Zwecke denken lässt. Der Jude«, wieder zeigte er auf sich selbst, »hat die Kontakte zu den Amerikanern und er ist absolut unverdächtig.« Er blickte sich triumphierend um, dann fuhr er fort: »Die Nazis haben ihre alten Kontakte. Sie sind hier ehrbare Leute. Und sie haben Geld, das sie unbedingt in dieses Geschäft investieren wollen. Außerdem«, er wurde jetzt lauter, wie um den Höhepunkt anzukündigen, »haben wir sie auf diese Weise in der Hand, ohne dass sie etwas davon ahnen. Wenn sie mir auf die Schliche kommen, setze ich ihnen die Pistole auf die Brust: Kollaboration oder Knast.« Sein Lächeln erlosch. »Vor dieser Wahl haben die beiden Herren schon einmal gestanden, und wir wissen, wie sie sich entschieden haben.« Er machte eine effektvolle Pause, fasste sich mit beiden Händen an die Revers seines Jacketts, blickte die versammelten Agenten nacheinander herausfordernd an, wippte von den Hacken seiner Schuhe auf deren Spitzen und wieder zurück und sagte: »Nun?«

Die Versammlung gab sich geschlagen. Es wurde beschlossen, eine GmbH nach deutschem Recht zu gründen. Sie würde den Namen *Bavarian Truck Company* tragen.

»Dies«, sagte Ephraim Frank zum Abschluss dieses Punktes, »wird das letzte Mal sein, dass ihr Sally Zeve zu sehen bekommt. In Zukunft werde ich der Einzige sein, der mit ihm Kontakt aufnimmt. Sally hat bereits ein kleines Terrain auf dem Gelände der alten Pinakothek hier in München angemietet, er wird dort eine Baracke mit Werkstatt und Büros errichten lassen.« Er erhob sich, die beiden Männer gaben sich die Hand, der kleine Mann ergriff einen weißen Hut, einen langen, beigen Mantel und einen Spazierstock aus dunklem Holz und verließ den Raum, die Wohnung, das Gebäude.

So einen, dachte Peretz, als er fort war und Ephraim Frank zum nächsten Punkt überging, Finde ich nirgends. Zum ersten Mal wurde ihm bewusst, dass es für manche Aufgaben Hasardeure brauchte.

Als Peretz am nächsten Morgen den Interzonenzug bestieg, um nach Berlin zurückzufahren, war er so müde, dass er sofort einschlief und erst aufwachte, als sie durch die sowjetische Zone auf

Berlin zufuhren. Die Versammlung hatte die ganze Nacht gedauert. Wichtige Leute hatten gesprochen, Ephraim Dekel, der von Prag aus das Kommando über die Brichah in ganz Europa übernommen hatte, Asher Ben Nathan, der mit Ephraim Frank nach Wien gekommen war und nun von dort aus die Flucht leitete, außerdem ein Litauer, ein Mann von Abba Kovner, und andere Leute, manche kannte Peretz bereits, andere waren neu. Die Männer hatten versucht, sich einen Überblick zu verschaffen, sie hatten Informationen und Halbwissen ausgetauscht, über Routen, Kontrollpunkte, grüne Grenzen gesprochen und immer wieder über Lastwagen, Schiffe, Unterkünfte, falsche Papiere, Visa. Ephraim Frank würde mehr als fünfhundert Mitarbeiter in Deutschland koordinieren müssen, und Peretz war nur einer von ihnen.

VIERUNDZWANZIG

»Der Augenblick der Entscheidung über Leben und Tod ist vielleicht nicht nur wie ein Schuss, der sein Ziel findet, und dann fällt ein Mensch zu Boden und steht nicht mehr auf und wird verscharrt und der Krieg geht weiter.

Was, wenn niemand anwesend war im Augenblick der Entscheidung über Leben und Tod? Was, wenn einer getroffen wurde und fiel und keiner war da, um es anzusehen? Dann wird die Entscheidung vertagt, so lange, bis jemand davon erfährt.

Und wenn Jahre vergehen, bis das geschieht, dann verändert sich die Entscheidung über Leben und Tod. Sie wird wie eine Tür, an deren Pforte man steht, jederzeit kann es so weit sein, jederzeit könnte sich die Tür öffnen, man lässt sich nieder in einer Stadt, man bezieht eine Wohnung, man geht einkaufen, man geht zu Bett, alles an der Schwelle dieser einen Tür.

Und wenn sich dann, nach vielen Jahren, die Tür öffnet und drei Menschen plötzlich in den Raum blicken können, der dahinter liegt, wie beschreibt man dieses Gefühl?«

Eines Tages, am 7. Oktober 1980, wenige Wochen vor ihrem sechsunddreißigsten Geburtstag, würde Lisa diese Gedanken in ihr Tagebuch schreiben, während sie sich an die Wochen vor ihrem elften Geburtstag zurückerinnerte. Sie würde am Fenster ihres kleinen Appartements in der Lower East Side von Manhattan sitzen, fünfunddreißigster Stock, über die Insel bis hinunter zu den beiden Brücken schauen und sich über den Verlauf ihres eigenen Lebens wundern. Wie bin ich nur hierher gekommen?, würde sie sich fragen und ihren Blick über die Häuserlandschaft schweifen lassen, in der kein Gebäude dem anderen gleich war und doch alle derselben Bestimmung dienten, nämlich Menschen und ihre Dinge übereinanderzustapeln. Sie würde sich zum hundertsten Mal über die bizarre Schönheit wundern, die dabei zustande gekommen war, und sie mit der bizarren Schönheit ihres eigenen Lebens vergleichen. Überall da, wo Platzmangel herrscht, will man hoch hinaus, würde sie denken. Ein Hochhaus ist ein Gebirge, ein Vulkan, Geysir, Baum, Mensch. Unten ist es eng und dunkel, ist ein Druck von allen Seiten, man will nichts, als ihm standhalten, und weicht doch aus, immer weiter, bis man ganz nach oben kommt und vielleicht doch glaubt, man hätte gewonnen, obwohl man nur Platz gemacht hat. Dann würde sie zu einem Stift greifen und davon schreiben, wie es war, als sie zu wachsen begann.

Es hatte damit begonnen, dass Herr Weiss ihr eines Nachmittags, als sie von der Schule kam und zu ihm ging, um zu essen, ihre Hausaufgaben zu machen und sich zu unterhalten, offenbarte, er werde vom folgenden Tag an kein Maurer mehr sein.

»Aber was wirst du dann tun?«, fragte Lisa erstaunt, während sie ihre Hühnersuppe löffelte.

Herr Weiss wiegte seinen Kopf hin und her, dann faltete er seine Hände und legte sie vor sich auf den Tisch. Er saß Lisa genau gegenüber und wirkte jetzt sehr feierlich auf sie. Herr Weiss räusperte sich. Dann sagte er:

»Nun ja, weißt du, ich habe mir in den letzten Monaten ein bisschen Mathematik beigebracht und jetzt mache ich die Statik für ein paar Architekten. Die haben nämlich davon keine Ahnung.« Er machte eine wegwerfende Handbewegung, grinste verschmitzt und zog dabei den Hals zwischen die Schultern.

Lisa löffelte ihre Suppe, während sie nachdachte. Herr Weiss ertappte sich dabei, dass er gespannt auf ihre Reaktion wartete. Nach einer Weile sagte sie:

»Was ist Statik?« Herr Weiss zog die Augenbrauen hoch, hob einen Zeigefinger kerzengerade in die Luft und sagte:

»Aha!« Dann grummelte er vor sich hin, stand auf und holte ein Blatt Papier und einen Stift herbei, denn nun würde er Lisa genau erklären, was Statik war.

»Alles zusammengenommen ist Statik das, was ein Haus daran hindert einzustürzen«, sagte er und begann schon mit Zeichnungen und Längenangaben, denn natürlich würde er Lisa Statik beibringen, wenn sie daran interessiert war.

Aber Lisa war nicht interessiert. Sie hielt schnell seine Hand fest, damit er nicht weiterzeichnen konnte, und sagte:

»Das heißt, du verdienst jetzt mehr Geld, oder? Denn vorher hast du doch nur gemauert. Und Mauern sind ja etwas anderes als Mathematik. Mauern können einstürzen. Mathematik nicht. Richtig?«

Herr Weiss lachte laut auf und machte, Ja, ja, das, jahaha, genau, genau. Dann sagte er:

»Also ein bisschen mehr Geld verdiene ich schon. Um genau zu sein, sogar mehr als ein bisschen mehr.« Er wiegte den Kopf hin und her, und jetzt verstand Lisa auch, warum es an diesem Tag eine Hühnersuppe mit auffallend viel Huhn darin gab.

Das war im Frühjahr. Im Spätsommer kaufte Herr Weiss sich einen Schwarz-Weiß-Fernseher von Philips für über tausend Mark, wie er Lisa unter vier Augen gestand, nicht ohne den Zeigefinger vor die Lippen zu legen und, Aber psst!, zu machen. Sie und alle anderen Kinder der Straße waren dabei, als ein kleiner Lastwagen durch die Gasse geschnauft kam, vor ihrem Wohnhaus anhielt und zwei junge Männer heraussprangen, um die hintere Lade zu öffnen. Sie kletterten ins Innere des Laderaumes und förderten eine Art riesigen Würfel zutage, den sie anschließend schwitzend und fluchend über die enge Wendeltreppe in den vierten Stock trugen. Von da an versammelte sich das Haus Nummer 26 in unterschiedlicher Besetzung in Herrn Weiss' kleinem Wohnzimmer, das durch den großen, holzverkleideten Kasten mit der grau-bläulich schimmernden Mattscheibe noch ein wenig enger geworden war, Abend für Abend bei Tee und Gebäck, um die Tagesschau zu sehen. Frau Kramer und Lisa waren immer dabei, manchmal kamen die Webers aus dem zweiten Stock, ab und zu die Witwe Schmal und ihr zwölfjähriger Sohn Benjamim aus dem dritten, und ganz selten der Hausmeister Meier vom Erdgeschoss mit seiner Familie, Frau Meier, der achtjährigen Grete und dem zehnjährigen Wolfgang, der mit Lisa in dieselbe Schulklasse ging. Manchmal kamen sogar Leute aus den Nachbarhäusern, und Herr Weiss ließ sie alle mitschauen, denn er liebte es, im Mittelpunkt zu stehen, ohne etwas anderes dafür tun zu müssen, als den Knopf an seinem Fernsehapparat zu drehen, bis die Mattscheibe mit einem kurzen, hohen Pfeifton aufflimmerte und nach und nach ein Bild entstand.

Plötzlich waren sie mit dem ganzen Land verbunden. Die Tagesschau, die immer noch ein wenig wie die früheren Wochenschauen war, mit viel Musik und voller Erfolgsmeldungen, zeigte ihnen blühende Landschaften. Deutschland wurde souverän, Deutschland bekam wieder eine Armee, Deutschland baute den millionsten VW Käfer, der Deutsche Lottoblock wurde gegründet, der Bundeskanzler flog nach Moskau zu Gesprächen auf Augenhöhe.

Alles in Grautönen.

Und eines Abends im September zeigte die Tagesschau einen freundlich lächelnden Russen, der ein Papier unterschrieb, dann aufstand und sich quer über einen langen und breiten Tisch lehnte, auf dem noch viel mehr Papier lag und Kaffeetassen standen und an dem zwanzig oder mehr Männer in grauen und schwarzen Anzügen saßen. Der Russe streckte seinen Arm fast in die Richtung aus, wo Herr Weiss, die Webers und Lisa mit ihrer Großmutter saßen, und ein alter Mann, der ihm schräg gegenüber auf der anderen Seite jenes Tisches stand und den sie nur von hinten sahen, tat es ihm gleich: Er streckte seinen Arm von den Zuschauern weg in die Tiefe des Versammlungsraumes, wo die Hand des Russen schon auf ihn wartete.

Genau in dem Moment, als ihre Hände einander fanden und sich gegenseitig festhielten, genau in dem Moment, als der Russe seine Lippen bewegte, sagte die Stimme des unsichtbaren Tagesschau-Sprechers:

»Die Gefangenen kehren heim!«

Frau Kramers Augen begannen zu tränen, bevor sie begriff, was dieser Satz bedeutete, und auch Herr Weiss und die Webers, die sonst alles kommentierten, dass man nichts hörte, wenn der Fernseher nicht laut gestellt war, schwiegen. Die triumphale Musik der Tagesschau verklang, Herr Weiss stellte den Apparat ab. Lisa starrte gebannt auf den Lichtpunkt, der sich in die Mitte der Mattscheibe zurückzog und dort immer kleiner wurde, bis er ganz verschwand. Aber während sie diesen Vorgang beobachtete, arbeitete es in ihrem Kopf. Sie verstand, was geschehen war, doch sie verstand nicht, was dies mit ihr zu tun hatte. Sie fühlte sich wie die Zuschauerin eines außergewöhnlichen Spektakels, sie spürte die Gefühle ihrer Großmutter, als wären es ihre eigenen. Aber es waren nicht ihre eigenen, allzu bewusst wurde ihr in diesem Moment, dass es einen Abstand gab, den sie nicht überwinden konnte, und sie bedauerte sehr, dass sie keine Erinnerungen an ihren Großvater hatte, um jetzt ebenso ergriffen zu sein von der Aussicht seiner Heimkehr.

Eine Woche später besorgte Herr Weiss Holzleisten, Pinsel und schwarze Farbe von einer Baustelle, die er inspiziert hatte. Wäre er erwischt worden, hätte man ihn wohl gleich wieder entlassen. Dann bastelten sie zu dritt ein schönes Schild mit einem abnehmbaren Stiel zum Hochhalten. Am Ende schritt Frau Kramer fast feierlich mit einem Pinsel in der Hand darauf zu, schrieb ihren Text auf das mit hellbrauner Kartonpappe beklebte Rechteck, trat zwei Schritte zurück, blickte wohlwollend darauf und las es laut vor mit einem Singsang in der Stimme, den Lisa noch nie zuvor gehört hatte.

Nun mussten sie nur noch warten. Eine weitere Woche lang. Bis zum 7. Oktober.

Dann standen sie früh am Morgen auf. Es war noch dunkel, es war kalt geworden. Sie frühstückten schnell, machten sich zurecht, hüllten sich in dicke Mäntel, Frau Kramer setzte sich einen beigen Hut mit kurzer, gewölbter Krempe auf den Kopf, sie flocht Lisa einen langen Zopf, und anschließend verließen sie die Wohnung, bepackt mit einem Beutel voller Butterbrote, ein paar Äpfeln, einer Wasserflasche und einer großen Stofftasche, die Frau Kramer aus einem Tischtuch genäht hatte und in der das Schild steckte. Sie gingen durch die engen Gassen der Altstadt bis zur Bushaltestelle und fuhren zum Bahnhof. Sie fuhren mit einem roten Triebwagen eine halbe Stunde nach Schwanheide, südlich von Lübeck, bestiegen den Schnellzug von Berlin nach Hamburg, der pünktlich eintraf, nahmen in Hamburg den Anschlusszug, einen D-Zug, der aus Dänemark kam und bis Köln fuhr, stiegen in Uelzen um und fuhren von dort mit einem blauen Bummelzug nach Friedland.

Während dieser viele Stunden währenden Fahrt erzählte Frau Kramer Lisa Geschichten von sich und Opa Wilhelm. Sie fragte sich, wie er jetzt wohl aussah, und Lisa fragte sich, wie er überhaupt aussah, denn es gab kein Foto von ihm und hatte nie eines gegeben.

Als sie noch eine Stunde von Friedland entfernt waren, sagte Lisa plötzlich:

»Und wenn er nicht dabei ist?«

Frau Kramer schwieg. Sie schaute aus dem Fenster, wo der Herbst seine Farben ausbreitete, Rot, Gelb, Braun, und auch das Wintergrau der kahlen Äste war schon überall zu sehen, weil der Kälteeinbruch den Bäumen die Blätter nahm. Sie fühlte, dass die Entscheidung über Leben und Tod mit der Geschwindigkeit zweier Züge näher rückte, die aufeinander zurasten. Sie würden unvermeidlich und ungebremst zusammenprallen und Frau Kramer entweder in die Arme dieses einen Mannes werfen oder ... Frau Kramer holte tief Luft und wandte sich Lisa zu. Sie sagte:

»Wenn er nicht dabei ist, dann fahren wir wieder nach Hause.«

Nach Hause? Frau Kramer nickte sich selbst zu, Ja, nach Hause. Wenn man sonst keinen Ort auf der Welt hat, dann ist der einzige Ort, an den man zurückkehren kann, das Zuhause, ganz gleich, was man dabei empfindet.

Vielleicht dachte Frau Kramer etwas anderes, aber Lisa würde es eines Tages so aufschreiben, weil sie nur diese Worte finden würde für das Gefühl, das sie hatte, als sie ihre Großmutter beobachtete, während der Zug nach Friedland fuhr.

FÜNFUNDZWANZIG

Wer hatte den Männern die Blumensträuße in die Hand gedrückt? Wer hatte ihnen die Schals gegeben, die Lederschuhe, die warme Zivilkleidung? Wer hatte sie aufgepäppelt, dass sie so gut aussahen? Oder war es das Glück, das von ihren Gesichtern her strahlte und alles in einer anderen Qualität erscheinen ließ? Wer hatte den hunderten Frauen, Kindern, Greisen, die dicht gedrängt am Ausgang des Bahnhofs standen, von Polizisten im Zaum gehalten, damit sie nicht in wilder Suche losstürmten, wer hatte ihnen dieselbe Idee eingegeben, so dass viele von ihnen jetzt mit Schildern dastanden, auf denen immer wieder das Gleiche geschrieben stand mit wechselnder Besetzung?

Es muss eine kollektive Choreographie für Gelegenheiten wie diese geben, damit Bilder für die Tagesschau, die Nachwelt, die Geschichte eines ganzen Landes entstehen können. Und waren die Hochhäuser von Manhattan nicht auf die gleiche Weise entstanden? Aus einem gemeinsamen Wissen heraus, dass es hier einmal genauso aussehen sollte?

Oder irre ich mich und habe mich auch damals geirrt, weil im Nachhinein alles arrangiert wirkt, sogar der Zufall? Hängt es vielleicht damit zusammen, dass der Zufall immer nur für kurze Momente sichtbar wird, eben weil er Ordnung stiftet, weil es seine Natur ist, Regeln zu begründen, die so plötzlich da sind, dass sie erdacht zu sein scheinen?

Auf diese Weise kommt man nicht weiter, dachte Lisa. Man kommt nur weiter, wenn man nichts sucht in dem, was man weiß.

Lisa wusste noch, wie sie im Pulk der Frauen, Kinder, Greise auf dem breiten Vorplatz zwischen Bahnhof und Durchgangslager warteten und wie die Großmutter trotz der Kälte plötzlich Schweißausbrüche bekam, als sie sah, dass ein Zug hielt, ein langer Zug aus dem Osten, ein Güterzug, dessen Schiebetüren alle schon halb geöffnet waren, ein Zug voller Spalten, durch die man in ein Halbdunkel voller Augen spähen konnte.

Lisa wusste noch, wie sie ihrer Großmutter helfen musste, weil Frau Kramer nicht wusste, wohin mit sich in der Hast und der Nervosität und der Liebe, ja, das musste es gewesen sein, eine Liebe, gemacht aus dem, was sie noch wusste von ihm, aus endlosem Warten darauf, dass es vielleicht weiterging mit ihnen beiden, aus durchwachten Nächten, weil er ihr fehlte, und sinkender Hoffnung, die mit den Worten »Die Gefangenen kehren heim« auf ein Katapult gesetzt worden war, das sie beide hierhergeschossen hatte, obwohl sie keine Benachrichtung erhalten hatten, Wilhelm Kramer kehrt heim, dann und dann, und jetzt hielt der Zug an, und die Choreographie trat in ein neues Stadium, die Hälse wurden gereckt, Schilder wurden gehoben, die Kommentatoren redeten und redeten in ihre großen Mikrophone, aus den Lautsprechern ertönte eine Männerstimme, die nur das Offensichtliche sagte, Sie sind da, die Polizisten achteten noch besser darauf, dass niemand einfach losrannte, weil die Liebe sich kaum noch von der Verzweiflung fernhalten konnte auf den letzten Metern, jetzt wurden die Schiebetüren der Güterwaggons ganz aufgeschoben, und strahlende Männergesichter erschienen und stiegen herab und formten einen Männerstrom, alle gleich gekleidet, alle mit Blumensträußen in der Hand – wer hatte nur an dieses Detail gedacht? –, und dann marschierten sie auf die Frauen und Kinder und Greise zu, die da warteten und sich reckten, und auf Frau Kramers Schild stand:

Ich suche

Wilhelm KRAMER

Geboren in Ostra, südliche Bukowina.

WER WEISS VON IHM?

Aber wer hätte gedacht, dass es ein weiteres Schild gab, das nach Wilhelm Kramer suchte, mit noch einer Frau darunter, die jetzt, als die Männer ihrerseits suchten und die Hälse reckten, die Gesichter und die Schilder lasen, versuchte, sich weiter nach vorn zu drängeln, aber es gelang ihr nicht, so dicht standen die Sehnsüchte hier, manche schon seit zwei Tagen, um genau jetzt an vorderster Front zu sein?

Die beiden Schilder bemerkten einander nicht, die beiden Frauen darunter hatten nur Augen für die Männer, so viele Männer, und jetzt gab es die ersten Aufschreie, einer der Männer stürzte auf eine Frau zu, das Schild ging zu Boden, niemand brauchte es mehr, zwei Menschen hatten sich im Sturm der Zeit wiedergefunden, Ein Wunder, ein Wunder, müsste einer schreien, aber die anderen sind zu sehr damit beschäftigt, selbst einen Zipfel von dem Unmöglichen zu erhaschen, und wieder fanden zwei Menschen sich wieder, es war eine Schicksalslotterie, die hier gespielt wurde, ausgetüftelt von einem grausamen Genie, begonnen vor vielen Jahren, niemand wusste genau wann, aber hier und heute, am 7. Oktober 1955 im Grenzdurchgangslager Friedland, strategisch günstig gelegen am Drei-Zonen-Eck, britisch-niedersächsisch, amerikanisch-hessisch, sowjetisch-thüringisch, im Herzen des zusammengestauchten, gevierteilten Deutschlands, war die Ziehung.

Lisa sah das andere Schild und sie erkannte die Frau, die es hielt. Es war dieselbe, die zwei Jahre zuvor behauptet hatte, Maria Kramer zu sein. Und diesmal hatte sie kein Theatergefühl, sondern in ihrem Magen bewegte sich etwas, sie musste sich zusammenreißen, denn diese falsche Maria Kramer hatte nur Augen für die Soldaten, Lisa sah die Hoffnung in diesen Augen, die jeden Augenblick in Verzweiflung umschlagen konnte, sobald der Strom der Männer versiegte. Noch war es nicht so weit.

Frau Kramer würde eines Tages die Wahrheit über alles sagen. Doch nicht in Friedland. Dort war sie damit beschäftigt, wie ein

Marathonläufer alle Reserven aufzubrauchen, nichts mehr übrig zu behalten für irgendeinen Rückweg, nur noch auf den Augenblick konzentriert, den Augenblick und den nächsten Augenblick und den nächsten Augenblick, ihre ganze Kraft floss aus ihrem Körper in den Hals, in die Worte auf dem Schild, in die Arme, die es hochhielten, in die Augen, die aufgerissen waren, um alles hereinzulassen, was draußen war, jedes einzelne dieser Männergesichter und alle zusammen.

Als Otto Deckert den unvermeidlichen Gang durch das Spalier der Wartenden ging und von Frau Kramers Blick gestreift wurde, nahm er es nicht einmal wahr. Es hatte keine Folgen, er war nicht Wilhelm Kramer.
So erging es auch der Familie von Otto Deckert, die unweit der Kramers mit einem schönen Schild dastand, seine Eltern, seine Verlobte, eine Schwester, der Bruder war im Krieg geblieben.
Niemand erkannte Otto Deckert in seiner neuen Haut, mit seinem neuen Gesicht, und so ging er einfach weiter und hinterließ eine Familie, die sich später nicht vor Freude, sondern vor Trauer in den Armen lag.

So mussten sich auch die Kramers fühlen, die Mutter und ihre Tochter, die nichts voneinander wussten, und Lisa, die ihre Tränen vergoss für die Großmutter, die auf dem Boden zusammensank, als die Männer vorübergegangen waren ohne Wilhelm Kramer, und für den Großvater, der eine komplettere Familie bedeutet hätte, wenn schon nicht mit Vater und Mutter, aber mit einem Mann, der seine Enkeltochter von Zeit zu Zeit in den Arm genommen hätte, um seine Freude über ihr Dasein kundzutun.
Frau Kramer hatte keine Kraft mehr übrig. Sie war angekommen, der Lauf war zu Ende, dies war das Ziel, sie musste nur noch rufen: Sieg! Sieg über wen, worüber? Über die Zeit? Über das Warten, das nun zu Ende war? Und war es überhaupt zu Ende? Kamen nicht

noch viel mehr Züge mit viel mehr Heimkehrern, waren es nicht neuntausendsechshundertsechsundzwanzig, von denen heute erst sechshundert eingetroffen waren? Gab es nicht noch mehr Hoffnung? Warum also zusammenbrechen? Warum nicht aufstehen und mit den Achseln zucken und guten Mutes sein bis zum nächsten Zug? Bleiben wir doch einfach hier die nächsten Tage, bis wir alle Männer gesehen haben!

Lisa hatte sich über Frau Kramer gelegt und hielt sie mit ihren Kinderarmen umschlossen, während ihre Großmutter hemmungslos weinte und nicht sah, dass nur wenige Meter weiter, mitten im Getümmel derer, die sich gefunden hatten, und derer, die ebenso verzweifelt waren wie sie selbst, ihre Tochter stand, die Hände vor dem Gesicht, das Schild auf dem Boden, und sich Hoffnung zuredete und den Plan fasste, in die Pension zurückzukehren und wiederzukommen, wenn der große Transport einträfe.

Aber da kam ein Mann auf sie zu, der es trotzdem gesehen hatte, das Schild, einer von den sechshundert. Er sagte:

»Sie suchen Wilhelm Kramer? Aus dem Buchenland?« Maria hob den Kopf und blickte in ein fremdes Männergesicht, ein junger Mann war es, die Wangen eingefallen, an seiner Seite hing eine Frau, die kaum jünger war als sie selbst, ihr Glück hatte sie in Tränen aufgelöst und ihr das Gesicht ebenso verzerrt, als wäre sie statt in seinen Armen in der Leere und der Gewissheit des Todes gelandet. Aber der Mann blickte Maria an und sagte:

»Hier!« Er kramte in seiner Hosentasche und zog einen schmalen grauen Papierstreifen hervor, einen Brief. Er streckte ihn Maria Kramer entgegen, die ihn annahm, während sie den Fremden und die Frau, die in seinem linken Arm hing, anstarrte, ohne zu verstehen. Er sagte:

»Er wollte, dass Sie ihn bekommen.« In seinen Augen stand eine ganz eigenartige Mischung aus Glück und Mitleid, ein Ausdruck, den Maria noch nie gesehen hatte und der sie ganz schutzlos erreichte. Er sagte:

»Es tut mir so leid für Sie.« Dann wurde er fortgezogen von anderen Menschen, die hinzugekommen waren, ein Vater und eine Mutter, die ihren Sohn wiedergefunden hatten und jetzt nichts anderes mehr wahrnahmen als ihn, den Totgeglaubten, Auferstandenen. Er warf ihr noch einen letzten Blick über die Schulter zu, dann war er fort, und Maria stand mit einem Brief ihres Vaters in der Hand in der Menge, die jetzt über Lautsprecher angeleitet wurde, ein Dankeslied zu singen.

Fünfundzwanzig Jahre später würde Lisa an dieses Lied zurückdenken, sie würde es singen und den Text in ihr Tagebuch schreiben, Nun danket alle Gott mit Herzen, Mund und Händen, Der große Dinge tut, an uns und allen Enden. Sie würde sich daran erinnern, wie sie ihre Großmutter stützte, die sich kaum aufrecht halten konnte, während andere neben ihnen das Lied aus vollem Herzen sangen, weil sie genau wussten, wofür sie Gott dankten mit allem, was sie hatten, welche großen Dinge er an ihnen getan hatte, an welchem Ende sie standen und sangen, während sie und Frau Kramer im Nichts waren, denn nun hatte sich die Tür geöffnet und sie sahen den Raum dahinter, nun wiederholte sich für sie beide der Moment der Entscheidung über Leben und Tod, nun hielten sie ihr Los in Händen und es war leer.

Lisa sah Maria Kramer in der Menge, wie sie etwas wegsteckte und dann fortging, nicht dablieb und den Dank ertrug, den die anderen einem Gott zollten, der lohnte und betrog, beides mit derselben Hand. Maria Kramer wusste nicht, wie viele derer, die sich hier wiedergefunden hatten, später auseinandergehen würden, weil nichts mehr so war wie früher, weil die kollektive Choreographie dieser Stunde der Heimkehr über alle Einzelheiten, auch die wichtigen, hinwegging. Maria Kramer hatte einen Brief erhalten, dieser Brief machte sie zur Waise.

Lisa fühlte die Trauer ihrer Großmutter, sie fühlte ihre eigene Trauer, aber sie fühlte auch die Frage in sich, die seit damals, zwei Jahre zuvor, als Maria plötzlich in der Wohnungstür gestanden hatte, gewachsen war in ihrem Innern. Nun war es, als hätte das Schicksal selbst den Punkt unter das Zeichen gesetzt und die Frage offiziell gestellt: Wer ist diese Frau? Warum trägt sie den Namen meiner Mutter? Was stimmt hier nicht?

Fünfundzwanzig Jahre später im fünfunddreißigsten Stock mit dem Blick auf den großen Einwanderungshafen von New York würde Lisa sich eingestehen, dass dies viel stärker in ihr gewirkt hatte an jenem 7. Oktober 1955 als die Trauer, dies und der Zweifel, der stets mit Fragen dieser Art einhergeht, dies und das Misstrauen, die Furcht vor einer verborgenen Wahrheit, Der ewig reiche Gott, woll' uns in unserm Leben, ein immer fröhlich Herz, und edlen Frieden geben, wie weit war sie damals davon entfernt, war sie denn nun, so viele Jahre später, dem Frieden auch nur einen Fußbreit näher gekommen?

Die elfjährige Lisa riss plötzlich ein Loch in die Oberfläche ihres Lebens. Sie ließ ihre Großmutter los und rannte der Frau nach, die durch die Menge zum Bahnhof ging. Sie achtete auf nichts anderes mehr als auf den braunen Haarschopf, der vor ihr im Takt der Schritte wippte, und als sie ihn erreicht hatte, griff sie nach Maria Kramers Oberarm und hielt ihn fest. Maria drehte sich um, erkannte sie und rief:

»Du!«

»Sind Sie Maria Kramer, die Tochter von Wilhelm Kramer?«

»Ja, das bin ich allerdings!«, rief Maria mit Wut und Tränen in den Augen. »Was willst du von mir?«

»Ihre Mutter ist auch hier.«

»Ich habe keine Mutter mehr, ich bin gestorben für sie!«

»Nein! Das ist nicht wahr! Ihre Mutter braucht Sie jetzt. Sie ist dort hinten.« Lisa wies zurück in die Menschenmenge, die immer noch sang, Lob, Ehr und Preis sei Gott, dem Vater und dem Sohne, Und Gott, dem Heil'gen Geist, im höchsten Himmelsthrone, ihm, dem dreieinen Gott, wie es im Anfang war, Und ist und bleiben wird, so jetzt und immerdar. Maria zögerte, sie sah sich in der Tür stehen, sie hatte das harte Gesicht ihrer Mutter nicht vergessen, sie hatte die Verstoßung angenommen wie eine Strafe, dreimal lebenslänglich, für die Mutter, den Vater, die Tochter, ein dreieiner Fluch, einmal ausgesprochen, niemals aus der Welt zu treiben.

Aber jetzt stand hier dieses schmale, hochgeschossene Mädchen, das ihren Platz eingenommen hatte, diese kleine Feindin, außer Atem vor ihr und öffnete mitten auf dem Vorplatz des Durchgangslagers Friedland eine Tür, die für immer verschlossen schien. Maria fasste sich und folgte Lisa.

Hinter den beiden Frauen betrat Otto Deckert Steig zwei des Bahnhofs Friedland. Er setzte sich auf eine freie Bank und wartete auf den nächsten Zug. Er hörte die Stimmen der vielen, die das Lied sangen, und als sie gesungen hatten, ertönte ein Lautsprecher und eine Männerstimme begann zu sprechen, aber Otto Deckert achtete nicht auf die Worte. Er kratzte den Rest Machorka zusammen, der sich noch in seinem Beutel befand, drehte sich eine Zigarette, zündete sie an und rauchte. Er dachte nicht an die Deckerts, die auch ihn suchend angeschaut hatten und die jetzt trotzdem mitsangen, weil sie dankbar sein wollten für die anderen, die ihre Liebsten wiedergefunden hatten, auch wenn dies ihnen selbst nicht vergönnt war. Otto Deckert war zufrieden mit dem Verlauf seiner Ankunft in Westdeutschland. Er hatte zwar keine Papiere, weil er nicht zur Amtsstelle gehen konnte. Aber das ließ sich anders regeln.

Er zog an seiner Zigarette, dass sie aufglimmte, lehnte sich zurück und genoss es, endlich allein zu sein.

SECHSUNDZWANZIG

Rykestraße 57. Sowjetischer Sektor. Ein hohes Haus aus der Jahrhundertwende. Daneben eine Halde aus Bauschutt, zerschmetterten Möbeln, zerfetzten Kleidern, verbogenem Besteck, Porzellanscherben, zerrissenen Büchern. Leichengestank, an diesem Tag noch stärker, denn in der Nacht hatte es geregnet, ein echter Sommerregen, dicke Tropfen, die prasselnd auf die Stadt fielen, in alle Ritzen, Lücken, Löcher, Spalten drangen und die Stadt aufgeweicht zurückließen. Der Schutthaufen neben der 57 dampfte immer noch leicht im klaren Sonnenlicht. Das Haus hat seine Bewohner unter sich begraben, hatte der alte Gutfeld, ihr Gastgeber, gesagt. Sie waren im Keller, und da sind sie heute noch.

Die 57 selbst war so überfüllt mit Juden, die meisten aus Polen, dass zwei Leute in einem schmalen Feldbett schlafen mussten, zwanzig in einem Raum. Das Essen musste für alle reichen, deshalb gab es höchstens dreihundert Gramm Brot und einen halben Liter Suppe für jeden am Tag, einmal die Woche eineinhalb Würfel Margarine und eine Tomate.

Die Gutfelds hatten sich entschuldigt, sie hatten gesagt, Es tut uns wirklich leid, wir werden etwas Besseres für Sie suchen, aber im Augenblick ... Sie sehen ja selbst. Dabei hatte Herr Gutfeld eine Geste gemacht, die vielleicht den Schutthaufen neben der Nummer 57 meinte, vielleicht die zerbombte Häuserzeile auf der anderen Straßenseite, vielleicht aber auch die ganze zerstörte Stadt. Seine Frau hatte sich bei ihm untergehakt, als brauchte sie seine Stütze, aber in Wahrheit führte sie ihn von der Straße.

Feine Leute waren die Gutfelds, feine Berliner Juden, die es zu was gebracht hatten, Ruth sagte später, Die haben gelernt, die Wörter ›Juden‹ und ›raus‹ gar nicht hintereinander zu verstehen. Aber sie helfen uns, das ist nobel. Dann nickte sie anerkennend und zog dabei die Mundwinkel herunter. »Hübsch siehst du aus«, sagte Anna, und Ruth schaute sie überrascht und entwaffnet an mit ihrem Pony, ihren neuen Pausbäckchen, ihrem gewachsenen Busen, ihrem angefutterten Fleisch auf den Knochen. Ruth erwiderte nichts. Anna lächelte.

Sie standen auf der Straße und blickten den Gutfelds nach, zwei der Abramowicz-Kinder spielten vor dem Schuttberg der Nummer 56, Marja, die inzwischen sieben Jahre alt geworden war, hatte eine Puppe ohne Arme gefunden und drückte sie an sich. Dana, die Kleine, konnte inzwischen krabbeln und war gewachsen. Sie hatte Marjas neues Spielzeug gesehen und steuerte darauf zu. Sie befand sich genau vor der Halde, als ein großer Brocken sich löste, sie unter sich begrub und dabei in seine Bestandteile zerfiel, Mörtel, Backsteine, ein paar Fliesen.

Es gab eine Pause, bevor die beiden Frauen schreiend auf die Stelle zurannten. Schreiend räumten sie den Schutt weg und verstummten erst, als sie Danas leblosen kleinen Körper freigelegt hatten.

Frau Abramowicz kam aus dem Haus gerannt und warf sich auf ihr totes Kind. Marja klammerte sich an ihre Puppe und weinte. Oben auf der Treppe der 57 stand Ariel, den Magellan vor die Brust gepresst, und blickte herunter.

Ein Lastwagen fuhr vor. Anna sah Peretz und Avi herausspringen und auf sie zukommen. Sie sah Peretz' bestürztes Gesicht, sie klammerte sich an ihn und verlor zum ersten Mal seit langer Zeit die Kontrolle.

SIEBENUNDZWANZIG

Lisa schrieb:

»Liebes Tagebuch! Heute habe ich Mamas Schwester kennengelernt. Sie heißt Maria, denn Mama hieß in Wirklichkeit Margarita.
Warum hat Oma mich angelogen? Sie hat mir beim Zubettbrin-
gen gesagt, dass sie sehr wütend auf meine Tante war und sich
gewünscht hätte, dass sie und nicht meine Mama gestorben wäre.
Das soll ich aber nicht meiner Tante sagen, damit sie nicht traurig wird. Denn sie ist sehr traurig, sie weint ganz oft. Es ist ganz
komisch, dass Mama nicht so hieß und dass jetzt meine Tante so
heißt. Margarita ist auch ein schöner Name, aber ich muss mich
wohl erst noch an ihn gewöhnen.

Die Zugfahrt zurück nach Hause war sehr komisch. Aber noch
komischer war es, als Oma und meine Tante sich plötzlich wiedersahen in Friedland. Und noch viel komischer war, dass ich das
gemacht habe. Warum habe ich das gemacht? Ich glaube, es war
das Beste. Jetzt können wir zu dritt in der Wohnung wohnen, und
wenn ich von der Schule nach Hause komme, dann ist die Wohnung nicht leer, weil Oma bei Hawesta Konserven macht, sondern
meine Tante ist da und hat für mich gekocht. Vielleicht macht sie
das ja. Aber sie ist nicht wirklich nett. Sie spricht gar nicht richtig
mit mir, sondern fragt Oma Sachen über mich, obwohl ich dane-
bensitze und sie selbst beantworten könnte. Das mag ich nicht, ich
finde, jeder sollte beachtet werden, auch Kinder, die erst elf Jahre
alt sind.

Aber ich wollte erzählen, wie das war, als Oma und Tante Maria
sich wiedersahen: Oma hörte sofort auf zu weinen und sah uns
beide an, als hätten wir etwas falsch gemacht. Dann sagte Tante
Maria, Mutter, aber es klang nicht mehr so verzweifelt wie damals
an der Wohnungstür. Es klang irgendwie so, als hätte sie es mit
einem Fragezeichen dahinter gesagt. Es war so laut, der Mann aus

dem Lautsprecher redete ununterbrochen, dann spielte eine Blas-kapelle eine Musik, aber wir drei standen nur da und sahen uns an. Aber plötzlich sagte Oma zu Tante Maria, Vielleicht kommt er noch mit dem großen Transport, und das sagte sie nur, weil sie wollte, dass Tante Maria nicht traurig war, das habe ich genau gesehen, denn bei mir macht sie auch so ein Gesicht, wenn sie mich trösten will. Und dann geschah etwas sehr Trauriges: Tante Maria schüt-telte den Kopf und sagte, Er kommt nicht mehr. Sie weinte und zog einen Brief heraus und erzählte uns, dass ein Kamerad von ihrem Papa ihn ihr gerade eben gegeben hat. Dann ist sie auf Oma zuge-gangen mit dem Brief in der Hand und hat ihn ihr gegeben, und Oma hat ihn genommen und auch angefangen zu weinen, und dann haben die beiden sich in den Armen gelegen und geweint, und Tante Maria hat zu Oma gesagt, Bitte verzeih mir, und Oma hat heulend gesagt, Nur, wenn du dieses Kind als die Tochter deiner Schwester Margarita annimmst. Genau das hat sie gesagt! Tante Maria hat kurz aufgehört zu weinen. Sie hat den Kopf gehoben und Oma angeschaut, ich konnte ihr Gesicht nicht sehen, weil sie den Kopf weggedreht hat. Aber Oma drückte ihren Kopf wieder runter, und dann standen sie wieder ganz fest umarmt da, und Oma hat gesagt, Versprich es mir. Da hat Tante Maria genickt. Das war schon komisch. Ich konnte gar nichts sagen, weil die beiden doch so weinten, aber am liebsten hätte ich sofort nachgefragt, was das alles bedeuten soll.

Wir standen ganz lange da unter den vielen Leuten, die auch alle umarmt waren, es gab kaum jemanden, der nicht umarmt war. Oma ist das vielleicht aufgefallen, denn sie hat Tante Maria losge-lassen und hat mich ganz fest in den Arm genommen, und dann hat sie gesagt, Wir fahren jetzt nach Hause, alle drei. Da war es plötz-lich schön, dass wenigstens einer mehr dabei war, auch wenn Opa mir lieber gewesen wäre. Aber der Opa ist bestimmt schon lange tot und erst jetzt hat Oma es geglaubt. Ich bin gespannt, was in dem Brief steht, Oma hat ihn, glaube ich, noch nicht aufgemacht, ich glaube, sie hat Angst, ihn zu lesen. Das kann ich gut verstehen. Eine ganz komische Angst muss das sein, denn es kann einem ja nichts passieren. Der Krieg ist aus und man sitzt ganz sicher zu Hause in Lübeck und dann liegt da der Brief vor einem auf dem Tisch und man soll ihn öffnen und lesen. Oma macht sich bestimmt jede Menge Gedanken über das, was da drinsteht. Vielleicht ging es ihm sehr schlecht, als er ihn schrieb, weil es dort schrecklich war. Dann ist es ja irgendwie, als wäre er nicht nur tot, sondern würde auch noch vor ihren Augen sterben. Manchmal habe ich das Gefühl, dass die Vorstellungen, die man sich im Kopf macht, alles noch viel schlimmer machen, als es wirklich ist. Wenn ich mir zum Beispiel vorstelle, dass Oma stirbt und ich dann ganz allein bin, dann bekomme ich ganz viel Angst, obwohl Oma ja noch gar nicht gestorben ist. Aber jetzt ist es ja nicht mehr so schlimm, weil Tante Maria da ist. Obwohl, ich glaube ich würde lieber zu Onkel Tobi ziehen, wenn Oma tot wäre. Hoffentlich passiert das niemals! Aber ich wollte ja noch erzählen, wie es auf der Zugfahrt war. Die war wirklich komisch, denn Tante Maria hat mich die ganze Zeit beobachtet, aber immer, wenn ich hingeguckt habe, hat sie schnell weggeguckt und so getan, als würde sie aus dem Fenster schauen. Warum tut man das? Außerdem sah sie dabei überhaupt nicht freundlich aus, sondern fast wütend, aber nicht einfach wütend, sondern geheim wütend. Sie hat gar keinen Grund, auf mich wütend zu sein! Sie kennt mich doch gar nicht. Oma hat dann im Zug erzählt, Tante Maria und meine Mama hätten sich immer viel gestritten, aber dabei hat sie gar nicht mich angeguckt, sondern Tante Maria, und so ein merkwürdiges Gesicht gemacht, ganz streng hat sie sie angeschaut, und Tante Maria hat einfach nur zurückgeschaut und nichts gesagt und genauso streng ausgesehen. Sie hat die Zähne zusammengebissen, als wäre sie immer noch auf meine Mama wütend. Und jetzt denke ich gerade, dass sie vielleicht wirklich immer noch auf meine Mama wütend ist, und weil ich ihre Tochter bin, ist sie jetzt auf mich wütend. Ich werde ganz lieb zu Tante Maria sein, damit sie sieht, dass sie gar keinen Grund hat, auf mich wütend zu sein. Dann wird sie es sehr schnell verstehen und freundlicher zu mir werden. Hoffentlich.

Wir sind ganz spät in Lübeck angekommen, es war schön kalt, und morgen ist Samstag und ich müsste eigentlich in die Schule gehen, aber Oma hat gesagt, dass sie mich entschuldigt. Deshalb kann ich jetzt noch schreiben, obwohl ich schon sehr müde bin. Oma sitzt im Wohnzimmer mit Tante Maria, ich höre ihre Stimmen, aber man kann nichts verstehen, weil sie ganz leise sprechen. Worüber sie wohl sprechen? Ich bin sicher, dass sie sich viel zu sagen haben. Aber ich bin auch sicher, dass sie dabei immer wieder über mich reden. Eines Tages werde ich alles erfahren.

Es ist schön, im Bett zu liegen und im Wohnzimmer Stimmen zu hören, wie eine Familie fühlt es sich an. Eine Familie nur aus Frauen! Vielleicht ist es besser so. Gute Nacht, liebes Tagebuch! Morgen sehen wir uns wieder.«

ACHTUNDZWANZIG

Frau Abramowicz aß nichts mehr. Sie sagte nichts mehr. Sie saß in dem engen Raum nach hinten zum Hof, den sie mit neunzehn anderen Menschen teilte, und starrte vor sich hin. Die beiden Kinder, die ihr noch geblieben waren, Ariel und Marja, wollten sie nicht allein lassen. Sie saßen bei ihrer Mutter, sie hingen an ihr, sie weinten oder schrien sie an, aber ihre Mutter reagierte nicht. Anna und Ruth wollten die Kinder zwingen, mit ihnen auf die Straße zu gehen, aber sie wehrten sich, als würde man sie entführen.

Selbst der Alte, um den Ruth sich immer noch kümmerte, als wäre er ihr Vater, begann zu sprechen, als er sah, wie es Frau Abramowicz ging. Eines Morgens, als die anderen Leute das Haus verlassen hatten, um ein bisschen Freiheit zu spüren oder um irgendwie aus dem sowjetischen in den amerikanischen Sektor zu gelangen, setzte er sich mühsam neben Frau Abramowicz und streichelte ihr mit seiner faltigen Hand sanft über das Haar. Dann fasste er sie um die Schultern und begann, sich langsam und rhythmisch hin- und herzuwiegen, und drückte sie an seine Seite und zog sie mit. Er sagte, als wolle er singen und halte sich kurz davor zurück:

»Möge
der große Name
dessen unstillbares Begehren nach Leben und Tod
das Universum gebar
in der Schöpfung widerhallen.
Jetzt! Möge
diese große Gegenwart euer Leben und euren Tag
lenken und
alles Leben unserer Welt. Und sagt: Ja und Amen.
Segen
Segen diesem großen Namen
jetzt und immer und immer und jetzt
so segnen und loben wir Deinen Namen
preisen und erheben ihn
und verzeihen Dir
wenn Du unser Leben nimmst
und das Leben unserer Geliebten
und das Leben unseres Volkes
Dein Name? Heiliger, Gesegneter.
Du gehst weit über unser Lob
unser Lied
unsere Anklage hinaus
Du lässt alle Worte
mit denen wir uns helfen

an denen wir leiden
weit hinter Dir. Und sagt Ja
und sagt Amen.
Lasst Gottes Namen
großen Frieden und großes Leben
und großen Tod gebären
für uns und alle. Und sagt Ja und sagt Amen.
Der, der ein Universum des Krieges geschenkt hat
schenke uns Frieden, uns allen, das heißt: Israel.
Das heißt: Israel!
Das heißt: Israel!
Und sagt Ja
Amen.«

Anna lag ein wenig abseits auf ihrem Feldbett, das jetzt, da Ruth draußen auf der Straße war, ein wenig Platz bot. Als der Alte so sprach, wunderte sie sich, denn an jeder Stelle, wo er vom traditionellen Text abwich, zuckte sie innerlich zusammen, und das sagte ihr, dass sie das Kaddisch gut kannte, Woher nur?, fragte sie sich, Von den paar Besuchen in der Synagoge? Doch sie ging nicht weiter in diese Richtung, diese Richtung war verboten, sie gehörte nicht in ihr besonderes Archiv für wichtige Erinnerungen, in dieser Richtung lag die Dorfwiese, auf der kein glückliches Mädchen mehr saß. Und hinter der Dorfwiese stand ein Dorf, und in diesem Dorf lebten Menschen, die fort waren. Anna machte eine unwillkürliche Handbewegung, als gälte es, ein Gespinst zu zerreißen, um hindurchgehen zu können.

Stattdessen dachte sie an Josef Ranzner, an den toten Sturmbannführer Treitz, von dem er glaubte, dieser werde zurückkehren. Aber war nicht alles, was einmal verloren war, für immer fort? Sie fühlte eine Trauer in sich aufsteigen, die seltsam unpersönlich war und doch zu ihr gehörte. War nicht ihr ganzes Leben verloren, war nicht alles, was vergangen war, schon tot, weil es nie wiederkehren würde, war nicht die Unbeschwertheit, die sie einmal hatte, einem Übergewicht an Schicksal gewichen? Anna hatte das Gefühl, gebeugt zu sein wie ein altes Mütterchen, sie hatte das Gefühl, ihre Schultern müssten sich vor ihrer Brust berühren, so sehr schienen sie dorthin zu ziehen. Sie hatte das Gefühl, dass Dana sterben musste, damit ihr eigenes Kind leben konnte. Sie glaubte, dass die Schuld, die sie fühlte, irgendwo in ihrem Innern eingesperrt gewesen war und nun einen Schlüssel gefunden hatte, um auszubrechen und sich Gehör zu verschaffen. Sie fühlte sich schuldig für ihre Schwangerschaft, sie glaubte, sie sei glimpflich davongekommen im Vergleich zu denen, die im Konzentrationslager gewesen waren, sie glaubte, sie und Ruth hätten besser auf Dana achtgeben müssen, sie fragte sich, Bin ich überhaupt fähig, Mutter zu sein? Sie wartete auf Peretz, Peretz war der Einzige, der bedingungs- und besinnungslos an sie glaubte, sie brauchte ihn jetzt.

Peretz kam am Abend. Er sah glücklich aus, sie setzten sich vor das Haus auf die Treppe, gleich nebenan war Dana gestorben. Der Mond schien auf die Trümmer, Menschen, bepackt mit ihrer Habe, gingen vorüber, ab und zu kam ein sowjetisches Patrouillenfahrzeug vorbei, Bald ist Sperrstunde, sagte Anna, um etwas zu sagen. Peretz nickte. Er sagte:
»Wir haben Geld vom Militärrabbi bekommen, die amerikanischen Juden spenden reichlich, und es kommt endlich bei uns an. Wir können die Fahrer entlassen und eigene Lastwagen kaufen. Das ist gut.« Er nickte, er sah erfüllt aus von seiner Mission, er wollte es sein, sie sollte es glauben, sie wollte es glauben, aber sie wollte noch etwas anderes, sie sagte:
»Peretz, ich bin schwanger.«
»Was?« Zurückgeholt, so hätte er sich gefühlt, wenn er begriffen hätte, was mit ihm geschah. Zurückgeholt aus einer Fluchtbewegung, die dem Schutz der Gewohnheit diente. Ein schwacher Versuch, denn war er nicht hergekommen, um Anna, ausgerechnet

Anna, seine Taktik zu verraten, Sieh her, ich nehme teil an etwas so Großem, was kannst du dagegenhalten? War er nicht wieder einmal hergekommen, um den Spieß umzudrehen, damit endlich einmal sie ihm nachlaufen würde und er, Peretz, sich in seine alten Stellungen zurückbegeben könnte?

Peretz, ich bin schwanger, was für ein Trumpf, den Anna da aus dem Unterleib schüttelte, was kann es Größeres geben als dies. Nichts, gar nichts, und Peretz wusste es sofort, vergessen waren die Lastwagen, vergessen die Mission, Israel vergessen. Anna war schwanger, und Peretz saß da und machte große Augen und wusste nicht, was er sagen sollte. Sein Mund stand offen, und da sagte Anna:

»Keine Sorge, du bist nicht der Vater.«

Sie dachte, Was tue ich? Sie fühlte, dass sie Peretz in eine Falle gelockt hatte und dass er nun darin festsaß, sie ahnte, dass sie methodisch vorgegangen war. Aber sie hatte keine Kontrolle darüber. Später einmal würde sie denken, Ich brauchte einen Vater für dieses Kind, und das wäre eine gute Rechtfertigung für ihr Verhalten. Aber es erklärte ihr nicht, aus welchem Wissen heraus sie diesen Moment gewählt hatte, diesen Abend, eine Woche nach Danas Tod.

Peretz räusperte sich. Sein Mund war trocken. Er hatte das Gefühl, man hält ihm ein leckeres Schnitzel vor und gibt es dann einem anderen. Ein Kind ist aber kein Schnitzel, ein Kind ist ein viel stärkerer Köder für einen Mann, der seit Wochen nach einem Seil sucht, das stark genug ist, diese Frau an sich zu binden, und keines findet. Plötzlich aber gibt es ein Kind, und ehe er sich freuen kann, ist es das Kind eines anderen, und jetzt ist seine Rolle entscheidend verändert. Jetzt lautet sie: Du musst ein Opfer bringen, groß wie das Kind von einem anderen, wenn du diese Frau haben willst. Sie lautet: Jetzt kannst du beweisen, was in dir steckt, jetzt ist die

Chance da! Greif zu, bevor sie die Hand zurückzieht, die sie ausgestreckt hat. Peretz besinnt sich nicht lange. Er sagt:

»Das ist mir egal.«

»Meinst du das wirklich so, wie du es sagst?«

»Ja, es ist mir egal. Ich ...« Peretz zögert, Peretz ahnt, ganz weit hinten, dort, wo die Gedanken so leise sprechen, dass man sie kaum hören kann, dass jetzt die Falle zuschnappt und er nicht mehr herauskommen wird. Ganz weit hinten fragt eine Stimme nach dem Vater des Kindes. Aber weiter vorne hat Peretz Angst vor der Wahrheit, weil sie ihn zwingen könnte, auf die Gedanken zu hören, denn er hält Anna wie einen Fisch in der Hand, eine falsche Bewegung, und sie gleitet ihm durch die Finger zurück ins trübe Wasser, wo er sie vielleicht nie wieder findet. Und ganz vorne, da, wo der Mund beginnt und das Denken endet, sagt Peretz:

»Ich liebe dich.«

Anna umarmt ihn, es fühlt sich an wie eine Belohnung, Braver Junge, hast alles richtig gemacht, irgendwo weit hinten beschwert sich jemand, schreit herum, Peretz! Bist du des Wahnsinns? Was tust du da? Dies ist ein abgekartetes Spiel, mach nicht mit, verweigere dich! Aber Annas Umarmung ist stärker, sie nimmt Peretz in Besitz mit einer Sanftheit, mit einer Widerstandslosigkeit in ihrem ganzen Körper, der zu sagen scheint, Ich bin dein, dass Peretz weghört, weil er das Gefühl genießen will, endlich der Mann an Annas Seite zu sein, endlich vor aller Welt sagen zu können, Sie ist meine Frau.

Und das Kind?

»Wir werden sagen, dass es mein Kind ist, wenn du willst?«, flüstert Peretz in Annas Ohr, und Anna umarmt ihn jetzt noch fester, das muss Ja heißen, Ja zur gemeinsamen Sache, Ja zur Versiegelung der einzigen Tür, die uns mit der Welt verbindet, die Wahrheit über uns selbst. Und was gibt es Besseres, Solideres, Zwingenderes als ein geteiltes Geheimnis?

Anna denkt an Josef Ranzner und seine vier Adjutanten, die vielleicht alle tot sind, sie denkt an Abba, den sie manchmal noch vermisst. Ad lo-Or. Die Gedanken an ihn kommen ihr jetzt wie der Traum eines kleinen Mädchens vor. Hier ist der Mann, der ein Opfer bringt für dich, vergiss alles andere, nimm ihn und versuche, ihn zu lieben!

Anna nickte und sagte:

»Ja.«

NEUNUNDZWANZIG

12. Dezember 1944
bei Pulawy

Meine liebe kleine Frau, bei der ich jetzt so gerne wäre!

Und nicht hier. Dein Bauer Kramer ist mit lauter anderen Bauern aus dem Wartheland nach Osten gebracht worden. Mit Pferdekarren. Die Lastwagen kamen nicht voran im hohen Schnee. Wir sind nicht mehr kriegswichtige Landwirte, nur noch Soldaten. Man hat uns an das Westufer der Weichsel gebracht. Der Fluss macht dort einen großen Bogen von Nord nach Süd. Genau in der Mitte haben die Russen einen Brückenkopf. Seit Tagen schießen wir auf sie, aber der Brückenkopf wird immer größer. Erinnerst Du Dich an die beiden Kühe auf unserem Bauernhof? Als wir dort ankamen, hatten sie Euter zum Platzen dick und sie brüllten. Du erinnerst Dich bestimmt. Dieser Brückenkopf ist wie ein Euter, das keiner melkt. Es wächst und wächst. Aber die Kuh ist ganz Russland. Russland hat viel Milch.

Ich bin nur ein Bauer mit einem Gewehr. Ich weiß nicht, ob ich schon jemanden getroffen habe. Man sieht den Iwan nicht. Und der Iwan sieht uns nicht. Wir schießen in so hohem Bogen mit unseren Waffen. Wir schießen Tag und Nacht. Man kommt kaum zum Schlafen vor lauter Lärm. Der Schützengraben ist jeden Morgen voller Schnee, wir müssen ihn ausschaufeln. Meine liebe Frau! Dein Bauer Kramer war Dir hoffentlich ein guter Mann. Mein Vater hat mir einen Rat mit auf den Weg gegeben, bevor wir aus der Heimat fortgingen. Er sagte: »Mein Sohn, ein kluger Mann hört auf seine Frau.« Das war ein guter Rat. Ich war immer ein einfältiger Mann, aber es gab da eine Begebenheit in meinem Leben, die mir gezeigt hat, dass auch ein einfältiger Mann seine Gedanken hat. Auch ein einfältiger Mann wie Dein Bauer Kramer, der gar nicht mehr weiß, warum er aus der Heimat weggehen wollte und warum er zweifelte an Deinen Entscheidungen, vor allem an der Entscheidung, anderen Menschen zu helfen. Jetzt, da dieser Bauer nicht weiß, ob er noch einmal zu Dir zurückkommt, weiß er, dass Du alles richtig gemacht hast. Vielleicht hätten wir die Uhr nicht verkaufen sollen. Vielleicht war es richtig.

30. Dezember 1944
bei Pulawy

Drei Wochen sind jetzt vergangen. Unsere Front ist zurückgedrängt worden. Wir sind noch nicht auf der Flucht. Aber die Russen sind über die Weichsel gekommen. Es gibt Gerüchte, dass sie uns in die Zange nehmen wollen. Von Süden her. Wir sind nicht mehr so viele Bauern aus dem Wartheland wie am Anfang. Die Hälfte ist tot. Erinnerst Du Dich an die Familie Popko? Wir waren zu zweit, und sie waren so viele, dass sie gar nicht alle in ein Abteil passten. Wie viele Kinder hatten sie? Die haben jetzt keinen Vater mehr. Ich habe ihn selbst gesehen. Nicht die Russen haben ihn geholt. Der Winter war's. Als er tot war, haben wir ihn ganz ausgezogen, und jetzt läuft die Hose vom Popko mit neuen Beinen weiter, aber ohne Mantel, sein Mantel wärmt einen anderen Soldaten, aber ohne die Stiefel, seine Stiefel stehen im übernächsten Schützengraben, seine Mütze wärmt meinen Kopf. Aber was erzählt der Bauer Kramer da für Schauergeschichten in seinem Brief? Immer will er ihn abschicken, aber er zögert doch. Vielleicht findet er noch neue Worte für das, was er sagen will. Den Ohren vom Bauern Kramer fehlt der Gesang, der aus Deinem Mund kommt. Hier im Kopf kann er ihn noch hören. Aber das ist nicht das Gleiche. Hoffentlich geht es Dir gut, hoffentlich geht's der Kuh gut und dem Kind von Margarita.

13. Januar 1945
bei Radom

Heute wär' der Bauer Kramer beinahe unter die Scholle gekommen, meine liebe Frau. Aber es gibt ihn noch, jetzt schreibt er Dir. Es steht nicht gut. Wir sind auf der Flucht. Die Russen haben ihre Zange angesetzt. Alle versuchen, noch durch den Korridor nach Westen zu kommen. Die Offiziere mit ihren Fahrzeugen haben gute Aussichten. Dein Bauer Kramer muss mit anderen Kameraden zu Fuß gehen. Er ist der letzte Bauer aus dem Wartheland. Wir gehen seit Tagen. Wer weiß, wie lange die Kraft noch reicht. Es ist so kalt.

16. Januar 1945
Starachowice

Sie haben uns alles abgenommen. Nur den Brief und den Stift durfte ich behalten. Der Offizier konnte Deutsch. Die Stelle mit dem Euter und der Kuh, die Russland ist, hat ihm gut gefallen. Er hat gelacht und mir auf die Schulter geklopft. Dein Bauer Kramer ist einer von ein paar tausend, die nicht mehr hindurchgekommen sind. Zum Glück hatte ich nie eine SS-Uniform. Von denen haben sie viele gleich erschossen. Sie schicken uns nach Sibirien. Da kann Dein Bauer endlich wieder arbeiten. Immerhin lebe ich noch. Hoffentlich bist Du rechtzeitig fortgekommen.

20. Januar 1945
Irgendwo

Wir laufen seit Tagen. Die Russen wissen nicht, wohin mit uns. Von da nach dort. Meine Finger sind erfroren. Ich hoffe, Du kannst es lesen. Ein Alter, bestimmt sechzig Jahre, ist heute Morgen umgekippt, wollte wieder aufstehen, hat es nicht geschafft. Genickschuss. Jetzt heißt es durchhalten oder verrecken.

25. Januar 1945

Laufen immer noch herum. Bin ganz steif vor Kälte, der ganze Bauer Kramer hat sich nach innen zurückgezogen. Außen bin ich kalt wie die Umgebung. Noch mehr Genickschüsse. Wie lange werden sie uns laufen lassen? Oder wollen die, dass wir einer nach dem anderen liegen bleiben? Kein Essen. Wenn wir Durst haben, müssen wir Schnee fressen. Der Gedanke an Dich hält diesen Mann auf den Beinen. Deine Stimme, wenn sie singt, kleine Frau.

2. März 1945
Lager 7525/7 Prokopjewsk

Meine liebe Frau! Dein Bauer hat es mit knapper Not geschafft, nach Sibirien zu kommen. Ich weiß nicht, wie weit wir gelaufen sind, bis wir mitten im Schnee zu einem Güterbahnhof kamen, wo ein Zug stand. Fast die Hälfte ist auf dem Weg gestorben. Die Russen haben die meisten gar nicht mehr erschossen. Nur liegen gelassen. Auf der Zugfahrt sind zwei gestorben. Zum Glück war es so kalt, dass sie auch nach drei Tagen noch nicht stanken. Wir anderen drängelten uns aneinander, wechselten uns ab in der Mitte. Einer der Soldaten, ein junger SS-Mann, ist verrückt geworden. Hat rumgeschrien, Ich will raus, ich will raus. Wir anderen haben versucht, ihn zu ignorieren. Ging aber nicht. Irgendwann schlug ihn einer nieder. Wir sind durch russische Dörfer gekommen, wo die Menschen schlimmer aussahen als wir. Es ist alles traurig. Du kannst stolz auf Deinen Bauern sein, dass er es geschafft hat bis nach Sibirien. Was kann jetzt noch Schlimmeres kommen?

5. April 1945
Lager 7525/7 Prokopjewsk

Meine liebe kleine Frau! Die Steinkohlemine ist nicht schlimmer als der Marsch durch die Kälte. Aber sie ist auch nicht besser. Es gibt kaum etwas zu Essen. Wie gut, dass ich Dich habe! Dass ich Dir schreiben kann. Selbst wenn Du jetzt tot bist, tust Du mir noch gut. Der Stift ist kurz geworden. Beim Spitzen mit dem Stein geht viel Mine verloren. Deshalb schreibe ich Dir einmal im Monat. Das gibt mir Kraft. Ich zähle die Tage, bis ich wieder schreiben kann. Wer hätte gedacht, dass Dein Bauer zum Schreiber wird. Wer hätte gedacht, dass es ihm so guttut?

10. Mai 1945
Lager 7525/7 Prokopjewsk

Meine liebe kleine Frau! Man hat uns gesagt, der Krieg ist vorbei, Deutschland geschlagen. Lebst Du noch? Dein Bauer lebt noch, aber er ist kein Bauer mehr. Auch kein Soldat. Dein Bauer ist jetzt Kriegsgefangener. Dein Bauer ist müde. Es ist schon Mai und immer noch kalt. Hier sind alle hungrig. Man lernt, langsam zu gehen, sie nennen das den Plenny-Schritt, Dein Bauer übt ihn jetzt, damit er Kraft spart. Er muss ja noch zurückkommen können. Hoffentlich nicht zu Fuß.

6. Juni 1945
Lager 7525/7 Prokopjewsk

Dein Bauer ist immer noch da, meine liebe Frau. Manchmal weiß er nicht mehr, ob Du und dieser Brief zwei verschiedene Dinge seid. Dein Bauer weiß jetzt, wie roher Frosch schmeckt. Kreuzspinne. Regenwurm. Dein Bauer muss bei Kräften bleiben. Im Lager gibt es deutsche Vorarbeiter. Vor denen muss man sich in Acht nehmen, sie sind schlimmer als die Rumänen oder die Ungarn. Wenn einer nicht arbeiten kann, springen sie auf ihn. Verzeih mir, meine liebe Frau, dass ich Dir diese Dinge erzähle. Es tut mir gut, nach Worten zu suchen.

15. Juli 1945
Lager 7525/7 Prokopjewsk

Meine liebe Frau! Wie gut, dass ich Dich habe! Sie sagen uns, dass wir das Land wiederaufbauen helfen. Bestimmt machst Du dasselbe in Deutschland. Die Arbeit ist schwer. Am schwersten ist

sie unter Tage. Jetzt ist Hochsommer in Sibirien und oben ist es
heiß und schwül, aber unten ist es kalt und feucht. Es gibt viele
Krankheiten. Ich vermiete den Stift gegen Zigaretten. Von den
Zigaretten kaufe ich Essen. Wenn wir unter Tage sind, bringen die
Arbeitstrupps vom Außeneinsatz immer etwas mit, das man in
sich hineinstopfen kann. Dein Bauer isst jetzt Tiere, die er früher
als Schädlinge angesehen hat. Wie viele Tiere sind auf unserem
Feld gestorben, ohne dass einer sie hat essen können!

DREISSIG

31. August 1945
Weißes Haus

Lieber General Eisenhower,

ich habe den Bericht von Herrn Earl G. Harrison, unserem Vertre-
ter im Zwischenstaatlichen Flüchtlingskomitee ICR, über seinen
Auftrag, die Bedingungen und Bedürfnisse der Heimatlosen in
Deutschland, die staatenlos oder nicht in ihre Herkunftsländer
rückführbar sind – mit besonderer Berücksichtigung der Juden –,
zu untersuchen, gelesen und geprüft. Anbei sende ich Ihnen eine
Kopie dieses Berichts zu. Außerdem hatte ich ein langes Gespräch
mit ihm über dasselbe Thema.

Obgleich Herr Harrison die Tatsache berücksichtigt, dass die
große Aufgabe der massenhaften Rückführung von Kriegsgefan-
genen und Zwangsarbeitern der Deutschen in den ersten Tagen
der Befreiung die Hauptaufmerksamkeit erforderte, berichtet er

über Zustände, welche nun bestehen und schnelle Abhilfe verlangen. Diese Zustände stehen nicht mit der Politik in Einklang, die von der SHAEF, jetzt Vereinter Heimatlosenausschuss CDPE, veröffentlicht wurde. Doch sie entsprechen derzeit dem Stand der Dinge. Mit anderen Worten, einige der Ihnen untergebenen Offiziere führen die Politik nicht aus.

So sind die Offiziere der Militärregierung autorisiert und sogar dazu angehalten, der deutschen Bevölkerung die Einquartierung von Heimatlosen abzuverlangen. Laut dem Bericht ist dies jedoch nur in geringem Umfang erfolgt. Offenbar wird davon ausgegangen, dass alle Heimatlosen, ohne Berücksichtigung der früheren Verfolgung oder der Wahrscheinlichkeit, dass ihre Rückführung oder Wiederansiedlung sich verzögern wird, in Lagern verbleiben müssen, von denen viele überfüllt und stark bewacht sind, während die deutsche Bevölkerung weiter ungestört in ihren Häusern wohnt.

Einige dieser Lager sind genau dieselben, wo diese Leute eingepfercht, ausgehungert und gefoltert worden sind und mit ansehen mussten, wie ihre Kameraden, Freunde und Verwandten starben. Die angekündigte Politik sollte darin bestehen, diesen Menschen bei der Wohnungsbeschaffung vor der deutschen Zivilbevölkerung Vorrang zu geben. Aber die Praxis scheint stark davon abzuweichen.

Wir müssen größere Anstrengungen unternehmen, diese Menschen aus den Lagern heraus und in würdige Unterkünfte zu bringen, bis sie zurückgeführt oder evakuiert werden können. Diese Unterkünfte sollten von der deutschen Zivilbevölkerung beschlagnahmt werden. Das ist ein Weg, die Potsdamer Übereinkünfte umzusetzen, denen zufolge das deutsche Volk »der Verantwortung für das, was es über sich selbst gebracht hat, nicht entgehen darf«.

Den folgenden Absatz zitiere ich insbesondere hinsichtlich der Juden unter den Heimatlosen:

»So, wie es jetzt steht, sieht es so aus, als behandelten wir die Juden genauso, wie die Nazis sie behandelt haben, außer, dass wir sie nicht vernichten. Sie leben in großer Zahl in Konzentrationslagern, bewacht nicht von der SS, sondern von unserem Militär. Man fragt sich, ob die deutsche Bevölkerung, angesichts dieser Tatsache, nicht annehmen muss, dass wir die Nazi-Politik fortsetzen oder zumindest schweigend billigen.«

Dies gilt insbesondere angesichts der Tatsache, dass das deutsche Volk im Allgemeinen bezüglich des Krieges und seiner Ursachen und Folgen keinerlei Schuldgefühl zu haben scheint.

In vielen Lagern und Zentren, einschließlich derjenigen mit schweren Fällen von Unterernährung, besteht laut Bericht ein deutlicher und sehr ernster Mangel an notwendiger medizinischer Versorgung.

Ein Armeegeistlicher, ein Rabbi, hat seit der Befreiung persönlich an 23 000 Beerdigungen (90 Prozent davon Juden) allein in Bergen-Belsen teilgenommen, einem der größten und teuflischsten Konzentrationslager, wo übrigens, entgegen hartnäckig anderslautenden Berichten, immer noch vierzehntausend Heimatlose leben, darunter mehr als siebentausend Juden.

Obwohl es einigen Lagerkommandanten trotz der vielen offensichtlichen Schwierigkeiten gelungen ist, irgendwelche Kleidung für ihre Schutzempfohlenen zu finden, hatten viele der jüdischen Heimatlosen Ende Juli nichts anderes anzuziehen als ihre KZ-Häftlingskleidung, die aussieht wie ein scheußlicher gestreifter Schlafanzug, während andere zu ihrem Verdruss gezwungen waren, deutsche SS-Uniformen zu tragen.

Die Internierten sind besonders verbittert, wenn sie sehen, wie gut die deutsche Bevölkerung immer noch angezogen ist. Die deutsche Bevölkerung ist heutzutage noch immer die am besten angezogene Bevölkerung in ganz Europa.

In vielen Lagern bestehen die verordneten 2000 Kalorien pro Tag zu 1250 Kalorien aus einem schwarzen, feuchten und extrem unappetitlichen Brot. Harrison hat den deutlichen Eindruck gewonnen, der offenbar durch umfangreiche, glaubwürdige Informationen untermauert wurde, dass weite Teile der deutschen Bevölkerung – wiederum vor allem in den ländlichen Gebieten – eine abwechslungsreichere und schmackhaftere Ernährung zu ihrer Verfügung haben als die Heimatlosen. Die Lagerkommandanten meldeten ihren Bedarf dem deutschen Bürgermeister, und viele schienen sich mit dem zufriedenzugeben, was dieser mit der Versicherung ablieferte, es sei das Beste, was verfügbar war.

An vielen Orten lassen die Angehörigen der Militärregierung äußersten Unwillen oder Abneigung, wenn nicht sogar Scheu erkennen, die deutsche Bevölkerung zu belästigen. Sie sagen sogar, ihr Auftrag sei es, die Gemeinschaften wieder richtig und gründlich ans Arbeiten zu bekommen und dass sie »mit den Deutschen leben müssen, während die Heimatlosen ein eher vorübergehendes Problem« seien.

So kann es geschehen (und Beispiele gibt es laut Harrison zur Genüge), dass, wenn einer Gruppe Juden befohlen wird, ihr behelfsmäßiges Quartier zu räumen, das für militärische Zwecke benötigt wird, und es gibt zwei mögliche Ausweichquartiere, das eine ein Wohnblock (bescheidene Wohnungen) mit sanitären Anlagen und das andere eine Reihe von schäbigen Gebäuden mit Außentoiletten und Waschmöglichkeiten, es dem Bürgermeister ohne weiteres gelingt, den Stadtkommandanten zu überzeugen, letztere den Heimatlosen zuzuweisen und erstere für die zurückkehrenden deutschen Zivilisten zurückzuhalten.

Aus offensichtlichen Gründen, die keiner weiteren Erklärung bedürfen, wollen die meisten Juden Deutschland und Österreich so schnell wie möglich verlassen. Das Leben, das sie während der letzten zehn Jahre geführt haben, ein Leben voller Angst und Umherirren und physischer Folter, hat sie ungeduldig werden lassen, was Verzögerungen angeht. Sie wollen jetzt nach Palästina evakuiert werden, genauso wie andere nationale Gruppen in ihre Heimatländer zurückgeführt werden. Der Vorstellung, untätig und unter schlechten Bedingungen monatelang in einem deutschen Lager auszuharren, bis gemächlich eine Lösung für sie gefunden wird, stehen sie nicht gerade mit Wohlwollen gegenüber.

Ich hoffe, Sie werden den Vorschlag annehmen, einen umfassenderen Plan zur Feldbesichtigung durch eine geeignete Einsatzgruppe der Armee auszuarbeiten, so dass die humane Politik, für die wir uns ausgesprochen haben, im Feld nicht ignoriert werden kann. Die meisten der derzeit bestehenden Bedingungen in den Lagern für Heimatlose würden rasch verbessert werden, wenn Sie oder Ihre leitenden Offiziere durch Inspektionsreisen von ihnen Kenntnis erhielten.

Ich weiß, Sie werden mit mir darin übereinstimmen, dass wir eine besondere Verantwortung für diese Opfer der Verfolgung und Tyrannei haben, die sich in unserer Zone befinden. Wir müssen der deutschen Bevölkerung unmissverständlich klarmachen, dass wir die Nazi-Politik des Hasses und der Verfolgung zutiefst ablehnen. Wir haben keine bessere Gelegenheit, dies zu demonstrieren, als durch die Art und Weise, wie wir selbst die in Deutschland verbliebenen Überlebenden behandeln. Ich hoffe, Sie werden mich so bald wie möglich von den Schritten unterrichten, die Sie unternehmen konnten, um die Situation, die im Bericht erwähnt wird, zu bereinigen.

Ich stehe in direktem Kontakt mit der britischen Regierung, um die Tore Palästinas für diejenigen Heimatlosen zu öffnen, die dorthin zu gehen wünschen.

Hochachtungsvoll

Harry S. Truman

EINUNDDREISSIG

2. September 1945
Lager 7525/7 Prokopjewsk

Liebe Frau! Wenn dieser Mann Dir schreibt, ist es wie Heimkehr. Ich bin sparsam mit Heimkehr, der Stift wird schnell kürzer, seit ich ihn vermiete. Ein russischer Offizier hat mir Papier geschenkt. Einen Teil habe ich verkauft. Im letzten Monat sind noch einmal neue Gefangene gekommen. Sie haben von Deutschland erzählt. Von den Städten. Aus Lübeck war auch einer dabei, ein junger Mann, er heißt Friedrich Kleinert. Ich habe ihm von unserer Hochzeitsreise erzählt. Er hat mich gefragt, warum jemand eine Hochzeitsreise nach Lübeck macht. Gute Frage! Ich habe ihm von dem Bild erzählt. Habe ich Dir das jemals erzählt? Du warst ja sofort einverstanden, als ich Lübeck sagte! Habe ich Dir erzählt, dass ein Bild bei uns zu Hause an der Wand hing? Und darauf war das Holstentor. Als Dein Bauer ein kleiner Junge war und Du nur ein Mädchen aus der Nachbarschaft, da hat er oft vor dem Bild gestanden und die dicken Türme angesehen mit ihren spitzen Hüten. Jetzt weißt Du es. Wie schön war unsere Hochzeitsreise! Sie ist so lange her, dass

Dein Bauer sich manchmal zwicken muss, wenn er an sie denkt. Fritz hat erzählt, dass Lübeck auch bombardiert worden ist. Als erste Stadt überhaupt! 1942 war das. Das war, als wir uns entschieden, wegzugehen aus dem Buchenland. Wenn man das so hintereinander sagt, bekommt man das Gefühl, dass alles miteinander zusammenhängt. Aber das ist wohl nur im Kopf so. Jetzt wird Dein Bauer philosophisch! Das Leben hat Überraschungen.

ZWEIUNDDREISSIG

10. Oktober 1945
Berlin, Rykestraße 57, zweiter Stock

»Die Russen behandeln uns nicht als Juden. Sie sagen, wir sind Polen, Ungarn, Rumänen, Deutsche, Österreicher und so weiter. Verstehst du? Wir müssen den russischen Sektor verlassen, sonst schicken sie die Abramowicz, den Alten und mich zurück nach Polen.«
»Woher weißt du das?«
»Dein Peretz hat es mir erzählt.«
»Mein Peretz?«
»Ist er das denn nicht? Mehr zumindest als du seine Anna.«
»Sei nicht so spitz.«
»Ich bin nicht spitz, ich sage nur die Wahrheit.«
»Und was habt ihr jetzt vor?«
»Wir? Ach, du bist ja Deutsche und hast keine Probleme damit, zu den Nazis zurückzugehen, nicht wahr?«

»Ruth! Was ist denn nur los mit dir? Ich bin schwanger, ich muss auch daran denken.«

»Natürlich!«

Was sind wir für eine Familie?, schrieb Lisa in ihr Tagebuch. Seit einem Jahr wohnt Tante Maria nun bei uns, schrieb sie, Aber sie ist wie eine Fremde. Sie redet kaum mit mir, sie steht spät auf und kommt spät in der Nacht nach Hause. Sie hat einen Freund, schrieb sie, Der herumläuft wie ein Ganove aus einem amerikanischen Film, Anzug, Gamaschen, Hut, die Hände in den Hosentaschen. Sein Gesicht kann man nie erkennen. Ich sehe ihn vom Fenster aus, wenn er auf der anderen Straßenseite herumsteht und auf sie wartet, während Tante Maria noch im Badezimmer ist und sich mit hektischen Bewegungen so dick schminkt, dass es jeder sieht. War Mama auch so?, schrieb Lisa. Ich habe Oma gefragt, schrieb sie, Sie sagt, Nein, Mama war ganz anders. Es ist immer noch seltsam, dass Mama gar nicht Maria hieß, sondern Margarita, schrieb sie und machte eine Pause und las noch einmal die Zeilen, die sie geschrieben hatte.

Tante Maria, schrieb sie dann, Macht sich manchmal ganz seltsam lustig. Sie sagt zum Beispiel »meine Schwester, wie hieß sie doch gleich, ach so, Margarita«, und dann lacht sie übertrieben laut, während Oma sie ganz böse anschaut. Oder sie nennt mich »meine liebe Nichte« mit ganz ironischem Gesichtsausdruck. Warum tut Tante Maria das? Oma hat mir erzählt, die beiden hätten sich oft gestritten und Mama hätte Tante Maria nie verziehen, dass sie einfach aus dem Übergangslager in Gunzenhausen abgehauen ist mit einem der SS-Männer, die sie hergebracht hatten aus dem Buchenland. Eines Tages war Tante Maria einfach fort, während Oma und Opa und Onkel Karl und Mama noch monatelang dort waren und darauf geprüft wurden, ob sie auch deutsch genug sind. Oma hat erzählt, dass die Offiziere mit Büchern herumliefen, die voller Zeichnungen von Nasen und Augen und Köpfen waren. Sie hatten komische Messinstrumente dabei, mit denen wurden alle Volksdeutschen vermessen, und dann entschieden die Offiziere, ob jemand wirklich deutsch war oder nicht. Als ob man das auf diese Weise herausfinden könnte! Oma hat auch mit dem Kopf geschüttelt, Aber damals, sagt sie, Blieb ihnen keine andere Wahl. Sie hat den linken Oberarm gehoben und mir eine Tätowierung gezeigt, die sie auf der Innenseite hat. Es ist ein A und daneben ein B. Das ist von einem der Ärzte in dem Lager in Gunzenhausen. Oma hat gesagt, Als feststand, dass wir Deutsche waren und nicht irgendeine minderwertige Rasse, da haben sie uns mit unserer eigenen Blutgruppe tätowiert, wie man Vieh brandmarkt. Und Tante Maria, schrieb Lisa, War einfach nach Berlin gegangen, sie hatte sich das alles erspart und schrieb eine Postkarte von dort mit dem Brandenburger Tor darauf. Sonst nichts. Sie waren wie Tag und Nacht, deine Mutter und deine Tante, hat Oma gesagt, schrieb Lisa. Das mag ja sein. Aber ich glaube Oma irgendwie nicht. Ich kann es nicht genau sagen, aber sie hat so ein komisches Gesicht, wenn sie davon erzählt, dass ich manchmal das Gefühl habe, sie belügt mich, weil sie nicht will, dass ich etwas noch Schlimmeres erfahre. Überhaupt ist sie seltsam, seit wir in Friedland waren. Vielleicht hängt es ja auch mit Opa zusammen. Sie hat seinen Brief immer noch nicht gelesen. Aber vielleicht lügt sie und sie hat ihn doch gelesen und er macht sie so traurig, dass sie nicht darüber reden will, und deshalb sagt sie einfach, dass sie ihn noch gar nicht gelesen hat. Arme Oma. Schrieb Lisa.

Liebes Kind,
dachte Anna,

Dies
ist ein Gedankenbrief an Dich.
Ich hoffe, Du hörst mich oder,
wenn Du mich nicht hören kannst,
fühlst, was ich Dir sagen will.

Weil Du ja noch nichts sehen kannst,
beschreibe ich Dir den Ort,
an dem wir beide uns befinden:
Ich liege auf einer Pritsche
im zweiten Stock von Haus Nummer 57,
Rykestraße,
sowjetischer Sektor,
Berlin.

Das Zimmer ist voller Menschen,
es ist Abend, und draußen
ist es seit einer Woche kühl geworden.
Der Winter rückt langsam näher,
und der Herbst, mein liebes Kind,
ist nur der Schatten, den er vorauswirft,
bevor er selbst erscheint.

Die Menschen um mich her
sind mir sehr vertraut geworden in den letzten drei Monaten,
ich kenne sie alle mit Namen,
ich kenne ihre Stimmen und Stimmungen,

ich kenne ihre Gerüche,
die sich in diesem feuchten Raum
miteinander vermischen,
als würden sie Unzucht treiben wollen.
Und so riecht es hier muffig
und modrig und nach allzu viel Mensch.

Am nächsten sind mir Ruth,
die arme Frau Abramowicz, die immer noch nichts sagt,
ihre beiden Kinder,
Marja und Ariel,
der alte Mann, der wieder angefangen hat zu sprechen,
vielleicht,
weil er erkannt hat,
dass es noch Schlimmeres,
noch Unsinnigeres gibt,
seit Dana gestorben ist,
oder vielleicht,
weil er erkannt hat,
dass das Unglück nicht aus der Welt verschwindet,
nur weil man seinem Gott grollt.
Die anderen Leute werde ich Dir nicht aufzählen,
aber bestimmt kennst Du ihre Stimmen.

Jetzt
bereiten sie sich auf die Nacht vor,
einer nach dem anderen
gehen sie in das einzige Badezimmer, das es im Haus gibt.
Warmes Wasser gibt es dort nicht.
Das Toilettenpapier besteht aus alten Zeitungen,
manchmal lese ich, was dort steht,
und erschrecke, denn sie sind noch aus der Zeit
die jetzt zu Ende ist.

Wir beide waren schon im Badezimmer,
zum Glück lässt man mich jetzt überall vor,
seit mein Bauch so groß geworden ist
von Dir.

So, nun weißt Du ganz genau, wo Du bist
und wie es hier ist.
Wer weiß,
wo Du herkommst.
Wenn Dein Vater,
falls er Dein Vater ist,
recht hatte,
dann hast Du schon einmal gelebt,
und vielleicht
bist Du ja sogar der Sturmbannführer Treitz,
der sich erschießen ließ von einem Polen,
als er auf der Jagd nach Juden war.
Es geschähe ihm recht,
von einer Jüdin wiedergeboren zu werden,
es geschähe ihm recht,
sie lieben zu müssen
und von ihr geliebt werden zu müssen.
Aber die Welt ist groß,
vielleicht kommst Du ganz woanders her,
und alles,
woran Du Dich erinnerst,
erscheint Dir, angesichts unserer Wirklichkeit,
wie ein Märchen oder wie ein Traum.
Wer weiß.

Du bist jetzt schon so groß in mir
und bewegst Dich so viel,
dass ich nachts nicht schlafen kann

und mich am Tag, wenn Du schläfst,
schwerfällig und unbeweglich fühle.
Ruth, das liebe Biest,
hat ihre Hälfte der Pritsche
an uns beide abgetreten,
sie hat gesagt,
Alle liegen zu zweit in einem Bett,
warum sollten wir es uns zu dritt teilen?
Du hast es bestimmt gehört.
Woher hat sie nur
diese Sicht auf die Dinge,
frage ich mich oft.
Ich hoffe,
die lange Nähe zu ihr
hat etwas auf Dich abgefärbt, mein Kind.

Deine Mutter ist kein fröhlicher Mensch,
das muss ich Dir leider sagen.
Und ich muss Dir noch mehr sagen.
Ich muss Dir sagen,
dass Dein Vater,
welcher es auch immer sein mag,
vermutlich tot ist
und dass er es nicht anders verdient hat.
Ich muss Dir sagen, dass ich,
wenn ich in mich hineinschaue,
in einen dunklen Trichter blicke,
der keinen Grund zu haben scheint,
und dass ich Dir deshalb nicht versprechen kann,
eine gute Mutter zu sein.
Das tut mir sehr leid für Dich.
Doch wenn Du schon einmal
gelebt hast,

dann hast Du Dir mich ausgesucht,
dann hast Du es so
und nicht anders gewollt.

Ich muss Dir noch etwas sagen:
Dein Vater ist nicht Dein Vater,
sondern ein Fremder.
Ich muss Dir sagen,
dass wir Dich belügen werden,
Du wirst denken, Du weißt alles über Dich,
doch niemand, nicht einmal ich,
kann Dir die Wahrheit sagen.
Lass Dich trösten, mein Kind,
wir sind alle Fremde, auch Du
bist mir fremder als alle Menschen in diesem Raum,
auch ich
bin Dir fremder, als Du es wissen wirst,
solange Du Kind bist, und vielleicht sogar,
solange Du auf dieser Erde lebst.
Ich bin traurig darüber, das stimmt, mein Kind,
traurig, weil die Liebe die Fremdheit nicht überwindet.
Vielleicht ist die Fremdheit sogar notwendig,
damit es die Liebe gibt.
Vielleicht
ist die Trauer darüber notwendig,
damit wir davon wissen, dass es so ist.
Vielleicht müssen wir es wissen,
damit wir nicht blind werden bei dem Versuch
die Wahrheit über das Leben zu vergessen,
wenn wir lieben.
Die Wahrheit, mein Kind, ist,
dass wir allein sind,
ein jeder von uns. Verzeih,

dass ich darüber weine, verzeih,
dass ich Dich auf diese Welt bringen werde,
die so wenig Freude für Dich bereithält.
Doch ich kann nicht anders.

Dein Großvater,
dessen Schicksal mein Schweigen begraben sollte
und der, seit es Dich in mir gibt,
wieder spricht aus jedem Gedanken,
den ich zu Dir sende,
sagte einmal zu mir, kurz
bevor wir getrennt wurden und er und Deine Großmutter
und meine Geschwister
die *eine* Reise ohne Wiederkehr antraten, kurz
nachdem ich Deinen Vater,
wenn er Dein Vater ist, kennenlernte,
weil er auf mich zeigte und schrie: Die da!
Weil er mich haben wollte,
wie man sich eine Sklavin ausguckt
auf dem Markt: Mein liebes Kind,
das Geheimnis des Lebens liegt darin,
sich für das zu entscheiden,
was längst unvermeidlich ist.

Mein liebes Kind,
diese Worte gebe ich nun an Dich weiter
und hoffe,
dass Du sie verstehst.
Der Tod all derer, die gestorben sind,
wer sie auch seien,
ist unvermeidlich,
und ich entscheide mich für ihn,
um nicht sterben zu wollen.

Dein Vater,
wer auch immer es ist,
war unvermeidlich,
und ich entscheide mich für ihn,
um Dich zu lieben,
mein unvermeidliches Kind,
damit Du leben kannst.

Eines Tages wirst Du mir vielleicht vorwerfen,
ich wüsste nichts über die Liebe,
und Du wirst recht haben mit vielem.
Aber das eine weiß ich doch:
Nur dem Leben dient sie,
sonst keinem.
Vergiss das nicht, mein liebes Kind.

FÜNFUNDDREISSIG

Aaron Strauss wartete in der kleinen Eingangshalle der Oranienburgerstraße 31, sowjetischer Sektor, dicht an der Grenze zum
französischen Sektor, der zwei Straßen westlich begann. Er war
ein kleiner, schmächtiger Mann um die vierzig, die Lesebrille hatte
er sich ins Haar geschoben, um sie immer zur Hand zu haben, wenn
er sie brauchte. Vier Jahre lang hatte er gar keine mehr besessen.
Dann hatte er wie durch ein Wunder eine Brille gefunden, die
fast genau seiner Weitsichtigkeit entsprach. Sie saß auf der Nase
eines erfrorenen Mannes, der höchstens halb so alt war wie er, und
Aaron Strauss hatte kurz gezögert, weil er sich fühlte wie ein Dieb,
obwohl der andere sie nicht mehr brauchte und er selbst sie bitter

nötig hatte. Seitdem schwor er sich, diese Brille niemals zu verlieren, er fühlte sich wie jemand, der das Andenken eines Unbekannten wahrt, von dem ihm nichts anderes geblieben war als das Bild eines Sitzenden, der sich am Straßenrand niedergelassen zu haben schien, um kurz zu verschnaufen, aus der Ferne hatten seine Haare grau ausgesehen wie die eines älteren Mannes, aber dann waren sie näher gekommen, ganz dicht, so dicht, dass Aaron Strauss minutenlang über die Brille nachdenken konnte, so dicht, dass er sie dem Toten abziehen konnte, ohne dass einer der SS-Männer es bemerkte.

Nun sah er dem Mann entgegen, der die Treppe heraufkam durch den kalten Nieselregen. Er kannte diesen Mann flüchtig, sie waren einander einen Monat zuvor begegnet, als Aaron Strauss zusammen mit neunundvierzig polnischen und weißrussischen Juden darauf gewartet hatte, von den Lastwagen der Brichah abgeholt und nach Berlin gebracht zu werden. Der Mann hatte ihnen eingeschärft, dass sie deutsche Flüchtlinge aus den Ostgebieten des Reichs waren, keine Juden, Sonst schicken die Sowjets euch womöglich gleich wieder zurück nach Polen oder sonst wohin, hatte er gesagt, Für die gibt es uns nämlich gar nicht.

Dieser letzte Satz hatte sich Aaron Strauss eingeprägt, vor allem hatte sich ihm der Tonfall eingeprägt, mit dem der Mann ihn ausgesprochen hatte: ironisch, fast überheblich, gerade so, als wären die Sowjets dumm. Nu ja, hatte Eliezer Ben-Levy, der Rabbi, der mit ihnen reiste, anschließend im Lastwagen gesagt und mit den Schultern gezuckt, Wir waren schon so vieles. Hoffentlich suchen sie nicht noch nach Nazis unter uns. Sie hatten alle gelacht, der Rabbi hatte seinen linken Arm ausgestreckt und Heil Hitler gesagt, und dabei hatten sie seine fünfstellige Nummer gesehen und gewusst, dass er in Auschwitz gewesen war. Auf der Fahrt hatte Aaron Angst gehabt, in Buchenwald waren solche Tätowierungen nicht üblich gewesen, wie konnte er, Aaron, der ehemalige preußische Beamte, also beweisen, dass er kein Nazi war?

Aber der Mann, der jetzt die Flügeltür öffnete und einen kalten Wind hereinließ, bevor er selbst die Eingangshalle betrat, hatte sie sicher nach Berlin gebracht und hier in der Oranienburger-straße 31 abgesetzt. Das Haus hat die jüdische Gemeinde bereitge-stellt, hatte er gesagt, und niemand hatte sich gewundert, dass es überhaupt noch so etwas in Deutschland gab. Das kam erst später.

Sie gaben einander die Hand. Peretz Sarfati knöpfte seinen langen Mantel auf, er zog seinen Hut, der ihn amerikanisch erscheinen ließ, vom Kopf und sagte:

»Wohin?«

Aaron Strauss erwiderte:

»Haben Sie alles dabei?«

»Ich hoffe es«, antwortete Peretz und hob die schmale lederne Aktentasche hoch, die er in seiner linken Hand hielt.

»Kommen Sie!«, sagte Aaron Strauss und ging voran.

Die Eingangshalle der Oranienburgerstraße 31 war der einzige Ort, der manchmal leer war. Das hing vor allem damit zusammen, dass es dort zu kalt wurde. Sobald sie die Treppe hochstiegen und einen der Gänge, die zu den Wohnungen abzweigten, betraten, änderte sich das. Überall lagen und saßen Menschen auf allen möglichen Gegenständen, die als Betten benutzt werden konnten, Decken, alte Matratzen, die einen Geruch nach Feuchtigkeit und Moder verströmten, zusammengerückte Stühle, Holzplanken, einige lagen auch auf dem nackten Steinboden. Das Haus war erfüllt von Geräuschen, irgendwo schien jemand zu singen. Irgendwo spielte jemand auf einem Klavier.

Am Ende des Korridors, den sie betreten hatten, hinter den letzten Wohnungstüren, lag quer eine Holztür, über die ein dicker Mantel gebreitet war. Aaron Strauss schob den Mantel zur Seite, zeigte auf eine flache Stelle in der Vertäfelung der Tür, wo der weiße Lack nicht abgeplatzt war und es deshalb keine Unebenheiten gab, und sagte:

»Das ist mein Schreibtisch.«

»Praktisch«, erwiderte Peretz, ohne die Miene zu verziehen. Er zog einen bedruckten Papierbogen aus der Aktentasche, der länger und schmäler als ein A4-Papier war, und überreichte ihn Aaron Strauss. Dieser befühlte ihn mit den Fingern wie ein Fälscher eine Blüte, er roch daran, er betrachtete den Aufdruck. Dann blickte er Peretz an. »Das ist ein Original. Woher haben Sie das?«

Peretz hob die Schultern an, sagte aber nur:

»Ich habe auch die passende Amtsmarke, den Stempel und den Füllfederhalter mitgebracht.« Er zog die genannten Gegenstände der Reihe nach aus seiner Aktentasche und stellte und legte sie vor Aaron Strauss auf die Tür, die sein Bett und sein Schreibtisch war. Und dann schrieb Aaron Strauss in Sütterlinschönschrift, während um sie herum tausend Juden aus Osteuropa in einem Gebäude, das höchstens dreihundert Menschen fasste, die Thora lasen, modernes Hebräisch oder Englisch lernten, Musikunterricht nahmen, die Tagesration von 300 Gramm Brot und Kartoffeln und einer Suppe zu sich nahmen oder einfach nur schliefen, um nichts von alledem mitzubekommen:

»Vor dem unterzeichneten Standesbeamten erschien heute, der Persönlichkeit nach bekannt, der niedergelassene Psychoanalytiker Joseph Stirnweiss, wohnhaft in Nauen, und zeigte an, dass von der Chawa Stirnweiss geborenen Grünwald, seiner Ehefrau, wohnhaft bei ihm, zu Nauen, im Kreiskrankenhaus am ersten Januar des Jahres tausendneunhundertzwanzig – abends sieben Uhr – ein Mädchen geboren worden sei und dass das Kind den Vornamen Anna erhalten habe.«

Aaron Strauss schrieb weit vorgebeugt, konzentriert und langsam, immer wieder tauchte er den Füllfederhalter in das Tintenfässchen, das Peretz mitgebracht hatte. Er achtete darauf, dass seine Buchstaben die vorgedruckten Linien dort berührten, wo sie sie berühren mussten, dass kein Wort über die Linien nach rechts hinauswanderte und dass die Verteilung auf dem Dokument korrekt war, das heißt, dass seine Schrift genau dort endete, wo die letzte Linie aufhörte. Er war zwar nicht mehr im Dienst, aber er war immer noch Beamter genug, um die jahrelange Routine für diese eine Fälschung wieder aufleben zu lassen. Während er schrieb, fuhr er sich mit der Zunge über die Lippen.

Als er fertig war, betrachtete er wohlwollend sein Werk. Dann leckte er die Amtsmarke an, klebte sie auf die korrekte Stelle, öffnete das kleine Stempelkissen, drückte den Amtsstempel hinein und anschließend auf die richtige Stelle im Dokument, ein Viertel auf der Amtsmarke, unten rechts, drei Viertel auf dem Dokument.

Während die Tinte trocknete, machte Peretz dem Mann eine Anzahlung in Form einer Packung Lucky Strikes, die dieser rauchte, um, wie er sagte, weniger Hunger zu verspüren.

»Ich melde mich, sobald ich einen Platz für Sie habe«, sagte Peretz und meinte damit den Rest der Bezahlung.

Dann schob er Annas neue Geburtsurkunde vorsichtig in die Aktentasche zurück, gab Aaron Strauss die Hand und ging.

Auf dem Weg zurück in den amerikanischen Sektor nahm Peretz sich vor, auf der Schwarzen Börse am Brandenburger Tor noch einen Wintermantel für Anna zu kaufen, einen Koffer, ein paar Kleider, Babysachen und vielleicht ein Necessaire mit Schminke, Nagelschere und Dingen, die Frauen benötigten. Den goldenen Ring würde er nicht vergessen. Und noch irgendetwas anderes, eine hübsche Halskette, eine Brosche, etwas, um das Band zwischen ihnen zu stärken.

10. Oktober 1945
Lager 7525/7 Prokopjewsk

Meine liebe Frau! Der Stift ist so kurz geworden! Wenn ich keinen neuen bekomme, wird es schwer mit uns beiden. So ein Brief ist eine feine Sache. Einige Kameraden machen das jetzt auch. Den Stift kann ich aber nicht mehr vermieten, sonst geht es nicht weiter. Es ist wieder kalt geworden. Alle haben Angst vor dem Winter. Dein Bauer denkt an früher, im Winter gab es nicht so viel zu tun, nicht wahr? Aber hier ist der Winter das Gegenteil. Der Boden gefriert, die Tiere verschwinden. Man muss anders an Essen kommen.

4. November 1945
Lager 7525/7 Prokopjewsk

Bist Du noch da? Gibt es Dich noch? Dein Bauer ist kein Bauer mehr. Dein Bauer ist heute gestorben. Sie haben uns gezwungen. In der Kälte mussten wir uns hinlegen, Gesicht nach unten. Dann ist einer von einem zum anderen gegangen. Mit einer Pistole. Ein Schuss. Er hat die Trommel gedreht. Ich war der Erste. Bei mir hat es Klick gemacht. Metallisch. Ganz nah. Mein Nebenmann hatte kein Glück. Wie können Menschen so etwas machen? Das sind jetzt neue Wachtruppen. Die sind anders. Sehen auch anders aus. Was ist da passiert? Der Hunger wird immer schlimmer. Wir sehen aus wie Gerippe. Die Gelenke sind geschwollen. Die Arme und Beine wie Stöckchen.

Frohe Weihnachten, meine liebe Frau! Ich wünschte, wir könnten jetzt zusammen sein. Wir haben kaum etwas zu feiern. Außer, dass wir am Leben sind. Wir haben gesungen. Stille Nacht, heilige Nacht. Uns sind die Tränen gekommen. Fritz ist mir ein guter Sohn, er ist erst siebzehn Jahre alt. Jünger als Karl damals. Er ist ein bisschen unser aller Sohn, wir Älteren kümmern uns um ihn. Ist ja auch eine Schweinerei gewesen, die ganz Jungen zu verheizen. Die haben keine Ahnung vom Leben und würden wohl einfach wegsterben, wenn wir sie nicht durchfüttern würden.

Manchmal frage ich mich, was hat uns nur in das alles reingeritten? War es wirklich der Hitler mit seinen Konsorten? Oder waren wir es selbst? Spielt das jetzt noch eine Rolle? Müssen wir nicht nach vorn schauen und versuchen, das Beste draus zu machen? Du wüsstest bestimmt eine kluge Antwort auf meine Fragen, meine liebe kleine Frau! Wenn ich es recht bedenke, dann bin ich ohne Dich nur ein halber Mensch, und Du bist die bessere Hälfte.

Ich bin so froh, dass Du Margarita damals aufgenommen hast! Ich weiß nicht, was ich getan hätte, hätte ich die Entscheidung treffen müssen. Nach allem, was die Politkommissare uns in der Umerziehung erzählen, waren nicht viele bereit, solidarisch mit den Verfolgten zu handeln. Die Russen reden natürlich nur von den Kommunisten, aber ich glaube, die Juden hat es schlimmer erwischt. Hier im Lager sind Typen, denen es leid tut, dass sie nicht alle Juden umgebracht haben, bevor es zu Ende war. Und ich stehe daneben und schäme mich. Damals, als Du mich mit der Standuhr in die Stadt schicktest, hätte ich beinahe die falsche Seite betreten. Nur Du hast mich davon abgehalten. Dafür danke ich Dir, meine Liebe.

Es ist nur ein Brief, dachte Lisa. Sie saß auf dem Sofa, die Tränen liefen über ihr Gesicht. Nur ein Brief, hallte es in ihrem Kopf wider. Draußen war Sommer, helles Licht strömte in die Wohnung und schnitt scharfkantige Schatten in alles, in die Möbel, den Teppich, die Wände, ihr Gesicht, aber in dem Brief war es Winter, immerzu Winter, weiß und kalt. Von draußen lärmte das Leben in die Wohnung, Kinder spielten auf der Gasse, Autos fuhren entlang, aus der Ferne hörte man Schiffshupen, oben spielte Herr Weiss auf seinem Klavier, es war Nachmittag, 1959, ein gutes Jahr, Frau Kramer hatte eine bessere Stelle bei Hawesta bekommen, Lisa ging auf die höhere Handelsschule und war zum ersten Mal verliebt.

Ein schlechtes Jahr, Maria ließ ihre Launen an ihr aus, Lisas Freund war der Sohn eines Mannes, der immerzu die Mundwinkel herunterzog und ›Kroppzeug‹ über andere Menschen sagte, auch über seinen eigenen Sohn.

Und jetzt der Brief. Ein schöner Brief, fand Lisa, sie war gerührt von Herrn Kramers Liebe zu seiner Frau, so viel Liebe hatte sie nicht erwartet, sie war glücklich gewesen über einen solchen Großvater. Und auch die letzten Zeilen waren schön, so schön, dass es schmerzte, so schön, dass der Brief ihr aus den Händen glitt und die Tränen aus ihren Augen schossen, als hätten sie seit Jahren darauf gewartet. Lisa weinte, ohne zu weinen. Lisa war traurig, ohne traurig zu sein.

Sie blieb den ganzen Nachmittag auf dem Sofa sitzen, sie wartete, ohne zu warten.

Als Frau Kramer nach Hause kam und sie so vorfand, setzte sie sich zu ihr und umarmte ihr Enkelkind. Sie weinten gemeinsam und hörten erst auf, als Maria kam.

»Was ist denn mit euch los?«, fragte sie.

»Du bist wieder betrunken.«

»Na und! Geht dich nichts an. Ich bin erwachsen. Kümmre dich um deine, was war sie noch? Ach ja: Enkeltochter.«

»Zu spät, Maria. Ich weiß alles.«

»Ach, hast den Brief gelesen, wie? Na, dann weißt du ja, dass du hier nichts verloren hast!«

»Maria! Wie kannst du so etwas sagen! Ich verbiete es dir!«

»Du kannst mir nichts verbieten, Mutter. Ich kann sagen, was ich will. Wir leben ja jetzt in einer Demokratie, da herrscht Redefreiheit, hab ich mir sagen lassen.« Sie lachte.

»Warum bist du nur so geworden?«

»Warum, Mutter, warum? Ich will es dir sagen: Weil du mich nie, nie, nie gesehen hast. Die da liebst du mehr als deine eigene Tochter!«

»Das ist nicht wahr!«

»Doch, ist es! Du hattest ja bloß eine Vorstellung von Maria, Maria hatte so und so zu sein, und wenn Maria nicht so und so war, dann war sie die böse Maria, und wenn sie die böse Maria war, dann war sie eine schlechtere Tochter als Karl, diese Lichtgestalt, Karl der Gute, der Brave, der Schöne. Karl der Große!« Sie starrte ihre Mutter an und schrie: »Karl der Tote!« Dann lachte sie wild und trotzig auf und ließ sich in den Sessel fallen, der gegenüber dem Sofa stand. »Deshalb, Mutter, bin ich so geworden, wie du mich gesehen hast: die böse Maria.«

»Du warst für mich nie böse, Maria. Nur ...«

»Nur was, Mutter? Sag es mir, bestimmt weißt du jetzt endlich, was mit mir los ist!«

»Verloren.«

»Was? Das ist alles? *Verloren*? Ich war doch bei meinen Eltern. Nicht wie dieses Gör hier, das sich bei Fremden eingenistet hat.«

»Maria!«

»Hat sie doch! Ich war bei meinen eigenen Eltern, Lisa, dass du es weißt. Aber es war die Hölle mit ihnen, es war, als wären sie gar nicht meine Eltern, so habe ich mich gefühlt!«

»Sag doch so etwas nicht, Kind!«

»*Kind*? Oh ja, ich bin ein Kind geblieben, Mutter, ein dummes, kleines Kind, das auf die Straße geht und sich betrinkt und nach Hause kommt mit dem Sperma von fünf Männern zwischen den Beinen. Und weißt du, wer mein Zuhälter ist?« Sie lachte laut und vulgär. Ihre Hände zitterten. »Mein Zuhälter ist Fritz Kleinert, der liebe Junge, den Vater unter seine Fittiche genommen hat, bevor er verreckt ist, und der mir diesen Brief gab, den das Gör jetzt gelesen hat.«

»Aber ... wie kommt denn der dazu?«

»Da wunderst du dich, was, Mutter? Es ist nicht alles so sauber und ordentlich da draußen. Der Fritz hat es nicht mehr ausgehalten bei seiner Familie, fand seine Verlobte todlangweilig. Und dann sind wir uns wieder begegnet und, was soll ich sagen? Es war Sex auf den ersten Blick.« Sie lachte. Sie hatte Tränen in den Augen.

Frau Kramer hatte aufgehört zu weinen. Sie starrte ihre Tochter an. Mit zitternden Fingern suchte Maria in ihrer Handtasche, zog eine Zigarette heraus, die Zigarette fiel ihr zu Boden, sie zog eine zweite hervor, steckte sie zwischen ihre Lippen.

»Nicht in meiner Wohnung!«

Maria starrte ihre Mutter an, sie öffnete ihre Lippen und ließ die Zigarette herausfallen, ohne den Blick von ihr abzuwenden.

Lisa stand abrupt auf und verließ die Wohnung. Frau Kramer blickte ihr nach, sie wusste, wohin sie gehen würde. Sie war dankbar, dass es Herrn Weiss gab.

Als Lisa die Wohnungstür hinter sich zugezogen hatte, lehnte sie sich dagegen und rutschte zu Boden. Sie weinte leise. Hinter der Tür hatten die beiden echten Kramers wieder angefangen, miteinander zu streiten, aber Lisa achtete nicht auf die Worte. Sie fühlte sich dünn wie die erste Haut über einer Wunde, Gefühle stürmten auf sie ein und verletzten und veränderten sie. Mit einem Mal überkam sie ein Ekel vor allem, was sie üblicherweise tat. Auch zu Herrn Weiss wollte sie nicht mehr gehen. Ihr ganzes Leben war ihr zuwider.

Langsam stand sie auf und stieg die steinerne Wendeltreppe hinunter. Draußen auf der Straße empfing sie die laue Sommernacht mit ihren Geräuschen und Gerüchen, überall waren Leute auf der Straße. Obwohl es spät war, hatte die Dunkelheit noch nicht alles in Besitz genommen, ein Rest des Tages lag wie ein fliehender Schimmer auf den backsteinroten Flächen der Häuser, auf dem Schwarz der gepflasterten Gassen. Aufs Geratewohl ging Lisa nach rechts. Nach ein paar hundert Metern nahm sie eine Gasse, die sie noch nie zuvor betreten hatte, nur, um festzustellen, dass diese sie an einen altbekannten Ort führte.

Lange versuchte Lisa, im kleinen Lübeck einen Flecken Fremde zu finden. Als die Straßen immer leerer wurden und ihr die Müdigkeit von den Füßen hochkroch in die Beine, die Hüfte und schließlich in den ganzen Leib, wurde ihr bewusst, dass sie selbst die einzige Fremde war in diesem Heimatort, der, wie sich jetzt herausstellte, auch für sie ein Wartesaal gewesen ist. Ein Wartesaal zur Wahrheit. Es war schon tief in der Nacht, als sie bei Tobias Weiss läutete. Sie tat es von der Straße aus, nicht einmal ihre eigenen Hausschlüssel mochte sie mehr benutzen.

ACHTUNDDREISSIG

Der Tag von Annas Hochzeit war zugleich der Tag ihres Abschieds. Die ganze Rykestraße 57, mehr als dreihundert Menschen, hatte sich ein paar Häuser weiter vor der heruntergekommenen Synagoge in der Rykestraße 53, einem langgezogenen Backsteinbau, versammelt. Viele der vierhundert heimatlosen Juden, die im Vorderhaus der Synagoge untergebracht waren und sich dort zum Teil seit Monaten langweilten, weil es nirgendwo hinging, kamen

heraus, um der Zeremonie zuzuschauen, obwohl ihnen die November-
berkälte in den Körper fuhr und der Tag grau und verhangen war
und ein eisiger Wind durch die Straßen fegte.

Peretz' Leute von der Brichah sowie einige britische und amerikanische Soldaten waren in Galauniform erschienen. Einen der Amerikaner, der einen abgenutzten, ledernen Geigenkoffer in der Hand
hielt, stellte er Anna vor. Das ist Izzy, sagte er, er ist in Wirklichkeit
Deutscher wie du, aber ich bin sehr stolz, dass er heute die Musik
spielen wird. Dabei grinste er, als hätte er einen Witz gemacht, und
Izzy lächelte höflich.

Wegen Peretz war auch der Vorsitzende der jüdischen Gemeinde,
ein schmaler Herr mit Hut und runder Brille namens Nehlhans,
zusammen mit einigen anderen Gemeindemitgliedern gekommen,
außerdem ihre Gastgeber, die Gutfelds, so dass sich eine stattliche
Menschenmenge versammelt hatte, um der Hochzeit von Anna
Stirnweiss und Peretz Sarfati beizuwohnen.

Der Rabbiner hieß Martin Riesenburger, ein kräftiger Mann um die
fünfzig, mit einer großen, eckigen Hornbrille auf der Nase.

In der Synagoge gab es ein traditionelles Brautkleid, der Rabbiner
hätte es Anna gerne geliehen, doch ihr Bauch verhinderte es. Stattdessen hatte Peretz auf dem Schwarzmarkt eine Gardine besorgt,
und Ruth hatte gemeinsam mit anderen Frauen aus der Rykestraße 57 ihr Bestes getan, um daraus ein Brautkleid zu schnei-
dern. Auf dem Kopf trug Anna einen Schleier, den sie noch zurückgeschlagen hatte.

Anna beobachtete sich aus zwei Richtungen. Sie sah die Anna, die
bis 1933 nicht einmal wusste, dass sie Jüdin war, und die nun hier
stand und orthodox heiraten würde. Sie würde verschleiert sein
und auf einem Stuhl sitzen, neben ihr würden zwei Männer stehen
und ein Tuch ausgebreitet über sie halten, Peretz würde von zwei
Männern hereingeführt werden, der Rabbiner würde seine rituellen

Texte sagen und singen, und die ganze Zeit über würde Izzy im Hintergrund mit seiner Geige für Hochzeitsstimmung sorgen.

Anna wusste nicht, was sie davon halten sollte, sie fühlte sich wie jemand, der von einem Ufer losgeschwommen ist und sich noch mitten im Strom befindet, während dort, auf der anderen Seite, eine fremde Anna einen fremden Peretz heiratete. Das ist der Anfang einer Reise, hatte der alte Mann an Ruths Seite gesagt, als er von der bevorstehenden Hochzeit erfuhr, aber Anna war schon so lange auf Reisen. Eine Reise in einer Reise in einer Reise, eine Verschachtelung von Reisen, das ganze große Stück von der Geburt bis zum Tod, das kürzere Stück von der Kindheit zur Erwachsenen, von der Deutschen zur Jüdin, von der Hure zur Ehefrau und zurück, von der Anna, die sie war, zu der Anna, die sie im nächsten Moment sein würde.

Anna seufzte, sie würde heiraten, um glücklich zu werden, und sie wusste doch, dass es umgekehrt sein müsste, damit es funktionierte. Sie lief sehend und blind zugleich in eine Sackgasse, sie fürchtete sich davor und dachte im nächsten Atemzug, Was macht es für einen Unterschied?, am Ende aller Reisen bin ich endlich tot. Sie dachte an ihr Kind und nahm sich vor, andere Gedanken zu denken.

Die zweite Richtung war anders. Dort sah sie die Anna, die einen Mann heiratete und dabei an einen anderen dachte. Wird Abba Kovner auch kommen, fragte sie Peretz, kurz bevor Izzy seine Geige auspackte, kurz bevor Martin Riesenburger die Zeremonie einleitete. Peretz' Miene verdüsterte sich, er senkte die Stimme und sagte:

»Abba sitzt in Ägypten im Gefängnis.«

Anna starrte Peretz an, sie vergaß, dass er nichts wusste von ihrer Begegnung.

»Vergiss Abba«, sagte Peretz und winkte ab. »Er hat mit der Brichah nichts mehr zu tun. Er macht jetzt einen auf Nakam, auf Rache, die Engländer haben ihn mit einer Ladung Giftfässer auf einem Schiff nach Europa erwischt, er wollte Deutsche damit umbringen, genauso viele wie die Nazis Juden ermordet haben. Stell dir das vor!« Er schüttelte den Kopf. »Ich hätte nie gedacht, dass er sein Gerede wirklich in die Tat umsetzen würde. Zum Glück hat das nicht geklappt. Es heißt, die Briten haben einen Tipp aus Palästina bekommen. Vielleicht sogar von Haganah-Leuten.« Er zuckte mit den Achseln und machte ein Gesicht, das besagte, Ich habe keine Ahnung und es interessiert mich nicht.

»Wie lange wird er denn im Gefängnis sitzen?«, fragte Anna besorgt. Doch bevor Peretz antworten konnte, begann Izzy den Hochzeitsmarsch von Felix Mendelssohn-Bartholdy zu spielen, senkte der Rabbiner ihr den Schleier vor die Augen, zogen zwei Männer, die Anna nicht kannte, Peretz lachend fort, drückte jemand sie sanft, aber bestimmt auf den Stuhl, wurde die Menschenmenge still, und nur der kalte Wind ließ nicht nach, und nur der Strom der Obdachlosen, die nach Nahrung suchten, der Flüchtlinge, die nach Obdach suchten, der Militärfahrzeuge, die durch die Straßen der zerstörten Stadt patrouillierten, der Juden, die heimlich aus Polen in die überfüllte Stadt kamen, der Strom, durch den Anna schwamm und schwamm, immer in der Mitte, immer zum anderen Ufer, der ließ nicht nach.

Als Peretz ihr den Ring an den Finger steckte und sagte, Durch diesen Ring bist du mir angelobt nach dem Gesetz Moses' und Israels, wurde der Strom reißend und trieb sie ab und drückte sie unter Wasser, dass sie ertrank.

Als der Rabbiner vorlas,
Am fünften Tage der Woche,
am ersten Tage des Monats Kislew
des Jahres fünftausendsiebenhundertundsechs
nach Erschaffung der Welt,
nach der Zeitrechnung,
die wir hier in der Stadt Berlin zählen,

war dies Annas Todestag, und es begann ihre Wiedergeburt als Ertrunkene, unter Wasser, auf dem Grunde des Flusses, der wohl ihr Leben war, durch Schlick und Geröll, gegen den Druck des Wassers, das zu Tal wollte, immerzu zu Tal, ging Anna, die Tote, zum anderen Ufer, stieg sie hinan, um zu sehen, was dort gewesen wäre, wäre sie noch am Leben, steckte sie den Kopf aus dem Wasser, den Kopf voller Algen, die ihr die Sicht versperrten wie ein grüner Schleier aus Leben.

Als der Rabbiner fortfuhr,
Es hat Peretz Sarfati,
Sohn des Avraham Sarvati,
zu der Frau

– da stockte er kaum merklich, denn eigentlich hätte er ›Jungfrau‹ sagen müssen, aber das hätte die Würde der Zeremonie unterwandert, und wenn er diesen Ehevertrag schon auf Deutsch vorlas und von links nach rechts, damit die Braut ihn verstünde, und nicht auf Aramäisch, wie es der Brauch vorschrieb, dann konnte er auch konsequent sein. Die Zeiten verlangten es, Gott würde gnädig sein, hoffte er und fuhr fort,

Anna Stirnweiss,
Tochter des Joseph Stirnweiss, gesagt:
Sei mir zur Frau nach dem Gesetze Moses' und Israels,
und ich will für dich arbeiten,
dich in Ehren halten,
dich ernähren und versorgen,
nach der Sitte der jüdischen Männer,
die in Redlichkeit für ihre Frauen arbeiten,
sie ehren,
ernähren
und versorgen.
Auch will ich dir
die Morgengabe deiner Weiblichkeit

– und da stockte er kaum noch, weil er ›Jungfräulichkeit‹ hätte
sagen müssen, es war, wie es war, weiter

geben, 200 Sus in Silbermünzen,

die dir gemäß der Tora gebühren,

wie auch deine Speise,

deine Kleidung und all deinen Bedarf,

und ich komme zu dir nach der Weise der ganzen Welt,

da stockte Anna kaum merklich der Atem und sie holte einmal Luft
in ihre toten Lungen und spürte das Leben in sich wie das eines
anderen und beschloss, sie würde wiedergeboren werden, ohne ein
Einziges zu vergessen.

Als der Rabbiner weiterlas,

Und sie, die Frau,

hat eingewilligt,

ihm zur Frau zu werden.

Und die Mitgift,

die sie vom Hause ihres Vaters mitbekommt,

sei es in Silber,

Gold,

Schmucksachen,

Kleidungsstücken,

Hausgeräten

oder Bettzeug,

beträgt 100 Silbermünzen, oder

und hier blickte der Rabbiner Martin Riesenburger auf und lächelte
alle und niemanden an und sagte, Oder auch nichts, das soll keine
Rolle spielen, und las weiter vor,

Und Peretz,

der Bräutigam,

hat eingewilligt,

ihr noch 100 Sus Silbermünzen zuzufügen,

so dass die ganze Summe

200 Silbermünzen beträgt, oder,

und wieder blickte der Rabbiner auf und sagte, Oder er fügt alles
hinzu, wenn die Braut nichts hat, aber diesmal lächelte er nicht,
denn es war ihm ernst damit, und fuhr fort,

Und Peretz, der Bräutigam, sprach also:
Ich übernehme die Gewährleistung
für diese Ketubba,
Mitgift und Zugabe
sowohl für mich
als auch für meine Erben nach mir,
so dass sie ausbezahlt werden soll
mit dem Besten
und Vorzüglichsten meines Vermögens,
das ich auf Erden besitze,
das ich erwarb oder erwerben werde,
sei es an Immobilien oder an Mobilien.
All dieser Besitz,
selbst mein Mantel auf meinen Schultern,
soll gewährleisten oder verbürgen,
dass deine Ketubba,
Mitgift und Zugabe
bezahlt werde bei
meinem Leben und nach
meinem Tode,
vom heutigen Tage an
in alle Ewigkeit.

Und machte eine Pause und blickte in die Runde, um zu unterstreichen die große Bedeutung der Ewigkeit in diesen Zeiten der
ständigen Veränderung, aber Anna stieg nun aus dem Wasser und
trug ein weißes Kleid aus Gardine, das ihren Körper verschleierte,
ihren Körper, der nicht mehr ihr gehörte, sondern dem Kind eines
Mörders, das sie lieben musste, und ging zu dem Stuhl, der dort
stand, inmitten einer Menschenmenge aus Gestorbenen, die taten,

als lebten sie, und fühlte sich plötzlich nicht mehr allein, Die ganze Welt stirbt unentwegt bis in alle Ewigkeit, dachte sie, Wer zur Welt kommt, fällt schon in den Strom, ertrinkt schon darin, wandelt schon auf dem Grund zur anderen Seite, die Lungen voller Wasser, den Geist voller Licht, das Herz erfüllt von Furcht und Hoffnung, wo soll da Platz sein für die Liebe zu einem Fremden? Und sie blickte durch ihren Schleier zu Peretz Sarfati auf, der vor ihr stand, links und rechts seine Zeugen, zwei fremdere Fremde, und ein Fremder spielte die Geige dazu, und der Rabbiner sprach etwas von

Gewährleistung für Morgengabe,

Mitgift und Zugabe,

gemäß strengen Vorschriften

der Ketubba

und der Zusatz-Urkunden,

wie sie bei den Töchtern Israels gebräuchlich sind,

und nach Anordnung unserer Weisen,

nicht etwa als bloßes Versprechen

oder als Urkundenformular.

All dies ist erklärt worden von Seiten des Bräutigams,

Peretz Sarfati, Sohn

des Avraham Sarfati,

für Anna Stirnweiss, Tochter

des Joseph Stirnweiss,

in Bezug auf alles oben Geschriebene und Erklärte,

um es rechtskräftig zu erwerben.

Anschließend zählte er die beiden Zeugen auf, deren Namen Anna nicht kannte, anschließend überreichte er Peretz den Ehevertrag, anschließend überreichte Peretz Anna den Ehevertrag, anschließend waren sie Mann und Frau.

Plötzlich veränderte sich die Musik, Izzy, der Fremde, spielte eine lustige Weise, ein Tanzlied, der Rabbiner lächelte gütig, Peretz strahlte stolz, zog Anna hoch, zwang sie zum Tanz, und Anna tanzte, bis das Wasser aus den Lungen kam, bis der Schweiß ihren Körper bedeckte, bis das Leben zurückkehrte in ihre unsterbliche Seele, bis auch das Kind in ihrem Bauch ein Lied singen konnte von dieser seltsamen Hochzeit in einer zerstörten Stadt in einem zerstörten Land in einer zerstörten Jungfrau, die den Spagat wagte zwischen Leben und Tod, zwischen Wahrheit und Lüge, zwischen Liebe und Taubheit, zwischen Wahnsinn und Erleuchtung.

Jetzt kam Leben in die Menschenmenge, Paare fanden sich, Beine schwangen sich, Herzen schlugen im Rhythmus von Izzys Geige, der sie in schwindelnder Schnelle spielte und selbst dabei tanzte, der Rabbiner, der auf dem jüdischen Friedhof von Berlin überlebt hatte, tanzte, der Vorsitzende der jüdischen Gemeinde, der in Schränken und Kellerräumen Berlins überlebt hatte, tanzte, die vielen Männer und Frauen, die in den Konzentrationslagern der Nazis überlebt hatten, tanzten, der Wind tanzte die letzten Blätter der Bäume, die die Bomben überlebt hatten, herbei, die Militärfahrzeuge, die Obdachlosen, der ganze Kontinent tanzte auf dem flüssigen Feuer tief im Inneren der Erde, die selber um die Sonne tanzte wie eine Motte ums Licht, fall ich hinein, fall ich nicht hinein, alles tanzte den Totentanz der Lebenden, den Lebenstanz der Toten bis in alle Ewigkeit, bis tief in die Nacht, bis hoch ins Glück des Augenblicks, bis zur völligen Erschöpfung derer, die längst darüber hinaus gewesen waren und immer noch gestanden hatten, immer noch weitermarschiert waren dem Tod entgegen, Ruth tanzte mit dem kleinen Ariel, der sein Magellanbuch auch jetzt umschlungen hielt, wie klug von ihm, einen Weltumsegler sollte man immer bei sich haben, gewiss war auch der Portugiese tanzend über die Meere gefahren, gewiss war er tanzend gestorben, als ihn die mactanischen Eingeborenen niederstachen, gewiss war er tanzend tief unten am Meeresgrund dem letzten Schiff gefolgt, das noch fuhr, drei Jahre lang fuhr, bis es zurückkehrte in die Heimat, gewiss hatte Magellan noch tot vor Freude über seinen historischen Sieg über die großen Entfernungen der Erde getanzt, über die kleine

Engstirnigkeit derer, die nicht an ihn geglaubt hatten, getanzt, Marja-mit-der-Puppe tanzte mit dem alten Mann, dass der überhaupt tanzen konnte (Danke, Dana, dass du mit deinem frühen Tod sein langes Leben neu entfacht hast), wo er weder sprach noch ging, wie lange war das nun schon her?, nicht mehr als ein paar Monate, aber doch eine Ewigkeit in diesen Zeiten, in denen sich alles immerzu änderte und sie doch immer noch festsaßen hier im Land der Massenmörder, dem sie immer noch nicht entkommen waren, es tanzten die Leichen in den Massengräbern, es tanzten die toten SS-Männer, es tanzte Otto Deckert in seinem Grab, weil einer von ihnen sein Leben weiterlebte und er nun tot und lebendig zugleich war, das konnte sonst nur Anna, das konnten sonst nur die, die sich fragten, ob das ein Mensch sei, der solches erlitten, das konnten nur die, die verstanden, was denn die schwarze Milch der Frühe sei, die den Sprechgesang des Dichters nicht schmähen, sondern verstehen würden, es würde einst, in zehn Jahren, tanzen Otto Deckert in einem Zug nach München, wohin ihn seine alten Verbindungen führen sollten, nur Frau Abramowicz tanzte nicht. Sie saß im zweiten Stock der Rykestraße 57 und sprach nicht und starrte an die Wand, dorthin, wo immer noch ihr totes Kind im Sterben lag, dorthin, wo immer noch die Liebe, die sein musste, nach einem Ziel suchte, das einfach fort war, fort bis in alle Ewigkeit. Frau Abramowicz' Ohren hörten den Trubel und Izzys Geigenspiel, ihre Gedanken sagten ihr Dinge, die vernünftig waren, ihr Körper deutete an, dass er sich erheben würde, wenn sie ihm nur den Befehl dazu gäbe. Frau Abramowicz dachte an ihre Kinder, an Ariel mit dem Weltumsegler im Arm, an Marja mit der Puppe im Arm, die seit Danas Tod Dana hieß zum stummen Schrecken aller Erwachsenen, die verstohlen hin- und wegsahen, wenn Marja ›Dana‹ sagte und Gespräche mit ihr führte. Frau Abramowicz sehnte sich nach ihren Kindern, sie wollte so gerne wieder Mutter sein können, sie fühlte tiefe Dankbarkeit für Ruth und den alten Mann und Anna und die anderen Leute, die sich um die beiden kümmerten, seit sie nur noch dasaß und starrte, vor allem für den Alten, der aufgehört hatte zu schweigen für sie, der aufgehört hatte zu liegen und sterben zu wollen für sie. Aber, dachte Frau Abramowicz' Gehirn auch, Irgendjemand musste doch seinen Platz einnehmen, irgendjemand musste diese leere Stelle besetzen, warum ich, warum musste es Dana sein, die entschied, dass ich es bin, warum musste es Gott sein, der entschied, dass es Dana sein musste, damit ich es sein muss, warum? Wozu? Das sind müßige Fragen, dachte Frau Abramowicz' Gehirn dann, Müßig, müßig, denn es gibt keinen Gott, der die Hand schützend über dich und deine Kinder hält, du hast dich geirrt, ihr wart die ganze Zeit ganz allein auf der Welt, seit dein Mann fort ist, wo ist er bloß, dieser Mann? Wenn er doch überlebt hätte und zurückkäme! Du könntest aufstehen und ihn suchen gehen, das tun alle anderen auch. Ruth wird es tun, du hast doch gehört, was sie zu Anna gesagt hat, und Anna wird es tun, du hast es gehört. Aber dann dachte Frau Abramowicz' Gehirn, Sie werden nichts finden, die Deutschen haben sie alle umgebracht, nichts und niemanden haben sie verschont, nicht die Frauen, nicht die Kinder. Am Ende ist Gott ein deutscher Nazi, der dir wenigstens deine Dana noch wegnehmen wollte, bevor die Soldaten den Schutt wegräumen und er gar keine Waffen mehr hat, um dich zu treffen. Am Ende gibt es Gott, aber er ist der Feind aller Juden, und die Juden versuchen seit dreitausend Jahren vergeblich, Freundschaft mit ihm zu schließen. Sieh doch, wie schnell er Freundschaft geschlossen hat mit den Christen und mit den Muslimen, sieh doch, wie er uns vor sich hertreibt mit Hilfe dieser Völker, seit sie an ihn glauben. Aber warum Dana? Warum Dana? Warum Dana? Eine Träne löste sich aus Frau Abramowicz' rechtem Auge und anschließend eine weitere aus ihrem linken Auge. Frau Abramowicz' Augen deuteten seit einiger Zeit an, dass sie sich gerne einmal etwas anderes anschauen würden als die Wand, vielleicht würden sie einen Blick aus dem Fenster werfen, wenn sie nur den Befehl gäbe. Doch Frau Abramowicz saß und starrte und lauschte hilflos ihren Gedanken und fühlte hilflos ihre Gefühle und suchte einen Weg hinaus ins Freie, aber sie war eingesperrt wie in einem Lager, und es gab nicht einmal einen elektrischen Zaun, der Erlösung versprach.

Eine Woche nach der Hochzeit, am 9. November 1945, kam Shimon Sarfati zur Welt. Er wurde im ersten Fertighaus der Welt geboren. Seine Mutter litt, wie nur die Lebenden leiden, sie quälte sich durch siebzehn Stunden des Gebärens, ein jüdischer Arzt, Überlebender des Holocausts, war dabei, drei Krankenschwestern, Überlebende des Holocausts, waren dabei, Peretz Sarfati war fort, er fuhr mit den Lastwagen der Brichah über die nördliche Route nach Stettin, er wurde Vater, ohne Vater zu werden, er hatte sich geschworen, dass Annas Mitgift zwei Kinder von ihm sein sollten, er lud fünfzig polnische Juden ein, während Anna schrie wie bei keiner ihrer Vergewaltigungen.

Als Shimon endlich da war, wohin er vielleicht nicht wollte, heraus aus dem Wasser, hinein in die Luft, war er mehr tot als lebendig. Er hieß die Welt nicht willkommen, das spürte Anna sofort. Er suchte nicht ihre Brust, er war erschöpft, er wollte lieber sterben als trinken, so schien es ihr, aber er durfte nicht. Nach einer Stunde, und angefeuert vom Arzt und den Krankenschwestern, hatte Anna ihren Sohn endlich so weit, dass er trank und lebte.

NEUNUNDDREISSIG

Das erste Fertighaus der Welt war ein schwedischer Pavillon, der aussah wie eine große Villa. Die Brichah hatte ihn für eine symbolische Summe von einem wohlhabenden Juden angemietet, bald schon würde der Pavillon ein weiteres Auffanglager für Juden aus

Polen werden, denn es kamen immer mehr, Berlin, dieses Fass mit ausgeschlagenem Boden, lief voll mit deutschen Flüchtlingen und polnischen Juden, die oft dieselben Routen benutzten, und nicht selten gaben sich die einen für die anderen aus, um durchzukommen, und nicht selten begegneten sie einander auf ihrer Flucht. Aber dieses Lager würde nur für Juden sein, es würde von Juden verwaltet werden, und wenn es nur zwei Bäder hatte, so war das immer noch besser als ein einziges. Bald schon wäre es hier so eng wie bei Aaron Strauss in der Oranienburger Straße 31 oder in der Synagoge Rykestraße oder in der Rykestraße 57 oder in einem der vielen anderen überfüllten Lager, die es überall in Berlin gab. Aber jetzt, so kurz nach der Unterzeichnung des Mietvertrags, waren Anna und Shimon und der Arzt und die Krankenschwestern die einzigen Menschen, die auf den Großen Wannsee hinausblicken und darüber nachdenken konnten, dass sechshundertfünfzig Meter nördlich am selben Ufer das Haus der Wannseekonferenz stand, wo acht Doktoren und sechs gewöhnliche Menschen ein paar Jahre zuvor entschieden hatten, Alle Juden müssen sterben.

Der Schweden-Pavillon lag im amerikanischen Sektor Berlins, und Anna hatte eingewilligt hierherzukommen, wenn Peretz ihr versprach, dass er ihre Leute nachholen würde. Es sind alles unsere Leute, hatte Peretz gesagt, aber Anna hatte erwidert, So redest du, weil du nicht weißt, wie es ist, nicht zu wissen, ob noch irgendjemand von deiner Familie am Leben ist. Peretz war wieder einmal von Anna besiegt worden, er hatte geschwiegen, dann hatte er sein Versprechen gegeben, ja, er würde Ruth und den alten Mann und die Abramowicz und alle anderen aus dem Zimmer über die Schleichwege durch die Stadt und vorbei an den bestechlichen Kontrollposten der Militärs hierherschleusen, ja, er würde seine Eifersucht vor sich selbst verbergen, um Anna zu beweisen, dass er ein guter Mann für sie war, dass sie ihm vertrauen konnte.

Als Peretz am Tag nach der Geburt zum Schweden-Pavillon kam und seine Frau küsste und seinen Sohn im Arm hielt, war alles so, wie er es sich vorgenommen hatte, und doch fühlte er, dass er seine Rolle würde üben müssen. Wie alle Väter.

VIERZIG

»Du musst dir jetzt alles erzählen lassen«, sagte Herr Weiss nach viel Tee und einem Dutzend Taschentüchern. Er saß neben Lisa, hatte den Arm um sie gelegt und drückte sie vorsichtig an sich. Lange saßen sie schweigend nebeneinander auf seiner alten Couch, bis Herr Weiss diesen Satz sagte, weil er glaubte, Lisa habe sich so weit beruhigt, dass er ihn sagen konnte.

Sie nickte und blickte ihn hilfesuchend an. Herr Weiss räusperte sich, er nickte vor sich hin, er machte, Hm, hm, und dann sagte er: »Eines habe ich im Krieg gelernt: Es ist nur wichtig, warum man etwas tut, gar nicht, was man eigentlich macht.«

»Wie meinst du das?«, fragte Lisa mit schwacher Stimme und schniefte.

»Hm, wie meine ich das? Das ist eine gute Frage. Warum habe ich dir das überhaupt gesagt? Hm, hm. Ich glaube, ich habe es dir gesagt, weil ich dir sagen wollte, dass, nun ja, schau mich an. Weißt du eigentlich, warum ich mich damals für den Sondereinsatz gemeldet habe?«

Lisa schüttelte den Kopf. Herr Weiss lehnte sich zurück. Bilder tauchten vor seinem inneren Auge auf, alte Gefühle brachen aus verschlossenen Verliesen hervor und ergriffen Besitz von ihm, er wollte sich dagegen wehren, aber dann dachte er, dass es nur gerecht wäre, wenn es ihm nicht besser ginge als Lisa, und er riss sich zusammen und sagte:

»Mein Vater fand, dass sein jüngster Sohn ein Weichling ist.« Er nickte vor sich hin, er machte, Tja, er sagte:

»Mein älterer Bruder war sein Favorit, meine ältere Schwester war für ihn das Bild eines deutschen Mädels. Ein strammer Nazi war er. Aber er war kein schlechter Mensch. Den Pfarrer hat er respektiert, und die Leute kamen zu ihm und fragten ihn um Rat. Er war eigentlich derjenige, der im Ort sagte, wo es langging.« Herr Weiss nickte vor sich hin.

»Tja. Nur mich konnte er nicht so nehmen. Er fand, dass ich zu sehr an den Rockzipfeln meiner Mutter hing.« Er wandte sich Lisa zu.

»Meine Mutter hätte dir gefallen! Sie war so eine feine Dame! Und wie sie Klavier spielen konnte! Ich klimpere ja nur vor mich hin. Aber sie! Sie war eine richtige Pianistin.« Er seufzte.

»Für meinen Vater und für uns hatte sie auf ihre Karriere verzichtet, und das war natürlich ein Glück für mich, denn so konnte ich sie fast täglich zu Hause spielen hören. Ganz oft ließ sie mich dann auch mal spielen, und so brachte sie mir, ohne dass ich es bemerkte, das Klavierspielen bei.« Er schüttelte den Kopf.

»Mein Vater hatte große Achtung vor ihr. Ich glaube, er hat sie sehr geliebt, manchmal hörte er ihr von der Tür aus zu, wenn sie spielte.« Herr Weiss lächelte, und lächelnd sagte er zu Lisa:

»Aber bei mir gefiel ihm das überhaupt nicht. Ich sollte mich für Technik interessieren, und ich tat es auch. Aber weil ich immer alles auseinandernahm, dachte er, dass ich alles kaputt machte, und nahm es mir weg. Dabei wollte ich nur genau wissen, wie es zusammengebaut war!« Herr Weiss war lauter geworden und hatte sich halb aufgerichtet, aber nun ließ er sich in das Sofa zurücksinken.

»Er steckte mich in die Hitlerjugend. Und da war ich ganz schnell der Prügelknabe von allen. Ich war halt nicht sportlich und nicht stark, und es interessierte mich auch gar nicht. Aber damals war es das Einzige, was galt. Und wenn einer nicht mithalten konnte, dann haben ihn die anderen fertiggemacht.« Herr Weiss hielt inne.

Die alten Gefühle tobten durch seinen Körper wie ein Wolfsrudel, verbissen sich von innen in ihn und schmerzten, als wäre alles eben erst geschehen. Er atmete tief durch und sagte:

»Ich hielt mich über Wasser mit dem Klavierspiel. Bei jedem Fest, bei jeder großen Versammlung wurden Lieder gesungen, die ich alle begleiten und singen konnte, und das war meine Nische, in der habe ich überlebt, das konnten die anderen nicht. Aber es half mir nur ein bisschen.« Er machte eine Pause. Er sagte:

»Dann kam eines Tages ein Offizier und fragte, Wer hat den Mut, an einem Sondereinsatz teilzunehmen? Und da war meine Stunde gekommen. Ich trat vor und schrie: Melde gehorsamst: Tobias Weiss!« Und Herr Weiss schrie seinen eigenen Namen, dass Lisa erschrak und anschließend lachen musste, und das war Herrn Weiss' Absicht gewesen.

»Und so sammelte ich auf dem Schlachtfeld die Körperteile von gefallenen Soldaten ein, während ich Feuerschutz bekam. Was wollte ich dir damit eigentlich sagen? Ach ja, ich wollte dir sagen, dass es nur darauf ankommt, warum einer was macht. Sieh mich an: Ich war nur mutig, um vor den anderen nicht mehr als Muttersöhnchen und Schwächling dazustehen. Aber das ist kein echter Mut gewesen. Das war eigentlich nur Verzweiflung.« Er stockte. Das letzte Wort hätte er besser nicht gesagt, denn jetzt verkrampfte Herr Weiss sich innerlich, sein Körper wurde zum Gefängnis eines einzigen mächtigen Häftlings, der nach draußen wollte, aber Herr Weiss kämpfte mit dem Mut der Verzweiflung, die er in sich trug, dagegen an, und nach ein paar Minuten hatte er den Kampf gewonnen, der Häftling zog sich resigniert zurück, der Körper entspannte sich, Herr Weiss atmete erleichtert auf. Sie saßen nebeneinander, draußen dämmerte es, der Morgen war da, man konnte spüren, dass es heiß werden würde.

Nach einer Weile sagte Lisa:

»Ich habe immer vermutet, dass sie mich vor etwas Schlimmem schützen wollte. Aber das ...« Sie brach ab, die Tränen kamen wieder hervor, ratlose Trauer breitete sich in ihr aus wie eine lauwarme Flüssigkeit. Herr Weiss legte wieder den Arm um sie, er drückte sie vorsichtig an sich und sagte:

»Tja, das, hm, ich verstehe dich, sie hat dich angelogen und dir Geschichten erzählt. Aber sie hat es nur getan, um dich zu beschützen. Sieh doch, sie hat sogar ihre eigene Tochter weggeschickt, um dich zu beschützen. Und du hast sie ins Haus geholt, um deiner Großmutter zu helfen. Das ist doch so schön, was ihr füreinander getan habt.«

»Aber jetzt habe ich nichts mehr!«, sagte Lisa laut. »Warum hat sie den Brief nicht verbrannt oder ihn zumindest so gut versteckt, dass ich ihn nicht hätte finden können? Er steckte in einer leeren Vase, die auf dem Schrank stand!«

Herr Weiss macht ein ratloses Gesicht, er gab ein paar Geräusche von sich, die nichts Bestimmtes bedeuteten, er sagte:

»Verbrennen, hm, hm, das musst du ihr nachsehen, das ... das konnte sie nicht, er war doch von ihrem Mann, wie sollte sie da so etwas tun? Nein, nein, es ist sogar gut, dass du ihn gefunden hast, wenn du mich fragst.«

Lisa sah Herrn Weiss erstaunt an.

»Was soll daran gut sein?«

»Nun ja, du kennst jetzt die Wahrheit. Das ist doch immer gut.«

Lisa blickte Herrn Weiss an, ihren Onkel Tobi, der nicht ihr Onkel war, der nicht einmal Tobias Weiss hieß, der ihr seinen wahren Namen noch nie verraten hatte, als wäre der, der er in Wahrheit war, gestorben, und aus dem Grab wäre Tobias Weiss herausgekommen. Vielleicht war der echte Tobias Weiss, der Sohn jenes Herrn Weiss, der ihn einfach mitgenommen hatte aus dem Kloster, längst tot und lag irgendwo begraben und auf seinem Grabstein stand kein Name.

Plötzlich hatte Lisa eine flüchtige Ahnung von der Wahrheit als etwas, das sich nicht in den Worten finden ließ, etwas Lebendiges, das wie ein schimmernder Geist oder wie ein Tier aus Licht war und das man nur aus den Augenwinkeln sehen konnte. Die Wahrheit der Worte erschien ihr dagegen wie etwas Totes, wie ein Schmetterling, den jemand auf Nadeln gespießt und in eine kleine Vitrine gesteckt hatte, um seine Schönheit zu betrachten, mit einer genauen Bezeichnung darunter in Latein und Deutsch, Sphinx ligustri, Ligusterschwärmer. Das war die Wahrheit, die Wahrheit befand sich in der Wohnung der Eltern ihres Freundes Peter in dutzendfacher Ausführung, Tagpfauenauge, Kleiner Fuchs, Dukatenfalter, Federgeistchen, Trauermantel. Peters Vater sammelte sie, und Peter war stolz auf die Sammlung, und das hatte Lisa von Anfang an seltsam gefunden, all diese toten Tiere, die so schön waren, wenn sie im Sonnenlicht von Blüte zu Blüte flogen oder nachts herumflatterten wie verirrte Gespenster. Was gab es Erstrebenswertes daran, sie auf ein Holz zu nageln mit ausgebreiteten Flügeln wie Gekreuzigte? Sie verstand es nicht, aber sie hatte geschwiegen bei ihrem ersten Besuch in der Wohnung der Familie Schultheiß und sich all diese armen Tierchen genau angesehen und ihre Namen wiederholt, und das hatte Peter gefallen, aber danach war sie nicht mehr dorthin gegangen, und auch ihre Liebe zu Peter war plötzlich ein fremder Gegenstand geworden, den sie in der Hand hielt, ohne zu wissen, was genau sie damit tun sollte.

Die Wahrheit. Lautlos wiederholte sie dieses Wort, das für sie mit einem Mal eine völlig neue Bedeutung gewonnen hatte. Die Wahrheit war, dass sie Angst hatte vor der Wahrheit der Worte, die in dem Brief eines Toten stand, der nicht ihr Großvater war, dass sie nämlich vermutlich Jüdin war. Die Wahrheit war, dass sie Angst hatte vor Peters Reaktion auf die Wahrheit der Worte. Die Wahrheit war, dass die Wahrheit der Worte die wahre Wahrheit töten konnte. Die Wahrheit war, dass sie niemanden auf der Welt hatte. Das war die Wahrheit.

»Aber das stimmt doch gar nicht!«, rief Herr Weiss leise aus, als sie es ihm sagte und die Tränen schon wieder aus ihren Augen quollen.

»Du hast immer noch deine Großmutter, auch wenn sie gar nicht deine Großmutter ist. Lass dir von ihr alles erzählen, und dann seht ihr weiter.« Er machte eine kleine Pause, dann sagte er schüchtern: »Und du hast auch immer noch deinen Tobi, vergiss das nicht, Lisa, hörst du?«

Lisa umarmte ihn, sie küsste ihn auf die Stirn, auf die Wangen, dass Herr Weiss ganz verlegen wurde. Dann stand sie auf, streifte ihren Rock glatt, lächelte ihn müde und traurig und gefasst an und verließ die Wohnung.

Herr Weiss saß noch lange auf seiner Couch und dachte über Lisas Schicksal nach und fragte sich, wie viel sie wohl wusste von dem, was mit den Juden geschehen war. Und er fühlte etwas, das er sonst nur empfand, wenn er an seine Mutter dachte. Er fühlte Bewunderung für Lisa, die sich so tapfer diesen schwierigen Dingen stellte und dabei so ganz blieb, so heil.

EINUNDVIERZIG

Das Wunder geschah mitten im Winter. Hätte Peretz sein Versprechen gehalten, hätte er Annas Leute aus der Rykestraße 57 so schnell wie möglich nachgeholt in den Schweden-Pavillon, wo inzwischen immer mehr Juden aus Osteuropa eintrafen und wo es allmählich so eng wurde, dass Anna zuerst besorgt war und dann wütend, weil Peretz sie hinhielt mit Versprechungen, die er nicht einlöste, weil, wie er behauptete, plötzlich so viele Juden nach Berlin wollten, als wäre der Holocaust nicht von den Deutschen begangen worden, sondern von den Polen oder den Russen, und als wären die Deutschen in Wirklichkeit die Dänen, die damals alle ihre Juden über den Großen Belt geschifft hatten bei Nacht und Nebel, damit die Nazis sie nicht in die Hände bekämen, kein Volk hatte etwas Ähnliches getan, hätten die Deutschen nur mehr Dänisches gehabt, dann wäre vielleicht auch in Deutschland ein solches Wunder geschehen, aber dieses Wunder war unmöglich geworden durch den Verlauf der Geschichte, nur dieses andere Wunder, das wäre vielleicht nicht eingetroffen, hätte Frau Abramowicz nicht immer noch in Berlin-Mitte, sowjetischer Sektor, im zweiten Stock eines Auffanglagers der jüdischen Gemeinde von Berlin gesessen und mit all ihren Gedanken und Gefühlen doch nur gegen die Wand gestarrt.

So aber traf eines Morgens ein magerer Mann ein, den seine beiden Kinder nicht wiedererkannten, als er sie stürmisch umarmte und an sich drückte und lauter Sachen auf Polnisch und Jiddisch sagte und mittendrin ein paar hebräische Verse, die aus der Thora stammten und gerade jetzt besonders angebracht waren, denn mit ihnen dankte der Mann seinem Gott, dass er sie gefunden hatte.

Und dann ging er hinauf, denn diese Szene hatte sich auf der Straße abgespielt, wo die beiden Kinder, der Junge mit dem Magellanbuch, das Mädchen mit der Puppe Dana im Arm, gerade damit beschäftigt gewesen waren, einen Schneemann zu bauen. Sie gingen die Treppe hinauf, vielmehr ging einer, zwei wurden getragen, die Kinder waren immer noch verwirrt, aber der Geruch, den sie wahrgenommen hatten bei der Umarmung, und diese Stimme, diese Intonation der Worte und Sätze, dieses Timbre, diese Art der Umarmung, diese Liebe hatten sie gleichsam blind erkennen lassen, Wer sonst sollte dieser fremde Mann sein? Sie gingen die Treppe hinauf, stark war der Mann immer noch oder mit einem Mal wieder, er trug sie beide in seinen dürren Armen, links das Mädchen, rechts den Jungen, aus seinem Gesicht war alle Anstrengung verschwunden, dort lag ein Glück, ein Glanz, der die vielen Menschen, die ihm in diesem engen Haus begegneten, anhalten und ihm zusehen ließ, wie er diese beiden Kinder, die so sehr gewachsen waren, seit er verschleppt worden war, die Treppe hochtrug, als wögen sie nichts, als sähe er nicht so erbärmlich aus wie ein Jude, der mit knapper Not davongekommen war, der anschließend zurückgefahren war nach Posen und in seiner Wohnung die Nachbarn vorgefunden hatte, die verlegen gewesen waren immerhin, aber ausziehen hatten sie nicht wollen, und in der Nacht waren andere Leute zu ihm gekommen, der unter dem zerschossenen Dach ein Plätzchen gefunden hatte, bewaffnete Soldaten der polnischen Untergrundarmee waren es gewesen, sie hatten ihm ihre Gewehrläufe unter die Nase gehalten und gesagt, Scher dich fort oder wir drücken ab, und da hatte Herr Abramowicz verstanden, dass es ein weiter Weg war, und war geflohen, nicht mit der Brichah, niemanden hatte er gehabt, ganz allein war er gewesen, aber er hatte es geschafft, denn man sagte ihm, Geh nach Berlin, dahin wollen alle Juden, und er hatte die Stirn gerunzelt und den Namen der Stadt ungläubig wiederholt, Berlin? Welche Ironie Gottes verbarg sich darin schon wieder? Aber er war gekommen, und jetzt gingen sie die Treppe hoch, vielmehr ging einer und zwei wurden getragen, und kamen nun oben im zweiten Stock an, aber Herr Abramowicz setzte seine beiden Kinder nicht ab, er trug sie einfach weiter, als hätte sich die Erschöpfung der letzten Jahre plötzlich zu einer großen Kraft gesammelt, und da oben war es eng, im Korridor war kaum Platz, die Leute mussten aufstehen von ihren Betten, Herr Abramowicz achtete auf nichts mehr, das Glück in seinem ausgemergelten Gesicht leuchtete so, dass niemand sagte, Hee, trampeln Sie gefälligst nicht auf meine Matratze mit Ihren schmutzigen Schuhen! Und dann setzte er seine Kinder ab, denn da saß seine Frau und starrte gegen die Wand, aber das nahm Herr Abramowicz gar nicht wahr, er kniete sich nieder und umarmte seine Frau und sagte Dinge, die nur für sie bestimmt waren, in einem Ton, den er nur bei ihr in der Stimme hatte. Und da geschah das eigentliche Wunder, das eigentliche Wunder bestand darin, dass Frau Abramowicz vor den Augen des alten Mannes, vor Ruths Augen und den Augen der

Kinder und all der anderen Menschen, die da waren, und es waren viele, den Kopf zu ihrem Mann wandte und ihn ansah und lächelte.

ZWEIUNDVIERZIG

An einem schneeweißen Tag fuhren Peretz, Anna und Shimon mit einer Limousine in die sowjetische Zone westlich der Stadt. Sie fuhren eine Stunde lang durch die Winterlandschaft. Die Sonne schien, es war windstill. Zum ersten Mal in seinem Leben sah Shimon weite Felder, zum ersten Mal sah er einen Wald, dessen Bäume die erstarrten Finger in den Himmel reckten, alle weiß von Schnee und Raureif, der selbst auf den kleinsten Zweigen lag. Shimon sah kaum die schwimmende Brücke, über die sie fuhren, um an das andere Ufer der Havel zu gelangen, dafür aber sah er umso deutlicher die zerstörte Eisenbrücke, die gleich daneben im Wasser lag. Shimon sah die Soldaten an den Kontrollposten, die auf Russisch mit Peretz sprachen, der ihnen auf Russisch antwortete und dabei seinen Passierschein vorzeigte, ausgestellt von der amerikanischen Militärverwaltung Berlins. Ob Shimon die Schönheit sah, die der Schnee in alles hineinzauberte, in die Trümmer Berlins, die aussahen wie seltsame Felsformationen, in die Bäume, in die Felder, die brach gelegen hatten einen Sommer lang, weil die Bauern tot waren, an der Grenze gefallen, im Volkssturm aufgerieben, oder einfach, weil die Invasion der Alliierten das Bestellen der Felder unmöglich gemacht hatte, weshalb jetzt die Nahrung fehlte? Ob Shimon die Vögel sah, die am kalten Himmel flogen, Möwen, die der Hunger landeinwärts trieb, entlang der Flüsse? Ob Shimon den Truppenübungsplatz Döberitz bewunderte, der fast fünfzig Jahre lang in Betrieb gewesen war und wo jetzt hunderte von Flüchtlingen lebten, woher sie kamen, wohin sie gehen würden? Shimon lag in den Armen seiner jungen Mutter, seine Augen bewegten sich, hätte ihn jemand beobachtet, er hätte vielleicht bemerkt, wie die Welt durch sie hindurch ungebremst in Shimons Kopf fiel, nichts entging ihm, nichts hinterfragte er, nichts verstand er, weil Shimon noch jenseits von Verstehen und Nichtverstehen war. Shimon sah das Olympische Dorf, wo fast zehn Jahre zuvor ein Schwarzer geschlafen und gegessen hatte, der schneller gelaufen war als alle Weißen, und das vor den Augen von Menschen, die nichts zum Umdenken bewegen konnte, ganz gleich, was geschah. Jetzt zogen die letzten Einheiten der sowjetischen Stoßarmee aus dem größten Lazarett der Wehrmacht ab, denn dazu war das Olympische Dorf im Krieg geworden. Die meisten Gebäude wurden bereits als Auffanglager für Flüchtlinge benutzt, woher sie kamen und wohin sie wollten, das wusste auch Peretz nicht.

Sie näherten sich von Südosten über die Berliner Straße ihrem Ziel. »Hier«, sagte Anna und wies auf das Ortschild. »Eines Tages stand da ein Schild.« Sie wandte sich halb um und blickte dem Ortsschild nach. Jetzt, dachte sie plötzlich, bist du zurückgekehrt nach Hause. Wie fühlt es sich an? Doch es fühlte sich gar nicht an. Es war, als wäre sie nie fort gewesen. Es war, als wäre ein Teil ihres Gehirns plötzlich wieder in Betrieb gegangen und hätte auf ›Heimfahrt vom Angelteich über die Berliner Straße‹ geschaltet, und jetzt wäre Anna in Nauen eingetroffen, ein alltäglicher Vorgang, im Sommer, wenn es heiß war, und sie und ihre Freundinnen zum Baden dorthin geradelt, im Winter, wenn sie dort Schlittschuh gelaufen waren. Jetzt kamen sie im Ort selbst an. Die Alleebäume waren gefällt worden, sicher für Feuerholz. Aber die Häuser sahen unverändert aus. Ein paar Menschen gingen über die Straße, unwillkürlich versuchte Anna, sie zu erkennen.

»Was für ein Schild?«, fragte Peretz, während er die Häuser links und rechts betrachtete, große, alte Häuser mit langen Dächern und spitzen Giebeln. Er war bisher noch nicht westlich von Berlin gewesen, und es interessierte ihn auch nicht. Aber diese weiße Idylle und diese mittelalterlichen Häuser hatten etwas Märchenhaftes, das ihn faszinierte und wütend machte. Warum haben sie nicht alles bombardiert, dachte er und meinte die Alliierten, sie hätten es verdient, dachte er und meinte die Deutschen, alle Deutschen. Er dachte dabei nicht an Abba Kovner.

Annas Augen begannen zu tränen. Niemand sah es, nicht Peretz, der fuhr, und auch nicht Shimon, der eingeschlafen war. Sie sagte: »Es sah genauso aus wie das Ortsschild. Es stand ein paar Meter dahinter am Straßenrand. Darauf stand:

Juden – Achtung
Der Weg nach
Palästina führt nicht
durch diesen Ort!

Sie schwieg. Sie sagte:

»Ich verstand es gar nicht. Und ich brachte es nicht mit mir selbst in Verbindung, denn ...«, sie stockte, »mir war gar nicht bewusst, dass ich Jüdin war. Ich war Nauenerin, Brandenburgerin, Deutsche, und dann irgendwann, ganz weit weg, hatte ich jüdische Vorfahren.«

»Haben deine Eltern dir nichts erzählt?«

Anna schüttelte den Kopf.

»Ach was! Mein Vater war Psychoanalytiker. Wir litten an ständiger Geldknappheit, er hatte wenige Patienten. Er versuchte, wissenschaftliche Artikel zu publizieren, um etwas Honorar zu verdienen und sich einen Ruf aufzubauen.« Sie seufzte. Sie sagte:

»Einmal sagte er zu mir: Es gibt in Deutschland nur eine begrenzte Anzahl von Zeitungen, aber es gibt Millionen von Arbeitslosen, die jede Menge Zeit haben, Artikel zu schreiben.« Sie schwieg.

Peretz lenkte den Wagen nach rechts in die Mittelstraße, sie fuhren jetzt nach Norden, genau auf die Altstadt zu. Anna blickte aus dem Fenster. Sie sagte:

»Meine Mutter war Künstlerin. Sie hatte Kontakt zu Malern in Berlin und Norddeutschland, unsere Wohnung hing voll mit ihren Bildern, seltsame Bilder, auf denen nichts richtig dargestellt war. Sie dichtete Sachen, die ich nicht verstand. Sie traf sich mit Intellektuellen in Cafés und diskutierte über abstrakte Themen, die mich nicht interessierten. Sie lief im Hosenanzug durch die Stadt.« Anna lächelte. Sie sagte:

»Meine Mutter war mir peinlich.«

Peretz blickte kurz zu Anna. Sie sahen sich in die Augen. Dann bog Peretz nach links in die Kirchstraße. Die evangelische Kirche, die Litfaßsäule, das hohe Haus. Die Schusterei Götze. Im Hintergrund das herrschaftliche Haus, das in der Goethestraße stand, die parallel zur Mittelstraße nach Norden führte, mitten durch die kreisrunde Altstadt. Kirchstraße 32. Peretz hielt den Wagen an, der Motor erstarb. Die Straße war ganz still, kein Mensch war zu sehen. Mittagszeit. Die Schneedecke, die auf allem lag, warf gleißend helles Sonnenlicht zurück.

Peretz lehnte sich zurück, sah zu Anna hinüber. Anna rührte sich nicht. Sie blickte aus ihrem Seitenfenster zur Hausnummer 32, ein niedriges Häuschen in einer ganzen Reihe baugleicher Gebäude, Erdgeschoss, erster Stock, Giebeldach. Höchstens hundert Jahre alt, Arbeiter mussten hier gewohnt haben. Anna blickte zu den zwei kleinen Fenstern links und rechts von der Haustür. Die Gardinen waren zugezogen. Sie sagte leise:

»Jetzt bist Du angekommen
wie geht es Dir in meinem Herzen
was willst Du tun? Jetzt
bist Du angekommen
weiter geht es nur mit mir
ich nenne einen Stern nach Dir

den bekanntesten, Du siehst
auch die Sprache ist von Dir
ergriffen, jetzt bist Du
angekommen.« Sie schwieg, sie wandte den Kopf zu Peretz und lächelte ihn an, die Tränen liefen aus ihren Augen, eine körperliche Reaktion auf die Reizstoffe der Vergangenheit und der Gegenwart. Peretz schwieg, Lyrik verunsicherte ihn, sie hatte etwas Nacktes und Schwaches, das ihn nervös machte. Anna sagte:

»Das hat sie für meinen Vater geschrieben, als sie sich versöhnt hatten und er wieder nach Hause kam. Ein paar Jahre bevor das Schild am Ortseingang auftauchte.«

Sie fasste den schlafenden Shimon fester, Peretz beeilte sich auszusteigen, er ging um den Wagen und öffnete Annas Tür, es war eine komplizierte Tür, sie öffnete sich verkehrt herum, aber er kannte sich damit aus.

Wie ein Chauffeur stand er da, während Anna aus dem Fahrzeug stieg mit dem schlafenden Kind und nach oben blickte. Sie hatte keine Hoffnung, Hoffnungslosigkeit war ihre perfekte Methode, die sie bis hierher gebracht hatte, durch alles hindurch.

Hoffnungslos klopfte Anna an die niedrige Haustür.

Hoffnungslos wartete sie, dass jemand öffnete.

Hoffnungslos hörte sie Schritte auf den Dielen, die sich näherten.

Hoffnungslos klopfte ihr das Herz bis zum Hals, als sich die Tür öffnete. Dort stand eine Unbekannte, eine schmale, kleine Frau mit Schürze und Kopftuch, die sich mit einem Küchentuch die Hände abputzte und sie fragend ansah. Anna wollte etwas sagen, ihre Augen tränten, die Frau war verwirrt, Anna öffnete den Mund und schloss ihn wieder, die Frau blickte zu Peretz, Peretz kam näher und sagte:

»Die Familie Stirnweiss?«

Die Frau in der Tür schüttelte den Kopf. Anna betrachtete das Kleid der Frau, die Halskette, die sie trug. Sie blickte vorbei an der Frau und erhaschte einen Blick auf die Möbel. Ihre Augen tränten. Sie lächelte die Frau an. Die Frau blinzelte unsicher zurück. Anna fragte leise nach Menschen, während sie immerzu lächelte und die Augen immerzu tränten.

Joseph Stirnweiss?

Chawa Stirnweiss?

Eta Stirnweiss?

Benjamin Stirnweiss?

Die Frau schüttelte den Kopf, Namen um Namen, Wir verstehen uns, dachte Anna, Wie gut wir uns verstehen. Sie sagte:

»Das Kleid steht Ihnen so gut. Und die Halskette.«

Die Frau legte instinktiv eine Hand auf die Kette, gleich unter dem Schlüsselbeinansatz. Anna lächelte sie an.

»Geben Sie gut darauf acht. Es gehört den Toten.«

»Willst du nicht reingehen?«, fragte Peretz plötzlich. »Willst du nicht wenigstens ein paar Sachen mitnehmen?«

Die Frau sah Peretz erschrocken an, mit bangen Blicken beobachtete sie Anna mit den tränenden Augen.

Anna schüttelte langsam den Kopf, sie wandte sich ab und ging. Von dem Haus weg. Nach rechts, die Straße entlang. Ohne sich zu verabschieden, ohne auf Peretz zu warten. Peretz blickte ihr mit offenem Mund nach, die Frau in der Tür sah erschrocken und erleichtert zugleich aus, ihre Hand lag immer noch auf ihrem Dekolleté. Peretz blickte sie wütend an und sagte:

»Wenn es nach mir ginge, dann würde ich euch alles wegnehmen. Ihr Nazis!«

Dann folgte er seiner Frau.

Anna ging durch die Straßen ihrer Kindheit. Der Schnee knirschte unter ihren Füßen, das Baby in ihrem Arm wog kaum etwas, und doch spürte sie sein Gewicht wie eine Last. Sie ging nach vorn gebeugt, ihre Schultern waren vorgewölbt, als wolle sie das Kind vor der Welt beschützen durch diese Geste. Sie bog in die Goethestraße ein, rechter Hand lag das jüdische Gebetshaus, Anna hatte seine Zerstörung erlebt. Damals war sie gerade achtzehn Jahre alt geworden. Am Morgen nach dem Lärm, dem Getöse und den Schreien waren sie voller Neugier auf die Straße gegangen, sie und ihre Geschwister. Sie waren dem Rauch gefolgt und hatten endlich vor dem Gebetshaus gestanden und noch geglaubt, ein Unglück sei geschehen. Aber dann hatten sie die Schmierereien auf den Hauswänden gesehen, die eingeschlagenen Schaufenster, und Anna hatte sich an das Schild erinnert, das seit einiger Zeit am Ortseingang stand.

Anna ging jetzt denselben Weg noch einmal. Gleich nachdem sie rechts in die Goethestraße eingebogen war, öffnete sich schräg gegenüber auf der anderen Straßenseite eine Haustür, und eine junge Frau kam heraus. Sie wirkte unförmig mit ihrem dünnen Mantel, unter dem sie offenbar mehrere Kleiderschichten trug. Ihre langen, braunen Haare ließen nur einen Spalt frei, so dass ihr Gesicht kaum zu sehen war. Anna erkannte sie trotzdem. Sie blieb stehen. Ein einzelnes Auto fuhr vorbei, ein Zweisitzer, Anna sah ihn an. Dieses Bild würde sich ihr einprägen für den Rest ihres Lebens: Die Frau auf der anderen Straßenseite, das Auto, das ihnen beiden entgegenkam und einfach hinter ihren Rücken verschwand, seinen Lärm mitnahm irgendwohin, und dann war wieder Stille, nur sie und diese Frau waren auf der Straße, beide gingen sie in dieselbe Richtung, die Frau konnte Anna nicht sehen, denn sie ging etwas vor ihr. Anna überquerte die Straße. Sie begann zu laufen, um die Frau einzuholen. Dann war sie bei ihr, ging neben ihr, die Frau wandte sich um, sah sie erstaunt an, Anna lächelte ihr zu, die Frau blieb stehen. In ihrem Gesicht war eine Frage aufgetaucht, und das hätte Anna stutzig machen müssen, aber sie war so froh, endlich jemanden wiedergefunden zu haben, dass sie nicht darauf achtete. Sie sagte:

»Lena! Ich bin's, Anna! Anna Stirnweiss!«

Die Frau blickte sie ratlos an, sie runzelte die Stirn, sie schien sich anzustrengen, als ob sie durch einen Nebel schauen müsste, um irgendetwas wahrzunehmen. Doch dann gab sie auf und schüttelte den Kopf. Sie sagte:

»Tut mir leid. Ich kenne Sie nicht.«

Anna öffnete den Mund. Sie wollte etwas sagen. Sie wollte sagen, Erinnerst du dich nicht? Wir waren einmal unzertrennlich. Wir wollten alles gemeinsam machen. Wir hatten Geheimnisse, die wir mit niemandem teilten. Erinnerst du dich nicht an den Sommer sechsundzwanzig, als wir schwimmen lernten? An den Herbst zweiundvierzig, als wir uns schworen, einander nicht im Stich zu lassen? Sie wollte sagen, Sicher, es hat Pausen gegeben in unserer Freundschaft, aber wir sind immer wieder zusammengekommen, weißt du nicht mehr? Sie wollte sagen, Schau mich an, so sehr habe ich mich doch gar nicht verändert. Sie wollte ihr Shimon zeigen, Er ist der Sohn eines Ariers, hätte sie beinahe gesagt.

Sie sagte nichts. Sie stand vor der Frau, die sich nicht an sie erinnerte und sagte:

»Entschuldigung. Ich habe mich wohl geirrt.« Sie wandte sich ab, sie sah Peretz, der auf der anderen Straßenseite stand und herüberblickte. Sie lief auf ihn zu.

DREIUNDVIERZIG

Frau Kramer erzählte alles. Sie und Lisa saßen im Café Seetempel am Brodtener Ufer in Travemünde und blickten hinaus aufs Meer. Es war windig, die Ostsee schlug ihre Wellen an die Steilküste, hoch am Himmel stand die Sonne und sandte ihre heißen Strahlen auf alles, das glitzernde Wasser, die Badegäste unten am Strand und die beiden Frauen, die oben auf der Klippe an einem runden Tisch saßen und im Schatten eines Sonnenschirms Kaffee tranken.

Das Café war gut besucht, überall standen gut gekleidete Leute und warteten auf einen freien Tisch, aber Frau Kramer und Lisa Ejzenstain nahmen kaum etwas davon wahr. Sie waren vertieft in die Vergangenheit.

Die Vergangenheit begann in Ostra, südliche Bukowina, Lass dir Zeit, hatte Lisa gesagt, Erzähl mir dein Leben ganz von vorn, ohne die Lügen. Frau Kramer hatte geschluckt, sie war so sehr daran gewöhnt, immer noch Margarita in die Bilderbücher hineinzukleben, die sie vor Lisa ausbreitete, dass es sich fast falsch anhörte, als sie jetzt die Wahrheit und nichts als die Wahrheit sagte. Noch einmal sprach sie von ihren Eltern, die sich nach dem achten Kind nichts mehr zu sagen hatten, von ihrem Vater, der gestorben war, als sie selbst noch ein kleines Mädchen gewesen war, von der Mutter, die den Hof mit eiserner Hand regiert hatte, von den Geschwistern, die einer nach dem anderen fortgegangen waren aus Ostra, nur sie, die Jüngste, war eines Tages übrig geblieben und half der Mutter, den Hof zu versorgen, die Tiere, das Feld und die Großmutter, die in einem Stuhl saß und nichts anderes tat, als von früher zu erzählen, endlose Geschichten, die wie kleine Schleifen waren und sich ebenso endlos wiederholten. Frau Kramer erzählte von Wilhelm Kramer, einem Jungen aus der Nachbarschaft, ein schüchterner Kerl, der einzige, der sich keinen Zeitvertreib daraus machte, die Mädchen zu ärgern, und der schon früh begann, sie zu beobachten. Frau Kramer erzählte von der Hochzeit, vom Tod ihrer Großmutter, von der kranken Mutter, die ein Jahr später auch starb, sie erzählte davon, wie Wilhelm zu ihr zog, um den Hof zu übernehmen, Damit hatte er gar nicht gerechnet, sagte sie, Er war ja der jüngere der Kramerbrüder, um das Land nicht immer weiter aufzuteilen in Parzellen, erbte nur der Älteste und die anderen blieben und halfen mit oder sie gingen fort. Frau Kramer erzählte von Karls Geburt, sie lächelte und weinte zugleich, als sie von ihrem Sohn sprach, der nie Scherereien machte, der so viele Freunde im Dorf hatte wie kaum ein anderer, den viele Mütter gern zum

Schwiegersohn gehabt hätten, Aber Karl hatte nur Sinn für seine Freunde, die Mädchen waren ihm gleichgültig, und das blieb auch so, als er größer wurde, sagte Frau Kramer und lächelte nicht mehr und sah ein wenig ratlos aus. Dann seufzte sie und erzählte von Maria und fand kaum die richtigen Worte für dieses Baby, das grundlos zu schreien schien, für dieses Kleinkind, das nicht schlief, wenn es schlafen sollte, für dieses Mädchen, das viel zu früh anfing, den Jungen schöne Augen zu machen, von dieser Jugendlichen, die die Schule schwänzte, um sich mit Männern zu treffen, und die schließlich keinen Unterschied mehr machte zwischen den Vätern und ihren Söhnen. Irgendwann war das ganze Dorf gegen sie und gegen uns natürlich auch, sagte Frau Kramer und seufzte wieder und sah traurig aus. Sie blickte Lisa an, die ihren Kaffee vergessen hatte, weil sie im Laufe der Erzählung bemerkte, dass die Lügen ihrer Großmutter nicht nur sie und ihre Mutter betrafen, sondern vieles mehr, es war, als hätte sie nur von einer Hälfte eines Bildes gesprochen, niemals aber von der anderen.

»Es gab ein Büro in Gura Humora, die Volksdeutsche Mittelstelle, VoMi nannten die Leute sie. Dorthin fuhren Wilhelm und ich mit dem Ochsenkarren, morgens hin und abends zurück. So kam die SS in unser Leben.« Frau Kramer erzählte nichts von den mit Brettern vernagelten Geschäften der vielen österreichischen Juden, die es in Gura Humora gab, sie erwähnte nicht die vielen leerstehenden Häuser und Wohnungen, an denen sie mit ihrem Ochsengespann vorbeifuhren und die davon erzählten, dass die Juden fort waren. Sie verschwieg Lisa, dass sie schweigend weiterfuhren bis zur VoMi, wo sie vorstellig wurden und sich eintragen ließen in eine Liste. Sie erzählte auch nichts davon, dass es in Ostra Leute gab, die euphorisch wurden, wenn sie in der Dorfschenke saßen und Hitler im Volksempfänger, den die SS gespendet hatte, reden hörten. Frau Kramer hielt sich an die Familiengeschichte, Alles andere, sagte sie sich, Ist doch gar nicht so interessant für Lisa, weil es ja Gott sei Dank vorbei ist. Deshalb sprach sie von Karls Widerwillen gegen den Umzug, Er wollte seine Freunde nicht verlieren, sie sprach von Marias Gleichgültigkeit, Aber Maria trieb sich längst in den Nachbardörfern und sogar in Gura Humora herum, dass sie nicht eines Tages schwanger nach Hause kam, war das Einzige. Frau Kramer verlor ein paar Tränen aus den Augen, aber es ging nicht um sie und ihre Gefühle, sondern um Lisa, deshalb riss sie sich zusammen und sprach von der beschwerlichen Überfahrt mit Sack und Pack auf Pferdekarren, die SS hatte einen Treck zusammengestellt mit lauter Buchenlanddeutschen, die heim ins Reich wollten. Wenn sie mit den Leuten sprachen, stellten sie fest, dass die meisten gute Gründe hatten, nur wenige wiederholten die Parolen der Werber, die über die Dörfer fuhren und große Reden schwangen vom Tausendjährigen Deutschen Reich, von der arischen Rasse, vom Fortschritt der Zivilisation, vom deutschen Menschen, von der Erneuerungsbewegung und was sie nicht sonst noch alles sagten. Wochenlang fuhren wir wie die Zigeuner durch die Lande, sagte Frau Kramer, die kaum etwas von Zigeunern wusste, Wochenlang sahen wir zu, wie Maria sich an die SS-Jungen heranmachte und die SS-Jungen um unseren Sohn buhlten. Frau Kramer erzählte von der Lagerfeuerromantik, von strammen Liedern, die mit der Gitarre und dem Akkordeon begleitet wurden, sie erzählte von der naiven Begeisterung im Gesicht ihres Sohnes im Schein der Flammen, von ihrem unguten Gefühl, wenn sie sich seine neuen »Kameraden« ansah, wie sie mit ihren Waffen herumstolzierten, Wie Kinder, die Räuber und Gendarm spielten, sagte sie.

Lisa hörte schweigend zu. Sie hörte, wie die Fahne auf dem Dach des Café Seetempel flatterte, sie hörte das Rauschen des Meeres und die Stimmen der anderen Sommergäste, das Schreien der Kinder, die unten am Strand mit den Wellen spielten, und die Stimme ihrer Großmutter, die nie wieder ihre Großmutter sein würde. Sie sah das Gesicht einer Fremden, die ihr vertrauter war als jeder andere Mensch auf der Welt. Sie hörte sich die Erzählung vom

Auffanglager Gunzenhausen in Bayern an, wo die Volksdeutschen in riesige Duschräume gepfercht wurden zum Zweck der Desinfektion, während blonde SS-Helferinnen ihre Kleider und ihre Habe mit Zyklon ›entwesten‹, Ich wusste nicht einmal, was das bedeutete, sagte Frau Kramer und versuchte zu lachen, aber es misslang ihr. Sie erzählte von der großen Turnhalle, in der sie monatelang auf einen Bescheid warteten, bis sie begriffen, dass die SS sie absichtlich warten ließ, um ihren Vorsprung vor der Wehrmacht auszubauen, die keinen Volksdeutschen anwerben durfte, solange er keinen deutschen Pass besaß. Und dann erzählte sie, wie die Kinder sie verließen, Maria ging einfach, eines Morgens war sie fort, mit einem SS-Burschen, der nach Berlin versetzt worden war. Karl, den sie kaum noch sahen, weil er mit seinen neuen Freunden exerzierte, musizierte und trank, kam ein paar Tage später zu ihnen und kündigte an, Mutter, Vater, ich gehe zur SS, ich habe es mir reiflich überlegt, das ist mein Weg, ich fühle es.

»Als sie uns alles genommen hatten, ließen sie uns gehen. Sie setzten uns in einen Zug, der Zug fuhr über Prag und weiter nach Polen, das jetzt Wartheland hieß.« Sie erzählte von den Popkos aus dem nördlichen Buchenland, eine richtige Familie, Vater, Mutter, fünf Kinder, alle Großeltern, eine Urgroßmutter, Die besetzten drei Abteile, und in einem saßen wir zu zweit, Wilhelm und ich, und wussten gar nicht mehr, was sollen wir überhaupt noch im Wartheland? Sie erzählte von der Ankunft im Bahnhof von Posen, von dem schlaksigen SS-Mann, der ihre Sachen in den Lastwagen warf und sie aus der Stadt fuhr und über die Felder zu ihrem Bauernhof. Sie sagte, Da stand noch das Frühstück der polnischen Familie, im Kleiderschrank lagen die Kleider der polnischen Familie, und im Stall schrien zwei Kühe, die nicht gemolken worden waren an jenem Morgen. Sie sagte, Wir zogen die Betten ab, wir spülten das Geschirr und das Besteck, wir wagten es kaum auszusprechen: Was haben die mit den Besitzern gemacht? Und dann kam der Pfarrer auf dem Motorrad über die Felder gefahren und fuhr mit lautem

Brummen vor und zog sich den Helm vom Kopf und die Brille von den Augen, ein langer Kerl mit einem schmalen Gesicht, ich habe seinen Namen vergessen, er hat ihn uns gesagt, als er abstieg und uns die Hand gab, das weiß ich noch genau, aber ich erinnere mich beim besten Willen nicht mehr an seine ersten Worte. Er kam herein und sagte nichts über die Besitzer und zeigte uns den Hof, den wir längst kannten, aber am Ende ging er mit uns in den Keller und sagte viel zu laut, Wenn Sie etwas brauchen, wenn Sie Hilfe brauchen, dann kommen Sie zu mir, ich schreibe Ihnen meine Adresse auf. Und die hat er dann aufgeschrieben und viel zu laut mitgesprochen. Wir haben uns gewundert, Was für ein kauziger Mensch, sagte mein Wilhelm. Aber zwei Tage später verstanden wir ihn besser, da stand Adam Herschel vor uns und hob die Hände, als hätten wir Pistolen auf ihn gerichtet.

»Was war das für einer?«, fragte Lisa, es war das Erste, was sie seit langer Zeit sagte.

Frau Kramer seufzte, denn jetzt kamen sie dem Schwersten immer näher. Sie sagte:

»Das war ein Jude, der sich vor der SS versteckte.«

So musste Frau Kramer doch alles erzählen und hatte sich in Gura Humora nur einen Aufschub verschafft.

»Was hat die SS mit den Juden gemacht?«

»Ich weiß es nicht genau, Kind. Aber es war nichts Gutes. Sie haben die Leute abtransportiert und weggebracht. Als unser Zug durch Prag kam, sahen wir einen Güterzug voller Menschen, einer der Popko-Männer sagte, Juden, sonst nichts, nur das: Juden. Aber alle wussten wir, da ist nichts Gutes im Gang.«

»Und meine Mutter?«

»Deine Mutter war eine wunderschöne Frau, Lisa. Es ist so schade, dass ich dir kein Foto von ihr zeigen kann! Eines Tages, als der Herschel schon fort war, kam der Pfarrer zu uns und beschwor uns, noch einmal zu helfen. Mein Mann sagte nichts, damals war es noch nicht lange her, dass wir die Nachricht von Karls Tod erhalten hatten. Wir waren beide traurig und wütend auf die SS, die unseren Sohn in sein Verderben geschickt hatte. Auch war der Hof nicht das, was sie versprochen hatten, die Erde war nicht gut, wir mussten hart arbeiten für unseren Ertrag. Ich wusste, Wilhelm wollte lieber für sich sein, aber als ich hörte, dass es eine schwangere Frau war, konnte ich nicht anders. Margarita hatte einen Deutschen erschossen, das erzählte der Pfarrer, ihretwegen ließ der Statthalter von Konin, ein gewisser Obersturmbannführer Josef Ranzner, siebenunddreißig polnische Bürger gleich neben der Kirche exekutieren, genau an der Stelle, wo deine Mutter den Deutschen, einen Sturmbannführer Treitz, erschossen hatte, aber das war natürlich nicht ihre Schuld, sie hatte sich nur rächen wollen für den Tod ihres Bruders Tadeusz und den deines Vaters.« Sie machte eine Pause und atmete tief durch.

Lisa saß da und hörte die Stimmen und sah, dass die Sonne schon begonnen hatte, sich im Westen niederzulassen. Der Wind hatte etwas nachgelassen, die Fahne auf dem Dach des Cafés flatterte nicht mehr so laut, viele Gäste hatten sich auf den Rückweg nach Lübeck gemacht, niemand musste mehr auf einen Tisch warten. Lisa saß da und war nur Augen und Ohren. Mit Denken und Fühlen würde sie sich anschließend beschäftigen. Jetzt ging es um eine Neuordnung der Dinge.

Frau Kramer wusste, dass das Mädchen nicht von ihr ablassen würde, bis alles gesagt wäre, und deshalb erzählte sie ihr von ihrem Zusammenleben mit Margarita. Sie erzählte von dem Loch im Boden, von ihrer Entscheidung, mehr zu wagen, um Margaritas Gesundheit nicht zu gefährden. Immer mehr näherte sie sich. Und als sie von der Geburt erzählt hatte und vom Volkssturm, der ihren Wilhelm mitnahm an die Front, als sie berichtet hatte von ihrer Flucht vom Hof, da waren Frau Kramer und Lisa Ejzenstain da angekommen, wo alles angefangen hatte.

»Deine Mutter war noch geschwächt von der Geburt«, sagte sie und zögerte.

»Wir gingen nach Westen. Ich musste der Kuh helfen, sie konnte den Karren nicht allein durch den tiefen Schnee ziehen. Deine Mutter saß auf dem Bock und versuchte, dich vor der Kälte zu schützen. Sie hatte dich vor ihre Brust gebunden und alle Decken, die wir hatten, um sich gewickelt. Als wir endlich die Landstraße erreichten, sahen wir, dass wir nicht allein waren. Die Straße war so voll von Menschen mit Karren, auf denen sie alles transportierten, was sie hatten, wir mussten uns richtig hineindrängen in die Schlange, um voranzukommen. Zumindest konnte ich endlich ein wenig ausruhen und neben deiner Mutter auf dem Bock sitzen. Plötzlich hieß es, Die Russen kommen! Die Menschen gerieten in Panik, versuchten, über die Felder zu fliehen, ließen alles zurück, die Straße war im Nu versperrt. Uns blieb nichts übrig, als zu warten. Und dann kamen die Russen. Sie kamen mit Spähpanzern und Kübelwagen und Pferdekutschen und zu Fuß. Sie nahmen uns die Kuh weg und sie rissen Margarita vom Karren, sie musste sich aus den Decken wickeln, sie lachten und machten Witze, die wir nicht verstanden. Aber als sie dich sahen, hörten sie damit auf und ließen sie in Ruhe. Ich wickelte sie wieder ein, und dann gingen wir zu Fuß weiter. Den Karren ließen wir einfach stehen. Es wurde Abend und immer kälter. Wir wollten bis zur Warthe kommen und versuchen, ein Schiff Richtung Posen zu nehmen. Aber so weit kamen wir nicht. Als es Nacht wurde, sanken die Temperaturen so tief, dass wir kaum noch weitergehen konnten. Aber wir gingen weiter. Die ganze Nacht. Gegen Morgen wollte deine Mutter sich nur noch setzen und ausruhen. Ich sagte ihr, Margarita, wenn du das tust, dann sterbt ihr, du und dein Kind. Das half ein paar Mal, aber irgendwann war sie einfach zu erschöpft. Sie setzte sich auf einen Baumstumpf am Wegesrand und ...« Frau Kramer schwieg. Sie hatte Lisa gar nicht mehr angesehen. Stattdessen hatte sie auf den Tisch gestarrt, ohne etwas anderes wahrzunehmen als die

Kälte, ohne etwas anderes zu sehen als Margarita, die vor ihr saß und starb.

»Ich konnte nichts tun, Lisa. Ich war selbst kurz davor zu erfrieren. Ich versuchte, sie hochzuziehen, aber sie blieb einfach sitzen mit offenen Augen und reagierte nicht mehr.« Sie hob den Blick und sah Lisa in die Augen. Tränen liefen ihr über die Wangen. Lisa saß vor ihr und sah ihr dabei zu und hörte die Fahne auf dem Dach, die Stimmen der anderen, das Rauschen des Meeres tief unten. Sie dachte, Ich müsste jetzt weinen, aber sie weinte nicht, sie dachte, Ich müsste jetzt zusammenbrechen und danach wäre alles anders, doch nichts geschah. Sie saß immer noch vor ihrer Großmutter, die dies nicht war, und fühlte ein Ziehen im Zwerchfell, als wäre dort ein Vakuum, als müsste sie dagegen anatmen, um ihren Körper zu füllen, aber sosehr sie auch Luft holte, es gelang ihr nicht. Frau Kramer sagte:

»Ich wickelte dich aus und band dich vor meine Brust. Ich nahm alle Decken, die deine Mutter trug, an mich. Dann ging ich weiter und ließ sie zurück.« Sie schwieg. Sie war am Anfang angekommen, jetzt fehlte ihr die Kraft weiterzumachen. Sie wollte nur noch sitzen und nichts tun, sie wollte weit fort, an einen Ort ohne Winter, ohne Kälte, ohne Tod. Aber vor ihr saß Lisa und sah sie an und wartete. Also raffte sie sich hoch und erzählte weiter:

»Nach einem halben Kilometer kam ich an ein Bauernhaus, da lebten Polen. Sie nahmen uns auf, Lisa. Fünfhundert Meter haben deiner Mutter gefehlt. Das werde ich nie ...« Sie verstummte und senkte den Kopf. Es geht nicht um mich, wies sie sich selbst zurecht, aber sie konnte sich nicht mehr beherrschen. Nachdem sie eine Weile in sich hineingeweint hatte, hob sie den Kopf wieder und sah Lisa an.

»Die Polen haben uns gerettet. Eines Tages möchte ich zu ihnen fahren und mich bedanken.« Sie atmete noch einmal tief durch. Nun war alles erzählt, der Rest konnte warten, sie fühlte sich so erschöpft, als wäre sie ein zweites Mal geflohen. Sie lehnte sich zurück und schloss die Augen und spürte den Wind auf ihrer Haut, sie hörte die Fahne, die sich manchmal noch regte, und die gedämpften Stimmen der anderen Gäste.

Als sie die Augen öffnete, stand Lisa neben ihrem Stuhl. Das Mädchen beugte sich zur ihr herunter, legte die Arme um sie und schmiegte den Kopf in ihre Halsbeuge und weinte und flüsterte: »Wir fahren gemeinsam dahin, Oma.«

VIERUNDVIERZIG

Als der General zum Purimfest kam, hieß Peretz Joseph. Joseph ist ein guter Name, sagte er zum Vorsitzenden des Lagerkomitees, der auch an diesem Tag wie an allen anderen Adam hieß. Gut für ein Fest und gut für einen General. Natürlich trug niemand eine Uniform, sie alle waren nur Flüchtlinge, die hier im DP-Camp Schlachtensee einen vorübergehenden Hafen gefunden hatten.

Der Rabbi, der den General eingeladen hatte, erklärte ihm die Bedeutung des Purimfestes, er sprach vom Buch Ester, vom selbstsüchtigen Regierungsbeamten Haman, der alle Juden im Perserreich ermorden lassen wollte, von König Achaschwerosch und seiner schönen Königin, die für die Juden betete, von den hölzernen Ratschen, mit denen die Menschen einen Höllenlärm machten, und von den verrücktesten Verkleidungen. All dies tat er mit einem Lächeln auf den Lippen, und es schien, als wolle er keineswegs eine Verbindung zwischen Vergangenheit und Gegenwart herstellen. Dann führte er den General zu den Männern und Frauen des Lagerkomitees, die sich in der Kantine versammelt hatten. Sie standen in einer Reihe mitten im Saal, ein jeder und eine jede in seinem besten Anzug, ihrem besten Kleid, links und rechts entlang der Wände zwei Tischreihen, die festlich gedeckt waren, um dem General und seinem Gefolge einen würdigen Imbiss zu bescheren.

Joseph Taggart McNarney, der wirklich so hieß, schüttelte ihnen nacheinander die Hand, während der Rabbi die Namen nannte. Plötzlich sagte der General:

»Zehn sollten es sein, hier aber stehen elf vor mir.«

»Oh«, sagte Adam schnell, »das ist Joseph, er ist auch ein Mitglied des Komitees.«

»So, so«, sagte der General und lächelte. »Nun ja, da das Lager so schnell wächst, muss natürlich auch das Komitee wachsen, nicht wahr?« Dabei zuckten die buschigen Augenbrauen des Generals kurz nach oben.

»So ist es«, bestätigte Adam und versuchte, seine Erleichterung über die gefällige Logik des Generals zu verbergen.

»Aber sagen Sie mir, Joseph: Als Interessenvertreter der Flüchtlinge müssten Sie doch eigentlich wissen, wer alle diese Juden in das Lager schmuggelt.« Es wurde still. Joseph blickte McNarney ratlos an und sagte:

»Herr General, es stimmt, ich kümmere mich um die Flüchtlinge im Lager. Aber ich habe keine Ahnung, wie sie hierherkommen.« Der General lächelte, seine Augenbrauen zuckten. Er sagte:

»Ganz gleich, wer diese Leute sind, sagen Sie ihnen, sie sollen damit aufhören. Das Lager ist gar nicht groß genug für so viele Menschen.« Es gab eine Pause, dann sagte der General:

»Ich meine nicht, dass sie für immer aufhören sollen. Sagen Sie Ihren Leuten, sie sollen versuchen, eine Weile damit aufzuhören, bis wir ein neues Lager gebaut haben.« Er nickte seinem Namensvetter freundlich zu. Dann setzten sie sich an die Tische, junge Mädchen brachten ihnen Teller mit kosheren Kaltspeisen, während mehrere Männer und Frauen, die in der gegenüberliegenden Ecke des Saales standen, damit beschäftigt waren, ihre Instrumente möglichst leise zu spielen.

»Wenn der wüsste, wer du wirklich bist«, sagte Adam später zu Peretz. Da war es längst Nacht, General McNarney und seine Begleiter, die es sich hatten gut gehen lassen, bestiegen ihre Jeeps und fuhren durch den Schnee davon, während für die Menschen der schönste Teil des Festes erst begann, denn nun gehörte der Saal ihnen allein. Überall im Lager war das Sägen der Ratschen zu hören. Die meisten hatten die Leute sich selbst gebastelt. Nie wieder Purim ohne Ratschen. Von draußen konnte man sehen, dass im Saal getanzt wurde.

»Ich glaube fast, er wusste es genau«, erwiderte Peretz und blickte den Rücklichtern nach, bis sie auf die Potsdamer Chaussee einbogen und verschwanden. Ihn fröstelte in der kalten Luft.

»Wie stellt er sich vor, dass wir aufhören?«, fragte er Adam leise, während er noch auf das Tor starrte, das langsam von zwei Wachleuten geschlossen wurde. Ohne die Worte zu lesen, starrte er auf das Bettlaken, das auf der Außenseite eines der Torflügel angebracht war und das nun seine Schrift wieder der Straße zuwandte. Im Licht der Scheinwerfer, die auf das Tor gerichtet waren, sah man die großen Lettern durch den Stoff hindurch. Dort stand:

ƎИITꙄƎⱢAꟼ ꟻO ꙄƎTA⅁ ƎHT ИƎꟼO

Er erinnerte sich flüchtig daran, dass sie es Monate zuvor angebracht hatten, als das anglo-amerikanische Komitee sie besuchte, um zu entscheiden, was mit den Juden zu geschehen habe. Lauter nette Männer und Frauen, die sich die Geschichten der Überlebenden angehört und hier und da eine Träne des Mitgefühls vergossen hatten. Dann waren sie wieder verschwunden, nach Kairo und Jerusalem, wie es geheißen hatte. Aber geschehen war nichts. Und währenddessen kamen immer mehr Juden nach Deutschland.

Peretz wusste, dass irgendwelche Lagerinsassen das Laken jeden Monat abhängten, es wuschen und wieder am Tor anbrachten. Niemand hatte es ihnen befohlen, sie taten es einfach.

Mit einem Ruck wachte er aus seinen Gedanken auf. Laut sagte er: »Wie stellt er sich vor, dass die Menschen, die aus Polen fliehen, plötzlich einfach dortbleiben? Sollen sie sich ein Weilchen umbringen lassen, bis die Amerikaner sich bequemen, ein neues Lager zu bauen? Hat er nicht begriffen, dass sie das neue Lager nur deshalb bauen müssen, weil wir nicht einmal einen Tag lang aufhören können, die Menschen in Sicherheit zu bringen?« Peretz schüttelte den Kopf. Er mochte den General, und er wusste, dass die US-Regierung mit ihnen sympathisierte, seit die amerikanischen Juden Druck ausübten. Und doch hatte Peretz zwischen den Zeilen noch etwas anderes gehört: das Bemühen der Amerikaner, keine Probleme mit den Briten zu verursachen. Die Engländer haben uns den Krieg erklärt, dachte Peretz, Verflucht sollen sie sein.

»Komm«, Adam ergriff seinen Arm, »lass uns feiern.«

FÜNFUNDVIERZIG

Der Direktor saß hinter seinem Schreibtisch. Dieser Schreibtisch war so breit und so edel, dass Otto Deckert sich unwillkürlich fragte, was er zu bedeuten hatte. Hinter dem Direktor befand sich ein Fenster, dort war es grün, Bäume und Sträucher konnte er sehen und weiter hinten eine Mauer.

Der Direktor war ein schmächtiger kleiner Mann mit rundem, viel zu großem Kopf, abstehenden Ohren und dünnem Hals. Sein Haaransatz war so hoch, dass es das Ballonhafte des Schädels noch unterstrich. Der Direktor war keine Augenweide, kein arischer

Übermensch. An einem Zuchtprogramm hätte er niemals teilnehmen dürfen.

Otto Deckert hatte viel riskiert, um herzukommen. Er war ohne Papiere durch Deutschland gereist, stets auf der Hut vor Kontrollen, oft per Anhalter, viele Kilometer zu Fuß. Er hatte in feuchten Wäldern und Scheunen geschlafen, er hatte Bauern erzählt, die Russen hätten seine ganze Familie umgebracht und seitdem sei er unterwegs zu dem einzigen Verwandten, den er noch habe. Ihm war geglaubt worden, man hatte ihm Lebensmittel und gute Wünsche und Mitgefühl mitgegeben auf seinem beschwerlichen Weg. Er hatte sich einsam und schutzlos gefühlt, doch er hatte gelernt durchzuhalten, und das kam ihm auch jetzt zugute.

In Nürnberg war er in einen leeren Güterzug geklettert und bis zum Münchner Hauptbahnhof gefahren. Er hatte den monumentalen Neubau bewundert und war durch die große Eingangshalle gegangen mit dem ermutigenden Gefühl, dass das Leben weiterging, dass Deutschland und er selbst nicht unterzukriegen waren, dass dem Führer dieses schöne Gebäude gefallen hätte.

Er hatte kein Geld für die Taxifahrt gehabt, deshalb war auch der Weg nach Süden in die Nachbargemeinde von München lang und umständlich gewesen. Stundenlang war er an der Isar entlanggewandert.

Am Tierpark hatte ihn endlich ein fahrender Bäcker in seinem kleinen Lieferwagen mitgenommen und direkt in die Heilmannstraße zur ehemaligen Rudolf-Heß-Siedlung mitgenommen. Grün war es dort, wo einst wichtige Männer der NSDAP mit ihren Familien abgeschottet vom Rest der Menschheit ein beschauliches Leben geführt hatten. Die Siedlung war in einen Wald hineingebaut worden, der sie wie ein Schutzschild umgab, eine hohe Mauer, die ebenfalls aus der Zeit vor dem Krieg stammte, sorgte dafür, dass niemand sich Zutritt verschaffen konnte.

Der Direktor empfing ihn nicht sofort, Deckert musste lange in einem kahlen Raum warten, bevor ihn eine adrette Sekretärin abholte und durch lange Gänge vorbei an verschlossenen Türen führte und zuletzt vor einer massiven Holztür am Ende eines Ganges anhielt, anklopfte und, als sie sich öffnete, mit einer knappen Handbewegung Abschied nahm von Otto Deckert.

In der Tür stand eine weitere Sekretärin, eine ältliche Dame, die ihn von oben bis unten musterte, bevor sie sagte:

»Otto Deckert, nicht wahr? Kommen Sie herein, er wartet schon auf Sie.« Mit diesen Worten öffnete sie eine weitere Tür. Und da saß der Direktor hinter seinem großen Schreibtisch und blickte ihm entgegen und machte ein Zeichen, er solle sich auf den Stuhl setzen, der ihm gegenüber stand.

»Erzählen Sie mal!«, sagte der Direktor, und Otto Deckert erzählte von der elften Armee, vom Russlandfeldzug, vom Rückzug bis nach Posen, von der Verteidigung der Stadt bis zum letzten Blutstropfen, Seite an Seite mit der SS, und als er gerade ansetzen wollte, um seine Gefangenschaft zu schildern, sagte der Direktor:

»Wir haben die Thora bewiesen, Deckert.«

Auf einen solchen Kommentar war Deckert nicht gefasst gewesen. Er starrte den Direktor an und suchte nach einer geistreichen Erwiderung, doch er fand nichts. Der Direktor sagte:

»Wir haben bezahlt, Deckert. Auge um Auge, Zahn um Zahn. Wir haben, indem wir die Juden auf diese ungehobelte, ungeschickte Weise exterminieren wollten, indem wir weite Teile Weißrusslands menschenleer geschossen und gebrannt haben, um Land für uns selbst zu gewinnen, oder wenigstens verbrannte Erde zu hinterlassen, genau das Gleiche gegen uns heraufbeschworen: Flucht, Vertreibung, Gefangenschaft, millionenfachen Tod, signifikanten Territorialverlust, ein geplündertes Land. Das ist die Thora, das Alte Testament. Was sagen Sie dazu?« Mit diesen letzten Worten lehnte der Direktor sich in seinem Ledersessel zurück, ohne Otto Deckert aus den Augen zu lassen. Bevor dieser sich sammeln konnte, um etwas zu sagen, fuhr der Direktor fort:

»Ich sage Ihnen das, damit Sie Ihr eigenes Schicksal in einen höheren Zusammenhang stellen, Deckert. Ich kann hier keine Leute gebrauchen, die nicht begreifen, in welcher Welt sie leben. Es ist eine Welt der Machtblöcke und Ideologien, sie sind der große Rahmen, in dem jedes Einzelschicksal sich vollzieht, auch Ihres.« Er machte eine Pause, um die Wirkung dieser Worte auf sein Gegenüber sich entfalten zu lassen. Dann sagte er:

»Damals haben wir versucht, einen Keil in die bestehende Ordnung zu schlagen. Aber wir haben versagt, oder die bestehende Ordnung war zu stark für uns. Diesmal müssen wir geschickter vorgehen, Deckert.«

Deckert nickte unwillkürlich, nicht, weil er dem Direktor zustimmte, sondern, weil er dem Direktor zeigen wollte, dass es so sei, obwohl er nicht verstand, worum es ging. Der konzentrierte Blick, mit dem der Direktor ihn beobachtete, machte Otto Deckert nervös und lenkte ihn ab. Er versuchte ihn zu erwidern, um dem anderen seine Selbstsicherheit zu beweisen, doch er hatte den eigenartigen Eindruck, dass es unmöglich war, wirklich mit dem Direktor in Kontakt zu treten, da dieser ihn einfach weiter beobachtete, als säße er in Wahrheit hinter verspiegeltem Glas in einem geheimen Zuschauerraum und würde niemals entdeckt.

»Ich habe dies alles vorausgesehen«, sagte der Direktor plötzlich in die Stille hinein. Er sah dabei keineswegs selbstzufrieden aus, sondern sachlich, wie jemand, der historische Fakten referiert. Er sagte:

»Ich habe im Herbst vierundvierzig vorhergesehen, dass die Westalliierten sich nach unserer Kapitulation gegen die Sowjetunion verbünden würden, und ich habe dafür gesorgt, dass sie ihre Gründe hatten, es auch wirklich zu tun.« Er schwieg kurz, aber nur, um Deckert Zeit zu geben, ihm zu folgen. Dann sagte er:

»Keiner von denen, weder die Amis noch die Engländer und die Franzosen sowieso nicht, keiner hatte Agenten im Osten. Nur wir.«

Er lehnte sich vor und stützte die Ellenbogen auf seinen breiten, tiefen und edlen Mahagonischreibtisch mit dunkelgrüner Ledereinlage, an deren Rändern Deckert goldfarbene Arabesken entdeckte.

»Und seitdem sind wir im Geschäft, Deckert.« Der Direktor lehnte sich wieder zurück. Er sagte:

»Wir sind hervorragend vernetzt. Wir haben beste Kontakte zur Regierung, zu den Parteien, zur Kirche, zur neuen Bundeswehr, zum Verfassungsschutz, zum *Spiegel*, wo einige Kameraden arbeiten. Die Amerikaner hören auf uns. Der radikale Antibolschewismus der Amis ist unser Werk. Wir haben ihnen vor ein paar Jahren glaubhaft versichert, dass die Sowjets bis an die Zähne bewaffnet sind. Dass sie jederzeit überall losschlagen können, wenn's sein muss auch gleichzeitig. Wir haben den Amerikanern eingeredet, dass sie schwach sind. Die haben es sofort geglaubt und angefangen, wie verrückt aufzurüsten. Wir, Deckert, wir haben den Kalten Krieg erfunden. In diesem Büro«, und dabei setzte der Direktor seinen rechten Zeigefinger senkrecht auf die dunkelgrüne Ledereinlage seines Schreibtisches, »ist der Kalte Krieg entstanden.«

Der Direktor machte eine Pause, als müsse er sich von einer Erregung erholen, die nicht körperlicher Natur war und sich deshalb auch weder in der Stimme noch in den Augen oder etwa den Fingern bemerkbar machte, sondern deren Ursprung rein geistig war, so, als wäre Denken für den Direktor etwas zugleich Lust- und Qualvolles, eine Bürde, die er mit seinem gebrechlichen Körper zu tragen hatte. Deckert war gebannt von diesem Mann, er spürte instinktiv, dass der andere ein Stadium des Bewusstseins erreicht hatte, das ihm in diesem Leben verschlossen bleiben würde, und er kam sich mit einem Mal vor wie ein Dilettant, wie ein billiger Abklatsch, die schlechte Kopie eines Originals. Wie war es möglich, dass ihm das früher nicht aufgefallen war?

In diesem Augenblick sagte der Direktor:

»Ich war zu dem Ergebnis gekommen, dass eine dysfunktionale Kommunikation zwischen den Westalliierten und ihrem sowjetischen Partner das beste Mittel ist, einen relevanten Informationsaustausch über gewisse Vorgehensweisen der Wehrmacht im Osten und anderswo in den Hintergrund rücken zu lassen. Außerdem aber hat es sich als die beste Methode erwiesen, die Teilung Deutschlands instabil zu gestalten. Die Waffen, die hier und in der Zone stehen, garantieren uns, dass diese Grenze nicht selbstverständlich wird.« Der Direktor machte erneut eine kurze Pause, wie jemand, der schneller geht und von Zeit zu Zeit stehen bleibt und zurückblickt, um auf seinen fußlahmen Begleiter zu warten. Er sagte:

»Und drittens ist es wichtig, dass wir im Zentrum des Geschehens bleiben, damit man uns braucht. Der Tag, an dem wir nicht mehr gebraucht werden, ist der Tag, an dem die Jagd eröffnet wird, verstehen Sie das, Obersturmbannführer Josef Ranzner?«

Josef Ranzner erschrak. Seit elf Jahren hatte er diesen Namen nicht mehr gehört, elf Jahre lang hatte er geglaubt, alle Spuren, die zu diesem Namen zurückführen könnten, verwischt zu haben. Und nun saß ein Fremder vor ihm und sprach ihn einfach aus.

»Wir haben alle Heimkehrer fotografiert«, sagte der Direktor sachlich. »Sie sind nicht der Einzige, der mit einem anderen Namen zurückgekommen ist. Wir aber sind die Einzigen, die verhindern können, dass man Sie entnazifiziert. Wir sind die Einzigen, die dafür sorgen können, dass der Mossad und Simon Wiesenthal niemals erfahren, dass Josef Ranzner, der Schlächter von Turck, der Mann, der Konin judenfrei gemacht hat, nicht tot ist.« Er machte eine Pause, und diesmal saß er nicht hinter einer verspiegelten Scheibe, sondern blickte seinem Gegenüber direkt in die Augen. Er sagte:

»Im Gegenzug erwarte ich unbedingte Treue. Sind Sie dazu bereit?«

»Meine Ehre heißt Treue!«, erwiderte Josef Ranzner reflexartig.

Der Direktor nickte zufrieden.

SECHSUNDVIERZIG

Draußen hörte der Winter nicht auf. Anna und Shimon waren längst nicht mehr allein. Der Schwedische Pavillon war inzwischen so überfüllt, dass die Leute der Brichah Stockbetten mit jeweils drei Etagen gezimmert hatten, Die sehen genauso aus wie die Betten in Ravensbrück, sagte das Mädchen über Anna und Shimon und weigerte sich drei Tage lang, in ihrer Koje zu schlafen. Sie war höchstens vierzehn Jahre alt, eine der wenigen Deutschen im Pavillon, ihr Haar war goldblond, Meine Mutter und meine älteren Schwestern sind weggekommen, aber ich gefiel der Tochter des Lagerkommandanten, sie spielte jeden Tag mit mir, sie zog mir schöne Kleider an, sie schimpfte mit mir, wenn ihr nach Schimpfen zumute war, als der Himmler kam und sagte, wir müssten geschlagen werden, schlug sie mich manchmal, ich musste schlafen, wenn sie Schlafen spielen wollte, und essen, wenn sie Essen spielte, ich war ihre lebende Puppe, ich habe ihren Namen vergessen, ich kann mich beim besten Willen nicht mehr daran erinnern. Wie war ihr Name noch? Sie brach in Tränen aus, weil sie sich an den Namen ihrer kindlichen Peinigerin nicht mehr erinnern konnte. Sie selbst nannte sich Sarah Achtundneunzigsechsfünfvier, sie war der erste Mensch, vor dem Shimon keine Angst hatte, der erste Mensch, der ihn die Mutter vergessen ließ, Ich glaube, er ist in mich verliebt, sagte Sarah Achtundneunzigsechsfünfvier.

Jeden Tag klopften Deutsche an die Tür und bettelten. Die sehen jetzt so aus wie wir vorher, sagte der Junge aus dem Nachbarbett. Er war sechzehn, der Sohn eines angesehenen Internisten in Warschau. Er hieß Emil, mehr sagte er nicht, er war allein nach Berlin gekommen, niemand fragte ihn nach seiner Familie.

Peretz ließ sich kaum blicken. Viel zu tun, war seine Antwort, Tausende wollen kommen, sagte er, Die Briten haben die Dreizonengrenze bei Helmstedt geschlossen, sagte er, Die Leute kommen nicht aus Berlin weg nach Süden, wo die Schiffe warten, sagte er, Es gibt jetzt mehr Juden hier als vor dem Krieg, sagte er, Die Briten sind Schweine, sagte er, Die Niagarafälle sind eingefroren, sagte er. Wo sind meine Leute, wollte Anna wissen, Schlachtensee, sagte Peretz, Zwanzig Minuten von hier. Ich will dorthin, sagte Anna, Das geht nicht, sagte Peretz, Ich kann nicht ständig meine private Brichah betreiben, es geht um uns alle. Du hast Leute, fragte Sarah Achtundneunzigsechsfünfvier und machte große Augen. Na ja, sagte Anna, Ich habe sie auf der Flucht aus Polen kennengelernt. Ach so, sagte das Mädchen enttäuscht. Aber in der Nacht lag sie wach und beschloss, dass auch sie wieder Leute haben würde.

Einmal kam eine Gruppe von Deutschen und forderte Kohlen, Ihr habt mehr als genug, schrien sie. Es gab ein Handgemenge an der Haustür. Verdammte Juden, rief einer der Deutschen. Die jungen Männer im Pavillon sprangen auf und vertrieben die Deutschen. Am nächsten Tag kamen deutsche Polizisten und verlangten Einlass, Verdacht auf Schwarzmarktaktivitäten, bellten sie. Als die Juden ihnen den Zugang verwehrten, zogen die Polizisten ihre Pistolen. Anna war nicht am Eingang, sie lag in ihrem Bett und hörte den Aufruhr, später erzählte Emil ihr, Plötzlich sind G.I.s aufgetaucht und haben sie weggejagt, er war immer noch aufgeregt, Denen haben wir's gezeigt, sagte er. Aber eine ältere Frau rief von weiter hinten, Von wegen, wenn die Amerikaner nicht gekommen wären, dann hätte es Tote gegeben wie letztes Jahr in Stuttgart, Was war in Stuttgart, fragte Emil zurück, Da haben sie den Samuel Dantziger erschossen, genau dasselbe, Schwarzmarktware und so, haben eine Razzia im DP-Camp gemacht. Die Siegesgewissheit schwand aus Emils Gesicht, er murmelte, Aber wie konnte das denn passieren? Die Frau im Hintergrund lachte, Wie das passieren konnte? Einer der Juden erkannte einen der Polizisten wieder, dreimal darfst du raten, wo sie sich schon mal begegnet waren. Emil schwieg, die Frau rief, So ist das passiert! Seitdem dürfen sie gar nicht mehr herein zu uns, die Amerikaner haben es ihnen verboten, aber das ist ihnen egal, wir sind ja nur Juden. Nur Juden, wiederholte Emil dumpf, und die Frau lachte laut und wütend.

Shimon ist mein kleiner Bruder, sagte Sarah Achtundneunzigsechsfünfvier und nahm ihn auf den Arm und spazierte mit ihm durch die engen Gänge zwischen den Betten und stellte ihm die Menschen vor. Peretz brachte Anna ein Lehrbuch der hebräischen Sprache. Er sagte, Das Schiff ist ausgelaufen, fang besser schon mal an zu lernen. Eine Woche später kam er wieder und sagte, Das Schiff ist in einen Sturm geraten und musste umkehren.
Ende März setzte Tauwetter ein. Der Schnee verschmolz zu brüchigen Schollen, auf denen man ausrutschte. Dicke Tropfen fielen Tag und Nacht von den Dächern, von den Bäumen. Die Juden verließen den Pavillon und gingen zum Ufer des Sees hinab, sie atmeten die frische Luft, sie genossen den weiten Blick über das Wasser, sie betrachteten die Villa Minoux, die in einiger Entfernung weiß durch die kahlen Bäume schimmerte, ein stattliches Haus, sie dachten an die Konferenz, die wenige Jahre zuvor dort stattgefunden hatte, und stellten sich Fragen, auf die es keine Antworten gab. Anna nahm es hin, dass Sarah Achtundneunzigsechsfünfvier sich als ihre Tochter ansah, sie sagte zu ihr, Wenn ich dich adoptiere, dann heißt du Sarfati. Wie Peretz?, rief Sarah entzückt. Anna nickte, Ja, dachte sie, Wie der große, starke Peretz, der kommt und geht.

Der Frühling kam so plötzlich, die Bäume wurden so schnell grün, über Nacht blühten die ersten Blumen, es war, als hätte die ganze Natur nichts anderes getan, als zu warten, als säßen nicht nur die Juden in den Startlöchern, um endlich aus diesem schrecklichen, zerstörten Land wegzukommen, als erginge es allem Leben so. Aber die Bäume haben ihre Wurzeln, dachte Anna, Die müssen hierbleiben. Und wir Menschen? Anna suchte nach den Resten ihres eigenen Pflanzentums, Als ich klein und zart war und ausgerissen wurde, vielleicht eine Pusteblume auf einer Dorfwiese vor Nauen, aber es war nicht mehr als ein Bild ohne Hintergrund.

Peretz kam und erzählte ihr, dass Herr Abramowicz wieder da war, er entschuldigte sich halbherzig, weil er vergessen hatte, es beizeiten mitzuteilen, Zu viel zu tun, sagte er. Anna beobachtete ihn schweigend. Ein Wunder, sagte eine Stimme in ihrem Kopf, deren Ton sachlich war, wie eine Beamtin, die Ereignisse in verschiedene Kategorien einteilen muss, Abteilung Wunder, Ah ja, hier ist die Akte, eingeordnet unter A wie Abramowicz, nähere Beschreibung: Wiedersehen macht Freude. Dabei freute sie sich wirklich, vor allem für die Kinder, die wieder eine Mutter hatten. Sie sagte, Sarah ist jetzt unsere Tochter. Peretz warf dem Mädchen einen überraschten Blick zu, Sarah wurde verlegen und blickte zu Boden, Shimon saß auf Sarahs Schoß und blickte seine Mutter an, endlich hatte er eine sichere Position gefunden, die es ihm erlaubte, die Mutter im Zusammenhang mit der Welt zu sehen, sie und diesen Mann, der sich fremd und bekannt zugleich anfühlte, Wir brauchen zwei neue Urkunden, sagte Anna, Eine für Shimon und eine für Sarah. Peretz war perplex, überall, wo seine Frau hinkam, machte sie sich eine Familie, Bist du denn blind, sagte Avi, sein Fahrer, anschließend zu ihm, Die machen das alle so, die Überlebenden, die brauchen das. Sie hat doch mich, erwiderte Peretz ratlos, und Avi dachte, Du bist nicht genug. Er behielt es für sich und fuhr den Laster zur Sammelstelle im sowjetischen Sektor für eine weitere Fahrt nach Stettin, immer wieder und immer noch Stettin, mehr Menschen denn je flohen aus Polen, wo schon wieder Juden umgebracht wurden.

Peretz hatte ein schlechtes Gewissen, er schimpfte sich einen Egoisten, weil er eifersüchtig auf Annas Leute gewesen war, vor allem auf Ruth, und nun feststellen musste, dass es nichts mit ihm zu tun hatte. Aber vielleicht ist es das, sagte eine Stimme in seinem Kopf, Vielleicht glaubst du, Liebe sei, wenn alles in Annas Kopf nur noch mit dir zu tun hat? Peretz, das Zentrum der Welt, Peretz, der Allgegenwärtige, Gott Peretz. Hast du dir nicht selbst dabei zugeschaut, wie du deine Frau von ihren Leuten isoliert hast und dabei den Wohlmeinenden spieltest? Denn natürlich hättest du sie nach Schlachtensee bringen können, nicht wahr, Peretz, natürlich hättest du deine private Brichah weiterbetreiben können, warst doch in vollem Gange, welche Jüdin konnte ihr Kind schon so zur Welt bringen wie deine Frau? Allein in einem großen Haus, umgeben von Ärzten und Krankenschwestern, die glaubten, dir ihre Rettung zu schulden. Du bist ein Heuchler, Peretz, ein elender Heuchler. Peretz drückte unwillkürlich beide Handflächen gegen die Schläfen. Er nahm sich vor, alles wiedergutzumachen, er würde Sarah adoptieren, er würde Anna wieder zu ihren Leuten bringen, er würde über sich selbst hinauswachsen, ein anderer, besserer Mann werden, damit endlich Ruhe im Kopf wäre, denn er wollte diese furchtbare Stimme nicht mehr hören, seit wann gab es sie eigentlich da oben? Hatte das mit Anna angefangen oder schon viel früher? War er vielleicht wahnsinnig? Oder hatte jeder eine solche Stimme in seinem Kopf? Er schielte verstohlen zu Avi hinüber, der am Steuer saß und hinausspähte in den Schneematsch und so aussah, als gäbe es nichts anderes in seinem Kopf als die Konzentration auf das, was er tat. War Avi am Ende ein besserer Mensch als er, Peretz? Ausgerechnet Avi, den er stets für einen Einfaltspinsel gehalten hatte, ja, sogar dessen Zuverlässigkeit war für ihn eine Folge geistiger Stille in Avis Kopf gewesen. Und jetzt wünschte er selbst sich weniger Lärm dort oben! Ich muss dieses Sprachrohr wegwerfen, dachte er. Sobald ich es nicht mehr brauche.

Als der April zu Ende ging und die Tage länger wurden, so dass die Menschen im Pavillon die meiste Zeit am See verbrachten – einige wagten sich bereits ins kühle Wasser des Wannsees –, gesellten sich eines Nachmittags zwei Männer zu ihnen, die mit den Jugendlichen, Jungen und Mädchen, Gespräche führten. Anna beobachtete sie aus der Ferne, während sie dafür sorgte, dass Shimon genügend Dinge zum Anfassen hatte. Emil, der bei ihr saß, sah Sarah Sarfati dabei zu, wie sie vorsichtig tiefer ins Wasser ging, wobei sie die Schultern hochzog, die Oberarme gegen die Rippen presste und die Unterarme nach links und rechts vom Körper wegstreckte, als könnte diese Haltung sie vor der Kälte beschützen. Er lächelte, wenn sie einen weiteren kleinen Schritt in den See wagte und dabei die Schultern noch höher zog. Ich hatte eine Schwester in ihrem Alter, sagte er plötzlich, ohne Anna anzusehen. Mit einem lauten Schrei sprang Sarah in den See, schwamm ein paar Züge, machte kehrt und verließ das Wasser. Sie lief auf ihre neue Mutter und auf ihren neuen kleinen Bruder zu, mehr eine junge Frau als ein großes Mädchen, Emil senkte den Blick, sie hätte seine Schwester sein können, aber sie war es nicht.

Die beiden Männer kamen zu ihnen. Sie stellten sich als Schlichim, Gesandte aus Palästina, vor, Wir sind von der Haganah, der Befreiungsarmee, geschickt worden, sagten sie, Wir suchen junge Frauen und Männer, die bereit sind, für ein freies Israel zu kämpfen. Gegen die Briten oder gegen die Araber, sagte Sarah, die Vierzehnjährige. Wenn es sein muss, gegen beide, erwiderte der kleinere von ihnen, ein drahtiger Mann mit einer geraden Nase und einem kantigen Kinn, die wie gemeißelt wirkten. Ich will kämpfen, sagte Emil, der Waisenjunge, Ganz gleich gegen wen. Es ist gefährlich, gab der größere der beiden Schlichim zu Bedenken, aber Emil lachte, Ihr wisst nicht, mit wem ihr redet, sagte er. Doch, erwiderte der kleinere, Deshalb kommen wir zu euch. Emil nickte, Ich will kämpfen, sagte er noch einmal. Gut, sagte der größere, Dann wirst du nach Schlachtensee verlegt, dort bilden wir Leute aus, du wirst eine Waffe bekommen.

So kam es, dass nicht Anna und Shimon, sondern Emil nach Schlachtensee kam, um dort im hintersten Winkel, gleich vor einem Wäldchen mit einem frisch angelegten Friedhof darin, auf Scheiben zu schießen. Er lernte Aaron Strauss kennen, der sich ebenfalls freiwillig gemeldet hatte. Man gab ihnen Uniformen, sie bewachten das Lager, sie unternahmen sogar Märsche in die Umgebung, um den Deutschen in Zehlendorf zu zeigen, Hier sind wir und ihr könnt nichts dagegen tun. Über Aaron Strauss lernte Emil dessen Freundin Ruth, die Abramowicz und den Alten kennen. Mitte Mai unternahmen sie alle zusammen einen Ausflug an den Wannsee, um Anna zu besuchen. Ein Tag von Gewinn und Verlust für Anna. Ruth, noch nicht volljährig, und Aaron Strauss, Anfang vierzig, beide gleich alt, seit sie ihre Familien verloren hatten. Wir werden heiraten, sagte Ruth, und Aaron Strauss lächelte dazu, Du siehst gut aus, sagte Anna, um den Schmerz nicht zu fühlen, und hörte sich dieselben Worte sagen, zwei Jahre zuvor, irgendwo in Polen, ein Teil von ihr rätselte über den Fortgang der Zeit, so schnell ist sie vergangen, so lange scheint alles schon her zu sein, ein unauflösbarer Widerspruch, Fakt ist, sagte die Buchhalterin in ihr, diejenige, die alles bewahrte, alles ordnete, über alles die Kontrolle behielt, Fakt ist, dass Ruth ihren eigenen Weg geht. Aaron Strauss sagte, Ihr Mann bat mich, zwei weitere Urkunden anzufertigen, ich habe sie mitgebracht, er zog sie hervor, eine Geburtsurkunde für Shimon Sarfati, Mutter Anna Sarfati, Vater Peretz Sarfati, eine Geburtsurkunde für Sarah Sarfati, Mutter Anna Sarfati, Vater Peretz Sarfati, Anna nahm sie entgegen, Sarah drängte sich heran, in ihrem blaugeblümten Sommerkleid sah sie hinreißend aus, fand Emil, der sie vermisst hatte. Sarah klatschte vor Begeisterung in die Hände, Ich bin eure Tochter, rief sie, die anderen lachten, Anna sagte, Ja, und ich habe dich mit dreizehn Jahren zur Welt gebracht, die anderen lachten.

Herr Abramowicz mit Marja auf dem Arm. Bevor er etwas sagen konnte, sagte Marja, Du musst zuerst Dana begrüßen. Anna gehorchte, sie sagte, Hallo, Dana, geht es dir gut? Marja verstellte ihre Stimme und sagte, Seit ich eine Puppe bin, tut mir nichts mehr weh. Frau Abramowicz lächelte dazu, ein eigenartiges Lächeln, fand Anna, gar nicht gegen, vielmehr mit dem Schmerz. Jetzt musst du Shimon begrüßen, sagte Anna zu Marja und hob ihn höher. Marja streichelte ihm mit gekrümmtem Zeigefinger über die Wangen und sagte, Du warst bestimmt auch in einem Körper, der kaputtgegangen, nicht wahr. Anna erschrak, niemand bemerkte es.

Ariel hatte ein neues Buch, *Die Odyssee*, er hielt es wortlos hoch und ließ Anna Zeit, die Zeichnung auf dem Leinendeckel zu betrachten, das Profil eines griechischen Kämpfers mit hoher Stirn, gerader Nase und starkem Kinn, den Helm mit Federbusch, die unbedingte Entschlossenheit, als gäbe es keine Zweifel, als gälte es nur, immerzu übers Meer zu segeln, immerzu den Göttern zu trotzen, immerzu gegen alle Feinde zu kämpfen, um endlich nach Hause zu kommen. Aaron hat es mir geschenkt, sagte Ariel, Er fand es passend für unsere Reise, Und das ist es, erwiderte Anna.

Der Alte umarmte Anna stumm, Meine Tochter, murmelte er, dann nahm er Ruth dazu, drückte beide an sich, Meine Töchter. Dann lachte er, Anna hatte ihn noch nie lachen sehen, und rief, Ich brauche längere Arme für euch alle. Sie lachten gegen die Schmerzen.

Sie hatten einen schönen Nachmittag, Emil erzählte von der Haganah, er wusste Bescheid über die Engländer, er wusste Bescheid über die Araber, Anna hörte ihm zu, sie beobachtete das Glühen in seinem Gesicht, wenn er davon sprach, mit Gewalt Frieden und Freiheit für sein Volk zu erstreiten, sie lächelte mit dem Schmerz, Es gibt keinen anderen Weg für unser Volk, sagte Emil, als wäre er über Nacht zehn Jahre älter geworden. Sie schwammen im See, Sarah blieb bei Shimon, Emil blieb bei Sarah, als Anna unter einem Tuch verschwand und in einem schwarzen Badeanzug wieder auftauchte, eine große, schlanke Frau, deren Schönheit heimliche Blicke auslöste. Dann ging Anna ins Wasser, das schon viel wärmer war dank der vielen Sonne, und schwamm vom Ufer weg, in den Großen Wannsee hinein, wo vereinzelte Segelschiffchen glitzerten, weit hinaus schwamm sie und drehte sich um und blickte zurück zum Ufer, wo alle ganz klein geworden waren. Es war still hier draußen, nur das Plätschern des Wassers war zu hören.

Weiter rechts stand immer noch die Villa Minoux, die einmal Villa Marlier geheißen hatte, breit und weiß blickte sie hinaus in den See und rief ihr vom großen Balkon in der Mitte zu, Alle Juden müssen sterben, Anna hörte es deutlich, es klang wie ein göttliches Urteil, Wir werden nach Israel ziehen, und dann werden uns die Araber ins Meer treiben, wir werden untergehen, wir werden versinken, wir werden wiedergeboren werden als Puppen, die keinen Schmerz mehr spüren. Jetzt winkten sie vom Ufer aus, und Anna dachte nur noch an Shimon und schwamm eilig zurück, aber mit Shimon war nichts, er spielte mit seiner großen Schwester und dem Soldaten von Eretz Yisrael, Essen!, rief ihr Frau Abramowicz zu, als Anna aus dem See stieg und heimliche Blicke auf sich zog, eine Schaumgeborene, Seifenschaumgeborene, die nun wieder unter einem Tuch verschwand bis zum Hals und kurze Zeit darauf in einem weißen Kleid auftauchte, niemand würde jemals zu Anna sagen, Gut siehst du aus, es würde sich schal anfühlen im Mund, man müsste etwas Neues erfinden, man müsste dichten.

Peretz war kein Dichter. Er kam an, Avi, sein Schatten, an seiner Seite, er begrüßte alle der Reihe nach mit Handschlag, und sie alle hielten zu ihm, weil er ihnen geholfen hatte, raus aus Polen, raus aus der sowjetischen Zone und bald raus aus Deutschland, aus Europa, übers Mittelmeer, wo die Engländer warteten, und ins Gelobte Land, Eretz Yisrael, wo die nächsten Feinde lebten. Peretz winkte Shimon zu, es wirkte unbeholfen auf Anna, dann wandte er sich ihr zu, er fasste sie um die Taille und drückte ihr einen Kuss auf den Mund, es war eine Szene für die anderen, Anna spielte mit, aber genau in diesem Moment verschwand Peretz vor ihren Augen und sie sah Abba Kovner mit seinem Raubvogelgesicht. Die Buchhalterin in ihr sagte, Das ist neu. Mehr sagte sie nicht, Anna hielt sich daran fest. Als Peretz sie losließ, lächelte sie gegen die Taubheit. Dann ließen sie sich nieder und aßen gemeinsam, eine große Familie, wiedergeboren aus Resten, und Peretz sagte mit einem Mal, Das Schiff ist schon in Frankreich.

Welches Schiff?

Euer Schiff!

Ist es groß?

Das größte, das wir je hatten!

Ist es schön?

Das schönste, das wir je hatten!

Ist es stark?

Ja, viereinhalbtausend Juden stark wird es sein, niemals wird ein Schlachtschiff solche Waffen gehabt haben, Waffen aus Leid, Waffen aus Anklage, Waffen aus purem Willen.

Sie aßen schweigend zu Ende. Peretz sagte, Der Chef der Brichah sitzt in München. Er nennt sich Ernst Caro. Er wird uns das Startzeichen geben. Dann wird es schnell gehen.

Wo werden wir das Schiff besteigen?

In Marseille vielleicht, vielleicht woanders.

Wie kommen wir dorthin?

In Lastwagen vielleicht, und alle dachten, Schon wieder Lastwagen. Peretz sagte, Vielleicht auch in Zügen, vielleicht ein paar Strecken zu Fuß. So viele Menschen fallen auf, wenn sie zusammen unterwegs sind.

Woher kommen die Leute?

Aus den DP-Lagern in Deutschland.

Werden die Engländer nicht versuchen, uns aufzuhalten?

Vermutlich, aber dann kommt ihr nach Zypern, dort gibt es ein gutes Lager, und dann dauert es nicht mehr lange, bis ihr nach Israel einreisen dürft.

Fragen, Antworten, noch mehr Fragen, noch mehr Antworten, in jedem Detail eine Portion Ungewissheit, ein Vielleicht. Doch das kannten sie gut, dorther kamen sie: vielleicht leben, vielleicht sterben. Jetzt kann uns nichts mehr aufhalten, sagte Herr Abramowicz. Nichts mehr, rief Emil, der Soldat, Überhaupt nichts mehr, brüllte der Alte.

Dann sangen sie das Lied der Hoffnung, ihre Stimmen tönten hinaus aufs Wasser, drangen zur Villa Minoux, und sogar Anna Sarfati, die mehr lauschte als sang, fühlte die Wahrheit der Worte. Am Abend, als die anderen wieder zurückgefahren waren ins Lager am Schlachtensee,

Du musst uns unbedingt besuchen!

Es ist wirklich wie ein Schtetl!

Mitten in Zehlendorf!

Und groß ist es auch!

Hat sogar eine Volksuniversität!

Da könntest du Hebräisch lernen!

Und eine Synagoge!

Und ein Theater!

Und eine Zeitung!

Peretz, tu etwas, dass deine Frau bei uns sein kann!

Hier gibt es doch nichts!

Lass dich umarmen!

Schalom Chaverim! Am Abend, als Anna wieder in ihrem Stockbett lag, unterste Etage, mit dem erschöpften Shimon, der schnaufend schlief und das Köpfchen in ihre Achsel drückte, ging ihr das Lied noch einmal durch den Kopf, tastete sie sich noch einmal hindurch, um den Widerwillen zu spüren, Wie soll ich denn erfüllt sein von Hoffnung, wenn ich gerade sie fahren lassen musste, um am Leben zu bleiben? Und doch ist es wahr: Solange noch im Herzen eine jüdische Seele wohnt und nach Osten hin, vorwärts, ein Auge nach Zion blickt, solange ist unsere Hoffnung nicht verloren, die uralte Hoffnung, ins Land der Väter zurückzukehren, in die Stadt, wo David sein Lager errichtet hat.

Dann schlief sie ein.

SIEBENUNDVIERZIG

Die neue Lisa trug einen falschen Namen. An einem Dienstag-
morgen im Herbst ging sie mit ihrer falschen Großmutter zum Amt,
um die Wahrheit offiziell zu machen. Sie gingen in das Zimmer 305
im ersten Stock, wo ein älterer Mann ihnen skeptisch über seinen
Schreibtisch hinweg entgegenblickte. Auf dem Tisch stand ein
Schild, auf dem stand, Reinhard Müller, Sachbearbeiter. Hinter ihm
befand sich eine Regalwand, die bis unter die Decke mit schwarzen
Aktenordnern vollgestellt war.

Nachdem Lisa ihren Namen und Frau Kramer den Anlass ihres
Kommens genannt hatten, stand Reinhard Müller auf, suchte eine
Weile die Regalwand ab und zog dann einen dicken Aktenordner
hervor. Er ließ ihn auf seinen Schreibtisch fallen, setzte sich erneut
und blätterte darin. Plötzlich hielt er inne und murmelte:

»Ah, ja, hier ist es: Lisa Kramer, geborene Kramer, Mutter Maria
Kramer ...« Er hob den Kopf und blickte Frau Kramer an:

»Sie sind die Großmutter?« Frau Kramer zögerte, dann nickte sie.

Reinhard Müller wandte sich Lisa zu:

»Du willst also deinen Namen ändern?«, sagte er.

Lisa nickte.

»Und Sie sind damit einverstanden?«

Frau Kramer nickte.

Reinhard Müller blätterte erneut in der Akte. »Warum ist die Mutter
nicht mitgekommen?«

»Sie arbeitet«, sagte Frau Kramer, und das war nicht einmal gelogen.

»Aha. Sie wissen, dass Ihre Enkeltochter nur eingeschränkt
geschäftsfähig ist?«

»Sie ist noch nicht volljährig, wenn Sie das meinen.«

»Genau das. Sie benötigen eigentlich eine Vollmacht der Mutter.«

Die beiden Frauen wechselten einen Blick, sagten aber nichts.

Reinhard Müller seufzte. Er sagte:

»Es ist nicht so einfach, den Namen zu ändern.«

»Warum nicht?«, fragte Frau Kramer.

Reinhard Müller wiegte den Kopf. Er sagte:

»Sie müssen erst einmal beweisen, dass es einen triftigen Grund für die Namensänderung gibt.«

Frau Kramer sagte:

»Sie ist nicht meine Enkeltochter, sie ist die Tochter von Margarita Ejzenstain, das kann ich bezeugen.« Sie stockte. Die Wahrheit, die so lange verborgen gewesen war, passte in einen Satz. Reinhard Müller sagte:

»Ich fürchte, das genügt nicht. Da könnte ja jeder kommen und irgendwas behaupten. Was glauben Sie, wie groß der Verwaltungsaufwand ist, der dadurch verursacht wird! Außerdem«, er machte eine Pause und blickte Lisa an, »ist Kramer doch ein guter Name. Oder willst du wirklich, dass jeder sofort weiß, dass du Jüdin bist?«

Bevor Lisa oder Frau Kramer reagieren konnten, hob Reinhard Müller abwehrend die Hände und sagte:

»Verstehen Sie mich nicht falsch, meine Damen. Ich hab nichts gegen Juden, sind auch nur Menschen. Aber in Deutschland ist das so eine Sache. Sehen Sie: Dieses Namensänderungsgesetz wurde 1938 erlassen.« Er sah die beiden Frauen schweigend an, nickte dramatisch und schob mit der Unterlippe die Oberlippe nach oben, als sei damit alles gesagt. Lisa erwiderte ratlos seinen Blick und sagte:

»Soll ich lügen?«

»Das wollen wir hinter uns lassen«, sagte Frau Kramer entschieden. »Meine Enkelin …«, sie stockte erneut, dann sagte sie:

»Lisa Ejzenstain will endlich ihren richtigen Namen tragen. Das müssen Sie doch verstehen.«

Reinhard Müller nickte beschwichtigend und sagte:

»Natürlich verstehe ich das, natürlich. Aber Sie müssen Ihrerseits verstehen, dass jede Namensänderung die Erkennbarkeit der Herkunft aus einer Familie beeinträchtigt, die Verdunkelung des Personenstandes erleichtert und die blutmäßige Abstammung verschleiert.

Deshalb kann eine Namensänderung nur dann erfolgen, wenn ein wichtiger Grund dafür vorliegt, zum Beispiel, indem Sie die jüdische Abstammung ihrer Enkeltochter beweisen. Es tut mir leid.«

Lisa starrte Reinhard Müller an. Sie sagte:

»Alles, was Sie gerade gesagt haben, trifft umgekehrt auf mich zu: Mein jetziger Nachname beeinträchtigt, verdunkelt und verschleiert!«

Der Sachbearbeiter für Namensänderungen der Stadt Lübeck, einer Unterabteilung des Standesamtes, mit vorläufigem Sitz im Rathaus, erster Stock, Zimmer dreihundertfünf, hob die Schultern und setzte ein entschuldigendes Gesicht auf. Dann lächelte er jovial und sagte:

»Kopf hoch, es gibt Schlimmeres im Leben!«

Damit war für Reinhard Müller das Gespräch beendet. Die beiden Frauen erhoben sich, Auf Wiedersehen, und während er zusah, wie sie die Tür seines Büros öffneten, durch sie hindurchgingen und sie wieder schlossen, sinnierte er darüber, wie doch manche Dinge ins Gegenteil umschlagen konnten, ohne dass sich wirklich etwas änderte. Früher waren die Juden zu ihm gekommen, um arische Namen anzunehmen, und er hatte ihnen die gleiche Antwort gegeben wie diesem Judenmädchen, das jetzt aus der Deckung herauswollte, Weiß der Himmel warum.

Dann stand er auf, ging um seinen Schreibtisch herum, öffnete die Tür, trat mit einem Bein auf den Flur und rief den nächsten Wartenden herein.

Als die beiden Frauen das Rathaus verlassen hatten und sich auf den Heimweg durch die Gassen der Altstadt machten, sagte Frau Kramer zu ihrer Enkeltochter:

»Wir müssen mit Maria reden.«

Sie gingen in Frau Kramers Wohnung, setzten sich an den runden Tisch am Fenster, Frau Kramer kochte Tee, dann unterhielten sie sich über andere Dinge, Lisa erzählte vom Alltag im Katharineum, sie sagte, Wusstest du, dass Erich Mühsam auf der Schule war und runtergeflogen ist? Frau Kramer wusste nicht, wer Erich Mühsam war, Die Nazis haben ihn später ermordet, weil er Jude war, sagte Lisa und achtete nicht auf die Beklemmung der Großmutter, sie sagte, Ich achte jetzt viel mehr auf alles Jüdische, sie lachte und sagte, Oma, du weißt doch, dass unser Schulfest immer in Israelsdorf stattfindet. Und als die Oma nickte, fuhr sie fort, Die Nazis dachten, es hätte etwas mit Juden zu tun und nannten das Viertel in Walddorf um, ist das nicht dumm? Dann lachte sie, und die Oma nickte, Ja, das ist sehr dumm. Und es tut weh, aber das sagte sie nicht.

Am späten Nachmittag kam Maria nach Hause. Sie sah erschöpft aus, sie roch nach starkem Parfum, ihr Gesicht verriet, dass sie nur noch in Ruhe gelassen werden wollte. Ohne zu grüßen und ohne ihre Mutter und Lisa zu beachten, warf sie ihre Jacke und ihre Handtasche auf den Wohnzimmerteppich, stieg aus ihren hochhackigen Schuhen, zog sich das Kleid herunter, den Schlüpfer, den Büstenhalter, und als sie ganz nackt war, so dass Lisa und Frau Kramer die blauen Flecken auf ihren Oberschenkeln und den Armen sahen und die müde Haut am Gesäß und an den Brüsten, begab sie sich ins Bad und schloss sich dort ein.

Es dauerte eine Stunde, bis Maria genauso nackt wieder herauskam. Als sie die beiden Frauen bemerkte, die immer noch an dem runden Tisch neben dem Fenster zur Straße saßen und Tee tranken, stemmte sie die Hände in die Hüften und sagte laut und grob: »Was guckt ihr so? Gibt's irgendwas?« Frau Kramer wollte etwas erwidern, doch Lisa kam ihr zuvor. Sie sagte:

»Ich brauche deine Hilfe, Maria.« Die andere schaute sie verblüfft an. Dann lachte sie und sagte barsch:

»Von mir kannst du nichts erwarten, Kleine!« Doch sie blieb, wo sie war. Lisa sagte:

»Ich muss beweisen, dass ich nicht Kramer heiße. Und du bist die Einzige außer deiner Mutter, die das bezeugen kann. Offiziell bist du meine Mutter.«

»Was? Ich?« Maria lachte laut, sie griff sich an die Brüste, hob sie mit den Händen hoch und rief:

»An denen haben schon alle möglichen Lippen genuckelt, aber du warst nicht dabei!« Und dabei lachte sie und sah ihre Mutter an. Frau Kramer schloss die Augen und wandte sich zum Fenster. Lisa sagte:

»Du hattest doch immer etwas dagegen, dass ich zu euch gehöre. Jetzt kannst du selbst dafür sorgen.« Maria ließ die Arme sinken, sie überlegte. Dann sagte sie:

»Was muss ich tun?«

Frau Kramer sagte:

»Du musst eine eidesstattliche Erklärung abgeben, dass du nicht Lisas Mutter bist und dass Lisa keine geborene Kramer ist.«

Maria blickte zu Boden. Dann hob sie den Kopf. Sie sagte:

»Warum willst du das? Sind wir dir nicht mehr gut genug?«

Lisa starrte die nackte Frau an. Mit einer solchen Antwort hatte sie nicht gerechnet. Sie wollte so vieles gleichzeitig sagen, dass sie nichts sagen konnte. Frau Kramer kam ihr zu Hilfe, sie sagte:

»Sie will nur den Namen ihrer leiblichen Mutter annehmen, das musst du doch verstehen, Maria.«

»Den Namen ihrer leiblichen Mutter«, äffte Maria ihre Mutter nach. »Als ob das etwas so Besonderes wäre. Wie ist der denn?«

»Ejzenstain«, sagte Lisa mit dünner Stimme.

»Und dann willst du mit einem Judennamen hier ein- und ausgehen? Das kommt überhaupt nicht in Frage! Was sollen denn die Leute denken?«

»Das kümmert dich doch sonst auch nicht!«, fuhr Frau Kramer auf.

»Ich werde fortgehen«, sagte Lisa schnell. Frau Kramer sah ihre Enkeltochter bestürzt an, doch Lisa bemerkte es nicht. Sie sagte:

»Bitte, Maria, ich kann nicht länger mit einem falschen Namen herumlaufen.« Maria zuckte mit den Schultern. Sie warf ihrer Mutter einen wütenden Blick zu. Dann wandte sie sich ab, um ihre Kleider aufzuheben.

»Das ist mir egal. Ich helfe euch jedenfalls nicht.«

Mit diesen Worten zog sie sich in ihr Zimmer zurück, das gleiche Zimmer, das Lisa seit zwei Monaten einen Stock weiter oben bei Tobias Weiss bewohnte.

Frau Kramer schlug die Hände vor das Gesicht.

»Warum ist sie nur so geworden?«, sagte sie schluchzend. Lisa saß vor ihrer Großmutter, einen Moment lang vermisste sie den Impuls, sie zu trösten, und plötzlich hatte sie ganz andere Gedanken als früher. Plötzlich dachte sie, Was habt ihr falsch gemacht, du und dein Wilhelm, dass sie so geworden ist? Langsam erhob sie sich und verließ die Wohnung.

ACHTUNDVIERZIG

Als Otto Kruse die Frau sah, die aus dem Bus stieg, folgte er ihr. Er wusste nicht genau, warum er es tat, doch das Gesicht der Frau, ihre schmale, hochgewachsene Figur, ihr zerbrechlicher Hals, ihre eleganten Bewegungen, alles löste etwas in ihm aus, das ihm seit langer Zeit nicht mehr widerfahren war, seit ... Er wusste seit wann, aber er verschwendete keine Zeit, darüber nachzudenken. Otto Kruse hatte einen Schlussstrich gezogen, der quer durch sein Leben ging. Es gab einen Mann vor diesem Strich und einen dahinter. Der Mann, der davorstand, war er, Otto Kruse, der eine Frau gesehen hatte, die ihn interessierte und der er nun folgte, ein archaischer Akt geradezu, das Männchen nimmt Witterung auf und folgt dem Weibchen, die Urgewalt der Natur verbarg sich in dieser harmlosen Szene, die Stadt, die zur Kulisse wurde, die anderen Menschen, die zu Komparsen herabsanken, denn was wirklich geschah, war so alt und so notwendig, dass Otto Kruse so oft darüber nachdenken

mochte, wie er wollte, während er der Frau quer durch die München-
ner Altstadt hinterherging – immer wieder kam er auf dies eine:
Trotz aller Kultur war der Mensch ein Instinktwesen, festgelegt
auf seine biologischen Voraussetzungen, die man überhöhen oder
romantisieren konnte, die aber nichts an der einfachen Wahrheit
ändern konnten, dass er diese Frau haben wollte.

Otto Kruse schob seine Gedanken wie eine Bugwelle vor sich her,
sie türmten sich vor ihm auf und ließen ihn die Furcht vergessen,
die er empfand, während er beobachtete, wie die Frau ein Optiker-
geschäft in der Kaufingerstraße betrat. Er wartete draußen, es war
Frühling, er besaß eine neue Identität, einen interessanten Beruf,
eine schöne Altbauwohnung in zentraler Lage, er hatte Geld in der
Tasche, er wog längst wieder so viel wie vor der Gefangenschaft.
Es ging ihm gut.

Aber jetzt stand er mitten in der Einkaufsstraße, die Autos fuhren
an ihm vorbei, die Menschen strömten wie Wasser über die Bürgersteige, und er fühlte sich schwer wie ein Fels. Ja, wenn er sie sich
einfach nehmen könnte. Aber diese Zeiten waren vorbei. Er musste
es anders anstellen, um seinen Plan zu verwirklichen. Er musste
anders zugreifen.

Als die Frau wieder herauskam, ging sie geradewegs auf Otto Kruse
zu, zumindest kam es ihm so vor. Wie ein Nichtschwimmer, der
den Sprung ins kalte Wasser wagt, trat er ihr in den Weg und sagte
etwas, das nur für sie bestimmt war. Sie sah ihn erstaunt an, fast
musste sie lachen, doch aus irgendeinem geheimen Grund, den
Otto Kruse mit Begriffen wie Instinkt, Chemie und Geruch bezeich-
nen würde, war sie genau die Frau, die nur auf uncharmante, allzu
direkte, gleichsam brutale Art und Weise gewonnen werden konnte.
Sie hieß Emma Huber. Sie war neunzehn Jahre jünger als Otto
Kruse. Ihre Mutter war die Besitzerin des Optikergeschäfts, das
die Familie Anfang der vierziger Jahre günstig erworben hatte.
Der Vater war gegen Ende des Krieges in den Volkssturm eingezogen worden und in Rumänien verschollen, da war Emma noch

nicht einmal volljährig gewesen. Seitdem hatte sie der Mutter im Geschäft geholfen und erst in letzter Zeit damit aufgehört, um eine Ausbildung zur Optikerin zu machen und selbst eines Tages den Laden übernehmen zu können. Emma hatte keine Geschwister.

Ein paar Monate nachdem sie Otto Kruse kennengelernt hatte, zog Emma von zu Hause aus und zu ihm in die schöne, große Altbauwohnung. Otto Kruse erschien ihr wie ein geheimnisvoller König, manchmal beobachtete sie selbstvergessen sein Indianergesicht mit der majestätischen Adlernase und stellte sich vor, dass er irgendwo im Verborgenen ein Reich besaß, in das er sie eines Tages entführen würde. Dass er bloß leitender Angestellter einer Versicherungsgesellschaft sein sollte, wie er ihr gesagt hatte, erschien ihr ganz unbedeutend. Sie glaubte fest daran, dass er in einer höheren Wirklichkeit eine ganz andere Stellung innehatte.

Als Emmas Monatsblutung ausblieb, teilte Otto Kruse ihr mit, nun sei der Zeitpunkt gekommen, zu heiraten. Emma sagte, Ja, ohne gefragt worden zu sein. Sie heirateten im Standesamt und, der gläubigen Mutter zuliebe, in der vier Jahre zuvor wiederaufgebauten Sankt-Peter-Kirche am Rindermarkt, mitten in der Münchner Altstadt und nur zwei Minuten vom Huberschen Geschäft entfernt. Neun Monate später kam Heinrich Kruse zur Welt. Die Geburt dauerte fünf Stunden und verlief unproblematisch. Die Ärzte wunderten sich darüber, dass das Baby bereits unmittelbar nach der Geburt seinen Kopf selbst halten konnte und sogleich mit seinem kleinen Mund nach der Brust der Mutter suchte.

In der gesamten Zeit fehlte Otto Kruse nicht einen Tag in seiner Dienststelle. Mit seinem Dienstwagen, einem schwarzen Mercedes Benz 190, fuhr er morgens Richtung Süden aus München, um seinem interessanten Beruf in der ehemaligen Rudolf-Heß-Siedlung der Nachbargemeinde nachzugehen, und kam abends zurück, wo Frau und Kind auf ihn warteten. In seiner Freizeit hörte er gerne amerikanische Big-Band-Musik. Er ging regelmäßig mit seiner kleinen Familie in Kunstausstellungen. Da er antike Möbel sehr schätzte, kaufte er sich nach und nach ein Biedermeier- und Art-Déco-Ensemble zusammen sowie eine Reihe von Landschaftsgemälden des siebzehnten, achtzehnten und neunzehnten Jahrhunderts, außerdem eine hübsche Arcimboldo-Kopie: *Der Gemüsegärtner*. Je nachdem, wie herum man es hielt, zeigte es eine Schale voller Gemüse oder das Gesicht eines Mannes mit einem Helm auf dem Kopf. An beiden Seiten befanden sich Häkchen zum Aufhängen, und so wendete Otto Kruse das Bild von Zeit zu Zeit und erfreute sich daran.

Ein anderes Stück, an dem Otto Kruse so viel gelegen war, dass er es im Wohnzimmer vor die Wand zwischen die beiden großen Fenster stellte, war eine Skulptur aus Eschenholz, die stilisierte Darstellung eines Baumes, der sich im Wipfel teilte, wobei die Äste sich kunstvoll zu beiden Seiten einrollten wie Schnecken. Manchmal, in unbeobachteten Momenten, stand Otto Kruse davor und dachte an weit entfernte Dinge, die irgendwo in seinem Inneren wie versunkene Blätter auf dem Grund eines Sees lagen und von Zeit zu Zeit durch Bewegungen unbekannter Herkunft aufgewühlt und für kurze Zeit wieder bis dicht unter die Oberfläche getragen wurden, nur, um sogleich wieder abzusinken.

In unverhofften Momenten, etwa, wenn er auf dem Weg zur Arbeit war oder wenn er auf seinem Sofa saß und den *Spiegel* las, erinnerte er sich an das Gefühl, endgültig über das Leben anderer entscheiden zu können. Von Zeit zu Zeit huschten Bilder einer anderen Frau durch seinen Kopf, einer Frau die schwer atmend unter ihm lag und ganz nah war, ganz heiß, innen wie außen, ganz wehrlos und ergeben, ganz sein. Dann zog er sich auf die Toilette zurück, um diese Bilder wieder zu fühlen, die Hitze, die Nähe, die Macht. Er betrachtete diese Momente als natürliche Triebabfuhr, sie behinderten ihn nicht bei der Ausübung seiner ehelichen Pflichten, das eine schloss das andere nicht aus, im Gegenteil. Manchmal wurde seine Gattin plötzlich zu jener anderen Frau von damals, und dann nahm er sie mit einer Energie und Entschlossenheit, die ihn selbst in Erstaunen versetzte.

Wenn das geschah, sprang ein Funke auf Emma Kruse über und sie empfand eine Intensität, eine Hitze, eine Nähe und eine Hingabe, die sie sehr glücklich machten.

Außer dem Bild der Frau von früher hatte er jedoch noch etwas anderes mitgebracht aus jener Zeit, die hinter dem Schlussstrich lag, den er gezogen hatte, etwas, das ihm seit jeher keine Ruhe ließ. Es war ein Traum, der in der Gefangenschaft begonnen hatte und der ihn seither verfolgte. Manchmal wagte er es nicht einzuschlafen, weil er sich davor fürchtete. In jenem Traum starb Otto Kruse und wartete darauf, dass es irgendwie weiterging. Aber alles blieb tiefschwarz, nichts regte sich, kein Laut, kein Licht, kein Gefühl, nur ein schwarzes Nichts, und in diesem schwarzen Nichts befand sich Otto Kruse und wartete und wartete und bekam allmählich Angst und wurde allmählich panisch und glaubte allmählich, er müsse durchdrehen, und wollte schreien, aber er hatte keinen Mund, und wollte starren, aber er hatte keine Augen, und wollte sich zwicken, aber er hatte weder Hände noch Beine noch Füße noch sonst irgendetwas, was ein Mensch gewesen wäre. Dann wachte er schweißgebadet mitten in der Nacht auf und lag auf dem Rücken in der Dunkelheit und starrte, bis er etwas wahrnahm, und lauschte auf die Atemgeräusche seiner jungen Frau und tastete sein eigenes Gesicht ab, seinen Körper, bis er ganz sicher war. Als ein Jahr später sein zweites Kind, ein Mädchen, das er Gudrun nannte, zur Welt kam, hegte er die Hoffnung, dass diese schwarzen Nächte allmählich weniger würden, dass das zunehmende Gewicht der neuen Wirklichkeit die alte Sache immer weiter nach unten drücken müsste, bis sie endlich keine Gegenständlichkeit mehr besäße, sondern flach wie ein Stück beschriebenes Papier wäre und mehr nicht.

Doch das war nicht der Fall.

NEUNUNDVIERZIG

Lisa las ein Buch. Es erzählte die Geschichte eines Italieners, der vor zwei Entscheidungen stand. Beide retteten ihm das Leben. Die erste war einfach. Willst du als italienischer Partisan gleich hier und jetzt sterben oder willst du als Jude weiterleben? Die zweite Entscheidung war nicht so offensichtlich: Wenn ich sterben muss, dann ist der elektrische Zaun, der dieses Auschwitz umgibt, meine letzte Garantie, dass ich den Zeitpunkt selbst bestimmen kann.

Der Italiener erzählte Lisa davon, dass diese Macht ihm das Leben rettete, weil sie ihm die Möglichkeit gab, das Leid und den Tod in ein Verhältnis zu setzen, das er verstand.

Vierzig Jahre nach der Befreiung durch die sowjetische Armee würde der Mann seinem Leben doch noch ein Ende bereiten. Er würde nicht gegen einen elektrischen Zaun springen, weil keiner vorhanden war. Er würde in den Treppenschacht des Hauses springen, das er bewohnte. Lisa würde die Nachricht am 12. April 1987, einen Tag nach seinem Tod, in der Zeitung lesen und sofort denken, dass der elektrische Zaun den armen Primo Levi sein ganzes Leben lang verfolgt haben musste, dass sich dessen Bedeutung in dem Moment in ihr Gegenteil verkehrt haben musste, als er das Lager verließ und von außen auf den Zaun blickte, der mit einem Mal ein anderer Zaun war, nämlich der Zaun derer, die dort drinnen geblieben waren. Und da lernte der mundlose Zaun in Primo Levis Kopf das Sprechen und hieß ihn, sich gegen ihn zu werfen, um doch noch zu verbrennen im Strom der Leidensgenossen. Lisa würde sich vorstellen, dass Primo Levi dem Zaun den Rücken zukehrte und fortging nach Turin, seiner Heimatstadt, weil er dachte, wenn er sich mit den Erinnerungen an eine glückliche Kindheit umgäbe, wäre er sicher. Aber der Zaun blieb immer genau hinter ihm, immer tödlich, immer fordernd.

Nachdem Lisa das Buch zu Ende gelesen hatte, bekam sie Angst. Zunächst bemerkte sie nichts davon, denn die Angst war bloß ein zusätzlicher Seitenblick, ein Nachsehen, ob wirklich alles in Ordnung war mit den Blicken der anderen Leute, ein zweites Hinhören, ob auch nichts Verborgenes hinter dem soeben Gesagten steckte. Doch dabei blieb es nicht. Bald begann Lisa, Früheres wieder hervorzuholen und neu anzusehen und anzuhören. Sie klopfte ihre Erinnerungen nach einem doppelten Boden ab, sie kauerte sich nieder und hielt das Ohr daran und lauschte, ob sich im Untergrund etwas regte. Sie bekam Angst, etwas überhört oder übersehen zu haben, sie bekam Angst, dass sie die Vorboten von etwas nicht wahrnehmen und von ihnen überrascht werden könnte.

Sie hörte auf, sich mit ihren Klassenkameraden zu treffen, sie log, sie schützte so lange Müdigkeit, Lernen, Krankheit vor, bis niemand mehr mit ihr rechnete.

Eines Tages stand sie auf dem Pausenhof und aß das Butterbrot, das sie sich selbst am Morgen in Herrn Weiss' Küche geschmiert hatte, sie stand an der breiten Freitreppe, die hinauf zum Haupteingang führte, lehnte auf der untersten Stufe gegen das Mittelgeländer, um sie her gingen und standen die älteren Schüler und rannten und tobten und spielten die jüngeren.

Plötzlich fiel ihr auf, dass die anderen sich in Gruppen und Grüppchen bewegten wie Moleküle, die irgendwo hängen geblieben waren durch den Zufall der Weltgeschichte und die nun fast zwangsläufig feste Strukturen bildeten. Gleichzeitig fiel ihr auf, dass sie selbst allein war. Dass niemand ihr zu diesem Tag gratulierte, ihrem siebzehnten Geburtstag. Dass es sie nicht störte, im Gegenteil, es war ihr ja bis zu diesem Moment nicht einmal aufgefallen.

Doch das war nicht alles. Ein neues Gefühl breitete sich in ihr aus, mit jedem Atemzug wurde es stärker. Es war ein gutes Gefühl.

In dem Augenblick, als der Pausengong einsetzte und sie alle zurück in die Klassenräume rief, wurde Lisa bewusst, dass sie sich zum ersten Mal in ihrem Leben frei fühlte. Und ihr wurde bewusst, dass sie mit niemandem darüber würde sprechen können. Nicht mit Tobias Weiss, nicht mit ihrer Großmutter, mit keinem Lehrer und bestimmt nicht mit ihren Mitschülern. Während sie in den ersten Stock zum Mathematikunterricht ging und ihr bewusst war, dass sie von außen betrachtet ganz selbstverständlich zu all denen gehörte, die in dieselbe Richtung strebten, fühlte sie schon die Kehrseite ihrer neuen Freiheit: Es gab keinen Weg zurück. Und es gab keinen vorgezeichneten Weg nach vorn. Sie würde ihn ganz allein suchen müssen.

Sie setzte sich auf ihren Platz im Klassenzimmer, einem großen rechteckigen Raum mit hoher Decke und vier langen Doppelfenstern. Im nächsten Augenblick betrat der Mathematiklehrer, ein recht alter Mann, den Raum, Was hat der wohl im Krieg gemacht, fragte Lisa sich, Fragt sich das hier irgendjemand, fragte sie sich. Sie ließ ihren Blick über die Mitschüler gleiten. Die wissen nichts, dachte sie. Sie dachte an die Geschichtslehrerin, eine Frau mittleren Alters, höchstens zehn Jahre jünger als Lisas Großmutter. Haben wir ein einziges Wort über das gehört, was mit den Juden geschehen ist, fragte sie sich. Mit meinem Volk?, dachte sie versuchsweise, wie man ein neues Kleid anprobiert, um zu sehen, ob man sich darin wohlfühlt, und wenn ja, dann kauft man es vielleicht, falls das Geld reicht. Aber was ist Geld in diesem Zusammenhang, dachte Lisa, während der Mathematiklehrer mit unklarer Vergangenheit ihnen grußlos den Rücken zukehrte, die Kreide ergriff und damit begann, eine Formel an die Tafel zu schreiben, das war seine Methode, Verknappung der Kommunikation nannte er das, ohne dass ihm geglaubt wurde, für die Schüler war er nur ein unfreundlicher Pauker, gegen den man nichts machen konnte. Geld ist vielleicht irgendeine Art von Vertrauensvorschuss, den ich mir selbst geben muss. Dass ich wohin gehöre, zu anderen Menschen, auch wenn ich sie noch nie gesehen habe, auch wenn es nicht meine

Familie ist. Mein Volk, steht mir das? Ist das nicht zu eng um die Brust?

Als der Pauker mit Schreiben fertig war und sich seinen Schülern zuwandte, um sie anzustieren, bis sie es nicht mehr aushielten oder bis die Mutigsten oder die Klügsten oder die Stiefellecker oder die Nervösen unter ihnen sich meldeten, um eine These zu wagen oder um endlich die Stille zu beenden, wusste Lisa, was sie brauchte. Sie brauchte Rat. Vor ihrem inneren Auge tauchte ein großes Backsteingebäude hinter einem schmiedeeisernen Tor auf. Es lag im Süden der Altstadt. Sankt-Annen-Straße. Dorthin würde sie gehen.

FÜNFZIG

Plötzlich hörte er die eigenen Schritte. Seine Stiefelabsätze knallten förmlich auf den unebenen Steinboden. Es roch feucht und modrig. Er atmete auf. Er kannte diesen Tunnel. Schon einmal war er hier gewesen. Damals war er der Einladung zu einem Ausbildungsseminar gefolgt. Jetzt, fünfzehn Jahre nach dem Ende des Krieges, hatte ihn das Schicksal wieder an diesen Ort geführt. Es war gut, wach zu sein, es war gut, den eigenen Körper zu fühlen, etwas zu riechen, es war gut, am Leben zu sein. Alles war gut.

Die Schwärze nahm ab, zuerst wurde sie transparent, dann milchig, und endlich zeichneten sich Konturen ab. Es wurde heller und immer heller. Taghell. Er trat in den Innenhof der alten Burg, die Sonne schien am Himmel, ihre Strahlen eckten gegen die steinernen Kanten, die Zinnen und die Dächer der Burg, die ihn umgab wie ein Schutz vor dem Lauf der Welt. Hier, schien sie zu sagen, Ist die Zeit stehen geblieben, ist nichts geschehen, sind wir alle nach wie vor vereint im selben Glauben.

Der Burghof war voller Menschen. Eine bunte Mischung, Frauen in unterschiedlich langen Röcken, Männer in unterschiedlich langen Jacken und Mänteln, Kinder, Jungen und Mädchen. Alte Leute sah er nicht. Er wollte gerade eine Frau in einem auffallend kurzen Rock fragen, was diese Menschen taten, warum sie sich zusammengefunden hatten, als sie Haltung annahm, salutierte und sagte:

»Heil Hitler, Obersturmbannführer Ranzner!« Dann ließ sie den Arm sinken, schüttelte seine Hand und sagte herzlich:

»Wie gut, dass Sie es einrichten konnten! Ohne Sie wäre dies alles ja gar nicht zustande gekommen!« Sie lachte ihn an und entblößte zwei Reihen schlechter Zähne. Als sie seine Verwirrung bemerkte, wurde sie ernst. Sie sagte:

»Verstehe. Sie wundern sich, nicht wahr? Sehen Sie den Transvestiten, der dort steht, der mit den Frauenkleidern und dem unrasierten Gesicht? Das ist Ihr Adjutant, Scharführer Hilbig, erinnern Sie sich?«

Er folgte dem ausgestreckten Zeigefinger der Frau mit den Augen und sah einen abstoßend weibischen Mann mit aufgedunsenem Körper und übergroßen Brüsten, die unmöglich echt sein konnten. Er sagte:

»Das kann nicht sein! Hilbig war stämmig, hatte breite Nüstern, eine vorgewölbte Stirn und kleine Augen. Dieser hier sieht aus wie eine Missgeburt!«

Die Frau lächelte ihn an, und er hatte das unangenehme Gefühl, abschätzig gemustert zu werden. Sie sagte:

»Es tut mir leid, Sie enttäuschen zu müssen, Obersturmbannführer, aber er ist tatsächlich Hilbig. Wiedergeboren in diesem unvorteilhaften Körper, halb Mann, halb Frau. Als wir ihn fanden, dachten wir, wir müssten nur noch alle Transvestiten einsammeln und hätten die alten SS-Unteroffiziere wieder beisammen. Aber da hatten wir uns getäuscht. Hilbig ist der einzige. Allerdings!«, sie hob ihren Zeigefinger zuerst in die Höhe und wies dann auf sich selbst: »Gibt es noch die Frauen! Nicht zu vergessen! Sie haben mich nicht erkannt, aber seien Sie versichert, ich bin Scharführer Kretschmer, Ihr erster Adjutant. Aus diesem Grund habe ich auch gleich neben dem Tunnel gestanden und auf Sie gewartet.« Sie lächelte ihn gewinnend an. Dann zuckte sie mit den Achseln und sagte resigniert:

»In diesem Leben bin ich als Prostituierte unterwegs. Tja, man kann nicht alles haben. Ich bin übrigens nicht die einzige, es gibt noch zwei weitere SS-Männer, die als Huren wiedergeboren wurden, sie stehen irgendwo da drüben.« Sie suchte mit ausgestrecktem Zeigefinger über den Köpfen der Menschen, wurde nicht fündig und machte eine wegwerfende Handbewegung.

»Ist ja auch egal! Hauptsache, die alten Kameraden sind wieder beisammen!« Es klang, als wolle sie sich selbst Mut zusprechen.

Ein kleines Mädchen mit Schulranzen auf dem Rücken näherte sich ihnen. Die Frau im Minirock nahm Haltung an, streckte den rechten Arm vor und brüllte:

»Heil Hitler, Reichsführer SS!« Das Mädchen, das höchstens sieben Jahre alt war, erwiderte den Gruß beiläufig und heftete seinen Blick auf Ranzner. Es sagte:

»Sieh an, Obersturmbannführer Josef Ranzner. Habe gehört, Sie sind jetzt beim Bundesnachrichtendienst. Gute Arbeit! Habe Sie zum Kontaktmann bestimmt, Obersturmbannführer. Sie werden die Wiedergeborenen in die Institutionen der Bundesrepublik Deutschland integrieren und ein Netzwerk bilden, das es uns ermöglicht, loszuschlagen, sobald wir stark genug sind. Ist das klar, Obersturmbannführer Ranzner?«

Ranzner erwachte aus seiner Lähmung. Er nahm Haltung vor dem Mädchen an und schrie:

»Jawohl, Reichsführer SS!«

»Sehr gut, sehr gut«, sagte das Mädchen und lächelte. Dann aber trat ein müder Ausdruck in sein Gesicht. Matt sagte es:

»Wir sind dazu verdammt, in diesen unwerten Körpern unserer Pflicht nachzukommen. Da ist nichts zu machen. Es ändert an unserer Gesinnung so viel.«

Das Mädchen formte mit Daumen und Zeigefinger eine Null und streckte Ranzner den Arm entgegen. Dann ließ es ihn sinken und sagte:

»Manche hat es noch härter getroffen als mich. Sehen Sie den Neger dort drüben? Das ist Heydrich.« Das Mädchen kicherte vergnügt, und die Prostituierte kicherte mit. Dann rissen sie sich zusammen, das Mädchen sagte:

»Genug jetzt! Er ist ein Kamerad wie du und ich, er hat Großes geleistet, wir sind auf jeden Mann angewiesen für die schweren Aufgaben, die vor uns liegen!«

»Was sind das denn für Aufgaben?«, fragte Ranzner vorsichtig.

Das Mädchen sah ihn erstaunt an. Es sagte:

»Ja, wissen Sie denn nichts davon?« Ranzner schüttelte den Kopf.

Das Mädchen sagte:

»Wir erobern die Welt! Fünfstufenplan! Was denn sonst?«

Ranzner nickte und fühlte sich betäubt. Er sagte:

»Aber wir haben den Krieg doch verloren?«

Das Mädchen winkte gelangweilt ab.

»Das ist doch Seifenschaum! Wir sind bloß in alle Länder zerstreut worden. Und genau darin liegt unsere Chance! Wir machen es wie die Juden, wir starten eine Weltverschwörung aus der Diaspora heraus, an deren Ende die Eroberung von allem steht. Ist das klar, Obersturmbannführer Ranzner? Oder zweifeln Sie etwa an unserer Mission?«

Ranzner nahm unwillkürlich Haltung an und brüllte:

»Nein, Reichsführer SS, keine Zweifel, alles klar! Welteroberung!«

»Sehr gut!«

»Nur eine letzte Frage, Reichsführer SS, wenn Sie gestatten.«

»Was denn noch?«

»Ist Sturmbannführer Karl Treitz auch hier?«

Das Mädchen blickte ihn ratlos an. Es wandte sich an die Prostituierte:

»Wissen Sie etwas von einem Sturmbannführer Treitz?«

Die Frau schüttelte den Kopf. Dann wandte sie sich an die versammelte Menge und rief:

»Ist hier ein Sturmbannführer Treitz? Sturmbannführer Treitz, bitte melden Sie sich, wenn Sie anwesend sind! Treitz! Vortreten!«

Alle wandten sich ihnen zu. So viele Gesichter! Deutsche, Afrikaner, Chinesen, Weiße, Schwarze, Rote, Gelbe, Männer, Frauen, Kinder. Sogar zwei chassidische Juden waren dabei, was Ranzner besonders bemerkenswert fand. Doch es meldete sich niemand. Schweigend starrte die Menge sie an.

Mit einem Mal verblassten sie, lösten sich in weißes Licht auf, und ein kleines blondes Mädchen mit Stupsnase und Ponyschnitt schob seinen runden Kopf in Otto Kruses Gesichtsfeld. Mit seinen Fingern hielt es Kruses Wimpern fest und zog ihm die Augenlider hoch. Dabei lächelte es freundlich und rief:

»Hallooo, Vatiii! Bist du daaa?«

Otto Kruse starrte sein Kind an. Dann ergriff er Gudrun mit beiden Händen um die Taille, hob sie hoch und sagte:

»Guten Morgen, Sonnenschein! Ja, ich bin wieder da.«

Emma hatte bereits den Frühstückstisch gedeckt, so dass er nur noch seinen Morgenmantel überwerfen, Gudrun auf den Arm nehmen und ins Esszimmer gehen musste, wo sie lächelnd am ovalen Marmortisch saß und auf ihn wartete. Heinrich saß an seinem Platz und sah ihn an. Mit einer knappen Kopfbewegung grüßte er seinen Erstgeborenen, das Gesicht des Jungen hellte sich kurz auf und wurde wieder ernst. Er hob seine Tasse und trank den Kakao, den die Mutter ihm bereitet hatte. Heinrichs Gesicht verschwand fast vollständig hinter der großen Tasse. Nur seine Augen waren zu sehen. Sie blieben auf den Vater gerichtet. Otto Kruse deutete Heinrichs Aufmerksamkeit als Zeichen kindlicher Bewunderung und stumme Bitte um männliche Anleitung. Ein Naturgesetz. Emma sagte:

»Liebster! Ich habe Gudrun zu dir geschickt, weil du im Schlaf so grässliche Laute von dir gabst. Ich hoffe, das war nicht falsch.«

Otto Kruse lächelte seine Frau väterlich an. Er setzte Gudrun auf ihrem Kinderstuhl ab und begab sich an seinen Platz gegenüber seiner Frau.

»Es war genau das Richtige«, sagte er, während er sich auf dem Kirschholzstuhl niederließ und zur Zeitung griff, die Emma für ihn bereitgelegt hatte.

Während er Kaffee trank, ein Frühstücksei aß und die Zeitung las, während Gudrun ununterbrochen redete und dabei mit Butter, Marmelade und Kakao experimentierte, während seine Frau ihn liebevoll und stumm um Aufmerksamkeit heischend beobachtete, dachte Otto Kruse über seinen Traum nach. Zum ersten Mal war er nicht in der gestaltlosen Schwärze hängen geblieben, sondern es war etwas Neues geschehen. Es schien ihm, dass ein Auftrag darin enthalten war, ein alter Auftrag, den er hatte vergessen wollen. Vergeblich, wie sich jetzt herausstellte. Ich muss aktiv werden, dachte er und goss sich Kaffee nach.

EINUNDFÜNFZIG

Der Mann machte eine weite Bewegung mit dem Arm. Sie umfasste die große Halle, in der sie standen, aber sie schien noch viel mehr anzudeuten. Lisa betrachtete ihn, er war einen halben Kopf kleiner als sie, ein schmächtiger Mensch, gebeugt vom Alter oder von den Dingen, die außerhalb der Halle lagen. Er sagte:

»Danke für Ihre Geschichte, junge Dame. Wir drei haben eines gemeinsam, Sie, ich und dieses Gebäude: Wir haben alle wegen der arischen Häuser überlebt. Ist das nicht ...«, er suchte nach Worten. Zwei Tränen traten aus seinen Augen, sie suchten sich ihren Weg über die großporige Haut des Mannes, sie schienen im Zickzack zu fließen, von Pore zu Pore, aber es war kaum merklich. Die Tropfen verschwanden, zurück blieb eine feucht glänzende Spur, die kurz vor den Mundwinkeln endete. Lisa starrte darauf, Lisa sah es genau, sie hatte plötzlich ein seltsames Gefühl, ihr war, als würde sie diesen zerbrechlichen alten Mann in den Arm nehmen und seine Tränen wegküssen, ihr war, als hätte sie einen salzigen Geschmack im Mund. Sie riss sich los, sie zwang sich, ihren Blick vom Gesicht des Mannes abzuwenden, ihre Augen irrten ziellos durch die Halle, sahen die hohe Holzdecke, die schönen Balken, die sich bis zu den Fensterreihen dicht unterhalb der Decke hinzogen und jedes einzelne der Fenster gleichsam einrahmten. Sie sah weiter hinten eine Art Pult mit einem dicken Buch darauf, sie sah die zwei langen Tischreihen, sie sah, dass alles sehr schlicht aussah. Sie blickte wieder in das Gesicht des Mannes, der sie jetzt freundlich anlächelte und sagte:

»Es ist nichts mehr übrig. Früher war das eine wunderschöne Synagoge mit einer goldenen Kuppel, dort«, er wies mit der Hand auf einen Ort im hinteren Teil der Halle, »stand eine kostbare Menora«, er bemerkte Lisas ratloses Gesicht, tippte sich mit zwei Fingern an die Stirn und sagte:

»Ach, Sie haben ja gar nichts mitbekommen. Eine Menora ist so ein Kerzenständer mit sieben Armen«, er machte bogenförmige Bewegungen von der Mitte nach oben zu den Seiten, um Lisa einen Eindruck zu geben. Er unterbrach sich und winkte ab:

»Aber Sie sind ja wegen etwas viel Wichtigerem gekommen.«

»Nein, nein! Das interessiert mich alles.«

»Kommen Sie doch in zwei Tagen wieder. Da feiern wir Rosch ha-Schana.« Er tippte sich erneut an die Stirn und lächelte Lisa an: »Das jüdische Neujahrsfest. Da kommen die Juden, die es in Lübeck noch gibt.« Er wiegte den Kopf hin und her, und das erinnerte Lisa plötzlich an Tobias Weiss.

»Viele sind es nicht«, sagte der alte Mann, und dann sagte er noch etwas von ein paar DPs, die hiergeblieben seien, aber Lisa hörte nicht mehr richtig hin, so voll fühlte sie sich plötzlich von dieser neuen Zugehörigkeit, die wie ein Paar Schuhe war, das sie eben erst gekauft hatte und in die sie nun ganz vorsichtig schlüpfte. Drückten sie irgendwo? Waren sie zu klein, zu groß? Gefielen sie ihr überhaupt?

»Wie heißen Sie?«, fragte sie, und dann fiel ihr auf, dass ein junges Mädchen einen alten Mann nicht so ohne weiteres nach seinem Namen fragen konnte. Aber er fühlte sich an wie ein Großvater, und als sie ihn jetzt erschrocken ansah, lachte er amüsiert und sagte:

»Ich bin der Mosche, nur der Mosche. Mehr war ich auch vorher nicht.«

Er begleitete Lisa zur Tür. Draußen, zwischen Fassade und schmiedeeisernem Tor, machten sie noch einmal Halt, Mosche griff nach ihrem Arm, drehte sie sanft herum und zeigte nach oben.

»Da war die Kuppel.«

Lisa blickte hinauf und sagte:

»Wie meinten Sie das mit den arischen Häusern?«

»Sie standen zu dicht, deshalb haben sie die Synagoge nicht gesprengt, es hätte die arischen Häuser beschädigt.«

»Ach so.«

»Ja, ja, das hätten sie sich nicht leisten können, dass wegen der Juden auch noch deutsches Eigentum kaputtgeht.« Er geleitete sie zum Tor. »Aber was sage ich. Ich habe so viele Jahre in diesen Häusern überlebt, dass ich ihnen dankbar sein muss. Glauben Sie mir: Ich weiß genau, wer hier was getan hat.«

»Hier in der Straße?«

»Hier in Lübeck. Und die meisten sind noch da.« Er öffnete das Tor. Dann ergriff er Lisas schmale Hände und sagte:

»Wir haben überlebt, Sie, junge Frau, und ich. Beide haben wir einen hohen Preis bezahlt. Sie wissen nicht, wer Sie sind. Und ich bin nicht mehr der, der ich einmal war. Aber was rede ich: Kommen Sie übermorgen zum Neujahrsfest!«

Sie verabschiedeten sich, Lisa bestieg ihr Fahrrad und fuhr durch die Sankt-Annen-Straße. Sie drehte sich noch einmal um. Da stand er und blickte ihr nach und winkte, als wären sie eng befreundet oder verwandt.

Sie fuhr weiter, nach Hause. Es war kühl geworden, der Sommer ging zu Ende, die Tage wurden kürzer, es lag bereits ein Hauch von Dämmerung über der Stadt, obwohl es noch hell war, obwohl die Sonne noch schien. Das eine beginnt im anderen, dachte Lisa und wunderte sich über sich selbst, über diesen Satz, über ihre Vertrautheit mit einem Fremden, über das ganze Leben, das ihr plötzlich einen Vorhang auf- und einen anderen zugezogen hatte. Sie stand immer noch auf derselben Bühne, aber die Kulisse war eine andere. Und das Publikum? Sie sah den Menschen ins Gesicht, an denen sie vorbeifuhr, vor allem den älteren. Ganz normale Leute. Was haben die gemacht, fragte sie sich. Welcher von ihnen hat Mosche geholfen? Und die anderen? Wie viele Juden hatte es hier überhaupt gegeben, bevor sie alle verschwanden? Ich fahre durch ein Gefängnis, dachte sie. Ich fahre durch ein Versteck. Ich fahre durch eine Räuberhöhle. Ich fahre zwischen Mördern hindurch. Zwischen Verrätern. Zwischen Lügnern, die so tun, als hätten sie nichts getan. Ich bin Jüdin. Wie gut, dass kaum einer das weiß. Lisa Ejzenstain. Vielleicht doch besser Kramer.

Als sie in ihre Straße bog und das Fahrrad über die Pflastersteine rumpelte und sie durchgeschüttelt wurde, fiel ihr ein, dass Mosche von DPs gesprochen hatte.

»Was DPs sind?«, fragte Herr Weiss zurück, als sie gemeinsam im Wohnzimmer saßen und die Nachrichten sahen. Er hatte gekocht, jetzt saßen sie auf der Couch, jeder hatte einen Teller mit Bratkartoffeln und Spinat auf dem Schoß, ein wenig gebratener Speck war über alles gestreut. Lisa dachte, Das ist bestimmt nicht koscher. Der Tagesschausprecher sprach davon, dass Nikita Chruschtschow New York und Long Island nicht verlassen durfte, er sprach von der Uno-Vollversammlung, die dort stattfand, weshalb man Chruschtschow und Fidel Castro die Einreise nicht hatte verbieten können. Er sprach davon, dass die Medien angehalten worden waren, so wenig wie möglich über diese beiden Staatsmänner zu berichten. Er sprach von achtzig Passagieren, die ums Leben gekommen waren, als ihr Flugzeug gleich nach dem Start abstürzte, alle Insassen waren amerikanische Soldaten. Von neununddreißig Menschen, die aufgrund der sintflutartigen Regenfälle in den italienischen Alpen ums Leben gekommen waren. Er sprach von der großen Anzahl an Ländern, die unabhängig geworden waren oder es in den nächsten Tagen werden würden. Auf dem Bildschirm tauchten schwarze Menschen in Uniformen auf, unbekannte Flaggen, die im Wind wehten. Er sprach davon, dass Wilma Rudolph von tausenden von Menschen in ihrer amerikanischen Heimat empfangen wurde. Auf dem Bildschirm tauchte eine hübsche Frau mit kurzen Haaren auf, die ein paar Jahre älter war als Lisa. Sie rannte mit ihren langen Beinen schneller als alle anderen, die Stimme des Sprechers sprach von einem Wunder, weil Wilma Rudolph Kinderlähmung gehabt hatte. Alles, was der Sprecher sagte, erschien Lisa wie eine persönliche Botschaft an sie selbst.

»Hm, ich glaube, das steht für Displaced Persons, also, tja, Heimatlose«, sagte Tobias Weiss langsam. »Nach dem Krieg war Deutschland voll von, nun ja, Leuten, die nicht hierhergehörten, wie man so sagt, also Kriegsgefangene, Zwangsarbeiter, Kollaborateure, die Angst hatten, in ihre Länder zurückzukehren. Und, na ja, natürlich auch, ja, Juden eben.«

»Wo kamen die denn her?«, fragte Lisa, ohne die Augen von Karl-Heinz Köpcke abzuwenden, der jetzt lächelte und von Chubby Checker erzählte, der mit seinem Song ›The Twist‹ Deutschland erobert hatte. Der Fernseher zeigte Bilder von tanzenden Mädchen in Lisas Alter, gekleidet wie Lisa, Zopf, Bluse, knielanger Rock, flache Schuhe, die beim Tanzen die Hüften gegen den Oberkörper verdrehten, dabei langsam um die eigene Achse rotierten und lachten. Dann war die Tagesschau zu Ende, und auf dem Bildschirm erschien die Karte eines Landes, das es nicht mehr gab, mit Städten im Osten, die so nicht mehr hießen.

»Die Juden?«, fragte Herr Weiss zurück, als wäre er nicht sicher. Sie warf ihm einen kurzen Blick zu. Bevor er etwas sagen konnte, sagte sie:

»Bist du im Krieg eigentlich Juden begegnet?«

Der deutsche Wetterdienst in Frankfurt sagte für den folgenden 21. September Temperaturen zwischen dreizehn und fünfzehn Grad Celsius mit Sonnenschein vorher. Leichten Wind aus West, Südwest. In Berlin würde die Sonne um fünf Uhr fünfzig auf- und um achtzehn Uhr sieben untergehen. Herr Weiss räusperte sich. Er sagte:

»Nun ja, weißt du, natürlich ist man Juden begegnet.«

»Und wie war das?«

Herr Weiss ging zum Fernseher und drehte an einem Knopf. Der Bildschirm erlosch, Lisa erinnerte sich daran, wie sie früher den Punkt in der Mitte beobachtet hatte, um den Augenblick zu erhaschen, wenn er verschwand. Doch der Augenblick hatte sich stets ereignet, bevor es ihr bewusst geworden war, und deshalb hatte sie ihn nie erlebt. Jetzt zwang sie sich, nicht hinzuschauen. Stattdessen beobachtete sie Herrn Weiss, der sich wieder neben sie auf die Couch setzte. Sie hatte ihn nervös gemacht. Es war ihre Absicht gewesen. Ich muss, dachte sie. Er sagte:

»Lisa, du weißt, was mit den Juden geschehen ist, nicht wahr?«

Lisa nickte.

Herr Weiss nickte. Er sagte:

»Alle taten so, als wäre das, was da geschah, ganz normal. Und, nun, also, hm.« Er zögerte. Er sagte:

»In meiner Klasse gab es ein paar Juden. Irgendwann blieben sie einfach weg. Und dann hieß es, tja, dass die Familien einen Evakuierungsbefehl zum Arbeitseinsatz erhalten hatten. Ich, ja, ich spürte, dass es eine Lüge war, als unser Vater davon sprach. Es klang wie eine, wie eine Formel, weißt du?«

»Und wann wusstest du, was wirklich los war?«

»Im Krieg.«

»Im Krieg?«

»Wir waren Soldaten, wir kämpften. Aber wenn wir Fronturlaub hatten und die anderen nach Hause fuhren ...« Er hielt inne, sein Mund schloss sich langsam, er blickte auf den Fernseher, als liefe dort noch eine Sendung. Dann räusperte er sich und sagte:

»Meine Mutter erlitt einen Gehirnschlag, als ich bei meinem ersten Einsatz war. Und, hm, die anderen fuhren nach Hause, aber was sollte ich noch dort? Ich blieb und trieb mich herum, ich ging zum Bahnhof, warum, wusste ich nicht, ich saß auf der Bank und sah den Zügen zu. Ich sah Güterzüge, die nach Osten fuhren, sie fuhren langsam durch den Bahnhof, man konnte kaum erkennen, was sie transportierten, aber ich sah Hände und Augen durch die kleinen vergitterten Fenster. Ich wusste sofort: Das sind die Juden. Und dann kommentierten die Leute es. Die kommen nie wieder, hieß es, Die steigen als Rauch in die Luft, sagten sie, Da liegt man nicht eng, das war so ein Witz.«

»Und was hast du dann getan?«

»Was sollte ich tun? Es geschah einfach, es war wie höhere Gewalt. Ich war ja nur ein einfacher Soldat, ich sammelte Körperteile ein, die die Russen meinen Kameraden abgeschossen oder weggesprengt hatten, ich sah immer nur Blut, den ganzen Tag, Blut und Knochen und schreiende Verletzte, es gab überhaupt keine Gelegenheit für mich, etwas zu tun.« Er sah Lisa fast flehend an. Lisa sah Herrn Weiss an, ihren Tobi, der sich inzwischen wie ein großer Bruder anfühlte.

»Du hast ja gar nicht Ähm gesagt oder sonst eines deiner Füllwörter.«

»Hab ich nicht? Dann muss ich das wohl demnächst nachholen.«

Sie lächelte ihn an. Keine Mördergrube, dachte sie, Nur eine Stadt voller Menschen. Du musst genau hinschauen, Lisa, jeden Einzelnen, der dir begegnet, musst du unter die Lupe nehmen.

Sie rief ihre Großmutter an.

»Nein, Schatz, Maria ist … aus.« Sie ging hinunter in den dritten Stock, wo die Tür schon offen stand.

»Was bist du groß geworden!«, rief Frau Kramer, als sie ihre Enkeltochter umarmte. Sie trug eine hellblaue Schürze, in der einen Hand ein Frühstücksmesser.

»Oma! Wir sehen uns doch jeden Tag.«

»Aber nicht mehr so oft wie früher, da fällt einem so was auf.«

Sie setzten sich an den runden Tisch vor dem Fenster, Frau Kramer brachte Obst, Butterbrote, Aufstrich und Tee. Das letzte Licht im Westen war blutrot und färbte ein paar Wolken, die eilig über den Himmel zogen, als müssten sie noch wohin, bevor es Nacht wurde. Alles ist immerzu auf Reisen, dachte Lisa flüchtig und sagte:

»Ich hab heute mit einem Mann von der jüdischen Gemeinde gesprochen.«

»Oh«, machte Frau Kramer, »gibt es das noch hier?«

»Wieder. Er hieß Mosche und lud mich ein, übermorgen zum jüdischen Neujahrsfest zu kommen.«

»Wirst du hingehen?«

»Ja, natürlich, es ist interessant. Und vielleicht erfahre ich mehr über die DPs?«

»Oh«, machte Frau Kramer wieder.

Lisa blickte ihre Großmutter über den Rand der Tasse an, die sie gerade an ihre Lippen gesetzt hatte, um zu trinken.

»Weißt du etwas darüber?«

»Nun ja, es gab hier ein paar Lager, als wir damals in Lübeck ankamen.«

»Davon hast du mir noch nie erzählt.«

»Es war keine schöne Zeit. Es ging nur ums Überleben. Ich musste einiges tun, um uns durch den ersten Winter zu bringen.«

»Ich will das alles wissen, Oma.«

Frau Kramer nickte. »Ja, ich werde es dir erzählen, aber bitte nicht heute.«

»Warum nicht heute?«

»Ich sehe dich so selten, müssen wir da immer von der Vergangenheit reden?«

Es gab eine Pause, in der Lisa nach den richtigen Worten suchte. Sie sagte:

»Oma, du lebst schon so lange mit deiner Vergangenheit. *Ich* habe bisher mit einer Lüge gelebt. Wundert es dich wirklich, dass es mir vor allem darum geht, mehr zu erfahren?«

Frau Kramer schüttelte den Kopf. »Nein, du hast recht. Es tut mir leid, Lisa, nimm es mir bitte nicht übel. Ich bin müde, und die Vergangenheit schmerzt.«

»Aber du hast doch alles richtig gemacht, Oma. Was schmerzt dich daran?«

»Dass ich dich so lange angelogen habe. Und dass ich dir immer noch nicht alles erzählt habe. Das tut weh. Es macht alles im Nachhinein so falsch, auch wenn es das vielleicht gar nicht war.«

Sie zog ein Taschentuch aus ihrer Schürze und wischte sich die Tränen weg. Lisa griff nach einem Butterbrot. Während sie aß, blickte sie aus dem Fenster, wo das letzte Licht schwand.

»Wir machen es wie beim ersten Mal«, sagte sie nach einer Weile und wandte sich zu ihrer Großmutter um. »Wir treffen uns an einem schönen Ort, und du erzählst mir alles. Abgemacht?« Frau Kramer nickte und lächelte ihre Enkeltochter dankbar an.

Sie unterhielten sich noch ein wenig über andere Dinge. Lisa erzählte Frau Kramer von Wilma Rudolph, der amerikanischen Läuferin, deren Gesicht sie durch den Abend begleitet hatte. Frau Kramer erzählte Lisa, dass sie bald eine Gehaltserhöhung bei Hawesta bekommen würde und dass sie eine Fortbildung in Buchhaltung machen wolle, um nicht länger in der Verpackung arbeiten zu müssen. Die beiden Frauen hielten ihre Gefühle im Zaum und lächelten einander an und taten, als gäbe es nur den Augenblick. Das musste sein, denn es war alles da, die ganze sorgenvolle Liebe einer Frau für ein Kind, das ihr beinahe gestorben wäre, hätte sie nicht das Äußerste getan, das, was sonst niemand tat und niemand hätte tun können. Es war alles da, das Durcheinander im Herzen der Enkelin, die sich fühlte, als würde sie allmählich vom festen in den flüssigen Zustand übergehen und jeden Halt verlieren, wenn sie nicht ihren Kopf wie einen Motor rund um die Uhr laufen ließ und Gedanken erzeugte, die ihr eine Richtung gaben, ein drittes Auge, das Dinge sehen konnte, die nicht da waren, mit all der Gefahr für den Geist, die dadurch entstand. Ein Ritual war es, das die beiden Frauen mit ihrer Plauderei ausführten, jede Bewegung der Körper ein Loslassen, jedes Lächeln der Lippen ein neues Ja gegen ein altes Nein.

Als beide das Gefühl hatten, dass es genügte für eine Nachtruhe, umarmten sie einander zum Abschied, und Lisa ging wieder nach oben. Während sie die Tür von Tobias Weiss' Wohnung aufsperrte, hörte sie, wie im Parterre die Haustür sich öffnete und eine Frau auf hohen Absätzen den Flur betrat und mit unsicheren Schritten die Treppe heraufkam. Maria, dachte Lisa und schnitt alle weiteren Gedanken und Gefühle, die mit diesem Namen und diesem Gesicht und dieser Stimme verbunden waren, kurzerhand ab.

Sie betrat die dunkle Wohnung. Herr Weiss schlief bereits. Sie holte das Nachthemd aus ihrem Zimmer, ging ins Bad, zog sich aus, wusch sich mit dem Waschlappen am Becken, trocknete sich mit dem Badetuch ab, streifte das Nachthemd über, betrachtete das Gesicht der jungen Frau, die ihr aus dem Spiegel entgegenblickte. Langsam, während sie sich noch in die Augen sah, löste sie ihren Zopf, griff zur Haarbürste, die rechts von ihr auf dem Fenstersims lag, bürstete sich das lange Haar durch. Sie putzte sich die Zähne, schloss die Augen dabei, konzentrierte sich auf nichts anderes. Sie spülte zuerst ihren Mund und anschließend die Zahnbürste aus, stellte sie wieder in den Becher, kehrte in ihr Zimmer zurück, schloss die Tür leise hinter sich, kippte das Fenster. Frische Luft drang herein, berührte ihr Gesicht, sie roch den Herbst. Sie hörte bekannte, unbestimmbare Geräusche, die zur Nacht den Laut machten, Wie mag das in einer richtigen Stadt klingen, dachte sie. Dann legte sie sich in ihr Bett und schlief ein.

ZWEIUNDFÜNFZIG

Anfang Juli 1947 gingen fünfhundert Menschen in kleinen Gruppen durch Zehlendorf. Der Weg war kurz, sie mussten nur aus dem Tor des Lagers treten, ein Stück nach links auf der Potsdamer Chaussee gehen, bis zu der Stelle, wo die Kurstraße fast genau nach Norden abging. Eine schöne Straße war das, stattliche Patrizierhäuser aus Wilhelminischer Zeit standen an großen Feldern, auf denen die Ähren reiften, hier und da sahen die Menschen prachtvolle Linden und Eichen, deren Blätter dunkelgrün waren und davon erzählten, dass der Frühling vorbei war und der Sommer da. Kleinere Pflaumen-, Apfel- und Birnbäume gab es, sobald sie reif waren, würden die Leute aus der ganzen Umgebung kommen, um sie zu ernten, und wie im Jahr zuvor würden sich die Juden und die Deutschen bei dieser Gelegenheit begegnen. Vor allem die vielen Waisenkinder, die es im Lager gab, trieben sich gern hier herum, fünfzig von ihnen gingen jetzt an den Bäumen vorbei und verspürten den dringenden Wunsch zu klettern, aber das ging ja heute nicht, denn sie mussten zur Schule.

Die fünfhundert Menschen wussten nicht, dass die Felder dem Bauern Hönow gehörten, sie wussten nicht, dass er der letzten Zehlendorfer Landwirtsfamilie vorstand, sie wussten nicht, dass der Sohn Günter erst ein paar Monate zuvor aus der Kriegsgefangenschaft zurückgekehrt war, sie wussten nicht, dass die Familie nicht wusste, wie es weitergehen würde. Und niemand konnte damals ahnen, dass Günter eines Tages Wohnsiedlungen aus Beton bauen würde, in denen das Land, dem er entstammte, keinen Platz mehr hatte.

Zur rechten Hand lag das evangelische Hubertus-Krankenhaus, ein weitläufiger Gebäudekomplex im Stil der späten zwanziger Jahre, hohe Giebel, breite, gedrungene Häuser, die wie schwere Leiber mit spitzen Hüten wirkten. Einen großen Park gab es dort mit einem schönen runden Platz vor dem Haupteingang an der Spanischen Allee. Unter den fünfhundert waren einige, die wussten, dass einige Monate zuvor mehrere amerikanische Militärfahrzeuge eine Handvoll leitende Ärzte zur Entnazifizierung weggebracht hatten.

Die Spaziergänger liefen auf eine Front aus zweigeschossigen Familienhäusern mit roten Dachschindeln zu, die ehemals geschlossen war und sich ein gutes Stück entlang der Tewsstraße hinzog, aber nun gaben Bombenschäden einen Einblick in die großen Gärten im Inneren dieser Anlage, die als Reichsbeamtensiedlung bekannt war, erbaut von der Reichsbank Anfang der zwanziger Jahre.

Als die Menschen die Tewsstraße erreichten, die quer zur Kurstraße verlief, bogen sie links ab, fast genau Richtung Westen. Niemand unter den fünfhundert wusste, dass diese Straße bis 1938 anders geheißen hatte. Doch hätten sie es gewusst, dann hätten sie sich vielleicht darüber gewundert, dass die Nazis einen Reformpädagogen zum Namensträger gemacht hatten, und vielleicht hätte der eine oder andere vermutet, es könne wegen des Wortes ›Einheitsschule‹ gewesen sein, das von Johannes Tews stammte.

Sie gingen an der Nummer 18 vorbei, wo seit 1933 der Filmregisseur Eduard von Borsody lebte. Sechsundzwanzig Filme hatte er im Dritten Reich gedreht, darunter zwei Filme im Auftrag des Reichspropagandaministeriums, und nun arbeitete er an seinem neuesten Projekt, das schon bald unter dem Titel *Die Frau am Wege* in die Kinos kommen würde. Vielleicht hätte Anna sich an den einen oder anderen Borsody-Film erinnert, den sie zusammen mit ihren arischen Freundinnen in den Nauener Lichtspielen an der Marktstraße gesehen hatte. Vielleicht hätte sie sogar Borsodys größten Vorkriegserfolg, *Kautschuk*, der kurz vor der Reichskristallnacht in die Kinos gekommen war, nacherzählen können.

Aber weil sie nicht wusste, dass dies das Haus des Regisseurs war, dachte sie an andere Dinge und ging vorbei, gefolgt von Sarah, die Shimon trug, und umgeben von ihren Leuten, Ruth und Aaron Strauss, den Abramowicz mit ihren Kindern, dem Alten und Emil, der sich neuerdings Zwi nannte und der nur widerwillig in Zivilkleidung geschlüpft war für diesen Abend.

Anna dachte an die Zukunft und spürte ein Ziehen im Unterleib. Sie betrachtete die Gardinen der Fenster, an denen sie vorbeikamen, und ahnte, dass hinter ihnen Menschen lebten, die ohne Liebe herausschauten zu ihnen, Menschen, die sich vermutlich darüber ärgerten, dass die Juden diesen Weg wieder auf dem Bürgersteig zurücklegen durften, dass die amerikanische Besatzungsarmee den Juden die Schule zur freien Verfügung überlassen hatte, so dass die arischen Kinder weitere Wege zurücklegen mussten, Menschen, die gehofft hatten, nie wieder Juden sehen zu müssen.

Anna wusste, dass sie nicht in Deutschland bleiben konnten, noch nie hatte sie es so deutlich gefühlt wie an diesem warmen Abend, in diesem goldenen Licht.

Doch die Zukunft machte ihr Angst. Peretz hatte ihr erzählt, dass die Juden in Palästina versuchten, Waffen zu kaufen, weil sie einen Überfall ihrer arabischen Nachbarn befürchteten und weil sie entschlossen waren, für ihr Recht zu kämpfen.

Peretz hatte ihr gesagt, dass die Briten das Mandat über Palästina an die Vereinten Nationen abgetreten hatten, weil sie hofften, diese würden wiederum die Briten beauftragen, das Mandat erneut zu übernehmen.

Er hatte ihr erzählt, dass die Sowjets neuerdings die illegale Einwanderung der Juden nach Palästina insgeheim begrüßten, weil sie hofften, dass die Situation eskalierte und die Briten den Nahen Osten würden verlassen müssen.

Peretz hatte ihr zu viel erzählt, stellte Anna fest.

Die Tewsstraße machte eine Linkskurve fast genau nach Süden und hieß dann Wasgenstraße. Die Menschen wussten nicht, dass Wasgen ein altes deutsches Wort für die Vogesen war, die nie wieder zu Deutschland gehören würden, aber sie kannten das Gebäude, das rechts an der Kurve stand. Es war die Westschule, die nicht mehr lange so heißen würde. Das ausgelagerte Veranstaltungszentrum des DP-Lagers Schlachtensee.

Es war eine schöne Schule, zwei Gebäude aus den zwanziger und dreißiger Jahren, breit und hoch, ihre Fronten standen im rechten Winkel zueinander und bildeten gemeinsam einen geräumigen Vorplatz an der Außenseite der Straßenbiegung. Genau aus der Mitte dieses Platzes ragte der dicke Stumpf einer Birke wie der Schnittpunkt einer Winkelhalbierenden aus dem Boden.

Das rechte Gebäude mit seinem aufgesetzten Doppelgiebel und dem dreieckigen Erker, der im Erdgeschoss zwei Eingangstüren im rechten Winkel aufwies, verstärkte den Eindruck, dass hier jemand mit dem Zirkel hantiert hatte. Dieser Teil der Schule war noch nicht fertiggestellt.

Die fünfhundert Menschen strebten auf den Haupteingang des linken Gebäudes zu, das schlichter war und unscheinbar gewirkt hätte, wenn sich nicht genau über der Eingangstür eine Uhr in einem großen, rot lackierten Rechteck befunden hätte.

Rechts neben der Tür in einem der Klassenfenster sahen die Ankömmlinge ein blau bedrucktes Plakat, das sie gut kannten. Dort stand:

PROGRAM

»MITN WANDERSZTOK IN HANT«

Najer zal fun JDISZN TEATER »BADERECH« Berlin-Schlachtensee, in lokal fun der 3 Volksschule, Tewsstraße 23

Die Menschen betraten das Gebäude, hinter der Haupttür lag ein Treppenhaus, sie gingen ein paar Stufen hinauf in das Hochparterre, denn dort befand sich der Zugang zur Aula. Sieben Stuhlreihen standen dort, die Platz boten für höchstens hundertdreißig Menschen. Die übrigen mussten sich in den Mittelgang setzen und vor die erste Reihe auf den Boden, viele standen an den Seiten und ganz hinten. Drei große Fenster ließen viel Licht herein, sie mussten die schweren Vorhänge zuziehen, sobald alle Platz gefunden hatten. Allmählich kehrte Ruhe ein. Alle schauten nach vorn zu der niedrigen Bühne, auf die zwei schmale Treppchen links und rechts hinaufführten. Der Hintergrund war ursprünglich schwarz lackiert gewesen, doch die Farbe war an vielen Stellen abgeblättert und gab den weißen Voranstrich preis.

Ein hochgewachsener Mann betrat den Raum und stieg auf die Bühne. Es war Peretz, der das dringende Bedürfnis verspürte, sein Sprachrohr zu benutzen. Doch dies war ein geschlossener Raum, ganz ungeeignet dafür. Er würde viel lauter sprechen, als er es gewohnt war, und am Ende der Veranstaltung heiser sein. Peretz postierte sich ganz vorne und genau in der Mitte der Bühne. Er trug einen eleganten, hellgrauen Anzug, eine Hand hatte er in die Hosentasche gesteckt, in der anderen hielt er einen Stoß Papiere.

Anna sah ihren Mann dort stehen: ein Held aus Palästina in den Augen der Menschen. Einer, der Leben rettete und nichts dafür verlangte. Sie dachte an das Theaterstück, das heute nicht aufgeführt werden würde, an die eine Szene, die ihr nicht mehr aus dem Sinn ging, seit sie ein paar Wochen zuvor ähnlich gedrängt hier unten gesessen hatten. Auf der Bühne war es so voll gewesen, dass Anna plötzlich keinen Unterschied mehr gesehen hatte zwischen den Schauspielern und dem Publikum. Nur noch einen kleinen Raum voller Menschen, die irgendwohin wollten, aber nicht konnten. An der Stelle, wo jetzt Peretz seine Papiere ordnete und immer wieder kurze Blicke ins Publikum warf, hatte ein mannshoher Wegweiser gestanden mit Pfeilen in verschiedene Richtungen. Auf einem dieser Pfeile hatte in hebräischen Lettern ›Eretz Yisrael‹ gestanden, inzwischen konnte sie diese beiden Wörter von anderen unterscheiden. Um den Wegweiser hatten sich Männer mit Hüten und Mänteln, Frauen mit Hütchen und Häubchen, Kinder mit Kleidchen und Jäckchen geschart, alle mit Koffern und Köfferchen in den Händen, und hatten suchend und verirrt in alle Himmelsrichtungen geschaut und sich gefragt, Wie geht es weiter, und waren zum Rabbi gelaufen, Rabbi, was sollen wir tun, und der Rabbi hatte gesagt, Macht euch keine Sorgen, bald geht es weiter, nur noch ein paar Wochen, seht her,

Berlin is stark zerstört,

liegt nein ellen tief in' erd

un ich, a jidl, steh oif un schraj:

am jisroel chaj!

Und dann hatte er auf den Wegweiser gezeigt, und alle hatten gewusst, Da entlang!

Peretz räusperte sich und begann. Er sagte:

»In vier Tagen ist es so weit.« Er sprach davon, dass sie nachts losfahren würden, um kein Aufsehen zu erregen. Er erzählte den fünfhundert Menschen, Das Schwierigste wird sein, in die amerikanische Zone zu gelangen. Wenn wir das geschafft haben, ist der

Rest einfach. Jemand rief, Wie sieht der Rest denn aus? Peretz sagte, Der Rest sieht so aus: Wir fahren innerhalb der amerikanischen Zone nach Süden. Dort gibt es ein DP-Camp für Juden. Es liegt nur ein paar Kilometer von der französischen Zone entfernt. Dort werden wir übernachten. Der Leiter des Camps ist von der Internationalen Flüchtlingsorganisation, er kooperiert mit uns, er weiß Bescheid. Wir werden dort eine Nacht verbringen, ihr werdet gut essen, euch ausruhen. Der nächste Tag ist ein Samstag. Das ist wichtig, denn dann warten die französischen Grenzer nur darauf, dass der Dienst zu Ende geht und sie ins Wochenende entlassen werden. Wir haben die Erfahrung gemacht, dass sie dann großzügiger sind als an anderen Tagen. Wir werden also erst am Nachmittag aufbrechen, damit wir abends die Grenzen passieren.

Peretz machte eine Pause. Er sagte, Jetzt zu euch: Jeder bekommt eine neue Identität. Aaron hier (Aaron Strauss, der in der ersten Reihe saß, erhob sich, damit ihn alle sahen) hat fünfhundert neue Identitäten, die uns das Hauptquartier in Paris geschickt hat. Am Ende unserer Versammlung wird er sie euch aushändigen. Peretz lächelte Aaron Strauss an, er dachte kurz daran, wie überrascht sie gewesen waren, als sie die Liste durchgingen und feststellten, dass lauter französische Namen darunter waren. Er hatte Shmaria Zameret in Paris angerufen und zu ihm gesagt, Rudi, woher habt ihr diese Namen? Aus Telefonbüchern, war die Antwort von ›Rudi‹ gewesen, Wir hatten keine Zeit, es sind so viele Visa.

Peretz seufzte, er sagte, Diese Identitäten müsst ihr bis zum Abfahrtstag auswendig gelernt haben für den Fall, dass irgendwelche Grenzsoldaten misstrauisch werden. Sein Blick fiel auf Anna, die mit Shimon auf dem Schoß im Mittelgang saß. Shimons Augen beobachteten ihn, ihre Blicke trafen sich, Peretz fühlte etwas Seltsames, eine Art Widerstand. Dann blickte er weg und sammelte sich, um weiterzusprechen.

Draußen auf der Wasgenstraße, fünfzig Meter hinter der Kurve, parkte ein schwarzer Mercedes mit den Scheinwerfern Richtung Schule. Auf den beiden vorderen Sitzen saßen zwei Männer in Zivil. Von Zeit zu Zeit blickten sie zu den Fenstern der Aula hinüber und langweilten sich. Der Beifahrer hatte seinem Vorgesetzten bereits eine halbe Stunde zuvor per Funkgerät und mit starkem Londoner Akzent gemeldet, alles sei in Ordnung, die Juden hätten sich zu einer Theatervorführung begeben.

Die beiden Agenten des MI-6 kannten das Programm der Gruppe Baderech, jede Unregelmäßigkeit wäre ihnen aufgefallen. Deshalb wussten sie auch, dass es noch eine gute Stunde dauern würde, bis die Juden wieder herauskämen und nach Hause gingen, zurück in ihr Lager.

Währenddessen sprach Peretz davon, dass jeder Reisende nur einen Koffer mit so und so vielen Dingen mitnehmen konnte, denn so hatte Ernst Caro es ihm aufgetragen. Die Leute waren einverstanden. Als Peretz sagte, die Koffer dürften nicht selbst mitgenommen werden, sondern müssten aus Platzgründen in separaten Lastwagen transportiert werden, hatte niemand etwas einzuwenden. Als er ihnen mitteilte, dass jeder seinen Namen mit Kreide außen auf den Kofferdeckel schreiben solle, damit er ihn wiederfände, bevor er an Bord ginge, entstand ein Schweigen unter den Überlebenden der Konzentrationslager, das nicht weiter auffiel, denn mehr als die Hälfte der Menschen in der Aula der Westschule waren polnische Juden, die nie in einem KZ gewesen waren. Sie waren vor den Deutschen in die Sowjetunion geflohen und hatten nach dem Krieg ausgerechnet in Deutschland Schutz vor den Polen gefunden. Sie wussten kaum etwas von den früheren Abfahrten ihrer Kameraden, Mitbewohner und Ehegatten, die jetzt die Kreide zwischen ihren Fingern spürten, das reibende Geräusch hörten, als sie ihre Namen auf die rauen Oberflächen schrieben, den Zweifel spürten, würde die Kreide nicht abgewischt werden, wenn die vielen Gepäckstücke gegeneinander und aufeinander stießen während der langen

Fahrt über schlechte Straßen, und vielleicht blickte manch einer noch einmal auf und ließ seinen Blick schweifen über die vielen Menschen, unfreiwillige Gefährten auf der Reise zu einem unsicheren Ziel, die ringsumher auf dem Bahnsteig über Koffer gebeugt oder bereits fertig mit Schreiben waren, hunderte mussten es sein, ganz bestimmt fielen ihre Blicke auch auf die SS-Männer mit ihren Maschinenpistolen im Anschlag, die überall standen wie Wegweiser mit Pfeilen aus Stahl, bald würden sie auf die Waggons zeigen, die schon warteten, und manch einer, der sich daran erinnerte, dass er seinen Koffer nie wiedergesehen hatte, dachte vielleicht jetzt, Welch eine Vorführung!

Seltsam, sagte Ruth leise zu Aaron, Alles ändert sich, nur die Methoden nicht.

An diesem Abend sprach Peretz nicht von den dreizehn deutschen Lastwagen samt Fahrern, die er in Ephraim Franks alias Ernst Caros Auftrag angeheuert hatte. Er dachte an sein Telefonat mit dem obersten Kommandanten der deutschen Brichah. Sie hatten regelrecht gefeilscht um Flüchtlinge, denn Ephraim Frank hatte eigentlich nur Peretz' leere Lastwagen haben wollen, Zu riskant, sie auch noch aus Berlin herauszuschaffen, hatte er zu Peretz gesagt. Peretz hatte das erwartet, unter vernünftigeren Umständen hätte er Ephraim Frank recht gegeben. Aber die äußeren und inneren Umstände erschienen ihm in jeder Hinsicht verrückt, und deshalb hatte er geantwortet, Du bekommst sie nur halbvoll. Ephraim Frank hatte ihn nicht angebrüllt, er hatte nicht mit ihm diskutiert. Er hatte geschwiegen, und als Peretz schon hatte nachfragen wollen, Bist du noch in der Leitung? hatte Ephraim Frank gesagt, Acht pro Laster. Peretz hatte geantwortet, Zwanzig. Sie hatten sich auf fünfzehn geeinigt, und das bedeutete, dass sie dreiunddreißig Lastwagen benötigten, dreizehn mehr, als Peretz hatte. Er zögerte, Nein, dachte er, Von den Deutschen spreche ich erst kurz vorher.

Er blickte aus dem Fenster. Die Dämmerung hatte begonnen, sie färbte das Blau dunkel und dunkler, Vogelgezwitscher drang herein, vor dem Fenster eilten Schwalben und Mauersegler hin und her auf der Jagd nach Insekten. Bald würde es zu dunkel sein für Täter und Opfer, doch das Schauspiel würde nicht enden, Fledermäuse und nachtaktive Kleintiere würden sie ablösen. Ach, Unsinn, dachte Peretz und ignorierte die Vergleiche, die sein Kopf mit scheinbar zwingender Logik anstellte.

Anna folgte seinem Blick, sie sah den Abend, sie sah die Vögel, sie hörte die Amseln, sie nahm Abschied. Nie war sie am Mittelmeer gewesen, sie wusste nicht, welches Licht dort den Tag erhellte, welche Gerüche in der Luft lagen, sie ahnte nichts von der Höhe des Himmels, vom Rotbraun der Erde, sie kannte Palmen nur aus Büchern, sie war nicht gefasst auf das Meer, das sie überqueren musste.

Sie wusste einzig, dass sie dieses Land nicht wiedersehen und diese Sprache nicht weitersprechen würde. Doch welche Verbindungen blieben bestehen? War es möglich, so zu tun, als hätte es nie eine gegeben, bis es wahr wurde? Und wie lange würde das dauern? Jahre? Jahrzehnte? Nein, irgendetwas, irgendein Rest will immer bleiben, dachte sie. Sie würde wachsam sein müssen, um alles wahrzunehmen, denn eines hatte sie gelernt: Das Innere war wie das Äußere, plötzlich tauchte etwas Neues, Unbekanntes auf und löste etwas Altes, Vergangenes aus. Denk daran, dachte sie.

Es wurde laut, die Kinder verloren die Geduld, Peretz blickte auf die Uhr, noch zwanzig Minuten bis zum offiziellen Ende der Vorführung, er war heiser vom Reden. Zeit, für heute Schluss zu machen, dachte er und forderte alle auf, einzeln an Aaron Strauss vorbeizudefilieren. Während die Menschen eine Schlange bildeten, die sich mehrmals durch die Aula der Westschule wand, verließ Peretz die Bühne und gesellte sich zu Anna und ihren Leuten. Wieder begegneten sich seine und Shimons Blicke, auch diesmal empfand er einen Widerwillen, und ganz kurz hatte Peretz das

Gefühl, dass auch hier ein Schauspiel aufgeführt wurde, in dem ein jeder von ihnen eine Rolle spielte, ein Blendwerk, hinter dem sich eine andere, verborgene Wirklichkeit befand. Doch welche war das?

Als er seine Frau küsste, verlor er den Zugang zu diesem Gefühl.

Der Kuss führte in ein Zimmer, das Zimmer hatte ein Bett. Peretz bewohnte seit kurzem eine kleine Wohnung in Berlin-Mitte, die Joint bezahlte sie, die UNRRA stellte die Papiere aus. Peretz' offizieller Auftrag war die Betreuung der jüdischen Flüchtlinge in den Berliner DP-Lagern.

Die Wohnung befand sich in einem hohen Hinterhaus in der Rosenthaler Straße, sie war alt und verwohnt, die Matratzen waren durchgelegen, wenn man die Kissen abzog, sah man die vielen braunen Flecken auf dem Stoff. Doch Peretz hatte sich Mühe gegeben, alles herzurichten für diesen Abend. Sogar eine bauchige, bunt bemalte Vase mit frischen Blumen stand auf dem alten, dickbeinigen Wohnzimmertisch, um den ebenso rustikale Stühle standen. Die enge Wohnung war vollgestellt mit Gelsenkirchener Barock, gleich an der Eingangstür stand ein rundliches Buffet aus Eichenholzfurnier, das den Flur besetzt hielt mit seiner erdrückenden Größe. Die Glasvitrine war bis obenhin angefüllt mit Ersatzteilen, Scheinwerfer, Rückleuchten, Zahnkränze, massive Muttern und fingerdicke Schrauben. Gleich neben dem Buffet stand Peretz' Sprachrohr auf dem Boden.

Ich werde hier wegziehen müssen, sagte Peretz, als er und Anna dort ankamen. Shimon schlief längst, er lag in den Armen seiner Mutter und träumte, er liege auf dem Rücken und sehe Regentropfen aus dem Himmel fallen. Manche Tropfen fielen ihm ins Gesicht, das kitzelte.

Warum?, fragte Anna. Es wird immer schwieriger mit den Russen, gab Peretz zurück. Er führte Anna ins Wohnzimmer und zeigte auf ein breites Sofa mit gewölbten Polstern, lilafarbenen Blumenmustern und hochgeschwungener Lehne. Anna verstand, vorsichtig legte sie Shimon dort ab. Sie wusste, was kommen würde, es gab keinen Ausweg, sie waren Mann und Frau, es galt, den Vertrag zu erfüllen, den Pakt zu erneuern, das Versprechen einzulösen. Liebe? Wer hat hier gewohnt?, fragte sie, um sich abzulenken. Deutsche, sagte Peretz knapp, während er seine Jacke ablegte.

Und was ist aus ihnen geworden?

Ich weiß es nicht, warum interessiert dich das?

Einfach so.

Nichts ist einfach so. Komm her!

Einfach so?

Warte! Peretz eilte in die Küche und kam mit einer Flasche Bordeauxwein zurück. Passend zum Anlass, sagte er und grinste sie gewinnend an. Anna folgte ihm ins Schlafzimmer. In ihrem Kopf fand ein Symposium über die Frage statt, wie man nach dem Verlust der Unschuld zu ihr zurückkehren könne. Es gab verschiedene Ansichten, es gab eine Frau mit lupenreinem Blick ins Innerste, sie vertrat die Unmöglichkeit, doch andere Stimmen hatten sie im Verdacht, bloß die eigene Existenz sichern zu wollen.

Draußen, in der Welt der fassbaren Dinge, lächelte Peretz und setzte sich auf das breite Holzbett, ein Ehebett, Ich habe es auf dem Schwarzmarkt gekauft, stell dir vor, was man da alles bekommt! Draußen in der Welt lächelte Anna freundlich und setzte sich neben Peretz, nicht zu nahe und nicht zu weit weg, denn es gab ein Drehbuch für solche Situationen, sie beide kannten es auswendig, wo lernt man solche Sachen, irgendwo schien immer schon alles geschrieben zu stehen, und deshalb gab es keine Überraschungen in dieser Nacht.

DREIUNDFÜNFZIG

Am 1. Oktober 1960, einem Samstag, trafen Lisa Kramer und ihre Großmutter sich zum vereinbarten Gespräch. Sie hatten ursprünglich einen Spaziergang aus der Stadt machen wollen, doch das Wetter war von einem auf den anderen Tag schlecht geworden, und nun überlegten sie gemeinsam in Herrn Weiss' Wohnung, was sie stattdessen unternehmen sollten.

Frau Kramer gab sich einen Ruck und sagte:

»Lass uns nach Pöppendorf fahren.«

Lisa starrte ihre Großmutter überrascht an, sie wollte sagen, Wie kommst du denn auf Pöppendorf? Doch sie schwieg und willigte ein.

Die beiden Frauen gingen dicht nebeneinander zur Bushaltestelle in der Holstenstraße. Bald sahen sie einen blassgelben Gelenkbus, der sich wie ein Lindwurm aus einer Seitenstraße herauswand und nun schwerfällig auf sie zukam. Der Bus hielt neben den beiden Frauen, sie stiegen vorn beim Fahrer ein, einem Mann in dunkelblauer Uniform mit Schirmmütze, kauften zwei Fahrscheine und setzten sich nebeneinander auf eine der Holzbänke. Der Regenschirm, den sie an die Haltestange über der Rückenlehne vor sich hängten, gab sein Wasser an den Boden ab, wo sich allmählich eine kleine Pfütze bildete. Es roch nach Diesel und Feuchtigkeit.

Der Bus fuhr auf der Holstenbrücke über die Trave und auf die Wallhalbinsel, vorbei am Holstentor mit seinen dicken, spitzen Türmen, die auf Lisa immer wie aufgepumpt wirkten, gerade so, als müssten sie in Wirklichkeit schlanker sein, um im richtigen Größenverhältnis zur eigentlichen Toröffnung zu stehen.

Das nächste Gewässer war der Stadtgraben, über ihn führte die Puppenbrücke mit ihren allegorischen Statuen, Lisa kannte sie aus der Heimatkunde, doch die einzige, an die sie sich erinnern konnte, war die Figur des Flussgottes, ihn erkannte sie wieder, unverwechselbar in ihren Augen, so gebeugt stand er da mit seinem Ruder in der Hand, und ihre alte Frage, Warum braucht ein Flussgott ein solches Ruder?, erhielt eine plötzliche Antwort, als sie ihm nachblickte und dachte, Weil er auch nur ein Mensch ist.

Vor ihnen tauchte die Eingangshalle des Bahnhofs mit ihren vier Backsteintürmen und den drei großen Bogenfenstern auf. Der Bus hielt, die Türen öffneten sich, Regenschirme wurden zusammengefaltet, Menschen mit nasser Kleidung stiegen ein, kauften ihre Fahrscheine, suchten einen Sitzplatz. Bald war der Boden nass, die Türen schlossen sich, der Bus setzte sich in Bewegung, die Scheiben beschlugen. Niemand sprach, die Menschen wirkten auf Lisa stumm, verschlossen und gebeugt wie die Statuen auf der Puppenbrücke, Regengötter, die auch nur Menschen waren, Dies ist nicht mein Volk, dachte sie, dieser Gedanke war mehr als eine Kostprobe, er brachte eine neue Gewissheit zum Vorschein, Lisa dachte an das Rosch ha-Schana ein paar Tage zuvor, und als hätte sie etwas aufgeschnappt vom Innenleben ihrer Enkeltochter, sagte Frau Kramer in diesem Augenblick leise:

»Wie war denn das Neujahrsfest?«

Lisa wandte den Blick von der flachen norddeutschen Landschaft ab, sie lächelte ihre Großmutter an, sie sagte ebenso leise:

»Es war sehr schön. Die gesamte jüdische Gemeinde von Lübeck war gekommen.«

»Das müssen aber viele Leute gewesen sein.«

»Ach nein, Oma, es waren nur dreißig Menschen, die alle aussahen, als hätten sie immer noch Angst an jeder Ecke.«

»Oh.«

»Aber es war trotzdem sehr schön. Denn als wir zusammen waren, hatten wir überhaupt keine Angst mehr.«

»Hast du denn auch Angst?«

»Na ja, seitdem ich immer mehr weiß ...«

»Aber es weiß ja kaum jemand, dass du ...«

Sie schwiegen. Nach einer Weile nahm Lisa den Faden wieder auf. Sie sagte:

»Ich stand zwischen Mosche und Selma, seiner Frau, und während der Zeremonie erklärten sie mir alles. Seit dem Krieg gibt es hier keinen Rabbi mehr, und der Rabbi aus Hamburg kann nicht für jede Feierlichkeit nach Lübeck kommen, deshalb macht es der Älteste.« Sie lächelte.

»Es war sehr feierlich. Ich habe sogar Wein getrunken.«

»Aber du bist doch noch gar nicht volljährig!«

»Oma! Nur einen Schluck. Es ist ein Ritual, mehr nicht.«

»Und jetzt?«

Lisa sah ihre Großmutter fragend an.

»Wie meinst du das?«

Frau Kramer wusste nicht genau, was sie fragen wollte, sie wusste noch nicht einmal, warum sie sich so unwohl fühlte bei der Vorstellung, dass ihre Enkeltochter zu der Jüdin wurde, die sie doch immer gewesen war. Sie hatte das Gefühl, ihre Enkeltochter an Unbekannte zu verlieren, kein Recht mehr auf die Verbindung zu ihrer Enkeltochter zu haben, sie war eifersüchtig auf die jüdische Gemeinde von Lübeck und wusste, dass es Unsinn war, so zu fühlen, aber sie konnte nicht anders, sie dachte, Ich bin nur eine einfache Bäuerin, wie soll ich es auch besser wissen. Sie sagte:

»Was wirst du jetzt unternehmen?«

Lisa zuckte mit den Schultern. Sie sagte:

»Ich kann nicht viel tun, solange ich noch nicht volljährig bin. Ich warte einfach ab, vielleicht lerne ich Hebräisch in der Zwischenzeit.«

Sie machte eine Pause, dann blickte sie ihre Großmutter an und sagte:

»Warum willst du nach Pöppendorf?«

Frau Kramer hatte den Unterton in der Stimme ihrer Enkelin gehört, das Misstrauen, die Suche nach einer weiteren Lüge. Es schmerzte wie ein Stich. Sie wollte gleich hier und jetzt alles erzählen, sie wollte den inneren Widerstand aus dem Fenster werfen und die ganze Wahrheit mit einem Mal vorzeigen, Sieh her, ich bin immer noch dieselbe, du kannst mir vertrauen, du brauchst nicht abzurücken von mir, bitte bleib! Aber da sagte Lisa:

»Selma ist eine DP gewesen. Als sie Mosche kennenlernte, entschloss sie sich hierzubleiben.«

»Und sie war in Pöppendorf?«

»Nein, aber sie hat mir davon erzählt. Es gab noch ein anderes DP-Camp, ich habe vergessen, wie es hieß. Dort war sie.«

Frau Kramer sah ihre Enkeltochter an.

»Es hieß Am Stau«, sagte sie und senkte den Blick.

Lisa erwiderte nichts, sie beobachtete ihre Großmutter.

Der Bus fuhr am Tremser Teich mit seinen Trauerweiden, seinen Fröschen und Enten vorbei, Erinnerungen an die Kindheit huschten durch Lisa hindurch. Der Bus hielt, einige Passagiere stiegen aus. Der Bus fuhr weiter, links lag Bad Schwartau, rechts trieb die Teerhofinsel an ihnen vorüber, hier waren einst die Schiffe geteert worden, als Schiffe noch aus Holz bestanden. Alles hatte Lisa gelernt über die großartige Vergangenheit der Stadt Lübeck, aber erst jetzt glaubte sie zu verstehen, warum nichts davon sie interessiert hatte.

»Es war nicht deine Schuld, Oma«, sagte sie unvermittelt.

Frau Kramer sah sie überrascht an. Lisa lächelte ihrer Großmutter zu, sie sagte:

»Dass ich hier nicht heimisch geworden bin, das war nicht deine Schuld. Lange habe ich das gedacht, ich habe es dir insgeheim vorgeworfen, dass du nur hergekommen bist, um auf deinen Mann zu warten, und ich habe mich gefragt, wie soll ich hier jemals Wurzeln schlagen, wenn die einzige Verwandte, die mir geblieben ist, eigentlich gar nicht hier sein will?«

»Das tut mir so leid, Lisa!«

»Aber nein, Oma! Es war ja gar nicht deine Schuld.«

»Nicht?«

»Natürlich nicht! Ich gehöre gar nicht hierher.« Sie hob ihre Stimme, sie sagte laut:

»Ich gehöre nicht hierher, weil ich Jüdin bin.«

Einige Passagiere wandten sich um, niemand sagte etwas. Am liebsten hätte Frau Kramer ihre Enkeltochter zurechtgewiesen, am liebsten hätte sie zu ihr gesagt, Willst du die Leute gegen dich aufbringen, so erschrocken war sie. Doch sie tat es nicht, leise sagte sie zu Lisa:

»Natürlich gehörst du hierher, du bist hier aufgewachsen, du kennst doch nichts anderes.«

Lisa schwieg. Sie blickte durch das nasse Fenster dorthin, wo die Alte Schwartau sich in ihrem tiefen Bett durch Weiden und Felder schlängelte, sie dachte an Selmas Worte, Wenn ich nach Palästina gegangen wäre, dann hätte ich mehr Sonne gehabt in meinem Leben. Aber sie war aus Liebe zu Mosche geblieben, Das ist ein Grund, dachte Lisa.

Der Bus fuhr auf Dänischburg zu. Sie mochte die Gegend nicht, die Landschaft war durch große Industrieanlagen entstellt. Lagerhallen, das Kraftwerk, abgetakelte Werften, Schiffswracks, die schmucklosen drei- und fünfgeschossigen Wohnblocks, die höchstens zehn Jahre alt waren, und dazwischen die alten Dörfchen mit ihren Kirchtürmen, ihren engen Häuschen verursachten in ihr ein Gefühl der Verlorenheit und der Trostlosigkeit. Aber gerade heute hatte sie den Eindruck, dass dies doch der Wahrheit entsprach, Warum sich weiter belügen, dachte sie, Indem ich die Augen nur für Schönes öffne und verschließe vor allem, was mir nicht gefällt? Davor, dass ich selbst ein verlorener Gegenstand bin, der in einem beliebigen Bus sitzt, neben dieser beliebigen Frau.

Sie hielt inne und blickte ihre Großmutter an und seufzte. Sie empfand Mitleid mit der alten Frau, die etwas getan hatte, was kaum Menschen gewagt hatten, Juden retten, ohne jemals Anerkennung dafür zu finden. Wie weit muss ich gehen, dachte sie, Um etwas Wahres in mir zu finden?

Als der Bus am Kirchplatz hielt und der Fahrer »Endstation!« rief, hatte es aufgehört zu regnen. Die beiden Frauen stiegen aus. Vor ihnen ragte die evangelische Kirche auf, ein rechteckiger Backsteinturm mit spitzem Giebeldach. Lisa sagte zu ihrer Großmutter: »Jetzt bist du dran.«

Frau Kramer nickte und hakte sich bei ihrer Enkeltochter unter. Sie folgten der Hauptstraße ein Stück nach Norden und bogen dann nach Westen ab. Nach wenigen Minuten hatten sie den Waldhusener Weg erreicht und folgten ihm. Er führte aus dem Dorf hinaus und hinein in den Forst. Nach ein paar hundert Metern war er nicht mehr asphaltiert, nur noch ein Waldweg. Mitten im Wald blieb Frau Kramer stehen und zeigte auf eine Schonung junger Fichten. Sie sagte:

»Hier war es.«

Lisa betrachtete die jungen Bäume. Nichts war übrig geblieben von dem DP-Camp Pöppendorf. Sie sagte:

»Jetzt erzähl mir alles.«

Frau Kramer atmete tief durch. Sie ergriff Lisas Hände und sagte: »Wenn du wissen willst, wie wir hierherkamen, dann muss ich dir zuerst erzählen, was geschah, nachdem die Polen uns bei sich aufgenommen hatten an dem Tag, als deine Mutter starb.«

Lisa nickte. Die Zeit, die zwischen ihrem ersten Gespräch in Travemünde und diesem Forst lag, verschwand, und Lisa wurde bewusst, dass ein Teil von ihr seitdem auf jenem polnischen Bauernhof geblieben war und sich erst jetzt weiterbewegen würde. Erst jetzt würde für diesen Teil von Lisa Ejzenstain die Zeit wieder vergehen, und vielleicht würden sie und ihre Großmutter eines Tages in der Gegenwart ankommen, wenn nur genug gesagt worden wäre bis dahin.

Frau Kramer drückte die Hände ihrer Enkeltochter und begann zu erzählen. Sie erzählte davon, dass am nächsten Morgen die Russen auf der Suche nach Deutschen kamen, alle mussten sie sich in der Stube versammeln, sie mit Lisa auf dem Arm, und als einer der Soldaten vor ihr stehen blieb, da schickte sie ein Gebet zum Himmel, der Soldat fragte sie etwas, aber sie konnte ihn nur anstarren und stumm beten, der Soldat wurde wütend, er wiederholte seine Frage, doch diesmal brüllte er sie aus nächster Nähe an, und Frau Kramer betete und starrte ihn an. In diesem Augenblick sagte die älteste Tochter der Polen etwas, der Kopf des Soldaten fuhr herum, dann blickte er Frau Kramer erneut an, doch diesmal mit einem anderen Gesicht, es war, als wäre er ausgetauscht worden gegen seinen Zwillingsbruder, und der Zwillingsbruder hatte Tränen in den Augen und sagte etwas und streichelte ihr über die Wange und sagte einen langen Satz, bevor er und die anderen Soldaten gingen. Als sie fort waren, standen die Menschen in der Stube eine Zeit lang bewegungslos da, und dann umarmte die Mutter ihre älteste Tochter und küsste ihr das Gesicht ab, und der Vater kam auf Frau Kramer zu, die ihr winziges Enkelkind fest im Arm hielt, als wolle man es ihr fortnehmen, und führte sie zu einem Stuhl, dass sie sich setzen konnte. Dann erklärten sie ihr, was gesagt worden war, Sie hat ihm gesagt, sagte die Mutter, die immer noch ihr tapferes Kind im Arm hielt, Sie hätten ihre ganze Familie wegen der Deutschen verloren, Und da, sagte Frau Kramer jetzt und blickte zu ihrer Enkeltochter auf, die neben ihr durch den tropfenden Waldhusener Forst ging, Da wusste ich: Das ist die Wahrheit. Dann erzählten sie ihr, was der Russe gesagt hatte, Er hat gesagt, sagte die Mutter, die ihr Kind jetzt freigab, Dass er aus Weißrussland ist und die Hälfte seiner Verwandtschaft ermordet wurde von den Deutschen. Ich habe mich so geschämt für mein Volk, sagte Frau Kramer. Sie gingen weiter, Lisa sagte:

»Wo war der Eingang?« Frau Kramer blieb stehen, sie blickte zurück, nach vorne, sie zuckte mit den Achseln und sagte:

»Ich kann es dir nicht genau sagen. Irgendwo hier gab es ein Gatter.«

»Lass uns hineingehen!«, schlug Lisa vor.

Frau Kramer wollte nicht, Es ist doch alles nass, sagte sie, Ich habe nicht die richtigen Schuhe an, sagte sie, doch es half ihr nichts. Sie war gekommen, um der Wahrheit Tür und Tor zu öffnen, sie musste vom Weg abkommen, Lisa zog sie hinter sich her zwischen die glänzenden, jungen Bäume, Vielleicht finden wir etwas, rief sie in den Wald hinein, und Frau Kramer gab ihren Widerstand auf und begann zu suchen. Doch sie fanden nichts, nicht eine Schraube, nicht einen Stofffetzen, nicht eine Holzlatte. Mit nassen Schuhen und nassen Kleidern standen sie in der Schonung und stellten sich vor, dass hier einmal ein Lager für Menschen war, die sonst nichts mehr hatten, und Lisa sah sich um und seufzte und sagte:

»Erzähl weiter, Oma!«

Sie gingen zum Weg zurück, sie verließen das Lager, und Frau Kramer fuhr fort. Sie erzählte davon, dass sie zwei Tage bei den Polen blieben, zwei Tage, in denen sie an Margarita dachte, die immer noch im Schnee saß und schlief. Nach zwei Tagen hielt ich es nicht mehr aus, sagte sie, und Lisa sah eine vermummte Gestalt ohne Gesicht durch den dichten Schneefall, sie hörte das Pfeifen des eisigen Windes, der an ihrer Mutter riss, sie sah die Kapuze, jeden Augenblick würde eine starke Böe sie herunterreißen und sie sähe sie, sie dachte, Es sind die Toten, die uns in die Flucht treiben, sie dachte an den russischen Soldaten mit den Tränen in den Augen und dachte, Vielleicht ist jeder Angriff nichts als eine geheime Flucht, vielleicht flohen er und meine Oma gemeinsam nach Westen und wussten es nicht, doch sie sprach ihre Gedanken nicht aus, denn Frau Kramer erzählte davon, wie die polnische Familie sie mit warmer Kleidung und Proviant versorgte, wie sie sich Lisa wieder vor die Brust band und dann das Kleid darüberzog und den Mantel und eine Decke um die Schultern schlang und einen Leinenrucksack schulterte, den ihr die Polen mitgaben, und dann erneut hinausging in die Kälte. Sie sagten, Geh dort und dort entlang, dann kommst du zu einem kleinen Bahnhof, er liegt auf der Strecke nach Frankfurt an der Oder, wenn du Glück hast, dann kommt ein Zug, Gott sei mit dir.

Die Wolkendecke riss auf über dem Waldhusener Forst, der Weg führte jetzt durch älteren Baumbestand, das Lager hatten sie hinter sich gelassen, sie würden darauf zurückkommen, wenn es so weit wäre, denn noch stapfte Frau Kramer durch die weiße Landschaft und sah, dass schon viele vorbeigekommen waren, Koffer lagen im Schnee, Menschen lagen im Schnee, Kinderwagen standen am Wegrand mit erfrorenen Babys darin, Manche waren so klein wie du, sagte sie zu Lisa, und erzählte vom Bahnhof, wo tausende in der Kälte standen und bis hierher überlebt hatten und nun auf einen Zug warteten, einen ganzen Tag lang, und dann geschah ein Wunder, ein Zug der Reichsbahn fuhr ein, ein unendlich langer Zug, im Schritttempo fuhr er durch den Bahnhof, voller Menschen war er, Wann hält er denn endlich, sagte jemand neben Frau Kramer, und da begriff sie, dass dieser Zug nicht halten würde. Ein Schreien setzte ein, ein Laufen, Türen wurden aufgerissen, Menschen versuchten, während der Fahrt aufzuspringen, die ganze Masse der Flüchtlinge geriet in Bewegung, der Zug aber glitt vorbei wie ein großes Tier, das sich nicht kümmert um die Fliegen, die es aufscheucht, Ich rannte, sagte Frau Kramer, Dem Zug hinterher, und wieder tauchte aus dem Nichts ein Helfer auf, eine Hand, die sich ihr entgegenstreckte, sie hineinzog in die offene Tür des Zuges, ein Mann, der ihr zunickte und wieder verschwand in der dicht gedrängten Menge, die sich in den Gängen des Waggons befand. Hundert Kilometer, sagte Frau Kramer, als rechts vom Weg der Wald an einem Feld endete, Mehr waren es nicht, aber wir brauchten zwei Tage. Warum, fragten die Augen der Enkelin, und Frau Kramer sprach vom tiefen Brummen der Bomberverbände und vom Bienensummen der Jagdflieger, davon, wie der Zug hielt und die Menschen in Scharen in den Schnee flohen, unter die Bäume, um nicht in der Nähe zu sein, wenn es geschah. Doch es geschah nicht. Wenn der Zug sich in Bewegung setzte und die Menschen in aller Eile wieder aufsprangen, jeder getrieben von der Angst zurückzubleiben, blieben manche zurück, die rannten noch eine Weile, bis die Unvermeidlichkeit des Schicksals sie einholte, während der Zug kleiner und kleiner wurde. Frau Kramer schüttelte sich bei der Erinnerung an diese armen Menschen, Ist das nicht seltsam, sagte sie zu ihrer Enkeltochter, Ich sehe den Zug davonfahren, als wäre ich einer von ihnen, aber in der Wirklichkeit sah ich diese Leute immer kleiner werden.

Vielleicht ist das Liebe, dachte Lisa, Vielleicht aber ist es nur Angst. Und wenn es beides ist? Was ist es dann? Aber sie schwieg und hörte zu, denn Frau Kramer sprach jetzt von der Ankunft in Frankfurt an der Oder, von SS-Leuten, die sie am Bahnhof in Empfang nahmen, Mit Maschinenpistolen in der Hand, rief sie aus, als sie an der Wegabzweigung nach Sereetz vorbeikamen, wo es inzwischen auch Häuserblocks für die Flüchtlinge aus dem Osten gab, die noch nicht da waren, als sie zum ersten Mal hier war, aber alles zu seiner Zeit, jetzt ist sie in Frankfurt und stapft mit vielen anderen Menschen durch den Schnee, vor ihnen geht ein Hitlerjunge, der noch zu klein ist für die Front, aber schon groß genug, um einen Haufen schmutziger Flüchtlinge in ihre Notquartiere zu führen, Es war schon dunkel, als wir durch die zerstörte Stadt stolperten, sagte sie und erinnerte sich an die unnatürliche Schwärze einer verdunkelten Stadt, die hilflos dalag und auf den nächsten Schlag aus der Luft wartete und nichts tun konnte, als die Lichter zu löschen. Auf dem Weg zum Botanischen Garten kam ihnen eine Gruppe Menschen entgegen, Vielleicht auch Flüchtlinge, dachte Frau Kramer, doch es waren lauter Männer, die schweigend vorübergingen und die Blicke, denen sie begegnete, waren unlesbar. Zwangsarbeiter, sagte der Hitlerjunge, als sie fort waren, Die gehen jetzt zu ihrer Schicht. Das war so ein Erlebnis, sagte Frau Kramer zu Lisa, Die waren so heimatlos wie wir, so unfreiwillig in Frankfurt wie wir, so unglücklich wie wir, und doch konnte uns nichts verbinden, weil wir zu dem Volk gehörten, das ihnen das angetan hatte. Sie schwieg eine Weile, doch die Bilder ließen sich nicht vertreiben, und deshalb sprach sie weiter. Große Teile der Stadt waren evakuiert worden, der Hitlerjunge sagte ihnen, Bald müsst ihr weiterziehen, der Führer hat Frankfurt zur Festung erklärt, sie hörten den Stolz in der Stimme des Jungen, vor dessen Augen die Katastrophe ihren Lauf nahm, ohne dass er sie begriff, Das war wohl sein Glück, sagte Frau Kramer zu Lisa. Dann kamen sie an, ausgebombte Häuser am Botanischen Garten, das war ihre Bleibe, die Stadt war evakuiert, aber voller Menschen, die in zerstörten Gebäuden hausten, alles Flüchtlinge, hunderttausende. Nachts lagen wir dicht gedrängt aneinander, um nicht zu frieren, sagte sie, Zum Glück hatte ich genug Milch für dich dabei.

Wieder nur zwei Tage. Dann kam der Befehl zum Abmarsch, ein weiterer Zug, die endlose Fahrt nach Westen über Nebenstrecken, Und da, in einem dieser Züge, wusste ich plötzlich, dass es Lübeck sein musste, wenn ich meinen Mann jemals wiedersehen wollte.

»Und so kamen wir nach Lübeck«, schloss Lisa sachlich, und Frau Kramer nickte und schluckte, denn noch längst war nicht alles erzählt.

»Hier ist es nicht mehr schön«, sagte sie zu Lisa, als sie zur Alten Travemünder Landstraße kamen. »Lass uns zurück und nach Sereetz gehen. Dort können wir etwas essen und trinken.«

Lisa war einverstanden. Sie machten kehrt und gingen zurück in den Forst.

VIERUNDFÜNFZIG

V-9245 erfuhr erst nach und nach, welches Privileg ihm zuteilgeworden war. Dass der Direktor ihn persönlich empfangen hatte, nachdem er aus der Gefangenschaft gekommen war, hatte unter den engsten Mitarbeitern des Chefs der Org, wie das Amt intern genannt wurde, eigentlich als undenkbar gegolten. V-9245 genoss seitdem einen Sonderstatus, und das wurde ihm allmählich bewusst, als der Direktor ihm mitteilen ließ, dass er mit sofortiger Wirkung stellvertretender Leiter der Süddeutschen Industriever-wertungs-GmbH sei. Hinter diesem Namen verbarg sich die Gene-ralvertretung München, von deren Existenz V-9245 bislang nicht einmal etwas gewusst hatte. Er hatte seine ersten Jahre damit ver-bracht, Bürodienst in der Zentrale zu erledigen. Die Tatsache, dass der Direktor, von dem inzwischen als Generaldirektor gesprochen werden musste, ihn nun in eine leitende Position und damit gleich-sam an die Front schickte, dorthin, wo Spionage und Gegenspio-nage nicht nur verwaltet, sondern wirklich organisiert und durch-geführt wurden, erschien V-9245 wie ein Wink des Schicksals: Es war Zeit, wieder aktiv zu werden.

Als er zu seiner neuen Arbeitsstelle in Thalkirchen fuhr, war er des-halb so gut gelaunt wie schon lange nicht mehr. Die Familie war eine schöne und angenehme Sache, der Posten in der Zentrale war gut gewesen, um eine Zeit lang unsichtbar zu bleiben. Aber V-9245 sah sich als Soldat, daran hatte sich in all den Jahren nichts geän-dert, und der Feind war immer noch derselbe, er war dort draußen und musste bekämpft werden.

FÜNFUNDFÜNFZIG

In Sereetz musste es einmal schön gewesen sein. Doch jetzt stan-den überall Kräne, waren tiefe Schächte ausgehoben worden, an manchen Stellen befanden sich bereits die Rohbauten künftiger Mietblöcke, und sogar ein Hochhaus entstand hier. Inmitten dieser

Baustellen lag das alte Sereetz, eine Anhäufung mittelalterlicher Häuschen, die sich um eine gedrungene Kirche scharten. Dort gab es eine Wirtschaft, wo die Arbeiter aus der Umgebung zu Mittag aßen, Wenn sie noch da ist, sagte Frau Kramer und geleitete ihre Enkelin durch die engen Gässchen, wo hier und da noch Pfützen standen.

Sereetz war so klein, dass sie nach drei Ecken vor dem Lokal standen, Frau Kramer blieb erstaunt stehen, so sehr hatte sich das Aussehen des Hauses verändert, der rote Backstein war verschwunden, an seine Stelle war brauner Klinker getreten, die alten Fenster waren gegen neue, größere ausgetauscht worden, die Holztür war ersetzt worden durch eine Metalltür mit gelb getöntem Milchglas. Die beiden Frauen betraten die Wirtschaft. Im Inneren war es viel zu warm, Lisa begann fast augenblicklich zu schwitzen, alle Tische waren besetzt, das Gewirr tiefer Stimmen ließ kurz nach, als die vielen Männergesichter sich ihnen zuwandten – die eine Frau zu alt, die andere zu jung –, um sich dann wieder ihren Gesprächen zu widmen.

Eine schmale junge Frau mit einer Schürze kam auf sie zu, Lisa lächelte sie erleichtert an, doch die Frau war bei der Arbeit und übersetzte die neuen Gäste in eine simple Gleichung, Zwei Menschen macht zwei Plätze, Dort drüben, sagte sie mit einer erstaunlich erwachsenen Stimme, ohne die Miene zu verziehen. Lisa und Frau Kramer folgten der Anweisung, und tatsächlich, am Fenster stand ein Tisch für zwei Personen, die Stühle waren leer, auf dem Tisch standen noch die beiden Suppenteller aus grobem Steingut mit Resten von Erbsensuppe darin und je einem großen Löffel, daneben Biergläser, ausgetrunken bis zur Neige, die trüb schimmerte.

Kaum hatten die Frauen ihre Mäntel ausgezogen, ließen einige der Männer noch einmal einen prüfenden Blick über den Körper der jungen Frau gleiten, der eine oder andere mochte denken, Vielleicht doch nicht zu jung, die Frauen taten, als bemerkten sie nichts, sie setzten sich hin, als die Kellnerin mit resoluten Bewegungen herbeikam, das Geschirr stapelte, die weiße Tischdecke abzog und fast schon im Weggehen mit ihrer erwachsenen Stimme sagte, Es gibt Erbsensuppe mit Würstchen und Erbsensuppe ohne Würstchen.

Sie wartete nicht ab, schlängelte sich zwischen den eng stehenden Stühlen und Tischen hindurch, gefolgt von den Blicken einiger Männer, verschwand hinter dem Tresen, lud das Geschirr ab, kam mit einer neuen Tischdecke und Besteck in den Händen wieder zum Vorschein, ging zurück zu Lisa und Frau Kramer, breitete rasch die Tischdecke aus, legte das Besteck mit schnellen, geübten Bewegungen im richtigen Abstand vor ihre beiden Gäste, richtete sich auf und blickte mit routinierter Erwartung in keine bestimmte Richtung. Ich nehme mit Würstchen, sagte Lisa, Ich auch, fügte Frau Kramer hinzu. Zu Trinken?, fragte die Kellnerin. Wasser, antwortete Lisa, Für mich bitte auch, sagte Frau Kramer. Die Kellnerin nickte knapp, machte kehrt, und jetzt waren die beiden Frauen angekommen.

Lisa schaute in die Runde, Blicke glitten von ihr ab, scheu wie Wild, die Männer saßen an ihren Tischen mit breiten Beinen, aufgestützten Ellbogen, manche kauerten regelrecht vor ihren Suppentellern, es war jetzt längst nicht mehr so laut wie zu Beginn, oder bildete sie sich das nur ein? Sie hatte plötzlich das Gefühl, nicht mehr in einem bestimmten Land zu einem bestimmten Zeitpunkt zu sein, sondern in einem Zustand zu schwimmen, den es überall gab, in einem groben, unbewussten Seinszustand mit reduzierter Sinneswahrnehmung nach innen und außen.

Schon kam die Kellnerin mit zwei vollen Tellern zurück, Lisa versuchte, ihr Alter zu schätzen, ganz aufrecht, fast zu gerade wirkte sie, in ihrem Gesicht stand eine Härte, die einschüchterte, doch vielleicht war das kein Wunder bei dieser Kundschaft, dachte Lisa. Aber als die Kellnerin die Suppenteller vor ihnen abstellte, war sie sich nicht mehr so sicher. Wo liegt die Wahrheit, fragte sie sich, Auf der Oberfläche oder darunter? Sehe ich aus wie eine Jüdin? Sehen die aus wie Männer, die nicht denken können? Sieht sie aus wie eine Frau, die sich wehren muss? Oder bin das alles ich selbst? Sie schüttelte diese Gedanken ab, als der Geruch der warmen Suppe ihre Nase erreichte, Guten Appetit, sagte Frau Kramer und lächelte ihre Enkeltochter an, Guten Appetit, Oma.

Sie hatten ihre Teller noch nicht geleert, als die Männer wie auf ein geheimes Kommando geräuschvoll aufstanden und die Wirtschaft verließen. Fünf Minuten später war es still und leer in der Wirtschaft, das einzige lebende Wesen außer ihnen war die Kellnerin, die mit schnellen Bewegungen die Tische abräumte. Der Ausdruck ihres Gesichts hatte sich nicht geändert, Habe auch ich einen solchen Ausdruck, der immer da ist, fragte Lisa sich flüchtig. Sie begriff, dass das Aussehen nichts über seine Ursachen verriet, vielleicht schlug der Vater sie, vielleicht war er im Krieg gefallen, vielleicht war sie unglücklich verliebt, vielleicht hasste sie ihre Arbeit, weil sie glaubte, für Größeres geboren zu sein, vielleicht mochte sie den Herbst nicht, vielleicht hatte sie ihre Tage. Oder konnte man es umdrehen: Wie viele Möglichkeiten haben wir, auf die Dinge zu reagieren, die uns im Leben widerfahren? Versuchen wir wirklich, zu jeder Ursache eine eigene Reaktion zu finden, oder gewöhnen wir uns daran, auf ganz Unterschiedliches in der gleichen Weise zu reagieren, vielleicht aus Bequemlichkeit oder weil wir es gar nicht merken, und dann erst wird ein Charakter daraus?

Frau Kramer hatte ihre Suppe ausgelöffelt. Sie wischte sich den Mund mit der Serviette ab, warf ihrer Enkeltochter, die noch aß, einen nachdenklichen Blick zu, fügte sich erneut in ihr Schicksal und sagte:

»Soll ich weitererzählen?«

»Ja.«

SECHSUNDFÜNFZIG

Ein Zug hielt im Bahnhof. Der Zug war so lang, dass die Hälfte der Passagiere in den matschigen Schnee springen musste, weil der Steig viel kürzer war. So lang war der Zug, dass diejenigen, die in den Schnee sprangen, sofort vom Nieselregen eingesponnen wurden in eine feine, kalte Haut, die ihnen ohne Umschweife bewusst machte, wie sinnlos es war, nach der tagelangen Fahrt durch das zerstörte Land auf Besserung zu hoffen.

Unter diesen Menschen befanden sich die Frau, die später einmal erzählen würde, und das Kind, dem sie später einmal erzählen würde, es lag zwischen ihren Brüsten warm und geborgen und schlief zu dieser frühen Stunde, es war noch dunkel, so dunkel, wie es nur im Winter dunkel sein konnte, nur im Kriegswinter, wenn sogar große Städte aus geringer Entfernung kaum zu sehen sind, und so erging es der Frau mit dem Kind, sie standen im Schneematsch, der Regen hatte sein Netz schon über sie gebreitet, doch sie sah nichts als die Nacht selbst, und die Nacht unterschied sich nicht von anderen Nächten, vielleicht war dies ein Irrtum, dachte sie, vielleicht hatte der Zugführer genug von allem und war einfach ausgestiegen, vielleicht hatten die Behörden ihre Planung geändert, weil Lübeck noch viel weiter entfernt war, und sie hatten sich gesagt, Sollen sie doch hier im Nirgendwo bleiben. Aber vielleicht war Lübeck auch verschwunden, ausgelöscht, und dies war Lübeck, aber Lübeck bot ihnen nichts mehr als dies: Schnee und Regen. Alle diese Gedanken dachte die Frau mit dem Kind in wenigen Sekunden, und die Furcht überkam sie.

Doch dann kam ein Kübelwagen angefahren, seine Scheinwerfer blendeten die Lumpenbande, die dort ratlos herumstand, und ein Mann mit einem Megaphon in der Hand richtete sich auf und rief, sie sollten sich zu einer Schlange formieren, höchstens vier nebeneinander, und ihm zu den Notunterkünften folgen. Schwerfällig gingen die Menschen los, die Frau mit dem Kind ging mit, todmüde war sie und hungrig, und dass sie lebte, zählte kaum, denn an Sterben war nicht zu denken, nur daran, den letzten Gang zu bewältigen, Schritt für Schritt, und weiter zu atmen die kalte Luft der neuen Heimat.

Die neue Heimat wollte ihre neuen Einheimischen nicht haben. Sie hatte genug mit sich selbst zu tun, es war, als wäre die Insel, auf der Lübeck lag, wieder zur Festung geworden, doch nicht gegen die Rote Armee, die sich schnell wie ein Flächenbrand den Grenzen des Altreichs näherte, sondern gegen all das Getier und Gemensch, das vor diesem Brand nach Westen floh. Die Notunterkünfte lagen deshalb draußen vor der Stadt, Weißt du, würde die Frau eines Tages sagen, Dort, wo wir heute vorbeigefahren sind, nein, nicht genau, sondern ein Stück weiter östlich, dort gab es Gutshöfe mit feuchten Scheunen, dorthin mussten wir laufen, endlos lang, niemand wusste, Wo ist denn Lübeck überhaupt?, Gehen wir zu Fuß dorthin?, Wie kann es sein, dass der Bahnhof von Lübeck so weit von der Stadt entfernt ist?, man sagte uns nichts, wir folgten den roten Rücklichtern eines Kübelwagens über eine nasse Landstraße, der Nieselregen durchnässte uns unmerklich, so lange dauerte dieser Gang, dass es Menschen gab, die liegen blieben, und Menschen, die plötzlich anfingen zu schreien, Das ist ein Todesmarsch, die bringen uns um, aber die anderen brachten die Panischen zum Schweigen, und so gingen wir weiter, ich dachte, Jeden Augenblick wird sie wach und dann muss ich sie füttern, wie soll ich das hier nur tun, aber du schliefst einfach immer weiter, als hättest du gemerkt, was vor sich ging, und würdest nun auch durchhalten, so würde die Frau später einmal erzählen und bei jedem Satz um ihre Fassung ringen, als wäre ein Satz ein schmaler Grat, der hoch oben über die Vergangenheit hinwegführt, und wehe dem, der erneut hineinstürzt.

Als sie ankamen und sich fallen ließen in das feuchte, kalte Stroh und schliefen, genau in jener Nacht war es, da überschritt die Rote

Armee die östlichen Grenzen des Altreichs an mehreren Stellen. Als sie aufwachten und nichts zu essen hatten, weil die Versorgung schlecht funktionierte und weil die Stadt Lübeck genug mit sich selbst zu tun hatte, sprach sich herum, dass schon viele tausend gekommen waren und dass sich noch viele tausend im Anmarsch befanden, und schon teilten die Insassen der nasskalten Scheune das Gefühl mit den Einwohnern von Lübeck, Sollen sie woanders hingehen, hier ist doch schon alles voll, doch es gab kein Woanders mehr, eines Tages würde sich das Kind, das kein Kind mehr wäre, vorstellen, dass die Geschichte zuweilen wie ein Film abläuft, der rückwärts abgespielt wird, wenn alles Vergossene wieder in die kleine Kanne fließt, aus der es kam, so war dieser menschliche Rückfluss in das Gefäß des Deutschen Reichs, das tausend Jahre zuvor begonnen hatte, sich nach Osten zu neigen, und man würde eines Tages mit Fug und Recht behaupten können, das Tausendjährige Reich sei in Wahrheit das Ende des Tausendjährigen Reiches gewesen.

Doch solche Gedanken bewegten die Menschen nicht, nichts bewegte sie mehr als die Frage nach Nahrung, die Kinder weinten vor Hunger, Und auch du weintest, und ich konnte nichts für dich tun, würde die Frau sagen und selbst weinen.

Endlich, am Nachmittag, kamen Lastwagen mit Zwangsarbeitern und Soldaten, die Lebensmittel verteilten, die Flüchtlinge bildeten eine Schlange vor den Scheunen und sahen in der Ferne den Gutshof, ein herrschaftlicher Bau, vor dem Haus spielten drei Kinder, bewarfen sich mit Schneebällen, blickten ab und zu herüber, verloren das Interesse. Plötzlich, während die Menschen warteten und froren, ertönte das Brummen, das alle kannten, die Verteilung stockte, die Menschen suchten den verhangenen Himmel ab, das Brummen kam immer näher, immer lauter wurde es, viele mussten es sein, bald konnten sie nichts mehr hören, nur noch das Brummen, doch es war nichts zu sehen, unsichtbar zog der Verband über ihre Köpfe hinweg irgendeiner deutschen Stadt entgegen, wo sie ihre Last abwerfen würden wie eine Saat, die sofort aufginge, ein Meer aus roten Blumen würden sie säen, deren Blüte nicht länger als ein Sterben dauern musste.

Als das Brummen wieder abklang, ging die Verteilung weiter, und endlich hatte die Frau Milch für ihr Kind und etwas zu essen für sich selbst, viel war es nicht, Aber nach dem vielen Schreien und Weinen warst du so müde, dass du gleich wieder einschliefst und ich mit.

Wie lange hockten sie in der Scheune? Monate waren es, der Winter, der sich schon verabschiedet hatte, kam zurück, als hätte er etwas vergessen, es schneite, Wir saßen fest. Ein kleiner Junge wurde krank und musste abgesondert werden, unter den Flüchtlingen gab es einen Arzt, er ordnete Quarantäne an, dadurch wurde es noch enger, nach zwei Tagen war der Junge tot, die Mutter erlosch und lebte weiter.

Auge um Auge, Zahn um Zahn, würde die junge Frau, die einst das Kind der Frau, die erzählte, war, an dieser Stelle plötzlich denken. Aber es würde sich kein Gefühl einstellen, es würde vielmehr so sein, als wäre dies der falsche Spruch, als müsste es irgendwo einen anderen, passenderen Spruch für solche Fälle geben, und sie würde in jenem Augenblick, in jener Wirtschaft im Sereetz der beginnenden sechziger Jahre damit beginnen, diesen passenderen Spruch zu suchen, ohne dass sie später einmal genau würde sagen können, Damals begann es.

Als der Winter endlich doch abzog, flohen die Menschen aus der Scheune ins Freie, die Gutsbesitzer wollten es verbieten, sie schickten ihre Zwangsarbeiter, als wären die plötzlich zu Oberzwangsarbeitern befördert worden, doch sie richteten natürlich nichts aus, der Gutsherr selbst oder seine Frau ließen sich nicht blicken, ihre Kinder spielten nicht mehr vor dem Haus, nach drei Tagen kam ein SS-Mann auf einem Fahrrad, um sie in die Scheune zurückzutreiben, er war so jung, dass er noch keinen Schulabschluss haben konnte. Die Menschen wurden wütend, sie beschimpften ihn, eine

Frau schrie, Ihr habt uns das alles eingebrockt, Ihr mit eurem Führer, mit eurem Dünkel, Ihr mit Eurem Krieg im Osten. Sie bewarfen ihn mit Dreck, buchstäblich, so dass er den Rückzug antrat, mit hochrotem Kopf floh er auf seinem Drahtesel. Welch ein Sieg, würde die junge Frau am Tag der Erzählung ironisch und bitter denken.

Aber dann blieb die Versorgung aus, ein Tag verging, zwei Tage, die Kinder begann wieder zu schreien, und die Menschen dachten, das sei nun die Rache der SS, Ich hatte solche Angst um dich. Sie sagte nicht, was sie gedacht hatte: Was soll ich noch im Leben ohne dieses Kind, das mir der liebe Gott in den Arm gelegt hat? Ich will nicht erlöschen und irgendwie weitermachen, ich will nicht damit leben müssen, dass alle, die ich liebe, tot sind, lieber will auch ich tot sein und nichts mehr spüren.

Aber nein, es war nicht die Rache der SS, es waren die Engländer, und als sie zur Scheune kamen, mit Soldaten und Panzern und Lazarettfahrzeugen, wurde alles anders.

Wie?, würde Lisa fragen, und ihre Großmutter würde seufzen und weitererzählen.

SIEBENUNDFÜNFZIG

Das Schauspiel hatte eine Bühne lang wie der Weg von Berlin nach Marseille, es hatte mehr Hauptdarsteller als jeder Kinofilm, es hatte Requisiten groß wie dreiunddreißig Lastwagen, es hatte eine Motorradeskorte mit selbstgenähter Polizeiuniform, es hatte einen Peretz Sarfati, der einen William Lloyd darstellte, William Lloyd hatte Theaterpassierscheine für alle Zonengrenzen, sowjetische, amerikanische, französische, er hatte ein gefälschtes Sammelvisum für fünfhundert Auswanderer nach Kolumbien mit angehefteter Namensliste, schöne französische Namen, hoffentlich gab das keine Probleme mit den Grenzposten nördlich von Straßburg, wenn die Jüdische Rettungsorganisation, die es nur in dieser einen Szene geben würde, die vielen Abramowicz, Tuchynskis, Ochlowskis, Klaubers, Stajns und wie sie alle hießen hineinmogeln würde nach Frankreich, das in den verspielten Gesprächen der Geheimagenten der Institution für Einwanderung B stets Kassuta hieß, warum Kassuta, was sollte das nur bedeuten, ganz gleich, wichtig war: Es musste am Samstagnachmittag nördlich von Straßburg an Kassutas Grenze angekommen werden, so sah es die Regieanweisung vor, Samstagnachmittag waren die Grenzposten der Grande Nation ungeduldig, sie wollten ins Wochenende, und da würde ihnen vielleicht nicht auffallen, dass sie eine Horde von Schauspielern ins Land lassen sollten, die nichts Wirkliches besaßen, kein echtes Land, keine richtigen Familien, kein wahres Leben, und die doch so taten, als gäbe es all dies und als wären sie in offizieller UN-Mission unterwegs. Was haben die Dokumentenfälscher in Paris und München für schöne Stempel gemacht, wunderbar, niemand hatte je solche Stempel gesehen, das Amtliche war nichts als eine universale Form, die man immer neu erfinden konnte, und darin waren sie Meister.

Der vorletzte Akt in diesem Stück hieß nicht Marseille, sondern Sidney, Warum Sidney?, Warum nicht?, und das Schiff hieß nicht *President Warfield*, sondern *Der Einlauf*, und warum sie es ausgerechnet so nannten, wussten Ephraim Frank, Shmaria Zameret, Shaul Meirov und die anderen Schlichim aus Palästina ganz genau, aber sie lachten längst nicht mehr über die Vorstellung eines käseweißen britischen Gesäßes, das unbedingt Seiner Majestät Außenminister Ernest Bevin gehörte und in dessen verkniffenen Anus ein Schiff mit viereinhalbtausend Juden gerammt werden würde, dass es ihn zerreißen musste. Bastarde, so hießen die Briten auf der geheimen Bühne der Telefonate quer durch Europa.

Für Anna und ihre Leute begann das Schauspiel mitten in einer warmen Sommernacht Anfang Juli 1947. Der erste Akt war das Einsteigen in die Lastwagen. Peretz hatte seine Frau, seinen Sohn und seine neue Tochter nach Schlachtensee geholt, und dort mussten sie sich gedulden, denn die Lastwagen kamen auf Schleichwegen durch die Stadt gefahren, damit die Agenten des MI-6 nichts bemerkten. Die Gipfelstürmer, Ma'apilim, wie sie im geheimen Sprachschatz der Brichah genannt wurden, nutzten die Zeit und lernten ihre Rollen auswendig, lehnten an den Holzhäusern, die sie für immer verlassen hatten, saßen auf den Wiesen, auf denen sie Fußball gespielt hatten, unter den Wäschestangen, die sie nicht mehr benutzen würden, und murmelten ihre neuen Namen vor sich hin, ihre Nationalitäten, ihre Überlebensgeschichten, die alle etwas mit Konzentrationslagern zu tun haben mussten, damit es den rechten Eindruck machte. Um sie her zirpten die Grillen und raschelten kleine Tiere, war der Sommer unterwegs durch die Nacht mit seinem vielen Leben.

Anna saß auf ihrem Koffer, die Knie an den Körper gezogen, die Arme um die Beine geschlungen wie ein Mädchen. Sie würde nun Jeanne Pérault sein, sie wäre fünf Jahre älter, damit Sarah als ihre Tochter durchging, sie hatte Auschwitz überlebt, sie war auf dem Weg nach Kolumbien, Kolumbien hatte ihr und den anderen vierhundertneunundneunzig Auswanderern vom Lager Schlachtensee Einreisevisa ausgestellt, sie und ihre Kinder würden dort ein neues Leben beginnen.

Anna wiederholte Namen und Daten ihrer neuen Identität, und während sie dies tat, beobachtete sie sich mit der Genauigkeit einer Forscherin, deren Lid niemals blinzelt. Sie sah, dass die Frau, die sie hier geworden war, hieran festhalten wollte, an dieser Routine, an diesem Wannsee, an diesem Schlachtensee, an diesem Schwebezustand, der auf nichts Konkretes, nichts Verbindliches hinauszulaufen schien. Doch all dies löste sich vor ihren Augen auf, als hätte jemand Säure darübergeschüttet. Und während sie der Zersetzung zusah, gerann alles schon wieder zu neuen Aussichten, ferne Ziele zu festen Routen und die Routen zu klar bestimmten Abschnitten, sowjetische Zone, amerikanische Zone, Übernachtung im DP-Camp Lindenfels, am folgenden Tag französische Zone in Worms, Grenzübertritt nach Frankreich nördlich von Straßburg, Besteigen des Sonderzuges, Weiterfahrt bis Lyon, Übernachtung, Fahrt nach Marseille, Einschiffung.

Ungefähr so hatte Peretz die bevorstehende Fahrt beschrieben, knapp war er gewesen, als er Anna, Sarah und Shimon mit seinem Jeep vor dem Schwedischen Pavillon abgeholt hatte, kein großes Publikum – kein Theaterkuss, und Anna hatte gespürt, dass er sich auf diese zwei unterschiedlichen Weisen vor ihr schützte. Zwischen zur Schau gestelltem Glück und zur Schau gestellter Distanz, was gibt es da eigentlich, fragte sich die Frau ohne Lidschlag und blickte durch alle Gefühle hindurch. Da war nichts, sagte die Frau zu Anna, aber Anna versuchte, Jeanne zu sein, aber die Frau sagte, Du hast keinen Namen, das aber war ein eigenartiges Gefühl. Die Frau veränderte sich, sie wurde zu Josef Ranzner, wie jemand, der sich maskiert, und sprach mit ihrer Frauenstimme weiter und sagte, Du hast keinen Namen, weil niemand außer mir weiß, was wirklich geschehen ist. Und dann zog sie sich die vier Adjutanten vor das Gesicht, einen nach dem anderen, so schnell ging das, dass Anna kaum schauen konnte, aber als sie es begriff, sah sie Peretz und Abba, und es begann wieder von vorn, denn jetzt gab es ein Daumenkino in den Händen eines Kindes, irgendetwas Neues musste doch zu sehen sein, sie blätterte so schnell, dass alle diese Männer zu einem einzigen Mann werden mussten, Und welcher Mann würde das wohl sein, fragte sich das Kind.

Anna wollte es nicht wissen, sie heftete ihren Blick an die äußere Welt, sie klammerte sich an ihre Leute, die nicht das Wichtigste von ihr wussten und trotzdem ihre Leute waren, oder war es umgekehrt und sie hatte niemanden, aber diese Fremden hatten sie?

Anna saß auf dem Koffer, vor ihr saß Sarah im trockenen Gras mit Shimon auf dem Schoß und lernte ihre Rolle, Anna sah, wie sich ihre Lippen bewegten, in der Dunkelheit ahnte sie, dass Sarahs Blick nach innen gekehrt war, was sah sie dort, gab es dort auch eine Frau ohne Namen, die sich Masken überstreifte? Anna beobachtete Shimon. Sie hatte ihn eben noch gestillt, jetzt spielte er schläfrig mit Sarahs Haarspitzen, jeden Moment würden ihm die Augen zufallen und er würde einschlafen. Was wusste Shimon über Sarah, dass er sie so widerstandslos in sein Leben gelassen hatte? Gab es in Shimon ein Daumenkino mit nur zwei Gesichtern, Anna und Sarah, Anna und Sarah, und hatte er die eine Frau gesehen, die sie beide waren?

Anna wandte ihren Blick ab, ihr Blick fiel auf Emil, der neben Sarah saß. Emil hatte seine Rolle längst verinnerlicht, er fieberte der Ankunft in Palästina entgegen, um eine echte Uniform anzuziehen und gegen die Feinde Israels zu kämpfen, für ihn war die Fahrt ein notwendiges Übel, er hoffte, es werde schnell gehen, Anna wusste das, sie beneidete ihn um die Klarheit seiner Absichten, Wie hat er das nur geschafft, alles nach außen zu stülpen, alles in Wut umzuwandeln, welchen Trick beherrscht er?

Die Abramowicz, die gleich danebensaßen, Vater, Mutter, Marja, fragten sich gegenseitig auf Hebräisch ab, seit ihrer Wiedervereinigung gab es für sie nur noch Eretz Yisrael, auch die Kinder mussten die neue Sprache sprechen, Vielleicht, dachte Anna, Ist eine Sprache wie eine Waffe in der Hand gegen den Feind im Inneren, vielleicht ist eine Sprache schon wie ein Brückenkopf, den man besetzen kann, niemand kann einen von dort vertreiben, ist das wahr? Nur die Puppe Dana sprach weiterhin Deutsch, Denn Gestorbene können ja keine neue Sprache lernen, hatte Marja erklärt, und dagegen hatte niemand etwas einwenden können.

Der Alte saß gegen einen nahen Baum gelehnt und betrachtete sein Papier mit gerunzelter Stirn, Was soll ich noch so einen Zores mitmachen auf meine alten Tage, dachte er vielleicht, aber immerhin hatte er jetzt wieder einen Namen, er, der seinen eigenen verloren hatte, als seine ganze Familie ihn mitnahm in ein Massengrab, als er überlebte unter ungeklärten Umständen.

Wo ist Ruth, dachte Anna und blickte sich um. Da saß sie auf einer Bank neben ihrem Aaron. Ein echtes Liebespaar, dachte Anna und spürte eine Hoffnung in sich, fern wie eine schwindende Erinnerung, und spürte Neid in sich, aber einen vom Zweifel geschwächten Neid, gab es das überhaupt, die Liebe? Ihr Blick blieb an Ariel hängen, Ariel saß etwas abseits mit ausgestreckten Beinen auf der dunklen Erde und beugte sich im trüben Schein einer Kerze, die er in der rechten Hand hielt, über seine Odyssee, umschwirrt von Motten, auf deren Tod er nicht achtete, selbstgenügsam wie eine Insel im Mittelmeer. Wie oft mochte er sie inzwischen gelesen haben, was mochte er zwischen den Zeilen noch Neues finden, würden sie es je erfahren, oder ging es für Ariel nur darum, immerzu lesend zu sein, um sich nicht schutzlos den Ereignissen auszuliefern? Hatte Ariel einen Trick gefunden, wie man das unkontrollierbare Schicksal überlisten konnte, indem man das Leben verschnitt mit einer Erzählung, die immer schon geschehen war, deren Ende festgeschrieben stand für alle Zeiten?

Als die Lastwagen endlich eintrafen, war es lange nach Mitternacht, die kleinen Kinder waren eingeschlafen, die Puppe Dana lag mit offenen Augen auf Marjas Bauch, Gestorbene schlafen nicht, Gestorbene sprechen Deutsch, Anna spürte einen Stich.

Wie eine schweigende Prozession kamen die Lastwagen hereingefahren, langsam rollende Ungetüme, Man müsste ihnen ein Denkmal hinstellen, was haben wir den Lastwagen alles zu verdanken, alles. Aber im selben Moment überkam Anna eine Enge, eine Atemnot, dass sie lieber nicht einsteigen wollte, lieber dableiben wollte, als schon wieder gepresst und gepfercht zu sein, wer wusste, wie lange es diesmal werden würde. Doch als sie alle aufgestanden waren, um der Ankunft der Lastwagen zuzuschauen,

die einen Halbkreis bildeten und endlich mit laufenden Motoren stehen blieben, stählerne Helden, die zu sagen schienen, Wir
sind gekommen, euch zu retten, fasste jemand Annas Taille und
hielt sie fest. Anna erschrak, neben ihr stand Ruth und sagte leise,
Da müssen wir jetzt durch. Sie grinste Anna schief an, und Anna
schlang die Arme um die eigenen Schultern.

Emil half dem Alten auf die Füße, Herr Abramowicz hob seine
schlafende Tochter hoch, Ariel klappte sein Buch ganz langsam zu,
während er weiterlas, wie jemand, der noch durch eine zufallende
Tür hindurchspähen muss, aber dann schloss er es ganz und stand
auf.

Nun also begann der erste Akt, »Einsteigen!«, riefen leise die Leute
von der Brichah, die Peretz und Avis und andere. Aber einige Fahrer
standen schweigend herum, als hätten sie nichts mit der Angele-
genheit zu tun. Das waren die deutschen Transportunternehmer,
die Peretz hatte verpflichten müssen, weil ihm die Lastwagen
fehlten für so viele Menschen. Ist das nicht gefährlich, hatten sich
die Schlichim in ihren geheimen Telefonaten gefragt und sich mit
ihren Künstlernamen angeredet, der Rudi den Aroch, der Alon den
Kris, der Blacky den Priester, und sie hatten sich geantwortet, Ja,
das ist es, doch welche andere Wahl haben wir? Wir bezahlen sie
gut, das mögen die Deutschen immer, und sogar Ephraim Frank
hatte das Gleiche tun müssen, weil nicht einmal Sally Zeve mit
seiner erfolgreichen *Bavarian Truck Company* vierzig Armeelaster
auf einen Schlag von den Amerikanern bekommen hatte.

Einsteigen! Zunächst defilierten sie mit ihren beschrifteten Koffern an einem bestimmten Lastwagen vorbei, und dort standen
Männer und warfen sie hoch, und oben auf der Ladefläche standen
Männer und fingen sie auf und warfen sie nach innen, wo Männer
standen und sie stapelten.

Einsteigen, die Männer halfen den Frauen und Kindern hinauf, die
Menschen hatten Decken und Kissen mitgebracht, um sich nebeneinander hinzulegen wie die Heringe in der Konservendose, denn

jetzt mussten auch die Erwachsenen schlafen, so müde waren sie vom langen Warten, vom langen Denken, Fühlen, Betäuben.

Als alle Menschen verstaut waren, liefen die Fahrer um die Wagen, schlugen die Rampen hoch, zogen die Planen herunter, kletterten in ihre Fahrerhäuser, knallten die Türen zu. Hinter ihnen, im Dunkel und im Ungewissen, saßen die Gipfelstürmer, die nun endlich diesen Namen verdienten, und spürten, wie die Fahrzeuge in Bewegung kamen und ihnen den vertrauten Boden unter den Füßen wegzogen, Meter für Meter, durch das Tor, auf die Potsdamer Chaussee, nach links, links ist Süden.

Der zweite Akt war das Fahren. Sie fuhren durch die Nacht, sie lagen quer zur Fahrtrichtung, Anna lag auf einer groben Wolldecke, neben ihr schlief Shimon, auf der anderen Seite drängte sich Sarah an sie und schlief, der ganze Boden der Ladefläche war bedeckt mit Menschen, säuberlich aufgereiht, Füße links, Köpfe rechts, es war ganz still, es brummten die Motoren, es quietschten die Stoßdämpfer, es klapperte die Lade, es war ganz still, Anna lag auf dem Rücken und starrte an die Plane, es war so dunkel, dass sie kaum zu sehen war.

Die Sowjets hatten ihre Politik geändert. Sie hatten sich ausgerechnet, dass viele Juden in Palästina die britische Position gegenüber den ölbesitzenden Arabern schwächen würden. Sie hatten einen einfachen logischen Dreisatz aufgestellt, dessen Schlussfolgerung besagte: Viele Juden in Palästina sind gut für die Interessen der UdSSR. Deshalb ließen sie die jüdischen Transporte passieren, ohne sich die Papiere genau genug anzusehen, um Ungereimtes zu entdecken.

Der Halt, den der Konvoi einlegte, als er die Zonengrenze erreichte, war deshalb kurz wie ein Intermezzo. Peretz saß im Fahrerhaus des ersten Lasters, wie er es gewohnt war, Avi fuhr bis zum Kontrollposten vor, Peretz stieg aus, begrüßte den Mann auf Russisch, zeigte den gefälschten Passierschein und das gefälschte Sammelvisum für den Transit, das Ephraim Frank ihm aus München geschickt hatte, wies sich als Mitarbeiter der UNRRA aus, verschenkte eine Packung Zigaretten, verabschiedete sich. Peretz war in seinem Element, für ihn löste sich nichts auf, gerade hier und jetzt war er im Herzen seiner Routine angekommen, Peretz mit dem Sprachrohr, das er eines Tages wegwerfen würde, aber nicht jetzt, wer weiß, wozu er es auf dieser Fahrt gebrauchen konnte. Peretz fühlte sich gut in dieser Nacht, endlich war das Warten vorbei, es kam ihm vor, als wären die vorangegangenen Monate nur eine Unterbrechung gewesen, als wäre dies in Wahrheit immer noch die Fahrt von Tulce nach Marseille, und er fühlte, er wusste, dass er bald die Chance bekäme, Anna endgültig zu seiner Frau zu machen.

Sie fuhren weiter, zweiter Akt, zweites Bild, sowjetische Zone, Richtung Südwesten, nicht weit von der Grenze zur britischen Zone entfernt, aber immer in sicherem Abstand, bis hinunter zu den Amerikanern, wo die G.I.s beide Augen zudrückten, wenn Juden mit falschen Papieren anklopften.

Anna lag auf dem Rücken, auf der Decke, auf der Ladefläche, unter ihr zog das Land vorbei, über ihr hing die Plane, und jenseits türmte sich die Dunkelheit bis an die Sterne.

Sie schlief ein. Sie träumte, sie sei gestorben und liege rücklings auf einem weiten Feld, ihre Arme hatte sie ausgebreitet, wie um sich festzuhalten an der Erde, doch langsam hob sie ab, so sehr sie sich auch bemühte, schwer zu werden und wieder zu sinken, sie hob ab und schwebte höher und höher, so hoch, dass sie nichts mehr sah als die schwarze Nacht.

ACHTUNDFÜNFZIG

Sie waren von Sereetz mit dem Bus nach Moisling gefahren. Der Regen war stärker geworden. Die Fensterscheiben im Bus waren beschlagen. Die beiden Frauen saßen diesmal rechts vom Gang. Bad Schwartau, Tremser Teich, Holstentor, Blick auf die Stadt, roter Backstein, grüne Kirchturmdächer, Umsteigen.

Der zweite Bus war fast leer, die Menschen waren noch auf der Arbeit, erst in Stunden würden sie nach Hause fahren.

Warum Moisling?, hatte Lisa gefragt, Du hast noch nie etwas darüber gesagt. Frau Kramer hatte genickt, aber nichts erwidert.

Sie fuhren an der Trave entlang, über die Moislinger Allee. Wohnhäuser für Arbeiter, herrschaftliche Häuser aus der Gründerzeit, hohe Bäume. Sie stiegen erneut um und fuhren den Moislinger Berg, der kein Berg war, entlang und überquerten die Trave. Kleine, alte Häuschen, dazwischen Felder, Brachen und Gärten. Trostlos fand Lisa die Gegend, aber an einem Tag wie diesem war das kein Wunder.

Als sie ankamen, war es so dunkel, als dämmere es bereits. Der Regen fiel jetzt wie ein Vorhang, nass und kalt, Lisa fröstelte unter dem Schirm. Dicht aneinandergedrückt, die junge Frau bei der alten untergehakt, gingen sie eine hohe Backsteinmauer entlang bis zu einem spitzgiebeligen Häuschen. Dort war der Eingang. Was ist das?, fragte Lisa erschrocken, als sie sah, was es war.

Es war ein Friedhof. Er war groß, die Grabsteine standen eng nebeneinander in langen Reihen, schmale Gassen führten zwischen ihnen hindurch. Davidsterne und hebräische Schriftzeichen waren dort eingemeißelt. Du warst schon einmal hier, sagte Frau Kramer zu ihrer Enkeltochter, die verschüchtert schwieg beim Anblick der vielen nassen Gräber, in denen die Toten bis ans Ende aller Zeit liegen würden.

Langsam gingen die beiden Frauen zwischen den Gräbern hindurch. Der Friedhof wirkte verwahrlost, viele Grabsteine waren eingesunken und standen schief. Andere waren nach hinten oder nach vorn aufs Grab gekippt, Unkraut wucherte überall, auf einigen Grabsteinen sahen sie schwarze Hakenkreuze, die jemand mit dickem Pinsel aufgemalt hatte.

Lisa wollte nicht weitergehen, sie wollte fort von diesem Ort, aber ihr Körper reagierte nicht, er hielt sich dicht an die alte Frau, der Weg war ein Parcours voller Pfützen, und obwohl die Schuhe schon durchnässt waren, gaben die Frauen acht und machten einen Bogen, einen großen Schritt. Was ist hier?, wollte Lisa wissen. Ein Grab, sagte Frau Kramer und sagte nichts damit. Sie gingen weiter, Frau Kramer zögerte, dann bog sie nach rechts in eine weitere Gasse. So lange war sie nicht hier gewesen, seit damals, als die junge Frau neben ihr gestanden hatte mit einem Gesicht, das sie niemals würde vergessen können.

Dort ist es, sagte sie plötzlich, und dann standen sie davor. Ein schmuckloser Grabstein hinter einem kleinen Grab. Darauf stand ein Name, den Lisa nicht kannte. Sie las die Jahresdaten, sie rechnete, sie blickte ihre Großmutter an. Sie verstand nicht.

NEUNUNDFÜNFZIG

Heinrich beobachtete den Vater. Der Vater saß im Lesezimmer, rauchte eine Pfeife und las ein Buch. Im Schein der Kerzen, die der Vater angezündet hatte, sah sein Gesicht aus, als wäre es aus Holz geschnitzt. Tausend kleine Fältchen zogen sich wie ein weit verzweigtes Flusssystem über seine Stirn, die Wangen, die Nase. Sie waren nicht tief, aber scharf wie kleine Schnitte. Die Haut des

Vaters war so feinporig, dass sie dort, wo keine Fältchen verliefen, wie poliert wirkte. Aus dem prunkvollen schmiedeeisernen Kohleofen, der diagonal in der Ecke stand und sie von unten bis unter die hohe Decke ausfüllte, drang ein rötliches Glimmen.

Heinrich stand hinter dem schweren Vorhang gleich neben dem Fenster und versuchte, vollkommen bewegungslos zu verharren. Das tat er oft, warum, wusste er selbst nicht. Mit einem Auge lugte er vorsichtig zum Vater hinüber. Gudrun und die Mutter befanden sich in der Küche, man hörte sie werkeln, Metall auf Porzellan, Metall auf Metall. Es roch nach Abendessen.

Der Vater hatte die Füße hochgelegt, sie ruhten auf einem gepolsterten Schemel, der zu dem Ohrensessel passte, in dem er saß. Was für ein Buch las der Vater da? Heinrich kniff die Augen zusammen, doch er konnte den Titel nicht lesen, es sah fast so aus, als habe das Buch gar keinen Titel.

Was dachte der Vater, während er las? Heinrich versuchte, in seinem Gesicht zu lesen, doch das war unmöglich. Der Vater las sehr konzentriert, er rührte sich kaum, so vertieft war er in die Lektüre, die kleinste Bewegung hinter dem Vorhang, das leiseste Geräusch mussten ihm auffallen.

Heinrichs linke Kniekehle juckte. Je mehr er versuchte, sich nicht zu kratzen, desto mehr juckte es. Doch Heinrich hielt durch, er fühlte sich stark, das Jucken wurde immer heftiger, er schloss die Augen und nahm nichts anderes mehr wahr. Als er glaubte, es nicht mehr aushalten zu können, öffnete er die Augen und sah, wie der Vater auf die Standuhr schaute, die ihm gegenüber an der Wand stand. Er klappte das Buch zusammen und erhob sich. Dann schloss er es in seinen Schreibtisch ein und zog den Schlüssel ab. Heinrich erwartete, dass der Vater sich nun in die Küche begeben würde, bestimmt hatte er bemerkt, dass das Klappern aufgehört hatte, bestimmt war das Abendessen nun fertig, und jeden Augenblick würde die Mutter den Klöppel in die Hand nehmen, auf den antiken chinesischen Gong schlagen und »Abendessen!« rufen. Und dann würde Heinrich sich endlich in der Kniekehle kratzen können.

Der Vater verließ das Lesezimmer nicht. Er kam genau auf Heinrich zu. Der Junge erstarrte. Der Vater hatte die ganze Zeit gewusst, dass er hier stand und ihn ausspionierte! Jeden Moment würde er den Vorhang zurückziehen, ihn am Ohr packen und bis in die Küche ziehen, ohne darauf zu achten, ob er Schritt halten konnte oder nicht. Heinrich fürchtete sich. Er hielt den Atem an und kniff die Augen zusammen, als wäre das ein Trick, mit dem er das Blatt doch noch wenden konnte.

Als nichts geschah, lugte Heinrich vorsichtig hinter seinen Lidern hervor und sah den langen Ärmel von Vaters dunkelgrauem Jackett ganz dicht vor sich. Er sah die große Hand des Vaters, sie umfasste den Blumentopf mit den Zwergrosen, der auf dem Fenstersims stand, und hob ihn hoch. Anschließend schob die linke Hand einen kleinen, goldenen Schlüssel darunter. Und dann setzte die Rechte den Blumentopf wieder ab.

Otto Kruse entdeckte seinen Sohn nicht. Er behielt die Tür zum Flur im Auge, während er den Schlüssel versteckte, sie stand einen Spalt breit offen, und das war Absicht gewesen, denn auf diese Weise würde niemand in der Familie Verdacht schöpfen, dass er ein Geheimnis haben könnte. Er wusste, dass Gudrun in der Küche war und ihrer Mutter half. Und Heinrich war bestimmt in seinem Zimmer und las. Der Junge hatte das Potenzial, ihm auf die Nerven zu gehen, aber mit seinen neun Jahren war er keine Gefahr. Otto Kruse wandte sich um, löschte die Kerzen, indem er Zeigefinger und Daumen mit Speichel befeuchtete und anschließend den Docht zusammendrückte, um die Flamme zu ersticken. Er genoss den leichten Stich in den Fingerkuppen, den die Hitze verursachte, aber mehr noch genoss er das Ergebnis.

Als alle Kerzen gelöscht waren, verließ er das Lesezimmer, ohne die Tür zu schließen.

Heinrich stand im Dunkeln und fühlte eine große Erleichterung. Ihm war bewusst, dass er sich nun wieder bewegen konnte. Doch die lange Selbstüberwindung war ein kostbares Gut, das er nicht leichtfertig wegwerfen durfte. Sein Körper schmerzte an verschiedenen Stellen, am linken Fuß, zwischen den Schulterblättern, im Nacken. Gleichzeitig spürte Heinrich eine seltsame Wonne in sich aufsteigen, je länger er verharrte. Verwundert stellte er fest, dass die Kniekehle nicht mehr juckte.

Erst als der Gong ertönte und die Mutter nach ihm rief, rührte er sich.

SECHZIG

Deutschland ist schön, sagte Frau Abramowicz. Sie saßen an der Ladeluke und blickten in die Landschaft, unter ihnen drangen schwarze Wolken aus dem Auspuff, es stank nach Diesel, trotzdem spürten sie, wie rein und frisch die Luft sein musste. Die Sonne war über einem wolkenlosen Himmel aufgegangen, das frühe Licht strahlte so intensiv, dass Sarah meinte, es müsse etwas Gutes bedeuten. Sie hatten die sowjetische Zone verlassen und näherten sich Coburg, Dort werden wir frühstücken, hatte Peretz gesagt. Hinter ihnen fuhr ein dunkelgrüner GMC-Truck, der zweite in einer langen Reihe. Der Konvoi schlängelte sich durch das deutsche Mittelgebirge, jedes Fahrzeug trug die Aufschrift UNRRA auf der Motorhaube und an den Seiten. An manchen Stellen glänzte die frische Farbe noch.

Die vollbeladenen Lastwagen machten einen Lärm, der alles andere übertönte, das Gezwitscher der Drosseln und Meisen, das Zirpen der Grillen, den Schrei der Habichte, die über den dichten

Laubwäldern kreisten. Und doch war dies alles da und die Gipfel-stürmer wussten es und dachten es sich dazu, so lieblich erschien ihnen die Gegend, durch die sie fuhren.

Der Fahrer des Lasters hinter ihnen war einer der Deutschen, die Peretz angeheuert hatte. Sein Gesicht war unbeweglich, seine Augen wirkten ausdruckslos, die Juden fröstelten bei seinem Anblick und sahen lieber nicht in seine Richtung. Außer Emil, er blickte so lange in die Augen des Deutschen, bis dieser den Blick senkte. Das war Emils erster Sieg, es fühlte sich gut an, aber es war anstrengend gewesen, und nach einer Weile vermied er es, in Rich-tung seines Feindes zu blicken, um nicht schon wieder kämpfen zu müssen.

Die Ma'apilim wussten nicht, dass Peretz, der vorn in der Fahrerka-bine neben Avi saß, die Deutschen getrennt hatte, Zwischen jedem von euch muss mindestens einer von uns fahren, hatte er zu ihnen gesagt. Die Deutschen hatten mit den Schultern gezuckt, als wäre es überflüssig, aber sie hielten sich daran. Es war nicht Peretz' Idee gewesen, Ephraim Frank hatte es so angeordnet, Damit sie nicht auf dumme Gedanken kommen, hatte er in München gesagt, und niemand hatte ihm widersprochen. Von den Deutschen konnte man alles erwarten, die Deutschen musste man unter Kontrolle halten.

Deutschland war schön an diesem klaren Sommermorgen. Doch zusammen ausgesprochen wirkten diese beiden Wörter unerhört auf die Reisenden. Was hat denn die Schönheit dieser Landschaft mit den Deutschen zu tun, dachte Ruth, die niemals Deutsche hatte sein dürfen. Doch sie sagte nichts, Frau Abramowicz war glücklich, alles andere war nicht so wichtig.

Die kleinen Kinder langweilten sich auf der endlosen Fahrt. Bald hatte die Puppe Dana mit allen gesprochen, bald war Shimon in jeder Ecke der Ladefläche mehrmals gewesen, hatte alles, was er finden konnte, in seine kleinen Finger genommen und versucht, es in den Mund zu stecken, bevor Sarah es verhindern konnte. Bald sind wir da, sagte Herr Abramowicz zu Marja, aber dieses Bald war wie ein amerikanisches Kaugummi, es wurde lang und länger, es war klebrig und schmeckte sehr bald schon nach nichts mehr.

In der amerikanischen Zone musste sich der Konvoi nicht mehr verstecken. Er hielt mitten in Coburg vor den Augen der Passanten. Ephraim Frank hatte zwei Hotels reserviert, es gab deutsches Essen, die Juden saßen beieinander an langen Tischen und scherzten und lachten, als wären sie Touristen. Und beinahe fühlten sie sich so, denn Coburg war malerisch, fast nichts war zerstört worden in der ersten deutschen Stadt, die Hitler zum Ehrenbürger gemacht hatte, die Queen persönlich hatte es verboten, Da würden wir uns ja selbst bombardieren, hatte sie gesagt, und das verstanden die Generäle der Royal Air Force, eine Sache war es, sich in Windsor umzubenennen. Aber eine ganz andere war es, nicht mehr Saxe-Coburg and Gotha zu sein.

Als sie Lindenfels im Odenwald erreichten, war es früher Nachmittag. Sie sahen die alte Burgruine mit dem mächtigen Fried, der hoch über dem Städtchen thronte, die kleinen und großen Fachwerkhäuser, schwarze Balken zwischen weiß gekalkten Mauern. Sie waren quer durch Hessen gefahren, Anna wusste das, sie hatte genau hingeschaut, Ein letztes Mal auf den Spuren der Brüder Grimm wandeln, doch es war keine Wehmut aufgekommen, zu sehr war sie mit sich selbst beschäftigt, zu deutlich sah sie diejenige, die in die Welt hinausblickte wie ein kleines Mädchen, das versucht, naiv zu bleiben, obwohl es dafür längst zu spät ist. Sie tat sich leid, wie man Mitleid mit einem Fremden hat, dem man nicht helfen kann. Sie nahm sich vor, ihren Kindern keine deutschen Märchen vorzulesen.

EINUNDSECHZIG

Die Toten unterhielten sich. Sie erzählten sich Geschichten vom Sterben. Einer schrie:

»Ich zum Beispiel! Bin bei lebendigem Leib verbrannt worden! In der Turcker Synagoge! Ich schrie! Und seitdem! Schreie ich! Ich kann nicht mehr aufhören zu schreien! Ich würde gern! Doch es geht nicht! Schrecklich! Schrecklich!«

Ein anderer flüsterte:

»Psst! Nicht hersehen! Ich habe mich versteckt. Sie dachten, ich sei tot. Aber ich war's nicht. Ich lebte! Lebte noch! Dann lag ich unter den Toten und kam nicht heraus und durfte mich nicht bewegen, obwohl sie das Grab zuschaufelten. Es dauerte lange, bis ich tot war, gaaaanz lange, gaaaaaaaaanz lange, gaaaaaaaaaaaaaaaaaaaaanz lange.«

Da sagte einer unwirsch:

»Ich bin im Kampf gestorben, nicht wie ihr, die ihr euch wie Vieh habt abschlachten lassen. Nein, ich, ich habe gekämpft mit diesen Händen, mit diesen Augen, mit dieser Stimme. Ich habe sieben Deutsche und drei Polen umgebracht, ehe wir in einen Hinterhalt gerieten und erschossen wurden. Kurz und schmerzhaft, wie Blitze, die mitten durch den Körper fahren, heiße, starke Blitze, ich wusste gar nicht, dass ich starb, als es schon geschehen war. Aber ich habe gekämpft!«

»Wer seid ihr?«, fragte eine neue Stimme. Sie klang sehr fremd, wie die Stimme eines kleinen Jungen, vielleicht war es die Stimme des Jüdleins, das sie vor der Synagoge in Turck aufgegabelt hatten, ja, ja, so musste es sein. Die anderen Stimmen hatte er alle wiedererkannt, auch wenn er nichts sehen konnte, weil es so schwarz wie immer war, so schwarz, dass man nichts sah, gar nichts. Doch diese Stimmen, die kannte er, auch die von dem Verschütteten, er erinnerte sich genau an sein Gesicht, ein ganz Schmächtiger, er hatte noch gedacht, Ob der wirklich tot ist? Irgendetwas war seltsam gewesen an der Art, wie er ins Massengrab gefallen war, an der Art, wie er scheinbar von den Kugeln getroffen worden war. Aber dann war er abgelenkt worden und hatte ihn vergessen. Und jetzt ... sieh einer an, plötzlich taucht so einer in einem Traum auf und erzählt von sich.

Auch den Kämpfer hatte er gut im Gedächtnis. Ja, das war einmal eine Jagd gewesen! Und – Jude hin, Jude her – die Partisanen hatten sich tapfer geschlagen, hatten gekämpft, als seien sie richtige Männer. Aber dann waren sie ihnen doch ins Netz gegangen. Eine gute Jagd war das gewesen, jawohl!

Doch diese Stimme, wem gehörte die wohl? Sie kam ihm bekannt vor, ihm war, als hätte er sie seit einer Ewigkeit nicht mehr gehört, konnte es sein, dass sie ... gehörte? Wer war ...? Wie sollte er herausfinden, wer da sprach, wenn da eine Lücke im Traum war? Gab es das überhaupt – eine Lücke in einem Traum?

»Wer seid ihr?«, fragte die Stimme erneut, aber diesmal hatte er das Gefühl, mitten aus der Schwärze heraus, von dort, wo er nichts, absolut nichts, sah, blickten ihn zwei Augen an, zwei fragende, bange, ängstliche, vorwurfsvolle Augen.

»Wer seid ihr?« Ihm war, als wäre die gesamte Schwärze, die ihn umgab, das Gesicht, das zu diesen Augen gehörte, ein Antlitz aus Dunkelheit, das mit einer Kinderstimme sprach und ihn meinte, ihn selbst. Aber wer war er denn in diesem Augenblick? Er fühlte sich allein, von allen Seiten beobachtet, einsam und verlassen und umzingelt von ...

ZWEIUNDSECHZIG

Wenn Lisa sich an den jüdischen Friedhof zurückerinnerte, dann vor allem daran, dass sie nicht gedacht hätte, ihre Großmutter könne sie noch einmal überraschen. Doch dann hatten sie vor dem Grab gestanden, und die alte Frau hatte angefangen zu weinen. Sie war auf das Grab zugegangen, ohne auf die Verwirrung ihrer Enkelin zu achten, und hatte begonnen, Unkraut zu zupfen, und dabei hatte sie zu sich selbst gesagt:

»Ich hätte viel früher herkommen müssen. Wie sieht das nur aus!« Lisa hatte Frau Kramer eine Zeit lang zugeschaut, unfähig, sich zu bewegen oder einen klaren Gedanken zu fassen. Doch dann war sie aufgewacht.

»Oma, wer liegt hier? Oma?« Frau Kramer, die am Rand des Grabes hockte und sich mit einer Hand darauf abstützte, um besser an die wild wuchernden Pflanzen zu reichen, hielt inne und blickte zu Lisa auf, als fühle sie sich unterbrochen. Widerwillig sagte sie:

»Du warst bei der Beerdigung dabei, Lisa. Du erinnerst dich nicht mehr, weil du noch so klein warst. Aber die Wellblechhallen, in denen wir schliefen, waren nicht winterfest, sie waren nicht einmal herbstfest! Das Schwitzwasser tropfte herunter, und man fror oder es war zu warm. Mein Gott!«

Sie ließ sich auf die Knie sinken, die sich in die nasse Erde des Grabes bohrten. Es regnete immer noch. Lisa machte große Augen, sie verstand dieses Grab nicht und noch weniger das Verhalten ihrer Großmutter.

»Mein Gott!«, sagte Frau Kramer noch einmal, »die Kinder hatten es am schwersten. So viele starben!« Sie blickte ihre Enkelin an. »Du hattest mehr Glück, als du denkst, Lisa. Schau! Sie hatte nicht so viel.«

DREIUNDSECHZIG

Als die Gipfelstürmer in ihren Lastwagen ankamen, lief eine Menschenmenge zusammen, Was ist denn hier los?, dachten die Reisenden, und dann sahen sie, dass es keine gewöhnliche Menschenmenge war. Es waren Kinder und Jugendliche, sie kamen aus mehreren Häusern gelaufen. So viele waren es, dass die Gebäude wie leckgeschlagene Fässer wirkten. Wir sind die Kinder aus Hameln, riefen sie und winkten mit gefälschten Visa, Uns hat der Rattenfänger hierhergeführt, und dann ist er einfach verschwunden, jetzt wissen wir nicht, wie wir nach Hause kommen sollen! Wisst ihr es? Nein, wir wissen es nicht, aber wir nehmen ein paar von euch in jedem Lastwagen mit, denn so haben es die Schlichim vereinbart, damit der Altersdurchschnitt stimmt. Das ist gut, riefen die Kinder aus Hameln, Aber sagt, was ist mit unseren Eltern, vermissen sie uns sehr? Eure Eltern sind tot, ihr Kinder aus Hameln, wusstet ihr das nicht? Vor Gram sind sie gestorben, zu gut wussten sie um ihre Schuld an eurem Verschwinden und dachten tagaus, tagein, Hätten wir dem Rattenfänger doch all unser Gold gegeben, er hätte uns verschont.
Nein, dachte Anna, beim Anblick der vielen jüdischen Waisenkinder, Nie wieder Märchen.

VIERUNDSECHZIG

Heinrich hielt es genau zwei Wochen und drei Tage aus. Dann fasste er einen Plan und setzte ihn in die Tat um. Am Montag nach der Schule schlich er sich in das Lesezimmer. Die Mutter bereitete das Mittagessen zu, Gudrun saß bei ihr in der Küche und machte ihre Hausaufgaben. Heinrich log zum ersten Mal in seinem Leben die Mutter an, er sagte, er habe keine Hausaufgaben aufbekommen, weil der Lehrer krank gewesen sei und sie Vertretung gehabt hätten. So leicht fiel es ihm, dass er ganz erstaunt darüber war. Als hätte er schon vor seiner Entdeckung eine Entdeckung gemacht.

Die Mutter glaubte ihm, Ich gehe in mein Zimmer, sagte Heinrich leichthin, und er ging tatsächlich dorthin, aber nur, um die Tür zu öffnen und wieder zu schließen. Danach stand er mucksmäuschenstill im Flur und wartete. Als er hörte, dass die Geräusche sich nicht änderten – das Klappern der Mutter beim Kochen, die ungeduldige Stimme seiner Schwester, wenn sie eine Mathe-Aufgabe nicht verstand –, schlich er leise quer über den Parkettboden des Flurs auf das Lesezimmer zu. Heinrich wusste genau, wo die knarrenden Planken lagen, er trat mit großen Schritten über sie hinweg und gab acht, dass er anschließend nicht plumpsend aufkam.

Dann stand er vor dem Lesezimmer, dessen Tür wie immer nur angelehnt war. Heinrich öffnete sie, und jetzt fiel ihm auf, dass es die einzige Tür in der Wohnung war, die nicht quietschte. Ob der Vater sie ölte, um selbst heimlich herzukommen?, fuhr es ihm durch den Kopf. Er selbst würde so handeln, wenn er der Vater wäre. Mit klopfendem Herzen durchquerte Heinrich das Lesezimmer und näherte sich dem Fenster. Dort stand der Blumentopf. Er hob ihn hoch. Einen Moment lang erwartete er, nichts vorzufinden. Doch da lag der kleine, goldene Schlüssel, er war ein wenig schmutzig von der Erde, die durch das Abflussloch in der Mitte des Topfbodens gefallen war. Heinrich nahm den Schlüssel. Er setzte den Topf vorsichtig wieder ab. Plötzlich erschrak er, denn ihm war, als stünde rechts neben ihm hinter dem Vorhang, genau dort, wo er sich sonst versteckte, sein Vater. Doch da war nichts, und jetzt musste Heinrich fast lachen. Als ob der Vater sich wie ein kleiner Junge verhalten würde! Er wandte sich um und ging zum Schreibtisch. Er setzte sich auf Vaters Lederstuhl. Auf jeder Seite gab es drei schmale Schubladen untereinander, und über seinen Beinen gab es eine breite, flache. Dort fehlte der Schlüssel.

Heinrich zögerte. Er konnte keinen klaren Gedanken fassen. Er hatte zu viel Angst. Er konnte nicht einmal erkennen, wovor er sich fürchtete. War es der Vater? Oder war es sein Geheimnis? Am liebsten wäre er wieder aufgestanden, hätte den Schlüssel zurückgelegt und so getan, als wäre nichts geschehen.

Doch es ging nicht. Langsam führte Heinrich den Schlüssel in das Schlüsselloch und drehte ihn. Mit einem leisen Geräusch sprang das Schloss auf. Heinrich musste mit beiden Händen an der Schublade ziehen, um sie zu öffnen. Sie war leer, nein, ganz hinten rechts lag das Buch. Es hatte einen Ledereinband, auf dem nichts geschrieben stand. Heinrich nahm es heraus und blätterte darin. Er erkannte die Handschrift seines Vaters, er sah Orts- und Datumsangaben. Ein Tagebuch. Heinrich war enttäuscht. Er hatte etwas Aufregenderes erwartet. Er kannte Tagebücher, er führte selbst eines, aber er würde es auf keinen Fall lesen, er hatte es ja schon geschrieben. Wahllos und ohne Interesse blätterte Heinrich im Tagebuch des Vaters. Wie ordentlich es war! Keine Flecken, keine durchgestrichenen Wörter, keine abstürzenden oder fliegenden Linien. Und wie schön der Vater schrieb! Heinrich konnte alles entziffern. Wie gerne würde er auch so leserlich schreiben können! Heinrich las ein wenig, um sich die Schrift des Vaters einzuprägen, er las, Aus diesem Grund war ich gezwungen, mein Leben aufs Spiel zu setzen und das Äußerste zu geben, denn die Lage erforderte rasches Handeln und mutiges Zupacken. Er blätterte ein wenig und las, Stand ich nun vor der Frage, wie ich weiter vorgehen sollte angesichts der Übermacht des Feindes. Er blätterte weiter vor bis fast ans Ende und las, Wenn ich nicht in dieser Tarnung gefangen wäre! Ich würde alles stehen und liegen lassen und mich auf die Suche nach ihr begeben. Alles!

Mit dem Nagel des Zeigefingers fuhr Heinrich das letzte Wort nach,

Allns!

Immer wieder tat er das. Ganz in Gedanken war er versunken, als der Gong und der Ruf der Mutter ihn herausrissen. Hastig legte er das Buch zurück in die Schublade, schloss ab, versteckte den Schlüssel und verließ das Zimmer.

Nach dem Mittagessen schlich Heinrich erneut hin und rückte das Buch an die richtige Stelle in der Schublade. Denn wenn er der Vater wäre, dann würde er genau darauf achten, wo er es das letzte Mal hingelegt hatte.

In dieser Nacht lag Heinrich lange wach. Der Satz aus Vaters Tagebuch war langsam in sein Bewusstsein gesickert. Er kam ihm wie ein magischer Satz vor, ein Satz, der eine neue Welt aufstieß. Doch er sah diese Welt nicht genau, sie war nur ein Gefühl, das er nicht benennen konnte.

FÜNFUNDSECHZIG

Shimon freute sich über die neuen Kinder im Lastwagen. Manche waren kaum älter als er, Wie haben sie nur überleben können, fragten die Augen der Erwachsenen. Shimon stellte keine Fragen. Er sprach überhaupt nicht. Er krabbelte durch den Laderaum, er musste über Beine und Schöße klettern, er rutschte zwischen Leiber und stieß gegen Rücken, aber er bahnte sich seinen Weg zu den neuen Kindern und setzte sich in ihre Nähe, um sie zu beobachten.

Die neuen Kinder hatten ihre Spiele mitgebracht, Karten und Mühle und Schach und Mensch ärgere Dich nicht, Geschenke der Bevölkerung von Lindenfels, die sich in den Kopf gesetzt hatte, die Waisenkinder zu bemuttern. Sie spielten, sie waren laut, man merkte ihnen an, dass sie gelernt hatten, ohne Erwachsene auszukommen. Anna war froh, dass Shimon beschäftigt war. Sie fühlte sich schwer und unbeweglich, sie hatte den Eindruck, in ihrem Körper gefangen zu sein und nichts dagegen tun zu können. Ihr Blick glitt über die Gesichter der Menschen, sie sah, dass Aaron sich mit Herrn Abramowicz unterhielt und Ruth mit Frau Abramowicz, sie nahm war, das der alte François den älteren Waisenkindern Geschichten erzählte. Doch ihre Stimmen drangen an Annas Ohr, ineinandergeschlungen wie ungekämmtes Haar:

»Fast ein Jahr ist es nun her«

»Wir werden die Wüste urbar machen müssen«

»seit die Irgun das King David«

»Der Rabbi fragt die Frau: Willst du dich«

»Hotel in die Luft gejagt hat«

»wenn wir dort überleben wollen.«

»von deinem Mann scheiden lassen?«

»und seitdem ist es«

»Das wird kein Zuckerschlecken.«

»Ja, Rabbi, ich will.«

»noch schwieriger geworden«

»Und du, Mann, willst du dich von deiner Frau scheiden lassen?«

»Oh nein, das wird es nicht! Wir werden noch wünschen«

»mit den Engländern.«

»Aber die Welt ist aufmerksam geworden, Aaron!«

»nicht hingegangen zu sein.«

»Um welchen Preis, frage ich Sie?«

»Ja Rabbi, ich will. Da «

»Alles hat einen Preis, Aaron. Jetzt«

»Aber wir haben keine Wahl.«

»Du sagst es, Ruth, mein Kind«

»sagte der Rabbi zu beiden: Wenn dem so ist«

»weiß die Haganah wenigstens, dass«

»seid ihr euch ja einig.«

»unser Volk hatte so selten die Wahl!«

»Menachem Begin es ernst meint«

»Es grenzt an ein Wunder«

»Lebt also weiterhin«

»wenn wir zusammen zurückkehren können«

»mit dem, was er sagt.«

»Dem Zionismus«

»ins gelobte Land.«

»in Frieden zusammen!«

»hat er geschadet.«

»Der Zionismus ist stärker als die Briten, die Araber und die Radikalen zusammen, sage ich!«

Anna bemerkte nichts von Emils scheuen Blicken auf Sarah, die dies nicht bemerkte. Sarah beobachtete Shimon und hoffte, dass die neuen Kinder ihm nichts taten.

Währenddessen fuhr der Konvoi auf die Zonengrenze zu. Es war Samstagnachmittag, die französischen Soldaten warteten darauf, ins Wochenende entlassen zu werden, der nächste Akt des Narrenstücks konnte aufgeführt werden.

Peretz hatte seine Papiere genau geordnet. Er war nervöser als sonst. Er warf Avi kurze Seitenblicke zu, doch Avi sah aus wie immer, er konzentrierte sich auf die Straße, als gäbe es sonst nichts auf der Welt.

SECHSUNDSECHZIG

Mit ihren blinden Augen lugte die Puppe Dana um die Ecke. Sie
sah an der Plane des Lastwagens vorbei den rot-weiß lackierten Schlagbaum, unterbrochen vom französischen Soldaten mit
seiner blauen Uniform und der hohen Schirmmütze auf dem Kopf.
Um seinen Oberkörper herum gab es einen grauen Fluss von links
nach rechts. Dana ließ ihren Blick schweifen. Am höheren Ufer, das
vom Kopf des französischen Soldaten in zwei Hälften geteilt wurde,
sah sie einen großen, breiten Turm mit einem spitzen Dach. Müde
schien er zu sein vom vielen Stehen, denn er riss sein Tor weit auf
und gähnte den Fluss an. Er sah aus, als wäre er weit gewandert
bis hierher und käme nicht hinüber nach Osten und sähe sich die
Metallträger an, die aus den Fluten ragten. Armer Turm, dachte
Dana, Er ist viel zu schwer für die schwimmende Brücke gleich
daneben. Die war nur für Lastwagen und Menschen gemacht, und
das wusste der Turm, sonst stünde er nicht dort und sähe traurig
und müde in die Fluten und hoffte, dass die versunkene Brücke sich
doch noch aufrappelte.

In diesem Augenblick akzeptierte der französische Grenzsoldat die
gefälschten Visa, die Peretz ihm ausgehändigt hatte, zusammen
mit seinem gefälschten Ausweis eines UNRRA-Mitarbeiters, und
gab ein Zeichen nach hinten. Dort stand ein weiterer Soldat, der
hob jetzt den Schlagbaum, leicht wie eine Feder war er, und gab
den Juden den Weg zum westlichen Ufer frei, hinein in die alte Bur-
gunderstadt Worms.

Als Peretz die Beifahrertür des Lastwagens öffnete und nach
hinten blickte, wo die anderen Lastwagen standen und auf sein
Zeichen warteten, sah er die Puppe, er kannte sie, er wusste, wie
sie hieß und wem die kleine Hand gehörte, die sie festhielt. Er gab
das Zeichen, indem er den Arm hob, dann kletterte er hoch, setzte
sich, zog die Tür zu, und Avi ließ die Hupe ertönen, dunkel wie

eine Schiffssirene klang sie und so laut, dass die französischen Soldaten erschraken. Die jüdischen Fahrer taten es ihm gleich. Das war ein Lärm! Als rückte ein Heer auf die Stadt Worms zu, Was für ein Heer? Vielleicht Kreuzfahrer auf dem Weg ins gelobte Land? Ach, das kannten die Steine, die dort herumlagen, das war acht Jahrhunderte zuvor schon einmal geschehen, damals waren es Fanfaren gewesen und Pferde mit Kutschen, auf denen Bischöfe gesessen hatten, und Jerusalem war von Muslimen besetzt gewesen, So viel hat sich nicht geändert, dachten die Steine, Allein wir sind jetzt keine Mauern mehr, keine Häuser, keine Türme, nur noch Geröll.

Bevor Avi die Kupplung kommen ließ, ergriff Frau Abramowicz ihre kleine Tochter mit beiden Händen und zog sie ins Innere des Lastwagens, damit die Beschleunigung sie nicht aus dem Fahrzeug werfen konnte.

SIEBENUNDSECHZIG

Den Vater beobachten, immerzu. Beim Frühstück den Vater beobachten, seine Gesten, wie er nach dem Salzstreuer griff, sein Mund, wenn er sprach, seine Augen, wenn er lächelte, sein ganzer Körper, wenn er die Mutter auf die Wange küsste.

Beim Sonntagsausflug aufs Land den Vater beobachten, immerzu. Hinten im schwarzen Dienstwagen sitzen und auf seinen Hinterkopf schauen, sich hochrecken, um die Augen des Vaters im Rückspiegel zu erhaschen. Bei der Ankunft am Parkplatz, wenn der Vater ausstieg, sich die Hände rieb, weil er sich freute, seine Stimme, wenn er sie aufforderte, Jetzt aber los, Kinder! Den Vater beobachten, wie er die Mutter beobachtete, wenn sie sich um Gudrun kümmerte, die nicht laufen wollte, seine Augen, seine Mundbewegungen, wenn ihm etwas missfiel, er aber nichts sagte.

Den Vater beim Wandern beobachten, immerzu, seine Aufmunterungen, Damals sind wir hundert Kilometer am Tag marschiert, Links zwo drei vier, Links zwo drei vier, Komm, kleiner Soldat, an die Front mit dir, hoho! Ein Stock ist kein Stock, ist ein Gewehr, das der Vater dem Sohn überließ, Präsentiiiiert das Gewehr! Hoho, ich ernenne dich ab sofort zum Bannerträger! Aaaachtung!

Den Vater beobachten, wenn er plötzlich schwieg, wenn er plötzlich alles der Mutter überließ, Kommt, Kinder, es ist nicht mehr weit! Den Vater beobachten, wenn die Mutter Gudrun auf den Schultern trug, den Vater beobachten, wenn es keine Möglichkeit mehr gab, seine Aufmerksamkeit zu wecken, Präsentiiiiert das Gewehr, Links zwo drei vier, Links zwo drei vier, alles nutzlos. Die Mutter beobachten, wie sie den Vater beobachtete, wie sie einsprang, wie sie auf ihn achtgab, wie sie dafür sorgte, dass Gudrun keinen Lärm machte, immer einen Blick auf den Vater.

Den Vater beobachten, wenn es der Mutter nicht gelang, Gudrun ruhig zu halten, seine Mundwinkel, seine Augen, die Mutter beobachten, wie sie den Vater verstand und ihre Bemühungen verdoppelte, den Vater beobachten, wie er wieder verschwand vor allen Augen und nur noch da war, irgendwie nur noch da war, mehr nicht. Den Schmerz beobachten, den das verursachte.

ACHTUNDSECHZIG

Musste Sarah mit dem goldenen Haar sich ausgerechnet jetzt kämmen, da der Konvoi wie ein Lindwurm über die schwimmende Brücke kroch? Sie saß an der Lade und blickte hinaus auf den Rhein, es dunkelte schon, im Abendsonnenschein glitzerte das Wasser. Emil saß neben ihr und achtete nicht auf die Stromschnellen, er sah ihr zu, ihm war, als säße sie auf dem höchsten aller Berge, als müsse er kentern, wann immer er sich den Kopf verdrehte nach ihr, als hätte es nichts bewirkt, sich Zwi zu nennen, wenn dieses wilde Weh ihn doch jedes Mal ergriff. Sarah bemerkte den jungen Soldaten der Haganah nicht, sie ahnte nicht, dass niemand ihr Gesicht so gut kannte, es so weit mit sich trug wie er. Sie kämmte sich mit einem einfachen Kamm und summte ein Lied dabei.

NEUNUNDSECHZIG

Gleich würden die Juden mit ihrem Heer an Land gehen, gleich würden die deutschen Kreuzritter aus dem ganzen Land herbeiströmen, weil der junge Kaiser sie gerufen hatte, gleich würden sie alle rasten in der ehrwürdigen Stadt, gleich würden die einen auf die Idee kommen, die Juden, die hier hausten, ein wenig zu erschrecken, Seht her, diese Gasse ist gut, schaut nur, jenes Geschäft, dort sitzt Dulcina, Eleasar ben Judas Frau, mit ihren Töchtern Belat und Hannah in der Verkaufsstube, im Hinterzimmer arbeitet der wackere Jacob, er weicht die Häute in Kalklauge ein, anschließend schaben die Schwestern mit scharfen Klingen die Reste von Haarwurzeln und Fleisch ab, dann spannt die Mutter die Häute auf

Rahmen, und sind sie erst trocken, so glättet sie sie mit Bimsstein und rollt sie zuletzt auf hölzerne Stäbe. Juden und Christen, Magistrate und Zunftmeister, alle müssen sie schreiben, von allen verlangt Dulcina den gleichen Preis für ihr Pergament. Ist das gerecht? Lasst sie uns schlachten wie Schweine, dann haben wir schon jetzt und hier glorreich gekämpft gegen die Verräter Jesu, der Krieg in der Ferne beginnt im eigenen Land, der Feind ist unter uns.

Gleich hätten die Juden gegessen und säßen auf, weiterzuziehen nach Süden mit ihren Lastwagen, gleich käme Eleasar ben Juda, der Gelehrte, nach Hause und fände den Tod vor, der Tod hockt auf den blutigen Leibern seiner Liebsten und bleckt ihn an. Gleich kehrt Eleasar in die Synagoge zurück und weint und weint und hört erst auf, als es Zeit wird, etwas anderes zu tun. Da nimmt er alles Pergament, das seine Familie gemacht hat, und schreibt ein Buch über Leben und Tod und bereitet sich selbst eine tröstende Salbe damit, denn im Buch kann Eleasar zaubern und jede Wunde schließen, jedes Unrecht sühnen, jeden Frevel bestrafen. Im Buch gibt es den Gilgul Neschamot, da rollen die Seelen der Toten durch die Leiber der Lebenden, und deshalb weiß Eleasar im Buch, dass die Seinen zurückkehren auf die Erde, dass der Tod nicht unerträglich lange währt. Im Buch sind die Menschen gut.

Und währenddessen fährt der Konvoi der Juden an seinem Haus vorbei und brummen die Motoren und lugt Dana mit den toten Augen hervor und sieht ihn sitzen und schreiben in zwei Dimensionen.

Als Eleasar ben Juda viele Jahre später stirbt, ist der junge Kaiser längst tot, gibt es einen neuen Kreuzzug, sind schon wieder Juden in irgendeiner Stadt Europas geschlachtet worden wie Schweine, haben die Lastwagen gerade die zerstörte Stadt Worms hinter sich gelassen.

Die Sonne war fast untergegangen, als der Konvoi die französische Grenze erreichte. In der warmen Dämmerung erwachten die Waldtiere zum Leben, es raschelte im ganzen Land, und dann kamen die Lastwagen auch schon zum nächsten Schlagbaum, wo ungeduldige Soldaten alles durchwinkten, was jetzt noch hereinwollte. Fast andächtig überquerten die Juden die unsichtbare Linie zwischen zwei Ländern, zwei Sprachen und zwei Schulden. Von hier waren die Sarfatis sechshundert Jahre zuvor verjagt worden, hatten sich viele Generationen lang nach Osten gekämpft, bis sie endlich in Palästina angekommen waren. Nun kehrten sie zurück, doch war das Ziel dasselbe, der Tod, der hinter ihnen lag, war derselbe, die Flucht hatte Pausen gemacht, manchmal hundert Jahre lang und länger, als wären sie alle eingeschlafen und hätten gedacht, sie lebten. Immer wieder waren sie dann wachgeküsst worden von Verrätern, immer wieder hatten sie weiterlaufen müssen. Dies nun würde die letzte aller Fluchten sein, die Flucht nach Hause, das hatten sie sich vorgenommen.

EINUNDSIEBZIG

Nördlich von Straßburg gab es einen kleinen Bahnhof. Dorthin fuhr der Konvoi, und dort stand auch der Zug in den Süden. Die Institution für Einwanderung B hatte ihn organisiert, er war aus Paris gekommen und wartete auf einem Nebengleis. Lang war er, länger als die Nahverkehrszüge, die hier normalerweise hielten. Die schwarze Dampflok an der Spitze sah aus, als trüge sie

Scheuklappen aus Metall, hinter ihr reihten sich dunkelgrüne Waggons aneinander.

Die Lastwagen hielten im Halbkreis, fröhliche Menschen kletterten heraus, Menschen, die Deutschland endlich verlassen hatten. Erst hier in Kassuta verstand Peretz, warum sie es Hanan nannten, wenn sie telefonierten: Gott ist gnädig. Gnädig ist Gott, weil man Hanan hinter sich lassen kann, weil man nicht in Hanan umgekommen ist, in und an und durch Hanan.

Die Reisenden erhielten ihre Koffer vorübergehend zurück. Sie sahen zu, wie die Fahrer von Peretz' Berliner Brichah sich verabschiedeten. Der kleine, stämmige Avi und der große, elegante Peretz umarmten einander kurz, dann bestieg Avi seinen Truck, Peretz nahm einen prall gefüllten Armeerucksack und das Sprachrohr aus der Beifahrerseite, stellte beides neben sich auf die Erde. Mit einem Schwung schlug er die Tür zu, Wir sehen uns bald!, rief er und winkte Avi, doch das war eine Lüge, beide wussten es, sie hatten sich hier und jetzt darauf geeinigt. Avi winkte zurück, dann war er fort.

Bevor sie die Gleise überquerten, sahen die Juden den deutschen Fahrern dabei zu, wie sie fremde Männer einluden, Männer in abgerissener Kleidung, Männer mit gehetzten Blicken. Woher waren diese Männer aufgetaucht? Niemand wusste es, plötzlich waren sie einfach da gewesen und vor den Augen der Ankömmlinge in die leeren Trucks gesprungen, Das sind Deutsche, sagte einer, Die sind nicht koscher. Dann waren die Lastwagen losgefahren, zurück nach Hanan.

Erst später erfuhr Peretz von Ephraim Frank, dass es sich um SS-Männer handelte, die ausgebrochen waren aus Arbeitslagern in Südfrankreich. Auch die Nazis haben noch ihre Verbindungen, sagte er.

Endlich in einem Zug reisen! Endlich nicht mehr wie Vieh oder Ware verfrachtet werden, sondern in einem richtigen Zug für

Menschen fahren, die sitzen dürfen, die aus dem Fenster schauen und zur Toilette gehen können, wann immer ihnen danach ist! Zu siebt saßen sie im Abteil – Anna, Shimon, Sarah, Ruth, Aaron, der alte François, Peretz – und fuhren durch Frankreich, das so schön war, wie ein Land nur sein konnte, wenn man sich nicht verstecken musste. Ruth lächelte Anna an, Du bist schwanger, sagte sie, Diesmal kommst du nicht so davon. Peretz öffnete den Mund, fast hätte er gefragt, Ist es diesmal von mir? Er weiß es noch gar nicht, rief Ruth, die ihn beobachtet hatte, und Aaron machte, Hoho!, als wolle er etwas damit sagen. Sarah lachte verwirrt, was bedeutete das für sie, war sie noch immer Peretz' und Annas Tochter?

Anna wusste, wer der Vater war, sie konnte jederzeit mit dem Finger auf ihn zeigen und sagen, Hier sitzt er. Doch wer war der Mann, der auf ihr gelegen hatte, in dem exakten Moment der Zeugung wirklich gewesen? Wessen Gesicht hatte er vor den Schädelknochen getragen? Wenn sie nur eine Stoppuhr in der Hand gehalten hätte, wenn sie nur die Ereignisse für einen entscheidenden Augenblick hätte einfrieren können, um nachzusehen, wo sich das Spermium befand. Bahnte es sich noch seinen Weg durch ihren Unterleib oder war es bereits angekommen? Und wessen Atem hatte sich mit dem ihren vermischt im Augenblick der Verschmelzung? Wenn das möglich gewesen wäre, dann wüsste sie jetzt den wahren Namen des Vaters. Und sie hatte sich konzentriert! Diejenige in ihr, die niemals wegsah, hatte mit der Kühle einer Wissenschaftlerin dem Keuchen des Mannes zugehört, hatte den Schmerz zwischen den Beinen gefühlt, hatte die Zeit gemessen, die verrann, bis aus dem Brennen eine Art Lust geworden war, die Lust, das Unvermeidliche zu ertragen, die Lust an der Rückkehr auf jenes Sofa in jener Stadt, jenem Land, eine Lust, verbotener als jede Sünde, von der die Menschen wussten.

Ihr Blick fiel auf Shimon, der ihr gegenüber auf Sarahs Schoß saß und sie aufmerksam beobachtete. Sie lächelte ihm zu, als wären sie allein im Abteil. Aber da rief François, Masel Tov! Er sprang auf und zog sie hoch, und dann sangen die anderen und klatschten im Takt, und Anna musste mit ihm in der Enge des Abteils tanzen und hinaus auf den Gang zu den anderen, während draußen das sonnige Land vorbeiflog mit seinen lichten Mischwäldern, seinen schmalen Landstraßen, seinen weiß getünchten Häusern, seinen goldenen Feldern. Frankreich, würde Anna eines Tages zu ihrem Enkelkind sagen, Ist wie Vergessenkönnen.

Peretz freute sich mit den anderen, er schüttelte Hände und erwiderte Umarmungen und war doch allein mit seinen Gründen. Die geheime Rechnung war aufgegangen, das stumme Versprechen eingelöst, er bekam einen eigenen Sohn. Anna war nun wirklich seine Frau, einen Moment lang fühlte er sein Herz so weit werden, dass sogar Shimon hineingepasst hätte, wären sich ihre Blicke nicht begegnet und hätte sich Peretz' Brust nicht wieder zusammengezogen.

Die Abramowicz kamen herüber mit freudigen Gesichtern, ein Kind war so viel mehr als nur ein Kind, es war ein Sieg über den allmächtigen Tod, was konnte es Größeres geben, Du hast es verdient, sagte Herr Abramowicz und klopfte Peretz auf die Schulter. Sogar Shimon wurde beglückwünscht, weil er nun ein Geschwisterchen bekommen würde, ob er es nun verstand oder nicht.

Strasbourg, Mulhouse, Belfort, Besançon. Der Tag schwand hinter die Wipfel der Bäume, hinter die Krümmung der Erde. Der Zug war alt, die Abteile hatten kein Licht, in der Dunkelheit wurden die Gipfelstürmer müde. Einer nach dem anderen schlief ein, Annas Kopf ruhte an Peretz' Schulter, vielleicht träumte sie, vielleicht träumte das Kind in ihr, wovon?

Peretz saß am Fenster, hörte das eintönige Rattern des Zuges, sah die schlafenden Gesichter. Er blickte aus dem Fenster in die dunkle Landschaft, hier und da ein Dorf, ein einsames Haus, ein Auto, flackernde Nacht der Kerzen hinter kleinen Fenstern,

Scheinwerfernacht auf den Straßen, der Zug fuhr unbeirrbar nach Süden. Peretz hatte die Karte vor Augen, er hatte die Adresse im Kopf, Rue de la Vieille 13bis, mitten in der Altstadt von Lyon. Dorthin fuhren sie.

Wenn alles gut ging.

Wie kam es nur, dass er, Peretz, sich Sorgen machte? Er sah Kriegsschiffe im dunkelblauen Meer, eines in Sichtweite des anderen, eine schwimmende Kette aus grau gestrichenem Stahl mit Gefechtstürmen, aus denen Zwillingskanonen ragten. Weit darüber flatterte der Union Jack, weit dahinter lag Palästina. Wie sollten sie nur hindurchgelangen, er und Anna und das Kind in ihrem Bauch, sein Kind? Die letzten Schiffe der Haganah waren alle aufgebracht worden, die Internierungslager auf Zypern liefen über von heimatlosen Juden. Aber selbst wenn sie durchkamen – was erwartete sie im gelobten Land? Die Araber und wieder die Engländer. Wie sollte das enden?

Eingeklemmt zwischen der Außenwand des Waggons und seiner schwangeren Frau saß Peretz da und fand keine Ruhe. Bilder und Gedanken fielen ihn an wie wilde Tiere, sie rissen ihn von innen auf, dass er sich wund und verletzlich fühlte. Er hätte ein Sprachrohr in seinen Kopf halten und hineinschreien müssen, um alles zu übertönen, alles unter Kontrolle zu halten. Doch Peretz war stumm und hilflos wie ein kleines Kind, und die Welt war groß und unübersichtlich und voller Gefahren.

Als er endlich doch einschlief, träumte auch er, zusammenhanglos und bedrohlich.

Frau Kramer richtete sich auf. Sie war schmutzig und durchnässt, es war ihr gleichgültig. Sie war hierhergekommen, weil sie Verstärkung suchte auf dem unwegsamen Pfad zur Wahrheit. Sie seufzte, sie warf einen Blick auf das Grab, sie öffnete ihre Hände und ließ die Pflanzen, die sie ausgerissen hatte, zu Boden fallen. Der Regen fiel und fiel, als wolle er niemals mehr damit aufhören, die Pfützen wuchsen, wenn es so weiterging, wäre bald alles überflutet.

Frau Kramer ging auf ihre Enkeltochter zu, die immer noch mit dem Regenschirm in der Hand dastand und nichts verstand, und umarmte sie.

»Kind«, sagte sie leise, »wie bist du zu mir gekommen?« Sie schüttelte den Kopf, als könne sie es nicht glauben. Sie sagte:

»Ohne dich hätte ich vielleicht die Augen verschlossen vor dem, was hier geschehen ist.« Sie legte ihre Stirn an Lisas Stirn, sie schloss die Augen und sagte:

»Die Engländer hatten uns in ein Auffanglager für Flüchtlinge aus dem Osten gebracht, hierher, nach Pöppendorf. Ich dachte, Jetzt wird alles gut, die Engländer kümmern sich um uns. Aber im Herbst mussten wir plötzlich wieder fort, niemand gab uns eine Erklärung, man sagte uns nur, Ihr seid in eurem eigenen Land, ihr braucht kein Lager mehr. Plötzlich standen wir wieder auf der Straße. Und es gab so viele von uns. Immer mehr Menschen kamen aus dem Osten. Niemand gab uns Essen, niemand wollte uns aufnehmen. Die Engländer wussten nicht, was sie mit uns anstellen sollten. Und dann hörte ich von den Juden, die nach Pöppendorf gebracht wurden. Ein paar tausend. Und wir waren doch schon dort gewesen! Ich musste nur zurückgehen! Ich musste nur alles auf eine Karte setzen.«

Lisa schob ihre Großmutter ein Stück von sich, gerade so weit, dass sie ihr ins Gesicht sehen konnte. Sie sagte:

»Und das hast du getan?« Frau Kramer nickte.

»Und sie haben uns aufgenommen?«

»Ja, das haben sie.«

»Aber Oma, was ist daran denn so schlimm, dass du es mir so lange verschwiegen hast?«

»Ach, Kind. Ich habe dort eine Frau getroffen. Sie hatte einen kleinen Jungen. Ihr habt miteinander gespielt. Er war ein ganz Stiller, aber mit so wachen Augen! Du mochtest ihn gleich. Die Mutter war eine der wenigen Deutschen unter den Juden, die dort hingebracht worden waren.«

»Sie war auch keine Jüdin?«

»Doch, das war sie. Alle waren sie Juden. Aber die meisten sprachen Polnisch, Russisch und Jiddisch.«

»Und ihr habt euch angefreundet?«

»*Ihr* habt euch angefreundet.« Frau Kramer schüttelte den Kopf. Sie sagte:

»Ich muss es dir richtig erzählen. Als ich von den Juden hörte, nahm ich dich und ging zurück nach Pöppendorf. Anderthalb Tage lang. Es war ein langer Weg, und du warst zu klein und zu schwach, um zu laufen. Die meiste Zeit musste ich dich tragen. Es war heiß, am Abend gab es ein Gewitter. Ich wollte aufgeben und zurück nach Lübeck gehen. Aber wohin? Es gab keinen Ort für uns! Überhaupt keinen!« Sie seufzte.

»Also ging ich weiter.« Sie hielt inne, als lausche sie dem Echo ihrer letzten Worte. Ihr Blick schien sich im Regen zu verlieren. Aber dann kehrten ihre Augen zurück zu Lisa. Sie sagte:

»Ich dachte mir, Wenn dort jetzt Juden sind, dann arbeiten da bestimmt nicht mehr dieselben Wachleute. Sie werden uns nicht kennen. Und so war es auch. Aber es waren keine Engländer. Es waren Deutsche.« Sie machte eine kurze Pause, als ob sie es jetzt, so viele Jahre später, besser verstünde. Sie sagte:

»Als ich mit dir auf dem Arm ans Tor kam, dort im Wald, wo wir heute gewesen sind, sagte ich zu dem Wachmann, der auf der anderen Seite stand, dass wir Juden sind. Aber er glaubte mir nicht.

Wie sollte er auch? Wir waren so elend, er muss mir angesehen haben, dass ich alles tun würde, um etwas zu essen zu bekommen.« Sie blickte Lisa so niedergeschlagen an, als geschehe alles im Moment ihrer Erzählung noch einmal.

»Ich wollte schon wieder gehen, aber du hattest einen solchen Hunger! Du hörtest gar nicht mehr auf zu wimmern. Ich konnte den Gedanken nicht ertragen, dass es dir so ergehen würde wie deiner Mutter. Dass du einfach mitten auf irgendeinem Weg ...« Sie verstummte. Sie atmete tief durch und sagte:

»Da bin ich wieder umgekehrt und habe gebrüllt, so laut ich konnte.« Frau Kramer ließ Lisa los, sie machte zwei Schritte zurück, breitete die Arme aus und schrie in den Regen hinein, schrie den toten Juden zu, die dort zu hunderten in ihren Gräbern lagen, schrie ihre Enkeltochter an:

»Wir sind Juden! Wir sind Juden! Wir sind Juden!« Sie brach ab und ließ die Arme sinken. Lisa starrte ihre Großmutter an. Dann blickte sie sich scheu um. Frau Kramer sagte:

»Ich brüllte so lange, bis die Menschen im Lager auf uns aufmerksam wurden. Du weintest gar nicht mehr, du brülltest aus Leibeskräften mit. Nicht nur, weil du Hunger hattest. Bestimmt auch, weil ich mich so benahm.« Sie lächelte jetzt und sah dabei so traurig aus, dass Lisa ein Schluchzen entfuhr.

Frau Kramer unterdrückte den Impuls, Lisa in den Arm zu nehmen. Jetzt half nur noch weitererzählen. Sie sagte:

»Eine Menschenmenge versammelte sich auf der anderen Seite des Tores. Die Wachmänner wurden nervös, weil die Leute forderten, dass wir hereingelassen werden. Aber sie rührten sich nicht. Und dann ...«, wieder machte sie eine Pause.

»... und dann trat eine Frau mit einem kleinen Jungen auf dem Arm aus der Menschenmenge und kam auf uns zu. Vor den Augen der Wachleute öffnete sie das Tor und bat uns herein.« Frau Kramer schluckte, sie zwang sich, die Fassung nicht zu verlieren. Sie sagte: »Du hast mich gerettet, Lisa. Dafür danke ich dir.«

»Ich? Oma! Du bist ja verrückt!«

»Nein«, die alte Frau schüttelte den Kopf. »Nur durch dich sind wir wieder nach Pöppendorf gekommen. Nur durch dich.«

X-Beinchen!
Kleines Schweinchen!
X-Beinchen
Kleines Schweinchen!

Gudrun hatte einen Ohrwurm. In ihrer Klasse war sie die Einzige, die wusste, dass man so etwas nicht nur von Musik bekommen konnte, sondern auch von Kinderreimen. Außerdem wusste sie, dass ein Ohrwurm etwas Böses war, etwas, das man wieder loswerden musste, weil es sich sonst immer tiefer hineinfraß in den Kopf. Gudrun ging die Thierschstraße entlang, sie war auf dem Heimweg von der Schule. Hallo, rief sie dem Bettler zu, der immer an derselben Stelle saß, Hallo, grüßte der Bettler sie zurück. Gudrun setzte sich neben den Mann, sie kramte in ihrem Schulranzen und holte eine Papiertüte hervor.

»Hier ist die Hälfte von meinem Pausenbrot, wie versprochen!«, rief sie und strahlte ihn an, als wäre Weihnachten und sie das Christkind, das auf die Erde herabgekommen ist, die Armen und Entrechteten zu beschenken.

Der Bettler war ein alter Mann. Wie er zum Bettler geworden war, wusste er nicht mehr. Seine Knochen fühlten sich an, als säßen sie schon seit einer Ewigkeit hier, als gäbe es gar nichts anderes und die Zeit stände still bis zum Ende aller Tage. Natürlich wusste er, dass es nicht so war, weil alles eine Ursache hatte und eine Wirkung, Irgendetwas habe ich wohl falsch gemacht, sagte er manchmal vor sich hin, aber jetzt war er zufrieden, weil dieses Mädchen ihn in ihr Herz geschlossen hatte.

»Sag, wie alt bist du?«, fragte er Gudrun, während er auf dem Pausenbrot herumkaute mit seinen wenigen Zähnen.

»Schon sieben«, war die Antwort aus dem Mund des Kindes. Da lachte der Bettler und rief:

»Ich könnte dein Großvater sein, kleines Mädchen.«

Gudrun nickte und schwieg.

Der Bettler aß.

Plötzlich sagte sie:

»Ich muss weiter.« Sie stand auf und ging ihrer Wege, und der Bettler blickte ihr verwundert nach. Er konnte nicht wissen, dass der Ohrwurm in Gudruns Kopf verstummt war, er ahnte nicht, dass er für die Mahlzeit bezahlt hatte.

VIERUNDSIEBZIG

Inzwischen war es dunkel geworden, und die Hochhäuser der aufgetürmten Stadt funkelten aus unzähligen Glühlampen und Neonröhren. Lisa wusste nicht mehr, wie lange sie schon an derselben Stelle gesessen und gewartet hatte, Stunden, Tage, Wochen? Es kommt darauf an, wie man es betrachtet, dachte sie. Seit Wochen lebten sie in dieser Zwei-Zimmer-Wohnung, seit Tagen wartete sie auf einen Anruf, seit Stunden war sie zu Hause. Sie hatte der Sonne zugeschaut, bis sie verschwunden war, und jetzt ging der Halbmond auf. Die Erde drehte sich, die Autos fuhren durch die Straßen von New York, unter der Oberfläche rollten Züge, auf dem Hudson River schwammen Schiffe. Aber sie selbst saß wie ein Fixstern auf dem Stuhl, und in ihrem Kopf drehte sich alles.

Sie schloss die Augen. Warum konnte sie nicht einfach ihren Frieden machen und ihr Leben leben? Warum musste sie immerzu in der Vergangenheit wühlen?

Aus dem Nebenzimmer drangen Geräusche. Sie stand auf und ging leise an die Tür, öffnete sie einen Spalt und warf einen Blick auf Tom. Er schien etwas Beunruhigendes zu träumen. Sein Gesicht war in Bewegung, er atmete geräuschvoll, seine Augen irrten unter den Lidern von einem Winkel zum anderen. Lisa betrachtete ihn. Wie groß er in der kurzen Zeit geworden war! Groß und kritisch. Kein Tag verging, ohne dass er ihr die Entscheidung, in diese Stadt gekommen zu sein, vorwarf. Jede freie Stunde ohne meine Freunde ist verlorene Zeit, hatte er gesagt, als er heute aus der Schule gekommen war. Und jeder Tag nur mit dir, hatte er hinzugefügt, und sie hatte genickt und geseufzt. Dann war er in seinem Zimmer verschwunden, und sie hatte nur ahnen können, was er tat, Musik hören, seine Gitarre spielen, lesen, Briefe schreiben, schlafen. Das war seine Form des Protests, der Protest eines Machtlosen. Hoffentlich geht das bald vorbei, dachte Lisa.

Und wenn der Sinn des Lebens einzig darin bestand, dass es weiterging? Wenn ihre Bemühungen, so sinnvoll sie ihr auch erscheinen mochten, am Ende überflüssig waren, weil sich nichts ändern würde, weil es letzten Endes nur darum ging, was hier und jetzt geschah?

Sie schloss die Tür wieder und lehnte sich dagegen. Ich sollte schlafen gehen, dachte sie. Doch sie kehrte zurück zu ihrem Platz am Fenster.

Die Sonne war noch nicht aufgegangen, als die neuen Lastwagen durch die engen Straßen der Altstadt von Lyon zum Haus der Juden fuhren. Die verschlafenen Gipfelstürmer standen dicht gedrängt auf einem kleinen Platz in der Rue Bouteille und warteten. Sie gaben erneut ihre Koffer ab und kletterten auf die Laderampen und ahnten nicht, dass Shmaria Zameret, der Agent in Marseille, sehr viel Geld bezahlt hatte, damit die französischen Fahrer an diesem besonderen Tag, dem 10. Juli 1947, arbeiteten. Denn in Frankreich wurde gestreikt, und so waren es also Streikbrecher, welche nun aus der schlafenden Stadt und auf die Landstraße nach Süden fuhren Richtung Valence und Orange, Nîmes und Montpellier.

Die meisten der Reisenden schliefen gleich wieder ein und erwachten erst, als der Konvoi am fortgeschrittenen Morgen auf den Quai des Hafens von Sète fuhr. Manch einer der Reisenden fragte sich flüchtig, Warum nicht Marseille, warum Sète?, und wenn Zeit für Erklärungen gewesen wäre, hätte Peretz von den Engländern erzählt, die mit aller Macht und Diplomatie versuchten, die Franzosen unter Druck zu setzen, damit das jüdische Schiff nicht ablegen konnte, er hätte vielleicht gesagt, Sète liegt nicht mehr im Zuständigkeitsbereich der Behörden von Marseille, hier können sie uns nichts anhaben. Doch es war keine Zeit für solche Gespräche.

Als Anna das große Schiff sah, das hoch wie ein Haus vor ihr aufragte mit seinen drei Decks und seinem mächtigen Schornstein, der genau aus der Mitte aufragte, seinen hundert Metern Länge und seinen tausendneunhundert Tonnen Gewicht, vergaß sie für einen Augenblick ihre eigene Schwere. Für einen Augenblick erschien ihr das Unmögliche in greifbare Nähe gerückt zu sein, für einen Augenblick verspürte sie die Hoffnung, dass alles gut werden würde in ihrem Leben.

Euphorie erfasste die Reisenden angesichts des stolzen Schiffes, das die Haganah irgendwo in Amerika gekauft, umgebaut und hierhergefahren hatte, um sie ins gelobte Land zu bringen. Welch eine Organisation musste dahinterstecken, welch eine Kraft und welch ein Glaube an die Zukunft des jüdischen Volkes! Solche und andere Gedanken beflügelten die Menschen, die einander um den Hals fielen, als wären sie schon in Haifa gelandet und von Bord gegangen und würden im nächsten Moment den Boden der neuen Heimat küssen. Anna umarmte Peretz, der einfach nur Peretz war, Aaron umarmte Ruth, Sarah klammerte sich an ihre Mutter, als könne sie verloren werden. Der alte François umarmte der Reihe nach alle Frauen und Kinder. Die Abramowicz sangen das Lied der Hoffnung, und die anderen stimmten ein, am lautesten sangen die Kinder aus Lindenfels. Sogar die Puppe Dana sang mit. Sogar Ariel hatte sein Buch zugeklappt, denn hier war das Schiff, auf das er sich, seit er lesen konnte, vorbereitet hatte.

Aussteigen! Schneller!, riefen die Männer in den Lastwagen hinein. Sie waren gekommen, um den Ma'apilim bei der Einschiffung zu helfen. Und um ihnen Beine zu machen. Denn jetzt war nicht die Zeit für frohe Gesänge. Die Hafenpolizei konnte jederzeit auftauchen und das Schiff für seeuntauglich erklären, jederzeit konnte ein Kriegsschiff erscheinen und die Hafenausfahrt versperren, konnten die Briten ihren Druck auf die französische Regierung erhöhen, würde der nächste Konvoi aus einer der Unterkünfte rund um Marseille im Hafen von Sète eintreffen.

Die Menschen kletterten aus den Lastwagen und standen im grellen Licht der Mittelmeersonne. Wo waren die Koffer? Hierher!, riefen ihnen Männer zu und zeigten, wie die Warteschlange zu verlaufen habe, um das Beladen des Schiffes nicht zu behindern. Weitere Lastwagen waren eingetroffen, sie brachten Lebensmittel in Dosen, Wasserfässer, Säcke voller Kartoffeln, Obst, Gemüse, Dörrfleisch, alles, was man benötigte, um lebend in Palästina anzukommen. Der Quai war überfüllt, Schneller, Schneller!, riefen die

Männer. Im Flug wanderten die Koffer aus dem Kofferlastwagen zurück in die Hände ihrer Besitzer, die sofort zum Steg liefen, sofort hinauf, sofort ins Schiff, wo die amerikanische Besatzung sie in Empfang nahm, Hier entlang!

Die äußere Größe des Schiffes schrumpfte im Innern zu schmalen Gängen, winzigen Kojen mit niedrigen Decken und kleinen Bullaugen, durch die man kaum den hellen Tag sah. Ein schwimmendes Lager, ein Lager ganz aus Eisen. Die Menschen sahen sich um, sie blickten einander an, als ob sie sich versichern wollten, dass sie alle von den gleichen Gefühlen heimgesucht wurden.

Wie lange müssen wir hier drinnen hocken?, fragte Ruth, als sie auf ihren Pritschen saßen, so dicht nebeneinander, dass sie sich kaum bewegen konnten. Tausendfünfhundertsechsunddreißig Seemeilen, sagte Ariel, der solche Dinge wusste. Er legte sein Buch weg und machte sich auf den Weg durch das Schiff. Die Erwachsenen blickten ihm verblüfft nach, so hatten sie den Jungen noch nie erlebt.

Fünf Minuten später kehrte er in Begleitung eines kräftigen Mannes zurück, der freundlich lächelte und ihnen auf Englisch erklärte, sie müssten in ihrer Kajüte bleiben, damit es kein Chaos bei der Einschiffung gebe.

Draußen hörten sie den nächsten Konvoi, Lastwagenmotoren, Gesänge, die unterbrochen wurden, Männerstimmen, die Befehle riefen.

Das Einschiffen der dreitausendfünfhundertzwanzig Erwachsenen und neunhundertfünfundfünfzig Kinder dauerte bis zum frühen Nachmittag. Währenddessen heizte die Sonne denjenigen ein, die schon ihre Quartiere bezogen hatten. Die Luft war stickig, das Licht fahl. Sie durften nicht an Deck gehen, damit niemand sah, wie viele Menschen die *President Warfield* in ihrem stählernen Bauch trug.

Um drei Uhr des nächsten Morgens lief das größte Fluchtschiff, das die Haganah jemals erworben hatte, aus dem Hafen von Sète aus. Zuvor hatte es eine Reihe kurzer Telefonate zwischen Marseille, Paris, Tel Aviv und dem Schiff gegeben. Der Lotse, den Shmaria Zameret, der Gesandte in Marseille, mit viel Geld bestochen hatte, erschien nicht, deshalb entschied Shaul Avigur, der Chef der Institution für Einwanderung B, dass der Kapitän es allein versuchen müsse. Die Leinen wurden gelöst, und der Steuermann versuchte sein Glück. An der Mole lief das Schiff auf Grund. Es dauerte eine Stunde, bis es wieder flott war. Dann ging alles gut und die *President Warfield* nahm Kurs auf das offene Meer.

Einige Meilen entfernt dümpelten zwei Zerstörer der Royal Navy. Als das Schiff der Juden in der Ferne auftauchte, lichteten sie ihre Anker und nahmen langsam Fahrt auf.

SECHSUNDSIEBZIG

Paris, den 12. Juli 1947

Lieber Herr Bidault,

in den letzten Monaten haben wir oft an unsere französischen Freunde appelliert, sie möchten uns bei unserer schwierigen Aufgabe in Palästina behilflich sein und alle notwendigen Schritte unternehmen, um den illegalen jüdischen Transit durch Frankreich zu stoppen. Die französische Regierung hat uns versichert, sie werde unter anderem die Gültigkeit der Visa gründlich überprüfen, bevor ihnen die Erlaubnis erteilt werde, Frankreich zu verlassen, außerdem würden die Vorschriften der internationalen Konventionen hinsichtlich der Sicherheit für das Leben der Passagiere auf See rigoros auf Schiffe angewendet, die im Verdacht stehen, an diesem Transit teilzunehmen.

Erst kürzlich, am 27. Juni, schrieb ich Euer Exzellenz und erbat erneut Ihre Hilfe, wobei ich insbesondere den Wunsch äußerte, das Schiff *President Warfield* möge streng kontrolliert werden in Übereinstimmung mit den Anfragen an Ihr Ministerium seitens der Botschaft Ihrer Majestät.

Wie ich Ihnen bereits heute Morgen mitgeteilt habe, war ich bestürzt, als ich nach meiner Ankunft in Paris erfuhr, dass die *President Warfield* nicht nur aus Frankreich entkommen ist, sondern dass ihr sogar gestattet wurde, etwa 4000 illegale Einwanderer an Bord zu nehmen, ungeachtet der Tatsache, dass sie über eine Zollfreigabebescheinigung für nur eine Fahrt ohne Passagiere und ausschließlich bei gutem Wetter verfügt.

Unter diesen Umständen sehe ich mich gezwungen, heftigsten Protest gegen die Zugeständnisse, die der *President Warfield* gemacht worden sind, einzulegen, und ich fordere, dass die französische Regierung das Schiff mit allen Passagieren, die sich an Bord befinden, erneut in Frankreich aufnimmt, sobald wir Vorbereitungen getroffen haben, welche die *President Warfield* dazu veranlassen, umzukehren.

Ich werde außerdem dankbar sein, darüber informiert zu werden, dass die notwendigen disziplinarischen Maßnahmen im Hinblick auf jene Personen getroffen wurden, welche im Widerspruch zu den Zusicherungen der französischen Regierung die Erlaubnis für das Auslaufen des Schiffes gegeben haben.

Ich nehme diese Gelegenheit wahr, Sie daran zu erinnern, dass sich unter den verdächtigen Schiffen in französischen Häfen die *Paducah* und die *Northlands* befinden, die gegenwärtig in Bayonne vor Anker liegen, sowie die *Bruna* und die *Luciano* und die *Archangelos* in Marseille.

Ich wäre erfreut, wenn Sie, angesichts der Abfahrt der *President Warfield*, Ihr Einverständnis gäben, ein Kriegsschiff in die Nähe des Hafens von Marseille zu beordern mit dem ständigen Befehl, jedes dieser Schiffe, das den Hafen verlassen will, zu stoppen. Sie werden mir zustimmen, dass nur ein französisches Schiff wirksame Maßnahmen ergreifen kann, um die heimliche Einschiffung illegaler Einwanderer in französischen Territorialgewässern zu verhindern.

Ich verbleibe, lieber Herr Außenminister,
mit freundlichen Grüßen, Ihr

Ernest Bevin

SIEBENUNDSIEBZIG

Lisa fror. Sie war bis auf die Haut durchnässt. Der Regen hörte nicht auf, er veränderte sich. Es schüttete nicht mehr, stattdessen regnete es stetig. Das Licht wurde immer trüber, irgendwann, noch bevor sie es bemerkt hätten, würde es dunkel werden. Lisa fühlte sich unwohl. Sie hatte die Wahrheit hören wollen, doch nicht auf diese Weise. Sie schlang ihre Arme um den Oberkörper und sagte: »Oma, lass uns gehen. Den Rest erzählst du mir zu Hause.«

Frau Kramer blickte Lisa an, sie warf einen Blick auf das Grab, vor dem sie beide standen. Auch sie fror, doch sie spürte es kaum. In ihrem Kopf war Herbst, ein warmer Herbst, Anfang September. In ihrem Kopf sagte die Frau mit dem kleinen Jungen auf dem Arm, Komm mit, ich weiß, wo ihr bleiben könnt. Die Menschenmenge zerstreute sich, die Wachleute blickten weg, und Frau Kramer folgte der Frau mit Lisa auf dem Arm. Sie kannte sich gut aus in Pöppendorf, sie kannte die Wellblechhäuser mit ihren schmalen Stockbetten, die feuchte Luft im Inneren, die Enge. Frau Kramer sagte:

»Es fühlte sich an, als wären wir endlich zu Hause angekommen.«

»Wie bitte?«

»Das Lager. Wir waren endlich an einen Ort zurückgekehrt, den wir schon kannten.«

»Oma, bitte lass uns gehen!«

»Noch nicht, Lisa. Weißt du, diese Frau brachte uns zu einem freien Stockbett, es befand sich gleich neben ihrem. Sie hatte sich gesagt, Wir haben doch freie Betten, warum soll diese arme Frau mit ihrem Kind nicht bei uns schlafen. Als sie ihren Jungen absetzte, sah ich, dass sie schwanger war. Sie erinnerte mich an deine Mutter, Lisa. Sie war ungefähr in Margaritas Alter, aber sie hatte etwas Gebeugtes und Trauriges. Ich muss dir von ihr erzählen, Lisa. Gleich hier. Weißt du, ich verstehe jetzt erst, dass Lübeck gar kein Wartesaal war, obwohl ich das so viele Jahre lang geglaubt habe. Entschuldige, dass ich so fahrig bin, ich weiß immer noch nicht, wie ich es dir sagen soll, weil es so eigenartig ist, so …« Frau Kramer hob die Arme, um etwas auszudrücken, doch die Geste half ihr nicht. Sie ließ sie wieder sinken.

»Die Frau ging weg und kam mit Essen zurück. Ich erinnere mich noch genau: Es war eine Kartoffelsuppe, und es waren Wurststücke darin! Sie war warm und schmeckte so intensiv, Lisa! Ich hatte das Gefühl, dass ich noch nie etwas so Köstliches gegessen hatte. Ich musste aufpassen, dass du dir nicht den Mund vollstopfst und alles wieder ausspuckst.« Sie lächelte zärtlich und blickte dabei so entrückt, dass Lisa nicht wusste, ob sie gemeint war oder das kleine Mädchen in der Erinnerung der Großmutter.

»Während wir aßen, erzählte mir die Frau, dass sie im Lager mehr Kalorien bekamen als die Deutschen, aber vielleicht nicht mehr lange. Sie sagte, Die Engländer wollen, dass wir uns entscheiden, wo wir leben möchten, in Frankreich oder in Deutschland. Sie lächelte mich an, ich verstand gar nicht, was sie mir da sagte, so sehr war ich mit Essen und Füttern beschäftigt! Ohne nachzudenken, sagte ich, Frankreich ist bestimmt viel besser. Der kleine Junge lief ganz tapsig, wie ein Kind, das noch nicht lange laufen kann. Er setzte sich neben dich und sah dir beim Essen zu. Große, runde Knopfaugen hatte er und eine süße Stupsnase, ein hübscher Junge war das, Lisa, und er sah seiner Mutter ähnlich, genau wie du deiner.« Sie lächelte wieder, das Regenwasser lief ihr über das Gesicht den Hals hinunter in die Kleidung, sie nahm es nicht wahr. Sie sagte:

»Ihr beide habt nebeneinandergesessen, als würdet ihr zusammengehören. Aber plötzlich sagte die Frau zu mir, Ihr seid keine Juden, nicht wahr?«

ACHTUNDSIEBZIG

Shimon hatte alles gesehen. Er hatte auf dem Arm seiner Mutter gesessen wie auf einem Schiff, das über das Mittelmeer fährt, begleitet von sechs britischen Kriegsschiffen, dazu bereit, immer näherzukommen, während ihr Schiff so schnell wie möglich auf das Land zufuhr, das am Horizont aufgetaucht war. Shimon hatte die Erschütterung gespürt, als die beiden Fregatten die *President*

Warfield rammten, er hatte die Männer in grünen Uniformen gesehen, die an Bord gesprungen waren. Er hörte immer noch den lauten Knall des Gewehrs, das einer der Soldaten abgefeuert hatte. Und er dachte immer noch an Emil, der ganz still auf den Planken gelegen und in den blauen Himmel geschaut hatte, immerzu in den blauen Himmel, als gebe es dort etwas Interessantes. Shimon hatte selbst hinaufgeschaut, aber da waren nur ein paar Möwen gewesen, und er hatte sich über Emil gewundert, der nicht mehr laufen und nicht mehr sprechen und nicht mehr versuchen konnte, mit der Axt, die er immer noch in seiner stillen Hand hielt, auf die britischen Soldaten loszugehen. Dann hatte einer der Matrosen Emil die Augen zugedrückt und Shimon hatte noch lange hingeschaut, ob er sie wohl wieder öffnen würde. Doch Emil war selbst dann nicht mehr aufgewacht, als Aaron, Herr Abramowicz und Peretz ihn hochgehoben und weggetragen hatten.

Jetzt, auf dem Arm seiner Mutter, fühlte Shimon sich wieder, als führe er zur See, der Himmel war genauso blau, und die Menschenmenge, die sich vor dem Tor des Lagers versammelte, erinnerte ihn an die vielen Leute, die an Deck gegangen waren, als die britischen Soldaten kamen. Shimon schaute sich die Hände der Menschen an, aber sie trugen keine Kartoffeln und Konservendosen mehr in den Händen, sie würden die Frau auf der anderen Seite des Tors nicht bewerfen, obwohl auch sie hereinkommen wollte und nicht durfte, genau wie die britischen Soldaten nicht auf das Schiff hatten kommen sollen und es doch geschehen war.
Dann geschah etwas Überraschendes. Seine eigene Mutter ging mit ihm ganz nach vorn ans Tor. Shimon bekam ein wenig Angst, weil die fremde Frau und das kleine Mädchen so brüllten, dass er gar nicht mehr woanders hinschauen konnte. Seine Angst wurde noch größer, als die Mutter das Tor öffnete, vielleicht, dachte Shimon, holt die Frau jetzt eine Pistole hervor und schießt auf ihn und seine Mutter, wie der Soldat auf Emil geschossen hatte.

Doch erneut wurde er überrascht, denn die Frau und das Mädchen verstummten plötzlich und blickten ihn an. Und jetzt sah Shimon, dass sie große, dunkle Ringe um die Augen hatten und hohle Wangen. Der Anblick löste ein vertrautes Gefühl in ihm aus, aber er hielt sich nicht damit auf, denn jetzt kam die Frau ganz nahe, und dann folgte sie ihm und der Mutter durch die Menschenmenge, die ihm applaudierte, und das war eine noch viel größere Überraschung für Shimon.

Während sie in das Lager hineingingen, beobachtete Shimon das kleine Mädchen, und das kleine Mädchen beobachtete ihn. Dann waren sie in dem großen Wellblechhaus und gingen zu Shimons Bett. Der blaue Himmel blieb draußen, drinnen war es dämmrig und feucht. Die Mutter zeigte auf das Bett daneben und sagte, Es ist leer. Shimon wollte nicht allein mit den Fremden bleiben, als die Mutter in die Kantine ging, und so nahm sie ihn mit, aber auf dem Rückweg musste er selbst laufen, wegen der beiden Suppenteller in den Händen seiner Mutter.

Shimon wollte sich neben das Mädchen setzen. Er war so mit ihr beschäftigt, dass er ganz verwirrt war, als die fremde Frau zu weinen begann, und ganz froh, als sie wieder sprach. Auch das kleine Mädchen schien froh zu sein, und als sie endlich fertig gegessen hatte, kam sie mit ihm. Alle, die nachts hier lagen, waren draußen im Freien, die beiden Kinder konnten über die leeren Betten klettern, ohne dass jemand schimpfte. Shimon zeigte dem Mädchen, wie laut es überall im Haus pochte, wenn man mit einem Stein gegen die Wellblechwand klopfte. Ihm gefiel, dass es dem Mädchen auch gefiel, und so standen sie beide mit kleinen Steinen in ihren Händen an der Wand und klopften mit aller Kraft dagegen. Poch! Poch! Poch!

Sie bemerkten nicht, dass die eine Frau der anderen die Wahrheit erzählte, Nein, ich bin keine Jüdin. Sie bekamen nichts von der Geschichte mit, in der es um Versteck und Geburt, Flucht und Tod ging. Shimon und das Mädchen schenkten sich gegenseitig die Steine, die sie in ihren Händen hielten. Und dann klopften sie weiter gegen das Wellblech.

Poch! Poch! Poch!

Die beiden Frauen achteten kaum auf den Lärm der Kinder. Die jüngere hatte den Arm um die ältere gelegt, um zu sagen, Ich werde dich nicht verraten. Die ältere verstand das Wesentliche, Wir dürfen bleiben. Sie sahen nicht, dass Shimon und Lisa die Steine fallen ließen und Hand in Hand durch die Gänge der Schlafhalle gingen. Plötzlich blieb Shimon stehen und breitete die Arme aus und schwankte und machte, Oh! Oh! Oh!, als stünde er immer noch im Bauch des großen Metallschiffes und draußen rollten die Wellen, und das Mädchen schwankte mit und machte auch, Oh! Oh! Oh!, und das freute Shimon.

Als das Schweigen zu lange wurde und die Fremde zwischen den beiden Frauen wieder Einzug hielt, sagte die ältere:

»Wir lebten nicht weit von Konin. Eine Tagesreise vielleicht. Von dort war Lisas Mutter geflohen. Nicht nur, weil sie Jüdin war. Sie hatte einen Deutschen erschossen.«

»In Konin?« Anna richtete sich auf.

»Er hieß Karl wie mein Sohn. An den Nachnamen kann ich mich nicht erinnern.«

»Karl Treitz«, sagte Anna. »Sturmbannführer Karl Treitz.« Sie lauschte auf den Klang der Worte, die sie seit fast drei Jahren nicht mehr gehört hatte. Die beiden Frauen blickten einander überrascht an. Zögernd sagte Anna:

»Er diente unter Josef Ranzner.«

»Sie kannten ihn?«

»Am Morgen, bevor er starb, brachten sie einen Polen. Ich putzte gerade die Treppe im Foyer, als sie ihn hereinschubsten. Er nannte sich Piotr. Er behauptete, es gebe noch mehr Juden in der Kirche. Treitz wollte es nicht glauben. Aber dann ging er doch mit. Später brachten sie den Sturmbannführer zurück, es hieß, der Pole hätte ihn in einen Hinterhalt gelockt. Er hatte im Regen gelegen und war ganz schmutzig. Ich musste die Stelle im Foyer putzen, wo sie ihn abgelegt hatten.« Anna blickte nach hinten, wo die Kinder hintereinander über den Mittelgang rollten und lachten. Sie dachte an Josef Ranzner, der sich über den Toten beugte und mit ihm sprach, ihm Befehle erteilte. Sie warf der Deutschen einen kurzen Blick zu. Niemand war ihrem eigenen Geheimnis jemals so nah gekommen wie diese Fremde, sie spürte plötzlich den Wunsch, sich jemandem anzuvertrauen, für einen kurzen Moment hatte sie den Eindruck, es könne ihr Erleichterung verschaffen.

Doch der Moment ging vorüber.

Sie dachte an die Fahrt mit der *President Warfield*, an Haifa, wo die englischen Soldaten sie unter Leitung eines jüdischen Offiziers der Royal Navy von Bord gezerrt und mit DDT desinfiziert hatten, als befürchteten sie, von irgendetwas angesteckt zu werden. Sie dachte an den Weg zurück nach Frankreich in drei britischen Kriegsschiffen, deren Decks mit Stacheldraht gesichert waren. An die drei Wochen vor Anker in einem französischen Hafen, drei lange Wochen, in denen sie nicht wussten, was sie tun sollten, die französische Regierung hatte ihnen angeboten zu bleiben, sogar Arbeitsgenehmigungen sollten sie erhalten. Wieder Juden unter Gojim sein, wieder in der Minderheit, wieder zu Fremden im eigenen Land werden, wieder vom Hass überrascht? Sie erinnerte sich an den Tag des Ultimatums, Bis morgen achtzehn Uhr seid ihr von Bord, sonst geht es zurück nach Deutschland. Hanan! Gott war nicht gnädig. Sie dachte an Peretz, der sich von Bord stahl, um gemeinsam mit Ephraim Frank alias Ernst Caro die Flucht neu zu organisieren. Was hatte sie gefühlt, als er ging? Sie dachte an Emil, an seine letzte Mundbewegung, sie war die Einzige, die gesehen hatte, wessen Namen Emil hatte sagen wollen mit seinem tonlosen Hals, mit seinen leeren Lippen. Aber Sarah war unter Deck geflohen, als die Briten kamen. Wie sinnlos war ihr das alles erschienen, das ganze Leben. Sie dachte an Ariel, der glaubte, niemand habe bemerkt, wie er die *Odyssee* ins Meer fallen ließ, als sie Kurs auf Hamburg nahmen. An seinen Blick, als er den ihren entdeckte. Sie sagte:

»Und das ist die Tochter der …?« Sie wollte ›Mörderin‹ sagen, doch es erschien ihr unpassend. Frau Kramer nickte. Sie sagte:

»Sie heißt Lisa Ejzenstain.«

NEUNUNDSIEBZIG

München, den 13. Januar 1966

Meine Kenntnisse auf dem Gebiet der Feindbekämpfung werden nicht gewürdigt, weder von meinem unmittelbaren Vorgesetzten noch von der Zentrale. Mein Wissen über die Struktur der Partisanenorganisationen im ehemaligen Warthegau – Namen, Ränge, Einsatzgebiete, Leute, die heute in Schlüsselpositionen sitzen oder womöglich im Westen arbeiten – scheint für den Dienst unerheblich zu sein. Man gibt mir das Gefühl, ein Auslaufmodell zu sein, einer dieser Dinosaurier, die geduldet werden, weil sie im Krieg gedient haben. Gewiss, man zollt mir oberflächlichen Respekt, ich habe einen Dienstwagen, durchaus ein Privileg. Ich bin stellvertretender Direktor, aber das war wohl nur eine Maßnahme, um mich zufriedenzustellen. Man sieht nicht, dass ich im Kampf gegen die Rote Gefahr noch sehr viel mehr beizutragen hätte. Ich kenne die Polen, ich weiß, wie die Russen kämpfen, ich habe die Festung Posen bis zum letzten Atemzug des Deutschen Reiches gehalten! Dieses Deutschland jedoch, in dem ich jetzt lebe, ist nicht mehr jenes kernige, vor Kraft strotzende Land, für das ich einst geblutet habe.

Ich habe gewartet, jahrelang habe ich darauf gewartet, dass endlich Gras über alles wächst, genau so, wie meine Vorgesetzten es mir abverlangt haben. Ich habe stillgehalten, um endlich wieder aktiv werden zu können. Doch in dieser sogenannten Demokratie wächst kein Gras über Vergangenes. Das Einzige, was hier wächst, ist der Einfluss der Juden auf die öffentliche Meinung. Und der Staat? Und die Handlanger des Staates, wir, was tun wir? Nichts! Dreimal nichts! Wir lassen alles geschehen. Die Juden fahren uns über den Mund, wo und wie sie wollen. Sie arbeiten emsig daran, uns ein schlechtes Gewissen zu machen, das uns in unserer Selbstentfaltung lähmt, das uns klein hält. Warum? Weil sie uns fürchten, weil wir sie das Fürchten gelehrt haben. Ihre Rache ist nicht offen, sie bieten uns keinen Kampf an. Sie stacheln die Welt gegen uns auf, wann immer wir es wagen, unsere Meinung frei heraus zu sagen. Und sie suchen! Überall schnüffelt ihr Mossad herum, sie suchen uns, die Dinosaurier, die Bewahrer des deutschen Geistes, sie wollen uns ausrotten, uns mundtot machen, damit wir dieses Land nicht mehr vor ihnen beschützen können, damit am Ende nur Schwächlinge übrig bleiben, Söhnchen, die ...

Er brach ab. So sehr hatte er seiner Wut freien Lauf gelassen, so fest hatte er seinen Füllfederhalter in die Seiten gedrückt, dass seine Finger zu schwitzen begonnen hatten. Und plötzlich war ihm bewusst geworden, dass er Gefahr lief, seinen ehernen Vorsatz aufzugeben, sich niemals hinreißen zu lassen, nicht von den Frauen, nicht vom Töten, nicht von den Juden, von niemandem, von gar nichts. Es galt, die Mitte zu wahren, die Mitte aller Gefühle. Es galt, weder übermäßig zu lieben noch übermäßig zu hassen. Genau deshalb hatte er doch die Jüdin aus dem Zug holen lassen: um den vermeintlichen Todfeind stets vor Augen zu haben, ihn studieren zu können, seine Mimikry des Menschlichen zu erkennen, sein Mitspiel, seine Fähigkeit, jede Lücke zum eigenen Vorteil zu nutzen. Kennen ist nicht hassen, dachte er. Ich darf meine Gelassenheit nicht einbüßen. Was bringt es mir, die Juden in Israel zu hassen, bloß weil sie Jagd auf Massenmörder wie Eichmann machen? Bloß weil sie ihn umgebracht haben. Es bestätigte nur, dass die Juden genau so waren, wie der Reichsführer SS sie beschrieben hatte. Und immer noch galt es, anständig zu bleiben, immer noch galt es, die Haltung zu wahren. Außerdem war er, Josef Ranzner, nicht einfach ein Massenmörder wie Eichmann, dieser Schreibtischtäter, der selbst Jude hätte sein können, so, wie er ausgesehen hatte. Nein, er hatte mit dem Holocaust nichts zu tun, er hatte hinter der Front gegen Partisanen gekämpft, Juden hatte er doch nur getötet, wenn sie eine Gefahr für das Reich darstellten. Anna war der beste Beweis für seine klare ethische Einstellung. Obwohl er sie ohne weiteres hätte umbringen lassen, ach was: eigenhändig hätte erdrosseln können, wenn ihm danach zumute gewesen wäre, hatte er es nicht getan. Ganz im Gegenteil, das Leben hatte er ihr geschenkt, das Leben und die Freiheit, wie einem geliebten Hund, den man von der Kette lässt, weil man ihn an den Ort, an den man geht, nicht mitnehmen kann.

Er lehnte sich erschöpft zurück. Ich muss mich nicht rechtfertigen, dachte er. Es ist kein Richter da. Und wenn ich mich klug verhalte, wenn ich mein langweiliges Beamtenleben weiterlebe, dann verstehen die Deutschen vielleicht eines Tages besser, was Männer wie ich getan haben. Vielleicht sollte ich doch die Fortbildung zum Verhörspezialisten machen, wie Silberbauer mir geraten hat, das bringt vielleicht etwas Abwechslung, wer weiß. Silberbauer war ein Kollege aus Wien, er hatte ihm die Unzufriedenheit angesehen und gesagt, Ich kenne mich aus, ich habe schon im Reich Verhöre geleitet, ich weiß, wer dafür in Frage kommt und welche Charaktereigenschaften notwendig sind. Das ist kein leichter Job, nichts für Schwächlinge. Sie hatten in der Kantine gesessen, und Silberbauer hatte gesagt, Leb dein Leben, lass dich nicht fertigmachen von diesem System. Recht hat der Silberbauer, dachte er, als er sich jetzt daran erinnerte.

Er wollte schon aufstehen und das Lesezimmer verlassen. Es war spät, und am folgenden Tag würde das Leben weitergehen wie bisher.

Doch plötzlich dachte er, es sei womöglich eine gute Idee, die Jüdin zu suchen, damit sie seine Aussage bestätigte. Ja, wenn er es genau betrachtete, dann war er sogar ihr Retter. Niemand, nicht einmal sie selbst, würde bestreiten können, dass sie höchstwahrscheinlich in Auschwitz gestorben wäre, hätte er sie nicht davor bewahrt. Sie würde die Wahrheit ans Licht bringen, und er käme endlich heraus aus diesem Versteck.

Der Gedanke stand mit einer solchen Intensität im Raum, dass er Anna mit einem Mal vor sich auf dem Schreibtisch liegen sah, genauso schön und nackt und wehrlos wie damals, genauso verführerisch, genauso gut riechend und überwältigend in ihrer Weiblichkeit. Sein Körper reagierte wie damals und wie seitdem immer, wenn Anna ihn aufsuchte, und das geschah oft, manchmal täglich. Ranzners Blick wanderte zur Tür. Draußen war es still. Die Kinder schliefen offenbar schon. Und Emma? Sie lag vermutlich im Bett und las und wartete auf ihn, wie sie das täglich tat, seit zehn Jahren. Zehn Jahre, die man ihr ansah. Zehn Jahre und zwei Geburten. Und dieses Mütterliche, das sie entwickelt hatte.

Seine Erektion ließ nach. Doch das wollte er jetzt nicht. Er wollte sich prall fühlen, prall und stark und männlich, und deshalb vertrieb er die Gedanken an seine Frau und konzentrierte sich ganz auf die Jüdin.

Am Montag, dem 29. September, lag Anna auf ihrer schmalen Pritsche und las alte Zeitungen, um sich nicht zu langweilen. Während Shimon irgendwo im Lager mit Lisa, Sarah und Frau Kramer unterwegs war, ärgerte sie sich über den *Guardian*, der behauptete, die Juden hätten die britischen Soldaten, die das Schiff enterten, mit Tränengas angegriffen. Sie ärgerte sich, dass die englische Presse die Gipfelstürmer während ihrer drei Wochen im Hafen von Port de Bouc als Opfer der Zionisten ansah, obwohl sie doch Rat gehalten hatten, was zu tun sei, und jeder seine eigene Entscheidung hätte treffen können. Stille breitete sich in ihrem Kopf aus, als sie in einem Artikel der *Lübecker Nachrichten* über die Ausschiffung in Hamburg las:

»Das letzte Mal, als wir solche Menschen sahen, liegt Jahre – wie viele eigentlich? – zurück.«

Anna dachte an die jüngsten Ereignisse zurück. Am Abend des 8. September waren sie im Hamburger Hafen eingetroffen. Die Briten hatten sie durch einen mit Stacheldraht abgeschirmten Korridor geschleust, in abgeschlossenen Armeelastern durch das nächtliche Norddeutschland transportiert. Am frühen Morgen des 9. September waren sie müde und erschöpft in Pöppendorf eingetroffen.

Zwei Tage später hatten Männer der Haganah ein Loch in den Zaun geschnitten. Auf der anderen Seite hatten Ephraim Frank und Peretz gewartet, mit neuen falschen Pässen, mit neuen illegal ausgeliehenen Lastwagen, mit einem neuen Fluchtplan und einem neuen Schiff, das von irgendwoher Kurs auf Marseille genommen hatte.

Anna hatte sich diese Strapazen nicht zugetraut mit ihrem großen, schweren Bauch, von dem ein leichtes Ziehen ausging, das sich über den Rücken nach oben bis zum Kopf ausbreitete, und war in

Pöppendorf geblieben. Sie hatten sich stumm voneinander verabschiedet. Keiner fühlte sich mehr wie ein Gipfelstürmer, sie waren besiegt worden, und wenn sie jetzt einen neuen Anlauf nahmen, um doch nach Palästina zu kommen, geschah es nur noch aus Mangel an Alternativen. Im Schutz des Wellblechhauses hatten sie einander umarmt. Dann waren Ruth und Aaron, Herr und Frau Abramowicz, Ariel, Marja und ihre Puppe Dana und der alte François einer nach dem anderen davongegangen, und Anna, Shimon und Sarah waren geblieben. Peretz hatte sie gar nicht gesehen.

Anna hatte zu Sarah sagen wollen, Geh du auch. Doch sie hatte an Shimon gedacht und geschwiegen, und Sarah hatte sie dankbar angeschaut. Für sie war es ein Beweis gewesen, dass sie wirklich zu Annas Tochter geworden war.

Mitte September hatten die Briten die deutschen Wachmänner angewiesen, das Tor aufzuschließen, damit die Juden sich in Deutschland niederlassen konnten. Sie hatten Zettel verteilt und ihnen einen festen Wohnsitz, einen Arbeitsplatz und einen deutschen Pass versprochen. Die Gipfelstürmer hatten sie ungläubig gelesen und sich gefragt, Wie können sie glauben, dass wir freiwillig im Land der Mörder bleiben?

Und nun war schon wieder eine Woche vergangen, ohne dass etwas geschehen war. Nur das Ziehen in Annas Bauch war stärker geworden. Sie blieb liegen und erzählte Frau Kramer und Sarah, sie habe Kopfschmerzen.

Am Dienstag, dem 30. September, schlug das Wetter um. Wolkenfelder jagten über den Himmel, Windböen rauschten durch die Bäume, zerrten am Gatter und an den Stacheldrahtzäunen. Es wurde kühler, und in den Wellblechhäusern kroch die feuchte Kälte in die Betten der Menschen. Nachmittags bekam Anna Fieber. Die Bauchschmerzen wurden stärker, ein Arzt kam, einer der Juden vom Schiff. Er untersuchte sie, er sagte nicht viel. Nach einer Stunde kam er zurück und gab ihr ein fiebersenkendes Mittel.

Am Mittwoch wachte Anna schweißgebadet auf. Sie hatte hohes Fieber, ihr Unterleib brannte, sie übergab sich mehrmals. Frau Kramer wich nicht mehr von ihrer Seite. Der Arzt kam in Begleitung eines Deutschen, sie untersuchten Anna zu zweit und stellten fest, dass ihr Zustand keinen Transport zuließ. Zwei Lagerinsassen brachten eine Bahre. Als sie Anna anhoben, um sie umzubetten, schrie sie vor Schmerzen. Zum Glück war Shimon nicht dabei, denn Anna hatte Sarah den Auftrag erteilt, mit ihm und Lisa spielen zu gehen.

Sie brachten Anna in eine Lazarett-Baracke, ein Holzhaus, wo die Luft nicht so feucht war. Hier gab es große Fenster, die viel Licht hereinließen. Die beiden Ärzte flößten Anna eine Flüssigkeit ein und wechselten Blicke, die Anna nicht sah. Aber Frau Kramer sah sie.

»Und dann?«, fragte Lisa in den Regen hinein, der immer noch fiel, als wolle er alles unter Wasser setzen, alles hinwegschwemmen. Es dämmerte jetzt wirklich, die Dunkelheit nahm schnell zu.

Frau Kramer blickte erneut zum Grab. Leise sagte sie:

»Ich musste dieses Kind zur Welt bringen, Lisa. Die Ärzte konnten es nicht tun, sie hätten die Mutter aufgegeben, und sie wäre auch gestorben.« Sie sah Lisa an. Sie sagte:

»Sie haben den Rabbi gerufen, aber ich habe ihn weggeschickt, und dann ...« Sie machte eine Pause und blickte zum Grab.

»Dann habe ich Wasser erhitzt und habe Tücher bereitgelegt. Ich habe mir gesagt, Es ist eine normale Geburt, ich habe mir gesagt, Denk nicht daran, denk dir, es ist Lisa, du bringst noch einmal Lisa zur Welt. Aber Anna war so schwach! Sie konnte mir kaum helfen. Ich musste herausfinden, wie das Kind lag. Es lag natürlich falsch herum, also musste ich es drehen. Ich hatte noch nie ein Kind gedreht! Ich habe gedrückt und gedrückt, bis Anna schrie.

Sie schrie, ich solle aufhören. Ich brüllte sie an, Wenn ich aufhöre, stirbst du! Die Männer haben sich nicht mehr hereingetraut. Alle hatten Angst, ich glaube, das ganze Lager war draußen versammelt.« Sie schwieg und sah Bilder, die sie niemals würde beschreiben können, und Gefühle, die in kein Wort und in keinen Satz passten. Sie hatte ein totes Kind zur Welt gebracht, mit aller Gewalt, ein kleines, graues, trostloses Mädchen, das niemals die Welt erblicken sollte. Sie hatte es in ihren Händen gehalten, und der Schmerz darüber war so groß gewesen, dass sie in Tränen ausgebrochen war. Sie hatte es laut heulend in einen Bottich gelegt, und anschließend hatte sie heulend und schluchzend der schreienden Anna die Hand in den Leib geschoben und alles aus ihr herausgeholt, was nicht mehr dorthin gehörte. Sie hatte es getan, ohne zu wissen, ob sie es würde tun können, die Menschen vor der Baracke hatten die Laute der beiden Frauen nicht mehr voneinander unterscheiden können, Wer heult, Wer schreit? Als die Schmerzen zu groß für Anna wurden, verlor sie das Bewusstsein, und es wurde stiller. Frau Kramer wusch sie, bettete sie um, und erst, als sie alles getan hatte, um den Tod aus dieser Frau herauszuholen, brach sie zusammen und rief um Hilfe.

EINUNDACHTZIG

Wer war diese Frau? Heinrich lag in seinem Zimmer auf dem Bett und hörte Musik. Der Vater hatte ihm drei Tage zuvor und zum Anlass seines Geburtstags einen Schallplattenspieler von Nordmende und eine Schallplatte mit deutschen Volksliedern geschenkt. Es waren schöne Lieder, doch Heinrich konnte sich nicht darauf konzentrieren, denn im neuesten Tagebucheintrag war wieder diese Frau aufgetaucht. Heinrich hasste sie. Sie war wie ein böser Geist, der ihm den Vater wegnehmen wollte. Wenn er könnte, würde er sie selbst suchen und töten, damit sie den Vater in Ruhe ließe, bevor er seine Worte wahrmachte und einfach fortging, um bei ihr zu sein. Heinrich wusste nicht, wie die Frau hieß, denn der Vater vermied es, ihren Namen zu nennen. Anfangs hatte er gedacht, der Vater befürchte, dass jemand es lesen könne. Nach und nach aber hatte er begriffen, dass der Vater selbst Angst vor dem Namen hatte, als ob dessen Nennung ein Unheil heraufbeschwören müsse.

Heinrich dachte nach. Seit Jahren las er nun das Tagebuch des Vaters. Immer wieder hatte er versucht, damit aufzuhören, doch es war ihm nicht gelungen. Manchmal hatte er monatelange Pausen eingelegt, in denen er der Versuchung widerstanden hatte. Manchmal war es ihm sogar gelungen, den Schlüssel unter dem Blumentopf zu vergessen. Doch er war ihm immer wieder in den Sinn gekommen, als gäbe es etwas in seinem Kopf, das ihn dazu zwang. Der neue Eintrag war am Abend seines Geburtstags entstanden, Heinrich wusste sogar genau wann. Der Vater hatte sich wie üblich ins Lesezimmer zurückgezogen. Die Mutter hatte ihn und Gudrun ermahnt, leise zu sein, weil der Vater wichtige Dinge zu erledigen habe. Sie selbst hatte sich ihrerseits ins Schlafzimmer begeben, denn sie pflegte im Bett zu lesen. Was las die Mutter eigentlich? Heinrich hatte keine Ahnung. Bis zu diesem Augenblick war diese Frage noch nie in seinem Kopf erschienen. Er nahm sich vor, einmal nachzuschauen.

Der Vater hatte die Tür wie gewöhnlich einen Spalt breit offen gelassen.

Am nächsten Nachmittag war Heinrich aus der Schule gekommen, hatte sich von seinem Zimmer ins Lesezimmer geschlichen und den neuen Eintrag gelesen. Anschließend war er lange dort sitzen geblieben und hatte mit den Tränen gekämpft.

Heute, am dritten Tag, war es nicht besser geworden. Bilder kamen ihm in den Kopf. Der Vater neben der Mutter am Küchentisch, in der Mitte die große Geburtstagstorte mit vierzehn brennenden Kerzen, links Gudrun. Alles war gut gewesen, seine Schwester und die Eltern hatten Zum Geburtstag viel Glück gesungen, Heinrich hatte sich über die Geschenke gefreut, sie hatten gefrühstückt, der Vater hatte viel gelächelt und endlich wieder einmal den Arm um die Mutter gelegt, und die Mutter hatte sich an ihn geschmiegt wie früher. Warum musste ich auch den Eintrag lesen, fragte er sich. Hätte er es nicht getan, wäre alles noch immer gut für ihn. Und hatte er nicht eine ganz leise Stimme in seinem Kopf gehört, die ihn warnte? Hatte diese Stimme nicht gesagt, Lass es sein, Heinrich! Tu es nicht! Doch er war zu schwach gewesen, um dem Sog, der vom Lesezimmer ausging, zu widerstehen, und nun war alles kaputt.

ZWEIUNDACHTZIG

Alle hatten etwas gegeben. Mosche und Selma Adressen, Tobias Weiss das Geld für den Flug, Frau Kramer ein paar Namen und ihr Erspartes. Lisa hatte es nicht annehmen wollen, aber die alte Frau hatte gesagt, Es war doch immer für dich bestimmt.
Lisa war mit einem D-Zug von West-Berlin nach Schwanheide gefahren und dort in einen Bummelzug nach Lübeck umgestiegen. Tobias Weiss war aus Hamburg gekommen, wo er inzwischen wohnte, und für eine Nacht schliefen sie noch einmal Wand an Wand in der alten Wohnung im vierten Stock, die Herr Weiss immer noch mietete, um, wie er sagte, jederzeit zurückkommen zu können, In die Heimat. Aber Lisa ahnte, dass er es vor allem ihretwegen tat.

Sie und Herr Weiss und Frau Kramer hatten in der Wohnung zu Abend gegessen und sich über alte Zeiten unterhalten. Irgendwann hatte Lisa genug davon gehabt und Herrn Weiss gefragt:

»Wie ist es in Hamburg, Tobi?«

»Nun ja, hm, eigentlich sehr gut, tja, muss man sagen, wirklich. Aber, na ja, ein bisschen einsam. Es ist, hm, eine große Stadt.«

»Aber du verdienst gut, nicht wahr?«

»Oh, ja! Ja, ja! Seit ich selbständig bin, wirklich!« Lisa betrachtete Herrn Weiss. Wie jung er war und wie alt er wirkte! Hatte der Krieg das gemacht oder war er einfach so? Frau Kramer sagte:

»Wo wirst du denn wohnen?«

»Morgen gehe ich zu Mosche und Selma, die kennen überall im Land Leute.«

»Ist das auch sicher?«

»Natürlich, Oma! Todsicher.« Sie lachte. Tobias Weiss lachte mit. Frau Kramer blieb ernst. Sie machte sich Sorgen. Sie sagte:

»Man hört so viel von dort. Sogar in den großen Städten soll es gefährlich sein. Versprich mir, dass du mich anrufst!«

Lisa versprach es.

Danach erzählte sie von West-Berlin, sie sagte, Es ist seltsam, man fühlt sich dort viel freier, obwohl die Stadt eingeschlossen ist. Sie erzählte von ihrem Geschichtsstudium an der Universität, von den Guttmanns, bei denen sie wohnte und deren drei Kinder sie betreute. Auch die Guttmanns waren ihr von Mosche und Selma vermittelt worden, und sie hatten sich als so freundlich erwiesen, wie die beiden sie beschrieben hatten. Deshalb würde sie ihnen auch jetzt vertrauen. Sie erzählte von Kommilitonen, die zu Freunden geworden waren, und von jemand Besonderem, der vielleicht mehr werden konnte als nur ein Freund, Er ist auch Jude, sagte sie. Sein Bild tauchte vor ihren Augen auf und ließ sie lächeln.

Am nächsten Morgen durchquerte Lisa die Altstadt zu Fuß. Über Nacht war der Frühling gekommen, die Luft war lau, Vögel zwitscherten, in allem lag ein Neuanfang. Es war der erste Gang durch ihre Heimatstadt, seit sie einundzwanzig geworden und endlich volljährig war. Endlich frei von Maria. Endlich frei von dieser engen Stadt. Von diesem Land.

Mosche und Selma lebten in einer winzigen Wohnung im ersten Stock eines kleinen Häuschens in einer engen Seitengasse ganz in der Nähe der Synagoge. Aus den beiden kleinen Fenstern konnte Lisa die blassgrüne Turmspitze der Ägidienkirche sehen. Gestickte weiße Halbgardinen hingen vor den Glasscheiben. Zwischen zwei wuchtigen Bücherschränken, einer wulstigen Kommode, einer ausladenden Stehlampe, einem bauchigen blauen Sofa, zwei dicken Sesseln und einem niedrigen rechteckigen Holztisch, dessen Platte aus beigefarbenen Kacheln bestand, gab es schmale Gänge, durch die Mosche und Selma mit erstaunlicher Sicherheit eilten, um Tee und Gebäck zu bringen, während Lisa etwas eingesunken im Couchpolster saß und die vielen dick eingerahmten Schwarz-Weiß-Fotos betrachtete, die an den mit geblümten Tapeten schier überladenen Wänden hingen. Sie fühlte sich zugleich erdrückt und inspiriert von der Fülle.

Als Mosche ihren Gesichtsausdruck bemerkte, lachte er und sagte: »Diese Juden, die alles verloren haben!« Er machte eine Handbewegung, sie schien die vollgestellte Wohnstube und alle Juden in allen Wohnstuben überall zu umfassen.

»Die Bilder ...«, begann Lisa. Selma unterbrach sie:

»Menschen, die meiner Familie ähnlich sehen. Diese Frau zum Beispiel«, sie zeigte auf ein großes vergilbtes Foto, das in einem goldenen Barockrahmen steckte, »erinnert mich an meine Mutter. Sie trägt dieselbe Tracht wie meine Mutter, diesen Dutt, den sie hat, machte meine Mutter sich auch oft, und ihr Gesicht hat etwas – sie könnte ihre Schwester sein. Nu ja, und diese Mischung macht ein Gefühl. Hier.« Sie legte die Hände auf ihre Brust und seufzte und betrachtete das Foto.

»Auch wenn es Unbekannte sind – es sind alles Juden«, sagte Mosche.

»Ja, natürlich Juden«, stimmte Selma in Gedanken zu und setzte sich neben Lisa. Sie lächelte die junge Frau an:

»Diese Wände sind ein Friedhof, denn das eine haben sie alle gemeinsam: Sie sind tot. Achte nicht weiter darauf, diese alte Frau«, sie zeigte mit dem Finger auf sich selbst, »ist ein wenig verrückt geworden mit den Jahren. Und auch bald tot.« Lisa sah sie bestürzt an. Selma tat, als bemerkte sie es nicht. Sie hob ihre Teetasse zum Mund.

»Aber nein!«, rief Mosche in den Moment hinein und lächelte seiner Frau vom Sessel aus zu. »Du bist noch genauso schön wie vor zwanzig Jahren.« Selma warf ihm einen Blick zu und sagte sanft:

»Ach, was weißt du.«

Sie tranken Tee und aßen Gebäck. Selma und Mosche sprachen über Menschen, die sie kannten, sie einigten sich auf einige Namen und Selma nahm ein Papier und einen Stift zur Hand und schrieb Adressen auf.

Als Lisa sich verabschiedete, wurde sie umarmt und gedrückt wie eine Tochter.

Dann spazierte sie wieder durch den neuen Frühling und fühlte sich geborgen in der Weite der Welt.

Sie blieb noch zwei Tage bei Herrn Weiss und ihrer Großmutter, sie sah noch einmal vom Fenster aus Maria Kramer über das Straßenpflaster zur Arbeit im Rotlichtviertel in der Clemensstraße stöckeln, sie sagte noch einmal zu ihrer Großmutter, Du solltest diesen Kleinert aufsuchen, und Frau Kramer wusste, was Lisa damit meinte.

Am Morgen des dritten Tages regnete es, doch es war kein kalter, grauer Regen mehr, sondern ein frischer Guss, die Erde duftete, es roch nach Fruchtbarkeit und Wachstum. Nach Aufbruch.

Tobias Weiss war bereits früh am Morgen nach Hamburg abgereist. Sie hatten sich umarmt, Komm mich besuchen, Lisa! Ich komme bestimmt! Dann war er fort, und Lisa stieg hinunter in den dritten Stock, um mit ihrer Großmutter zu frühstücken.

Anschließend machten sich die beiden Frauen auf den Weg zum Bahnhof. Maria würde bald nach Hause kommen, Und so haben wir ein bisschen mehr Zeit, sagte Frau Kramer.

Sie gingen zu Fuß durch die Stadt, Lisa hatte sich bei ihrer Großmutter eingehakt, damit sie zu zweit unter den Schirm passten. Sie trug einen kleinen Koffer in der Rechten und einen Rucksack auf dem Rücken.

Die zwei Frauen überquerten die Holstenbrücke, sie warfen einen Blick auf die Trave, die aussah wie immer und die doch immer anders war, sie passierten das Holstentor, das spitz und breit dort stand, als könne sich das niemals ändern, sie gingen weiter über den großen rechteckigen Rasenplatz, der dahinter lag, Lisa wandte sich um und betrachtete die Stadt mit ihren spitzgiebeligen roten Häusern, ihren aufragenden blassgrünen Türmen, ihren Menschen, die jetzt, am Montagmorgen, dem 2. Mai 1966, ihrem Alltag nachgingen. Meine Heimat?, dachte sie ratlos und wandte sich erneut nach vorn, wo sich schon die Puppenbrücke wölbte mit ihren allegorischen Statuen links und rechts auf den Mäuerchen, glänzend vor Nässe, wie ein Spalier zum Abschied. Alter Flussgott, dachte sie, als sie an der gebeugten Figur mit dem Ruder vorbeigingen, Lenk mein Schiffchen gut!

Bald nach der Brücke kam halb rechts der Bahnhof mit seinen Türmchen ins Blickfeld. Die Frauen wurden von Eile erfasst, obwohl noch Zeit war. Hast du die Fahrkarte? Ja, Oma. Hast du auch nichts zu Hause vergessen? Zu Hause. Lisa sah ihre Großmutter liebevoll an, Nein, Oma, nichts.

Der Zug war schon eingefahren, eine bullige, rote Diesellok, hinter ihr die lange Reihe der Waggons, oben cremeweiß unten dunkelblau. Die Lok dampfte vor Hitze und Nässe, die Wagen troffen, die

Türen standen offen, Du steigst am besten schon ein und suchst dir einen schönen Platz, sagte Frau Kramer nervös, und Lisa lächelte trotz der Tränen. Sie umarmten sich, Pass gut auf dich auf, Das werde ich, Du bist alles, was ich noch habe, Nein, Oma, Doch, Lisa, alles. Dann ließ sie das Kind von Margarita Ejzenstain los, und es wandte sich ab und stieg die schmalen Eisenstufen hinauf mit seinem Gepäck.

Lisa verschwand im Zug und tauchte kurze Zeit später an einem der Fenster wieder auf. Sie zog es mit Mühe herunter, lehnte sich mit den Armen darauf, die beiden Frauen lächelten einander zu, dies also war der Abschied, Ich sollte daran gewöhnt sein, dachte Frau Kramer und erinnerte sich an Lisas Umzug nach Berlin. Doch damals, zwei Jahre zuvor, war es anders gewesen, sie waren zu dritt hingefahren, sie und Lisa und Tobias Weiss, als wären sie eine richtige Familie, Frau Kramer hatte die Guttmanns kennengelernt, und das war ein sicheres Gefühl gewesen, auch wenn sie seitdem allein mit Maria in der Wohnung lebte. Jetzt aber war alles anders, jetzt war es, als würde sie Lisa nie wieder sehen, sie an die Welt dort draußen verlieren, Was soll ich dann noch hier?

Mit einem dumpfen Geräusch erwachte die Lok zum Leben, der Schaffner hob sein kleines, rotes Signal, Türen schließen selbsttätig, sagte eine Frauenstimme durch die Lautsprecher, der Schaffner blies in seine kleine Pfeife, es gab einen schrillen Pfiff, mit einem lauten Krachen fielen die Türen zu, aus dem kleinen Seitenfenster der Lok steckte ein Mann den Kopf heraus. Dann stieg auch der Schaffner ein und schloss die letzte Tür. Der Zug fuhr langsam an, die beiden Frauen winkten einander zu, einer nach dem anderen verließen die Waggons die Bahnhofshalle, die leichte Linkskurve dahinter genügte, und schon war Lisa nicht mehr zu sehen.

Als Gudrun zwölf Jahre alt wurde, beschenkte sie ihre Eltern. Sie schnitt sich die langen blonden Haare ab, wickelte sie in Silberpapier und brachte sie morgens zum Frühstück mit. Auch wenn die Mutter aufstand und ihr eine schallende Ohrfeige versetzte, auch wenn der Vater ihr Stubenarrest gab, hatte es sich für Gudrun gelohnt. Immer wieder spielte sie die Szene im Kopf durch, während sie auf dem Bett lag: Vati, Mutti und Heinrich, die genau in dem Augenblick begannen, Zum Geburtstag viel Glück zu singen, als Gudrun die Küche betrat. Der Moment, in dem alles ins Stocken geriet, drei offene Münder, aus denen kein Ton mehr drang, drei aufgerissene Augenpaare, die auf sie gerichtet waren. Und dieses Gefühl! Gudrun lag auf ihrem Bett und rieb sich gedankenverloren die schmerzende Wange. *Ich* habe das gemacht! Ich habe alles verändert! Sie war stolz auf sich, und der Stolz half ihr zu vergessen, dass die Eltern die abgeschnittenen Haare weggeworfen hatten.

Heinrich saß auf dem Bett seiner Eltern, Fensterseite, dort, wo die Mutter schlief, und hielt ein Buch in der Hand. Auf der Titelseite war eine Zeichnung zu sehen, zwei lächelnde Frauen umrahmt von Blättern in herbstlichen Farben. Darüber stand »Nicole – ein Herz voll Liebe«. Er drehte und wendete das Buch in den Händen, er blätterte darin, las hier und da, schloss es wieder und legte es zurück auf das Nachttischchen seiner Mutter. Ein Liebesroman. Heinrich betrachtete die Bücher, die auf dem weißen Regal über dem Kopfende des Bettes standen. Bücher, die seine Mutter bereits gelesen hatte. Liebesromane. Er zog die Bettdecke wieder glatt, damit niemand etwas bemerkte, und verließ leise das Schlafzimmer. Aus der Küche drangen die Geräusche, die seine Mutter machte, wenn sie das Mittagessen zubereitete. Mitten im Flur blieb er stehen. Hinter seinem linken Auge hatte ein Schmerz begonnen, der langsam stärker wurde und über den Hinterkopf in den Nacken ausstrahlte.

FÜNFUNDACHTZIG

Als alle aus dem Haus waren, begab Emma Kruse sich ins Bad. Sie machte sich frisch, flocht sich einen Zopf, ging dann ins Schlafzimmer. Aus dem weißen Wandschrank nahm sie ein langes dunkelblaues Kleid. Sie zog sich aus, streifte das Kleid über, betrachtete sich in der verspiegelten Tür. Sie ging in den Flur und zur Garderobe neben der Wohnungstür, zog einen Mantel über, knöpfte ihn zu, verließ das Haus. Sie stieg die Treppe hinunter, sie ging auf die Straße, sie bog nach rechts ab. Sie ging bis zur nächsten Tramhaltestelle und wartete dort. Als die Tram kam, stieg sie ein und fuhr vier Stationen. Sie stieg aus und ging die Straße entlang, sie bog ab, sie bog erneut ab, sie ging die Straße entlang. Vor einer Haustür machte sie Halt und drückte auf einen Klingelknopf. Es gab ein Knacken, dann ertönte eine Stimme, Wer da? Emma brachte ihren Mund dicht an die Gegensprechanlage und sagte, Emma Kruse, die Tür summte, Emma stemmte sich dagegen und öffnete sie, sie betrat den Flur, hinter ihr fiel die Tür ins Schloss, sie stieg die Treppe hinauf, sie kam im dritten Stock an, dort öffnete sich die mittlere der drei Wohnungstüren, eine ältliche Frau in einem schwarzen Trachtenkleid, einen Kopf kleiner als Emma, nickte ihr freundlich zu, Emma betrat die Wohnung, die Frau schloss die Tür hinter ihr, dann ging sie voran durch einen schmalen Flur, Emma folgte ihr, sie betraten ein Zimmer, das im Halbdunkel lag, obwohl draußen die Sonne schien. Zugezogene Vorhänge, Kerzenschein, die ältliche Frau setzte sich auf einen Holzstuhl, der vor einem kleinen viereckigen Holztisch stand, auf dem Tisch lag ein Stapel Spielkarten, die Motivseiten nach unten, Emma nahm gegenüber Platz, die ältliche Frau sagte:

»Mein Liebe, was bringst du mir heute?«

Emma fand die Worte nicht, die sie sich zurechtgelegt hatte, sie blickte den Kartenstapel an, in ihrem Herzen sammelten sich Hoffnung und Furcht zu einem Dilemma, sie sagte zögerlich:

»Ich möchte so gern wissen, ob ...«, sie brach ab und warf der Frau gegenüber einen hilfesuchenden Blick zu, doch die Frau sah sie abwartend an, Emmas Augen irrten über den kleinen Tisch. Sie fasste sich, sie sagte:

»Ob mein Mann ...«, sie brach ab und sah die Frau scheu an. Die Frau kannte das Thema aus früheren Sitzungen, stets umwunden, stets mit Furcht vor dem Verrat am Gatten geäußert. Mit weicher Stimme sagte sie:

»Ob er dich noch liebt und begehrt?«

Emma Kruse nickte scheu wie ein kleines Mädchen. Die ältliche Frau sah sie wissend an, sie griff zu den Karten und begann, sie langsam zu mischen, und sagte:

»Wir befragen die Karten, die Karten kennen die Wahrheit, die Karten bringen uns Klarheit, die Karten lügen nie.« Sie sah Emma unverwandt an. Sie mischte weiter und wiederholte das Gesagte einmal, zweimal, dreimal, sie sprach leiernd, Emma Kruse fühlte, wie sie schwer wurde, schwer und weich und müde und ruhig.

Plötzlich lag eine aufgedeckte Karte vor ihr, eine nackte Frau, auf ein Knie gestützt, mit zwei vollen Wasserkrügen in den Händen, den Inhalt des einen goss sie in einen Teich, den des anderen auf die Erde, darüber strahlte ein großer gelber Stern, umgeben von sieben kleineren weißen Sternen, rechts im Hintergrund stand ein Baum auf einem Hügel, darauf ein Vogel saß mit erhobenen Flügeln. Emma blickte auf, die ältliche Frau sah auf die Karte, dann blickte sie Emma ernst in die Augen, dann nickte sie und dann legte sie die nächste Karte. Die Karten hatten Namen, Der Stern, Die Sonne, Der Magier, Die Liebenden, die ältliche Frau legte sie in Reihen neben- und untereinander, und bald waren alle Karten gelegt und der kleine Tisch war bedeckt und sie beugte sich über die Karten und betrachtete sie lange und Emma wartete mit bangem Herzen.

SECHSUNDACHTZIG

Lisa wurde bereits erwartet. Als sie abends am Münchner Hauptbahnhof eintraf, kam ein schmaler Mann mit Hut zielstrebig auf sie zu, stellte sich vor und nahm ihr den Koffer aus der Hand.

»Wie haben Sie mich erkannt?«, fragte Lisa.

»Intuition«, sagte David Schwimmer und lächelte. »Du musst müde sein. Wir fahren jetzt nach Hause. Es ist nicht weit, wir wohnen im Lehel, das ist eine ziemlich gute Wohngegend, sehr zentral, man ist schnell überall in der Stadt. Meine Frau hat ein kleines Nachtmahl zubereitet, und dann gehst du ins Bett. Morgen wird unsere Tochter dir die Stadt zeigen. Sie ist fast so alt wie du.«

Esther Schwimmer stand an der offenen Wohnungstür, als ihr Vater mit Lisa die Treppe heraufkam. Lisa musste sich beherrschen, um sie nicht anzustarren, so hübsch erschien sie ihr.

»Du bist die berühmte Lisa«, sagte sie und lächelte freundlich. »Wir haben so viel von dir gehört, dass wir es kaum erwarten konnten, bis du endlich da bist.«

»Und jetzt ist sie da«, sagte eine Stimme aus dem Hintergrund. Das war Judith Schwimmer, und nun wusste Lisa mehr über die Schönheit der Tochter.

Am gedeckten Eichentisch im Esszimmer wartete ein Junge, der höchstens neun Jahre alt war.

»Wir haben eine lange Pause gemacht, bevor wir Ben bekamen«, sagte Judith Schwimmer und lächelte ihren Sohn an.

»Es ist ihr peinlich«, sagte Ben und stand auf, um Lisa die Hand zu geben. Judith warf ihrem Sohn einen Blick zu, der so wohlwollend wie missbilligend war. Ben ignorierte es, er sagte:

»Setzt euch schnell, ich habe bis jetzt ausgehalten, aber länger geht's nicht mehr.« Esther lachte über ihren kleinen Bruder und setzte sich übertrieben schnell neben ihn.

»Heute gibt es …«, setzte Judith Schwimmer an, aber Ben und Esther unterbrachen sie im Chor:

»Schalet, schöner Götterfunke,
Tochter aus Elysium!« Sie lachten, David Schwimmer lächelte und sagte:

»Judith wollte sagen: Es gibt Schalet, kennst du Schalet?« Bevor Lisa antworten konnte, sagte Judith Schwimmer:

»Das ist Schalet«, sie stellte einen Teller vor ihr ab, auf dem sich verschiedene Dinge befanden. Erkennen konnte Lisa nur die sauren Gurken. Judith Schwimmer zeigte auf einen kleinen, braunen Hügel daneben und sagte:

»Das sind Graupen, das ist Fleisch und das sind Kartoffeln. Alles ein bisschen verkocht. Eigentlich isst man es am Schabbat, aber wir nehmen das nicht so genau.« Ben hob den Zeigefinger und sagte gekünstelt:

»Schalet ist des wahren Gottes
koscheres Ambrosia!«

»Na ja, koscher ist es nicht«, sagte David Schwimmer entschuldigend. »Wir haben höchstens durch Zufall einmal etwas Koscheres.« Lisa machte eine Handbewegung, die sagen sollte, auch ihr sei es nicht wichtig.

»Oder weil Oma etwas mitbringt«, sagte Judith, die das Essen an alle verteilt hatte und sich nun setzte. Sie lächelte Lisa über den Tisch hinweg an.

»Wir reden alle wahnsinnig viel. Achte nicht darauf, es ist eine …«

»Eine Familienkrankheit«, beendete David Schwimmer den Satz.

»Eine Kunst!«, rief Ben dazwischen. »Wenn ich an die Kruses denke! Der Heinrich hat mir erzählt, dass sie kaum miteinander reden. Erinnerst du dich an Heinrich?« David Schwimmer runzelte die Stirn.

»Dieser Klassenkamerad von dir, der einmal hier war?«

»Genau der!«, sagte Ben.

Judith Schwimmer machte ein bekümmertes Gesicht.

»Der Arme! Dabei wirkte er so sensibel.«

»Ist der auch«, versicherte Ben, »wahnsinnig sensibel!« Dann lachte er, Esther lachte mit. Sie blickte Lisa neugierig an.

»Erzähl von deiner Reise, Lisa! Du musst sehr aufgeregt sein.«

»Lasst sie doch erst einmal essen!«, mahnte David Schwimmer. Mit vollem Mund sagte Lisa:

»Nein, das ist schon in Ordnung. Ich …«

»Warum bist du nicht von Berlin aus geflogen?«, unterbrach Ben sie. Lisa kaute und blickte ihn an, aber da sagte Ben:

»Oder von Frankfurt?«

»Ben!«, sagte Judith Schwimmer.

Ben sah sie mit großen Augen an. »Was denn?«

»Lass sie antworten!«

Aber David Schwimmer sagte:

»Es gibt noch keinen Direktflug von Frankfurt aus. Man kann zwar von Tel Aviv nach Frankfurt fliegen, aber nicht umgekehrt. Das geht nur von München-Riem. Keine Ahnung, warum das so ist.«

Lisa, die immer noch kaute, nickte Ben zu und zeigte dabei mit dem Messer auf David Schwimmer. Esther Schwimmer lachte über diese Geste. Judith Schwimmer sagte:

»Politik.« Sie zuckte mit den Achseln. »Für uns ist es praktisch.«

»Wann fliegen *wir* schon nach Israel?«, sagte Esther.

»Ich will da gar nicht mehr hin«, sagte Ben und setzte ein missmutiges Gesicht auf.

»Ben, iss, bitte!«, sagte Judith Schwimmer.

»Warum nicht?«, fragte Lisa Ben. Der Junge sah sie an, als müsse er seine Worte gut abwägen. Dann sagte er:

»Blödes Land.«

»Unsinn, Ben«, sagte David Schwimmer. Er wandte sich an Lisa:

»Wir fliegen manchmal im Sommer zum Strandurlaub hin.«

»Da ist es viel zu heiß!«, maulte Ben. Esther Schwimmer strich ihrem Bruder mit der Hand über den Kopf und sagte zu Lisa:

»Das, und der Herr Benjamin ist kein großer Schwimmer.« Sie lachte. Ben sah sie wütend an, stopfte sich ein Stück Gurke in den Mund und machte:

»Haha, sehr lustig.«

Judith Schwimmer sagte: »Meine Eltern leben in Tel Aviv, und Städte sind nun einmal nichts für Kinder.«

»Nein! Tel Aviv ist eine Scheißstadt!«, sagte Ben laut, er war immer noch wütend auf Esther.

David Schwimmer sagte: »Junger Mann!«

Judith Schwimmer sagte zu Esther: »Musst du ihn auch damit aufziehen.«

»Entschuldigung!«, sagte Esther schnippisch.

Lisa sagte: »Warum leben Sie ... warum lebt ihr in Deutschland?«

Judith und David Schwimmer wechselten einen Blick, dann sagte Judith Schwimmer:

»Wir sind mit unseren Eltern gleich nach der Reichskristallnacht in die USA emigriert. In New York haben wir uns dann kennengelernt. Seine Eltern kamen aus Köln und meine hier aus München.«

David Schwimmer sagte: »Nach dem Krieg ... ich weiß gar nicht mehr genau, warum ...«

»Doch, ich weiß es noch genau«, sagte Judith Schwimmer. »Wir wollten mithelfen beim Wiederaufbau.«

»Nein, das war es nicht, zumindest nicht für mich.«

»Was war es denn, Papa?«, fragte Esther Schwimmer.

»Ich war einfach Deutscher.«

»Deutscher?«, fragte Lisa.

»Ja. Die Nazis wollten erreichen, dass wir uns nicht mehr als Deutsche fühlen können, aber bei mir ist ihnen das nicht gelungen.«

»Vielleicht, weil wir das Glück hatten, nicht alles miterleben zu müssen«, sagte Judith Schwimmer.

»Die Vergasungen und so?«, fragte Ben.

David Schwimmer nickte unwillig. »Ja, Ben, die Vergasungen und so.«

Ben grinste, doch dann wurde er ernst und sagte zu Lisa: »In meiner Klasse weiß keiner, dass ich Jude bin, nicht einmal die Lehrer.«

Esther Schwimmer sagte: »Niemand weiß es.«

»Oh«, machte Lisa.

David Schwimmer zuckte mit den Achseln. Er sagte: »Wir sind zwar Deutsche, aber es gibt auch heute noch Leute, denen das nicht gefällt, und es gibt genügend Nazis, die einem das Leben schwer machen können.«

»Ich hab gehört, die Polizei ist voll von denen«, sagte Esther.

Judith Schwimmer nickte: »Die Polizei, der BND, die Gerichte, die Unternehmer. Das ganze Land.«

»Und trotzdem bleibt ihr?«, fragte Lisa. Es entstand ein kurzes Schweigen. Dann sagte Esther Schwimmer:

»Vielleicht nicht für immer.«

»Aber wohin sollen wir?«, fragte Ben.

»Nach Israel geht nicht, meinetwegen.« Esther lachte, Judith Schwimmer lächelte, David Schwimmer sagte:

»Wir sind Deutsche, wir können überallhin.«

Die Schwäche im Körper, genau in der Mitte, dort, wo etwas fehlt. Anna richtet sich mühsam auf. Alle anderen sind schon draußen, das Haus ist leer, sie sieht sich um, Was haben die Leute angeschleppt in der kurzen Zeit, die sie hier sind, tragbare Schallplattenspieler, die in Koffern stecken, Schachbretter, mannshohe Spiegel, ausklappbare Garderobenständer, Woher haben die das, Wozu brauchen die das? Langeweile, alle leiden darunter, es gibt die, die dagegen kämpfen, die Sachen anschleppen, Bücher zum Beispiel, es gibt die, die sich ein Eckchen im Lager suchen, um Blumen anzupflanzen oder Erdbeeren oder irgendetwas, das wächst und sich verändert, während sie darauf warten, dass etwas geschieht. Es gibt einige wenige, die durch das Tor gehen und nicht wiederkommen. Wohin gehen die? Nach Frankreich? Oder bleiben sie am Ende doch in Deutschland?

Anna hört die Lautsprecher, deshalb sind sie alle draußen, wegen der Lautsprecher, und sie hat gesagt, Geht nur, ich ruhe mich etwas aus. Und nun? Ist es Neugier, ist es der Wunsch, dabei zu sein, wenn es passiert, falls es passiert? Vielleicht ist es wieder nur die Langeweile? Ja. Nein. Sie will endlich wieder ins Leben, sie will die Trauer ihres Körpers in den Schnee schleppen und sich dort abkühlen, sie will frieren und warten und der Stimme aus dem Lautsprecher lauschen, sie will sein wie alle anderen.

Anna stützt sich am Stockbett ab, sie fühlt die Schwäche in den Armen, als wären sie leere Schläuche, trotzdem nimmt sie den Mantel vom Nagel und zieht ihn an, knöpft ihn zu, geht los, Schritt für Schritt, nur langsam, durch den zentralen Gang auf die Tür zu. Sie fängt an zu schwitzen, sie bleibt stehen, verschnauft, geht weiter. Die Ärzte haben gesagt, sie ist über den Berg, Sie müssen wieder unter Leute, ziehen Sie wieder ins Wellblechhaus. Deutsche waren es gewesen, niedergelassen in Lübeck, der eine ein Heimatvertriebener, der das

Glück eines Bruders in der Stadt hatte. Sie waren freundlich zu ihr, haben gesagt, Sie haben sehr viel Glück gehabt, sie haben gefragt, Wer hat das gemacht? Aber eine Frau aus dem Lager – das hat ihnen nicht gefallen, Sie sind keine Ärztin?, haben sie Frau Kramer gefragt, und ihre Augen sagten, Wie konnten Sie nur?

Anna erreicht die Tür, sie öffnet sie, ein eisiger Wind fährt herein, Schnee wirbelt auf, ein weiterer Winter in Deutschland, es ist kalt, Ende November, die Fahrt mit dem Schiff, die Wärme, die helle Sonne, die Ankunft in der Hitze Palästinas, alles erscheint ihr jetzt wie ein flüchtiger Traum, irreal, nie gewesen. Sie schließt die Tür hinter sich, ein Stück weiter stehen die Menschen, viele sind es, das ganze Lager hat sich auf dem zentralen Platz beim Tor versammelt, Anna blickt nach links, hinaus in den Wald, kahle Bäume, Stille, doch hier, wo die Menschen sind, wird geredet, aus dem Lautsprecher dringt ein Knistern, die Stimme meldet sich, sie ist dumpf, man muss sich anstrengen, um zu verstehen, was sie sagt, sie sagt:

»Afghanistan?« Die Stimme wartet, die Menschen warten, Anna geht auf die Menge zu, jemand dreht sich um, es ist Sarah, sie erschrickt und rennt auf Anna zu, hinter ihr sieht Anna Shimon, der seiner großen Schwester nachschaut, ohne zu verstehen. Jetzt entdecken seine Augen die Mutter, die so lange nicht mehr auf den Beinen gewesen ist, er rüttelt an dem kleinen Mädchen, das neben ihm steht, das kleine Mädchen wendet sich ihm zu und blickt dann zu Anna, es reißt die Augen auf und ruft ihren Namen, mehrere Köpfe wenden sich, einer von ihnen gehört Frau Kramer, die sich sofort auf den Weg macht, Frau Kramer, die Frau aus dem Lager, die Anna nicht hätte retten dürfen, wenn es nach den Ärzten gegangen wäre.

Es sind nur Sekunden vergangen, die Stimme meldet sich wieder, sie sagt ein einziges Wort:

»Nein.« Mehr nicht, die Menschen haben es gehört, manche reagieren darauf, sie sprechen miteinander, ein Gemurmel hebt an, das sofort wieder verstummt, weil die Stimme nun sagt:

»Argentinien? Argentinien? Enthaltung.«

Ruth und Aaron, Herr und Frau Abramowicz, Marja und die Puppe Dana, Ariel und der alte François, sie alle haben es gehört. Es ist nicht kalt, es liegt kein Schnee, warm ist es, sehr warm, sie schwitzen, die Menschen haben sich im Lager versammelt, um das Lager herum gibt es keinen Wald, nur steiniges Land, um das steinige Land herum gibt es ein Meer, die Insel heißt Zypern, das Lager ist viel größer, tausende stehen zusammen, auch sie langweilen sich, auch sie haben Schallplattenspieler, Bücher, Schach, auch sie bauen irgendetwas an, das wächst und sich verändert, auch sie stehen hier und warten, weil die Stimme jetzt in das Knistern hinein sagt:

»Australien: Ja.« Jubel, kurz und sparsam, denn es geht gleich weiter, Land um Land, Ja, Nein, Enthaltung, das Knistern dringt aus dem Lautsprecher, aber es liegt auch in der flimmernden Luft, viele Menschen stehen im Schatten, der Schatten ist rar, andere haben Regenschirme aufgespannt, den meisten ist es gleichgültig, sie haben so viel erlebt, sind so knapp dem Tod entkommen, dass die Sonne die geringste aller Gefahren ist. Ganz andere Fragen liegen in der Luft, Was, wenn die Mehrheit Nein sagt?, Wohin gehen wir dann? Es ist viel gearbeitet worden, um dies zu verhindern, die katholischen Südamerikaner wollen ein internationales Jerusalem, kein jüdisches, die Stadt muss ein Corpus Separatum sein, also hat David Ben-Gurion Ja gesagt, eine ganze Stadt für eure Stimmen, nicht irgendeine Stadt, die Stadt der Städte, die Südamerikaner werden sich enthalten oder für Ja stimmen, das wiegt die Araber auf, die mit Nein stimmen, und die Briten, die sich wegen der Araber auf der einen Seite und der Amerikaner auf der anderen enthalten werden. Die USA stimmen mit Ja, daran besteht kein Zweifel, es geht um Wählerstimmen, ein Nein wäre gefährlich für den Präsidenten, es gibt zu viele Juden in Amerika, zum Glück haben die Amerikaner dafür gesorgt, dass es nicht noch vierhunderttausend mehr werden, Die Amerikaner sind für einen Staat Israel, sagt Herr Abramowicz, und sein Herz ist erfüllt von

Stolz über einen so mächtigen Verbündeten, Ja, ja, gibt Aaron zurück, Die einen, weil sie Juden sind, und die anderen, weil sie keine sind. Aaron hält es mit der Sowjetunion, die nicht zögert, Ja zu sagen, das ist ein Verbündeter, es ist ihm gleich, dass sie es vielleicht nur tun, um die Engländer endlich aus dem Nahen Osten zu drängen. Herr Abramowicz geht über die Spitzfindigkeit hinweg, er hat keine Lust, in diesem historischen Moment mit Aaron zu diskutieren, er will sein Gefühl genießen. Die Frauen schweigen. Die Kinder schweigen. Die Puppe Dana hat seit Emils Tod nicht mehr gesprochen, Ariel hat seit der Schiffsreise kein Buch mehr gelesen, Marja steht da und hört die Erwachsenen reden, sie fühlt sich wie ein Brunnen, in den Steine fallen und sofort versinken, Ariel hört niemandem zu, für ihn gibt es nur noch die Ankunft, nur noch die Lautsprecher, Ariel ist ein Pfeil, der durch sechsundfünfzig Öhre hindurch nach Eretz Yisrael fliegen muss, Was sind das für Öhre, sind es Äxte, nein, es sind Stimmen, es ist Ja und Nein und Enthaltung.

Ruth sieht sich um, Wo ist François? Da drüben steht er, bei anderen Alten, sie vermisst ihn, er hat neue Leute gefunden, Wir sind zu jung für ihn. Seit Pöppendorf, seit der Trennung von Anna, Shimon, Sarah, nein, schon früher, seit Peretz heimlich von Bord ging, um mit Ephraim Frank die neue Flucht zu planen, fühlt Ruth, dass ihre Gemeinschaft zerbricht, Wie kurz war dieser Weg, seit sie schwanger ist, vermisst sie Annas Schweigen an ihrer Seite noch mehr. Sie denkt, Wohin gehe ich mit meinem Kind, wenn es nichts wird mit Israel? Sie hat noch niemandem etwas gesagt, Jetzt verstehe ich dich, sagt sie im Stillen zu Anna.

In diesem Augenblick ertönt die Stimme aus dem Lautsprecher: »Belgien? Ja. El Salvador? Enthaltung. Äthiopien? Enthaltung.«

»Bisher läuft alles nach Plan«, sagt Gershom Sarfati und gibt sich gelassen. Der Oberst und seine Frau sitzen Seite an Seite auf der breiten Couch, links und rechts auf den Sesseln lehnen sich seine

Söhne nach vorn, um besser zu verstehen, was die Stimme sagt, die aus dem großen Radio dringt, das an der gegenüberliegenden Wand steht, direkt unter dem Hirschgeweih, das der Oberst von seinem Vater geerbt hat, der den Hirsch einst in Griechenland schoss, aber vielleicht hat er ihn auch dort gekauft, niemand weiß es genau, es gibt zu viele Stimmen in dieser großen Familie, Gershom Sarfati hält sich an die Version seines Vaters, Die Wahrheit, hat er einmal zu seinen Söhnen gesagt, Wird gemacht, sie entsteht nicht von selbst. Peretz blickt seinen Vater an, der neben seiner Frau wie ein Greis wirkt. Früher habe ich das nicht bemerkt, denkt Peretz, Aber früher war es auch noch gar nicht sichtbar. Zwanzig Jahre werden erst mit der Zeit wirksam, jetzt ist es so weit, der gemeinsame Weg teilt sich, der eine geht auf den Tod zu, die andere auf das Alter, es schmerzt, es ist, als hätte der Krieg auch dies gemacht, obwohl Peretz nur fort war und nun wiedergekommen ist. Er und Anna sind sich näher, Wir können gemeinsam alt werden, denkt Peretz, aber der Gedanke hinterlässt ein seltsames Gefühl, Peretz fühlt sich plötzlich wie ein naiver kleiner Junge, der noch nichts von der Welt weiß, und diesmal liegt es nicht an Avner, seinem älteren Bruder, der in seiner Palmach-Uniform gekommen ist und nun dort sitzt und tut, als wäre er bereits in die Fußstapfen des Vaters getreten, und dieses Gefühl ist so alt, dass Peretz längst darauf verzichtet, ihm irgendeinen Ausdruck zu verleihen. Man sucht sich seine Familie nicht aus, das hat seine Mutter ihm einmal gesagt nach einem fürchterlichen Streit mit Avner, aus dem er wie üblich als Verlierer hervorgegangen war, sie wollte ihn trösten, aber Peretz hörte sie von sich selbst sprechen, Ich habe euch nicht ausgesucht, ich hätte auch andere Söhne haben können, Söhne, die besser miteinander auskommen, so hatte es geklungen, jetzt erinnert Peretz sich wieder daran, Wie lange war ich fort?, fragt er sich, Fast drei Jahre, aber es hat sich nichts geändert.

In diesem Augenblick sagt die Stimme aus dem Lautsprecher: »Frankreich: Ja.«

Sarah ist bei Anna angekommen, sie strahlt ihre Mutter jetzt an und sagt:

»Wie schön, dass du gekommen bist!« Dann hakt sie sich bei ihr ein, um sie zu stützen, Anna lässt es geschehen, überrascht stellt sie fest, dass sie wirklich mütterliche Gefühle für Sarah hegt, Wie hat sie das geschafft?, fragt sie sich, Mit ihrer Beharrlichkeit, wenn man keine Mutter hat, muss man vollkommen loyal sein, um eine zu gewinnen, leibliche Kinder müssen das Gegenteil tun, um die Freiheit zu erlangen, aber für Sarah ist Bindung wichtiger, Anna denkt all dies in einem einzigen Moment, sie weiß, es ist wahr, sie sind Mutter und Tochter geworden, damit Sarah beginnen kann, ihre Freiheit zu suchen, Anna ergibt sich dieser Wahrheit, die einfach da ist, sie verändert die Dinge nicht sofort, nur auf lange Sicht, jetzt kommt Frau Kramer an, sie sieht besorgt aus, sie will von der Kälte sprechen, aber sie zieht es vor zu schweigen, sie stützt Anna auf der anderen Seite, und gemeinsam gehen die drei Frauen zu Shimon und Lisa, die ihnen entgegenblicken, Hand in Hand stehen sie da, und die anderen Leute sehen so groß aus, dass Anna die Tränen kommen, sie weiß selbst nicht warum, es ist dieses Bild der zwei Kinder, die glauben, dass sie zusammengehören, doch die Welt ist so groß und wild, und von dort, mitten aus der Welt, dringt jetzt diese Stimme aus den Lautsprechern, sie gehört einem Mann, der Trygve Halvdan Lie heißt, er ist der erste Generalsekretär der Uno, Oberst Sarfati kennt nur diesen einen Norweger, er kann seinen Namen nicht richtig aussprechen, doch ist ihm das nicht wichtig, er sagt, Ich bin froh, dass wir ihn auf unserer Seite haben, insgeheim aber wundert er sich jedes Mal, wenn Gojim sich für die Sache der Juden stark machen, Was haben die davon?, fragt er sich dann und findet keine Antwort.

Sechsundfünfzig Uno-Botschafter sind in Flushing Meadows zusammengekommen, New York ist kalt um diese Jahreszeit, doch davon bemerkt man im Versammlungszentrum nichts, Trygve

Halvdan Lie hat ein großes, ovales Gesicht mit einem massiven Unterkiefer, der wirkt, als könne er Knochen durchbeißen, wenn es sein müsste, aber er beschränkt sich darauf, ein Land nach dem anderen aufzurufen.

Avner sagt zu seinem Vater, Du weißt, was es bedeutet, wenn die Mehrheit zustimmt, und der Oberst nickt unmerklich, er will nicht darüber sprechen, um seine Frau nicht zu beunruhigen, aber Lydia Sarfati hat ihre eigenen Kanäle, sie sagt zu Peretz:
»Ich möchte, dass du bei mir bleibst.«
Peretz nickt, er ist der Jüngere, er bleibt bei der Mutter, es gefällt ihm nicht, aber auf diese Weise hat er sie eine Weile für sich allein, auch das hat sich nicht geändert. Die Mutter lächelt ihn an, sie ist nervös, aus dem Radio dringt die stoische Stimme des General-sekretärs.

Der alte François sagt zu einem seiner neuen Bekannten, einem Herrn mit dichtem weißem Haar und ebenso weißem Bart, Wahr-heit, Gerechtigkeit und Friede sind die Pfeiler der menschlichen Gesellschaft, aber kannst du dir vorstellen, dass es so zugehen wird? Der andere überlegt eine Weile, aus dem Lautsprecher heraus sagt Trygve Lie:
»Ich bin entschlossen, niemandem zu erlauben, auf diese Abstim-mung Einfluss zu nehmen.«
François und sein Bekannter haben nicht mitbekommen, worum es geht, doch es ist ihnen nicht so wichtig, die USA haben mit Ja gestimmt, der Jubel ist groß, Herr Abramowicz umarmt seine Frau, Frau Abramowicz lacht auf, fast fällt ihr der Strohhut vom Kopf, sie trägt ihn wegen der Sonne, Marja und Ariel freuen sich an den glücklichen Eltern, François' Bekannter sagt, Nein, eigent-lich kann ich mir nicht vorstellen, dass es so werden wird. François nickt bekümmert, er sehnt sich zurück nach Frankreich, zurück in den Zug, als sie alle guter Dinge waren, als die Sonne schien und nicht brannte, als sie durch einen duftenden Wald fuhren, als sie

zum ersten Mal seit langer Zeit frei waren, frei von der Erinnerung. Er wendet sich um zu seinen Leuten, da stehen sie, Aaron hat die Arme um Ruth geschlungen, Herr Abramowicz hat Marja auf seine Schultern gesetzt, er strahlt Zuversicht aus, François erinnert sich an den dürren Mann, der seine Kinder durch das Haus in der Ryke-straße 57 trug. Inzwischen ist ein großer, fast massiger Mann aus ihm geworden, mit einem starken Hals und einem Bart, wie ihn die Chassidim tragen. François vermisst Anna und Shimon und Sarah, so viele Menschen hat er verloren, so vielen hat er nicht geholfen, am Leben zu bleiben. Er seufzt, Es gibt sie noch, denkt er, Das ist schön genug.

Die Abstimmung geht dem Ende entgegen, jemand ruft, Schon fünfundzwanzig Ja- und erst sieben Nein-Stimmen. Aber jetzt kommen die Araber. Der Lautsprecher sagt:

»Ägypten? Nein. Irak? Nein. Iran? Nein. Libanon? Nein.«

Im kalten Deutschland, wo die Menschen in den DP-Lagern stehen und zu den Lautsprechern hinaufblicken, ist das viermal Nein, danach kommt wieder ein Ja, eine Enthaltung.

In Tel Aviv an der Ecke Boulevard Rothschild-Allenby, wo die Sarfatis in ihrem Haus sitzen, sind es vier feindliche Nachbarn, hundert Kilometer bis Rafah an der ägyptischen Grenze, hundert-dreißig bis zum Libanon. Syrien stimmt mit Nein, Wir sind umzin-gelt, sagt Avner, der Oberst nickt:

»Das war abzusehen. Wo man sich breitmacht, gibt es die Probleme, nicht anderswo.«

»Machen wir uns denn breit?«, fragt Peretz. Der Oberst sieht seinen jüngeren Sohn nicht an, er deutet mit dem Kinn auf das Radio und sagt:

»Die Araber denken es jedenfalls.«

Lydia Sarfati seufzt, sie macht sich Sorgen, sie sagt: »Das gibt Krieg.« Der Oberst legt den Arm um sie, er drückt ihr einen Kuss auf die Wange, sie wirkt klein und schmal neben seinem korpulenten

Körper, Wie Vater und Tochter, denkt Peretz unwillkürlich. Und Anna und ich? Er findet keine Antwort.

»Sowjetunion? Ja.«

Die Abstimmung am Ende der ersten außerordentlichen Generalversammlung der Uno am 29. November 1947 dauerte höchstens eine Viertelstunde. Man schrieb den 16. Kislew 5708, so lange zählten die Juden schon ihre Jahre. Die Sarfatis standen auf und umarmten sich, der Oberst stimmte das Lied der Hoffnung an, die Hymne des zukünftigen Landes, Lydia Sarfati holte Champagner aus dem Kühlschrank, sie stießen an und tranken ein wenig, dann machten Avner und sein Vater sich auf den Weg. Als sie hinauskamen auf den Boulevard Rothschild, empfing sie der Freudentaumel der Stadt, lachende Gesichter, tanzende Menschen, Gesang. Der Oberst hatte es eilig, der Fahrer, der neben der dunklen Limousine vor dem Haus stand, empfing ihn mit einem Lächeln und salutierte dabei, sie umarmten sich kurz, die Heimat kann sogar die militärische Hierarchie für einen Atemzug außer Kraft setzen. Der Oberst und sein Sohn stiegen ein, dann ging es los, zunächst im Schritttempo und laut hupend schob sich der Wagen durch die Menschenmenge über die Allenby nach Süden bis zur Levinski und bog dort nach Osten ab.

Anna feierte, indem sie die Trauer ihres Körpers für eine Weile vergaß. Sie feierte, indem sie fror wie alle anderen, indem sie sang wie alle anderen. Sie versuchte zu lächeln wie alle anderen. Sie stützte sich auf Frau Kramer, Sarah umarmte sie stürmisch, jetzt hatte sie eine Mutter, einen Vater, einen Bruder *und* eine Heimat, fast wie früher, Shimon kam angelaufen, klammerte sich an ihre Beine und strahlte sie an, bevor er wieder zu Lisa rannte, einige junge Leute begannen eine Schneeballschlacht, so viel Freude war lange nicht in Pöppendorf, in Berlin-Schlachtensee, in den bayerischen Lagern, die zu den größten in Deutschland gehörten, in den österreichischen Lagern, auf den geheimen Pfaden von der Tschechoslowakei nach Deutschland, in Stettin, wo auch jetzt noch Juden hofften, in den Westen zu kommen, obwohl es seit der Spaltung der Siegermächte immer schwieriger wurde.

In Shimons Geburtshaus feierte niemand, der Schwedische Pavillon war geräumt worden, eines Tages würden hier Luxuswohnungen angeboten werden, und auf der Website der Immobilienfirma würde die Geschichte des Hauses von der Wiener Weltausstellung 1873 an erzählt werden, aber der Hinweis auf die kurze Zeit der heimatlosen Juden würde fehlen, als hätte es sie nie gegeben.

In der Rykestraße 57 feierte niemand, dort lebten jetzt Deutsche, Flüchtlinge aus dem Osten. In der Synagoge ein paar Häuser weiter feierte der Rabbi Martin Riesenburger. Mit ihm feierte der Vorsitzende der jüdischen Gemeinde Berlins, Erich Nehlhans, der noch nicht wusste, dass er ein paar Monate später von den Russen festgenommen werden würde. Wie lautet die Anklage? Sie lautet:

Antisowjetische Agitation
und Unterstützung der Desertion
sowjetischer Soldaten
jüdischen Glaubens.
Wie lautet das Urteil?
Fünf
Und
Zwanzig
Jahre
Arbeitslager.

Erich Nehlhans feierte und wusste noch nicht, dass er in Sibirien sterben würde.

Es feierten die französischen Juden, die bereits in der Résistance beschlossen hatten, jüdische Franzosen zu sein.

Die Juden in den USA, die stets beides zu gleichen Teilen waren, feierten, die britischen Juden, die es nicht so leicht damit hatten, feierten.

Es feierten die Juden in Äthiopien, die Juden im Jemen, in Marokko, im Iran, im Irak, die ganze weltweite Diaspora feierte, und vielleicht feierten sogar die Juden der zwölf verlorenen Stämme in Indien, wer weiß?

Ruth und Aaron feierten mit einem Tänzchen, Herr Abramowicz hob seine schreiende, lachende Frau in die Höhe, er rief:

»Gelobt seist du,

Ewiger, unser Gott,

Gebieter der Welt,

der du gütig bist

und Gutes bewirkst«, und die Umstehenden, Ruth und Aaron, Frau Abramowicz aus ihrer luftigen Höhe, die Kinder, Fremde riefen, Amen! Der alte François rief, Amen, und feierte mit einem lachenden und einem weinenden Auge. Die Erde war rund, sie drehte sich ungerührt weiter, das Weltenschicksal hatte sich nicht gebessert und nicht verschlechtert, Karl Treitz und Margarita Ejzenstain waren weiterhin tot, Emil würde nie wieder die Augen öffnen, Dana war immer noch eine Puppe, Ariel las kein einziges Buch mehr, Shimon sprach auch jetzt noch nicht, Lisa hielt immer noch seine Hand im Schnee und sah ihre Großmutter und Anna Sarfati so dicht beieinander, als gehörten sie zusammen in dieser großen Welt.

Otto Kruse hieß noch Otto Deckert. Am 29. November 1947 rauchte er Machorka gegen den Hunger und die sibirische Kälte und fragte sich, ob Anna noch lebte und wenn ja, ob sie wohl nach Palästina gegangen war.

In HaTikva, einem Viertel von Tel Aviv, in der Verlängerung der Levinski, stellt sich die Haganah unmittelbar nach der Abstimmung dem Angriff einer arabischen Miliz. In Jaffa, dem alten Hafen, der vom jüdischen Tel Aviv nahezu eingeschlossen ist, leben vor allem Araber. Nach dem Ende der Abstimmung gehen Fensterscheiben zu Bruch, raffen Menschen ihre Habe zusammen und flüchten mit Eselskarren, auf Motorrädern, in Kleinbussen aus dem neu entstandenen Land.

Manche sagen später, die Araber hätten bloß Angst gehabt. Andere sagen, sie seien vertrieben worden.

Menschen sterben an dem Tag, als Israel noch einmal zur Welt kommt. Häuser stehen plötzlich leer, Felder werden nicht mehr bewirtschaftet, Geschäfte bleiben geschlossen.

Niemand weiß, welche Gesetze in Kraft getreten sind. Blind werden sie befolgt.

ACHTUNDACHTZIG

Gudrun hatte sich die Haare schwarz gefärbt. Wie ein Zigeuner siehst du aus, sagte die Großmutter, als sie zu Besuch kam. Sie lächelte nicht dabei. Gudrun zuckte nur mit den Schultern und verließ die Wohnung, um zu ihrer besten Freundin zu gehen. Die beiden Frauen blieben allein in der Küche sitzen.

»Die ist ja völlig außer Kontrolle«, sagte Emma Kruses Mutter und sah ihre Tochter empört an.

Emma versuchte, das Thema zu wechseln. »Otto hat endlich die Abteilung gewechselt«, sagte sie, »er ist jetzt in der Kundenbetreuung, das liegt ihm viel mehr als Stellvertreter des Geschäftsführers.« Emmas Mutter reagierte nicht, in ihrem Gesicht spiegelten sich unausgesprochene Anklagen.

»Möchtest du noch einen Kaffee?«, fragte Emma, um die Mutter zu besänftigen. Widerwillig nickte diese, Emma eilte zum Herd und setzte Wasser auf, sie wollte sich dem Blick der Mutter entziehen, sie nahm sich vor, beim nächsten Mal die Wahrsagerin nach Gudrun zu fragen, Außer Kontrolle, die Worte der Mutter wiederholten sich in ihrem Kopf wie ein Echo, sie klangen nach größter Gefahr, nach höchster Dringlichkeit, nach bevorstehender Katastrophe und machten sie so nervös, dass sie den Papierfilter für den Kaffeetrichter gar nicht auseinanderbekam.

»Was sagt Otto dazu?«, erkundigte die Mutter in ihrem Rücken sich mit strenger Stimme.

Emma hielt inne. »Otto?«, fragte sie, um Zeit zu gewinnen.

Die Mutter sagte: »Er heißt doch noch Otto, oder?« Sie goss nun Gift in ihre Sätze.

Emma sagte fahrig: »Ja, natürlich. Otto ist auch nicht begeistert.« Sie wusste nicht, was sie sonst sagen sollte, die Wahrheit kam nicht in Frage, vor ihrem inneren Auge tauchten sie kurz auf, Vater und Tochter, Gudrun war inzwischen so groß wie Emma, eine richtige Frau, wenn man nur flüchtig hinsah, und Otto setzte ihr keine Grenzen, ließ sie gewähren, Emma fand keine Worte für das, was sie sah, sie hörte Sätze aus Ottos Mund, Das wird schon, Die kriegt sich wieder ein. Was würde die Mutter sagen, wenn sie das wüsste? Endlich ging der Filter auf, sie setzte ihn in den Trichter, öffnete die Kaffeedose, vier Tassen, die Mutter trank viel Kaffee. Während sie die Messlöffel zählte, hörte sie sich selbst reden:

»Otto hat ihr klipp und klar gesagt, Bis hierher und nicht weiter, und ich glaube, das hat sie verstanden.«

Aber die Mutter schluckte den Köder nicht, sie spie ihn aus, sie sagte: »Wie bitte? Er hat es ihr erlaubt? Das hätte ich aber nicht gedacht.« Sie war jetzt empört und enttäuscht. Emma schloss die Augen, dann setzte sie den Trichter auf die Kanne und goss das kochende Wasser über den Kaffee.

»Die jungen Leute probieren ja allerhand aus heutzutage«, sagte sie schwach, aber die Mutter unterbrach sie:

»Die haben keine Erziehung«, sagte sie, es klang wie ein Todes-
urteil in Emmas Ohren, »überhaupt keine Manieren, wo soll das
noch hinführen?«

Emma öffnete den Hängeschrank und entnahm ihm eine neue
Tasse, denn die Mutter mochte es nicht, wenn man ihr in die
gebrauchte Tasse einschenkte. Das Wasser im Topf wurde nur
langsam heiß, sie blieb stehen, als warte sie, doch in Wirklichkeit
suchte sie Schutz. Die Mutter sagte:

»Wo ist denn Heinrich?«

»In seinem Zimmer«, antwortete Emma schnell, »er macht bestimmt
die Hausaufgaben.«

Wortlos erhob Frau Huber sich von ihrem Stuhl und verließ die Küche.
Emma blieb zurück, die Kaffeemaschine röchelte, sie schaltete sie
aus und fühlte sich befreit und verlassen zugleich.

NEUNUNDACHTZIG

Heinrich hätte den Satz beinahe überlesen. Er hatte schon den
nächsten angefangen, als er stockte und noch einmal zurückging.
Verwirrt las er den ganzen Absatz noch einmal. Es war einer dieser
Einträge, in denen der Vater über sich selbst sprach, er erzählte von
der neuen Abteilung, in der er arbeitete, er machte sich darüber
lustig, dass sie es als »Kundenbetreuung« bezeichneten, er sprach
von einem »langhaarigen, schmuddeligen Subjekt, dem ich gerne
den Marsch geblasen hätte wie früher den Partisanen«. Wenn ein
Kunde hereinkam, dann sprachen er und die Kollegen von »›Ver-
sicherungsfall‹ und schlagen uns bisweilen auf die Schenkel vor
Lachen«.

Heinrich hatte nicht viel davon verstanden, er hatte geglaubt, sein Vater und dessen Kollegen fänden Gefallen daran, über ihre Kunden in diesem Ton zu sprechen. Der Vater hatte das »Kundengespräch« als eine Abfolge von Beleidigungen beschrieben, aber Heinrich hatte sich nicht vorstellen können, dass es so gewesen war. Nach Androhung »erheblicher Konsequenzen, die mir mit meiner Fronterfahrung natürlich alle lächerlich erscheinen mussten, brach das Subjekt ein und offenbarte mir, was für Memmen er und seinesgleichen in Wirklichkeit sind.

Die Kollegen hinter der Glaswand empfingen mich mit Applaus, den ich mir redlich verdient hatte. Und der Goldgruber sagte über mich: ...«

Und dann kam jener Satz, der einen Namen enthielt, den Heinrich noch nie gehört hatte. Doch auch beim dritten Lesen stand er dort. Heinrich schlug das Buch zu, sein Blick verlor sich im Fensterausschnitt. In einiger Entfernung sah man eine kahle Hauswand, dazwischen war eine Baulücke, weiter hinten Hinterhöfe, hohe Bäume, Rückfassaden, Dächer, der Himmel war verhangen, was bedeutete dieser Name?

NEUNZIG

Hoch im Himmel saß Lisa und sah hinab. Die Stimme aus dem Lautsprecher sprach davon, dass man sich soeben südlich von Zypern befinde, Wenn Sie nach links aus dem Fenster schauen, haben Sie eine gute Sicht. Lisa blickte hinaus, mitten im Blau lag die Insel, ein Tierfell mit langem Hals, eingerahmt vom weißen Schaum des Meeres, durchzogen von hohen Gebirgsrücken, im Herzen dunkelgrün, alles noch gut zu sehen im späten Tageslicht.

Das Flugzeug ging in den Sinkflug, Bitte anschnallen. Lisa hatte sich das Fliegen anders vorgestellt, sie hatte gedacht, man fühle sich frei. Sie fühlte sich nicht frei, sie saß eingezwängt zwischen Sitzen, zwischen Menschen, das Fenster war klein, Freiheit, dachte sie, während der Druck in ihren Ohren zunahm, Ist kein körperlicher Zustand. Freiheit, dachte sie, während sie weit vorn im Abendlicht eine Küstenlinie ausmachte, Ist kein Gefühl, es muss etwas anderes sein, ein Zwischending aus Körper und Geist.

Lisa schluckte gegen die Schmerzen in den Ohren, bis die Frau neben ihr sie anstupste mit einer Dose Bonbons in der Hand und sagte, Das hilft. Lisa lächelte, nahm eines, es half tatsächlich, sie blickte erneut aus dem Fenster. Sie überquerten die Küstenlinie, ein schmaler weißer Streifen aus Gischt, der das Meer von der Erde schied. Dahinter breitete sich rotbraunes Land aus, die ersten Lichter waren angegangen, Lisa sah winzige Häuser, Linien, die aus Asphalt sein mussten, unwillkürlich stellte sie sich die Menschen zu all dem vor.

Tiefer und tiefer sank das Flugzeug, näher und näher kam das rotbraune Land, es zerfiel vor Lisas Augen in Formen und Farben, Autos, städtische Straßen, rechteckige Felder, grüne Haine, noch tiefer, immer noch keine Menschen, So klein sind wir, dachte Lisa. Die Landung stand bevor, das Licht schwand schnell, links und rechts hoben sich Gebäude, manche waren jetzt schon höher als das Flugzeug, und plötzlich tauchte unter ihnen eine breite graue Piste auf, sie glitt hinweg, es gab einen Ruck, einen kurzen Plumps auf die Erde, und das Fliegen war vorbei, Lisa saß immer noch eingezwängt, aber jetzt war sie in Israel angekommen. Die Sonne war untergegangen. Die Frau neben ihr lächelte ihr zu. Ihr wurde bewusst, dass sie nun eine Jüdin unter Juden war.

Er träumte, aber der Traum war seltsam vertraut. Jemand öffnete gewaltsam seine Augen, dahinter hockte ein blondes Mädchen, er sah es durch den schmalen Spalt seiner Lider. Das Mädchen ließ seine Augen los und öffnete sie erneut. Aber diesmal war es kein Mädchen mehr, sondern eine junge Frau mit kurzen Haaren. Sie lächelte das Lächeln von früher, sie öffnete den Mund, um zu sprechen, doch heraus kam eine Männerstimme, die sagte, Melde gehorsamst: Ich bin wieder da! Und dann lächelte die Stimme Gudruns Lächeln. Er schloss die Augen, um diesmal richtig zu schauen, und hinter seinen Lidern war der Traum eine Tote, deren Arm zuckte, der Traum war eine Jüdin, die im Hintergrund putzte, der Traum war er selbst, der sich über seine Tochter beugte und lauschte, ob noch ein Wort aus dem gestorbenen Mund kam, ob noch ein Laut der verstummten Kehle entwich, irgendetwas, das seinen eigenen Tod aufheben konnte, doch das Zucken war nur ein Zucken, die Tote war tot, die Jüdin war seine Sklavin, dort draußen lag ein Land, das ihm nicht gehörte, und plötzlich stand Karl Treitz neben der toten Gudrun und zeigte auf sie und sagte, Das bin ich.

Hier ist die Stimme Israels! Es ist Schabbat, der 15. Mai 1948. Hören Sie jetzt eine Direktübertragung aus unserem Studio in Jerusalem, wo David Ben-Gurion in dieser schweren Stunde das Wort an unsere junge Nation richten wird.

»Etwas Einzigartiges geschah gestern in Israel,
und nur zukünftige Generationen
werden dazu in der Lage sein,
das volle historische Gewicht der Ereignisse
einzuschätzen.
Es liegt nunmehr an uns allen,
indem wir
aus einer Art
von jüdischer Brüderlichkeit
heraus handeln,
jede einzelne Unze unserer Kraft
dazu einzusetzen,
unseren Staat Israel
aufzubauen
und zu verteidigen,
der nach wie vor
einem titanenhaften
politischen
wie militärischen Kampf
ausgesetzt ist.

Jetzt ist nicht die Zeit,
um zu prahlen.
Was immer wir erreicht haben,
ist sowohl den Anstrengungen früherer Generationen
wie der unseren zu verdanken.
Es ist auch das Ergebnis der unerschütterlichen Treue
zu unserem wertvollen Erbe,
das Erbe einer kleinen Nation,
die viel erlitten hat,
aber auch gleichzeitig wegen ihres Geistes,
Glaubens und Vision

einen besonderen Platz
in der Geschichte der Menschheit errungen hat.

In diesem Augenblick
wollen wir der drei Generationen
von Pionieren und Verteidigern
in Liebe und Zuneigung gedenken,
die uns den Weg ebneten
für weitere Errungenschaften,
der Männer, die
Mikve Israel,
Petah Tikva,
Rishon LeZion,
Zikhron Jacov
und Rosh Pina gründeten,
ebenso wie jener,
die kürzlich neue Siedlungen in der Negev-Wüste
und in den Bergen des Gallil schufen,
der Gründer von Hashomer
und der jüdischen Legion
wie auch jener Männer,
die gegenwärtig in harte Kämpfe
von Dan bis Beersheba verwickelt sind.

Viele von denen, die ich eben erwähnt habe,
weilen nicht mehr unter uns,
aber die Erinnerung an sie
bleibt für immer in unseren Herzen
und im Herzen des jüdischen Volkes.

Ich möchte nur einen großen Namen derjenigen erwähnen,
die noch unter uns weilen.
Unabhängig davon, ob er ein offizielles Amt einnimmt

oder ob wir seiner Meinung sind oder nicht,
er ist und bleibt eine führende Persönlichkeit;
es gibt keine andere einzelne Person,
die so viel zu den politischen
und Siedlungserrungenschaften
der zionistischen Bewegung beigetragen hat.
Ich beziehe mich natürlich
auf Dr. Chaim Weizmann.

Der Staat Israel ist gestern gegründet worden
und seine provisorische Regierung
hat sich bereits an die Nationen der Welt gewandt,
kleine und große,
im Osten wie im Westen,
und wir haben unsere Existenz verkündet
und unseren Wunsch ausgedrückt,
mit den Vereinten Nationen
im Interesse internationalen Friedens und Fortschritts
zusammenzuarbeiten.
Wir sind inoffiziell davon unterrichtet worden,
dass einige Länder
den Staat Israel bereits anerkannt haben.
Die erste offizielle Anerkennung
kam
von der Regierung der Vereinigten Staaten von Amerika.
Wir hoffen,
dass andere Nationen
im Osten wie im Westen
diesem Schritt bald folgen werden.
Wir stehen in dieser Sache
mit den Mitgliedern der Vereinten Nationen
und den Vereinten Nationen selbst
in Verbindung.

Aber wir sollten uns
von dem Eindruck nicht täuschen lassen,
die formelle Anerkennung stelle
die Lösung all unserer Probleme dar.
Wir haben
einen langen dornigen Weg vor uns.
Am Tag nach der Gründung
des Staates Israel
wurde Tel Aviv
von ägyptischen Flugzeugen bombardiert.
Unsere Abwehrkanonen
zwangen eine der Maschinen zur Notlandung.
Der Pilot
ist unser Gefangener
und die Maschine
wurde dem Arsenal
unserer kleinen Luftwaffe hinzugefügt.
Wir haben auch Berichte erhalten,
dass unser Land
vom Norden,
Süden
und Osten
von den Armeen
der angrenzenden arabischen Staaten
angegriffen wurde.
Wir gehen sorgenvollen und gefährlichen Zeiten entgegen.

Die provisorische Regierung
hat sich bereits beim Sicherheitsrat
wegen der Aggression beschwert,
die von Mitgliedern der Vereinten Nationen begangen wurde,
darunter ein Alliierter von Großbritannien,
Transjordanien.

Es ist unvorstellbar,
dass der Sicherheitsrat
diese Kriegshandlungen ignorieren wird,
die den Frieden,
internationales Recht
und UN-Beschlüsse verletzen.

Aber wir dürfen nie vergessen,
dass unsere Sicherheit
letzten Endes
von unserer eigenen Stärke abhängt.
Es liegt
in der Verantwortung
von jedem Einzelnen von uns
und in der Verantwortung
jeder öffentlichen Einrichtung,
die geeigneten Abwehrmaßnahmen zu ergreifen,
wie zum Beispiel
den Bau
von bombensicheren Bunkern
und das Ausheben
von Gräben etc.
Wir müssen uns besonders darauf konzentrieren,
eine Armee aufzubauen,
die dazu in der Lage ist,
feindliche Kräfte
zurückzuschlagen
und zu zerstören,
wo immer sich diese auch aufhalten mögen.

Schließlich müssen wir uns darauf vorbereiten,
unsere Brüder und Schwestern
aus allen Teilen der Diaspora aufzunehmen.

Von den Lagern
in Zypern,
Deutschland
und Österreich
ebenso
wie aus allen
anderen
Ländern,
wo die Nachricht der Befreiung eingetroffen ist.
Wir werden sie mit offenen Armen empfangen
und ihnen helfen,
hier auf dem Boden ihrer Heimat
Wurzeln zu schlagen.
Der Staat Israel
ruft alle dazu auf,
ihre Pflicht bei der Verteidigung,
beim Aufbau
und bei der Eingliederung von Einwanderern
zu erfüllen.
Nur auf diese Weise
können wir beweisen,
dass wir es verdienen,
diese schicksalhaften Stunden zu erleben.«

DREIUNDNEUNZIG

Frau Kramer stand auf der anderen Straßenseite und betrachtete das Haus. Ein Gründerzeitbau, zwei Stockwerke mit Hochparterre, dunkelblaue Kacheln bis auf Brusthöhe, darüber rosa gefärbter

Putz, hohe Kastenfenster. Durch die Fenster sah man schwere Lüster mit elektrischen Kerzen, Schatten tanzten über die Wände. Die Eingangstür war tief in die Fassade eingelassen, ein kleines Treppchen führte hinauf, darüber prangte ein rotes Schild mit orangefarbenem Schriftzug:

Heiße Martha

Männer gingen hinein, kamen heraus, standen vor dem Haus, unterhielten sich, rauchten Zigaretten, niemand achtete auf die alte Frau, die schräg gegenüber in einem dunklen Hauseingang stand.

Aus der Kneipe drang das Gewirr vieler Stimmen. Menschen, die sich unterhielten, überlagert von Musik, deutsche Schlager. Lieder, die Frau Kramer aus dem Radio kannte. Hier ist ein Mensch. Schöne Maid. Ich bin verliebt in die Liebe. Fremder Mann. Oh, wann kommst du? Ab und zu erhob sich daraus ein helles Frauenlachen, ab und zu brüllte einer der Männer etwas.

Frau Kramer erschrak, als ein gut gekleideter Herr in ihrem Alter heraustrat und langsam die Straße entlangging. Der Gedanke, dass ein Mann, der Marias Vater sein könnte, einer ihrer Kunden war, ließ Frau Kramer die Hand vor den Mund schlagen.

Nachdem sie eine halbe Stunde unschlüssig dort gestanden hatte, nahm sie ihren Mut zusammen, überquerte die Straße und betrat die *Heiße Martha*.

Im Innern empfing sie rauchgeschwängerte Luft, Hitze, Lärm, Blicke. Frau Kramer fühlte sich betäubt, sie bereute, hereingekommen zu sein, sie steuerte auf einen freien Platz an der langgezogenen Theke zu, die Halt und Schutz versprach. Jemand stieß sie unsanft an der Schulter, sie wandte sich um, eine alte Frau, älter als sie, schob ihr faltiges, verlebtes Gesicht nahe an ihres heran und brüllte:

»Verpiss dich! Hier bin *ich!*«

Frau Kramer sah die Frau verdutzt an, ihr Gesicht war stark gepudert, ihr welker Mund war über die Lippenränder hinaus geschminkt, ihr gebeugter Körper steckte in einem rosafarbenen Tüllkleidchen, ihre dünnen Beine in einer schwarzen Netzstrumpfhose, die Füße in hochhackigen Schuhen, sie trug eine Goldkette um den gebrechlichen Hals.

»Hast du nicht gehört?«, schrie die Frau. Von irgendwoher tauchte ein schmaler Mann im dunkelgrauen Anzug auf. Er brüllte:

»Ist schon gut, Rosi, sie gehört zu mir.«

Frau Kramer wandte sich verwirrt dem Mann zu. Sein bartloses Gesicht wirkte jungenhaft, die Nase war lang und schmal, der Mund breit, auf seinem Kopf saß ein grauer Hut. War das Fritz Kleinert? In seinem Mundwinkel wippte eine Zigarette, er lächelte Rosi freundlich zu. Rosi sah ihn skeptisch an, dann zuckte sie mit den Schultern, brüllte:

»Mir recht, wenn sie hier nicht wildert.«

»Keine Sorge, Rosi, sie ist nicht vom Fach.«

»Ach so! 'Tschuldigung, gnädige Frau, kann man ja nicht wissen.«

Ehe Frau Kramer reagieren konnte, wandte Rosi sich ab und setzte sich wieder an ihren Platz, wo zwei junge Männer sie lächelnd empfingen. Der Mann sagte laut:

»Kommen Sie, Frau Kramer!«

Sie erwachte aus ihrer Betäubung und folgte ihm durch die Menge. Frau Kramer sah Frauen in Marias Alter, junge Mädchen, kaum älter als Lisa, sie sah eine breite matronenhafte Kellnerin, die mit Bierkrügen beladen zwischen den Tischen hindurchging, ihre Arme waren dick wie die eines Kerls. Sie sah Männer, die allein an der Theke saßen und auf niemanden achteten.

Der Mann bog nach links in den hinteren Teil, dort war das Licht schummrig, Tische standen in kleinen Nischen mit Menschen daran, die wie Liebespaare wirkten. In der rückwärtigen Wand gab es eine schmale Holztür, er öffnete sie, schaltete das Licht ein, eine

Glühbirne, die von der Decke baumelte, er wartete, bis Frau Kramer hindurch war, schloss die Tür, der Lärm wurde dumpfer und leiser. Frau Kramer sah sich um. Ein Schreibtisch, ein rotes Telefon darauf, Papiere, dahinter ein hohes Fenster, rechts ein billiger Furnierschrank, links ein schäbiges Regal mit Aktenordnern. Vor dem Schreibtisch ein Holzstuhl, dahinter ein brauner Ledersessel mit hoher Lehne. Schmutzigweiße Wände, an manchen Stellen blätterte die Farbe ab. Zwischen den abgenutzten Holzdielen im Fußboden klafften fingerbreite Fugen. Der Mann sagte:

»Setzen Sie sich bitte, Frau Kramer.« Er ging um den Tisch herum, ließ sich im Sessel nieder, saß ihr nun gegenüber, lächelte sie kurz an. Er sagte:

»Ich bin Fritz Kleinert und ich warte schon seit langem darauf, dass Sie herkommen.«

Frau Kramer wollte etwas erwidern, aber Fritz Kleinert schüttelte leicht den Kopf und sagte:

»Sie sind nicht wegen Maria hier, sonst wären Sie viel früher gekommen, hab ich recht?«

Frau Kramer sammelte sich. Sie sagte:

»Woher wussten Sie, dass ich Marias Mutter bin?« Fritz Kleinert lächelte:

»Maria sieht Ihnen sehr ähnlich, Frau Kramer, ist Ihnen das noch nie aufgefallen?«

Frau Kramer schwieg. Es gab eine Pause, dann sagte Fritz Kleinert:

»Ich habe nicht viel Zeit.«

Frau Kramer nickte, sie räusperte sich, sie suchte nach den Worten, die sie sich zurechtgelegt hatte, sie wollte eine Erklärung für ihr Kommen abgeben, doch das war jetzt überflüssig. Sie sagte:

»Wie ist mein Mann gestorben?«

Fritz Kleinert sah sie an, er blickte auf den Schreibtisch, dort stand ein Aschenbecher, er legte die Zigarette hinein, zog die Hände unter den Tisch, lehnte sich nach vorn gegen die Tischkante. Stumm beobachtete er den Rauch der Zigarette, der in einer dünnen Säule aufstieg und erst auf Atemhöhe verwehte. Frau Kramer sah Tränen in seinen Augen glitzern, sie glaubte, sie irre sich. Mit leiser Stimme sagte Fritz Kleinert:

»Ihr Mann hat mir das Leben gerettet, Frau Kramer. Er hat mich behandelt, als wäre ich sein Sohn. Er ... er hat es mir sogar gesagt.«

»Was hat er gesagt?«

»Dass ich sein Sohn bin.«

Er blickte Frau Kramer an, in seinem Blick lag eine Bitte, als wolle er sagen, Nehmen Sie es mir nicht weg. Frau Kramer dachte an die Briefe ihres Mannes, sie hatte sie seit damals nicht mehr gelesen. Nun steckten sie alle in ihrer Handtasche. Aber sie wusste, sie würde sie nicht hervorholen, wozu sollte das dienen? Sie betrachtete Fritz Kleinert. Er sah ihrem Karl gar nicht ähnlich, und doch verstand sie ihren Mann. Irgendetwas hatten sie gemeinsam. Sie sah es und konnte es doch nicht erfassen.

Sie sagte:

»Erzählen Sie, bitte.«

Fritz Kleinert sah sie zögernd an. Vage befürchtete er, die alte Frau könne ihm Scherereien verursachen. Doch er wusste auch, dass er ihrer Bitte entsprechen musste. Er holte tief Luft, ließ sich in seinen Sessel zurücksinken, dachte kurz darüber nach, wo er beginnen sollte. Er sagte:

»Als der Stift aufgebraucht war, bat Ihr Mann die Vorarbeiter um einen neuen. Aber sie gaben ihm keinen. Das war so um Neujahr. Danach wurde es sehr kalt, wir froren erbärmlich in unseren Lumpen. Ich war damals noch sehr jung, ich hätte wirklich sein Sohn sein können.«

Er machte eine Pause, er blickte Frau Kramer an, als überprüfe er die Wirkung seiner ersten Worte, als frage er sich, Wird sie standhalten? Er atmete durch und sagte:

»Die neuen Vorarbeiter waren brutal, sie guckten sich Leute aus, die sie fertigmachten. Wir lebten in Angst.« Er unterbrach sich, machte eine unbestimmte Geste, sagte laut, als stünde er auf einer Kanzel:

»Man kann über die Russen sagen, was man will, aber solche Sachen haben die nicht gemacht. Unsere eigenen Leute! Es war niederschmetternd. Als hätten wir den Krieg noch mal verloren!«

Er machte eine weitere Pause, blickte Frau Kramer forschend an. Er blies die Luft durch die Backen wie jemand, der etwas Schweres gehoben hat. Er blickte sinnierend die Zigarette an, deren Asche länger und länger wurde. Er sagte:

»Er war nicht mal der erste, den es erwischte. Aber er war einer der ältesten. Sie haben ihn länger arbeiten lassen, haben ihn geschlagen, wenn er mal verschnaufen wollte, haben ihm die Ration gestrichen. Reine Willkür. Wir anderen wollten uns beschweren, aber die Russen ließen sich kaum noch blicken, und die Vorarbeiter wussten, wie sie uns einschüchtern konnten.« Er schüttelte den Kopf, er hatte erneut Tränen in den Augen, aber immer noch versuchte er auszumachen, wie die Frau ihm gegenüber seine Worte aufnahm. Es gelang ihm nicht, er fügte sich und sagte:

»Ich verstehe bis heute nicht, warum sie ihm das angetan haben. Er war ein guter Mensch!« Er schwieg, wischte sich die Tränen weg, sah sie an. Er sagte:

»Sie wollten ihn töten. Weiß der Teufel warum. Er magerte ab, sah aus wie ein Jude im KZ.« Er schwieg, seine Tränen versiegten, aber seine Lippen zitterten, als ringe er um Fassung. Und immer noch tasteten seine wachsamen Augen die alte Frau ab, die nicht verstand, warum er dies tat. Er sagte:

»Als die neuen Vorarbeiter kamen, war es zu spät. Er war so ausgemergelt, dass sein Körper das Essen nicht mehr bei sich behielt. Sie haben ihn in die Krankenstation gebracht. Das war das letzte Mal, dass ich ihn gesehen habe.«

Er schwieg, sein Blick kehrte sich nach innen, als sehe er Wilhelm Kramer noch einmal auf der Bahre liegen, unter einer groben Wolldecke, die Augen weit geöffnet wie jemand, der bis zum Schluss wach bleiben will, wie jemand, der sich nicht geschlagen gibt, nur weil er stirbt. Fritz Kleinerts Augen gingen mit, als die Träger ihn hochhoben, genau jetzt vor zwanzig Jahren, dort, hinter der dünnen Rauchfahne seiner Zigarette, gleich neben dem Regal war die Zellentür, durch die sie mit Wilhelm Kramer hinausgehen, Fritz Kleinert wusste, er würde nie vergessen, wie Wilhelm Kramer noch einmal den Kopf in seine Richtung drehte, der erste Träger war schon draußen auf dem Gang, Wilhelm Kramers Füße waren schon draußen auf dem Gang, und unter allen Männern, die dort schweigend standen, ihn anblickte und laut, so laut er konnte, so laut, dass alle es hörten, sagte, Passt mir auf den Friedrich auf! Machen wir, Willi!

Wir kümmern uns um ihn, Kramer!

Mach dir keine Sorgen!

Bis du zurückkommst, Kamerad!

Dann war auch der zweite Träger draußen, ein Wachmann schloss die schwere Tür, Fritz Kleinert hörte, wie sie ins Schloss fiel. Er schluckte, sein Blick wanderte zu der Frau, die aus der anderen Tür hereingekommen war. Mit heiserer Stimme sagte er:

»Irgendwann, so Ende Februar, hieß es, Der Kramer ist tot.«

Er schwieg, er sah sich selbst bei der Arbeit unter Tage, er spürte die Hitze, die Feuchtigkeit, der Raum wurde dunkel, so dunkel wie in den schummrigen Nischen der falschen Liebespaare hinter der Tür, er hörte die Worte, wer hatte sie als Erster gesagt? Er erinnerte sich nicht. Er sagte:

»Bestattung gab's keine. Er war einfach so verschwunden. Einfach so ...«

Fritz Kleinert weinte. Er weinte um Wilhelm Kramer und um sich selbst, um die Last dieser und anderer Erinnerungen, die er nicht loswurde.

Frau Kramer saß vor ihm und wusste nicht, was sie denken oder fühlen sollte. Sie sagte:

»Und Maria?« Er hob den Kopf. Also doch die Tochter! Er riss sich zusammen, wischte sich die Tränen weg, versuchte, mit klarer Stimme zu sprechen. Er sagte:

»Maria ist zu mir gekommen, Frau Kramer. Sie hatte Angst.«

»Angst?«, rief Frau Kramer überrascht und ungläubig. »Wovor denn?«

»Sie sagte zu mir, Gib mir irgendwas, woran ich mich festhalten kann.«

»Aber sie hatte doch mich!«

Fritz Kleinert schwieg. Er sagte:

»Frau Kramer, ich bin kein Heiliger, das können Sie sich ja denken. Aber ich bin nicht herzlos. Bevor Ihre Tochter zu mir kam, war sie eine Woche lang in der Gegend gewesen. Hatte gewildert. Die Mädchen waren sauer auf sie. Vor allem, weil sie nicht mal Geld nahm. Sie ...«, er zögerte, sah Frau Kramer prüfend an, aber die alte Frau blickte gefasst, als wolle sie sagen, Nur zu. Er sagte:

»Sie hurte einfach herum, verstehen Sie? Ohne Pariser, mit Kerlen, die ich nicht auf meine Pferdchen loslassen würde. Wollte sich kaputt ficken oder so was Ähnliches.«

Er verstummte, zuckte mit den Schultern, als wolle er sich für die Worte entschuldigen.

Frau Kramer starrte durch ihn hindurch, Warum nur? Warum nur? Warum nur, warum nur? Sie hielt den Schmerz aus, sie war geübt darin, sie fühlte sich stark und hilflos, ausgeliefert und unbeirrbar. Es war ein Rausch, der ihre Wahrnehmung schärfte, sie hörte den Lärm in ihrem Rücken, sie fühlte die Tochter irgendwo über ihr im ersten Stockwerk, sie begriff den Mann, der vor ihr saß, sie trauerte noch einmal und noch immer um Wilhelm Kramer und um ihr eigenes schweres Leben, aber sie hielt stand, nichts würde sie umwerfen, erst der Tod selbst.

Als hätte er ihre Gedanken gehört, sagte Fritz Kleinert leise:

»Vielleicht kommt's aus dem letzten Leben, wer weiß.«

»Aus dem letzten Leben?«, wiederholte Frau Kramer, ohne zu verstehen.

Er hob die Schultern, ließ sie erschöpft fallen.

»Ich weiß nix, Frau Kramer. Ich habe schon viel gesehen, glauben Sie mir, im Krieg, in der Gefangenschaft und seitdem ich zurück bin. Und denken Sie nicht, unsereins stellt sich keine Fragen. Wieso kann ich kein normales Leben führen? Wieso kann ich nicht einfach glücklich sein? Frau und Kinder, ein Eigenheim, eine ehrliche Arbeit, wieso geht das ausgerechnet bei mir nicht?« Er nickte langsam und sah Frau Kramer dabei an und hatte jedes Wort so gemeint, wie er es gesagt hatte. Er sagte:

»Man sucht und sucht nach irgendeinem Grund. Der Krieg, die Nazis, die Russen, der Hunger, das Leid. Die Eltern. Aber andere haben genau dasselbe durchgemacht oder Schlimmeres, und denen begegnet man dann und stellt fest, die sind nicht da gelandet, wo man selbst gelandet ist. Wieso?« Er wurde lauter, als wäre er aufgebracht gegen einen unsichtbaren Feind.

»Ich weiß es nicht, Frau Kramer! Keine Ahnung! Und dann legt man sich was zurecht und sagt, Das kommt aus dem letzten Leben. Hab ich mal von 'nem Chinesen gehört. Da hast du irgendeine Scheiße gebaut, irgendwas Schreckliches angerichtet, und deshalb geht's dir jetzt so. Aber das ist nur Gerede, Frau Kramer, nehmen Sie's nicht ernst, nur Gerede von einer gescheiterten Existenz!« Er schlug die Hände vor das Gesicht und brach laut schluchzend in Tränen aus.

Frau Kramer brauchte eine Weile, um wieder zu sich zu kommen. Alles war gesagt, dieser Besuch hatte nichts verändert, sie war hergekommen, um eine Lücke zu schließen, und nun stellte sie fest, dass dies unmöglich war, die Lücke war nicht die Erinnerung, die Lücke war der Tod selbst, von ihm allein war die Rede gewesen, alle Fragen endeten mit ihm.

Sie wollte nach Hause, fort aus dieser Unterwelt, in die sie sich begeben hatte, aber Fritz Kleinert hörte nicht auf zu klagen.

Mit der flachen Hand schlug sie auf den Schreibtisch, dass es einen lauten Knall gab. Fritz Kleinert zuckte zusammen und starrte sie an. Sie sagte:

»Ich gehe jetzt, Herr Kleinert. Danke für Ihre Zeit. Passen Sie auf meine Tochter auf, so gut das in Ihrem Gewerbe geht.«

Sie machte eine Pause, als wollte sie noch etwas sagen, doch sie unterließ es, sie dachte, Genug ist genug.

Sie erhob sich, strich ihren Rock glatt und verließ den Raum, die Kneipe, das Rotlichtviertel von Lübeck. Sie ging auf demselben Weg zurück, auf dem sie gekommen war, Marias Weg zur Arbeit, sie fühlte sich heiter, das Gehen fiel ihr leicht, ganz anders als auf dem Hinweg, als sie von Hausecke zu Hausecke gehuscht war wie eine Diebin, damit ihre Tochter nichts von der Verfolgung bemerkte.

Das letzte Leben. Die Worte gingen ihr durch den Kopf, immer wieder, sie fragte nicht warum.

VIERUNDNEUNZIG

Heinrich lag auf seinem Bett. Er blickte an die Decke und sagte, Erster September 1974. Seine Augen wanderten zum Wecker, der neben ihm auf dem Nachttisch stand. Zeit aufzustehen. Gleich würde er in die Küche gehen, dort würden der Vater und die Mutter singen, Gudrun war wieder einmal nicht nach Hause gekommen, die Mutter würde ihn anstrahlen und so tun, als hätte sie nicht Sorgenfalten bekommen über ihre Tochter, der Vater würde ihn umarmen und so tun, als hätte er ihn aus Liebe gezeugt, Heinrich schluckte trocken. Am liebsten würde er aus dem Fenster in die Freiheit springen, am liebsten verschwände er für immer aus dem Leben dieser Menschen, die aus unerklärlichen Gründen seine

Eltern geworden waren. Am liebsten würde er sich ersparen, was er sich vorgenommen hatte. Doch es ging nicht anders.

Er stand auf, kleidete sich an, griff nach dem Beutel, den er vorbereitet hatte, verließ sein Zimmer, durchquerte den Flur, betrat die Küche. Dort saß seine Mutter und strahlte ihn genau so an, wie er es erwartet hatte. Neben ihr saß der Vater, seriös, ernst, würdevoll, ein Charakterkopf, ein Lebenslügner, und sah ihn mit jener überdeutlichen Aufmerksamkeit an, die er längst dechiffriert hatte als eines von vielen winzigen Details in diesem großen Tarnanzug, den er trug.

Die Eltern sangen, Zum Geburtstag viel Glück, Heinrich hörte sie bis zum Ende an, er betrachtete den Marmorkuchen mit den achtzehn Kerzen, die zwei eingepackten Pakete, den gedeckten Frühstückstisch, das von der Mutter selbst gehäkelte blaue Häubchen auf seinem Frühstücksei. Gudruns Fehlen war ein abgenutztes Fragezeichen, zu oft und zu lange, die Eltern ahnten und wollten nicht wissen, nur Heinrich wusste Bescheid, Heinrich hatte sie alle beschattet, Ich bin der Geheimdienst dieser Familie, dachte er und fühlte eine große Verachtung.

Das Lied war beendet, die Mutter sah ihn erwartungsvoll an, der Vater blickte auffordernd zum Kuchen, Heinrich seufzte und beugte sich vor, er holte tief Luft und blies die Kerzen aus, die Mutter klatschte, als sei er immer noch neun Jahre alt, auch sie arbeitete beständig an einer Tarnung, doch es war eine Tarnung vor sich selbst, Heinrich schwankte zwischen Wut und Mitleid, während er ihr dabei zusah. Der Vater sagte, Nun öffne deine Geschenke, aber Heinrich richtete sich wieder auf, er schluckte, er räusperte sich. Seine Stimme zitterte, als er sprach:

»Ich habe auch Geschenke für euch.« Er machte eine Pause, er sah, wie die Erwartung der Mutter in Verwirrung überging, wie der Vater versuchte, sein Gesicht zu lesen. Heinrich fasste sich, er griff in den Beutel, holte ein Päckchen hervor, eingewickelt in rotes

Geschenkpapier, reichte es dem Vater. Dann griff er erneut hinein, wieder ein Päckchen, dieselbe Verpackung, aber kleiner. Er gab es der Mutter.

Der Vater zögerte, blickte forschend zu seinem Sohn, riss langsam das Geschenkpapier auf, die Mutter tat es ihm gleich. Heinrich wandte sich ab und verließ die Küche. Er kehrte in sein Zimmer zurück, holte seinen Koffer, seine Tasche, er warf einen letzten Blick in sein Zimmer, dann schloss er die Tür und kehrte zur Küche zurück. Er blieb in der offenen Tür stehen. Dort saß der Vater mit seinem Tagebuch in der Hand, die Mutter mit ihren Tarotkarten, zwei Menschen, die nichts voneinander wussten, Heinrich hätte heulen können, wäre ihm nicht der Blick des Vaters begegnet. Er wandte sich ab und verließ die Wohnung.

FÜNFUNDNEUNZIG

Die zweite Ankunft. 15. Mai 1948. Peretz am Kai. Sarah sah ihn als Erste, sie schrie, Da ist er, da ist er, da ist er! Sie streckte ihren schlanken Arm über die Reling, ihr Zeigefinger erfasste eine kleine Gestalt in der wartenden Menge, sie hüpfte vor Aufregung, und nun sah auch Anna ihn. Shimon sah ihn nicht, zu weit war Peretz entfernt, zu klein sein Gesichtskreis, zu viele Fremde befanden sich dort unten, Peretz war nur einer von ihnen.

Das Schiff drehte bei, stampfend und schwerfällig wie ein strandender Wal. Anna wusste nicht, was sie fühlen sollte, sie hatte Angst, Peretz zu begegnen, Angst vor der Wirklichkeit des Krieges. Überall auf dem Hafengelände sah sie Militär, sie kannte die Uniformen, sie erinnerten sie an Emil, Wenn er das nur sehen könnte, dachte sie, Juden, die für ihr Recht kämpfen, und einen Moment lang war sie ergriffen. Aber die Soldaten, die gepanzerten Fahrzeuge, die Geschützstellungen, die den Hafen von Tel Aviv sichern sollten, riefen noch andere Erinnerungen in ihr wach, und schon fühlte sie wieder die Furcht.

Das Schiff kam längsseits auf die Kaimauer zu, immer langsamer, bis schließlich die Fender, die dort an Tauen hingen, zusammengedrückt wurden. Männer sprangen von Bord, dicke Taue in den Händen, die sie sofort an den dunklen Eisenpollern festmachten. Dann wurde das Fallreep hinuntergelassen, es war schmal und steil, das letzte Wegstück, das die Passagiere von Israel trennte.

Die zweite Ankunft. 6. Ijjar 5708. Sabbat. Peretz stand am Kai und blickte hinauf zu dem Schiff, er sah die zwei schlanken Masten, er sah die vielen Menschen an Bord, er wusste, es waren nicht mehr als zweihundertfünfzig, er dachte an die *President Warfield* mit ihren vielen tausend Gipfelstürmern, die *Orchidea* nahm sich wie ein Fischerboot dagegen aus. Er seufzte, das war Vergangenheit, die Gegenwart war bescheidener, doch das Schiff war angekommen, es gab keine Briten mehr dort draußen auf hoher See, sie waren mit ihrem Abzug beschäftigt und hatten Haifa dafür in Beschlag genommen. Der alte Feind ging, der neue war bereits im Land.

Peretz sah zu, wie das Fallreep heruntergelassen wurde, schmal und steil, die erste physische Verbindung des Schiffs mit Israel. Die Sonne schien, weil sie das fast immer tat, sie stand im Westen und blendete ihn, die Menschen an Bord standen dicht gedrängt an der Reling, Peretz' Augen suchten die Menge ab, doch er fand Anna nicht, Anna, die ohne seine Tochter einwandern würde, weil sie in einem Grab in Deutschland lag, vielleicht würde er es nie sehen.

Peretz vertrieb die Gedanken, die ersten Menschen kamen über das Fallreep herunter, mit vorsichtigen Schritten, steil hinab ging es nach Israel, kein Gipfelsturm war dies, eine legale Ankunft in diesem Land, das erst einen Tag alt war, ein neugeborenes Baby, und schon waren alle Nachbarn aufgestanden, um es zu töten, um alle ins Meer zu stoßen, aus dem sie gekommen waren, um die neue Heimat sofort zu zerstören, Werden wir ewig kämpfen müssen, um leben zu können?

Peretz vertrieb die Gedanken, die Menschen, die von Bord kamen, sahen erschöpft und froh aus, in die Wartenden kam Bewegung, alle drängten hin zu den Ankömmlingen, Menschen fielen einander um den Hals, manche schrien vor Freude, manche weinten, manche waren stumm oder gefasst. Peretz' Augen suchten, aber sie fanden nicht. Und wenn sie nicht an Bord gegangen war, wenn die Informationen falsch waren, wenn sie sich anders entschieden hatte?

Peretz vertrieb die Gedanken. Immer mehr Menschen kamen an Land, sie trugen Koffer und Taschen, kleine Kinder und Babys, Menschen, die Peretz nicht kannte, aber Juden, neue Staatsbürger für Israel, nichts Wichtigeres gab es, Halt dich daran fest, dachte Peretz, Alles andere ist zweitrangig. Fast musste er lächeln, war es ihm jemals geglückt, das nicht nur zu denken, sondern auch zu fühlen? Woher kam nur dieser Widerstreit, er hatte doch alles gegeben für die Sache des Zionismus, er hatte gekämpft, er hatte getötet, er hatte tausende Juden durch halb Europa geschleust, um sie in dieses Land zu bringen. Und doch hatte er darin keine Erfüllung gefunden. Er dachte an den deutschen Soldaten, den er wegen des Sprachrohrs getötet hatte, er wusste noch genau, an welchem Tag.

Er vertrieb den Gedanken.

Er sah eine Frau das Fallreep herunterkommen. Sie sah älter aus, als er sie in Erinnerung hatte, älter und zerbrechlicher, sie hielt sich links und rechts an der Reling fest, sie ging mit unsicheren Schritten, ein Bild tauchte in seinem Kopf auf, Anna, die aus dem Wald auf ihn zukam, er mit dem Sprachrohr in der Hand, wie viel Zeit war seitdem vergangen? Drei Jahre, drei unendlich lange Jahre. Er sah Sarah, die ihr mit Shimon an der Hand folgte, Shimon mit tapsigen

Schrittchen, den Blick auf den abschüssigen Boden gerichtet, groß war er geworden. Mein Sohn, dachte Peretz bitter. Er vertrieb den Gedanken, er straffte sich und schob sich durch die Menge nach vorn.

›Kramer‹ stand in dem dunkelgrünen Reisepass, den Lisa der israelischen Grenzbeamtin hinhielt. Die Frau war auffallend jung, kaum älter als sie selbst. Sie trug eine grüne Armeeuniform, ein Barett lag zusammengerollt neben ihr auf der Tischplatte. Langes braunes Haar fiel ihr über die Schultern, Lisa hatte den Eindruck, einer Pfadfinderin gegenüberzustehen.

Die Frau blätterte in Lisas Pass, der neu und so unbenutzt war, dass er immer wieder zuklappte. Plötzlich sagte sie auf Englisch:

»Da steht ›Jüdisch‹.«

Lisa nickte. Sie war stolz darauf, dass sie zumindest das durchgesetzt hatte.

Dann aber bemerkte sie den ungläubigen Gesichtsausdruck der Israelin.

»Die tun das noch immer?«, fragte die Frau und wirkte nun empört.

Lisa war verwirrt. Sie sagte:

»Ich habe darum gebeten.«

»Sie?«, sagte die Frau irritiert.

Lisa nickte.

Die Frau blickte vom Pass zu Lisa, von Lisa zum Pass. Dann zuckte sie mit den Schultern.

»Was haben Sie in Israel vor?«

»Vielleicht bleibe ich.«

Jetzt lächelte die Frau sie offen an. Sie sagte:
»Sie werden Israel lieben!«

SIEBENUNDNEUNZIG

Die Umarmung. Der Kuss. Shimon, der nicht auf den Arm seines Vaters will. Sarah, die sich an Peretz klammert. Um sie herum die Stadt, das Meer und irgendwo weiter weg, dort, wo der Blick nicht hinreicht, der Krieg. Wenn wir Pech haben, sagte Peretz, Trennen sie den Süden vom Zentrum ab. Im Norden auch, sagte Peretz, Überall stehen feindliche Truppen im Land. Ich muss heute noch weg, sagte Peretz, Zurück zu meiner Einheit. Ich bringe euch zu meinen Eltern, sagte Peretz.

Anna ließ alles geschehen. Sie umarmte, als umarmt werden musste, sie küsste, als geküsst werden musste, nur ihr Kopf blieb ein Hochsicherheitstrakt, den niemand betreten durfte, den sie niemals verließ. Sie lächelte, sie sagte, Jetzt sind wir angekommen, sie dachte an das Gedicht ihrer Mutter, fern war es, fern der Liebe leuchtete ein Stern am Himmel, die namenlose Sonne war es, die auf alles ihr Licht losließ, dass nichts verborgen blieb, nicht die kleinste Falte im Gesicht, im Gebirge, nicht das leiseste Bedauern im Herzen, an der Front.
Shimon! Komm her, und sag deinem Vater Guten Tag!
Lass ihn, er wird sich schon wieder an mich gewöhnen.
Peretz lächelte, er hielt sich an Sarahs unbedingtem Entschluss fest, der stand ihr ins Gesicht geschrieben wie ein Ausrufungszeichen, Du bist mein Vater, sie ist meine Mutter, ich gehöre zu euch beiden!

Peretz hätte nicht gedacht, dass ihn das einmal trösten würde, er hätte nicht gedacht, dass Sarah Erfolg haben könnte mit ihrer naiven Sturheit. Und jetzt sprang sie an die Stelle des toten Kindes, das zwischen ihm und Anna lag wie eine Mauer aus Schuld und Anklage, Warum hast du nicht besser aufgepasst?, Warum bringst du mir nur den Sohn eines anderen?, Warum musste es so kommen?

ACHTUNDNEUNZIG

Sie fuhren durch die Stadt. Überall Militär, die Menschen waren in Aufruhr, in Angst, in Uniform, in Waffen. Fahrzeuge, Infanterie, manche Abzeichen auf den Fahrzeugen waren nur notdürftig übermalt worden, es wirkte auf Anna, als wären auch die Waffen auf geheimen Wegen nach Palästina gewandert, als hätten auch sie ein Eigenleben, als wären auch sie heimatlos und immerzu auf der Suche nach einem Ort, an dem sie so sein konnten, wie sie waren, tödlich, Tod bringend, die Antithese des Lebens, sein dunkler Schatten, als wären die Menschen nur mit ihrer eigenen Verneinung vollständig.

»Schaut!«, rief Peretz, während sie in seinem offenen Jeep durch die Stadt fuhren. »Schaut! Die Juden rüsten sich für den Überlebenskampf!« Er war stolz darauf, doch im nächsten Moment blickte er sorgenvoll drein. Sie hatten nicht genug Menschen und zu wenige Waffen. Leise sagte er:

»Vielleicht ist es schon unser letzter Kampf.« Dann wären sie alle wieder heimatlos, und dann würden sie vielleicht doch noch vernichtet werden. Er schwieg, jetzt war nicht die Zeit für Kleinmütigkeit und Furcht. Jetzt war die Zeit, alles zu geben, sogar das eigene Leben.

Anna sah die Stadt vom Beifahrersitz aus mit Shimon auf dem Schoß. Meine neue Heimatstadt, dachte sie, Alles verkehrt herum, dachte sie, Das Fremde ist das Eigene, das Eigene ist verloren.

Staubige Straßen, Bauhausarchitektur, Jugendstilvillen, Betonkästen mit kleinen Fenstern, prächtige Chalets wie in Mitteleuropa, stolze Synagogen, orthodoxe Juden, die taten, als gäbe es keine Mobilmachung. Wenig Grün, viel Beige und braun, viel Weiß und Grau. Über alles gewölbt ein großes Blau. Ist dieses Land so schön, dass man darum kämpfen muss? Anna seufzte, Vielleicht muss ich so lange hinschauen, bis alle Farben und Formen in mir abgebildet sind. Vielleicht ist es eine Frage des Willens, vielleicht muss es widersprüchlich sein, um alle Kräfte freizusetzen. Und der Krieg? Niemand wusste, was geschehen würde.

Der Jeep holperte über unebenen Bodenbelag, Doppeldeckerbusse kamen ihnen entgegen, Motorräder, Eselskarren, gepanzerte Fahrzeuge. Anna sah hebräische Schriftzeichen, die sie nicht lesen konnte, sie sah Menschen mit exotischen Gesichtern und israelische Uniformen, sie sah Kinder, die Fußball auf der Straße spielten, es roch nach Anis, nach Staub, nach Diesel, nach Abwasser. In den Straßen die Reste der Unabhängigkeitsfeier vom Vortag, blauweiße Girlanden, vor die Fassaden gespannt, Fähnchen mit der Flagge des neuen Staates, zu Boden gefallen, da war Anna noch auf dem Schiff gewesen und der Kapitän hatte das Radio auf die Lautsprecher umgeleitet, sie hatten die Stimme eines Mannes gehört, Der Staat Israel wird der jüdischen Einwanderung und der Sammlung der Juden im Exil offenstehen. Er wird sich der Entwicklung des Landes zum Wohle aller seiner Bewohner widmen. Er wird auf Freiheit, Gerechtigkeit und Frieden im Sinne der Visionen der Propheten Israels gestützt sein. Er wird all seinen Bürgern ohne Unterschied von Religion, Rasse und Geschlecht, soziale und politische Gleichberechtigung verbürgen. Er wird Glaubens- und Gewissensfreiheit, Freiheit der Sprache, Erziehung und Kultur gewährleisten, die Heiligen Stätten unter seinen Schutz nehmen und den Grundsätzen der Charta der Vereinten Nationen treu bleiben.

Sie bogen in eine Straße ein, die anders als die anderen aussah. Schwarze Häuserfassaden, Fenster ohne Scheiben, mitten auf der Straße ein ausgebrannter Doppeldeckerbus, es roch nach Ruß und verbranntem Gummi. Soldaten mit Schubkarren, Spitzhacken und Schaufeln waren damit beschäftigt, Schutt wegzuräumen.

Peretz steuerte den Jeep langsam um den Bus herum. Aus der Nähe wirkte er wie ein großes, verendetes Tier.

»Das war die ägyptische Luftwaffe«, sagte Peretz. »Gestern«, fügte er hinzu. Er zeigte auf einen Mann in Offiziersuniform, der hinter dem Bus auf der Straße stand, umringt von Soldaten.

»Wartet einen Augenblick hier!«, sagte er zu den Frauen. Er hielt den Wagen an, sprang heraus und begab sich zu den Männern.

Shimon wollte vom Schoß seiner Mutter herunter, sie hielt ihn fest, er sagte:

»Ich will raus!« Vor Schreck darüber, dass er gesprochen hatte, ließ Anna ihn los. Ehe sie sich besann, war er aus dem Wagen geklettert. Sarah sagte:

»Ich gehe!« Sie sprang aus dem Jeep und folgte ihm. Anna blickte ihnen nach.

Shimon ging zu dem Bus. Er stellte sich davor und betrachtete ihn eingehend. Über dem Fahrerhaus befand sich ein weißes Schild, die roten Lettern waren noch lesbar, links stand EGGED, dann eine 13 und dann drei hebräische Schriftzeichen. Sarah sagte zu Shimon: »Grausig, nicht wahr?« Shimon sah kurz zu ihr auf, wandte sich wieder dem Bus zu, betrachtete die ausgebrannten Sitze, die gesprungenen Fensterscheiben, den verkohlten Lack, der dem Bus etwas Düsteres verlieh, das Lenkrad, das von der Hitze verbogen war. Shimon schüttelte den Kopf. Mit seiner hellen Kinderstimme sagte er:

»Nur kaputt.« Dann blickte er Sarah erneut in die Augen, und sie hatte das unangenehme Gefühl, dass er sie meinte.

»Hee! Ihr zwei! Weg da, das ist nichts für Kinder!« Sie wandten sich um. Die Stimme gehörte dem Offizier, der gemeinsam mit den Soldaten und Peretz in ihre Richtung blickte und mit Gesten unterstrich, dass sie sich von dem Bus entfernen sollten.

»Gehören die zu dir, Peretz? Sorg dafür, dass sie keinen Unsinn machen!« Peretz löste sich aus der Gruppe und kam auf sie zu. Er war wütend.

»Ich habe euch doch gesagt, ihr sollt im Wagen bleiben!«, fuhr er Sarah an. Das Mädchen lächelte erschrocken. Sie sagte:

»Shimon hat gesprochen.« Peretz reagierte nicht darauf.

»Nimm ihn und geh zum Wagen!« Er machte kehrt und ging zu den Männern zurück.

Sie fuhren weiter. Anna streichelte Shimons Kopf. Shimon sah hinaus in die Stadt. Er sagte nichts, aber nun wusste Anna, dass er schwieg.

NEUNUNDNEUNZIG

Heinrich lernte Lena bei Ronnie kennen. Ronnie hieß eigentlich Ronald, aber er spielte das Banjo in einer Hillbilly-Band. Lena hieß wirklich Lena, dafür wirkte sie auf Heinrich so unwirklich und überirdisch, dass er den ganzen Abend nicht aufhören konnte, sie zu beobachten. Währenddessen betrank er sich zum ersten Mal in seinem Leben. Er wusste gar nicht, was er trank, es war eine durchsichtige Flüssigkeit, die aussah wie Wasser und schmeckte wie bittere Medizin. Die Flasche, die er sich vom Büffet mitgenommen hatte und seitdem nicht mehr losließ, war inzwischen zu zwei Dritteln leer.

»Das ist weißer Rum!«, rief jemand durch den Lärm der Musik in Heinrichs Ohr. Heinrich konnte nicht mehr erschrecken, er konnte nur noch suchend umherschauen im dämmrigen Licht der großen Diele, die so übervoll mit tanzenden Menschen war, dass er aus seiner sitzenden Position nichts als Füße und Beine erkannte.

Mühsam drehte er den Kopf nach links und stieß auf Lenas Gesicht, ganz dicht vor seinen glasigen Augen. Er grinste blöde und sagte: »Zu schön, um wahr zu sein.«

Lena runzelte die Stirn. »Der Rum?«

Heinrich grinste immer noch, aber jetzt schüttelte er den Kopf und rief: »Du!«

Lena erhob sich und blickte auf Heinrich hinab. Dann winkte sie eine Freundin herbei, und gemeinsam schafften sie ihn in ein ruhiges Zimmer.

In dieser Nacht erbrach Heinrich sich unzählige Male, auch dann noch, als sich nichts mehr in seinem Magen befand außer Galle. Lena und ihre Freundin säuberten Heinrich, die Couch, auf der er lag, und den Teppich davor, sie leerten den Wassereimer, wuschen den Putzlappen aus, brachten neues Wasser und hörten Heinrich zu, dessen Redeschwall nur vom Würgereiz unterbrochen wurde.

Am nächsten Tag erwachte Heinrich in einem Bett. Er drehte sich um. Neben ihm schlief Lena. Überrascht stellte er fest, dass er vollkommen nackt war. Draußen stand die Sonne hoch am Himmel, durch das offene Fenster wehte eine frische Brise herein. Heinrich fühlte sich gut.

Lena erwachte. Sie wandte sich um und lächelte ihn verschlafen an.

»Na, du falscher Kruse! Du hast uns ja schön auf Trab gehalten letzte Nacht.«

»Ich kann mich an nichts erinnern.«

»An gar nichts?«

»Nein.«

Lena sah ihn zweifelnd an, dann schüttelte sie den Kopf. »Du Spinner.« Es klang vorwurfsvoll und sanft zugleich, und das verwirrte Heinrich.

Plötzlich erinnerte er sich daran, wie Lena ihn genannt hatte.

»Hab ich geredet?« Lena nickte.

»Viel?« Lena nickte erneut.

»Was hab ich denn erzählt?«

Lena schüttelte den Kopf. Bevor Heinrich etwas sagen konnte, gab sie ihm einen Kuss.

HUNDERT

Gudrun träumte, dass sie nicht träumte, aber vielleicht hatte sie auch einen Nichttraum vom Träumen, seit sie den Rauch der Wasserpfeife inhaliert hatte. Vielleicht lag sie, sie war sich nicht sicher, sie versuchte sich daran zu erinnern, was sie getan hatte, bevor sie nicht mehr wusste, ob sie lag oder nicht lag. Sie blickte durch einen langen Korridor, der nach hinten hin immer enger wurde, und ganz am Ende gab es eine winzige quadratische Öffnung, es war, als würde sie verkehrt herum durch ein Fernrohr schauen, und dort, hinter dessen Ende, befand sich das, was sie getan hatte, bevor sie nicht mehr wusste, ob sie lag oder nicht lag. Sie kniff die Augen zusammen und versuchte, schärfer wahrzunehmen, was sich dort abspielte. Aha, sagte sie leise, als sie erkannte, dass dort Asphalt unter ihren Füßen vorbeiglitt, viel Asphalt. Also, überlegte sie, Bin ich gegangen oder gerannt. Wenn es ihr gelänge, bis ans Ende des Korridors zu gelangen, würde sie vielleicht mehr sehen. Da sie aber nicht wusste, ob sie lag oder nicht lag, konnte sie auch keine Entscheidung darüber fällen, ob sie aufstehen sollte oder nicht, um zu versuchen, ans Ende des Korridors zu gelangen. Vertrackt war das. Gudrun versuchte, die Augen zu schließen, aber da sie nicht wusste, ob sie träumte und also die Augen geschlossen hatte oder wach war und schaute, konnte sie nicht entscheiden, die Augen zu öffnen oder zu schließen. Eine Bewegung in der Ferne lenkte ihre Aufmerksamkeit ab. Dort war ein Gesicht aufgetaucht, Gudrun sah schlechte Zähne, einen ungepflegten Bart, sie sah eine Zigarette, die an den Mund wanderte und wieder vom Mund weg wanderte. Das Gesicht kam ihr bekannt vor, und es sah beinahe so aus, als bewege sich der Mund, um zu sprechen. Wie aber sollte jemand zu ihr sprechen, wenn gar nicht klar war, ob sie wach war oder nicht? Die Bewegungen mussten eine andere Bedeutung haben, vielleicht aß Bernd gerade etwas. Ach ja, murmelte Gudrun, als der Name gefallen war. Wer hatte ihn ausgesprochen? Gudrun überlegte, ob sie sich umdrehen und hinter sich schauen sollte, um herauszufinden, ob dort jemand stand und redete. Aber es war ja gar nicht klar, ob es ein hinter ihr überhaupt gab. Wie sollte sie sich da umdrehen wollen? Das war so, als wollte man sich eine Decke aus Zeit häkeln, überlegte sie. Absurd. Plötzlich spürte sie, dass ihr Körper eine Bewegung vollzog, oder war es die Erde, die sich gedreht hatte? Sie wollte schon wieder anfangen, darüber nachzudenken, als ein neues Gesicht auftauchte, diesmal ganz nah. Sie lächelte, als sie ihren Bruder erkannte, Was für ein eigenartiger Traum, murmelte sie, denn sie hatte noch nie von ihm geträumt oder einen Nichttraum gehabt, in dem er aufgetaucht wäre. Nun aber war er da, und sein Gesicht war so dicht vor ihr, dass sie sich über die vielen Details wunderte. Diese langen Haare zum Beispiel, murmelte sie, Die hatte er doch gar nicht. Sie grinste, weil sie sich plötzlich wie die Mutter fühlte und sogar die Worte der Mutter im Mund spürte wie Murmeln, mit denen die Zunge spielte, Heinrich, wie siehst du nur aus? Rund um Heinrichs Kopf bewegten sich die Dinge, und auch sie selbst schien sich zu bewegen, aber sein Gesicht blieb stets an derselben Stelle, stets dicht vor ihr, und Heinrichs Mund bewegte sich unablässig gerade so wie Bernds Mund zuvor. Was geht da bloß vor sich, murmelte Gudrun und wusste keine Antwort, aber da verschwand Heinrichs Gesicht plötzlich und sie starrte auf ein Haus, woher war nur dieses Haus aufgetaucht, es kam ihr sehr bekannt vor, als wäre sie schon einmal durch jene Tür hineingegangen. Die Fassaden gerieten in Bewegung, sie rasten an Gudruns Augen vorbei, lauter Häuser, in denen sie vielleicht schon einmal war, vielleicht auch nicht. Gudrun hatte das Gefühl, dass ihr Kopf festgehalten wurde, wenn sie ihn hätte drehen können, hätte sie nachgeschaut, ob es ihre eigenen Hände waren. Wo sind meine Hände, murmelte sie, aber ihre Hände schwiegen, ihre Füße schwiegen, ihr ganzer Körper schwieg, und das konnte nur bedeuten, dass es gar keinen Gudrunkörper gab, es gab nur Gudrun und die Häuserfassaden und diese Glasscheibe zwischen beiden. Gudrun wurde traurig, denn ihr wurde klar, dass, wenn es so war, ihr Dasein sehr einsam sein musste. Zumindest habe ich Augen, dachte sie, Mit denen ich das sehen kann, und dachte, dass es womöglich nichts als Gesichter und Häuserfassaden und das Auto gab, in dem sie durch die Stadt fuhr mit Heinrich an ihrer Seite und jemandem, der vorn am Steuer saß. Gudrun hob eine Hand und wollte sich wundern, aber da bewegte sich ihr eigener Mund und sagte, Wohin bringt ihr mich? Aber da sagte Heinrich, Du bleibst erst einmal bei uns und dann sehen wir weiter, in Ordnung? Sie wollte darüber nachdenken, aber da sagte ihr Mund bereits, Wer ist die Frau am Steuer? Das ist Lena, sagte Heinrich, Du wirst sie mögen. Gudrun verzog das Gesicht, Welch eine Prophezeiung, dachte sie, Lena hat ja nicht einmal ein Gesicht, nur einen Hinterkopf mit langen Haaren und schlanken Armen, die ein Lenkrad festhalten. Aber da wandte sich der Hinterkopf nach hinten zu ihr und zeigte ein Gesicht, und Gudrun sperrte überrascht den Mund auf und blickte selbst nach hinten, wo es auch noch eine Welt gab, und dann sagte sie zu Heinrich:

»Morgen häkle ich mir eine Decke aus Zeit.« Doch sie glaubte nicht mehr an ihre Worte, denn das Universum hatte sich vor ihren

Augen wieder zusammengesetzt, ohne Hoffnung und ohne Illusion. Sie drehte den Kopf zu den Häuserfassaden jenseits der Fensterscheibe und murmelte:
»Ausgenichtträumt.«

HUNDERTEINS

Tel Aviv, 26. Mai 1966

Liebe Oma,

seit meiner Ankunft ist eine Woche vergangen. Es ist ungewöhnlich kalt, Nili Burg, bei der ich wohne, musste mir sogar einen Pullover leihen. Sie ist sehr nett, aber schon ziemlich alt, bestimmt schon über achtzig. Aber sie macht noch alles allein, geht einkaufen, wäscht, kocht, flickt ihre Kleider. Und ihre Augen sind klar und leuchten, wenn sie mich ansieht. Nili ist eine Jekke. So nennt man hier die deutschen Juden. Ich bin also auch eine Jeckete, nicht einfach eine Jüdin unter Juden. Sie hat mir einen Witz erzählt: Was ist der Unterschied zwischen einem Jekke und einer Jungfrau? Antwort: Jekke bleibt Jekke. Nicht besonders schmeichelhaft, nicht wahr? Aber Nili lacht darüber. Sie sagt, Das sind alles nur Kleinigkeiten im Verhältnis zu dem, was Israel bedeutet. Selbst jetzt, so viele Jahre nach der Staatsgründung, leuchten ihre Augen, wenn sie davon erzählt. Alle haben an einem Strang gezogen, haben zusammengearbeitet, haben alles miteinander geteilt. Das klingt so toll, dass ich wünschte, ich wäre dabei gewesen.
Die letzten Tage bin ich durch Tel Aviv spaziert. Der Name der Stadt bedeutet ›Frühlingshügel‹, ist das nicht schön? Tel Aviv gefällt

mir, ich mag die hellen Farben und die Häuser. Und erst die Menschen! Sie sind nicht leise und verdruckst wie bei uns, sie reden laut und gestikulieren, es stört sie nicht im Geringsten, ob ihnen andere Leute zuhören, im Gegenteil, wenn man stehen bleibt, dann schauen sie einen sofort an, und schon ist man mitten im Gespräch! Das Hebräisch klingt so schön, schade, dass ich nichts verstehe.

Heute Morgen habe ich zum ersten Mal etwas für meine ›Mission‹ unternommen: Ich habe mit Nilis Hilfe im Telefonbuch von Tel Aviv nachgeschlagen. Aber entweder sie wohnen nicht in der Stadt oder es ist wie bei uns und sie haben sich austragen lassen. Nili hat mir gesagt, dass es in Jerusalem ein Staatsarchiv gibt, in dem Personendaten noch aus der Zeit der Osmanen und des britischen Mandats vorhanden sind und sämtliche Daten von den Einwanderern seit der Staatsgründung. Wenn nicht noch etwas Überraschendes geschieht, werde ich wohl dorthin fahren müssen. Aber das wollte ich ja sowieso.

Liebe Oma, ich hoffe, es geht Dir gut und Du fühlst Dich nicht allzu einsam. Manchmal mache ich mir Sorgen deshalb. Ich hoffe, Du verstehst, wie wichtig diese Reise für mich ist. Ich habe das Gefühl, mein ganzes Leben ist eine Vorbereitung darauf gewesen.

Du wirst immer bei mir sein, ganz tief in meinem Herzen, gleich dort, wo meine Eltern sind.

Deine Lisa

Peretz begriff erst, als seine Mutter die Tür öffnete, erst, als er zu sprechen begann und mit den Händen hin- und herzuzeigen, Meine Mutter, Meine Frau, erst, als er zögerte, kaum merklich für Uneingeweihte, bevor er dann hinzufügte, Mein Sohn.

Lydia Sarfati stand lächelnd da und blickte in die Gesichter der Fremden, sie kam die drei Stufen herunter und umarmte ihre Schwiegertochter. Sie hatte sich vorgenommen zu lächeln, ganz gleich, wie die Frau ihres jüngsten Sohnes auf sie wirken würde, Ein guter Start ist alles, hatte ihr Vater stets gesagt, dies war ein solcher Moment, und deshalb nahm sie gar nicht richtig wahr, wen sie umarmte, es hätte auch Avners Frau Lana sein können, und ein kleines bisschen hatte sie sich mit dieser Vorstellung beholfen. Aber als sie den mageren Körper von Anna Sarfati an sich drückte, einen Körper, der kaum Widerstand leistete und der kaum fassbar wirkte, wunderte sich Lydia Sarfati, denn sie hatte das Gefühl, ins Nichts gegriffen zu haben. Sie überging den Moment, ließ von der neuen Schwiegertochter ab und wandte sich dem Mädchen zu. Armes Kind, dachte es in ihr, sie wusste um Sarahs Schicksal und achtete darauf, keinen Unterschied zu machen, denn es gehörte zu ihrem Plan, Sarah Gutes zu tun.

Doch dann hockte sie sich vor Shimon und strahlte ihn an und sagte etwas auf Hebräisch, das Shimon nicht verstand. Sie lachte über seine Verwirrung, nahm seinen Kopf in ihre Hände und küsste ihn fest auf beide Backen, und dann umarmte sie ihn, dass er den Boden unter den Füßen verlor.

Lydia Sarfatis Sohn blickte auf die Mutter hinab und spürte ein Mitleid und ein Bedauern, die wie ein körperlicher Schmerz in seine Brust stachen.

Lydia Sarfati ließ Shimon los, sie erhob sich, sie winkte, Tretet ein, sie lächelte immer noch zum guten Start, und Anna nahm Shimon und Sarah an der Hand und folgte ihrer Schwiegermutter ins Haus.

HUNDERTDREI

Lisa fuhr durch das fremde Land, sie sah die karge Landschaft, die kleinen Bahnhöfe, die Dörfchen, auf alles fiel das harte Licht der Mittelmeersonne und schnitt scharfe Kontraste hinein. Lisa fühlte sich verloren, sie hatte Heimweh, sie dachte an ihre Großmutter, an Tobias Weiss, an David, den sie vielleicht liebte. Sie hoffte, dass das Israelische Staatsarchiv in Jerusalem ihr weiterhelfen würde.

Hinter Ramla bog der Zug nach Osten ab, die Landschaft wurde gebirgig, der Zug folgte dem gewundenen Lauf eines Flusses, Wälder licht wie schütteres Haar wuchsen auf den Bergflanken, die Luft veränderte sich, sie wurde frischer, langsam kletterte der Zug höher hinauf.

Lisa wusste, dass sie sich auf das schmale Ende eines Korridors zubewegte, dass der Zug zwischen zwei gestrichelten Linien nach Jerusalem fuhr, die ein Krieg durch Judäa gezogen hatte, die beiden Linien trafen sich fast genau dort, wo Lisa aus dem Zug steigen würde, im alten osmanischen Bahnhof. Lisa wusste, dass diese Linie aus Jerusalem eine geteilte Stadt machte. Und schon kam sie in Sicht, eine sandfarbene Ansammlung von Häusern und Hügeln, man sah aus der Ferne kaum, wo endete der Untergrund und wo begannen die Häuser. Lisa verstand Jerusalem nicht, als sie zum ersten Mal darauf schaute, doch in dem kleinen osmanischen Bahnhof stand bereits Oz Almog, der mit seinem safrangelben buckligen Saab von Süden her zur Khan-Station gefahren war, ein stattlicher Mann mit buschigen Augenbrauen, unter denen wache Augen in die Welt blickten. Oz Almog würde Lisa erklären, warum Jerusalem und nicht Berlin der umkämpfte Nabel der Welt war, Supermächte hin oder her. Er würde mit ihr auf einen Hügel im Süden fahren und ihr das jordanisch besetzte Ost-Jerusalem zeigen, er würde den Arm ausstrecken und hierhin und dorthin zeigen und die vier großen Viertel der Altstadt nennen, er würde Anekdoten erzählen wie die vom deutschen Kaiser Wilhelm, der 1898 nach Jerusalem kam, um eine Kirche einzuweihen, er würde sagen, Der Kaiser wollte mit dem Auto in die Altstadt fahren, und deshalb ließen die osmanischen Behörden eine breite Bresche in die uralte Stadtmauer sprengen, und dabei würde Oz Almog lächeln, als wüsste er, Alles ist vergänglich, nur unsere menschliche Dummheit nicht. Diese Bresche gibt es noch immer, würde er sagen und von dem britischen General Allenby erzählen, Als er im ersten Weltkrieg Jerusalem von den Osmanen erobert hatte, kam er an dieselbe Stelle, wo der Kaiser mit dem Auto durchgefahren war. Aber Allenby stieg aus und betrat Jerusalem zu Fuß. Und dann würde er Lisa freundlich anschauen und sagen, So ist Jerusalem: eine Bühne für Dinge, die ganz woanders eine Rolle spielen. Er würde über die vielen christlichen Kirchen sprechen, die um einen Platz auf dem Schädelberg kämpften, oft mit sehr zweifelhaften Mitteln, er würde von der Schlucht zwischen Ost- und West-Jerusalem reden, die einstmals als Tor zur Unterwelt galt, und den Namen der Stadt, den würde er genüsslich als heidnisch entlarven, und dabei würde er immer wieder verschmitzt lächeln, wie einer, der weiß, dass er mit seiner Meinung allein dastünde, würde er sie laut äußern, Denn, so würde er mehr als einmal zu Lisa sagen, Die Leute hier wollen nicht hören, dass Jerusalem nur eine Stadt ist und dass man eine Stadt aufgeben kann. Stattdessen wollen sie lieber Krieg führen um einen Haufen Steine. Und dann würde er eine Pause machen und Lisa anschauen, als frage er sich, Kann ich ihr diesen Gedanken anvertrauen. Er würde sich dafür entscheiden und sagen, Ich sage dir etwas: Jerusalem ist das Goldene Kalb. Lisa würde seine Worte und seine Gesten, seine Bewegungen und seine vielen Gesichter, die alle durch dieselbe Freundlichkeit miteinander verbunden waren, aufsaugen und sich wünschen, solch einen Vater gehabt zu haben.

Jetzt fuhr der Zug in den Bahnhof ein. Die Reise nach Jerusalem war zu Ende, Lisa erhob sich, sie nahm ihr Gepäck, sie verließ den Zug und begegnete auf dem Bahnsteig Oz Almogs scharfem Blick.

HUNDERTVIER

Ihre Augen sahen die Straße jenseits der Fensterscheibe, einen Stock tiefer, die Menschen, die ihren Angelegenheiten nachgingen, alle verborgen in ähnlichen Körpern mit ähnlichen Bewegungen, ähnlichen Gesichtern mit ähnlichen Ausdrücken, ähnlicher Kleidung. Ihre Ohren hörten die Geräusche des Lebens. Ihre Lungen atmeten ein und aus, ein und aus. Ihr Herz schmerzte auf eine ähnliche Weise wie alle Herzen, sie wusste das, sie hatte es erfahren in ihren unzähligen Sitzungen mit den Ausgebooteten, den Lungernden, den vergeblich auf jede Gelegenheit Lauernden, alle hatten sie sich an den immer selben Orten getroffen, hatten stets ähnlich verlaufende Gespräche geführt, Floskeln des Alltags, unerträglich in ihrer Herkömmlichkeit, als wären sie die alte Huberin vor ihrem Optikerladen und der alte Sedlmair aus dem Gemüsegeschäft nebenan, als hätten sie nicht alle Hebel in Bewegung gesetzt, um etwas radikal anderes zu tun. Sie hatten versagt, und als Gudrun diese Erkenntnis mitten in einer tiefen Schlucht zwischen zwei nüchternen Stunden überfiel wie ein Regen aus Exkrementen und sie sich stinkend vor Normalität fühlte, stinkend und ekelerregend konventionell in ihrer Selbstauflösung, da hatte sie begriffen, Das ist es, was wir alle tun. Das und nichts anderes! Diese Selbsthintergehung, diese Polsterung der Gedankengänge mit lauter weichen Gefühlen, weichen Überzeugungen, weichen Gewissheiten, weichen Gewohnheiten, alles weich. Und dabei hatten sie von sich geglaubt, sie wären viel härter im Nehmen als alle anderen, hatten sich stolz an die Brust geschlagen, wenn der Rausch den nackten Wahnsinn wie in einer Peepshow auftreten ließ, kontrollierter Kontrollverlust! Die Welt unter Laborbedingungen aus den Fugen gehen lassen! Macht über die Ohnmacht haben! Wir vertreiben das Schlimme mit dem Schlimmeren! Nein! Wir finden mit dem Schlimmeren heraus, was denn das Schlimme überhaupt ist, und damit allein ist es schon gebannt! Wir zerstören uns und finden darin ein wahres Gefühl! Der Rausch als Medizin für den Geist! Alles falsch.

Sogar ihre tödlichsten Überzeugungen, ihre kältesten Schultern, ihre größte Trauer, ihre allzeit bereite Wut waren nichts als Polster für den Kopf gewesen. Sie hatten geglaubt, wenn man zerstört, wenn man Gift ins Wasser schüttet und es trinkt und zuschaut, wie der Körper zugrunde geht, dann geschieht etwas Unbekanntes, etwas Überraschendes. Wie naiv! Wie absurd! Wie allzu menschlich! Wie verständlich! Wie verzweifelt! Wie sehend blind! Gudrun hatte bei Bernd, ihrem Dealer, im Wohnzimmer gelegen, unfähig, sich zu bewegen, und hatte immerzu gedacht, Danke! Wie schrecklich, aber danke! Wem sie dankte, wusste sie nicht, sie war einfach sehr froh, endlich herausgefunden zu haben, dass dieser Weg ein Bär war, den sie sich selbst aufgebunden hatte.

Aber damit hörte der Weg nicht auf, sich unter ihren Füßen fortzubewegen. Sie hatte zu lange gewartet, die Erkenntnis war zu spät gekommen, ihr Kopf war bereits ausgestopft mit weichen Dingen, die Wahrheit fand kaum noch hindurch, sie blieb mitten in den angenehmen tödlichen Ritualen, den Huberschen Gewohnheiten und Gewissheiten stecken und schlief ein, der Bär hatte den Spieß umgedreht, er war es, der lief, sie baumelte nur noch, und so war es wie ein Wunder, dass plötzlich ihr Bruder auftauchte und sie mitnahm.

Am Ende war er doch zu etwas gut, der Eigenbrötler, dachte Gudrun, während ihre Augen weiter dem Treiben auf der Straße folgten. Sie atmete ein und aus. Ein und aus.

Ein

und

aus.

Sie achtete auf die Pause, auf den Moment der Stille, die entstand, wenn der Atem aus ihr herausgeströmt war und noch nicht wieder hereinkam. Es fiel ihr schwer, dort zu verweilen, der Körper wollte Luft, der Geist floh, Was ist dort, fragte sie sich.

Plötzlich wusste sie es, und in diesem Augenblick betrat Heinrich das Zimmer. Sie sah ihn an. Wie ausgestülpt er wirkte! Wie vergeblich er sich vom toten Punkt fortreckte, anstatt zu sehen, dass er dorthin zurückkehren musste! Wie er seine Sorgen fein säuberlich zwischen die Augenbrauen faltete! Sie sah förmlich den Kopfschmerz, der ihn vom Nacken her überfallen haben musste, seit er sich die Schwester aufgeladen hatte. Gudrun unterbrach jeden Versuch Heinrichs, das Gespräch zu beginnen, und sagte:

»Ich bleibe nicht lange, ich muss nur ein paar Telefonate führen, dann bist du mich los.« Heinrich starrte sie an, er kannte ihre Art, vollendete Tatsachen zu schaffen, und sie erwischte ihn jedes Mal auf dem falschen Fuß.

Gudrun deutete sein Schweigen als Unfähigkeit zu sagen, Genau das wollte ich mit dir besprechen, sie wollte losstürzen, ihre Sachen packen und abhauen, sie dachte, Da ist ja noch diese Frau, sie dachte, Zu den Alten gehe ich nicht, das kann er vergessen, sie dachte, Warum hat er mich überhaupt hergebracht, wenn ich ihn störe.

Heinrich sagte:

»Bitte bleib.«

»Bitte bleib?«

»Ja.«

»Und deine Freundin?«

»Mach dir keine Sorgen darüber.«

»Ich mach mir keine Sorgen.«

»Ok. Sie hat gesagt, es ist ok.«

»Warum soll ich bleiben, willst du auf mich aufpassen?«

»Nein, ich biete es dir nur an.«

»Was soll ich denn hier überhaupt? Ich liege ja nur im Weg herum.«
Sie zeigte auf die Matratze.

»Die stört da nicht.«

Sie schwiegen, Gudrun atmete ein und aus, sie fühlte ihre eigene
Unselbstigkeit, sie fand kein anderes Wort, Selbstlosigkeit hätte zu
gut geklungen, sie hätte so gerne anders mit ihm gesprochen, aber
ihr Gespräch fuhr wie auf Huberschen Schienen durch das Zimmer,
sie steckte in einem Korsett aus Angst, Heinrich trug ein ähnliches Ding, sie dachte, Brüderchen und Schwesterchen, beide vom
Zauber verwandelt in Tiere, du ein Reh, ich ein Rindvieh, sie dachte,
Wir haben uns nichts zu sagen, hatten wir noch nie.

Heinrich sagte:

»Ich muss dir etwas sagen.« Sie dachte, Jetzt kommt's, her mit
der nächsten Herkömmlichkeit. Heinrich sagte unsicher, fast
schüchtern:

»Ich habe herausgefunden, dass Vati ein Nazi ist. Er hat im Krieg
schlimme Dinge getan.« Er stockte. Dann sagte er:

»In Wahrheit heißt er Josef Ranzner.« Er sagte nicht, Ich lese seit
Jahr und Tag sein geheimes Tagebuch, ich beobachte Vati schon
immer, weil ich nie wusste, wie ich dafür sorgen kann, dass er mich
wirklich ansieht. Er hätte es gerne gesagt, doch er versuchte, sich
kurz zu fassen, damit Gudrun nicht die Geduld mit ihm verlor und
weghörte oder ihn unterbrach, er fürchtete diese Momente.

Gudrun starrte ihren Bruder überrascht an, seine Worte standen
im Raum wie surreale Skulpturen, völlig logisch, völlig deplatziert,

völlig so, als hätte jemand mitten in einer Unterhaltung gesagt, Und jetzt das Wetter.

Plötzlich prustete sie los, sie wusste nicht warum, sie konnte sich keinen Reim darauf machen, die ganze Situation, dieser Raum, sie und Heinrich, und mit einem Mal der Alte, sie lachte immer lauter, sie blickte in Heinrichs entgeistertes Gesicht, das Heinrichs früheren entgeisterten Gesichtern so überaus ähnlich sah, und lachte, und lachte weiter, als der Bauch schon schmerzte.

In Heinrichs Rücken öffnete sich eine Tür, die Frau am Steuer erschien im Spalt, Gudrun nahm es wahr, doch sie konnte sich dem nicht widmen, sie war beschäftigt mit der Freudlosigkeit ihres Lachens, sie hörte, wie ihr Lachen in ein eigenartiges Bellen überging, in ein Husten, wie es tonlos wurde, nur noch eine Pressatmung, ein Muskelreflex, der nicht mehr aufhören wollte, wie ein Schluckauf. Ihr Gesicht wurde nass vor lauter Lachen, sie vergoss Tränen ohne Freude und ohne Trauer, eigenartige Tränen, als gäbe es noch ein drittes Weinen.

HUNDERTFÜNF

Lydia Sarfati saß in der Küche und vermisste ihre beiden Hausangestellten. Draußen schien die Sonne, es war später Vormittag, sie war allein.

Lydia verstand, dass sie nicht hatten bleiben können, Jetzt ist Krieg zwischen uns, hatte Latifa, die jüngere, gesagt, Niemand würde verstehen, dass wir weiter für dich arbeiten. Lydia hatte ihr und ihrer Cousine Sana Geld für die Flucht gegeben und sich trotzdem schuldig gefühlt. Sie hoffte, dass sie es bis Transjordanien schafften. Um dort Söhne zur Welt zu bringen, die gegen uns kämpfen.

Das waren Gershoms Worte gewesen, als sie ihn um das Geld für die Cousinen gebeten hatte, als er ihr das Geld trotzdem gegeben hatte, als wüsste auch er um die Schuld, hässliche Worte, die sie überhört hatte, aber nicht gründlich genug.

Sie vermisste ihre Männer, Vielleicht komme ich nicht zurück, hatte Gershom leise zu ihr gesagt, bevor er gegangen war. Da war Avner schon an der syrischen Front angekommen. Und Peretz, wo war Peretz? Sie wusste es nicht.

Fünf Tage Krieg. Ich sollte Radio hören. Aber sie wollte nichts wissen, sie wollte ihre Ruhe haben, sie hatte bereits genug am Hals mit den neuen Sarfatis, die ihr Haus belagerten.

Es klopfte. Lydia erhob sich, Ich muss Schlüssel nachmachen lassen, dachte sie, während sie auf die Haustür zuging. Draußen standen Anna, Sarah und Shimon und sahen sie an. Einen Augenblick lang hatte Lydia den Eindruck, vor Fremden zu stehen, sogar der Junge erschien ihr fremd. Sie vertrieb die Vision und lächelte. Sie hätte gerne gerufen, Kommt herein, es wartet eine Menge Arbeit auf uns, doch sie konnte nur eine einladende Geste machen, Nicht einmal dieselbe Sprache sprechen wir. Sie seufzte. Aller Anfang ist schwer.

HUNDERTSECHS

Peretz lag auf dem Rücken und starrte in den Nachthimmel. Noch nie hatte er so viele Sterne gesehen. Er dachte, Vielleicht bilde ich mir das nur ein. Er spürte den felsigen Boden, dessen Unebenheiten an mehreren Stellen unangenehm drückten. Das tschechische Gewehr quer über seiner Brust. Er ahnte die Atemzüge der anderen, die neben ihm und zu seinen Füßen lagen. Die Nacht war so still, wie konnte das sein, wenn so viele Menschen auf so engem Raum zusammenlagen, hier die Soldaten der israelischen Streitkräfte, dort unten, keine fünfzig Meter entfernt, die Ägypter, nördlich davon, zur Linken, die Bewohner von Yad Mordechai in ihren Häusern, hinter ihren Barrikaden und Wällen. So viele Menschen, die alle nicht schliefen, ihre Atemzüge müssten doch einen Wind verursachen, der die Blätter der Olivenbäume in der Ebene vor ihnen rascheln ließe, ihre zahllosen Gedanken, hebräische, arabische, ihre Gefühle, der Himmel müsste in schillernden Farben leuchten. So viele Herzen, die alle schneller schlugen als gewöhnlich, man müsste sie hören.

Eine schmale Sichel ging im Osten auf und stieg langsam höher, es wurde ein wenig kühler, eine schwache Brise zog von der Küste her auf und streifte Peretz' Gesicht auf ihrem Weg zum Toten Meer. Grillen zirpten, als wäre keine Menschenseele da. Irgendeine Blüte verströmte ihren herben Duft, um nachtaktive Insekten anzulocken. Sternschnuppen zogen ihre kurzen Leuchtspuren in die Schwärze und erloschen. Noch nie hatte Peretz so viele gesehen, das wusste er mit Sicherheit, denn er hatte noch nie eine ganze Nacht auf der Erde gelegen und auf einen Befehl gewartet.

Nach langer Zeit, in der sich Peretz fragte, wofür er kämpfte, und es wusste und wieder nicht wusste, je nachdem, ob er an Israel dachte oder an Anna, Shimon und seine Mutter, wurde die Dunkelheit zuerst stumpf, dann milchig. Die Sterne verblassten, die Grillen verstummten, die Brise legte sich, Peretz fröstelte in seiner dünnen Uniform. Das erste Licht zeigte noch keine Farben, nur graue Silhouetten, die Häuser von Yad Mordechai, die sanfte Ebene davor, die Olivenbäume, unter denen sich die Ägypter verbargen. Peretz lag nicht mehr auf dem Rücken, sondern auf dem Bauch, neben ihm lagen andere, gemeinsam spähten sie hinunter.

Der Befehl war kein Wort. Er wurde gegeben, als die Bewohner von Yad Mordechai plötzlich vor ihren Barrikaden und Wällen auftauchten und zu schießen begannen. Peretz sprang auf und rannte gemeinsam mit den anderen die Anhöhe hinab, genau auf die Olivenbäume zu, der Kommandant hatte ihnen wegen der Munitionsknappheit eingeschärft, erst zu schießen, wenn sie den Feind sahen, also schossen sie nicht, sondern liefen, so schnell sie konnten, Lauft nicht zu weit, hatte der Kommandant gesagt, Sonst geratet ihr in die Schusslinien der Kibbutniks, aber lauft weit genug, sonst seid ihr keine Hilfe. Sie liefen, bis sie unter die Wipfel der Olivenbäume schauen konnten, und dann sahen sie die khaki-farbenen Rücken der Ägypter, und dann hoben sie ihre Gewehre und luden durch, und dann schossen sie, und Peretz schoss auf einen ägyptischen Rücken, aber mitten im Schuss verschwand der Ägypter, und Peretz sah den Deutschen fallen, sah den Deutschen sein Sprachrohr verlieren, sah, wie das Sprachrohr auf die Felsen schlug und liegen blieb, und dann war der Deutsche fort und vor ihm lag der Ägypter und rührte sich nicht mehr. Peretz lief weiter und schoss, jetzt wandten sich die Ägypter ihnen zu, versuchten zu reagieren, doch es war zu spät, von links kamen die Kibbutniks angestürmt, die Ägypter wussten nicht mehr, wohin sie fliehen sollten, sie rannten wild durcheinander, Peretz sah, wie einer gegen einen Olivenbaum prallte, als hätte er ihn nicht gesehen.

Der Deutsche tauchte nicht mehr auf, aber später würde Peretz denken, War es nicht genauso felsig wie in Italien, war die Luft nicht so trocken wie damals, war nicht auch Mai wie damals, nicht der 8. wie damals, sondern der 22., aber so groß ist der Unterschied nicht.

Dann würde Peretz diese Gedanken beiseiteschieben. Der Deutsche war Geschichte, gefallen im Krieg. Aus und vorbei. Nur sein ver-dammtes Sprachrohr war immer noch da, manchmal hatte Peretz den Eindruck, dass es ganz von allein tönte.

Noch einen Schritt. Und noch einen Schritt. Das Pflaster war glitschig, es regnete. Es war kalt. Die Häuser standen so eng beisammen, keine Lücke zwischen ihnen, wo sie hätte verschwinden können. Sie schleppte sich weiter. Vornübergebeugt, ihr Unterleib brannte wie Feuer und Eis zugleich. Die Nacht war so dunkel, sie sah kaum noch etwas, nur Lichter ohne Quelle, überall waren sie, blendeten sie, spiegelten sich im schwarzen Pflaster. Ihre Beine konnten kaum noch weitergehen, so heftig wütete der Schmerz in ihrem Unterleib. Sie glitt aus, prallte gegen eine Hauswand, rutschte zu Boden. Ganz gekrümmt blieb sie liegen, halb an die Wand gelehnt. Der Regen fiel unendlich lange, ohne dass sie einen Gedanken fasste, sie lag nur da, spürte die Kälte, die Nässe, das Brennen. Der letzte Kunde, sie hatte immer gewusst, dass er eines Tages kommen würde. Jetzt war er da gewesen, alle Ängste waren erfüllt worden, endlich hatte sie das eine gespürt, das alles zusammenfasste, Trauer, Schmerz, Furcht, Erregung, Hoffnung, Liebe. Sie erbrach sich auf das Pflaster, sie begann zu weinen, sie staunte, dass Liebe so grausam sein konnte, so unpersönlich, eine solch finstere Macht war. Das Brennen wurde unerträglich, sie sah ihre Mutter, ihren Vater, ihren Bruder, aus welcher Zeit waren diese Bilder? Sie wusste es, sie sah jetzt, wann das Glas zersprungen war, wann der Riss sich durch alle gegraben hatte, am tiefsten durch sie selbst. Sie fühlte ihre Beine nicht mehr. Sie begriff, dass es bloß ein Missverständnis gewesen war, nichts weiter, sie hatte etwas falsch verstanden, sie hatte nicht begriffen, dass es Liebe war, die sie auf die Welt geworfen hatte, und nicht Verachtung. Sie sah ihre Mutter. Sie kippte vornüber, ihre linke Gesichtshälfte lag auf dem Pflaster, sie sah den Glanz der Nässe aus nächster Nähe, sie fühlte die Kälte des Steins. Ihre Beine waren fort. Ihr Unterleib brannte lichterloh, sie konnte kaum atmen, sie hechelte. Sie hatte nicht erkannt, dass das Leben ein Geschenk war, sie hatte geglaubt, es sei ein Fluch, sie hatte nicht verstanden, dass der Körper ein Zuhause war, sie hatte ihn auf jede erdenkliche Weise gehasst. Sie sah ihre Mutter an der Tür, die Tür fiel langsam zu, sie fürchtete, sie werde ins Schloss fallen, sie stellte einen Fuß hinein, der Brand erreichte ihre Brust, eiskalt, lichterloh, sie atmete stoßweise, sie stellte einen Fuß in die Tür, sie stemmte sich gegen die Tür, die sich schließen wollte, sie zitterte am ganzen Leib, sie bekam keine Luft mehr, sie riss den Mund auf, um zu atmen, sie stemmte sich gegen die Tür.

Plötzlich gab die Tür nach, sie fiel in einen hellen Raum, sie kniete auf dem Boden, vor ihr stand ihre Mutter und blickte herab und lächelte und nahm sie in den Arm und drückte ihren Kopf gegen ihren Unterleib und sagte, Bleib.

HUNDERTACHT

Wozu jetzt noch bleiben? Josef Ranzner stand in seinem Büro und blickte hinaus auf die Isar, die keine zweihundert Meter entfernt vorbeischnellte. Er blickte über die Auen, sah die Gebäude auf der anderen Seite des Flusses hinter hohen Bäumen aufragen. Stets war ihm diese Stadt fremd geblieben. Dabei hatte alles so gut angefangen. Doch die Arbeit für Gehlens Behörde hatte ihm keine Erfüllung gebracht, und auch die neue Stelle fühlte sich an wie eine Ersatzdroge. Seine Tarnung war nicht mehr sicher, wer wusste, wem Heinrich alles von ihm erzählte, die Vorstellung, von der Polizei aus seinem durchschnittlichen Alltag abgeführt zu werden, aus seiner durchschnittlichen Ehe, die Aussicht, womöglich von Juden entführt und in Israel vor Gericht gestellt zu werden, der Gedanke an Emma, die es nicht gewagt hatte, nach dem Tagebuch zu fragen, der Blick auf ihre Tarotkarten, der Gedanke an Gudrun, der Gedanke an Karl Treitz, der Gedanke an Anna – Ranzner wandte sich ab. Wozu das alles? Die einzige sinnvolle Handlung wäre, Karl Treitz zu suchen. Aber wo sollte er beginnen? Die einzige sinnvolle Handlung wäre, Anna zu suchen, aber wie sollte er nach Israel einreisen, ohne entdeckt zu werden? Josef Ranzner fühlte sich wie ein Tier im Käfig. Er konnte nicht entkommen, er konnte nicht einfach verschwinden und anderswo von vorn beginnen, er konnte nichts tun. Aber ich habe bezahlt, dachte Ranzner bitter und presste die schmalen Lippen aufeinander, dass sie fast aus seinem Gesicht verschwanden, Ich habe bezahlt mit Hunger, Kälte und harter Arbeit! Andere waren gleich irgendwo untergekommen, hatten nicht einen Tag Gefangenschaft über sich ergehen lassen müssen. Er dachte an Rauff und Brunner, beiden hatte Gehlen geholfen, hatte seine schützende Hand über sie gehalten, ihnen Lohn und Brot gegeben. Und es gab so viele mehr, die es besser getroffen hatten als er. Was habe ich denn getan, außer meinem Land zu dienen!, dachte eine laute Stimme in ihm. Was habe ich anderes getan, als mein ganzes Leben bis auf den heutigen Tag diesem Land zu dienen? Josef Ranzner fühlte ein Pathos in sich, das er lange für verloren gehalten hatte. Hier stehe ich, dachte er, Groß und allein und kann sagen: Ich habe mir nichts vorzuwerfen! Stets habe ich meine Pflicht erfüllt, stets mit äußerster Gewissenhaftigkeit gehandelt, nicht ein einziges Mal habe ich geschludert, nicht einmal persönliche Interessen über nationale Belange gestellt ... Anna tauchte vor seinen Augen auf, schmal und deutlich und unvergänglich. Er presste seine Handballen gegen die Schläfen. Immer du!, schrie eine schrille Stimme in seinem Kopf, Geh weg, verschwinde, lass mich in Frieden! Du jüdische Hure! Warum habe ich dich nicht getötet? Warum habe ich keinen Schlussstrich gezogen, klare Verhältnisse geschaffen, warum, warum,

»Warum!«

Er zuckte zusammen. Die Wände waren dünn, links und rechts hockten die Kollegen, Ich muss achtgeben, dachte Josef Ranzner. Aber er wollte nicht mehr achtgeben, er wollte frei sein von der Vergangenheit, nur noch nach vorn schauen, nur noch sein Leben leben. Er wollte ... Ja, was will ich denn, fragte er sich. Er blickte aus dem Fenster seines Büros, er sah die Isar, die Auen, die Häuser hinter den Bäumen, und er wusste nicht, was er anderes wollte als Anna wiedersehen und Karl Treitz finden. Absurde Wünsche eines absurden Lebens, dachte er, Die wahnsinnige Liebe zu einer Gefangenen, der wahnwitzige Glaube an die Rettung vor dem Tod. Ich habe nichts, ich hatte nie etwas, ich werde nie etwas haben.

Josef Ranzner wandte sich vom Fenster ab. Er packte seine Sachen zusammen und verließ das Büro. Er ließ den Dienstwagen stehen und fuhr mit der Straßenbahn zum Bahnhof. Er flanierte über die Goethestraße. Dort betrat er eine Bar. Er trank Wein, dann trank er Whiskey. Als er die Wirkung spürte, verließ er die Bar und betrat ein anderes Etablissement. Er zahlte Eintritt, und als er drinnen war, suchte er sich eine große, schlanke, junge Frau aus und ging mit ihr in den zweiten Stock. Er blieb die ganze Nacht. Am nächsten Morgen fuhr er von dort aus ins Büro. Vom Büro fuhr er dorthin zurück.

HUNDERTNEUN

»Sie hatten gestern schon angerufen, nicht wahr?«
»Ja.«
»Der Botschafter möchte mit Ihnen persönlich sprechen. Ich stelle Sie durch.«
»Hallo? Fräulein Kramer?«

»Ja, am Apparat.«

»Guten Tag, Fräulein Kramer, hier spricht Rolf Friedemann Pauls, ich bin der Botschafter der Bundesrepublik Deutschland in Israel, also auch Ihr Botschafter. Und ich muss sagen, als ich von Ihrem Fall gehört habe, habe ich mir gedacht: Was für eine tapfere junge Frau! Aus diesem Grund möchte ich Ihnen versichern, dass wir in der Botschaft und ich persönlich Ihnen von Herzen wünschen, Ihre Suche möge erfolgreich sein.«

»Das ist sehr nett, Herr Pauls, aber ich brauche ein wenig mehr als das.«

»Sprechen Sie! Was immer wir tun können, wir werden es tun, um Sie zu unterstützen!«

»Ich suche nach einer Möglichkeit, Anna Sarfati zu finden. Aus diesem Grund kam ich nach Jerusalem, aber das hat sich als Irrtum erwiesen. Das israelische Staatsarchiv hat keine Namenslisten und keine aktuellen Adressen. Haben Sie keine Möglichkeiten? Peretz Sarfati ist beim Militär, er ist vermutlich inzwischen ein hochrangiger Offizier.«

»Tja, Fräulein Kramer, da sind mir leider die Hände gebunden. Wissen Sie, als ich vor einem Jahr hierherkam, war man sehr gegen mich, was ich auch verstehen kann. Aufgrund meiner Vergangenheit erschien vielen Menschen hierzulande meine Berufung unverständlich, ja, sogar rücksichtslos.«

»Man hat mir gesagt, dass Sie bei der Wehrmacht waren.«

»Ja, das stimmt, ich kann und will das nicht leugnen. Aber ich war Soldat im Dienst meines Vaterlands, das macht mich nicht automatisch zu einem Verbrecher.«

»Ich kann das nicht beurteilen, Herr Pauls. Ich weiß nur, dass der Krieg mich zur Deutschen gemacht hat, indem er meine Eltern in den Tod trieb. Und dazu haben Menschen wie Sie beigetragen.«

»Das tut mir furchtbar leid, Fräulein Kramer, glauben Sie mir. Ich sage auf keinen Fall, dass ich unschuldig bin, im Gegenteil. Ich bin mir der historischen Verantwortung, die nun auf dem deutschen

Volk und also auch auf mir lastet und für Generationen lasten wird, vollkommen bewusst.«

»Leider hilft mir das nicht bei meiner Suche nach Anna Sarfati.«

»Darf ich fragen, warum Sie diese Frau suchen?«

»Die Gründe sind privater Natur. Ihren Worten entnehme ich, dass Sie keinen Einfluss auf die israelischen Behörden haben.«

»Das ist leider allzu wahr. Man duldet mich hier, und ich bin dankbar dafür. Mehr als dies und meinen Beitrag zu den Wiedergutmachungsverhandlungen kann ich leider nicht ausrichten.«

»Wiedergutmachung?«

»Wir nennen es so. Es ist ein sehr unglückliches Wort, ein furchtbarer Euphemismus. Wir können natürlich nichts wiedergutmachen. Aber wir müssen versuchen, aus der historisch-moralischen Bürde herauszuwachsen, und das geht nur, indem wir die Freundschaft zwischen Deutschland und Israel stärken.«

»Nach allem, was geschehen ist? Glauben Sie wirklich daran?«

»Ja, Fräulein Kramer, ich sage Ihnen offen und ehrlich, dass ich daran glaube. Und ich verstehe Ihre Bedenken. Aber weder wir Deutsche noch die Juden können uns darauf beschränken, in die Vergangenheit zu blicken. Dort ist nichts, was uns helfen könnte, in eine bessere Zukunft zu gehen. Wir müssen nach vorn schauen und hoffen, dass die Zeit die Wunden heilen lässt. Und ich bin bereit, meinen bescheidenen Anteil daran zu leisten.«

»Wenn das Ihre Aufgabe ist, dann wünsche ich Ihnen viel Glück, Herr Pauls. Meine Aufgabe ist eine andere. Danke für das Gespräch.«

»Nein, Fräulein Kramer, ich danke Ihnen.«

»Auf Wiederhören.«

»Auf Wiederhören, Fräulein Kramer, und alles, alles Gute.«

»Anna, bist du das?«

»Ja. Ruth? Wo bist du?«

»Wir sind in Haifa!«

»Ihr seid da?«

»Juhu!«

»Wie bist du an diese Nummer gekommen?«

»Peretz hat sie mir über das Rote Kreuz nach Zypern schicken lassen. Wusstest du nichts davon?«

»Nein. Und jetzt?«

»Jetzt sind wir eine Weile in Atlit, das ist gleich südlich von Haifa. Die Briten haben das benutzt, um Juden zu internieren, es fühlt sich auch so an. Aber die Tore sind geöffnet. Wir müssen eine Weile hierbleiben, weil so viele Leute kommen, es ist unglaublich! Es gibt überhaupt keinen Platz mehr, die müssen bauen und bauen, damit wir so schnell wie möglich eine Unterkunft bekommen.«

»Und geht es euch gut?«

»Großartig! Aaron hat schon eine Stelle in der Lagerverwaltung. Wir haben auf Zypern fleißig Hebräisch gelernt, das kommt ihm jetzt zugute. Und ich nähe Uniformen für israelische Soldaten. Ach, Anna, ich bin so froh!«

»Und euer Kind?«

»Das wird wohl hier in Atlit zur Welt kommen. Aber das spielt jetzt keine Rolle mehr. Es ist alles gut, wir freuen uns so!«

»Wir müssen uns sehen.«

»Du müsstest herkommen. Wie geht es dir denn, Anna? Ist alles in Ordnung. Ich habe von deinem Kind gehört. Es tut mir so leid, Anna! Wir waren alle traurig.«

»Danke, Ruth.«

»Und Peretz, wie hat er das verkraftet?«

»Es geht, er … er hat sich sehr auf dieses Kind gefreut.«

»François schickt dir Grüße, und die Abramowicz und natürlich Aaron. Geht es Sarah gut?«

»Ja, es geht ihr gut, sie macht eine Ausbildung bei einer jiddischen Zeitung, Peretz gefällt das nicht, er glaubt, das sind Kommunisten, aber sie lernt etwas dabei und sie kommt unter Leute. Ich glaube, sie ist verliebt.«

»Anna, ich muss jetzt auflegen, hinter mir steht eine Warteschlange und meine Zeit ist um. Ich melde mich wieder, sobald ich kann. Bestell schöne Grüße! Bis bald, Anna, bis bald!«

»Bis bald, Ruth, ich freue mich für dich, für euch, schick Grüße an alle, ja?«

HUNDERTELF

Oz Almog hatte eine Idee. Er sagte nicht viel darüber, er führte zwei Telefonate, eines mit Anat, seiner Frau, ein anderes mit dem Mann, den sie ihm genannt hatte.

Am folgenden Morgen nahm er Lisa mit in seinem safrangelben Saab. Sie fuhren durch West-Jerusalem, von Süden nach Norden. Ramat Rachel. Arnona. Talpiyot. Überall wurde gebaut, als bestünde Zeitnot. Oz Almog zeigte nach rechts, er sagte, Die Waffenstillstandslinie, er sagte, Dort wird immer häufiger geschossen, deshalb fahren wir hier entlang.

Die Sonne stand am wolkenlosen Himmel. Noch war es kühl, noch hockte eine flüchtige Feuchtigkeit in den Ecken der Gebäude, in den Schatten der Hecken, noch hielt ein feiner Tau den Staub am Boden. Lisa blickte aus dem Fenster. Sie sagte:

»Funktioniert das manchmal?«

»Manchmal. Aber ich kann dir nichts versprechen.«

Das neue Haus lag in der Altstadt von Tel Aviv, so nannte Peretz den Hafen Jaffa und die umliegenden Hänge, auf denen dicht an dicht Häuser standen, die so betagt wirkten, als könnten sie von längst vergangenen Zeiten erzählen.

»Wer hat hier gewohnt?«, fragte Anna, als sie langsam durch die Räume ging, die wirkten, als wären die Bewohner einkaufen gegangen, über den schönen Innenhof, der mit Topfpflanzen vollgestellt war, die zum Teil verdorrt waren, zum Teil noch lebten. In der Mitte befand sich ein runder Brunnen, sie lehnte sich über die gemauerte Brüstung, das Wasser war kristallklar. Der Fußboden des Innenhofs war wie ein Mosaik gestaltet. Sie blickte nach oben, über ihr wölbte sich der blaue Himmel.

»Wie alt ist dieses Haus?«, fragte sie.

Peretz lächelte, er sagte:

»Gefällt es dir?«

Anna wollte Ja sagen, doch sie zögerte. Sie ging weiter durch die Räume.

»Was sind das für Muster? Und diese Ornamente?«

»Die sind arabisch.«

»Das Haus gehört Arabern?«

»Nicht mehr.«

»Wo sind sie?«

»Ausgewandert.«

»Ausgewandert oder vertrieben?«

»Ausgewandert.«

Anna wandte sich um, sie sah Peretz direkt in die Augen.

»Sagst du mir die Wahrheit?«

Peretz nickte:

»Sie wollten nicht in einem jüdischen Staat leben, deshalb sind sie gegangen.«

»Und du hast ihnen das Haus abgekauft?«

»Sie sind einfach gegangen, Anna, einfach so, von einem Tag auf den anderen. Das haben hier viele getan. Die Araber hassen uns, sie werden nie wiederkehren, höchstens als Soldaten, um Israel zu vernichten. Das Haus gehört jetzt dem Staat.«

Anna schwieg. Sie sah sich um, ein schönes, altes Haus. Wenn man aus dem Küchenfenster hinausblickte, sah man das Meer. Wenn man hinausblickte und nicht auf die Töpfe und Pfannen achtete, die neben dem Fenster an der Wand hingen, die Teller und Tassen, die in den Regalen standen, wenn man die rußige eiserne Teekanne auf dem alten Gasherd nicht beachtete. Wenn man über das Spülbecken hinwegsah, in dem noch schmutzige Gläser lagen.

Peretz beobachtete sie, er sagte:

»Die Sonne geht im Wasser unter, dort«, er zeigte an ihr vorbei Richtung Horizont. Anna schwieg, sie schlang die Arme um ihren Oberkörper, es war warm, doch plötzlich fröstelte sie. Peretz wurde ungeduldig, er sagte:

»Die werden nicht zurückkommen, seit dem Krieg haben noch viel mehr Araber das Land verlassen. Es ist auch besser so, glaub mir, Juden und Araber können nicht im selben Land leben, wir sind viel zu unterschiedlich.« Er machte eine Pause. Er sagte:

»Du wolltest doch so schnell wie möglich aus dem Haus meiner Eltern ausziehen. Und du wolltest nicht in einem Kibbuz leben, obwohl das vielleicht die beste Lösung wäre.«

»Ich will nicht, dass Shimon die ganze Woche in einem Kinderhaus leben muss. Getrennt von seinen ... Eltern. Und von Sarah. Das ist alles.«

Peretz schwieg. Sie blickten gemeinsam aus dem Fenster.

»Wenn du dich nicht schnell entscheidest, wird jemand anderes hier einziehen, die übrigen Häuser sind alle schon weg.« Anna sah ihn an.

»Lebten hier vor dem Krieg nur Araber?«

Peretz nickte unwillig.

»Und sie sind alle weg?«

Peretz schüttelte den Kopf.

»Die, die nicht gehen wollten, sind geblieben.«

»Zeig mir ein solches Haus.«

»Was soll das, Anna?«

»Ich will so ein Haus sehen.«

Peretz presste die Kiefer aufeinander, er blickte seine Frau wütend an. Dann riss er sich zusammen, er sagte:

»Komm!«

Er verließ das Haus, ging die abschüssige Gasse hinunter, Anna folgte ihm im Laufschritt, so schnell ging Peretz, die Sonne stand hoch am Himmel, die Menschen hatten sich hinter schützende Wände, unter schattige Dächer zurückgezogen, ein alter Mann mit einem Esel kam den Berg herauf, er hatte den Hut tief in die Stirn gedrückt, sein schmächtiger Körper war gebückt, Anna sah das Meer dort unten und bis zum Horizont, wo die Sonne untergehen würde, Peretz stürmte durch schmale Gässchen, die Häuser mit den arabischen Ornamenten, den Mustern in den Fassaden, überall sah Anna sie. Plötzlich blieb Peretz stehen und zeigte auf ein Haus.

»Dort wohnen Araber, die geblieben sind.«

Anna war außer Atem, sie schwitzte, die Sonne stach ihr in die Augen. Das Haus sah verschlossen aus, die Fensterläden waren zugezogen, eine schmiedeeiserne Tür versperrte den Zugang zum Vorgarten. Anna blickte Peretz an.

»Willst du läuten und mit ihnen reden? Nur zu!«

Anna blickte von Peretz zum Haus, vom Haus zu Peretz. Plötzlich wandte sie sich ab und ging den Berg hinauf, Peretz sah ihr verblüfft nach, dann folgte er ihr.

»Was ist? Glaubst du mir nicht?«

»Doch, Peretz, ich glaube dir. Lass uns das Haus nehmen.« Sie lächelte ihn an. Sie wollte, dass alles rechtens war, dass die Araber wirklich gegangen waren, weil sie die Wahl gehabt hatten, sie wollte Lydia Sarfatis misstrauischem, ratlosem Blick entgehen, sie wollte keine Feldarbeit in einem Kibbuz verrichten, sie wollte in der Stadt leben, sie wollte Peretz zeigen, dass sie seine Mühe schätzte, dass er alles richtig gemacht hatte, sie nahm sich vor, bald mit ihm zu schlafen. Sie malte sich aus, dass sie ein neues Kind haben würden. Ein Kind in Jaffa. Sie dachte, Alles wird gut. Sie hörte auf nichts anderes. Sie nahm seine Hand. Gemeinsam gingen sie den Berg hinauf.

HUNDERTDREIZEHN

Es knisterte. Ein Gong ertönte. Ein Mann mit sonorer Stimme sagte: »Es ist zwölf Uhr. Hier ist die Stimme Israels. Mein Name ist Mordechai Primann. Ich verlese jetzt die heutigen Suchanzeigen, die mir von der Jüdischen Agentur für Israel übermittelt worden sind:

Sara Rosenbaum aus New York, geboren in Korov, Galizien, Polen, sucht ihren jüngeren Bruder Jaakov Rosenbaum, sechsunddreißig Jahre alt. Das letzte Mal haben sie sich im Ghetto von Bielsko-Biała gesehen, im Juni 1942 vor dem letzten Transport nach Auschwitz. Dort wurde die Familie getrennt, die Männer von den Frauen, und Sara Rosenbaum überlebte. Andere Überlebende haben ihr erzählt, dass ihr jüngerer Bruder ebenfalls überlebt hat, doch sie haben sich seitdem nicht mehr wiedergesehen.

Abraham Gerschenson aus Miami, geboren in Bialistok, Weißrussland, sucht überlebende Geschwister. Am Ende des Krieges verließ er die Rote Armee und kehrte nach Bialistok zurück. Dort erzählte man ihm, dass die Jüngeren aus seiner Familie in die Wälder geflohen waren und dort von den Partisanen aufgenommen wurden, doch keiner von ihnen kehrte nach Bialistok zurück.

Lisa Kramer, geborene Ejzenstain, ursprünglich aus Polen, nach dem Krieg aufgewachsen in Lübeck, Deutschland. Als Baby verlor sie ihre Mutter, Margarita Ejzenstain, der Vater, Tomasz Ejzenstain, war zuvor von der SS ermordet worden. Lisa Kramer sucht nach Anna Sarfati, die sie als kleines Kind im Übergangslager Pöppendorf gemeinsam mit ihrer Großmutter Marta Kramer kennengelernt hat.

Das sind die Anzeigen für heute. Die Gesuchten können sich bei uns oder direkt bei der Jüdischen Agentur für Israel melden, der Kontakt zu den Suchenden wird auf Wunsch unverzüglich hergestellt. Ich danke Ihnen für Ihre Aufmerksamkeit. Es ist jetzt fünf nach zwölf. Hier ist die Stimme Israels. Mein Name ist Mordechai Primann.«

Anat Almog schaltete das Radio aus. Sie fuhr sich durch den dichten, braunen Haarschopf und langte nach einer Kaffeekanne, die mitten auf dem runden Tisch stand. Sie blickte der Reihe nach in die Gesichter ihrer beiden Kinder, Binah, schmal und blass wie sie selbst, Erez, groß und kräftig wie sein Vater. Kinder, die keine Kinder mehr waren. Kinder, die mit Vater und Mutter aufgewachsen waren, die glaubten, sie wüssten alles über ihre Eltern. Dazwischen Lisa. Sie sah Lisa an, sie lächelte ihr zu.

»Jetzt heißt es warten, Liebes.«

HUNDERTVIERZEHN

Die Wahrheit der Beliebigkeit menschlicher Zusammenkünfte, die Wahrheit, dass es keinen Unterschied machte, ob man sich auf der Straße, in derselben Familie oder im Bett begegnete. Die Wahrheit der Sinnlosigkeit der Sinnsuche, nicht, weil es keinen Sinn gäbe, sondern, weil der Kopf einem alles vorgaukelte, sogar die glaubhafte Lüge, dass Sinnlosigkeit wirklich sinnlos sei und nicht etwa einer von unzähligen Häfen, in die die Menschen sich flüchteten, um nicht die Beliebigkeit zu sehen, um nicht zu sehen, dass die Beliebigkeit keine Schlüsse zuließ, gar keine. Die Wahrheit, dass Zufall und Sinn gar keine Widersprüche waren, sondern einander ergänzten zu einer grausamen kosmischen Harmonie. Die Wahrheit, dass ...

Gudrun unterbrach sich, denn jetzt kam die Ja-Sagerei und dann wurden schon die Ringe getauscht, Heinrich und Lena Scholz, Warum in aller Welt willst du ihren Namen annehmen? Weil unser Name eine Lüge ist, weil wir eigentlich Ranzner heißen. Eigentlich? Weißt du, was eigentlich los ist? Eigentlich bist du nur daran interessiert, noch eine Lüge draufzuschmieren, eigentlich machst du dasselbe wie Vati, du änderst deinen Namen, damit es sauber wird. Aber es wird nicht sauber, es bleibt genauso schmutzig, wie es war. Kinder eines Mörders!

Gudrun unterbrach sich erneut, denn jetzt kamen sie den Mittelgang entlang, Mann und Frau. Dass sie längst zu dritt waren, sah man Lena noch nicht an, sie konnten der Welt immer noch etwas vormachen, zum Beispiel den beiden in der ersten Reihe, Herr und Frau Scholz, er Bankangestellter, sie Hausfrau. Hatten keine Ahnung. Nette, harmlose, naive, beliebige Leute. Gudrun schüttelte unmerklich den Kopf.

In die Bankreihen kam Bewegung, die Menschen erhoben sich, um dem frisch vermählten Paar vor das Eingangsportal zu folgen. Hochzeitsmarsch vom rauschenden Band. Was hältst du denn davon, dass wir heiraten wollen? Du fragst mich, deine jüngere Schwester? Solltest du nicht wenigstens Mutti fragen? Ich will mit unseren Eltern nichts mehr zu tun haben. Und jetzt muss ich also meinen Segen aussprechen? Ich will doch nur wissen, was du davon hältst, Gudrun. Nicht viel. Willst du beweisen, dass Familie doch schön sein kann? Schau mich jetzt nicht so betreten an, du wolltest meine Meinung, jetzt hast du sie.

Schluss damit, dachte Gudrun. Sie erhob sich, sie trug ein dunkelblaues Satinkleid, das Lena ihr geliehen hatte, Ja, ich übernehme den vakanten Posten des Familienoberhaupts, Ja, ich komme zu eurer Hochzeit, Ja, ich feiere mit euch und wünsche mir, dass ihr glücklich werdet, auch wenn es nichts nützt.

Draußen vor der Kirche erwartete sie Regen, feiner, unablässiger Regen, als hätte Gott gesagt, Mal sehen, wie stur ihr seid. Die unverheirateten Frauen nahmen ihre Schirme und stiegen die Treppe hinab, alles Studentinnen aus Lenas Romanistikseminar, sie drehten sich um und warteten, und als der Brautstrauß geflogen kam, vergaßen sie Regen und Schirme und sahen zu, dass sie ihn zu fassen bekamen, Beliebigkeit, da war sie wieder, Gudrun sah es in allem, diese Geste, jener Blick, der Mitbewohner von Heinrich und Lena, der sie nun anlächelte, alles beliebig, Wie hieß der noch mal?, keine Ahnung, Gudrun hatte die anderen Mieter von Heinrichs und Lenas Wohngemeinschaft wahrgenommen wie Statisten in einem Film, unauffällige Menschen, nur dieser da, der war ihr zumindest nicht entfallen, jetzt kam er näher, Hallo, soll ich dich bis zum Restaurant mitnehmen? Ja sagen, lächeln, Treppe hinunter, eine Ente, auch das noch, Mein Dealer hatte so einen Citroën, Dein Dealer? So, wie du aussiehst, war das nicht mal ein Scherz. Gudrun lachte und wunderte sich, dass sie lachte, und fragte im nächsten Moment, Wie sehe ich denn aus? Na, wie eine, die genau das meint, was sie sagt? Aha. Komm, steig ein.

Und diese Hochzeit, was sollte sie dazu sagen, ein Fest wie jedes andere, sie saß neben ... Wie heißt du noch mal? Sag bloß, das weißt du nicht mehr, Gudrun! Ich heiße Ben, und wenn die beiden da nächste Woche ausziehen, werden wir Zimmernachbarn sein, also merk dir meinen Namen gefälligst. Zu Befehl, Herr Ben Irgendwas, Nachnamen sind Schall und Rauch, schau dir meinen Bruder an, der heißt jetzt nicht mehr so, wie er eigentlich nie hieß, sondern noch mal anders. Wie meinst du denn das? Na, so, wie ich's sage. Ihr heißt doch Kruse mit Nachnamen, nicht wahr? Ich kenne euch von früher, ihr habt zwei Häuser weiter gewohnt, und Heinrich war in meiner Klasse. Ach so, davon hat er mir gar nichts gesagt, wie klein die Welt doch ist! Wirklich viel hat dein Bruder nie geredet. Das ist wahr, er beobachtet lieber, mein kleiner Großer.

Die Hochzeit, was sollte sie darüber sagen? Das Paar war der Mittelpunkt, es tanzte den ersten Walzer, Gudrun zuckte mit den Schultern, Wenn schon katholisch, dann auch Brautstrauß, wenn schon Brautstrauß, dann auch Walzer, da war sie schon ziemlich betrunken, denn der Wein schmeckte köstlich, Nicht wahr, Benni Zimmernachbar, wie ist denn dein werter Nachname, wenn ich fragen darf, aber bitte sag ihn mir nur, wenn er echt ist. Schwimmer. Was? Schwimmer? Das ist nicht dein Ernst, das musst du ändern lassen!

HUNDERTFÜNFZEHN

Emma war stolz auf ihre Leistung. Es war ihr gelungen, vier Monate lang mit dem Haushaltsgeld zu wirtschaften. Natürlich hatte sie nicht mehr für ihren Mann und die Kinder einkaufen müssen, sondern nur noch für sich selbst. Und auch die Strom- und Gaskosten waren gesunken. Aber vier Monate – das war eine lange Zeit.

Emma saß in der Küche und zählte ihr letztes Geld.

»Zweiunddreißig Mark und siebzig Pfennig«, murmelte sie, als sie fertig war. Davon konnte sie nicht einmal mehr eine Tarot-Sitzung bei Madame Claire bezahlen. Sie blickte aus dem Fenster. Den ganzen Tag über hatte Hochnebel über der Stadt gelegen, das Licht war so trüb gewesen, als könne jeden Moment die Sonne untergehen. Doch jetzt, am Abend, fegte ein kalter Wind durch die

Straßen, entriss den Bäumen die letzten Blätter und ließ fern im Westen die Sonne aufblitzen, kurz bevor sie unterging. Das war so schön, dass es Emma Tränen in die Augen trieb. So schön war es, dass es wie eine Tarot-Karte aussah, und diese Tarot-Karte sah aus wie eine Metapher für ihr ganzen Leben. Und dieses Leben fühlte sich an, als ginge es zu Ende. Emma stand auf und verließ die Küche, sie durchquerte den Flur und betrat das Wohnzimmer, das ihr früher nie so groß erschienen war, ja, sie hatte sogar insgeheim gehofft, Otto werde eines Tages ein Haus kaufen. Nun aber sah sie, wie viel Platz sie in all den Jahren hatten. Sie verließ das Wohnzimmer, ging über den Flur und betrat Ottos Lesezimmer. Fremd und verlassen, was hatte er hier nur gemacht, dass es ihn nun fortgetrieben hatte, hatte es etwas mit dem Büchlein zu tun, das Heinrich ihm gegeben hatte? Sie hatte es nicht gewagt, ihn danach zu fragen, er war so wütend und dabei so schweigend gewesen, dass sie gedacht hatte, Er wird es mir sagen, wenn er dazu bereit ist. Doch der Zeitpunkt war nie gekommen, stattdessen war er immer stummer geworden, hatte kaum noch zu Hause gegessen, war später und später von der Arbeit gekommen, hatte sie ignoriert, sich mit dem Abendessen im Lesezimmer eingesperrt, sie hatte sich manchmal gefühlt wie eine Hausangestellte.

Eines Tages war er einfach fortgeblieben, und das war nun schon vier Monate her. Was war in diesem Zimmer geschehen, ohne dass sie es bemerkt hatte?

Sie wechselte auf die andere Seite des Flurs und betrat zuerst Heinrichs, dann Gudruns Zimmer. Museen. Leer und voller Fragen. Ich habe nie etwas von euch erwartet, murmelte Emma. Aber dass ihr einfach so geht … Sie verschloss den Schmerz und sie verschloss die Tür und atmete durch.

Das Schlafzimmer war ein halbtoter Körper, die lebende Hälfte bewohnte sie, die tote bewohnte Ottos Abwesenheit, nachdem Ottos baldige Rückkehr so grußlos verschwunden war wie Otto selbst.

Irgendwie, das fühlte sie, hingen all diese Zimmer und ihre Geschichten miteinander zusammen, doch sie wusste nicht wie. Sie setzte sich auf ihre Hälfte des Ehebettes und löschte das Licht. Nachdem sie eine Weile einfach nur dagesessen hatte, schlüpfte sie unter die Decke und schlief ein.

Am nächsten Morgen, nach einem kleinen Frühstück mit Butterbrot und Filterkaffee, packte Emma einen Koffer mit den nötigsten Dingen, ein paar Kleider zum Wechseln, ihr Necessaire, ein zweites Paar Schuhe. Dann zog sie ihren besten Wintermantel an, Otto hatte ihn ihr einmal zu Weihnachten geschenkt, als die Kinder noch klein waren, Emma wusste nicht einmal mehr in welchem Jahr. Es war ein Lammfellmantel, der viel Geld gekostet haben musste. Sie setzte eine passende Fellmütze auf den Kopf, zog ihre schwarzen Winterstiefel und warme Handschuhe an. Dann nahm sie den Koffer und ging zur Tür, öffnete sie, wandte sich noch einmal um, betrachtete die Wohnung, sah vor ihrem inneren Auge den kleinen Heinrich und die kleine Gudrun durch den breiten Flur toben, der Vater hinterdrein, Ich bin das Monstrum, ich bin das Monstrum, rief er mit verstellter Stimme, die Kinder lachten und versteckten sich. Die Vision verschwand, Emma verließ die Wohnung und zog die Tür hinter sich zu.

Der Morgen war kalt, der Mantel wärmte sie gut, während sie auf die Straßenbahn wartete. Sie fuhr bis zum Marienplatz, stieg aus und ging zu Fuß weiter. Lauter bekannte Wege. Sie betrat die Kaufingerstraße und ging Richtung Stachus. Die Geschäfte öffneten, verfrorene Menschen rieben sich die Hände und schoben Rollgitter hoch, schlossen Türen auf, klappten Fensterläden zurück. Autos fuhren vorbei.

Emma ging mit ihrem Koffer bis zu der Stelle, wo Otto sie viele Jahre zuvor angesprochen hatte, was hatte er noch zu ihr gesagt? Sie erinnerte sich nicht mehr an die Worte, nur noch an die Gefühle, die sie ausgelöst hatten. Sie wandte sich um, dort, schräg vor ihr befand sich Optik Huber, das Geschäft war bereits geöffnet, Emma sah die Mutter im Hinterzimmer auftauchen und wieder verschwinden, sie wusste, was die Mutter tat, sie kannte jeden Handgriff, sie war gekommen, der Mutter Lebewohl zu sagen, sie hatte sich Sätze zurechtgelegt, Mutter, würde sie sagen, Ich werde verreisen, nicht für lange, ich besuche eine Schulfreundin, stell dir vor, die Evi hat sich gemeldet, nach all den Jahren, und jetzt fahre ich zu ihr, sie wohnt in Augsburg, das ist gar nicht so weit. Den Kindern geht es gut, Otto hat viel zu tun, du wirst ihn vielleicht nicht antreffen. Sie spielte das Gespräch mehrmals durch, jedes Mal sagte sie etwas anderes, jedes Mal wurde das, was sie sagte, länger und ausführlicher, eine ganze Geschichte, die sie sich niemals würde merken können.

Emma Kruse wechselte den Koffer in die andere Hand. Sie blickte noch eine Weile durch das Schaufenster in das Geschäft der Mutter hinein, die ab und zu auftauchte, verschwand, auftauchte, verschwand.

Als die Weile verstrichen war, wandte Emma sich ab und ging die Straße entlang, weiter Richtung Stachus. Dort fuhr die Straßenbahn zum Hauptbahnhof ab.

HUNDERTSECHZEHN

Wer kam zu Maria Kramers Begräbnis? Ein paar Prostituierte, die sich selbst dort liegen sahen, ihr Zuhälter Fritz Kleinert, der den Blick nicht hob, ein paar Freier, die glaubten, sie hätten die Tote geliebt, eine alte Frau. Und zwei Polizisten in Zivil, die einen Mord aufklären wollten. Sie beobachteten die Trauernden, sie fragten sich, Dieser? Jener? Sie hatten Fritz Kleinert bereits verhört und würden es noch mehrere Male tun. Sie fingen die Freier am Ausgang des Friedhofs ab und luden sie vor. Die alte Frau erkannte die Beamten wieder, sie sah ihnen zu, sie ließ ihren Blick über die kleine Gruppe wandern, sie sah die Gesichter, eine der Prostituierten war die alte Rosi, Rosi hatte Tränen in den Augen, sie warf der Mutter einen Blick zu, der sagte, Wir beide waren an der Reihe, nicht sie. Doch es stimmte nicht.

Frau Kramer wusste jetzt, warum sie in Lübeck ausgeharrt hatte, nachdem Lisa fortgegangen war. Für diesen Tag unter dieser kalten Wintersonne, vor dieser hart gefrorenen Erde. Sie wusste jetzt, dass sie ihre Tochter stets geliebt hatte, dass nicht die Liebe der Grund für den schweren Weg ihres Kindes war, sondern etwas anderes, auf das sie keinen Einfluss hatte. Dass die Verzweiflung darüber sie manchmal hatte hart und ungerecht werden lassen, nein, nicht die Verzweiflung: der Versuch, der Verzweiflung zu entgehen, die Furcht, schuldig am Leben der Tochter zu sein, weil sie es ihr geschenkt hatte.

All dies war nun fort, lag begraben zu ihren Füßen, die letzte Bindung an diese Stadt, in der es zwei Gräber und eine Wohnung gab, was nun? Wohin kann jemand wie ich gehen? Sie wandte sich ab und verließ den Friedhof.

HUNDERTSIEBZEHN

Josef Ranzner wachte auf. Er wälzte sich auf die Seite und öffnete die Augen. Ganz dicht vor ihm lag Anna und schnarchte mit offenem Mund. Ihr Atem roch säuerlich. Sein Blick fiel auf den Wecker, der hinter Anna auf dem Nachttisch stand. Zeit, aufzustehen. Zeit, auf die Straße zu gehen, ins Auto zu steigen, ins Büro zu fahren,

Zeit zu arbeiten, Zeit, so zu tun, als hätte sich nichts in seinem Leben verändert.

Anna wurde wach. Sie sah ihn an. Sie lächelte nicht, ihr Blick wanderte zum Wecker, dann zu ihm zurück. Ihre Stimme war heiser, die Stimme einer Raucherin, sie sagte:

»Du musst gehen.«

Ranzner nickte. Er sagte:

»Ich gehe schon, Anna.«

»Schluss mit Anna! Du schuldest mir zwei Nächte, ab jetzt gibt's nur noch Frieda, ist das klar? Und wenn du nicht bald zahlst, dann heiße ich bald Frau Schneider für dich.«

Ranzner nickte erneut, er stand auf, zog sich an. Er sagte:

»Keine Sorge, Anna, heute bekomme ich mein Gehalt, dann gebe ich dir dein Haushaltsgeld.«

»Hör auf mit der Spinnerei! Solange du die Mäuse nicht rüberwachsen lässt, brauchst du nicht mehr hier aufzukreuzen, hörst du? Sonst sag ich meinem Stizzi Bescheid, und der redet nicht lange, wenn du mich verstehst.«

Ranzner nickte, er lächelte Frieda Schneider an, er streifte sich die Anzugshose über, das Jackett, den Mantel, den Hut, die Lederhandschuhe. Er überlegte, ob er Frieda noch einen Abschiedskuss geben sollte, verzichtete aber darauf. Als er die Tür zum Flur öffnete, sagte er:

»Bis heute Abend, Anna.«

Bevor Frieda etwas erwidern konnte, schloss er die Tür hinter sich und stieg die alte Holztreppe mit den knarrenden Stufen hinab. Er betrat die Straße. Es hatte geschneit, der Schnee lag so hoch, dass er nach ein paar Metern nasse Füße hatte. Sein Dienstwagen war vollkommen eingeschneit, er versuchte, ihn aus der Parklücke zu manövrieren, doch die Reifen drehten durch. Ranzner fror. Die Aussicht, schwarz mit der Straßenbahn fahren zu müssen, gefiel ihm nicht. Die Aussicht, erneut zu spät zur Arbeit zu kommen und von seinem Vorgesetzten zur Rede gestellt zu werden. Die Aussicht, in diesem Aufzug, ungewaschen, unrasiert, durchnässt, frierend, zur Arbeit zu kommen. Die Aussicht, auf dieselbe Aussicht aus seinem Büro wie am Vortag und am Vorvortag und an allen Vortagen aller Vortage.

Ranzner stieg aus seinem Wagen. Unschlüssig stand er auf der Straße. Er konnte kein Taxi nehmen, er konnte sich keinen Kaffee kaufen. Er setzte sich in Bewegung. Über die Goethestraße Richtung Hauptbahnhof, nach rechts in die Schwanthalerstraße. Als er die Sonnenstraße überquerte, spürte er seine Füße nicht mehr. Doch er ging weiter, er hatte schon Schlimmeres erlebt als diesen Schmerz. Als er kurze Zeit später die Kaufingerstraße auf Höhe der Augustinerstraße überquerte, blieb er einen Augenblick stehen. Er blickte in die Richtung, wo sich das Geschäft seiner Schwiegermutter befand, er überlegte, ob er sie nach Geld fragen konnte, doch er entschied sich dagegen. Die Aussicht, der alten Schachtel zu begegnen, gefiel ihm gar nicht. Er ging weiter durch die Münchner Altstadt, er achtete nicht auf die Menschen, die rings um ihn durch den Schnee stapften, er zitterte am ganzen Leib.

Als er endlich am Ziel war, konnte er sich kaum noch bewegen. Es dauerte Minuten, bis er seine Lederhandschuhe ausgezogen hatte. Seine Finger waren kaum in der Lage, den Schlüssel zu halten, er brauchte beide Hände und seine ganze Kraft, um die Tür aufzuschließen. Steif vor Kälte stieg er die Stufen hinauf zu seiner Wohnung.

Die Wohnung war unbeheizt. Ranzner ging ins Badezimmer und ließ Wasser in die Wanne laufen. Doch das Wasser wurde nicht heiß. Er betätigte den Lichtschalter, doch die Lampe leuchtete nicht auf. Er blickte sich um. Eine feine Staubschicht lag auf allen Gegenständen. Er ging ins Schlafzimmer. Er betrat die anderen Zimmer. Als er wieder im Flur war, blieb er stehen.

»Die ist zu ihrer Mutter zurück«, sagte er laut. »Da gehört sie auch hin.« Es ärgerte ihn trotzdem. Ohne darüber nachzudenken, war er stets davon ausgegangen, dass Emma auf ihn wartete. Dass sie es nicht getan hatte, war wie eine Beleidigung.

»Es wäre ihre Pflicht gewesen!«, sagte er. Aber vielleicht hatten ihr die Tarot-Karten ja gesagt, Geh zurück zu deiner Mutter! Josef Ranzner lachte auf.

»Die Tarot-Karten!« Welch lächerlicher Aberglaube! Er sagte streng:

»Ich habe jetzt keine Zeit dafür!« Er begab sich erneut ins Badezimmer. Er zog sich aus, dann setzte er sich in die Wanne und nahm eine kalte Dusche. Anschließend rasierte er sich. Im Schlafzimmer zog er frische Wäsche an.

Als er wieder hergerichtet war, ging er in die Küche. Er war hungrig, doch es gab nichts mehr zu essen, gar nichts mehr. Er war empört. Er wollte sich einen Filterkaffee machen, erinnerte sich aber daran, dass der Strom abgestellt war. Wie lange hatte er die Miete nicht gezahlt, die Strom- und Heizungsrechnung?

»Alles Seifenschaum!«, rief er. Er ging zur Garderobe und zog sich einen warmen Mantel an, einen Schal, dicke Handschuhe, eine Wintermütze. Er ging zur Wohnungstür, öffnete sie, wandte sich noch einmal um, warf einen Blick in die Wohnung. Er spuckte auf den Parkettboden, dann verließ er die Wohnung und warf die Tür ins Schloss.

Er ging durch die Stadt. Er hatte Zeit. Er sagte:

»Ich hab mir einen freien Tag genommen. Morgen gehe ich wieder hin.« Als der Abend kam, hatte er immer noch nichts gegessen. Er war so hungrig, dass sein Magen schmerzte. Noch einen oder zwei Tage musste er durchhalten, dann würde er wieder Geld abheben können. Er ging zum Hauptbahnhof, trieb sich zwischen den vielen Menschen herum, beobachtete ankommende Züge, betrachtete die Menschen, vor allem die Frauen.

Spät in der Nacht ging er zu seinem Dienstwagen. Er schloss ihn auf, setzte sich hinein, ließ den Motor an und drehte die Heizung hoch. Er hörte deutsche Schlager im Radio. Wenn ihm ein Lied besonders gut gefiel, sang er mit. Irgendwann schlief er ein.

Mitten in der Nacht wurde er wach. Der Motor war ausgegangen, das Radio verstummt. Er fror. Er öffnete die Augen, doch er sah nichts. Einen Moment lang glaubte er, er sei immer noch unter Tage, immer noch gefangen, doch dann begriff er, dass es erneut geschneit hatte. Er stieg aus dem Wagen.

Die Nacht war sternenklar, es war so kalt, dass alles wie erstarrt wirkte, sogar die Häuser schienen stiller zu stehen und stummer zu sein als gewöhnlich. Kein Mensch war auf der Straße. Josef Ranzner blickte sich um. Er konnte nicht nach Hause, er konnte nicht mehr zu Frieda. Er wollte nicht mehr in sein Büro. Er wusste nicht, wo Emma war, er hatte den Kontakt zu seinen Kindern verloren.

Er ordnete seine Kleidung, er zog den Schal enger um den Hals und die Mütze tiefer über die Ohren, er schloss die Lücke zwischen den Handschuhen und den Mantelärmeln.

Dann ging er los.

HUNDERTACHTZEHN

Lübeck, den 29. Juni 1966

Mein liebes Kind,

es freut mich, dass es Dir gut geht in Jerusalem. Ich drücke Dir die Daumen, dass Anna irgendwie von der Radiosendung erfahren hat. Hier geht das Leben seinen gewohnten Gang. Es geht mir gut, sei ganz unbesorgt. Eigentlich gibt es gar nichts zu erzählen. Außer vielleicht, dass ich überlege, eine längere Reise zu machen. Ich habe mir immer gewünscht, ein wenig mehr von der Welt zu sehen als nur Lübeck. Und es gibt ja auch gar keinen Grund mehr, hierzubleiben. Ich würde so gerne einmal mit einem Schiff über das Meer fahren oder die Pyramiden von Ägypten sehen oder vielleicht sogar mit einem Flugzeug in ein fernes Land fliegen. Die Welt ist so groß und voller wunderbarer Orte, die ich nicht kenne! Ich schreibe Dir, sobald ich zu einem Entschluss gekommen bin.

Pass gut auf Dich auf, mein Schatz, Du bist das Einzige, was ich auf dieser Welt habe!

Deine Oma

HUNDERTNEUNZEHN

Michael Scholz kam am 5. November 1976 im Klinikum Rechts der Isar zur Welt. Die Geburt war problematisch, die Wehen der Mutter nicht stark genug, erst nach sechzehn Stunden gelang die Geburt. Michael war zu entkräftet, um an Lenas Brust zu saugen, sie war zu erschöpft, ihn immer wieder dazu zu ermuntern. Nach drei Tagen rieten die Ärzte zu konsequenter Flaschenstillung. Außerdem boten sie der Mutter eine Injektion an, die den Milchfluss sofort versiegen lassen würde. Auf diese Weise konnte jede weitere Komplikation vermieden werden. Lena stimmte zu.
Heinrich machte zu dieser Zeit eine Ausbildung bei den Bayerischen Motorenwerken. Die Familie zog aus der Wohngemeinschaft aus und in eine Sozialwohnung im Südosten der Stadt. Gudrun übernahm das Zimmer in der Wohngemeinschaft.

Der Tag des Abschieds würde Gudrun noch lange in Erinnerung bleiben. Als Lena mit Michael auf dem Arm bereits die Treppe hinuntergestiegen war, verabschiedete Heinrich sich von seiner Schwester. Sie umarmten sich, dann sagte Gudrun:

»Jetzt bist du an der Reihe, Brüderchen. Pass auf dich auf!« Heinrich verstand nicht, was sie meinte, er wagte es nicht, nachzufragen, er nickte nur und folgte seiner Frau nach unten. Gudrun sah ihm alles an, sie lächelte ihm zärtlich und besorgt nach, Kleiner großer Bruder. Dann hörte sie, wie im Erdgeschoss die Haustür ins Schloss fiel und ging zurück in ihre neue alte Wohnung, wo Ben Schwimmer bereits auf sie wartete.

HUNDERTZWANZIG

»Hört endlich auf, Deutsch miteinander zu reden! Ich verbiete es! In meinem Haus wird nur noch Hebräisch gesprochen, habt ihr das verstanden?«

Anna und Sarah verstummten. Shimon betrachtete Peretz. Er sagte nicht, was er dachte: Warum sagst du das dann auf Deutsch? Aber Peretz sah es ihm an, und es ärgerte ihn. Er unterdrückte den Wunsch, sich zu rechtfertigen.

Sie saßen beim Frühstück im Innenhof ihres neuen Hauses, es war früher Morgen, der Himmel strahlte hellblau über ihren Köpfen. Die Geräusche der Straße drangen nicht bis zu ihnen, Kinder, die sich den Berg hinaufmühten, weil dort oben das Schulgebäude stand, Ochsen- und Eselskarren und kleine Kastenwagen, die die Geschäfte im Viertel belieferten, Nachbarn, die sich unterhielten, bevor sie ihrer Wege gingen. Bald würden Anna und Sarah Shimon in die Vorschule bringen. Anschließend würden sie im selben

Schulgebäude den Hebräischunterricht besuchen, der für Einwanderer angeboten wurde. Peretz hatte darauf bestanden.

»Es geht ja auch um Shimon«, sagte Peretz, der seinem Ausbruch etwas hinzufügen musste. »Wenn er immer nur Deutsch hört, wird es ihm viel schwerer fallen.« In seiner Stimme lag jetzt ein bittender Ton.

Die Frauen reagierten nicht, sie tranken schweigend ihren Kaffee.

Nach einer Pause sagte Peretz noch leiser, als spreche er zu sich selbst:

»Für ihn wäre das Kinderhaus im Kibbuz sowieso viel besser gewesen.«

HUNDERTEINUNDZWANZIG

Eines Morgens klingelte das Telefon der Familie Almog. Erez nahm ab und sprach eine Weile, dann rief er nach Lisa, drückte ihr wortlos den Hörer in die Hand und zuckte mit den Schultern, als wolle er sagen, Keine Ahnung, was die wollen. Am anderen Ende sagte eine Stimme:

»Fräulein Kramer?«

»Ja, am Apparat.«

»Guten Tag, Fräulein Kramer, entschuldigen Sie die Störung, hier spricht Rolf Friedemann Pauls, Sie erinnern sich, der deutsche Botschafter in Tel Aviv.«

»Guten Tag, Herr Pauls. Wie haben Sie mich gefunden?«

»Wir haben so unsere Kanäle.«

»Und ich dachte, Ihnen seien die Hände gebunden.«

»In Ihrem Fall war das kein Problem, weil Sie Deutsche sind, Fräulein Kramer.«

»Worum geht es denn?«

»Fräulein Kramer, es tut mir aufrichtig leid, Ihnen mitteilen zu müssen, dass Ihre Mutter vor einem Monat verstorben ist. Die Nachricht hat uns auf Umwegen erreicht, und dann habe ich mich an unser erstes Telefonat erinnert. Nun ja, und nun rufe ich Sie an. Mein herzliches Beileid, Fräulein Kramer.«

Es dauerte eine Weile, bis Lisa verstand. Sie atmete tief durch und sagte:

»Sie meinen Maria Kramer aus Lübeck?«

»Ja, genau, Maria Kramer. Das ist doch Ihre Mutter, oder nicht? Jedenfalls haben Sie denselben Hauptwohnsitz in Lübeck« Lisa schwieg. Was sollte sie sagen? Plötzlich begriff sie. Sie sagte:

»Wissen Sie etwas über Marta Kramer?«

»Nein, soweit ich weiß, war von einer Marta Kramer nicht die Rede. Wer ist das?«

»Herr Pauls, ich danke Ihnen für Ihren Anruf, aber ich muss jetzt auflegen. Auf Wiederhören.«

»Auf Wiederhören, Fräulein ...« Es gab ein knackendes Geräusch, als Lisa auflegte.

Sie saß auf dem Stuhl, sie war blass geworden. Erez und Binah kamen zu ihr. Sie fingen sie auf, als Lisa das Bewusstsein verlor.

Es vergingen nur Sekunden, bis sie wieder zu sich kam. Erez trug sie in ihr Zimmer und legte sie auf ihr Bett. Binah brachte ihr ein Glas Wasser. Sie lächelte die beiden dankbar an. Als sie das Glas geleert hatte, sagte sie:

»Ich muss zurück nach Deutschland.«

Am Abend des 14. März 1950 war Peretz erleichtert. Sein Vater informierte ihn telefonisch darüber, dass die Knesset das Gesetz über das Eigentum Abwesender gebilligt hatte und dass es rückwirkend ab dem 14. Mai 1948 galt. Ich kenne den Treuhänder sehr gut, sagte Gershom Sarfati zu seinem Sohn, Lass mich das regeln. Du wirst eine symbolische Summe an den Staat zahlen, dann ist das Haus offiziell deines und niemand kann es dir nehmen. Und wenn sie nicht außer Landes geflohen sind?, fragte Peretz, Dann, sagte der Vater beschwichtigend, Sind sie anwesende Abwesende, das ändert gar nichts, sie haben keinen Anspruch mehr darauf. Peretz dankte seinem Vater und legte auf. Er saß im Wohnzimmer auf einer Couch und sah sich um – der Steinboden mit den ornamentalen Einlassungen, die Rundbögen zum Innenhof hin, die schlanken gedrechselten Säulchen, der alte gemauerte Kamin in der Ecke, den sie noch nie benutzt hatten. Alles dies gehörte nun ihm und seiner Familie. Peretz lehnte sich zurück. Nun konnte Abdulha Al Sayyed ruhig kommen. Er würde nichts ausrichten können.

In dieser Nacht träumte Peretz davon, dass es geschneit hatte. Der Schnee lag meterhoch, aber als sie den Kamin in Betrieb nehmen wollten, stellten sie fest, dass er oben zugemauert war. Sie froren, Anna fror, Sarah fror, Shimon fror, und er selbst fror am meisten, aber sosehr er die anderen bat, ihn zu wärmen, sie wollten nicht.

Mit einem Ruck wachte Peretz auf. Er zitterte am ganzen Körper. Dann entspannte er sich. Was für eine Vorstellung, dachte er, Schnee in Tel Aviv. Er schlief wieder ein. Aber auch am nächsten Morgen erinnerte er sich noch an den eigenartigen Traum. Zu Anna sagte er nichts darüber.

Als er dort ankam, wo sein Wagen stand, kamen zwei dunkle Gestalten auf ihn zu, der eine versetzte ihm einen Schlag in die Magengrube, der andere fing ihn auf. Sie öffneten sein Auto, stießen ihn auf die Rückbank, einer der beiden Männer setzte sich zu ihm, der andere stieg vorn ein. Ranzner wollte sagen, Der Tank ist leer, doch zu seiner Überraschung sprang der Motor an, Die haben an alles gedacht, dachte er, und plötzlich überkam ihn Furcht, er blickte die Männer an, dunkle Wintermäntel, die Hüte tief in die Stirn gezogen, schwarze Lederhandschuhe, ein Wort fuhr ihm durch den Sinn, Mossad! Er wollte kämpfen, er versuchte, aus dem Wagen zu fliehen, doch der Mann, der neben ihm saß, versetzte ihm einen Schlag mit dem Ellenbogen gegen die Schläfe. Er verlor das Bewusstsein.

Als Ranzner erwachte, saß er auf einem Stuhl und blickte in einen Raum, der ihm vage bekannt vorkam, sah durch das Fenster, dass die Bäume größer geworden waren, und entdeckte einen Mann auf der anderen Seite des vertrauten Schreibtisches, den er nur von Fotografien kannte. Dieser Mann hatte einen eckigen großen Kopf mit kurzem, schwarz gefärbtem Haar, seine Augen blickten jovial und undurchdringlich. Er lächelte und sagte:
»Guten Tag, Herr Kruse, mein Name ist Wessel. Wie geht es Ihnen?«
Ranzner wollte, Gut, sagen, aber er schwieg und wiegte den Kopf. Wessel lächelte verbindlich, stützte die Ellbogen auf den Schreibtisch und legte die Fingerspitzen aneinander. Er wirkte gedankenverloren, dann fasste er sich und sagte:
»Ich muss gestehen, dass ich ein wenig überrascht war, als ich erfuhr, dass ein ehemaliger Obersturmbannführer der SS nach wie vor in unseren Diensten steht. Aber gut, ich habe fast sechstausend Mitarbeiter, da kann so etwas schon mal vorkommen.« Er

blickte Ranzner kurz an, als vergewissere er sich seiner Aufmerksamkeit. Dann sagte er:

»Sehen Sie, Herr Kruse, die Welt dort draußen hat sich verändert. Das begriff sogar mein Vorgänger irgendwann. Und deshalb begann er vor fast zehn Jahren, alle Mitarbeiter, die von der Vergangenheit belastet waren, nach und nach in den Ruhestand zu versetzen.« Er seufzte, streckte die Hände voneinander weg, lächelte Ranzner lakonisch an und sagte:

»Aber Sie scheint man vergessen zu haben, obwohl Sie wahrlich nicht unbelastet sind, wie ich inzwischen erfahren habe.« Ranzner wusste nicht, was er sagen sollte, also schwieg er. Sein Kopf schmerzte von dem Schlag, sein Magen war so leer, dass er krampfte. Die Erleichterung darüber, dass nicht der Mossad, sondern der eigene Geheimdienst ihn entführt hatte, schwand mit jedem Wort aus Wessels Mund.

Wessel schien Ranzners Schweigen falsch zu verstehen. Er lehnte sich zurück und sagte:

»Schauen Sie, Kruse. Mein Vorgänger war ein brillanter, aber äußerst rückwärtsgewandter Mensch. Anstatt neue Leute auszubilden, bediente er sich der alten. Er brauchte Knowhow, wie der Engländer sagt, und das gab es in Hülle und Fülle. Also griff er zu und fragte nicht lange.« Er beugte sich nach vorne. Er sagte:

»Der ehemalige Gestapo-Chef in Lyon, Klaus Barbie. Der ehemalige Eichmann-Mitarbeiter, Alois Brunner. Der ehemalige Leiter der Geheimen Feldpolizei, Wilhelm Krichbaum. Der ehemalige Leiter des Judenreferats des Auswärtigen Amtes, Franz Rademacher. Der Erfinder der mobilen Gaswagen, Walther Rauff. Der ehemalige Offizier im Einsatzkommando 9 der Einsatzgruppe B, Konrad Fiebig. Der ehemalige Chef des Vorkommandos Moskau der Einsatzgruppe B, Franz Alfred Six. Der ehemalige SS-Obersturmführer Heinz Felfe.« Er machte eine Pause und blickte Ranzner an, als erwarte er eine Reaktion. Er sagte:

»Anfang der fünfziger Jahre bestand fast ein Drittel seiner Mitarbeiter aus ehemaligen NSDAP-Mitgliedern, ein kleiner Prozentsatz davon waren ehemalige SS-, SD- oder SA-Leute. Hochkarätige Leute, wenn Sie so wollen.« Er schwieg, blickte Ranzner freundlich und undurchdringlich an. Dann lehnte er sich zurück und sagte:

»Nun stellen Sie sich Folgendes vor: Dieselbe Verteilung wies seinerzeit der Deutsche Bundestag auf. Ist das nicht interessant? Die Politik deckte Gehlen und seine Organisation, weil eine Hand die andere wäscht.« Er lehnte sich wieder nach vorn. Er sagte:

»Das ist Geschichte. Abgesehen davon, dass es immer schwieriger wird, die Personalpolitik meines Vorgängers zu rechtfertigen, haben sich diese Leute eher durch ihre Problematik als durch ihre Brillanz profiliert.« Er hob beschwichtigend die Hände, er sagte:

»Das mag für Sie nicht gelten, Herr Kruse, ich maße mir da kein Urteil an. Aber der Feind kämpft heute mit ganz anderen Bandagen. Wenn schon ein Bundeskanzler zurücktreten muss, weil ein Ostspion es bis in die oberste politische Etage geschafft hat, dann müssen wir neue Wege gehen. Sonst droht uns die Finnlandisierung.« Er hob die Augenbrauen und blickte in Ranzners ausgemergeltes Gesicht. Er sagte:

»Außerdem: Seit die Sozialdemokraten an der Macht sind, hat sich die Zusammensetzung im Bundestag verändert.« Er hob die Schultern, als bitte er um Entschuldigung. Er sagte:

»Mir bleibt deshalb nicht mehr, als Ihnen für lange verdienstvolle Jahre zu danken und Ihnen einen Rat zu geben: Wenn Sie nicht Gefahr laufen wollen, doch noch von den Israelis oder von einem übereifrigen deutschen Gericht zur Verantwortung gezogen zu werden, sollten Sie ab sofort und bis zum Ende Ihres Lebens unauffällig bleiben.« Er lächelte Ranzner an, als hätte er ihm ein wohlschmeckendes Rezept verraten. Dann drückte er auf einen Knopf seines Telefons, in Ranzners Rücken öffnete sich eine Tür, eine junge Frau erschien. Sie sagte:

»Herr Direktor?« Wessel lächelte sie freundlich an, dann wandte er sich an Ranzner, zeigte flüchtig an ihm vorbei auf seine Sekretärin und sagte:

»Fräulein Kupfer wird Ihnen die notwendigen Papiere zur Unterschrift geben. Anschließend werden Sie eine kleine Wohnung im Südosten der Stadt beziehen, dort wird gerade eine hübsche Siedlung gebaut, jemand wird sie hinfahren. Wir haben Ihre Wohnung im Lehel aufgelöst, Ihre Kunstwerke werden wir versteigern und aus dem Erlös Ihre Schulden tilgen. Ihre Rente ist ausreichend, wenn Sie vernünftig mit dem Geld umgehen. Sie werden Ihre jetzige Identität behalten, wir gehen davon aus, dass Sie nicht kompromittiert ist. Bitte suchen Sie Ihre Dienststelle nicht mehr auf, auch nicht, um sich zu verabschieden. Das ist sicherer so.« Er lächelte zufrieden. Dann fiel ihm noch etwas ein. Er sagte:

»Ihre Frau hat übrigens das Land verlassen, wir haben deshalb die Observierung eingestellt.« Er lächelte erneut, dann fiel ihm noch etwas ein. Er sagte:

»Ach ja! Und das hier«, er zog etwas aus der Schublade seines Schreibtisches, Ranzner erkannte sein Tagebuch, »werde ich einbehalten, damit es nicht in falsche Hände kommt. Ist nur zu Ihrem Schutz. Am besten, Sie schreiben nichts Persönliches mehr auf.« Er lächelte Ranzner jovial und undurchdringlich an und sagte freundlich:

»Ich wünsche Ihnen alles Gute, Herr Kruse. Leben Sie wohl.« Er erhob sich, Ranzner begriff, dass er mitspielen musste, und tat es ihm gleich, sie gaben sich die Hand, dann wies Wessel erneut auf die Sekretärin, doch diesmal war sein Arm ein Wegweiser. Ranzner gehorchte.

Es ist schön hier, dachte Anna, als sie Shimon in die Schule gebracht hatte und sich auf den Heimweg machte. Es war der 13. März 1951. Der Morgen war frisch, es duftete nach Mandelblüten, in manchen Vorgärten standen große Bougainvilleen, ihre lilafarbenen Blüten leuchteten im frühen Licht. Aus den Häusern drangen die Geräusche von Menschen, die beschäftigt waren, die Sonne brannte noch nicht, die Luft war angenehm. Weit unten das glitzernde Meer, über das sie gekommen war. Im zweiten Anlauf. Ich bin doch frei, dachte sie. Ich habe doch überlebt. Es ist doch alles gut geworden. Jetzt bin ich Israelin, mein Hebräisch wird immer besser. Shimon hat Spielkameraden gefunden, ich bin wieder schwanger, Peretz ist zufrieden.

Sie ging weiter und wusste, dass nichts gut war, weil ›gut‹ ein Begriff aus der Kindheit war, und die Kindheit war ums Leben gekommen, mitten in ihr. Alle Freude, die sie empfand, musste sie sich selbst vordenken, allen Lebenssinn musste sie sich zusammensuchen wie jemand, dem das Frühstückstablett aus der Hand geglitten ist. Jetzt kroch sie auf dem Boden herum und aß Stücke und dachte sich etwas Heiles dabei.

Als ihr Haus in Sicht kam, umgeben von anderen Häusern, in denen einst Araber gewohnt hatten, blieb sie stehen. Du wirst niemals frei sein, dachte eine klare Stimme in ihr. Es ist ganz gleich, wo du dich befindest. Sie dachte an die Nächte mit Peretz, sie hatte nichts mehr entgegenzusetzen, sie war gefangen in dem Netz, das sie selbst gesponnen hatte, nichts hatte sich geändert, obwohl doch Jahre vergangen waren, immer noch war Peretz nicht Peretz, immer noch suchte sie nach Shimons Vater, immer noch versuchte sie anschließend, alles rasch wieder einzusperren, um ihr Schauspiel weiterzuüben in der Hoffnung, eines Tages so perfekt zu sein, dass sie selbst es glauben könnte, weil es dann wahr geworden wäre, obwohl sie längst wusste, dass Hoffnung die Falle aller Fallen war, obwohl sie längst wusste, dass die Aussicht auf ein hoffendes Leben die Aussicht auf ein eingesperrtes Leben war. Fast wünschte sie, ein neuer Krieg werde alles hinwegfegen, was sie sich gerade erst aufbaute, fast hoffte sie, Peretz werde als Held fallen, damit sie endlich frei wäre.

Doch sie vertrieb die Gedanken und setzte sich erneut in Bewegung und ging nach Hause.

HUNDERTFÜNFUNDZWANZIG

Oz Almog lud Lisas Koffer in sein Auto, er sagte, Auf keinen Fall! Ich fahre dich. Anat umarmte sie zum Abschied, Wie schade, dass du schon fortmusst. Binah und Erez kamen mit, zu viert saßen sie in dem kleinen Auto, die Männer vorn, die Frauen hinten. Zwei Stunden, dann sind wir da, sagte Oz.

Die Sonne schien, Wann scheint die Sonne eigentlich nicht, fragte Lisa und versuchte zu lächeln. Oh, sagte Erez mit seiner tiefen Stimme, Das kommt schon mal vor, das letzte Mal vor zwei Jahren. Er lachte, wie man lacht, wenn man zur Heiterkeit einlädt.

Sie fuhren an der südlichen Waffenstillstandslinie entlang nach Norden, die Stadt erwachte, auf den Baustellen wurde schon gearbeitet, Später wird es zu heiß dafür, sagte Binah. Lisa sah die Straßenzüge einer Stadt, die sie kaum kennengelernt hatte, Werde ich wiederkommen? Der Berufsverkehr nahm langsam zu, Die Engländer mit ihren Kreisverkehren, schimpfte Oz. Weiter ging es, breite Straßen, Autos, Motorräder, in der Ferne stets Hügel dicht mit Häusern besiedelt, viel sandige, staubige Erde, wenig Grün. In meiner Heimat war es ganz anders, sagte Oz, Ich habe lange gebraucht, um mich an diese Landschaft zu gewöhnen. Ich stamme aus Bulgarien. Früher hieß ich Bisanti mit Nachnamen, das klingt nach Byzanz, findest du nicht? Aber wir sprachen Ladino. Im sechzehnten Jahrhundert zogen viele Juden nach Bulgarien, die von den Katholischen Königen aus Spanien vertrieben worden waren, deshalb haben wir lange geglaubt, wir seien auch von dort. Aber der Name passt nicht dazu. Bisanti ist schön, sagte Lisa, Viel schöner als Almog, sagte Binah mit gespieltem oder überspieltem Groll, sie wusste es selbst nicht genau.

Sie fuhren aus der Stadt heraus, Lisa wandte sich um, ein letzter Blick auf Jerusalem, wie anders ihr alles erschien, jetzt sah sie, wo der Fels aufhörte und die Häuser begannen. Oz sagte, Siehst du den Hügel dort links? Er streckte den Arm aus dem Fenster, Lisa sah über ein Tal hinweg einen bewaldeten Hügel, auf der Kuppe stand ein eckiges Gebäude. Das ist Yad Vashem. Eines Tages, wenn du mehr weißt, musst du zurückkommen und den Leuten dort deine Geschichte erzählen. Lisa war mit etwas anderem beschäftigt, sie sagte, Warum hast du deinen Namen geändert? Ach, sagte Oz, Das war eine Dummheit. Damals nach der Staatsgründung wollte Ben-Gurion, dass jeder Israeli einen hebräischen Nachnamen hat, in der Armee wurde man ständig darauf hingewiesen. Deshalb habe ich es gemacht, Almog bedeutet Koralle, es gefiel mir. Heute bereue ich es. Das geht vielen so. Und du, fragte Binah, Warum heißt du immer noch Kramer? Lisa dachte an ihre Großmutter, die jetzt ihren Beistand brauchte, sie blickte aus dem Fenster, sie fuhren nun in eines der Flusstäler, die durch den Korridor nach Westen führten, auf einem Verkehrsschild stand ›Highway 1‹, darunter ›Tel Aviv-Jafo‹. Sie sagte:

»Meine Eltern sind beide tot. Ich gehöre zu meiner Großmutter.«
Oz nickte zustimmend, niemand sagte etwas. Nach einer Weile sagte er, Wir müssen später von dieser Straße herunter und über die Burma-Straße nach Tel Aviv fahren. Sie wurde in nur acht Wochen

gebaut, weil es uns im Unabhängigkeitskrieg nicht gelang, Latrun einzunehmen, es ist bis heute jordanisch besetzt.

Sie schwiegen. Sie fuhren durch karges Bergland, die Straße führte in weiten Kurven allmählich hinab ins Küstenland. Es wurde heiß und stickig, ein wenig abseits der Straße machten sie Rast, sie saßen auf der Erde und aßen aus Anats Picknickkorb Datteln, Orangen, Sandwiches, Kekse, sie tranken Wasser, dann packten sie alles zusammen und fuhren weiter.

Die Landschaft veränderte sich, sie kamen durch kleine Dörfer, durch Orangenplantagen, an Olivenhainen vorbei, der Verkehr nahm zu.

Der Flughafen war umgeben von kleinen Dörfern, auch hier wurde gebaut. Oz Almog steuerte den Wagen zielsicher durch ein Gewirr von Straßen, Lisa sah große Werbeplakate mit europäischen Gesichtern, eines der Plakate war auf Deutsch, es warb für ›Neueste Nachrichten‹, Das ist die größte Tageszeitung, sagte Binah, Die Jeckes tun sich schwer damit, Hebräisch zu lernen. Sie lächelte Lisa liebevoll an, als gehöre sie schon dazu.

Als sie vor der internationalen Abflughalle des Lydda Airport hielten, sprang Erez aus dem Wagen und hievte Lisas Gepäck aus dem Kofferraum, Das trage ich, sagte er zu seinem Vater. Zu viert gingen sie zum Flughafenschalter, die Halle war belebt, Menschen gingen eilig hin und her, alles war so modern, als befänden sie sich in irgendeinem Land des Westens.

Lisa gab ihren Koffer auf, die Bodenstewardess überreichte ihr die Bordkarte. Sie begaben sich zur Passkontrolle. Gemeinsam standen sie in der Warteschlange und versuchten, sich über Belangloses zu unterhalten. In einer Ecke hatten sich orthodoxe Juden versammelt, Männer mit schwarzen Mänteln und Hüten, sie sangen laut im Chor, Oz sagte, Das sind Amerikaner, die hier auf Pilgerfahrt waren und jetzt zurückkehren. Lisa hörte jiddische Gesprächsfetzen, Ich dachte, das sei ausgestorben. Unkraut vergeht nicht, scherzte Erez, aber sein Vater warf ihm einen ernsten Blick zu.

Sie durften nicht mitkommen bis zum Gate, Tut mir leid, sagte der Zollbeamte, ein Mann in Militäruniform, Sicherheitsbestimmungen. Sie umarmten einander, Komm wieder, Bestimmt, Tausend Dank für alles, Jederzeit, hörst du? Lebt wohl! Lisa ging los, sie winkte den Winkenden, dann war der Abschied beendet, sie ging weiter, den Gang entlang, sie klammerte sich an ihre Handtasche, mit einem Mal wurde ihr bewusst, wie wohl sie sich gefühlt hatte, Jüdin unter Juden, Jetzt weiß ich, wie das ist.

Am Gate befanden sich viele Leute, Deutsche waren darunter, Lisa konnte nicht erkennen, ob es Juden waren, Auf mich trifft das wohl auch zu, dachte sie. Die Zeit verstrich, Lisa überlegte, ob sie in ihr Tagebuch schreiben sollte. Doch da kam der Aufruf zum Boarding, die Menschen bildeten rasch eine Schlange, jedem wurde ein guter Flug gewünscht, auch Lisa. Sie betrat das Rollfeld, dort hinten stand das Flugzeug, das sie zurück nach Deutschland bringen würde, Lisa verspürte den Wunsch, einfach zu bleiben, nicht zurückzufliegen, sie dachte, Ich könnte Oma anrufen. Doch dann stellte sie sich ihre Großmutter vor und ging weiter. Langsam ging sie die Fahrgasttreppe hinauf. Im Flugzeug wurde sie von Stewardessen willkommen geheißen, sie suchte sich ihren Platz, Reihe 13, Sitz D, sie ließ sich nieder und blickte aus dem kleinen Fenster. Draußen schien die Sonne Israels, die Sonne des Mittelmeers, ein solches Licht gab es in Deutschland nicht, sie dachte, Es wird mir fehlen, aber sie meinte viel mehr.

Über die Lautsprecheranlage sagte eine Stimme leise, Boarding completed, es war für die Crew bestimmt. Die Stewardessen machten sich daran, die schwere Tür zu schließen. Dann unterbrachen sie ihre Bemühungen, es entstand eine Pause, Vielleicht fehlt doch noch jemand, mutmaßte Lisas Nachbar, ein Deutscher, der mit seiner Frau unterwegs war. Eine Stewardess kam den Gang entlang, sie lächelte berufsmäßig, dann blieb sie stehen, beugte sich herunter und sagte:

»Sind Sie Lisa Kramer?«

Lisa nickte überrascht. Die Frau sagte:

»Es liegt eine wichtige Nachricht für Sie vor. Würden Sie bitte mitkommen.« Lisa erhob sich, plötzliche Sorge erfasste sie, Was, wenn mit ihrer Großmutter etwas geschehen war? Wenn sie zu spät kam? Die Furcht packte sie, ihr Herz schlug schneller, sie folgte der Frau nach vorn. Dort empfing sie ein Mann, der sich als Sicherheitsbeamter vorstellte, er sagte:

»Die Nachricht stammt von Anat Almog aus Jerusalem, kennen Sie diese Person?«

Lisa nickte. Ein Unfall! Gedanken und Bilder überstürzten sich in Lisas Kopf, der gelbe Saab, Oz, Binah, Erez. Der Beamte sagte:

»Die Nachricht lautet: ›Anna Sarfati hat sich gemeldet. Sie möchte dich sehen.‹ Hier ist eine Adresse in Tel Aviv angegeben. Nehmen Sie die Nachricht an?«

Lisa nickte stumm, sie griff nach dem Zettel, den der Beamte ihr entgegenhielt. Ratlos blickte sie sich um, der Beamte sagte zu den Stewardessen, die bei ihnen standen:

»Es handelt sich um ein Gesuch, das über Kol Israel ausgestrahlt wurde.«

Die Frauen machten, Aha, ihre Blicke auf Lisa änderten sich, der Beamte sagte:

»Wenn Sie hierbleiben möchten, lassen wir Ihren Koffer aus dem Flugzeug holen.«

Lisa nickte, ohne nachzudenken.

»Kommen Sie bitte mit.«

Die Stewardessen wünschten ihr viel Glück, Lisa dankte benommen, dann stieg sie die Fahrgasttreppe hinunter und folgte dem Mann, der mit raschen Schritten vorausging, zurück nach Israel.

Sie fuhren mit dem Fahrrad durch die Stadt, der Frühling um sie her, sprießende Bäume, junges Grün, Menschen, die nach einem langen, kalten Winter auflebten, nass glänzender Asphalt vom letzten Regen, die Sonne schien, als wäre auch sie wieder jung geworden. Sie fuhren durch die Stadt, Ben voran, Gudrun ihm nach, sie kannte den Weg, doch sie wollte ihn nicht im Kopf haben, sie wollte wenigstens eine Weile so tun, als wüsste sie nicht, wohin es ging. Ben hatte auf diesen Ausflug bestanden, Meine Eltern tun zwar sehr fortschrittlich, aber ich weiß, dass sie es nicht sind. Gudrun hatte mit den Schultern gezuckt, Wenn es sein muss, seit sie mit Ben zusammen war, hatte sie gelernt, dass solche Dinge nicht zwangsläufig unangenehm waren, Du wirst sie mögen, hatte er gesagt, Selbst wenn nicht, hatte sie erwidert. Er hatte gelächelt und sie in den Arm genommen, sie mochte es, dass er jede Gelegenheit nutzte, dies zu tun, sie konnte sagen, was sie wollte, alles fand er lustig oder charmant oder sexy, manchmal ertappte sie sich dabei, dass sie ihm seine Liebe nicht glaubte, so groß schien sie zu sein. Du bist mein Sanatorium, hatte sie gesagt, Komm, Sanatorium, zeig mir, wer dich gebaut hat.

Als sie sich näherten, als Gudrun die Straße sah, war die Leichtigkeit fort, sie stieg ab, Was ist?, rief Ben, Ich muss das ganz langsam tun, erklärte sie, Ich kann nur Schritt für Schritt hierherkommen, nicht auf Rädern, wer rollt schon in die Kindheit zurück? Sie streckte den Arm aus, Da saß früher immer ein Bettler, so einer mit Ziegenbart und Hut, nicht einfach ein Penner, ein echter Bettler, einer wie im Buch. Ben stieg ab, sie gingen gemeinsam, er schüttelte den Kopf, Daran kann ich mich nicht erinnern. Du bist ja auch nicht jeden Nachmittag zu ihm gegangen und hast dein Pausenbrot mit ihm geteilt. Das hast du getan? Gudrun nickte, Nun glaub bloß nicht, ich wäre so sozial gewesen. Warum hast du es dann gemacht? Sie hob die Schultern, zog die Mundwinkel herunter, Ben lächelte, er mochte ihre vielen Gesichter, alle waren sie so ausdrucksstark, was bei anderen Menschen normal aussah, wirkte bei ihr, als wäre sie eine Charakterdarstellerin auf der Bühne und er säße im Parkett in der ersten Reihe. Sie ging jetzt sehr langsam, sie sagte, Ich glaube, ich hatte das Gefühl, er war der Einzige, der echt war. Ben nickte, Ich glaube, ich habe das Gefühl, ich verstehe, was du meinst. Gudrun lächelte ihn an, dort hinten steht das Haus, bis zu diesem Tag hatte sie es gemieden, wie sie die Kaufingerstraße mied, es wirkte unverändert, von Heinrich wusste sie, dass ihre Eltern nicht mehr dort lebten, mehr nicht. Ich bin eine Waise, dachte sie, War es vermutlich schon immer. Ben hielt sie am Arm fest, Hier ist es, sagte er und deutete auf das Haus, an dem sie fast vorbeigegangen wäre. Gudrun fasste sich, Also dann! Ben rührte sich nicht, er atmete mehrmals durch, er sagte:

»Es gibt etwas, das du wissen musst, bevor wir hochgehen.« Gudrun machte große Augen, sie dachte, Das wäre mein Text, wenn das meine Eltern wären. Ben sagte:

»Wir sind Juden, aber das weiß sonst niemand.« Gudrun starrte ihn an. In ihr begann ein Lachen, das sie gut kannte, jenes dritte Lachen, für das es keine Erklärung gab, ein schreckliches Lachen, dessen Gewalt sie fürchtete, sie hatte gelernt, es zu kontrollieren, doch die Tränen, die es erzeugte, konnte sie nicht unterdrücken. Ben starrte erschrocken zurück, Was hast du denn? Sie schüttelte den Kopf, sprechen durfte sie nicht, wenn das Lachen, die Gewalt, der Schrecken im Kopf bleiben sollten.

Nach einer Weile konnte sie durchatmen. Sie sah Bens Verwirrung und umarmte ihn, Entschuldige. Ben wollte ihr Gesicht sehen, er hielt sie an den Schultern fest, sie lächelte ihn an, immer noch glänzten ihre Augen feucht, Was hast du, fragte er mit Nachdruck, Ist es, weil ich Jude bin. Sie schüttelte den Kopf.

»Nein«, sagte sie, »es ist, weil unser Vater Juden ermordet hat.«

Peretz stand in der offenen Tür seines Hauses. Die Frau vor ihm knöpfte ihr Kopftuch auf, ihr ernstes Gesicht war nass unterhalb der Augen, sie zog ihr Kopftuch ab, dichtes schwarzes Haar quoll heraus, sie schüttelte es und stand da und sagte, Schieß! Peretz öffnete den Mund, er wollte etwas sagen, er nahm den Mann wahr, der im Hintergrund auf der Straße stand und ihn beobachtete, doch die junge Frau vor ihm war zu stark, ihre Kraft ließ ihn nicht aus der Umklammerung, ihre Stimme war dunkel und melodiös, ohne Akzent sagte sie, Ich bin hier aufgewachsen, niemals wird dieses Haus dein Haus sein, du und deine Familie, ihr werdet nicht glücklich sein in diesem Haus, ihr werdet krank daran werden, dass ihr es mir und meiner Familie geraubt habt. Sie sprach leise und intensiv, als sei sie in Trance, als sehe sie wahrhaftig die Zukunft, als stünde die Zukunft in Peretz' Augen geschrieben und sie müsse sie nur dort ablesen und teile sie ihm aus kühler Barmherzigkeit mit, als wolle sie sagen, Geht besser fort von hier, bevor das Unglück euch vernichtet. Peretz versuchte, sich zu befreien, er rang sich Worte ab, er sagte, Wir haben es vom Staat gekauft. Die Frau reagierte nicht, sie sah ihn an mit ihren dunklen Augen, deren Schönheit Peretz wie ein Schmerz traf. Ihre vollen Lippen bebten leicht, Peretz sah den sanften Schwung, den sie ausführten, eine Erscheinung war dieses Gesicht in seiner Vollkommenheit, unwiderlegbar in jeder Beziehung, und Peretz fühlte, dass er brechen würde wie ein Stück Holz, wenn sie noch länger vor ihm stünde, er wünschte nichts, als dass sie fortginge und nie wiederkäme, und zugleich zog ihn ihre Kraft an, eine Kraft, in der kein Zweifel lag, kein Zögern. Sie sagte, Feigling, sie spuckte ihm das Wort vor die Füße, sie verzog das Gesicht dabei zu einer Fratze, die ihn hätte zurückprallen lassen, wäre er nicht gelähmt gewesen. Dann wandte sie sich ab, zog ihr Kopftuch auf und ging fort, und Peretz stand in der Tür, er blickte ihr nach, sah, wie sie an der Seite von Abdulha Al Sayyed die Straße hinab zum Meer ging, fragte sich, ob sie seine Tochter oder seine Frau war, spürte eine vage Erleichterung, weil Anna und Sarah nicht im Haus waren, und schloss die Tür und lehnte sich von innen dagegen und versuchte, sich zu beruhigen. Aber so tief er auch durchatmete, die Beklemmung in der Brust blieb.

Später würde er denken, Die kleine arabische Schlampe! Später würde er wütend werden, weil sie es gewagt hatte, ihm auf diese Weise gegenüberzutreten. Später würde er sich Worte zurechtlegen, die er ihr hätte sagen können, er würde, Nein!, gesagt, Nein!, gebrüllt haben, Verschwinde! Sonst prügele ich dich und deinen Vater hier raus! Die Kraft seiner Stimme würde die kleine arabische Schlampe wie ein starker Wind von seiner Tür und aus seinem Vorgarten gepustet haben. Später würde er versuchen, über sie zu lachen, Soll sie uns nur verfluchen, würde er denken, Diese Muslime, würde er denken und versuchen, sich die Gefühle zu glauben, die er mit seinen Worten auslösen wollte.

HUNDERTACHTUNDZWANZIG

»Anna?«

»Ruth! Schalom! Wie schön, dass du anrufst!«

»Anna, du musst nach Haifa kommen.«

»Was ist denn los?«

»Der Alte liegt im Sterben. Er will dich sehen.«

»Was! So plötzlich! Ich ... ich weiß nicht, was ich sagen soll.«

»Dass du kommst, natürlich. Bitte! Es ist ihm wichtig.«

»Und Peretz?«

»Er hat Peretz nicht erwähnt, nur dich.«

»Gut, ich komme.«

»Gleich morgen.«

»Morgen schon?«

»Wenn du ihn lebend sehen willst, musst du morgen kommen.«

»In Ordnung, ich komme morgen.« Sie legte auf. Sie blickte sich im Wohnzimmer um. Sie sah auf die Uhr, es war spät, Peretz war noch nicht zu Hause, Shimon schlief bereits. Sie begab sich ins Schlafzimmer und packte eine kleine Tasche mit dem Nötigsten. Dann ging sie zu Bett.

HUNDERTNEUNUNDZWANZIG

»Anna Sarfati?«

»Ja, das bin ich. Und du bist Lisa Kramer?«

»Ja.«

»Wo bist du jetzt?«

»Ich stehe am Flughafen von Tel Aviv. Ich war schon im Flugzeug, als Ihre Nachricht eintraf.«

»Da haben wir aber Glück gehabt, nicht wahr?«

»Oh ja. Ich wäre eigentlich länger geblieben, aber die Tochter von Frau Kramer ist gestorben, und meine Großmutter ist jetzt ganz allein in Lübeck.«

»Das verstehe ich. Es ist ja nur ein kurzer Aufschub, vielleicht ein, zwei Tage, und dann fliegst du wieder nach Deutschland.«

»Ja. Soll ich jetzt vorbeikommen?«

»Das wäre schön. Die Adresse hast du, oder nicht?«

»Doch, ich habe sie.«

»Wie wirst du denn herkommen?«

»Ich kann mit dem Taxi fahren.«

»Gut. Du wirst eine knappe Stunde benötigen. Ich werde dir ein Gästezimmer herrichten und etwas zu Essen kochen. Bis gleich!«

»Bis gleich.«

HUNDERTDREISSIG

Wir schaffen das!

Es ist mir egal!

Du bist nicht dein Vater!

Was meine Eltern denken, interessiert mich nicht!

Ich liebe *dich*, Gudrun Kruse, nicht deinen Nazi-Vater!

Gudrun lag im Bett und hörte Bens Worte wieder und wieder. Sie hatte sich eine Auszeit erbeten und war wieder ins Nebenzimmer gezogen. Und jetzt spürte sie zum ersten Mal Furcht.

Nein, es hat nichts damit zu tun, dass du Jude bist!

Ich bin nicht mein Vater!

Ich liebe dich, es ist mir vollkommen gleichgültig, welche Religion du hast oder zu welchem Volk du gehörst!

Ich brauche einfach nur Zeit, um das alles zu verdauen!

»Was gibt es denn da zu verdauen? Wir lieben uns und damit basta!«

Sehr viel, mein Lieber. Hast du dir schon mal die Frage gestellt, warum ausgerechnet ein versteckter Jude sich in die Tochter eines versteckten Massenmörders verliebt? Warum ausgerechnet die Tochter des versteckten Massenmörders die Liebe des versteckten Juden erwidert?

Das hatte sie nicht gesagt. Sie hatte es nicht gewagt, und doch war es genau dies, was ihr zusetzte. Was ist Liebe? Warum tut Liebe solche Sachen? Ist das Zufall? Das kann kein Zufall sein! Und jetzt lagen sie wieder in getrennten Betten, weil sie, Gudrun Kruse alias Ranzner, es so wollte. Warum ausgerechnet die Tochter des Massenmörders und nicht der Jude?

Sie versuchte zu schlafen, doch es gelang ihr nicht. Sie wälzte sich und ihre Gedanken und ihre Gefühle von einer Seite auf die andere. Jetzt einen Schuss! Was für einen? Heroin oder Blei? Abtauchen, einfach wieder abtauchen und nichts spüren, einfach wieder zurückgleiten ins Meer, einfach die Beine wieder gegen die Flosse eintauschen und untergehen, fort sein von allem, von allen, vor allem von sich selbst. Einfach den eigenen Tod bestaunen wie ein Wunder.

Spät in der Nacht ging sie nach nebenan. Dort lag Ben in seinem Bett und schrieb in sein Tagebuch. Sie sahen einander an. Ein Lächeln huschte über Gudruns Gesicht und verschwand. Sie sagte: »Ich kann das nur gemeinsam mit dir. Allein geht es nicht.«

»Ein Glück! Komm her!«

Sie ging hin und legte sich zu Ben ins Bett. Er löschte das Licht und nahm sie in den Arm. Sie lagen eine Weile wach, dann schliefen sie ein.

HUNDERTEINUNDDREISSIG

Jaffa, den 11. Juni 1966

Was für ein Tag! Ich muss versuchen, ihn genau aufzuschreiben, kein Detail auszulassen.

Ich fuhr mit dem Taxi vom Flughafen nach Tel Aviv, mein Herz klopfte und meine Gedanken überschlugen sich, was würde ich erfahren, wie würde Anna sein, wer würde Anna sein?

Tel Aviv war vollgestopft mit Menschen und Fahrzeugen, als wären in der kurzen Zeit, die ich in Jerusalem verbracht hatte, noch einmal hunderttausend Menschen eingewandert und liefen und führen jetzt überall herum auf der Suche nach allem, was man zum Leben braucht. Vermutlich war das nur mein Eindruck, denn ich hatte es so eilig, dass der Verkehr mich ungeduldig und nervös machte.

Als wir endlich durch die engen Gassen von Jaffa fuhren, war ich überrascht. Eine solche Stadt hatte ich in Tel Aviv nicht erwartet, so alt, so anders als der Teil, den ich kennengelernt hatte nach meiner Ankunft in Israel.

Das Taxi hielt vor dem Haus, der Fahrer zeigte darauf, Hier ist es. Ich dankte, ich wollte zahlen, aber da öffnete sich die Haustür und eine Frau mittleren Alters kam heraus, die Schultern vorgezogen, schmal, hochgewachsen. Sie wischte sich schnell die Hände an einer weißen Schürze ab, dann öffnete sie das Törchen zum Vorgarten. Die Augen, dachte ich, als sie näher kam und lächelte, Die Stimme, als sie etwas auf Hebräisch sagte und den Taxifahrer bezahlte. Dann wechselte sie die Sprache und sah mich freundlich an und sagte, Komm! Ich erinnerte mich nur schemenhaft an sie, damals war sie mir riesengroß erschienen, und nun stand sie vor mir und ich war so hochgewachsen wie sie. Sie umarmte mich, sie drückte mich fest an sich, während der Taxifahrer den Koffer herausholte und neben uns abstellte.

»Herzlich willkommen, Lisa!«

»Danke.«

»Sag ruhig Anna zu mir, das hast du damals auch getan.«

Ich nickte stumm, hinter mir fuhr das Taxi davon. Plötzlich standen wir allein auf der Straße, die Sonne schien, es war heiß.

Das Haus war schön, die Ornamente im Fußboden. Der Innenhof mit der Zisterne in der Mitte. Es war kühl, das war das Erstaunlichste.

»Dieses Haus hat einmal Arabern gehört, und ich bin mir nicht sicher, ob es nicht noch immer so ist.«

Das sagte Anna, und dabei sah sie aus wie jemand, der resigniert hat. Sie zeigte mir das Gästezimmer im hinteren Teil des Hauses, es war klein und hatte ein Fenster, das auf einen Gemüsegarten hinausging, der zum Nachbarhaus gehörte.

»Shimons Zimmer ist gleich nebenan«, sagte Anna und lächelte.

»Wenn er dein Gesuch nicht im Radio gehört hätte, dann wärest du jetzt nicht hier.« Sie schüttelte den Kopf und sagte leise, als spreche sie mit sich selbst:

»Ein Wunder, dass es nicht in seinem Gedächtnis verschwunden ist.«

Wir begaben uns in die Küche, dort stand ein kleiner viereckiger Holztisch mit drei Stühlen. Ich sah moderne Küchengeräte, Mixer, Kühlschrank, Elektroherd. Die Anrichte sah alt aus, die Mauern darum noch älter, dick mussten sie sein, das Fenster zum Vorgarten verriet es.

»Hier essen wir, wenn wir es eilig haben oder wenn ich mit Shimon allein bin.«

»Wo ist Shimon?«

Sie seufzte. Sie sagte:

»Er wird kommen oder er wird nicht kommen.« Ich sah sie an, ein Bild huschte durch meinen Kopf, sie auf einer Pritsche mit eingefallenen Wangen, totenbleich von dem vielen Blut, das sie verloren hatte, meine Großmutter daneben, auf einem Schemel. Das muss nach der Totgeburt gewesen sein. Shimon und ich im Schnee, aber ich spüre nur seinen Händedruck, ihn selbst sehe ich nicht, ich sehe Anna, die aus dem Wellblechhaus kommt, groß und dick eingehüllt und schwach lächelnd.

Wir setzten uns. Anna Sarfati. Wir sahen einander an und lächelten, als wollten wir ausprobieren, wie das ist.

»Komisch, nicht wahr?«

Das sagte sie. Ich nickte. Ja, es war komisch, aber das Komische daran war nicht, dass es stattfand. Das Komische war, dass es mir so vorkam, als wäre es das Natürlichste, was es gab, eine Folge der Folge der Folge, unendlich, und auch dieses Treffen wäre irgendwann nichts als ein Knötchen in einem langen Faden. Doch jetzt saßen wir hier im absoluten Hier und Jetzt und wussten nichts über die Zukunft.

Anna erhob sich, sie öffnete einen Geschirrschrank und holte zwei Teller heraus, sie sagte:

»Der Schrank und die Teller gehörten auch den Arabern.«

»Wie kann das sein?«, fragte ich überrascht. Anna stellte die Teller auf den Tisch, sie blickte mich an mit ihren Augen, die ich nicht vergessen werde, Augen wie ein Abgrund, grün und leuchtend, weit auseinanderstehend, große Augen, traurige Augen. Sie stützte die Hände auf die Tischplatte, ließ sich in die Schultern sinken und sagte:

»Das Schlimmste ist, dass sich die Dinge wiederholen, und man kann nichts dagegen tun, Lisa. Gar nichts.« Sie wandte sich ab, Schublade, Besteck. Sie stellte einen Topf auf den Tisch, nahm eine Kelle.

»Es ist nur eine Suppe, aber sie ist lecker.«

Ein Eintopf, wie ihn meine Großmutter hätte zubereiten können. Mit Bohnen, Möhren und Kartoffeln. Sie servierte mir die Suppe. Als sie bemerkte, dass ich sie beobachte, lächelte sie mich an. Sie sagte:

»Du bist zwar groß geworden, aber ich habe dich sofort wiedererkannt.« Sie nickte. »Das ist gut, du bist dir treu geblieben.«

»Haben Sie ... hast du dich denn sehr verändert, seit du ein Kind warst?«

»Ich habe keine Fotos mehr.« Ach ja, das kannte ich gut, wer in meiner Familie hat schon Fotos von seiner Familie? Sie nahm die Schürze ab, hängte sie über die Lehne des dritten Stuhls. Dann setzte sie sich.

Da saßen wir, zwei Verlorene, und aßen unseren Eintopf. Essen war wirklich das Beste, was ich tun konnte, denn von all den Fragen, die ich vorher im Kopf hatte, fiel mir jetzt, da ich bei ihr war, keine einzige mehr ein. Ich fühlte mich gefangen in ihrer Aura, mir schien, dass sie als einziger von allen Menschen eine eigene, unverwechselbare Geschwindigkeit hatte. Das hypnotisierte mich, und ich musste mich erst einmal daran gewöhnen.

Nach einer Weile sagte sie:

»Ich habe fünf Jahre später wieder ein Kind bekommen.«

Ich war kurz verwirrt, doch dann begriff ich. Fünf Jahre später. Ich sagte:

»Was für ein Glück!«

Sie nickte, dann wiegte sie den Kopf und schwieg. Sie blickte in ihre Suppe, dann sah sie mich an und sagte langsam:

»Für Lana ist es ein Glück. Für mich war es wohl eher eine Notwendigkeit.«

Ich wagte es nicht, offene Fragen zu stellen, doch sie musste es mir angesehen haben. Sie lächelte mich freundlich an.

»Du gefällst mir, Lisa. Du bist so, wie du bist. Du versteckst nichts und gibst nichts vor. Das ist schön.« Sie machte mich verlegen. Sie sagte:

»Wenn ich dich sehe, dann sehe ich mich, wie ich vielleicht einmal war. Aber vielleicht täusche ich mich, und ich war nie so wie du, vielleicht war ich immer schon ...«, sie suchte nach Worten, sie blickte auf ihren Teller und sagte:

»... wie dieser Eintopf.«

Ich musste lachen, sie lachte mit, und da saßen wir also in ihrer Küche und lachten darüber, dass Anna Sarfati sich mit einem Eintopf verglich. Ohne nachzudenken, sagte ich:

»Ich finde, du bist die schönste Frau, die ich je gesehen habe.«

Sie lachte und machte eine abwehrende Handbewegung. Dann sagte sie etwas, das ich nicht vergessen werde. Sie sagte:

»Schönheit ist wie Kerzenlicht. Es lockt auch die Motten an.«

»Aber doch nur, wenn es dunkel ist.«

Sie sah mich intensiv mit ihren leuchtend grünen Augen an, ich konnte ihren Blick nicht deuten. Plötzlich kam mir mein Satz naiv und dumm vor, als wäre ich ihr aus Gedankenlosigkeit zu nahe getreten. Ich wollte etwas sagen, mich entschuldigen, aber sie kam mir zuvor, sie sagte:

»Du hast vollkommen recht.« Dann fuhr sie fort, ihre Suppe zu essen, und ich tat es ihr gleich, um keine weiteren Fehler mehr zu begehen.

Nach einer Weile hielt ich die Spannung nicht mehr aus und sagte:

»Anna, ich habe dich aus einem ganz bestimmten Grund gesucht.«

Sie nickte langsam, sie sah mich an, sie wartete. Dann sprach ich von Piotr, dessen Vornamen wir nur durch Anna kennen und der keinen Nachnamen hat, aber vielleicht weiß sie ihn, denn sie hat ihn doch damals mit Karl Treitz gesehen, nicht wahr? Gleichzeitig fühlte ich mich wie jemand, der durch einen dunklen Raum geht und sich vortasten muss. Sie half mir nicht, sie saß da und wartete und sah mich so intensiv an, dass ich immer unsicherer wurde, während ich sprach.

Als ich fertig war, atmete sie tief durch. Sie sagte:

»Bist du fertig mit der Suppe?« Ich nickte, sie nahm meinen Teller und ihren, erhob sich, stellte beides in die Spüle. Dann wandte sie sich um und stütze sich mit den Händen auf die Anrichte, und mit einem Mal sah sie aus wie ein junges Mädchen, kaum älter als ich, nicht mehr wie eine Frau mittleren Alters. Sie lächelte nicht, in ihrem Gesicht lag ein Ausdruck, wie ich ihn noch nie bei einem Menschen gesehen hatte. Sie sagte leise, ganz leise, ich verstand sie kaum:

»Auf diese Weise muss ich also meine Schuld begleichen.«

Es war, als hätte sie ein Selbstgespräch geführt, und als ich sie fragte, was sie meinte, erwachte sie und sah mich an, als wäre sie diejenige, die von weither gekommen ist. Ich verstand die Situation nicht und fühlte mich unwohl. Ich sagte:

»Wir können auch ein andermal reden.«

Sie schüttelte heftig den Kopf, ihre Haare wirbelten kurz auf.

»Nein, wenn Shimon kommt, geht es nicht mehr, und bald muss ich Lana aus der Schule abholen. Es muss jetzt sein.«

»Welche Schuld?«

»Ist das nicht offensichtlich, Lisa? Deine Großmutter hat mir das Leben gerettet, sie hat es so gut gemacht, dass ich meine Fruchtbarkeit nicht verlor, aber ich bin fortgegangen und habe mich nicht mehr bei ihr gemeldet. All die Jahre habe ich immer wieder an euch gedacht. Aber ich war so verstrickt in mein eigenes Leben, dass ich einfach nichts tat. Ich hätte nach Deutschland kommen können, jederzeit! Ich hätte mich um das Grab meiner Tochter kümmern können.«

Ich wollte etwas sagen, aber sie machte eine Handbewegung und fuhr fort:

»Ich weiß, deine Großmutter hat mir versprochen, dass sie sich darum kümmert. Aber es ist mein Kind, das dort liegt. Ich bin einfach weggelaufen wie ein kleines Mädchen.«

Ihr Gesicht veränderte sich, sie sah aus wie eine alte, gebeugte Frau, die voller Bitterkeit in die Vergangenheit zurückblickt. Sie sagte:

»Jetzt bist du gekommen.« Sie machte eine Pause, sie stieß sich von der Anrichte ab und streckte die Hand nach mir aus und sagte:

»Komm, wir gehen spazieren! Unter freiem Himmel spricht es sich leichter von solchen Dingen.«

Es war noch heißer geworden, aber vielleicht war die Kühle des alten Hauses daran schuld, dass ich es so empfand. Wir gingen eine Gasse hinunter, links und rechts standen niedrige Häuschen, manche hatten neue Fassaden, andere wirkten steinalt. Ein Stück weiter stand ein neues Haus, eckig und doppelt so hoch wie die anderen, Anna erzählte mir, dass immer mehr der alten Häuser abgerissen wurden, weil die Leute mehr Platz haben wollten und weil sie das Alte nicht immer zu schätzen wussten.

»Vor allem die Juden, die aus den arabischen Ländern einwandern, sehen keinen Sinn darin, diese Häuser zu bewahren.« Sie zuckte mit den Schultern, während wir weitergingen, immer in Richtung Meer.

Jetzt erst hatte ich Zeit, den Anblick zu genießen. Über dieses Meer war Anna Sarfati zweimal gefahren, um hierherzukommen. Ich war einfach nur in ein Flugzeug gestiegen und ein paar Stunden später in Israel von Bord gegangen. Immerhin auch zweimal.

HUNDERTZWEIUNDDREISSIG

Unvermittelt sagte Anna:
»Shimon ist Josef Ranzners Sohn.«
Lisa starrte sie an. Anna erwiderte ihren Blick, ganz ausdruckslos waren ihre Augen jetzt, als betreffe das Gesagte nicht sie selbst, als sei sie ein Orakel, das Wahrheit verkündet. Dann brach etwas in ihrem Gesicht, in ihrem ganzen Körper, sie senkte den Kopf und schloss die Augen und sagte leise:
»Oder er ist der Sohn eines der vier Adjutanten, die nach Ranzner an der Reihe waren.«
Plötzlich schmerzte ihr Unterleib, sie musste sich nach vorn beugen, immer weiter, bis sie vornüberkippte, Lisa konnte sie gerade noch auffangen, bevor Anna mit dem Kopf auf das Pflaster geprallt wäre. Anna spürte Schmerzen, als müsse sie gleich gebären, als drängen fünf Männer gleichzeitig in sie ein, als räume eine Frau ihren Unterleib mit der bloßen Hand aus. Sie wunderte sich, dass sie all die Jahre einigermaßen aufrecht hatte gehen können, eine klare Stimme sagte, So habe ich mir das nicht vorgestellt, wo sind die befreienden Tränen, sind sie etwa getrocknet,

habe ich zu lange gewartet, und jetzt ist die ganze Trauer vergoren zu diesem Reißen?

Nach einer Weile ließ der Schmerz nach, Lisa half Anna hoch, Anna hielt sich den Unterleib, eine Tür öffnete sich, und eine Frau kam mit einem Stuhl und einem Glas Wasser heraus, sie half Lisa, Anna auf den Stuhl zu setzen, sie flößte ihr das Wasser ein. Sie trug ein Kopftuch, Anna blickte sich um und erkannte das arabische Haus, das Peretz ihr einmal gezeigt hatte. Sie lächelte die Frau an, eine Frau mittleren Alters wie sie selbst.

Als Anna das Glas geleert hatte, sagte die Frau:

»Sie können den Stuhl einfach dorthin stellen, wenn Sie ihn nicht mehr brauchen.« Sie wies auf das schmiedeeiserne Tor. Anna bedankte sich, die Frau nickte und kehrte in ihr Haus zurück.

Plötzlich ergriff Anna Lisas Schultern und zog sie zu sich herunter, so weit, dass sich ihre Nasenspitzen fast berührten. Sie sagte:

»Niemand weiß das, Lisa, niemand! Versprich mir, dass das so bleibt, versprich es mir!«

»Und Shimon?«

Sie schüttelte heftig den Kopf.

»Niemand, hörst du? Niemand!«

»Aber warum nicht, die Wahrheit ist doch besser als ...«

Wieder schüttelte Anna den Kopf so heftig, als wolle sie damit Lisas Sätze auswischen. Sie sagte:

»Shimon denkt, dass Peretz sein Vater ist. Was soll ich ihm stattdessen sagen? Dein Vater ist einer von fünf Männern, die mich vergewaltigt haben und dann liegen ließen. Soll ich ihm das sagen?«

»Aber es ist doch die Wahrheit.«

»Nein! Es ist Wahnsinn! Und Shimon hat schon genug Probleme. Er ...«, sie unterbrach sich, sie suchte nach Worten, dann sagte sie:

»Er ist kompliziert, er und Peretz verstehen sich nicht gut, und ich komme schon lange nicht mehr an ihn heran.«

»Aber vielleicht würde es ihm helfen, zu wissen ...«

»Nein! Auf keinen Fall! Es würde ihn vernichten. Versprich es mir, Lisa, hier und jetzt! Versprich es!«

Sie hielt Lisa so fest, dass es schmerzte. Sie blickte sie so intensiv an, dass Lisa begann, sich zu fürchten.

Mit einem Ruck machte sie sich frei. Sie richtete sich auf, Anna starrte sie verständnislos an und ließ langsam die Arme sinken. Lisa sagte:

»Ich bin die Falsche gewesen, Anna. Es tut mir leid. Du hättest es deinem Sohn sagen sollen, er braucht die Wahrheit, um zu verstehen, woher er kommt. Aus demselben Grund bin auch ich zu dir gekommen. Ich wollte nichts über Shimons Vater erfahren, das geht mich gar nichts an.«

Sie machte eine Pause, sie blickte sich um. Die Sonne brannte auf sie herab, das Meer dort unten, die alten und neuen Häuser von Jaffa, nichts war mehr von Bedeutung. Sie hatte das Gefühl, auf einer Theaterbühne zu stehen, die brütende Hitze, eine gepflasterte Gasse, mitten darauf eine halb Wahnsinnige auf dem Stuhl einer Palästinenserin, und sie selbst, welche Rolle spielte sie? Die Rolle derjenigen, die im falschen Stück auftritt und das Falsche antwortet? Lisa schüttelte den Kopf. Sie sagte:

»Ich gehe jetzt zurück und packe meine Sachen wieder ein und fliege nach Deutschland. Meine Großmutter braucht mich.«

Sie wandte sich zum Gehen. Anna blickte ihr nach, immer noch zog ein vager Schmerz durch ihren Unterleib. Doch sie stemmte sich aus dem Stuhl und folgte Lisa mit langsamen Schritten. Sie bemerkte nicht, dass die Palästinenserin erneut aus dem Haus kam und den Stuhl von der Straße nahm.

Als Anna am Haus ankam, stand Lisa mit ihrem Koffer davor und erwartete sie. Anna fühlte sich wie eine geschlagene Armee, Wovon bin ich besiegt worden? Von dieser jungen Frau? Sie kannte die Antwort. Erschöpft stellte sie sich neben den Gitterzaun, der den Vorgarten von der Straße trennte, und stützte sich darauf. Sie wollte so vieles sagen, um etwas am Verlauf ihres Gesprächs zu verändern, doch immer wieder ertappte sie sich dabei, dass sie mit allem, was sie sagen konnte, nur ein Ziel verfolgt hätte: Lisas Schweigen. Sie blickte Lisa an, Lisa mit ihrer jungen Klarheit stand vor ihr wie ein Zauberspiegel, stets würde sie wahrhaftig reagieren. Und ich, fragte sie sich, Habe ich mich so tief in meinem eigenen Labyrinth verlaufen, dass ich nicht einmal mehr die Wahrheit sagen kann, wenn ich es will? Sie seufzte. Sie sagte:

»Lisa, es tut mir leid. Du hast recht, ich hätte dir nichts sagen sollen.«

Sie zögerte, die Wahrheit war dasjenige, was sie verbergen wollte, das konnte ihr immerhin als Kompass dienen. Sie sagte:

»Ich habe dich benutzt.«

Lisa nickte.

»Das hast du wohl.«

»Ich wollte mich erleichtern, ohne Konsequenzen fürchten zu müssen. Es tut mir sehr leid. Bitte verzeih mir.«

Lisa entspannte sich ein wenig. Doch keine Wahnsinnige. Sie nickte erneut, erst schwach, dann entschieden. Sie sagte:

»Ja, Anna, natürlich verzeihe ich dir. Was dir geschehen ist, muss schrecklich sein.«

Anna schwieg. Sie rang um Fassung. Sie sagte:

»Das Schlimmste ist, dass ich, während es geschah, etwas empfand. Entschuldige, Lisa, ich sollte dir gar nichts mehr erzählen. Aber das könnte ich sonst niemandem sagen.«

Lisa schwieg.

Anna beugte sich nach vorn, der Schmerz im Unterleib war immer noch da. Sie sagte:

»Es war, als ob es ihnen dadurch nicht gelänge, mich zu vernichten. Weil ich etwas dagegensetzte, weil ich es nicht einfach nur mit mir machen ließ.«

Sie brach ab. Lisa stellte ihren Koffer auf den Boden, sie kam näher und nahm Anna vorsichtig in den Arm. Anna hielt sie fest, als wäre sie ein kleines Mädchen. Lisa drückte ihre Wange an Annas Kopf, sie streichelte sanft ihr Haar und sagte leise:

»Das werde ich bestimmt niemandem erzählen, Anna. Niemandem.« Anna hob den Kopf, sie lächelte sie durch die Tränen hindurch an und flüsterte:

»Danke, Lisa.«

Eine ganze Weile standen sie dort, dann sagte Anna:

»Bleib noch. Ich möchte dir Shimon und Lana vorstellen.« Lisa überlegte, Anna sah sie bittend an und sagte:

»Du kannst auch sagen, was du willst, meinetwegen alles.«

»Also gut, ich bleibe noch. Aber nur bis morgen.«

Anna lächelte und sah jetzt wieder aus wie ein kleines Mädchen, das tapfer nickte und sagte:

»Nur bis morgen.« Lisa nahm ihren Koffer, und sie betraten das Haus.

HUNDERTVIERUNDDREISSIG

Der Name war noch nicht gefallen. Sie machten dort weiter, wo sie aufgehört hatten. Doch diesmal waren sie nicht nach Hause gefahren. Sie hatten an der Haustür geläutet, Ben hatte gesagt, Ich bin's, dann war der Summer ertönt, Ben hatte die schwere Tür aufgedrückt, Gudruns Hand ergriffen, und zu zweit waren sie die breite Holztreppe hinaufgegangen, bis dorthin, wo die Tür offen stand und ein schmaler Mann mit neugierigen Augen stand, Das ist mein Vater, Papa, das ist Gudrun.

Sie hatten sich mit den Eltern zusammengesetzt, auch Esther war aus Rosenheim angereist, um dabei zu sein, nun saßen sie in der Küche und es gab nicht Schalet, sondern Wiener Schnitzel mit Bratkartoffeln und Preiselbeeren, und während sie aßen, sagte Ben:

»Mama, Papa, Esther, was ich euch jetzt zu sagen habe, wird nicht leicht sein, weder für euch noch für Gudrun und mich. Aber ich muss es euch trotzdem sagen, denn es ist wichtig.«

Esther wollte einen Witz machen, doch ihre Mutter brachte sie durch eine Geste zum Schweigen. Ben ergriff Gudruns Hand, nun lagen ihre Hände fest ineinander verschränkt auf dem Tisch, ein Zeichen für alle. Dann fuhr er fort:

»Gudruns Bruder Heinrich – erinnert ihr euch? Er war mein Klassenkamerad, und als er mit Lena zusammenkam, zog er in meine WG und dann kam Gudrun auch in die WG.« Er lächelte Gudrun kurz an, dann fasste er sich und sprach weiter:

»Heinrich hat vor einiger Zeit herausgefunden, dass sein Vater im Dritten Reich an der Ermordung von Juden teilgenommen hat.« Ben atmete tief durch, er warf Gudrun einen Blick zu, Gudrun saß da und hielt sich an ihm fest, mit der Hand, mit den Augen, mit dem Herzen.

Es entstand ein Schweigen. Dann sagte David Schwimmer:

»Das tut mir sehr leid für dich.« Er sah Gudrun mitfühlend an.

Judith Schwimmer stand auf, sie kam um den Tisch herum, sie beugte sich zu Gudrun herab und nahm sie in den Arm.

Esther Schwimmer sagte nichts und tat nichts. Sie blickte von Gudrun zu Ben und wieder zu Gudrun.

Später sprach Gudrun, und während sie sprach, bereute sie, dass sie nicht ausgiebiger mit ihrem Bruder gesprochen hatte, sie wusste nicht, wo der Vater stationiert gewesen war, wo er gemordet hatte. Das Einzige, was sie kannte, waren die Lügen des Vaters.

Plötzlich sagte Esther:

»Was tun wir jetzt?«

Ben sagte irritiert:

»Wovon redest du?«

Esther blickte Gudrun in die Augen. Sie sagte:

»Dein Vater hat Juden ermordet und er lebt offenbar hier in München. Sollen wir, die wir Juden sind, den Mund halten und dafür sorgen, dass man ihn nicht zur Rechenschaft zieht, nur weil er der Vater von Bens neuer Freundin ist?« Es entstand ein Schweigen. Alle blickten Gudrun an. Gudrun suchte in sich, sie kannte die einzige gültige Antwort, Nehmt ihn, er ist euer, kein Weg führte daran vorbei, doch sie suchte nach einem Nein in sich. Ein Nein wäre jetzt wie die Liebe selbst.

Sie fand nur Mitleid. Mit ihm, mit den Schwimmers, mit sich selbst, mit allen Menschen. Sie schüttelte den Kopf, Nein, Juden durften einen Judenmörder nicht decken, dieses Gift durfte nicht weiterfließen, hier und jetzt gab sie ihren Vater zum Abschuss frei. Esther sagte:

»Wie heißt dein Vater denn mit richtigem Namen, weißt du das?«

Gudrun sagte es ihr.

Als der Name gefallen war, gab es ein vielfaches Echo, wie wenn einer in eine Schlucht gerufen hätte.

Die beiden Frauen saßen auf einem Steinbänkchen, das sich im Vorgarten an der Hauswand befand. Sie tranken Tee. Die Bougainvilleen schirmten sie von der Gasse ab, manchmal hörten sie Menschen vorbeigehen. Es war spät, über ihnen standen zahllose Sterne am Himmel, die Milchstraße zog sich wie eine dicke, weiße Schlange von einem Ende zum anderen. Die Hitze des Tages war einer angenehmen Wärme gewichen.

»Nun, wie fandest du Lana?«

»Sehr süß, sie sieht aus wie du.«

»Ja, das sagen alle. Peretz gefällt das gar nicht. Aber er hätte sowieso lieber einen Sohn gehabt.«

»Hat er das gesagt?«

»Nicht direkt, aber ich kenne ihn gut.«

»Ich war am Grab deiner ältesten Tochter in Lübeck, und da stand derselbe Name. Warum habt ihr das gemacht?«

»Ach, als sie zur Welt kam, hatte ich das Gefühl, es ist dieselbe, doch diesmal lebte sie.«

»Dieselbe?«

»Ja. Als wäre sie einfach noch einmal zur Welt gekommen. Vielleicht mache ich mir das nur vor, damit alles wieder gut ist. Aber für mich gibt es nur eine Lana mit zwei Körpern, einer liegt in Lübeck begraben, der andere schläft im Kinderzimmer. Kommt dir das verrückt vor?«

»Nein. Ich finde es verständlich, aber es fällt mir schwer zu glauben, dass es wirklich so ist.«

»Josef Ranzner glaubte auch an die Wiedergeburt. Er versuchte mir weiszumachen, dass Nazis immer wieder zurückkommen.«

»Er hat mit dir darüber gesprochen?«

»Einmal. Damals hielt ich ihn für feige, und bestimmt war er das auch. Heute denke ich manchmal: Vielleicht hat er in seinem Wahn

doch einen Zipfel von der Wahrheit zu fassen gekriegt, einen klitze-
kleinen.«
»Ich werde bestimmt nicht wiederkommen.«
»Wie kannst du dir da so sicher sein?«
»Ich weiß nicht. Ich würde nicht noch einmal leben wollen.«
»Du hast das ganze Leben noch vor dir.«
Lisa nickte und schwieg. Insgeheim verstand Anna sie.

Mit Peretz war nicht zu rechnen, er befand sich auf einer militä-
rischen Übung in der Negev-Wüste. Und wo Shimon war, wusste
Anna nicht. Lisa fiel auf, dass sich, wann immer Anna von ihrem
Sohn sprach, eine steile Falte über ihrer Nasenwurzel bildete.
Gegen Mitternacht verabschiedeten sich die beiden Frauen voneinander und gingen zu Bett. Lisa schrieb noch in ihr Tagebuch. Sie
versuchte, alles festzuhalten, doch sie war zu müde und brach ab.
Anschließend lag sie auf dem Rücken und starrte an die dunkle
Decke und hatte das Gefühl, dass sie schon zu viel über diese Leute
wusste. Sie fing an, sich psychologische Gedanken zu machen, es
fühlte sich an wie Platzangst im Kopf.
Bevor sie einschlief, dachte sie, Schade, dass Shimon nicht gekommen ist.

HUNDERTSECHSUNDDREISSIG

Nicht das frühe Licht, das die Sonne, noch bevor sie aufging, von
Osten her über den Himmel sandte, weckte Lisa am nächsten
Morgen. Jemand öffnete die Tür und betrat schweren Schrittes ihr
Zimmer. Sie erwachte und sah einen großen Schatten, der auf sie

zukam. Es gelang ihr gerade noch, zur Seite zu rücken, bevor der Schatten sich auf ihr Bett fallen ließ und liegen blieb.

Shimon roch nach Alkohol und Tabak. Er begann unverzüglich damit, seinen Rausch auszuschlafen. Tief und regelmäßig ging sein Atem.

Allmählich erholte Lisa sich von ihrem Schreck und begriff, dass er sich in der Tür geirrt haben musste. Sie stand auf und zog ihm die Schuhe aus. Dann zerrte sie ihn am Arm so nah an die Bettkante, dass auch sie selbst noch Platz zum Liegen hatte. Zögernd ließ sie sich neben ihm nieder. Sein Gesicht war ihr zugewandt, das zunehmende Licht zeigte es ihr hell und dunkel.

So lagen sie nebeneinander.

Wie schön du geworden bist, flüsterte Lisa. Sie gab ihm einen Kuss auf die verschwitzte Stirn, sie ergriff seine Hand und dachte an früher, an Schnee, an Wellblechhäuser, an Spiele, die sie gespielt hatten, ohne jemals miteinander zu sprechen. Lose Bilder, die vergessen gewesen waren und die nun durch den Raum in ihrem Inneren schwebten, leicht und unvergänglich. Sie schloss die Augen und schlief ein.

HUNDERTSIEBENUNDDREISSIG

Als Lisa am nächsten Morgen aufwachte, war Shimon fort. Er hatte einen Zettel hinterlassen, man sah, dass er es nicht gewohnt war, in lateinischer Schrift zu schreiben. Dort stand in schwankenden, krakeligen Lettern: *Medusa, HaMasger Straße, heute Abend, bitte komm!*

Anna überreichte ihr den Zettel, die steile Falte über der Nasenwurzel. Sie frühstückten, sie unterhielten sich über Belangloses. Plötzlich sah Anna sie intensiv an und sagte:

»Lisa, es wäre mir lieber, du würdest nicht ins Medusa fahren.«

»Was ist das Medusa?«

»Ein Club, ich nehme an, dass heute Abend ein Konzert stattfindet.«

»Und warum rätst du mir davon ab?«

»Es … ist kein sicherer Ort.«

»Du willst nicht, dass ich Shimon sehe, nicht wahr?«

»Es ist nicht das, was du denkst. Du kannst ihm erzählen, was du willst, obwohl ich glaube, dass es besser für alle ist, wenn er die Wahrheit von mir selbst erfährt.«

Lisa sagte:

»Ich werde ihm nichts sagen. Aber ich will ihn sehen.«

Anna warf ihr einen Blick zu, den sie nicht deuten konnte. Dann nickte sie und wechselte das Thema.

HUNDERTACHTUNDDREISSIG

Das *Medusa* war eine dämmrige Bar zwischen zwei halbhohen eckigen Betonbauten an der sechsspurigen HaMasger-Straße im Norden der Innenstadt. Eine unscheinbare Eisentür diente als Eingang in einen Keller, der Name *Medusa* stand mit schwarzer Kohle an die Hauswand darüber geschrieben.

Shimon Sarfati stand gemeinsam mit vier anderen jungen Männern auf einer kleinen Bühne und sang, When I was younger so much younger than today. Auf der Basstrommel des Schlagzeugers stand der Bandname auf Englisch, The Desperates, die Verzweifelten. Sie trugen weiße Hemden und ärmellose graue Westen darüber. Sie trugen alle die gleiche Frisur wie die Beatles.

Der kleine rechteckige Saal war überfüllt, Leute in Lisas Alter oder ein paar Jahre älter, der Lärm war ohrenbetäubend, der Qualm unzähliger Zigaretten hing wie Nebel in der Luft.

Lisa kämpfte sich bis zu einer langgezogenen Theke durch, die sich seitlich der Bühne befand, sie geriet ins Schwitzen, die Leute schrien einander an, um sich unterhalten zu können. Lisa bestellte ein Glas Wasser und beobachtete Shimon. Shimon stand am vorderen Rand der Bühne, manchmal schloss er die Augen, manchmal öffnete er sie, er achtete auf nichts anderes als die Musik. Während er sang, bewegte er sich völlig natürlich, als mache es ihm nichts aus, dass hunderte Menschen ihn ansahen.

Nach einer Weile bemerkte Lisa, dass in der Nähe der Bühne sehr viele Frauen standen, die Shimon beobachteten. Sie bemerkte, dass Shimon nicht so in sich versunken war, wie sie anfangs gedacht hatte. Er wechselte Blicke mit dem Publikum, lächelte hierhin und dorthin, zwinkerte jemandem zu, zeigte auf jemand anderen. Die Frauen schienen das zu wissen.

Kein sicherer Ort, Annas Worte kamen ihr wieder in den Sinn. Sie fühlte sich dumm und naiv, doch sie rührte sich nicht vom Fleck. Ich bin nur hergekommen, um ihn wiederzusehen, sonst nichts. Sie wusste, dass es nicht der Wahrheit entsprach, doch es half ihr, das *Medusa* nicht auf der Stelle zu verlassen.

Der Applaus war tosend, Shimon genoss ihn lächelnd. Während er sich eine Zigarette anzündete, kündete er das nächste Lied an, es war das erste Mal, dass Lisa ihn sprechen hörte. Bevor die Musik einsetzte, griff er zu einem breiten runden Glas, das hinter ihm auf einer Box stand, und nahm einen großen Schluck. Dann sang er einen Rock-Song auf Hebräisch. Der Rhythmus war schnell, der Gitarrist streute schnelle Soli ein, und Shimon bewegte sich, als stünde er nicht vor ein paar hundert Menschen, sondern vor tausenden. Lisa fiel auf, dass sie seine Gesten alle kannte, unzählige

Male hatte sie sie im Fernsehen gesehen, sie schienen zum festen Repertoire eines Pop-Sängers zu gehören. Und doch gab es etwas an Shimon, das alles, was er tat, einzigartig werden ließ, so, als sei er nicht die Kopie, sondern das Original. Lisa war so eingenommen davon, dass sie alles andere vergaß.

Als das Konzert zu Ende war, stürmten die Fans der ›Verzweifelten‹ die Bühne, fast alle wollten zu Shimon. Die anderen Musiker schienen daran gewöhnt zu sein, sie achteten nicht weiter darauf, sie packten ihre Instrumente ein und verließen die Bühne.

Auch Lisa schickte sich an, den Club zu verlassen, sie wollte nicht wie eine seiner Anbeterinnen nach vorne rennen und sie wollte nicht noch länger in der schlechten Luft ausharren. Sie dachte, Vielleicht kommt er ja irgendwann nach Hause.

Als sie sich dem Eingang näherte, ertönte eine Stimme aus den Boxen. Sie sagte auf Deutsch:

»Lisa, warte!« Es entstand eine kurze Stille, es war keine echte Stille, sondern eher eine Delle im Geräuschpegel, doch diese Delle war so tief, dass sie das Lokal mit einem Schlag veränderte. Lisa wandte sich um und blickte in Shimons Augen, der sie von der Bühne aus ansah. Mit ihm waren unzählige Augenpaare auf sie gerichtet, nur einen Moment lang, Lisa hatte den Eindruck, in eine Fotografie zu schauen. Dann bewegte sich das Bild wieder, der Geräuschpegel stieg erneut an und wusch den Moment weg. Lisa sah Shimon dabei zu, wie er durch die Menge kam. Als er bei ihr war, sagte er:

»Komm, wir gehen.« Ohne Umschweife legte er den Arm um ihre Schultern, nickte den Türstehern zu und führte sie hinaus auf die Straße. Es war dunkel und deutlich kühler als im Club. Lisa fröstelte kurz, bis sie sich an die Temperatur gewöhnt hatte.

Sie gingen die HaMasger entlang, Autos, Lastwagen, Motorräder fuhren vorbei, alle schienen es eilig zu haben, und diese Eile erzeugte ein Geräusch, das wie Wut in Lisas Ohren klang. Ihr fiel auf, wie groß Shimon war, einen Kopf größer als sie selbst. Sie fühlte sich geborgen und kämpfte gegen dieses Gefühl.

Sie kamen an eine Großbaustelle, die mit einem Lattenzaun gesichert war. Dahinter erhob sich ein Skelett aus Pfeilern, Wänden und Böden, eine Treppe aus gegossenem Beton führte hinauf. Shimon suchte eine bestimmte Stelle, er fand sie und löste mit einem Ruck eine breite Latte aus dem Zaun.

»Komm!«

Lisa zögerte, die Baustelle dahinter war unbeleuchtet und unübersichtlich, überall standen und lagen Gegenstände herum, die sie nur schemenhaft erkannte. Shimon sagte:

»Ich komme oft hierher. Ich führe dich.«

Lisa überwand sich und schlüpfte durch die Lücke im Zaun. Shimon folgte ihr und setzte die Latte wieder an ihre Stelle. Er nahm Lisa an der Hand und führte sie zu der Betontreppe.

Bis in den siebten Stock gingen sie hoch, dann standen sie auf dem Dach. Shimon zog Lisa bis fast an den Rand. Er ließ sie los und wies auf die Stadt, die tief unter ihnen lag, eine unregelmäßig beleuchtete Fläche, die sich in alle Richtungen auszubreiten schien. Nur im Westen endete das Licht abrupt, dort begann das Meer. Entfernte Geräusche drangen zu ihnen empor, Motoren, Autohupen, manchmal eine menschliche Stimme. Ein Nachtvogel huschte geräuschlos vorbei. Der Himmel über ihnen war voller Sterne. Die Stadt wirkte wie ein riesiges Raumschiff, das einsam durchs Weltall trieb.

Shimon war in den Anblick des nächtlichen Tel Aviv versunken. Nach einer Weile wandte er sich zu Lisa und sagte:

»Willkommen in meiner Heimat! Ich hoffe, sie gefällt dir.«

Lisa wusste nicht, was sie antworten sollte. Shimon lächelte sie an, er sagte:

»Als ich heute Morgen aufwachte, hielt ich deine Hand.«

Lisa nickte.

»Ich weiß.«

»Aber du schliefst doch?«

»Ja, ich schlief.«

Er wandte sich ab und wieder ihr zu. Er sagte:

»Warum bist du nach Israel gekommen? Warum hast du meine Mutter gesucht?«

Lisa starrte ihn an. Sie wollte sagen, Weil ein SS-Kommandant einen Untergebenen hatte, der von einem Polen in den Tod gelockt worden ist, und der Kommandant war dein Vater und der Untergebene hieß Karl Treitz und der Pole hieß Piotr und der Tod war meine Mutter.

Sie schwieg. Sie schluckte und sagte:

»Ich wollte euch wiedersehen.«

Er nickte, als sei die Antwort ausreichend. Er kam näher und sagte leise:

»Als ich heute Morgen wach wurde, war das Erste, was ich sah, dein Gesicht. Ich dachte, ich bin tot und vor mir liegt ein schlafender Engel.« Er lächelte nicht, er sah ihr direkt in die Augen, sie konnte ihren Blick nicht abwenden, seine Augen waren weich und warm und vollkommen offen, wie die Augen eines Kindes. Er kam noch näher, er nahm sie in den Arm, sie ließ es geschehen.

HUNDERTNEUNUNDDREISSIG

Mit einem solchen Brief hatte Heinrich nicht gerechnet. Er wartete zwei Tage, bevor er ihn Lena zeigte. Sie saßen beim Abendessen in ihrer engen Küche, der kleine Michael lag schlafend auf ihrem Arm. Sie las den Brief zweimal durch. Dann ließ sie die Hand sinken und sah ihren Mann an. Sie sagte:

»Und wirst du annehmen?«

»Auf keinen Fall!«, sagte Heinrich. »Das verstehst du doch, oder?«

Lena warf ihm einen nachdenklichen Blick zu, dann sagte sie:
»Natürlich verstehe ich das. Aber die Zeiten haben sich geändert.
Leute wie dein Vater sind da nicht mehr. Und die Bezahlung ist
mehr als doppelt so gut – vom Tag der Einstellung an.« Sie blickte
ihn jetzt bittend an.

»Denk an deine Familie! Wir wollten doch noch ein Geschwisterchen für Michael haben. Die Vergangenheit ist vergangen, lass sie
ruhen! Es geht jetzt um die Zukunft.«

Eine Woche später wurde Heinrich vorstellig. Als er den Brief an
der Rezeption vorzeigte, geleitete ihn ein junger Mann, der höchstens vier oder fünf Jahre älter war als er selbst, durch lange Gänge
voller Türen zum Leiter der Personalabteilung.

Herr Strobl saß in einem kleinen Büro hinter einem schmalen
Metallschreibtisch, der mit grauer Schutzfarbe angestrichen war,
umzingelt von Regalen, auf denen sich Aktenordner tummelten. Er
rauchte eine Zigarette, der runde Aschenbecher mit der Drehme-
chanik, der vor ihm stand, war voller Stummel. Über seiner Oberlippe trug er einen dichten Schnäuzer, sein glattes dunkles Haar
war ordentlich gekämmt. Seitenscheitel. Herr Strobl lächelte kurz
und wies auf einen Stuhl, Heinrich setzte sich. Herr Strobl sagte:
»Sie können gleich anfangen, wenn Sie wollen.«

Heinrich sah ihn verblüfft an.

»Wollen Sie mich nicht … überprüfen oder testen oder etwas Ähnliches.« Herr Strobl schüttelte den Kopf.

»Ist alles längst geschehen. Deshalb haben wir Sie ja angeschrie-
ben.«

»Aber Sie wissen doch nichts über meine Fähigkeiten als … na ja,
als Geheimdienstler.«

Herr Strobl lächelte milde, er zog so stark an seiner Zigarette, dass
diese hell aufglomm. Er sagte:

»Nun machen Sie sich bloß keine falschen Vorstellungen! Sie sind
nicht der einzige Verwandte, den wir einstellen. Im Moment tun

wir das, um freie Planstellen nicht verfallen zu lassen. Wenn die Leute im Kanzleramt den Eindruck haben, dass der BND mehr als genug hat, streichen sie uns Stellen, und das mag der Präsident nicht.«

Heinrich starrte Herrn Strobl an. Zögernd sagte er:

»Das ist ein Scherz.«

Herr Strobl zog an seiner Zigarette und schüttelte den Kopf.

»Kein Scherz. Sie glauben ja nicht, wen wir hier alles haben. Friseusen, Verkäufer, Taxifahrer – alles Verwandte von Leuten, die hier angestellt sind oder waren. Die meisten aus Bayern.«

»Aber warum suchen Sie sich keine qualifizierten Kräfte?«

»Zu aufwendig. Die müssten ja auch samt der Verwandtschaft überprüft werden. Bei Leuten wie Ihnen haben wir das schon erledigt.« Er zuckte mit den Schultern.

»Ich hab mir das nicht ausgedacht.«

»Und was muss ich tun?«

»Sie bleiben bei mir in der Personalabteilung, wir haben eine freie Planstelle, die vor Jahresende besetzt sein muss. Reiner Behördenkram, Sie werden gar nicht bemerken, dass sie beim BND sind. Und die Bezahlung – deshalb sind Sie doch überhaupt hergekommen, nicht wahr?« Er grinste und zog erneut an seiner Zigarette, die Asche war so lang geworden, dass sie auf Heinrichs Personalakte fiel, Herr Strobl wischte sie mit einer kurzen Handbewegung weg. Dabei fiel ihm etwas auf. Er sagte:

»Eine Frage habe ich noch, Herr Scholz. Hier steht, Ihre Schwester Gudrun Kruse hatte, nun ja, eine problematische Jugend.« Er blickte auf und sah ihn fragend an. Heinrich zögerte. Dann sagte er:

»Sie litt sehr unter der Vergangenheit unseres Vaters.«

Herr Strobl zog die Augenbrauen hoch.

»Helfen Sie mir auf die Sprünge! V-9245 fehlt in den Akten, ich nehme an, die Einträge wurden entfernt, bevor ich diesen Posten letztes Jahr übernahm.«

»Sind Sie auch ein Verwandter?«

Herr Strobl grinste breit. Er sagte:

»Ein Neffe. Ich habe einen Studiengang, deshalb bin ich hier der Chef.« Heinrich nickte. Er sagte:

»Unser Vater war ... Mitläufer im Dritten Reich.«

»Mitläufer?« Herr Strobl lachte kurz auf und machte ein abschätziges Gesicht. Er sagte:

»Dann müsste ja das ganze Land psychische Probleme haben.«

Heinrich zuckte mit den Schultern. Herr Strobl sagte:

»Also gut, Schwamm drüber, sie scheint sich ja gefangen zu haben, seit sie mit diesem Juden zusammen ist.«

»Jude?«

»Ach, das wussten Sie nicht? Die halten es geheim, aber wir wissen so etwas natürlich.«

Als Heinrich an diesem Abend nach Hause kam, fühlte er sich eigenartig.

HUNDERTVIERZIG

Er stand am Fenster, die Gardinen waren einen Spalt breit auseinandergezogen. In der Hand hielt er einen Feldstecher. Im Hochhaus gegenüber, siebter Stock, drittes Fenster von rechts, ging um genau neunzehn Uhr das Licht an. Ein Badezimmer. Josef Ranzner blickte gespannt durch den Feldstecher. Ein Mädchen, vielleicht fünfzehn Jahre alt, erschien im Fenster und entkleidete sich. Als sie nackt war, begann Ranzner, sich selbst zu befriedigen, während er mit einer Hand versuchte, den Feldstecher ruhig zu halten. Dabei hielt er eine ununterbrochene Ansprache im Flüsterton an das junge Mädchen, das sich jetzt das lange Haar hochsteckte und in die Badewanne stieg. Genau in dem Augenblick, als sie den Dusch-vorhang zuzog und sich Ranzners Blicken entzog, ejakulierte er in seine Unterhose und spürte sofort im Anschluss jenes alte Bedau-ern, das ihn begleitet hatte, seit er denken konnte, und dessen Bedeutung ihm auch jetzt wie ein verschlossenes Siegel erschien. Einen Moment lang überkam Josef Ranzner die Furcht, allein zu sterben. Er dachte an die einzige Frau, die er jemals geliebt hatte, zurück, jeden Tag tat er das. Doch ihre Züge hatten sich verän-dert, es war, als könne sein Gedächtnis sich nicht entscheiden zwi-schen zwei Möglichkeiten und zeige sie ihm deshalb beide in einem Gesicht.

Plötzlich läutete es an seiner Wohnungstür. Josef Ranzner zuckte zusammen. Einen Moment lang befürchtete er, der Mossad oder der BND oder irgendein übereifriges deutsches Gericht habe ihn beobachtet und sei nun gekommen, ihn zu verhaften, ihn bloßzu-stellen vor der ganzen Welt, wie einst sein ... Er stockte. Vater? Ein Bild tauchte kurz auf, es gehörte dem Reichsführer SS. Ranzner war verwirrt, etwas stimmte daran nicht, doch er wusste nicht, was es war.

Das Bild verflog. Ranzner vergaß den Zwischenfall in seinem Kopf. Er legte den Feldstecher vorsichtig auf dem Wohnzimmertisch ab und begab sich leise in die Diele. Er war froh, dass er wegen seiner Observierung kein Licht in der Wohnung hatte, denn das hätte man von außen durch den Spion sehen können, er hatte das eigens überprüft.

In der Diele war es stockdunkel. Lautlos tastete Ranzner sich vor. Der Spion war sein Leitstern, er leuchtete hell in der Schwärze, genau vor ihm. Ranzner ging langsam darauf zu.

Als er hindurchspähte, sah er auf der anderen Seite im hell erleuch-teten Gang einen jungen Mann im Drei-Viertel-Profil. Der Mann kam ihm sofort bekannt vor, doch zunächst wusste er nicht, woher. Mit einem Mal fuhr er mit dem Kopf vom Spion zurück, nur um sofort weiterzubeobachten. Er konnte kaum glauben, was er sah, doch es bestand kein Zweifel. Karl Treitz hatte ihn gefunden! Karl Treitz hatte sich auf die Suche nach ihm begeben und stand nun auf der anderen Seite der Tür. Wie war das nur möglich?

Der junge Mann auf der anderen Seite läutete ein zweites Mal. Zu Ranzners Überraschung öffnete er seinen Mund und rief:

»Vati! Ich bin's, dein Sohn Heinrich! Bitte mach auf. Ich will mit dir reden! Vati!«

Josef Ranzner wusste nicht, was er denken sollte. Etwas stimmte nicht mit diesem jungen Mann, es war besser, Vorsicht walten zu lassen. Ranzner entschied, dass er ihn erst einmal observieren würde, um weitere Daten zu sammeln. Er blieb an der Tür stehen und spähte hindurch, bis Heinrich Scholz aufgab und ging.

Erleichtert begab Ranzner sich ins Badezimmer.

HUNDERTEINUNDVIERZIG

»Oma?«

»Lisa! Das ist aber eine schöne Überraschung! Wie geht es dir?«

»Bist du nicht wütend, weil ich mich so lange nicht gemeldet habe?«

»Aber nein, Kind! Du musst doch deine Sachen machen, erzähl, wie geht es dir in Israel? Wie lange bist du jetzt schon dort, fast ein halbes Jahr, nicht wahr? Willst du dortbleiben?«

»Ach, Oma! Es ist nicht so, wie du denkst.«

»Wie ist es denn, Lisa? Geht es dir nicht gut?«

»Oma, ich bin schwanger – von Shimon.«

»Lisa! Das ist ja eine Neuigkeit. Was willst du denn jetzt machen?«

»Ich will nach Hause!«

»Natürlich! Komm nach Hause! Hast du Geld?«

»Nein.«

»Ich schick dir welches über die Botschaft, ich habe mich schon erkundigt, das geht.«

»Du hast dich schon erkundigt?«

»Für den Fall, dass dir das Geld ausgeht. Aber Lisa, mein Gott, wie ist es denn dazu gekommen?«

»Ich liebe ihn, Oma. Und er liebt mich auch. Aber er kann nicht. Es gibt etwas, das ist stärker als seine Liebe zu mir. Ich ... ich bin so unglücklich!«

»Lisa, mein Schatz, du musst jetzt deinen klugen Kopf benutzen. Ich telefoniere gleich morgen mit der Botschaft und du gehst dorthin und holst dir das Geld ab. Dann kaufst du dir eine Passage. Wo wohnst du denn?«

»Ach, immer noch bei Shimons Bassist, der hat eine große Wohnung, ich glaube, seine Eltern haben Geld. Wir haben hier zusammengelebt, Shimon und ich. Letzte Woche ist er ausgezogen. Er sagt, er kann sich nicht binden! Ich weiß, dass er mich liebt, Oma! Das passt doch nicht zusammen! Ich wusste nicht, dass es das überhaupt gibt!«

»Lisa, mein armer Schatz! Jetzt besorg dir erst einmal ein Taschentuch, so etwas wird es doch dort geben, oder?«

»Toilettenpapier.«

»Toilettenpapier ist auch gut. Und dann hörst du auf zu weinen. Wer weiß, vielleicht begreift Shimon ja doch irgendwann, dass er dich liebt und dass er dich auch will, das weißt du doch noch gar nicht.«

»Oma, er ist ... er ist so verloren! Er ist wie ein Drogensüchtiger, er konsumiert alles, Gefühle, Alkohol, Zigaretten, harte Drogen, er hat gar keine Grenzen. Es gibt so viele Frauen, denen das schon mit ihm passiert ist. Und ich Dummkopf bin mit offenen Augen hineingerannt!«

»Das hat doch nichts mit Dummheit zu tun, Lisa. Die Liebe kann man nicht steuern.«

»Nein, wohl nicht.«

»Hast du denn wenigstens etwas von Anna erfahren, das dir weiterhilft.«

»Anna hat mir erzählt, dass Shimon der Sohn von einem der fünf SS-Männer ist, die sie nacheinander vergewaltigt haben. Der erste war Josef Ranzner.«

»Mein Gott! Weiß Shimon das?«

»Nein. Shimon glaubt, Peretz ist sein Vater. Mir, einer Fremden, hat sie es erzählt! Und dann hat sie mich gebeten, nichts zu sagen, weil sie es ihm selbst erzählen wollte. Aber seitdem hat sie nichts getan. Sie hat solche Angst, dass Shimon irgendwo runterspringt, wenn er die Wahrheit erfährt!«

»Ach Lisa, wo bist du da nur hineingeraten!«

»Oma, ich will weg aus Israel. Ich ertrag es hier nicht mehr.«

»Du kommst erst einmal nach Hause, ja?«

»Ja.«

»Willst du mich morgen wieder anrufen? Wenn du die Passage gekauft hast?«

»Ja.«

»Und jetzt hör auf zu weinen und geh ins Bett.«

»Ja, Oma. Gute Nacht, Oma, ich hab dich lieb.«

»Ich hab dich auch sehr lieb.«

»Oma?«

»Ja?«

»Maria ist tot, nicht wahr?«

»Woher weißt du das denn?«

»Oma, es tut mir so leid für dich! Ich hätte mich auf deinen Brief melden sollen. Aber ich habe nur noch Shimon im Kopf gehabt.«

»Das ist doch nicht schlimm, Lisa! Du musst deinen Weg gehen. Das ist das Wichtigste, was es gibt, hörst du? Das Allerwichtigste.«

»Bist du sehr traurig?«

»Ich war traurig. Jetzt geht es mir schon wieder besser. Und ich bin froh, dass es wenigstens dich noch gibt. Und bald ja auch ein Enkelkind!«

»Ich bin doch viel zu jung für ein Kind, Oma! Ich wollte frei sein, ich wollte reisen und Dinge erleben!«

»Das tust du, Lisa. Das Leben ist diese Reise, aber man weiß nie, was als Nächstes kommt.«

»Gute Nacht, Oma.«

»Gute Nacht, Lisa, schlaf gut.«

HUNDERTZWEIUNDVIERZIG

Shimon schwebte in der Dunkelheit. Die Dunkelheit war erleuchtet. Shimon fiel ohne Boden. Shimon flog ohne Wind. Shimon sah nicht, hörte nicht, fühlte nicht. Shimon dachte, Ich bin tot. Der Gedanke stand klar im Raum, Shimon erinnerte sich an die Nadel, die in seine Armbeuge fuhr, er erinnerte sich an die Hand, die sie hielt, an den Arm, der zu einer linken Schulter führte, die Schulter hatte ein Gegenstück auf der anderen Seite, zwischen ihnen war ein Hals gewachsen, auf dem Hals saß ein Kopf, Shimon rekonstruierte seinen Körper aus dem Gedächtnis, er stellte einen Spiegel in seinem Geist auf und betrachtete sich darin, er dachte, Ich bin ein junger Mann. Er dachte, Ich war ein junger Mann, er sah das Gesicht einer jungen Frau, er streckte seine Gedanken nach ihr aus, doch sie berührten nur eine Erinnerung. Er hatte keine Sinne mehr, er war tot, und doch schmerzte die Erinnerung an Lisa. Plötzlich drang eine Stimme in seinen Geist, nicht seine Stimme, wessen Stimme? Er kannte die Stimme nicht, sie sagte, Schnell! Wiederbelebungsmaßnahmen! Shimon hörte einen Knall, die Stimme sagte, Noch mal! Es gab einen neuen Knall, und jetzt hörte Shimon einen hohen Ton, der hohe Ton war die ganze Zeit da gewesen, er hatte nicht darauf geachtet, doch plötzlich änderte er sich und war nicht mehr gleichbleibend, sondern hüpfend. Die Stimme sagte, Puh! Das war knapp. Er hörte andere Geräusche, er hörte die Stimme einer jungen Frau, sie sagte, Er ist hübsch, er hörte Metall auf Metall, er hörte Schritte, er hörte Türen, die sich öffneten, er hörte Räder, die über einen Boden rollten, das Rollen hörte auf, eine Tür schloss sich, er hörte nichts mehr, dann hörte er ein regelmäßiges Geräusch wie das Tropfen von Wasser. Er dachte, Ich will schlafen, doch er konnte nicht schlafen, ihm fehlte ein Körper zum Müdesein, er dachte, Ich bin ein Geist in einer Flasche, er wurde traurig und weinte ohne Augen, ohne Tränen, ohne Schluchzen. Während er weinte, hörte er das tropfende Geräusch, es klang wie ein Wasserhahn, er dachte, Ich lebe in meinem toten Körper. Er irrte durch die beleuchtete Dunkelheit, er fand einen Ort, der ganz weiß war, weiß und erfrischend, dort ließ er sich nieder und hörte auf zu warten.

HUNDERTDREIUNDVIERZIG

Lana kannte die Militärbasis in Tel Hashomer, östlich von Tel Aviv, wo ihr Vater stationiert war. Deshalb stellte sie sich vor, dass ihr großer Bruder dort auf einem Sofa lag, als die Mutter sie Ende März 1967 in ein Taxi setzte und mit ihr in das Krankenhaus Chaim Sheba fuhr. Es liegt gleich neben Papas Arbeitsplatz, hatte sie zu Lana gesagt. Aber was hat Shimon denn, hatte Lana gefragt. Die Mutter hatte sich die Tränen aus den Augen gewischt, sie hatte gelächelt und gesagt, Nichts Schlimmes, mein Schatz, er muss sich nur ausruhen!

Zu Lanas Überraschung lag ihr Bruder nicht im Arbeitszimmer ihres Vaters auf der Couch, sondern in einem Plattenbau, der sich auf einem großen Gelände voller flacher und höherer Gebäude

befand, die durch ein Labyrinth kleiner Straßen und Wege miteinander verbunden waren. Rasenflächen säumten diese Straßen, lila
blühende Jacarandas standen dort, Menschen in weißer Kleidung
eilten hin und her.

Als Anna erfuhr, in welchem Zustand sich ihr Sohn befand, hätte
sie gern die Kontrolle über ihren Körper aufgegeben. Sie wäre zu
Boden gegangen und liegen geblieben, und die Ärzte hätten sie
aufgehoben und neben Shimon gelegt, sie an dieselben Schläuche
geschlossen, dieselben Nadeln gesetzt. Und Anna hätte von alldem
nichts mitbekommen und wäre doch mit ihrem Sohn verbunden
gewesen.
Wegen Lana riss sie sich zusammen. Sie hockte sich im Gang der
Station vor ihre Tochter und sagte:
»Schatz, wir können Shimon heute noch nicht sehen, der Stations-
arzt hat gesagt, dass er sich noch etwas länger ausruhen muss.«
»Aber wir können ihn doch anschauen, davon wird er bestimmt
nicht wach.«
»Ach, weißt du, mir ist es lieber, wir kommen noch einmal wieder,
wenn wir auch mit ihm sprechen können. Du weißt doch, wie dein
Bruder aussieht, wenn er schläft.«
Lana sah ihrer Mutter in die Augen. Dann sagte sie:
»Mama, warum lügst du?«
»Ich lüge doch nicht, Lana.«
»Doch, tust du. Shimon ruht sich nicht aus, niemand geht dafür in
ein Krankenhaus. Ich bin kein kleines Kind mehr. Ich weiß, dass
Shimon zu viel geraucht und zu viel getrunken hat. Deshalb ist er
jetzt hier, nicht wahr?«
Anna senkte den Kopf, Tränen lösten sich aus ihren Augen und
liefen langsam über ihr Gesicht. Sie nickte schwach und sagte leise:
»Ja, mein Schatz, deshalb ist er hier.«
»Und es hat damit zu tun, dass Lisa weggegangen ist, stimmt's?«
Anna nickte wieder.

»Ja.«

Lana nahm ihre Mutter in den Arm und drückte sie fest an sich. Sie sagte:

»Nicht weinen, Mama. Lisa kommt bestimmt zurück.«

HUNDERTVIERUNDVIERZIG

Tel Aviv-Jaffa, 30. März 1967

Liebe Ruth,

wie geht es Dir? Ich hoffe, Du, deine drei Kinder und Aaron seid wohlauf und glücklich.

Du wunderst Dich bestimmt, dass ich Dir schreibe. Das kann ich Dir nicht verdenken, ich habe es ja auch in den letzten Jahren nicht zustande gebracht. Es muss Dir so vorgekommen sein, als wäre ich nicht mehr daran interessiert, den Kontakt mit Dir, Deiner Familie und den anderen Freunden aus der Zeit der Flucht aufrechtzuerhalten. Nachdem der Alte – für mich wird er immer der Alte bleiben – tot war, nahm die Entfernung zwischen uns sogar noch zu. Das ist jetzt fünfzehn Jahre her. Wie oft haben wir uns seitdem gesehen und gesprochen? Drei-, viermal, mehr nicht, und immer bist Du allein oder mit Deiner Familie nach Tel Aviv gekommen, nie habe ich Euch in Haifa besucht.

Bitte glaube mir, dass ich es nicht so wollte. Ich habe nie aufgehört, Dich und die anderen zu vermissen. Ich habe mit Dir gefiebert, als Du Deine Kinder zu Welt brachtest. Ich habe mir Sorgen um Marja gemacht, vor allem, nachdem man ihr die Puppe weggenommen hatte. Als Ariel begann, in Tel Aviv zu studieren, habe ich ihn besucht und mich mit ihm gefreut, weil er endlich seinen orthodoxen Eltern entkommen war, aber das hat meine Zuneigung zu den Abramowicz um nichts geringer werden lassen.

Sarah kommt manchmal mit Schmuel Seligmann vorbei, sie scheinen glücklich miteinander zu sein, trotz des großen Altersunterschieds – Schmuel ist fast zwanzig Jahre älter als sie. Seit sie fest bei *Haaretz* angestellt ist, hat sie genügend Geld, um ohne unsere Unterstützung auszukommen, und das tut ihr sehr gut, und mir tut es gut, dass sie sich endlich von uns löst.

Doch davon wollte ich gar nicht sprechen. Ich möchte Dir etwas erzählen, das Du wissen solltest. Eigentlich hättest Du die erste sein müssen, die es erfährt, immerhin hast Du Dich bis zum Schluss um ihn gekümmert. Aber ich verstehe auch, warum ich stattdessen diejenige war, der er die Wahrheit erzählt hat.

Als der Alte starb und ich zu ihm fuhr und wir allein in seinem Krankenzimmer waren, während Ihr alle auf dem Gang wartetet und Euch fragtet, was er mir wohl anvertrauen würde, da sagte er mir nicht nur seinen richtigen Namen. Er erzählte mir auch, warum er diesen Namen abgelegt hatte. Er bat mich nicht, es für mich zu behalten, aber ich glaube, er wusste genau, dass ich es tun würde. Du hättest niemals so gehandelt, denn Du hattest noch nie etwas zu verbergen. Mich aber hatte er als eine vom gleichen Schlag erkannt, zumindest kommt es mir inzwischen so vor.

Er erzählte mir, dass er ...

Anna richtete sich auf. Sie hatte nicht damit gerechnet, dass es sich wie Denunziation anfühlen würde zu schreiben, Isaak Hirsch war Kapo in Auschwitz, Isaak Hirsch hat kollaboriert, Isaak Hirsch hat es nur mir erzählen können, weil auch ich im Augenblick meiner größten Entwürdigung kollaboriert habe, und obwohl er das nicht wusste, schien er es zu spüren. Wir waren Komplizen, und jetzt werde ich ihn verraten.

Anna saß in der Küche und blickte hinaus in den Vorgarten. Peretz hatte alle Fenster des Hauses vergittern lassen, wegen der Unruhen an den Grenzen. Er hatte gesagt, Es gibt noch genug Araber *in* Israel. Jetzt fühlte sie sich wie in einem Käfig. Sie schüttelte den Kopf. Peretz und die Araber, was hatte er nur gegen sie?

Sie wusste, was zu tun war. Sie würde Ruth anrufen müssen, um sich mit ihr zu verabreden. Sie würde nach Haifa fahren müssen. Und sie würde alles erzählen müssen, das Geheimnis des Alten und ihr eigenes, denn sie waren miteinander verbunden, sie selbst hatte durch ihr Schweigen diese Verbindung geschaffen, und jetzt war sie nicht mehr zu lösen.

Sie würde alles sagen, denn sie wollte über Shimon reden, sie musste über Shimon reden, Shimon beherrschte ihr Leben, von Anfang an war es so gewesen, vom Moment seiner Zeugung an, und jetzt wurde Shimon vielleicht nicht mehr wach und blieb vielleicht so still, wie sie ihn gesehen hatte, aber sie konnte mit niemand darüber sprechen, sie fühlte sich, als wäre sie gemeinsam mit ihm verstummt.

Peretz konnte nur wütend reagieren, es war schon immer so gewesen, von Anfang an hatte er so auf Shimon reagiert, bei jeder Kleinigkeit, und sie hatte sich gesagt, Nicht alle Väter sind gleich, sie hatte sich gesagt, Aber er kümmert sich um ihn, sie hatte sich gesagt, Er kann seine Gefühle nicht so zeigen, wie er es gern möchte, und in ihrem Kopf hatte eine Stimme geantwortet, Mach dir nichts vor. Sie hatte sich mit Lüge und Wahrheit im Gleichgewicht gehalten, und dies war das Ergebnis.

Sie zerknüllte den Brief und warf ihn in den Mülleimer unter der Spüle. Sie ging ins Wohnzimmer, dort stand das Telefon auf einem kleinen Beistelltischchen neben dem Sofa. Sie setzte sich und nahm den Hörer ab. Dann steckte sie den Finger in die Wählscheibe und begann, Ruths Nummer zu wählen.

Shimons Augen sahen die beiden Ärzte, die links und rechts von seinem Bett standen, ein älterer, kleinerer, grauerer, ein jüngerer, größerer, glatterer, beide trugen sie Brillen mit Metallfassung, in den Brusttaschen ihrer Kittel steckten Kugelschreiber. Der jüngere Arzt hielt ein Klemmbrett in der Hand, auf das er nun blickte. Shimons Ohren hörten, was sie einander zu sagen hatten, Der hier kam vor einem Monat aus der Intensivstation, sagte der Jüngere, Herzversagen, lag drei Wochen im Koma, ein Wunder, dass er wieder zurückgekommen ist. Der Ältere blickte Shimon kurz über den Rand seiner Brille an, Warum? Der Jüngere lachte kurz auf, Hatte eine Überdosis Heroin, aber das ist denen glatt entgangen! Der Ältere zog die Augenbrauen hoch, er warf seinem Kollegen einen prüfenden Blick zu, Aha, sagte er, Das heißt, er hat einen kalten Opioidentzug gemacht? Der Jüngere nickte, Im Koma! Und jetzt?, fragte der Ältere, der Jüngere zuckte mit den Achseln, Sie haben ihn zu uns abgeschoben, weil er zu toben begann, nachdem er wieder aufgewacht war. Was bekommt er?, fragte der Ältere, der Jüngere blickte auf sein Klemmbrett und sagte, Anxiolytika und Ataraktika. Welche? Der Jüngere blickte erneut nach und sagte, Diazepam. Der Ältere senkte den Kopf, um Shimon etwas eingehender über den Rand seiner Brille zu betrachten, er sagte, Wie reagiert er darauf? Der Jüngere zuckte mit den Schultern, er sagte, Er ist ruhig. Organisch alles in Ordnung? Der Jüngere nickte, Körperlich ist er gesund. Der Ältere richtete sich auf, er wandte sich zum Gehen und sagte, In Ordnung, entlassen Sie ihn zur Monatsmitte, geben Sie ihm eine Packung von diesem neuen Substitutionsmittel mit, Sie wissen schon, er wird Entzugserscheinungen haben wegen der Absetzung der Sedativa. Der Jüngere nickte, er zog einen Kugelschreiber aus der Brusttasche seines Kittels, während er schrieb, murmelte er, Fünfzehnter Mai Siebenundsechzig, Methadon, Dreißigerpackung.

Shimons Augen sahen, wie die beiden Männer den Raum verließen, Shimons Ohren hörten, wie der Ältere zu dem Jüngeren sagte, Mir sind die Hände gebunden, die Anweisungen kommen vom Verteidigungsministerium, die wollen den Ägyptern zeigen, dass wir auf den Ernstfall vorbereitet sind. Bevor der Jüngere die Tür von außen schloss, sagte er, Im ganzen Land? Shimon sah nicht mehr das Nicken des Älteren, er hörte nicht mehr, wie der Jüngere die Stimme senkte und sagte, Das gerade war übrigens Oberst Sarfatis Sohn, er sah nicht, wie der Ältere die Augenbrauen kurz anhob, ohne etwas zu erwidern, während er bereits die Hand nach der nächsten Türklinke ausstreckte.

Als Shimon allein war, wandte er den Kopf. Die weißen Wände des Zimmers glitten an seinen Augen vorbei, der Nachttisch mit dem Wasserbecher, das Bild mit den drei Pferden, die Decke mit der Neonröhre, der Stuhl auf der anderen Seite, und endlich kam das Fenster in Sicht, Shimons Augen sahen die weiß lackierten Gitter, die außen angebracht waren, und dahinter den Baum mit den lilafarbenen Blüten. So blieb er liegen. Die Sonne wanderte über seine Pupillen, die Tür ging auf und schloss sich, zwei Hände machten sich an seinem rechten Unterarm zu schaffen, sie zogen die Kanüle heraus, klebten ein Pflaster darauf, die Tür ging auf und schloss sich. Die Sonne wanderte über Shimons Netzhäute, die Sonne wanderte durch Shimons Geist, die Sonne ging unter, Shimon schloss die Augen.

Es war Nacht, als Shimon die Augen öffnete. Er fühlte sich anders, es war, als hätte jemand einen Pfropfen aus seinen Ohren gezogen, als hätte er einen langen Film ohne Ton gesehen, und plötzlich hatte jemand am Lautstärkeregler gedreht und der Wind war wieder da, die Bäume hatten ein Rascheln, der Gang dort draußen Schritte, sein eigener Körper einen Atem, ein schlagendes Herz. Gedanken drängten in sein Bewusstsein wie eine gaffende

Menge, die allzu lange ausgesperrt gewesen ist und die nun endlich mit aufgerissenen Sinnen hereinstürzt, um alles aufzusaugen, alles zu kommentieren, allem ein Namensschild anzuhängen, eine Sympathie, eine Abneigung. Shimon lag in seinem Bett und konnte sich nicht regen. Je mehr geschah, desto lauter schlug sein Herz, desto mehr rang er nach Atem, er lag im Bett und fühlte sich, als renne er, so schnell er konnte, er lag im Bett und fühlte, dass er jeden Augenblick zu Boden stürzen musste, weil ihm die Kraft ausgehen würde, er versuchte, sich mit den Augen an etwas Äußerem festzuhalten, doch es war dunkel, er sah nicht genug, er versuchte, die Matratze mit den Händen zu ergreifen, doch die Matratze hatte eine Konsistenz, sie hatte einen Widerstand, der Wind rauschte direkt durch Shimons Ohren, er wirbelte die Gedanken wie Blätter auf, die Gedanken riefen alle durcheinander, Shimon versuchte, sie zu verstehen, doch sein Herz hatte ein Pochen, Shimon versuchte, seinen Atem zu beruhigen, doch sein Atem hatte ein Rauschen wie der Wind in seinen Ohren, der Wind in seinen Ohren hatte Schritte auf dem Gang, Shimon hatte Angst, dass alle fortgingen, alle an seiner Tür vorbei mit ihren Schritten, die sie hinaustrugen durch seine Ohren hindurch, nur er lag in seinem Bett und konnte sich nicht rühren, er konnte nur laufen, so schnell er konnte, nur stürzen, so lang er konnte, konnte nur fürchten, so lang er konnte, dass tief unten der harte Boden durch die Dunkelheit in seinen Augen rasend auf ihn zukam, und wenn sie zusammenträfen, er und der Boden …

Als Shimon wieder zu Bewusstsein kam, war es hell, die Sonne schien zum Fenster herein, er lag in seinem Bett, seine Glieder schmerzten, als hätte er Muskelkater. Er stützte sich auf die Ellbogen und blickte sich um. Er sagte, Ich bin immer noch da. Er verstummte. Ein unfühlbarer Schmerz fuhr durch ihn hindurch. Die ganze Zeit war Lisa bei ihm gewesen wie sein eigener Rücken, unsichtbar und nah. Nun hatte er sich wieder der Welt zugewandt, und sie war fort. Er ließ sich zurücksinken, er starrte an die Decke. Nichts hatte sich geändert. Alles hatte sich geändert.

Am 15. Mai, morgens um sieben Uhr dreißig, kam der Stationsarzt herein, Shimon erkannte ihn, wie man jemanden erkennt, den man in einem Traum gesehen hat. Er war der jüngere der beiden, der Kugelschreiber steckte in seiner Brusttasche, das Klemmbrett in der Hand war nicht mehr da, er sagte:
»Das Land befindet sich in der Mobilmachung, Herr Sarfati. Mit Ausnahme der arabischen Bevölkerung und Leuten wie Ihnen sind fast alle jungen Männer und Frauen damit beschäftigt, unser Land vor der Vernichtung durch unsere Feinde zu bewahren. Sie sollten sich schämen. Gehen Sie nach Hause.« Er verließ Shimons Zimmer, ohne die Tür zu schließen.

HUNDERTSECHSUNDVIERZIG

Der Unterschied war so deutlich! Anna saß in einem Bus der EGGED und fuhr nach Norden und dachte darüber nach, wie Lydia Sarfati ihre Enkeltochter in Empfang genommen hatte. Früher habe ich das nicht sehen wollen, obwohl es immer sichtbar war. Die Landschaft zog vorbei, rotbraune Erde, Orangenhaine, der Himmel so blau, die Menschen im Bus unterhielten sich, dösten vor sich hin, aßen ihre mitgebrachten Brote, Früchte, tranken Wasser oder Coca-Cola, blickten aus dem Fenster wie Anna. Neben ihr saß ein älterer Mann, mindestens sechzig Jahre alt, der ihr Seitenblicke zuwarf, Anna spürte, dass er auf eine Gelegenheit wartete, ein Gespräch zu beginnen, sie würde ihm keine geben, sie schwitzte, die Klimaanlage funktionierte nicht, sie trug einen knielangen dunkelroten Rock, eine weiße Bluse, ihr Koffer steckte fast genau unter ihr im Stauraum des Busses, Musik drang scheppernd aus den defekten Boxen, Arik Einsteins weiche, warme Stimme klang blechern, als sie sang, Komm, Schokoladensoldat,

komm her zu mir,

zu den Schützengräben,

ruh dich aus, hab keine Angst,

in den Staub zurückzukehren.

Der Schlachter gibt dem Henker Fleisch,

der Henker füttert die Gewehre,

und alle Männer ruhen gleich

unter Blumen in der Erde. Jemand rief, Ausmachen! Andere Stimmen fielen ein. Der Busfahrer schrie etwas zurück. Es entstand ein lautes Stimmengewirr, der Busfahrer machte eine wütende Geste mit dem Arm und drehte den Ton ab. Allmählich kehrte wieder Ruhe ein, und das Wummern des Motors, das Rauschen des Fahrtwinds gewannen erneut die Oberhand. Der Mann neben Anna lächelte ironisch, er sagte, Die wollen lieber Krieg. Anna nickte kurz und wandte sich erneut der Landschaft zu.

Lydia Sarfati drängte sich wieder auf, Anna sah ihr Lächeln, ihre Herzlichkeit, Nie war sie zu Shimon so, dachte sie und konnte es zum ersten Mal hinnehmen und wunderte sich sogar, warum sie ihrer Schwiegermutter insgeheim gegrollt hatte für ihren feinen Spürsinn, und konnte auch das verstehen und sah die Landschaft, die vorbeizog, fruchtbare Erde, offene Gewässer, aber jetzt fuhren sie ein kurzes Stück nahe der Waffenstillstandsgrenze. Die Straße war eng und kurvig, der Bus kam nur langsam voran, von Zeit zu Zeit ein Jeep am Straßenrand, ein Geschütz zwischen den Pinien, Männer in Uniform. Peretz hatte sie gewarnt, er hatte gesagt, Es ist nicht sicher, dabei hatte er ein Gesicht gemacht, als wolle er sagen, Ich darf nicht mehr verraten. Anna hatte mit den Achseln gezuckt, Wann war es je sicher in Israel, seit ich hier angekommen bin, ist Krieg. Aber diesmal wird es anders werden, hatte Peretz erwidert. Sie war trotzdem gefahren, und jetzt freute sie sich auf den Moment, wenn die Wahrheit gesagt wäre und sie nichts mehr zu verbergen hätte, zum ersten Mal seit vielen Jahren.

Um elf Uhr kamen sie am Kibbuz Givat Haviva an, hohe Bäume, grünes Gras, Häuser mit Giebeldächern, Anna dachte an Südfrankreich, es war ein gutes Gefühl, So weit bin ich nicht entfernt, dachte sie und überraschte sich dabei, dass sie die Welt nach all den Jahren immer noch von Europa aus betrachtete.

Der Bus hielt an einer Kreuzung am Ortsende, sie musste aussteigen. Der ältere Mann verabschiedete sich mit leisem Bedauern in der Stimme, Anna nickte noch einmal wortlos, dann war sie draußen. Der Fahrer kam heraus, klein, gebeugt, Schirmmütze, kräftige Arme, ein Anpacker, er riss den Kofferraum auf, zerrte Annas Gepäck hervor, stellte es vor ihr ab, lüftete die Mütze, verabschiedete sich, ohne sie anzuschauen, und verschwand wieder im Bus. Das schwere Fahrzeug fuhr mit einem Ruck an, der Motor heulte auf, der Fahrer nahm keine Rücksicht, er wollte schnell weiter, Anna blickte dem Bus nach, der eine Schleppe aus Staub hinter sich herzog. Dann wurde er kleiner, sein Geräusch verlor sich, und plötzlich stand sie allein in der stillen Landschaft.

Warum nicht zu euch nach Haifa, hatte sie Ruth am Telefon gefragt, und Ruth hatte gesagt, Aaron und ich haben Streit, er wird mit den Kindern zu Hause bleiben. Wir machen einen Spaziergang, du und ich, dann unterhalten wir uns allein, und anschließend essen wir mit den Abramowicz. Anna hatte eingewilligt. Sie stand am Straßenrand, genau vor dem Halteschild, ab und zu kam ein Auto vorbei, es war heiß, doch es wehte ein angenehmer Wind, die Sonne stand fast genau über ihr, alle Schatten waren kurz, das Land getaucht in Licht, die Kibbuzhäuser lugten wie versteckt zwischen den Bäumen und Büschen hervor, kein Mensch war in Sicht. Irgendwo auf der anderen Seite des Kibbuz fuhr ein Traktor über ein Feld, doch es war nichts zu sehen. Fern im Westen musste das Meer sein. Anna vermisste es, das Meer erschien ihr plötzlich wie eine große Sicherheit, wann immer nichts mehr ginge, würde sie dorthin fliehen können. Hier aber war sie mitten in Israel, das ganze Land erstreckte sich um sie her, kreiste sie ein, zeigte ihr keinen Weg nach draußen, nur eine Kreuzung im Nichts. Sie wünschte sich, dass sie so stolz auf Israel sein könnte, wie Peretz es war, sie wünschte sich, dass sie allein hergekommen und von den Umständen gezwungen worden wäre, sich einzufügen in die Menge, eine von vielen geworden wäre, eine israelische Frau, keine Jekke, die ihre Herkunft nicht vergessen konnte. Das Wort ›Streit‹ ging ihr durch den Kopf, wie eine schwere Kugel rollte es von einer Seite zur anderen. Ruth und ihre Klarheit, sie wusste genau, wann etwas begann und wann es wieder endete. Ich dagegen …

Von Westen kam etwas Lautes näher, rollte auf die Kreuzung zu, ein Bus der EGGED, ›Bet She'an‹ stand über der Windschutzscheibe, Das ist er.

HUNDERTSIEBENUNDVIERZIG

Als Anna und Ruth sich unter all den Ankömmlingen und Wartenden entdeckten, erschraken sie insgeheim, Was hat die Zeit aus uns gemacht, wir waren jung, das ist vorbei. Sie umarmten einander, noch immer Schicksalsgenossinnen, mehr als einmal waren sie dem Tod entgangen, doch der Tod war ein Igel, stets wartete er am Ende der Strecke, Und wir sind gelaufen wie die Hasen, erinnerst du dich?

Der Busbahnhof befand sich am Rand der Altstadt, Ruth sagte: »Lass uns einen Spaziergang über die Felder machen, es gibt hier eine Gepäckaufbewahrung.«

Sie hatten nur die Straße gewechselt, und schon lag Bet She'an hinter ihnen. Sie gingen schweigend über einen umgepflügten Acker, die Erde war rostrot, der Feldweg verlief schnurgerade auf ein niedriges Gebirge zu, ein heißer Wind wehte, die Luft war staubig.

Nach einer Weile wurden die Geräusche der Stadt kleiner und kleiner und versanken schließlich mitten in der flimmernden Luft. Anna sagte:

»Ich wollte dir einen Brief schreiben.«

Ruth lächelte, sie sagte:

»Aber das hast du nicht getan.«

Anna schüttelte den Kopf.

»Nein, es wäre nicht die Wahrheit gewesen.«

Ruth seufzte, sie sagte:

»Die Wahrheit, was ist das schon?« Sie brach in Tränen aus. Anna erschrak, alle Sätze, die sie sich zurechtgelegt hatte, wurden weggespült, sie ging auf Ruth zu, Ruth fasste sich, sie blickte ihrer Freundin in die Augen und sagte:

»Ich war nie so hübsch wie du.«

Anna wollte etwas sagen, doch Ruth schüttelte den Kopf. Sie sagte:

»Aaron hatte eine Affäre.« Sie schluchzte, sie sagte:

»Es gab eine Zeit, da hatte ich dich abgeschrieben, Anna. Ich dachte, was habe ich schon von dir zu erwarten? Aber als du anriefst, war es genau das, was ich brauchte.« Sie lächelte kurz, dann kam der Schmerz zurück und sie schluchzte erneut auf. Anna nahm sie in den Arm, sie war immer noch überrumpelt, so hatte sie sich ihr Treffen nicht vorgestellt. Ruth wischte sich mit dem Handrücken die Tränen weg, sie sagte:

»Er hat es mir gebeichtet, er sagt, er liebt mich und die Kinder und will uns nicht verlieren. Aber ich habe sie gesehen und ich konnte ihn verstehen.« Sie heulte auf, Anna hielt sie fest, doch es war zu heiß für lange Umarmungen, sie hakte sich ein bei Ruth und zwang sie sanft weiterzugehen. Ruth achtete auf nichts, sie ließ sich führen, sie sagte:

»Ich hab versucht, weiterzumachen, als wäre alles wieder gut, ich war drauf und dran, unser Treffen abzusagen. Ich dachte, wenn ich mich auf die Kinder konzentriere und auf den Alltag, dann heilt es. Aber das tut es nicht.« Sie brach erneut in Tränen aus.

Sie gingen weiter. Als Ruth sie mit verheulten Augen fragte, was sie ihr denn hatte sagen wollen, winkte Anna ab und erwiderte: »Nicht so wichtig. Das können wir ein andermal nachholen.« Ruth nickte dankbar, und Anna fühlte die Wahrheit in sich wie einen reißfesten Stoff, aus dem alles gemacht war, das ganze Leben, die ganze Welt. Sie war glücklich an der Seite ihrer unglücklichen Freundin und tröstete sie, so gut sie konnte.

HUNDERTACHTUNDVIERZIG

Die Abramowicz lebten in einem arabischen Haus mit einem Innenhof. Anna ertrug die Analogie. Herr Abramowicz saß in weißem Hemd und schwarzer Hose auf einem Stuhl, seine Leibesfülle war erstaunlich und wischte die Erinnerung an den dürren Mann, der seine Kinder durch das Haus in der Rykestraße 57 zu seiner Frau getragen hatte, hinweg. Frau Abramowicz war zu einer mächtigen Erscheinung mit stattlicher Oberweite geworden, Anna fühlte sich schmächtig zwischen diesen Menschen, sie dachte, Warum haben die das gemacht, es musste einen Sinn dafür geben, doch sie wusste nicht welchen.

Plötzlich stand Marja im Raum, schmal und blass und ernst. Sie umarmte Ruth und Anna, sie lächelte, ihr Gesicht wirkte kränklich, ihre Haut wächsern, Wie schön, dich zu sehen! Groß bist du geworden! Lauter Floskeln, die Marja streicheln sollten, niemand konnte sagen, ob sie es spürte.

Sie aßen zu Mittag im Innenhof, Herr Abramowicz sprach über Politik, er sagte, Denen werden wir es zeigen, Frau Abramowicz lachte ihn aus und sagte, Vor allem du. Herr Abramowicz lachte mit, doch dann sagte er, Ich kämpfe auf meine Weise, ich helfe mit, den jüdischen Charakter unseres Landes zu stärken. Ruth dachte an Aaron, der Jeschajahu Leibowitz las und forderte, Staat und Judentum strikt voneinander zu trennen, sie fragte sich, ob die richtigen Argumente eines Mannes, der seine Frau hintergangen hatte, noch gültig waren, sie verzichtete darauf, es an Herrn Abramowicz auszuprobieren.

Anna beobachtete Marja. Marja bemerkte es und lächelte sie an, es wirkte aufgesetzt, Anna erschrak noch mehr, Was ist nur los mit dir?

Später zog sie sich zurück, und Frau Abramowicz erzählte mit gedrückter Stimme von den vielen Therapiesitzungen, von Antidepressiva, von Bindungsunfähigkeit, Schlaflosigkeit, lauter Substantive, mit denen sie und ihr Mann sich ihre Tochter hatten erklären lassen, Gott prüft uns, sagte er, Gott wird die Araber vertreiben, er wird auch den Schatten von Marjas Seele nehmen. Aber Anna dachte nur an die Puppe Dana und verkniff sich die Bemerkung, Ihr hättet sie ihr niemals wegnehmen dürfen.

HUNDERTNEUNUNDVIERZIG

Daniel Katz, der Bassist der ›Verzweifelten‹, kam nicht aus dem Krieg zurück. Er war an der Nordfront gewesen und hatte sich über den Waffenstillstand gefreut, den seine Regierung mit den

Syrern für den 9. Juni vereinbart hatte. Am Morgen des 10. Juni brach der neue Verteidigungsminister Moshe Dajan im Einvernehmen mit mehreren Ministern der Regierung von Levi Eschkol den Waffenstillstand und eroberte die Golan-Höhen. Daniel Katz erlebte diesen letzten großen Sieg seines Landes über die arabischen Feinde nicht mehr. Er wurde von einer Mörsergranate getroffen und zerfetzt. Seine Leiche bestand aus blutigen Fleischstücken und gesplitterten Knochen.

Shimon erfuhr es zwei Tage später, als plötzlich Herr und Frau Katz in Daniels Wohnung standen. Sie klärten ihn über den Tod ihres Sohnes auf und teilten ihm mit, er müsse noch am selben Tag die Wohnung verlassen. Shimon spürte Frau Katz' bittere Seitenblicke, sie sagten, Ausgerechnet du lebst noch. Er wusste, dass sie ihm nicht gewogen waren, sie hatten ihren Sohn gewähren lassen, mehr nicht. Es gab keinen Grund, sich zu wehren. Shimon hatte keine schöne Zeit in der leeren Wohnung verbracht. Lisa war ihm viel zu nahe gerückt, hier waren sie glücklich gewesen, hier war ihr Glück zerbrochen, hier hatte seine Flucht begonnen. Flucht wovor? Das war die Frage, mit der er seit seiner Entlassung aus der Psychiatrie herumlief und auf die er keine Antwort fand.

Jetzt stand er wieder auf der Straße. Langsam schlug er den Weg nach Jaffa ein, er nahm keinen Bus und kein Taxi, er ging zu Fuß, er ließ sich Zeit, er ging langsam und sah sich die Stadt an, die er liebte, die ihn erdrückte mit ihren Menschen, ihrem Lärm, ihrer in Stein gegossenen Ungewissheit, er ging langsam, als suche er unterwegs nach einer Möglichkeit, doch noch die Richtung zu ändern, um doch noch ein anderes Ziel anzustreben. Er machte Pausen, er trank einen Kaffee auf der Dizengoff-Straße, er aß zu Mittag auf der Yehezekel-Kauffmann-Straße. Er saß stundenlang in einem kleinen Park am französischen Krankenhaus und blickte in den Himmel, in die Bäume, in sich hinein.

Doch vergeblich. Es gab keine Ausflucht, kein Exil, keinen besseren Weg.

Als er am Haus seiner Eltern ankam, war es Abend, die Sonne stand rot über dem Meer, sie warf einen Streifen herüber, der Streifen glitt auf der Wasseroberfläche bis zu Shimon, der sich an der Schönheit dieses Anblicks festhielt wie ein Ertrinkender.

Peretz öffnete die Tür. Als er Shimon sah, wandte er sich wortlos ab und ging ins Haus zurück. Shimon folgte ihm. Vom Innenhof her kam Lana angerannt, ihr Gesicht strahlte, sie stürzte auf ihren Bruder zu und rief:

»Shimon!«

Doch bevor sie ihn erreichte, hielt Peretz sie fest und nahm sie auf den Arm und sagte:

»Das ist kein Umgang für dich.«

Anna kam vom Innenhof herein, sie sah ihren Sohn und ihre Tochter, sie rannte auf Shimon zu und umarmte ihn, doch Shimon hatte nur Augen für Lana, die nicht verstand, was geschah, sie versuchte, sich von ihrem Vater loszumachen, doch er hielt sie so fest, dass es ihr wehtat. Shimon rief:

»Lass sie los, Papa!«

Peretz drehte sich um, er kam mit Lana auf Shimon zu und baute sich vor ihm auf. Er sagte:

»Du bist nicht mein Sohn. Lana ist meine Tochter. Aber du ...«

Er spie die Worte aus, sein Mund war ein Geschütz, das alle traf. Shimon starrte seinen Vater an, was er sah, war nicht die Wut, die er kannte. Er suchte die Augen seiner Mutter, seine Mutter starrte Peretz an, Shimon sah den Vorwurf der verratenen Komplizin in ihrem Gesicht. Lana schrie:

»Das ist mir egal! Lass mich los!«

Das letzte Wort war in ein Kreischen übergegangen. Peretz ließ sie los, ohne auf sie zu achten. Lana stürzte auf Shimon los, sie klammerte sich an ihn, Shimon umarmte seine Schwester. Peretz sagte:

»Ich will dich hier nicht mehr sehen.«

Anna sagte:

»Dann siehst du mich auch nicht mehr.«

Peretz presste die Lippen zusammen. Anna sagte:

»Und Lana auch nicht.«

Peretz sagte:

»Das werden wir ja sehen.« Er wandte sich ab, durchquerte den Innenhof und verschwand in seinem Arbeitszimmer.

Shimon ließ Lana los und richtete sich auf. Er sah seine Mutter an. Anna sagte:

»Ich wollte es dir schon lange sagen.« Sie sah ihn an mit Augen, die um Verzeihung baten, um Nachsicht, um Gehör.

Shimon sagte:

»Wer ist mein Vater?«

»Ein Deutscher.«

»Wer?«

»Ein Deutscher.« Anna blickte ihrem Sohn in die Augen. Sie war gefasst, die Tränen hatten keine Bedeutung, sie öffnete sich wie ein Buch, eine Stimme in ihr sprach zu Shimon, sie sagte, Lies!

Shimon konnte nicht lesen. Er starrte seine Mutter an. Lana war still geworden, ihre Augen gingen von Anna zu Shimon, von Shimon zu Anna. Shimon verdaute die Wahrheit. Peretz war nicht sein Vater. Plötzlich sagte er:

»Ich hab es immer gewusst.«

HUNDERTFÜNFZIG

Frau Kramer griff erst ein, als der Arzt mit einem Messer auf die gespreizten Beine ihrer Enkeltochter zuging. Bis zu diesem Zeitpunkt hatte sie am Kopfende gesessen und Lisas Hand gehalten. Sie hatte früher als die Ärzte erkannt, dass das Kind die letzte Drehung nicht vollzog. Sie hatte die Augen geschlossen und Margarita

Ejzenstain gesehen, die nun schon so lange tot war, dass sie kaum noch ihre Gesichtszüge aus dem Gedächtnis hervorkramen konnte. Sie versuchte, auf den Tag genau die Zeitspanne auszurechnen, die zwischen dem frühen Morgen des 21. Oktober 1944 und dem Nachmittag des 14. Juli 1967 lag, doch sie wurde abgelenkt.

Lisa lag neben ihr, ihre Haut glänzte vom Schweiß, in ihrem Gesicht stand die Furcht vor dem Unbekannten, sie vermisste Shimon, immer wieder dachte sie, Wenn er hier wäre, wäre alles nicht so schlimm, doch die Naturgewalt in ihrem Körper kümmerte sich nicht um solche Gedanken.

Lisa versuchte, den Rat ihrer Großmutter zu befolgen und die Wehen, die in immer kürzeren Abständen kamen und immer stärker, immer länger, immer mehr zu Wogen aus Kraft und Schmerz wurden und über ihr zusammenzuschlagen drohten, mit ihrem Atem und ihrer Stimme aufzufangen. Manchmal gelang es ihr nicht, dann brach ihre Stimme, und die Großmutter fasste ihre Hand fester und redete ihr Mut zu, Bleib nicht passiv, mein Kind! Mach mit! Ertrag es nicht einfach nur! Du willst dieses Kind zur Welt bringen!

Doch das Baby hing wohl mit der Nase am Schambein seiner Mutter fest. Und so dauerte es immer länger.

Als der leitende Arzt, ein Mann, der so jung war, dass er Frau Kramers Enkel hätte sein können, mit dem Messer kam, um Lisas Damm zu durchtrennen, machte die alte Frau sich von Lisas Hand los und stellte sich ihm in den Weg, genau vor den gespreizten Schritt ihrer Enkeltochter. Bevor der Arzt reagieren konnte, sagte sie:

»Es ist ein Mondgucker. Mit dem Skalpell richten Sie nur Schaden an.« Dann wandte sie sich um, tastete Lisas Unterleib ab und begann, an verschiedenen Stellen zu drücken und zu massieren, und achtete nicht weiter auf die fünf Menschen, zwei Ärzte und drei Krankenschwestern in der weißen Tracht des Lübecker

Marien-Krankenhauses, die um sie herumstanden und überrascht zuschauten, wie sie Tom Kramer aus seiner Mutter befreite.

Die Anwältin empfing sie zu Hause. Sie wohnte im Norden der Stadt und hieß Frau Vakar, ihre Stimme hatte jung geklungen am Telefon, mehr wusste Anna nicht. Sie war mit dem Nahverkehrszug über den Yarkon gefahren, der sich nördlich des Stadtzentrums von Tel Afek zum Meer hin schlängelte. An der Universität war sie ausgestiegen. Sie kannte die Gegend nicht, sie fragte sich durch. Eine breite Straße führte Richtung Meer, Anna ging, bis sie einen Fußgänger traf, der ihr den Weg beschrieb. Sie bog nach Norden ab in eine schmale Straße, die einen Berg hinaufführte, Einfamilienhäuser am Hang, klein und gedrungen, flache Dächer, weiß gestrichener Beton, offene Garagen unten, darüber Fenster, schmale Wege und Treppen zwischen den Häusern hindurch, weiter oben sah man Gärten, die gerade erst angelegt worden waren, junge Bäume, arrangierte Blumenbeete. Sie suchte die richtige Hausnummer und zwängte sich zwischen zwei Autos hindurch zu einer unscheinbaren Tür. Sie läutete, kurze Zeit später öffnete eine Frau mit einem schmalen, dunklen Gesicht und lächelte Anna an. Sie sagte:
»Frau Sarfati, nehme ich an? Bitte kommen Sie herein.«
Anna folgte der Frau, noch nie hatte sie einen so feingliedrigen Menschen gesehen. Frau Vakar führte sie in einen fensterlosen Raum, sie sagte:
»Das Haus wird belagert, deshalb muss ich hier arbeiten.«
Anna sah sie verwundert an, Frau Vakar lachte und sagte:

»Mein Mann und drei Kinder. Wenn ich mich nicht hier unten ver-
krieche, lassen sie mich nicht in Ruhe.«

Anna verstand, sie setzte sich vor einen breiten Schreibtisch,
dessen dunkelrotes Furnier mit den messingfarbenen Beschlägen
nicht in die nüchterne Enge des Raumes passte. Frau Vakar öffnete
ein Heft, griff nach einem Stift. Während sie schrieb, sagte sie zu
Anna:

»Ich möchte Ihnen gleich zu Anfang sagen, dass es haarig werden
kann.«

»Wie meinen Sie das?«

Frau Vakar hörte auf zu schreiben und blickte Anna an. Sie sagte:

»Ganz ehrlich: Was Sie mir am Telefon erzählt haben, klingt nicht
gut. Wenn Ihr Mann seine Drohung wahr macht und bei einem
Scheidungsantrag Ihrerseits behauptet, er habe nicht gewusst,
dass Shimon nicht sein Sohn ist, stehen Sie als Betrügerin da. Und
dann wird das Rabbinat ihm das Sorgerecht für Ihre gemeinsame
Tochter geben und nicht Ihnen. Verstehen Sie?«

Anna nickte.

»Außerdem«, fuhr Frau Vakar sachlich fort, »ist Ihr Mann ein geach-
teter Offizier der Armee, einer der vielen Kriegshelden, mit denen
dieses Land so reich gesegnet ist. Seit dem Sechs-Tage-Krieg ist das
noch schlimmer geworden. Und Sie sind Hausfrau. Verstehen Sie?«

Anna nickte erneut. Frau Vakar sagte:

»Heiraten ist so schön in Israel. Die Zeremonie, der Rabbi, die festli-
che Kleidung, die Musik.« Sie lächelte kurz, dann sagte sie:

»Aber Scheidung ist ein Krieg. Wenn Sie nicht nachweisen können,
dass Ihr Mann sich im Sinne der jüdischen Moral unsittlich verhalten hat, wird das Rabbinat einer Scheidung nicht zustimmen.
Leider hat David Ben-Gurion damals den Religiösen einige wichtige Kompetenzen übergeben, um sie für eine Koalition zu gewinnen, und die Familiengerichtsbarkeit ist eine davon. Kennen Sie
den Witz von dem Paar, das zum Rabbi kommt, um sich scheiden
zu lassen?«

Anna schüttelte den Kopf. Frau Vakar lächelte maliziös und sagte: »Der Rabbi fragt also zuerst den Mann und dann die Frau, ob sie das wirklich wollen, und weil beide Ja sagen, sagt der Rabbi am Ende, Dann seid ihr euch ja einig! Lebt also weiterhin glücklich und zufrieden zusammen. Verstehen Sie?«

Anna nickte unsicher, der Witz kam ihr plötzlich bekannt vor, aber sie wusste nicht woher. Frau Vakar sagte:

»Sind Sie bereit zu kämpfen?«

Anna blies die Luft durch ihre Backen und sah Frau Vakar an und dachte nach.

Frau Vakar erwiderte ihren Blick abwartend und aufmerksam.

Anna mochte sie, sie war froh, eine Frau gefunden zu haben, die einzige, die im Telefonbuch stand. Sie dachte an Peretz. Habe ich ihn jemals geliebt? Sie wusste es nicht, und war das nicht Antwort genug? Sie nickte und sagte:

»Ja.«

HUNDERTZWEIUNDFÜNFZIG

Shimon saß am Telefon und zögerte. Er zögerte so lange, bis Lana, die ihn vom Innenhof beobachtet hatte, hereinkam und sagte:

»Ruf sie endlich an!«

Shimon wandte überrascht den Kopf und lächelte seine kleine Schwester an. Lana kehrte in den Innenhof zurück, legte sich wieder auf die kühlen Steine, blickte in den Nachthimmel und warf ihm von Zeit zu Zeit prüfende Blicke zu. Sie kannte Shimons Alternativen nicht, sie wusste nicht, dass er bereits Kontakt mit seinem ehemaligen Gitarristen aufgenommen hatte, um an einen Schuss zu kommen, sie hatte keine Ahnung von dem Methadon, das ihm ausgegangen war.

Shimon nahm den Hörer ab, Jetzt! Doch bevor er die Nummer wählte, hielt er inne, Was soll ich ihr sagen? Dass es mir leidtut, dass ich sie sehen will? Will ich sie sehen? Er dachte an die Nachricht von der Geburt, ein kurzer Brief, der an seine Mutter gerichtet war. Sie hatte Tränen der Rührung in den Augen gehabt, als sie ihm den Brief zeigte. Shimon musste lächeln, Mütter waren so berechenbar, ganz gleich, was geschah, auf ihre Instinkte war Verlass. Er ließ den Hörer in den Schoß sinken, Was erwarte ich vom Leben? Er wollte etwas Besonderes, etwas Außergewöhnliches. Jetzt war er Vater geworden und kannte seinen Sohn nicht und war selbst ein Sohn, der seinen Vater nicht kannte, Schöne Tradition. Aber nicht das, was er sich erhofft hatte. Singen? Sein Kopf war voller Musik, voller Texte, voller Zweifel. Ein echter Musiker lässt sich nicht von den Umständen unterkriegen, ein echter Musiker ist auch dann Musiker, wenn er keine Musik macht. Sein Gitarrist kam ihm wieder in den Sinn. Er musste nur anrufen und seinen Namen sagen, nur das, nicht mehr. Dann würde er auflegen und Lana sagen, er habe noch etwas zu erledigen. Er würde mit dem Bus ins *Medusa* fahren, denn dort trat der Gitarrist mit seiner neuen Band auf. Er würde etwas trinken, bestimmt bekam er dort immer noch Rabatt, und nach dem Konzert ... Shimon nahm den Hörer wieder ans Ohr und wählte die Nummer. Dann wartete er. Am anderen Ende meldete sich eine Stimme. Shimon erkannte sie, sie fuhr durch seine Seele wie ein Wind, damit hatte er nicht gerechnet, er sagte:
»Ich bin's.« Er lauschte. Er sagte:
»Gut. Und dir?« Er lauschte. Nach einer Weile sagte er:
»Was für eine Arbeit?« Die Stimme am anderen Ende erzählte. Dann schwieg sie, und Shimon sagte:
»Und dein Studium?« Er hörte zu, die Stimme sprach, er sagte:
»Ich will dich sehen. Ich will euch sehen.« Er hatte es nicht vorgehabt, es war die Stimme, ihre Stimme, er war machtlos gegen ihre

Wirkung, er wollte auflegen und durch die Leitung zu ihr kriechen, seine Hände fühlten ihre magische Haut, und er wollte sich losreißen, bevor er festwuchs. Er hörte, was die Stimme zu sagen hatte, die Stimme sprach länger, er vergaß seine Hände, er vergaß ihre Stimme, er hörte, was die Stimme sagte, es gefiel ihm nicht, er sagte:

»Nicht in Deutschland. Auf keinen Fall.« Er hörte zu, er schüttelte den Kopf, er verlor die Geduld, er wurde laut, als er sagte:

»Wenn du mich liebst, dann komm an den Ort, an den *ich* kommen kann!« Er bereute seine lauten Worte, doch er konnte sie nicht zurücknehmen, die Stimme am anderen Ende wurde nicht lauter, sondern leiser, trauriger, sie sprach, er hörte zu, er spürte, wie er sich in sich einschloss, unerreichbar wurde, er kannte das, er sah den Mechanismus, doch er konnte sich nicht wehren, er sagte:

»Dann nicht.« Er legte grußlos auf, er saß immer noch im Wohnzimmer, er hörte immer noch ihre Stimme in seinem Kopf, er wollte nicht glauben, dass sie nicht aus Berlin wegkonnte, sie war schließlich nach Israel gekommen, hatte mit ihm monatelang herumgehangen, sie hatte Leute im Hintergrund, die Geld hatten, er wusste alles über sie, sie konnte ihm nichts vormachen, er glaubte ihr nicht. Er griff zum Telefon, er wählte eine Nummer, er sagte:

»Ich bin's.« Er lauschte, eine Stimme sagte etwas, er nickte und sagte:

»In Ordnung.« Er legte auf, er rief zu Lana:

»Ich muss noch etwas erledigen!« Lana rief zurück:

»Wann kommst du denn wieder?« Er dachte, Sie passt auf mich auf. Er fühlte sich belästigt, er rief zurück:

»Weiß ich noch nicht!« Dann verließ er das Haus und ging zur Bushaltestelle.

Während er in der lauen Nachtluft auf den Bus wartete, dachte er an Deutschland, was hatte seine Mutter mit einem Deutschen zu schaffen gehabt? Ausgerechnet! Sie hatte ihm gesagt, er sei tot. Konnte er ihr zumindest das glauben?

Ein VW-Bus kam um die Ecke gefahren und hielt neben Shimon, der Fahrer öffnete die Tür per Hand und mit Hilfe eines zerbrechlich wirkenden Hebelsystems aus Metallstangen, Shimon drückte ihm eine Münze in die Hand und setzte sich in den engen Fahrgastraum, in der Dunkelheit sah er nur Augenpaare, es roch nach zu viel Mensch. Der Bus setzte sich knatternd in Bewegung.

HUNDERTDREIUNDFÜNFZIG

»Das ganze Leben ist ein Nadelöhr, und du bist ein Pfeil, hindurchgeschossen von einem Gott, den es nicht kümmert, wie es dir geht, der nur das Seine zurückerobern will, das, was ihm die anderen streitig machen, und er wird sie alle vernichten dafür. Ein Mittel zum Zweck bist du, kein Ziel hast du, nur fliegen musst du so, wie er es bestimmt hat. Am Ende wartet der Tod, die große Befreiung, das weite Land, das dir niemand wegnehmen wird, wo du dich niederlassen kannst. Dort leidest du nicht Hunger und nicht Durst. Jenseits von Hoffnung und Furcht und jenseits von Gut und Böse wirst du den Frieden finden, den du so lange suchtest.
Und nun stell dir vor: Das Nadelöhr richtest du selbst aus. Der Gott, der den Bogen spannt, bist du. Der Pfeil, den du abschießt, ist dein Gang durchs Leben. Das, was du zurückerobern willst, ist das Herz in deiner eigenen Brust. Vernichten musst du die Feinde, die deinen Geist belagern. Der Tod ist dein Sieg über dich selbst.
Was erscheint dir sinnvoller, die erste Vision oder die zweite?«

Lisa legte das Buch weg. Tom lag neben ihr und schlief. Von draußen drang das kurze Licht der Dezembersonne herein. Sie hätte Schlittschuhlaufen gehen können, so kalt war es. Sie hätte Geschenke kaufen gehen können oder ein neues Kleid, eines, das nur noch eine Nummer größer wäre als die Kleider, die sie früher getragen hatte. Vor Tom.

Stattdessen war sie in Tobias Weiss' alter Wohnung geblieben und sah aus dem Fenster über die roten Dächer der Stadt, die sie für immer hatte verlassen wollen. Sie saß in ihrem alten Exil und fühlte sich wie eine Schnecke in ihrem Haus, sicher und geborgen vor der Welt.

Es gab nur einen Menschen, dessen Gegenwart sie herbeisehnte, doch dieser Mensch hatte ihr während eines Telefonats gesagt, dass er niemals nach Deutschland kommen werde, überallhin, doch nicht nach Deutschland. Lisa hätte ihm sagen können, Du bist auch Deutscher, dein Vater ist Deutscher, deine Mutter ist Deutsche, dein Sohn ist Deutscher. Doch es wäre eine Lüge gewesen, weil er es nicht als Wahrheit anerkannt hätte. Und konnte sie es ihm verdenken? Jude unter Deutschen zu sein, sie wusste besser als er, was das bedeutete. Sie dachte an die Schwimmers, sie kamen ihr vor wie Jongleure, immerzu warfen sie ihre beiden Identitäten in die Luft und versuchten, sie wieder aufzufangen, immerzu bestand die Gefahr, dass eine von beiden zu Boden fiel. Sie dachte, So könnte ich nicht leben. Sie dachte, Kein Wunder, dass sie so viel reden, sie müssen ja ständig das Geheimnis vor sich selbst verstecken. Sie dachte, Unsinn, Lisa, jeder muss so leben, wie er es für richtig hält. Sie dachte an die Sätze, die sie im Buch gelesen hatte. Sie dachte, Wenn der Tod der Sieg über mich selbst ist, was geschieht, wenn ich diesen Sieg erringe, bevor ich sterbe? Sie dachte, Gibt es womöglich ein Dasein, das Leben und Tod umfasst? Sie wandte den Kopf und beobachtete Toms winziges Gesicht, das schon gewachsen war, seit sie es fünf Monate zuvor zum ersten Mal gesehen hatte. Sie dachte an Mosche und Selma und an Tobias Weiss, die sich im Wartesaal des Krankenhauses kennengelernt hatten, während sie nebenan in den Wehen gelegen hatte. Ein ehemaliger Soldat der Wehrmacht und zwei Überlebende des

Holocaust. Sie hatten einander gemocht, sie hatten ja auch viel gemeinsam, einen ganzen Krieg, Vielleicht, dachte Lisa, Wird es nach einer angemessenen Zeit gleichgültig, auf welcher Seite man gewesen ist, weil erst der Krieg diese Seiten erschafft, sie gehören zu ihm und sie enden auch mit ihm. Dann dachte sie, Kriege enden langsam, dieser Krieg ist immer noch dabei zu enden. Wann wird er vorbei sein? Sie lächelte Tom an, der dies nicht bemerkte, und fragte sich, ob ihr Sohn das Ende dieses Krieges überleben würde. Oder doch erst ihr Enkel.

HUNDERTVIERUNDFÜNFZIG

Peretz konnte sich nicht auf die Rede des alten Mannes konzentrieren. Er saß in der vierten von zwanzig Reihen in der Universität Beit Berl, eine halbe Stunde nordöstlich von Tel Aviv, und David Ben-Gurion, der Gründer der Universität, stand ihm gegenüber an einem schmalen Rednerpult. Mit Peretz saßen zweihundert Offiziere der Israelischen Streitkräfte im großen Hörsaal, die Rede war wichtig, aber Peretz konzentrierte sich vergeblich darauf, nicht ständig mit den Gedanken abzuschweifen.

Ben-Gurions Nase war mit dem Alter groß geworden, der Rest des Gesichtes dagegen schien geschrumpft zu sein, die beiden schlohweißen, krausen Haarpuschel, die ihm links und rechts über den Ohren mitten aus der ansonsten vollkommen kahlen Glatze wuchsen, wirkten wie kleine Engelsflügelchen, Peretz stellte sich vor, dass sie immer weiterwachsen würden, bis sie ihn eines Tages davontrügen, lange konnte das nicht mehr dauern. Das Abbild eines Propheten war Ben-Gurion, sein Blick war trotz seines hohen Alters scharf und klar, er sagte Sätze, die die Soldaten unruhig auf ihren Stühlen hin- und herrutschen ließen, Sätze, die davon sprachen, dass die eroberten Gebiete so schnell wie möglich zurückgegeben werden müssten, die sagten, dass eine Besetzung palästinensischer Gebiete die Unterstützung durch die westlichen Demokratien gefährdete, ohne deren Hilfe Israel in seiner Existenz bedroht war, Sätze, die mit Nachdruck deutlich machten, es sei ein Fehler gewesen, den Waffenstillstand mit Syrien zu brechen, ein Fehler, die Golan-Höhen zu erobern, er, Ben-Gurion, frage sich, ob dieser Krieg nicht noch weitere Kriege nach sich ziehen werde.

Peretz ging es genauso wie den anderen Offizieren, die sich fragten, was der Alte da redete, manche vermuteten, er wolle sich wieder ins Zentrum der Macht manövrieren, andere hielten ihn für einen Vorgestrigen, wieder andere hörten ihm zu, wie man einem Seher zuhört, der in poetischen Gleichungen spricht, die man nicht auf Tatsachen anwenden muss. Alle hielten sie still, weil der Landesvater zu ihnen sprach, der Mann, der jahrzehntelang wie ein Fels in der Brandung gestanden hatte und ohne den es Eretz Yisrael vielleicht nicht einmal gäbe. Die Vergangenheit war mythisch, sie hatte das Gesicht des Alten, die Stimme des Alten, sie alle waren mit ihm aufgewachsen, er war ihnen mehr Vater als ihre eigenen Väter, ein strenger, weiser Patriarch, der bis zu seinem Tod auf sie achtgeben würde und der jetzt sagte, Ost-Jerusalem müssen wir behalten, ich schlage vor, die Araber in neue Stadtteile umzusiedeln und die Altstadt mit Juden zu besiedeln, ich schlage vor, das alte jüdische Viertel abzureißen und bewohnbare Häuser dort zu bauen. Endlich ein Satz, dem alle zustimmen konnten, es gab Applaus, Peretz klatschte mit, doch er kam sich vor wie ein Statist, den man dort positioniert hatte, damit er einen Stuhl besetzt hielt, der sonst leer gewesen wäre. Seine Gedanken irrten zu anderen Sätzen, Annas Sätzen, die sagten, dass sie die Scheidung auf jeden Fall wollte, Sätzen, die ihm klarmachten, dass sie um das Sorgerecht für Lana kämpfen würde. Peretz fürchtete einen Rechtsstreit, seine Familie würde davon erfahren, sein Vater, und schlimmer:

sein Bruder. Seine arme Mutter würde die ganze erbärmliche Wahrheit hören, er stünde da wie ein Schwächling, nicht einmal einen eigenen Sohn hatte er, stattdessen hatte er das Balg eines anderen großgezogen, ein Kuckucksei hatte Anna ihm ins Nest gelegt. Wenn er vor Gericht log, er habe nichts gewusst, würde er sich selbst ins Bein schießen, wenn die Wahrheit ans Licht käme, hätte er sich sogar freiwillig von ihr benutzen lassen. Wenn er der Scheidung zustimmte, was sollte er auf die Fragen seiner Eltern antworten? Wir haben uns nicht mehr geliebt? Er wusste bereits, was sein Vater denken würde, er würde denken, er, Peretz, habe es sich zu leicht gemacht, er habe nicht das Stehvermögen gehabt, auch die schlechten Zeiten gemeinsam zu meistern, er würde vielleicht vermuten, sein Sohn habe eine Affäre. Sein Bruder hätte doch wieder die bessere Frau, würde doch die erfolgreichere Ehe führen. Und wenn er sich weigerte, in die Scheidung einzuwilligen? Dann war er der Trottel, der noch nicht begriffen hatte, dass seine Frau ihn nicht mehr liebte, dann würden alle vermuten, sie sei diejenige mit der Affäre. Und wieder wäre er der Schwächling, der Idiot.

Er wollte es nicht wahrhaben, er fühlte sich wie ein König auf dem Schachbrett, der alle seine Figuren verloren hatte und nur noch von Kästchen zu Kästchen floh. Doch er war zu sehr Soldat, um nicht zu wissen, dass er auch diesen Kampf mit Anna verlieren würde.

Am schlimmsten war, dass er immer noch dieselben Gefühle für Anna empfand wie an jenem fernen Tag, als sie aus dem Wald bei Tulce auf ihn zukam. Der Schmerz, sie in all den Jahren, die seitdem vergangen waren, nicht erobert zu haben, grub sich tiefer und tiefer in ihn ein und ließ ihn daran zweifeln, ob das, was er empfand, wirklich Liebe war.

Berlin, 21. Oktober 1970

Die Zeit vergeht so schnell! Heute vor sechsundzwanzig Jahren war Krieg, und doch wollte ich in die Welt kommen. Heute vor siebzehn Jahren sah ich Maria Kramer auf der Schwelle unserer Wohnungstür. Heute vor vier Jahren feierte ich meinen Geburtstag mit Shimon in der Wohnung seines Bassisten. Heute vor einem Jahr ist Oma zu mir nach Berlin gezogen. Heute ... was ist heute? Ich versuche, nicht an Shimon zu denken, ich gehe zur Arbeit und träume davon, wieder zu studieren, ich freue mich jeden Tag über Tom und bin jeden Tag traurig, weil er seinen Vater nicht kennt. Heute ist das Wetter nicht so, wie ich es mir für meinen Geburtstag gewünscht hätte. Heute schreibe ich zur Feier des Tages mal wieder in mein Tagebuch. Heute war Tobi da, es war so schön, ihn wiederzusehen. Er hat graues Haar bekommen und er redet immer noch mit lauter Füllwörtern. Aber es geht ihm gut, er hat eine Hamburgerin gefunden, die ihn mag, nächstes Mal will er sie mitbringen. Tom und er sind schon beste Freunde, sie haben stundenlang auf dem Boden gesessen und Bilderbücher angeschaut, na ja, vielleicht nicht stundenlang, aber lange. Dann ist er wieder gefahren, und ich war froh, dass es ein paar Menschen in meinem Leben gibt, die nicht einfach wieder verschwinden.

Heute Abend war ich mit Esther Schwimmer im Kino. Esther hat mich besucht, weil sie eine Freundin hat, die auch hier in Berlin lebt. Sie hatte Kinokarten für *Five Easy Pieces* dabei. Der Film war so traurig, Jack Nicholson war Shimon, ich habe ständig geweint. Esther wollte das Kino verlassen, sie sagte, Heute ist dein Geburtstag, du kannst doch nicht im Kino sitzen und heulen! Da musste ich lachen, während mir die Tränen liefen, und dabei habe ich Shimon so furchtbar vermisst.

Wie soll es nur weitergehen mit mir?

Tel Aviv-Jaffa, den 14. Juli 1971

Lieber Tom,

herzlichen Glückwunsch zum Geburtstag! Nun bist Du schon vier Jahre alt! Das ist eine ganze Menge, und ich freue mich so über Dich und bin sehr glücklich, dass ich Deine Großmutter sein darf.
Ich hoffe, das Spielzeugauto, das ich Dir mitgeschickt habe, gefällt Dir, es hat ein Lenkrad auf dem Dach, so dass Du richtig damit fahren kannst!
Ich wünsche Dir einen wunderschönen Tag mit einer tollen Geburtstagsfeier! Auch Dein Vater schickt Dir alles Liebe zum Geburtstag, er hat mir gesagt, dass er Dich später noch anrufen will, wenn er die Gelegenheit dazu findet.

Ich umarme Dich ganz fest und schicke Dir Küsse aus Israel!

Deine Omama

Liebe Lisa,

ich hoffe, Euch geht es gut. Mir geht es inzwischen wieder besser. Ich bin endlich aus dem Haus in Jaffa ausgezogen. Ich hatte ohnehin nie das Gefühl, die rechtmäßige Besitzerin zu sein. Nach langem Hin und Her, das auch durch Peretz' ständige Einsätze im Sinai verursacht wurde, hat er darauf verzichtet, vor Gericht zu ziehen. Offenbar war es ihm zu viel, zwei Abnutzungskriege gleichzeitig zu führen. Die Frage nach dem Sorgerecht hat sich durch Lanas Volljährigkeit zum Glück bald von selbst erledigt.

Shimon geht es leider nicht so gut, wie ich es Dir gerne berichtet hätte. Er versucht immer wieder, von den Drogen loszukommen und mit der Musik weiterzumachen, aber er schafft es bisher nicht. Er redet viel von Dir, Lisa, und von seinem Sohn. Das Bild von Euch beiden, das Du mir letzten Winter geschickt hast, trägt er immer bei sich. Aber er hadert auch mit Dir, er versteht nicht, warum Du immer noch darauf bestehst, dass er nach West-Berlin kommt. Könnt Ihr Euch nicht an einem neutralen Ort treffen? Vielleicht denkst Du einmal darüber nach.

Ich werde Dir so bald wie möglich wieder schreiben, ich habe ja jetzt Zeit, Peretz musste mir nach jüdischer Tradition einen kleinen Teil seines Vermögens abtreten, und daran hat er sich auch gehalten. Ich habe etwas Geld in einen Umschlag gesteckt, das könnt Ihr sicher gut gebrauchen.

Bitte betrachte mich als Deine Schwiegermutter, die sehr dankbar ist, dass Du eines Tages in ihr Leben getreten bist.

Deine Anna

HUNDERTSIEBENUNDFÜNFZIG

Peretz fand das Sprachrohr in der Garage seiner Eltern. Wie es dort gelandet war, wusste er nicht mehr. Nun saß er im Garten des Hauses, seine Mutter bereitete gemeinsam mit ihren beiden jemenitischen Hausangestellten das Mittagessen zu. Es war kühl, der alte Palisander, auf dem er als Kind gemeinsam mit Avner herumgeklettert war, hatte seine Blätter bereits abgeworfen. Die große Mimose, die daneben wuchs und deren Blätter Peretz so gerne gekitzelt hatte, um dann zuzuschauen, wie sie sich einklappten, war inzwischen vollkommen verholzt.

Peretz drehte das Sprachrohr in seinen Händen, die Stelle, wo er das Hakenkreuz unter dem Reichsadler ausgekratzt hatte, war immer noch deutlich zu sehen. Er setzte das Sprachrohr an seine Lippen und erinnerte sich an die vielen Transporte, auf denen es ihn begleitet hatte. Gutes tun, das war sein größter Wunsch gewesen. Aber die Größe des Wunsches entsprach der Größe, die er selbst erlangen wollte, das wusste er inzwischen mit schmerzhafter Klarheit. Und das Sprachrohr hatte wie eine Falschmeldung in seinem Gedächtnis gesessen.

Lydia Sarfati kam aus der Terrassentür. Als sie die Tränen in den Augen ihres Sohnes sah, erschrak sie. Sie setzte sich zu ihm auf die kleine Bank, sie legte die Hände in den Schoß, um ihn nicht sogleich zu umarmen, sie wusste aus Erfahrung, dass dieser Impuls auf Gegenwehr stoßen konnte. Leise sagte sie:

»Ist es noch immer wegen Anna?«

Peretz schüttelte den Kopf. Er blickte seiner Mutter in die Augen. Er sagte:

»Mama, wie war ich früher, bevor ich nach Deutschland in den Krieg zog? Ich kann mich nicht mehr erinnern.«

Lydia Sarfati war erleichtert, sie lächelte ihren Sohn an und sagte: »Du warst ein bisschen verträumt, du warst verspielt.« Sie seufzte. »Du und Avner, ihr wart mal beste Freunde, und mal strittet ihr euch fürchterlich, aber das war nur, weil ihr so unterschiedlich wart. Er war pragmatisch und du warst ... anders. Ich dachte immer, dass du vielleicht Künstler wirst, Musiker vielleicht, du sangst so gern.« Ihre Augen bekamen einen feuchten Glanz. Sie sagte:

»Du hast dir den Kopf über alles zerbrochen, du wolltest immer genau wissen, wie etwas war, nicht bloß, wie es funktionierte. Das hat mich sehr stolz auf dich gemacht, und gleichzeitig sorgte ich mich, ob du deinem Kopf nicht zu viel zumutest.« Sie schwieg und wischte sich über die Augen. Sie blickte ihren Sohn an. Peretz atmete tief durch. Er drehte das Sprachrohr in seinen Händen, er sagte:

»Das da hat mal einem Deutschen gehört.«

Lydia erwiderte nichts, das ganze Haus war voll von solchen Gegenständen, seit dem Sechs-Tage-Krieg hatte sie den Überblick verloren. Peretz sagte:

»Ich hab ...« Er schwieg, er riss sich zusammen, er schluckte. Er stellte das Sprachrohr zwischen seinen Beinen ab und blickte auf die Mundöffnung, die zu ihm aufragte. Er sagte:

»Ich hab ihn erschossen, um das Sprachrohr zu bekommen.« Er verbarg das Gesicht hinter seinen Händen und weinte. Lydia Sarfati saß verwirrt neben ihrem Sohn und verstand nicht, was geschah. Vorsichtig sagte sie:

»Aber Peretz, es war doch Krieg.«

Peretz schüttelte den Kopf. Durch die Hände hindurch sagte er:

»Es war der achte Mai, Deutschland hatte kapituliert, die Engländer hatten uns vorher gar nicht von der Leine gelassen. Es war der achte Mai, er wusste es, und ich wusste es. Aber ich habe ihn erschossen.« Er verstummte, nur sein Körper, der sich krampfhaft zusammenzog, verriet, dass er immer noch weinte. Eine der jemenitischen Hausangestellten, eine kleine, schmale Frau mit großen Augen, öffnete die Terrassentür in ihrem Rücken einen Spalt breit und fragte etwas, Lydia Sarfati wandte sich zu ihr, sie zögerte einen Moment, dann stand sie auf und folgte der Frau ins Haus.

Berlin, den 10. September 1971

Liebe Anna,

danke für das Päckchen! Tom hat sich sehr über das Auto gefreut, es ist seit Wochen sein Lieblingsspielzeug. Ich habe ihm erzählt, dass sein Vater es ihm geschickt hat, ich hoffe, Du hast Verständnis dafür.

Danke auch für das Geld, wir können es wirklich gut gebrauchen, ich habe Tom Wintersachen gekauft, hier in Berlin kann es bitterkalt werden, aber das weißt Du selbst ja am besten.

Bitte sag Shimon, dass sich an meiner Haltung nichts geändert hat. Wenn er Tom sehen will, muss er vorher von den Drogen weg sein. Ich ziehe es vor, dass der Junge seinen Vater nicht kennt, als dass er ihn berauscht oder auf Entzug sieht. Es ist für mich nie um Deutschland oder nicht Deutschland gegangen, das ist entweder ein hartnäckiges Missverständnis oder aber er hat es sich zurechtgelegt, um nichts an seinem Leben zu ändern.

Ich liebe und vermisse ihn jeden Tag. Doch solange er sich nicht um unseren Sohn kümmern kann, muss ich das für uns beide tun, wenn es sein muss, mein Leben lang. Es ist nicht das, was ich mir für mich selbst vorgestellt habe, aber das, so erscheint es mir manchmal, gilt für uns alle. Immerhin bleibt mir einstweilen die Hoffnung, dass doch noch alles ins Lot kommt.

Es freut mich sehr, dass es Dir wieder gut geht, und natürlich bist Du meine Schwiegermutter und wirst immer in meinem Herzen sein, ganz gleich, was zwischen Shimon und mir geschieht.

Deine Lisa

Im Frühjahr 1973 ging Anna spazieren. Es war frisch, sie genoss es, einen warmen Mantel zu tragen. Sie blickte auf ihre Armbanduhr, fünf Uhr, sie hatte noch etwas Zeit. Der Verkehr war laut und dicht. Wie bunt diese Stadt ist, dachte sie, als sie an Geschäften vorbeikam, deren Ware – Anzüge, Hemden, Kleider – unter den Markisen hing, so dass sie auf die Straße ausweichen musste. Orthodoxe Juden in ihren schwarzen Trachten, Mädchen in Miniröcken, Geschäftsfrauen und -männer, die man genauso auch in New York oder London antraf. Es war Hauptgeschäftszeit, die Menschen wollten nach Hause oder noch schnell einkaufen, alle strebten irgendwohin, hatten es eilig, Anna wurde angerempelt, besonders höflich waren die Leute nicht, doch das war ihr gleichgültig. Sie sah weiße Gesichter, braune Gesichter, sie sah russische Gesichter, nordafrikanische Gesichter, sie sah Gesichter, die sie überhaupt nicht einordnen konnte. Doch alle waren sie Juden, alle sprachen sie zu Hause vermutlich noch eine andere Sprache. Es kam ihr so vor, als wäre Israel ein sehr dünnes Blatt Papier, auf dem ein langer Text in Hebräisch stand, und dieses Blatt lag über einer Wirklichkeit, die Jiddisch, Russisch, Polnisch, Jemenitisch, Marokkanisch, Algerisch, Arabisch, Ladino, Palästinensisch war.

Und Deutsch.

Sie liebte diese Vielfalt, sie freute sich auf den Abend. Die Kreuzung Dizengoff und King George. Busse, Autos, Menschen, die mitten auf der Straße liefen, die Bürgersteige quollen über vor Passanten, Gebäude im Bauhausstil säumten das Bild, Geschäfte, ein großes Kino, Baustellen. Anna ging weiter. Die King George nach Süden bis zur nächsten Kreuzung, links der Ben-Tsyion-Boulevard mit seinen Palmen und seinem Rasen, Anna bog nach rechts in die Bograschov-Straße, eine Wohngegend, eckige vierstöckige Häuser mit großen Fenstern, alle gleich, Anna hatte die Hausnummer im

Kopf, sie überquerte die Straße diagonal, plötzlich hatte sie es eilig, mit der Zeit hatte es nichts zu tun, oder vielleicht doch.

Dann stand sie vor einer kleinen Buchhandlung, die niedergedrückt wirkte unter dem großen Gebäude, das sich über ihr erhob. Sie war hell erleuchtet, die Wände vollgestellt mit Regalen, die Regale mit Büchern. Zwischen diesen Büchern saßen Menschen auf Stuhlreihen, manche hatten ihre Hüte noch auf dem Kopf, sie mussten gerade erst angekommen sein, Ich bin nicht zu spät, dachte Anna. Die Glastür bimmelte, als sie die Buchhandlung betrat. Menschen wandten sich ihr zu und setzten dann ihre Gespräche mit gedämpften Stimmen fort, die Luft roch nach Papier und Atem, ein eigenartiges Gemisch. Anna fand einen freien Stuhl in der zweiten Reihe ganz rechts und setzte sich. Sie knöpfte ihren Mantel auf, sie blickte sich um, die Menschen genossen die Atmosphäre, die Tür bimmelte, Anna wandte sich dorthin. Ein kleiner, schmaler Mann betrat die Buchhandlung, Anna erkannte seine gebogene Nase, seinen dünnen Hals, seine wachsamen Augen erfassten jeden im Raum mit einem Seitenblick, hatte er sie erkannt oder nicht? Anna konnte es nicht ausmachen. Er begab sich zu einem Herrn, der ihn empfing, ihm den Mantel abnahm, ihn anlächelte und auf ihn einredete. Im letzten Moment, bevor der Mantel verschwand, griff der Mann noch schnell in die Seitentasche und zog ein Buch heraus, dann begab er sich zu dem Tisch, der ganz vorn vor den Stuhlreihen auf ihn wartete. Ein Stuhl, eine kleine Lampe, ein Glas mit Wasser. Er setzte sich, richtete den Stuhl, die Lampe, das Glas so aus, wie er es brauchte. Ohne die Menschen zu begrüßen, die seinetwegen gekommen waren, schlug er das Buch auf, es wurde still. Er räusperte sich, nahm einen Schluck Wasser.

Dann las Abba Kovner, der Litauer Jude, der einst eine Stadt in Deutschland vergiften wollte, um sich zu rächen, ein Gedicht auf Hebräisch vor:

»In einem Hotel.

Mutter und Vater beginnen zu sterben in mir
Dreißig Jahre nach ihrem stürmischen Tod
Stehlen sie sich leise aus meinen Räumen
Und meinen gnädigen Stunden.

Ich weiß gewiss, die Stimmen sind stumm
Und die Dinge frei. Und ohne Groll
Werden sie mein Heim nicht mehr aufsuchen. Letzten
Endes
Muss ein lebender Mann hier allein stehen. Irgendwo

Wacht Vater jetzt auf, schlüpft in seine Sandalen
Und tut, als sehe er nicht
Wie Mutter ihre Tränen abwischt
Während sie einen warmen Pulli strickt
Für ihren Sohn auf seinem Weg, an der
Zwischenstation.«

HUNDERTSECHZIG

Als die Lesung zu Ende war, klatschte das Publikum. Anna nahm
es kaum wahr, Abbas Stimme hatte sie in einen Trichter gezogen,
der von ihm ausging und zu ihm hinführte. Jetzt war er verstummt,
er lächelte nicht, er verneigte sich leicht und wirkte immer noch so
konzentriert, als werde er ein weiteres Gedicht lesen.
Die Menschen erhoben sich, Abba blieb sitzen, viele kauften
Bücher, bezahlten sie an der Kasse, wo derselbe Herr stand und
lächelte, der den Dichter empfangen hatte. Anschließend bildeten sie eine Schlange, deren Kopf beim Autor lag, Bücher wurden

geöffnet, vor ihn hingelegt, Vielen Dank für die schöne Lesung! Es hat mir sehr gefallen! Schreiben Sie: Für Rebekka! Das Autogramm bitte genau hier!

Alles folgte einer Choreographie, von ihrem Stuhl aus sah Anna Abba manchmal nicht, manchmal sah sie ihn kurz zwischen den Leuten, einmal trafen sich ihre Blicke wie zufällig.

Nach und nach verließen die Menschen die Buchhandlung. Als der letzte Kunde gegangen war, steckte Abba seinen Füllfederhalter in die Innentasche seines Jacketts, trank den letzten Rest des Wassers aus und blickte Anna an. Er sagte:

»Dass ich Sie noch einmal wiedersehe«, und lächelte. Er sagte: »Haben Sie ein wenig Zeit?«

»Das wollte ich Sie auch fragen.«

»Ich kenne ein gutes italienisches Restaurant in der Arlozorov. Es gehört einem Litauer, auch ein Fossil von damals.«

Anna war einverstanden, Abba verabschiedete sich vom Buchhändler, der seine Zufriedenheit äußerte und Anna beäugte, während er Abba half, in den Mantel zu schlüpfen.

Draußen empfing sie ein leichter Nieselregen. Vor der Buchhandlung stand ein hellblauer VW Käfer, Abba steuerte auf ihn zu, den Schlüssel in der Hand. Anna sagte:

»Ein deutsches Auto?«

»Ist gut gegen den Hass.«

Sie stiegen ein, Abba startete den Motor, der sein typisches rollendes Knattern machte, mit zwei Drehknöpfen schaltete er die Scheinwerfer und den Scheibenwischer ein. Dann fuhr er los. Anna beobachtete ihn heimlich. Nach einer Weile sagte sie:

»Ich habe mir damals Sorgen um Sie gemacht.«

»Das kann ich gut verstehen – *heute* kann ich das gut verstehen. Damals hätte ich Sie ausgelacht oder beschimpft oder ignoriert oder gezwungen, etwas anderes zu fühlen.«

Er lächelte sie kurz an, dann blickte er wieder nach vorn, der Verkehr hatte etwas nachgelassen, doch die Straßen waren immer noch belebt. Anna sagte:

»Ich habe Ihnen nie gedankt, dass Sie mich nach Tulce gefahren haben.«

»Tun Sie es nicht! Ich habe es nicht verdient. Damals dachte ich nur in Mengen, ich war so damit beschäftigt, den Rest von uns zusammenzukratzen, dass ich die einzelnen Menschen und ihre Schicksale gar nicht richtig wahrnahm.«

»Ich glaube, Sie irren sich.«

Abba blickte Anna erstaunt an. Er sagte:

»Sie sagen mir, dass ich mich über mich selbst irre? Das ist etwas Neues.« Anna lächelte, sie sagte:

»Sie haben mich damals verdächtigt, eine Kollaborateurin zu sein, nicht wahr?«

Abba warf ihr einen wachsamen Blick zu, für einen kurzen Moment sah Anna das Raubtier, das in diesem schmalen Körper wohnte, es war alt geworden, es hatte tiefe Falten um den Mund und die Augen bekommen, es war noch gebeugter als früher, doch es war immer noch da, immer noch gefährlich. Der Moment verstrich, Abba setzte ein ahnungsloses Gesicht auf und sagte:

»Ich erinnere mich nicht mehr.«

Anna musste lachen. Sie sagte:

»Sehen Sie. Sie haben sehr wohl auf Einzelne geschaut.«

Abba sagte:

»Waren Sie denn eine Kollaborateurin?«

Anna zuckte mit den Achseln.

»Ist eine Sklavin eine Kollaborateurin?« Die Frage war ernst gemeint, Anna hatte keine Antwort gefunden. Abba warf ihr einen Blick zu, sie sah den kurzen Schreck in seinen Augen. Er sagte:

»Auf keinen Fall.«

Sie fuhren schweigend. Abba konzentrierte sich auf den Verkehr, Anna versuchte, sich zu entspannen. Die Wirkung, die von ihm ausging, war immer noch dieselbe, seine Mischung aus Gewalt und Zartheit, seine Augen, die vor Klugheit sprühten und sich so gut tarnen konnten. Seine Stimme.

»Hat Ihnen die Lesung gefallen?«

»Ja. Vor allem das erste Gedicht.« Er lächelte milde und seufzte. Er sagte:

»Mit guten Gedichten ist es wie mit schönen Frauen. Man kommt nie über die erste hinweg.« Er warf ihr einen kurzen Blick zu. Anna fühlte sich wie ein junges Mädchen, das errötet, vergeblich versuchte sie, den Satz nicht auf sich zu beziehen.

Sie schwiegen erneut. Die Stadt war erleuchtet, Abba blickte nach vorn, der Nieselregen wurde etwas stärker, der Scheibenwischer hinterließ lauter Schlieren auf der Windschutzscheibe. Die Stadt dahinter war ein diffuses Gemälde aus Lichtern, die ineinanderflossen, rote, grüne, weiße, gelbe. Anna überließ sich ihren Gefühlen, die keine Namen trugen und keine Marschrichtung mitbrachten, die einfach nur Gefühle waren, mehr nicht.

Nach einer Weile sagte Abba:

»Da sind wir.« Er parkte den Wagen an einer großen Straßenkreuzung, Arlozorov und Ibn Gabirol. Dieselben vierstöckigen, eckigen Gebäude standen hier, dieselben großen Fenster waren hier verbaut worden, einige waren jetzt dunkel, viele erleuchtet.

Das Restaurant nahm das gesamte Erdgeschoss eines Eckhauses in Anspruch, das höher war als die anderen und frei stand. Menschen saßen hinter einer langen Glasfront an Tischen und aßen, tranken, sprachen miteinander.

Abba wurde begrüßt wie ein Staatsgast, ein Kellner im Smoking nahm ihnen die Mäntel ab, ein anderer in schwarz-weißer Dienstkleidung führte sie in ein Séparée, rustikale Möbel, dunkelroter Samt, Kopien italienischer Renaissance-Maler an den Wänden, mitten im Raum eine Adonis-Statue, indirekte Beleuchtung, eine schlanke Kerze auf dem Tisch. Der Kellner brachte eine Speise- und eine Weinkarte, dann ließ er sie allein. Sie wählten aus, Abba empfahl ein Gericht und einen Wein, Anna sagte Ja zu beidem. Der Kellner kam, nahm die Bestellung entgegen, sammelte die Karten ein, verließ sie.

Italienische Popmusik drang leise aus unsichtbaren Boxen, Anna lächelte Abba an. Sie sagte:

»Ad lo-Or – erinnern Sie sich, dass Sie mir diese Losung für das Haus in Tulce gaben?« Abba nickte. Er sagte:

»Ich habe sie oft benutzt, sie erschien mir sehr geeignet für die Zeit, in der wir lebten.«

»Ich habe mich jahrelang gefragt, was es wohl bedeutet.«

»Heute wissen Sie es.«

Anna nickte. Dann schüttelte sie den Kopf. Sie sagte:

»Eigentlich nicht.«

Abba lächelte.

»Ich habe eine Erklärung dazu verfasst, als ich in Ägypten in einem britischen Gefängnis saß.«

»Eine Erklärung?«

»Ein Gedicht. Ein langes Gedicht. Wollen Sie den Anfang hören?«

»Natürlich!«

Abba konzentrierte sich, er sah plötzlich wieder so aus wie in der Buchhandlung, ernst und unnahbar. Der Kellner unterbrach das Ritual, er brachte den Rotwein, goss Abba einen Schluck ein, Abba führte das Glas an die Nase, er roch kurz daran, dann nickte er und setzte das Glas wieder ab, der Kellner goss beide Gläser halbvoll, stellte die Flasche ab, ging. Abba nahm einen Schluck Wein, dann sammelte er sich erneut und sagte:

»Im Haus meiner Eltern – auf einem Tischchen in einer Ecke meines Zimmers, habe ich eine kleine Tonfigur zurückgelassen. Das erste Werk meiner Hände. Am Abend hatte ich es aus der Schule mitgebracht. Am Morgen stand Wilna in Flammen. Ich verließ mein Zimmer – und kehrte nie zurück. Soll ich weitermachen?«

»Bitte!«, sagte Anna, die überrascht war, dass dies schon das Gedicht sein sollte. Abba atmete ein und aus und sagte:

»Nicht rein war die Form der Figur, doch so viel Liebe steckte in ihr und eine Ahnung von sprießendem Leben. Und ein junges Mädchen beugte sich über ein Gebinde am Ende der Ernte. Weiter?« Anna nickte und lächelte, wie ein kleiner Junge wirkte Abba auf sie. Er sagte:

»In den Abwasserkanälen – wo wir ein Lager letzter Krieger zerstörten, um herauszukommen – vom gefallenen Ghetto bis hoch in den Wald. Der Fluss aus Abschaum trug mein Notizbuch der Knochen, die Hände eines geliebten Freundes erinnerten sich daran, es zu nehmen. Auf die andere Seite des Vorhangs.« Er schüttelte den Kopf.

»Nicht mehr bitte. Es ist zu lange her. Ich war so anders, so ... aufgeladen von allem, was geschehen war. Ich bin froh, das ich einiges davon hinter mir lassen konnte.« Er schwieg. Seine Hände lagen auf dem Tisch. Anna legte ihre dazu, ihre Finger tasteten sich zueinander, hielten einander. Mit einem Lächeln sagte sie:

»Sie sind immer noch der, an den ich so oft zurückgedacht habe.«

HUNDERTEINUNDSECHZIG

Es war nicht leicht, Tom davon zu überzeugen, dass es besser war, seinen fünften Geburtstag nicht mit den Freunden im Kindergarten zu feiern. Lisa saß mit ihrem Sohn am Frühstückstisch ihrer kleinen Wohnung in Berlin-Neukölln, der Blick aus dem Fenster ging hinaus auf eine breite Lücke auf der anderen Straßenseite, die Lücke war grün, eine Schrebergartenkolonie, deshalb hatte Lisa die Wohnung gewählt, Wenn ich schon nicht frei bin, hatte sie sich gesagt, dann wenigstens mein Blick. Der Tag würde trüb werden, der Himmel war grau, es war zu kalt für die Jahreszeit.

Tom saß unruhig da, seine Beine baumelten, in seinen Augen las sie Unzufriedenheit und Unverständnis. Sie wartete. Er sagte:

»Kann der Papa nicht hierherkommen?«

»Nein, mein Liebling, der Papa hat Angst hierherzukommen.«

»Warum denn?«

»Na ja, weißt du, dein Papa war schon einmal als ganz kleines Kind hier, und damals waren er und seine Mama und ganz viele andere Leute eingesperrt und mussten lange Zeit darauf warten, dass sie endlich weiterfahren durften.«

»Aber warum wollten sie denn weiterfahren?«

»Sie wollten weiterfahren, weil es ihnen hier nicht gefiel.«

»Hier ist es doch schön!«

»Ja, mein Schatz, hier ist es sehr schön, aber damals war es noch nicht so schön.«

»Warum denn?«

»Es gab einen großen Krieg, der hat sehr viele Häuser in der Stadt kaputt gemacht, und als dein Papa ein ganz kleiner Junge war, noch kleiner als du, da musste er zwischen all diesen kaputten Häusern wohnen und konnte nicht fort.«

»Warum denn?«

»Weil es Leute gab, die nicht wollten, dass er fortging.«

»Was denn für Leute, Mama?«

»Es waren dieselben Leute, die auch den Krieg gemacht hatten und die Schuld daran waren, dass alle Häuser kaputtgegangen sind, böse Leute.«

»Und sind die noch da, die bösen Leute?«

»Nein, jetzt nicht mehr, sie sind alle weg.«

»Dann kann der Papa doch herkommen!«

»Weißt du, der Papa glaubt nicht, dass die bösen Leute alle weg sind.«

»Dann sagen wir es ihm!«

»Das habe ich schon, aber er hat so viel Angst, dass er mir gar nicht richtig zuhört.«

»So viel Angst hat der Papa?«

»Ja, mein Schatz, der Papa hat viel Angst.«

»Mama?«

»Was denn, mein Liebling?«

»Ist der Papa ein Feigling?«

»Nein! Wie kommst du denn darauf?«

»Weil er so viel Angst hat.«

»Ich hätte auch Angst vor so bösen Leuten, jeder hätte vor ihnen Angst.«

»Auch wenn sie weg sind?«

»Erinnerst du dich an den Hund, der dich mal angebellt hat?«

»Und wie! Der hat mich furchtbar erschreckt.«

»Und seitdem bist du vorsichtiger mit Hunden, obwohl dieser eine Hund weg ist.«

Tom dachte nach. Er kaute auf seinem Nutella-Brot herum, sein Blick glitt über den kleinen Frühstückstisch, er rutschte ein wenig hin und her auf dem Holzstuhl. Plötzlich sagte er:

»Na gut.«

»Was denn?«

»Wir fahren zum Papa.«

»Da wird er sich aber freuen!« Lisa umarmte ihren Sohn und gab ihm einen Kuss auf die Wange und atmete auf.

»So, und jetzt machen wir uns fertig, damit du nicht so spät in den Kindergarten kommst, Mama muss nämlich gleich zur Arbeit. Und nachher holt dich die Oma ab und bringt dich nach Hause.«

Der schmale Grat zwischen Zuviel und Zuwenig, einen Flug lang ging Shimon auf ihm. Er stürzte nicht ab, er behielt die Kontrolle, er klammerte sich an seine Armlehne, an die Hand seiner kleinen Schwester, die nicht mehr klein war. Er sehnte sich nach einem Schuss, Nur einen einzigen, nur für diesen Flug, nur ein allerletztes Mal. Er trank Wein, bis Lana Nein sagte, er wollte sich mit ihr streiten, bloß, um sich abzulenken, sie ließ auch das nicht zu. Er wollte sie anbrüllen, Du bist wie dein Vater, doch es war so ruhig im Flugzeug, die Menschen waren so beherrscht, dass er den Mund hielt. Er rauchte eine Zigarette nach der anderen, bis Lana drohte, sie werde sich in den Nichtraucherbereich setzen, wenn er nicht endlich aufhöre.

Als sie in Brüssel gelandet waren, ergriff ihn ein Hochgefühl, als wäre er jetzt erst gestartet, als hätte er sich doch noch einen Schuss gesetzt, als könnte er fliegen ohne Flugzeug und ohne Flügel.

Auf der Zugfahrt nach Antwerpen schlief er ein. Warum Antwerpen, hatte er seine Mutter gefragt, als der Vorschlag kam. Lisa hat Freunde, die dort Freunde haben, sie werden nicht da sein und euch die Wohnung überlassen, hatte sie geantwortet, Sie ist groß, es gibt Platz für alle. Sie hatte mitkommen wollen, doch Shimon hatte gedroht, nicht zu fahren, und sie gab den Plan auf.

Lana las ein Buch. Von Zeit zu Zeit sah sie aus dem Zugfenster, So nah an Deutschland, sie bedauerte, dass sie nicht dorthin konnte, ins Land der Täter, ins Land der Vorfahren, Wie ist es, hatte sie einmal ihre Mutter gefragt, Wenn man die einzige Überlebende ist? Die Mutter hatte sie lange angeschaut, auf der Suche nach Worten, die treffend wären und nicht zu hart träfen, dann hatte sie gesagt, Es ist sehr viel Verantwortung, manchmal zu viel. Damals hatte Lana es nicht verstanden, doch jetzt, an der Seite ihres Bruders, der immer noch mit Überleben beschäftigt war, bekam sie eine Ahnung davon.

»Was liest du da?«

Sie schrak aus ihren Gedanken. Shimon war aufgewacht und blinzelte sie an. Sie zeigte es ihm. Ein rotes Cover. *Die Rächer*. In großen, schwarzen Lettern, übereinanderstehend. Zwischen Artikel und Substantiv ein kleines Hakenkreuz, eingeklemmt wie eine Nuss in einem Nussknacker. Lana sagte:

»Hat Mama mir geschenkt.«

»Worum geht's da?«

»Um die jüdische Brigade der britischen Armee. Einige von ihnen haben nach dem Krieg Nazis gejagt und umgebracht.«

»Von denen hat Peretz doch erzählt.«

»Genau, er hat zur Brigade gehört, aber er wollte nichts mit den Morden zu tun haben.«

»Sagt er heute.«

»Ich glaube ihm. Er ist kein Lügner.«

»Nein.«

Lana beendete das Gespräch, indem sie weiterlas. Shimon blickte aus dem Fenster, es war bereits neun Uhr abends, aber noch immer stand die Sonne am Himmel. Die Landschaft weckte vage Erinnerungen in ihm, so viel Grün, wo man hinsah, wuchs etwas. Fachwerkhäuser, kleine Ortschaften, die wirkten, als hätten sie sich aus dem Erdreich gehoben. Eine Saite in seinem Inneren war berührt worden, und plötzlich konnte er sich an ein Gefühl erinnern, an dem ein Bild hing, durch das Bild floss ein breiter Fluss, über den Fluss führte eine schwimmende Brücke, und er, er hatte sich gewünscht, hineinzuspringen und sich treiben zu lassen bis ins offene Meer.

Tom machte große Augen, als er das Gleis 3 des Bahnhofs Zoologischer Garten an der Hand seiner Urgroßmutter betrat. Vor ihm stand eine schwarze Dampflokomotive der Deutschen Reichsbahn. Aus ihrem mächtigen Schornstein quoll dichter, grauer Rauch. Der Lokomotivführer, der oben im Führerhaus stand, musste lachen, als er Tom sah, der mit offenem Mund vor dem Ungetüm stehen geblieben war. Er zog an einer Schnur über seinem Kopf, und die Lok gab ein lautes, hohes Tuuuut von sich. Dann grüßte er Tom, indem er zwei Finger an seine Schirmmütze hielt und die Hand abknickte.

Frau Kramer zog ihren Urenkel zu einem der Waggons, wo Lisa mit dem Gepäck wartete. Sie stiegen ein und suchten ein freies Abteil. Tom setzte sich ans Fenster und schaute hinaus. Frau Kramer setzte sich neben ihn, Lisa gegenüber ans Fenster.

Mit einem Ruck fuhr der Zug an und kam allmählich in Fahrt. Nach einer Viertelstunde fuhren sie an Stacheldrahtzäunen und Wachtürmen vorbei, dann hielt der Zug wieder an. Auf dem Stationsschild stand ›Berlin-Staaken‹. Der Halt war nur kurz, Türen wurden geöffnet und fielen krachend zu. Es ging weiter. Nach ein paar Minuten öffneten zwei Männer in den blassgrünen Uniformen der DDR-Grenzpolizisten die Tür des Abteils und sagten, Guten Tag, Passkontrolle! Die Frauen streckten ihnen drei Ausweise entgegen, die Männer prüften eingehend, dann reichten sie die Ausweise zurück und schlossen die Tür.

Lisa betrachtete ihren Sohn, der aufgeregt vor ihr saß und alles kommentierte, was er draußen sah. Von Zeit zu Zeit lächelten die Frauen einander wie Komplizinnen an. Tom bemerkte nicht, dass er der Anlass war. Noch nie hatte er eine so weite Reise unternommen. Und an ihrem Ende wartete sein Vater auf ihn und viele Geschenke.

Als der Zug nach einer Stunde durch einen Ort fuhr, verlangte Tom von seiner Mutter, das Bahnhofsschild zu lesen. Lisa musste sich konzentrieren, um das schnell vorüberhuschende Schild zu erfassen, doch es gelang ihr.

»Nauen«, sagte sie und lächelte ihren Sohn an. Tom wiederholte das Wort nachdenklich und vergaß es bald wieder. Der Ort selbst, alte Häuser, ein kleiner, hübscher Bahnhof, flog vorbei und blieb zwischen Feldern und Bäumen zurück.

Als der Zug in Schwanheide hielt, wartete Tobias Weiss bereits am Bahnsteig. Sie umarmten einander, Herr Weiss versuchte, ihnen alles Gepäck abzunehmen, aber einen Koffer musste er Lisa überlassen. Frau Kramer folgte den beiden mit Tom an der Hand zum Parkplatz. Sie blickte sich kurz um. Sie erinnerte sich gut an diesen Bahnhof, und einen Moment lang fiel ein Gefühl durch sie hindurch wie ein schweres Gewicht, eine Trauer, Gesichter, Namen. Dann straffte sie sich und ließ den Moment hinter sich und trat mit Tom aus dem kleinen Bahnhof.

»Da!«, rief der Junge und streckte den Arm aus. In den Reihen der parkenden Autos hatte er seine Mutter und Herrn Weiss ausgemacht, die vor dem offenen Kofferraum eines weißen Volvos standen und ihnen winkten.

Tom durfte vorne sitzen. Herr Weiss schob ein dickes viereckiges Stück harten Schaumstoff unter seinen Po, damit er hoch genug saß, und legte ihm einen Gurt an.

Dann fuhren sie los. Während er den Wagen steuerte, erklärte Herr Weiss Tom, dass sie über die Hansalinie auf die Flämische Straße fahren würden, dass diese Straße so hieß, weil sie nach Flandern führte und schon sehr alt war, so alt, dass niemand sich daran erinnerte, wann sie denn eigentlich gebaut worden war.

Lisa und Frau Kramer saßen im Fond. Lisa streckte die Hand aus und legte sie ihrer Großmutter auf den Unterarm.

»Geht es dir gut?«

Die alte Frau seufzte und sagte:

»Mach dir keine Sorgen um mich. Ich bin nur alt, bald werde ich sterben, das ist alles.«

»Oma! Was redest du denn da?«

Frau Kramer zuckte mit den Schultern und blickte aus dem Fenster. Lisa beobachtete sie. Nach einer Weile sagte sie:

»Wann?«

Frau Kramer wandte den Kopf und lächelte. Sie sagte:

»Es wird noch eine Weile dauern, Liebes, mach dir keine Sorgen.«

»Du hättest nicht mitkommen sollen.«

»Aber natürlich! Ich muss doch Shimon wiedersehen. Und ich will seine Schwester kennenlernen. Und ich will Vater und Sohn zusammen erleben. Und ich muss doch wissen, ob es euch gut geht.«

»Ach, Oma.« Lisa lehnte den Kopf an Frau Kramers Schulter, aber nur kurz, weil sie befürchtete, sie mit ihrem Gewicht zu sehr zu belasten.

Das Wetter war gut für eine Autofahrt, es wurde nicht zu warm, ein böiger Wind fegte weiße Wolken von Westen her über den Himmel, es wirkte auf Lisa, als führen sie dorthin, wo die Wolken herkamen, als wären auch die Wolken Reisende, und sie würden einander begegnen und wortlos und ohne zu verstehen, was den anderen trieb, was ihn zog, aneinander vorbeihasten.

Nach drei Stunden erreichten sie die Niederlande. Die deutschen Grenzbeamten winkten die Autos durch, aber auf der niederländischen Seite hatte sich eine Warteschlange gebildet, die Beamten kontrollierten jedes Fahrzeug.

Hinter der Grenze fuhren sie von der Landstraße ab und machten in Emmen Rast. Tom feierte alles, was er noch nie gesehen hatte, als große Entdeckung, Nummernschilder, Straßenlaternen, Automodelle. Sie parkten im Zentrum der Stadt, die aus lauter neuen Häusern und Baustellen zu bestehen schien. Die Häuser waren aus dem gleichen roten Ziegel gebaut wie in Lübeck, nur hier waren sie nicht schmal und hoch, sondern flach und quadratisch.

Sie fanden eine Wirtschaft und setzten sich auf der Terrasse an einen Tisch, der unter einem großen Sonnenschirm stand. Ein

Kellner kam, ein junger Mann in Straßenkleidung, kariertes Hemd, Bluejeans, schulterlanges Haar, und legte ihnen wortlos drei Speisekarten hin.

Es war bereits nach neun Uhr abends, als sie in Antwerpen eintrafen. Die Sonne stand tief im Westen, bald würde sie untergehen. Tom war eingeschlafen, Lisa hatte ihn zu sich nach hinten geholt, um ihn hinzulegen, Frau Kramer saß vorn und döste. Herr Weiss kämpfte gegen die Müdigkeit. Lisa war hellwach.

Die Altstadt von Antwerpen war verwinkelt, doch die Wegbeschreibung, die Lisa von Mosche und Selma erhalten hatte, führte sie sicher ihrem Ziel entgegen. Trotzdem dauerte es noch eine Weile, bis sie in einer schmalen Gasse zwischen prunkvollen Häusern aus vergangenen Zeiten parkten und ein hochgewachsener Mann aus der Dunkelheit trat und die Tür zum Fond des Volvo öffnete, weil er Lisa gesehen hatte.

HUNDERTVIERUNDSECHZIG

Shimon öffnete die Tür. Aus dem Dämmerlicht des Wagens begegnete ihm Lisas Gesicht. Lisas Augen. Lisas Mund. Ohne nachzudenken, beugte er sich hinunter und küsste sie, es gab kein Hindernis, keine Fremdheit, keinen Groll, die Gegenwart spülte alles fort. Alles würde zurückkommen, sie wussten es beide, doch das zählte jetzt nicht.

Als Shimon Tom entdeckte, dessen Kopf auf dem Schoß seiner Mutter lag, sagte er:

»Ich mache das.«

Er ging um das Heck des Wagens herum, öffnete die andere Tür und zog seinen schlafenden Sohn vorsichtig aus dem Wagen, hob ihn hoch, fühlte zum ersten Mal das Gewicht seines Kindes, trug ihn ins Haus und über eine schmale, steile Treppe hinauf in das Bett, das dort für ihn bereitstand. Er legte ihn hin, zog ihm die Schuhe von den kleinen Füßen, die Socken, die Hose von den Beinen, deckte ihn zu. Er setzte sich an die Bettkante und betrachtete ihn. Nach einer Weile sagte er leise:

»Hallo, Tom. Ich bin dein Vater.«

Er schluchzte auf und war überrascht von den eigenen Tränen. Er erhob sich, verließ den Raum, schloss leise die Tür und fühlte etwas, das er noch nie gefühlt hatte. Er wollte immer da sein für dieses Kind, es vor allen Gefahren beschützen, er fragte sich plötzlich, wie er ihn so lange hatte allein lassen können, mitten im Land der Täter, und er nahm sich vor, sobald wie möglich mit Lisa darüber zu sprechen. Er fühlte, dass er jetzt eine Zigarette brauchte.

Lisa war inzwischen aus dem Wagen gestiegen, um ihrer Großmutter zu helfen. Tobias Weiss kümmerte sich um das Gepäck im Kofferraum. Lana Sarfati kam aus dem Haus, um sie zu begrüßen. Als Frau Kramer sie sah, rief sie überrascht:

»Mein Gott! Du siehst ja aus wie deine Mutter!«

Lana lachte glockenhell und umarmte die alte Frau.

HUNDERTFÜNFUNDSECHZIG

»Was ist damals nur schiefgegangen?«

»Es war nicht deine Schuld.«

»Das sagst du so leicht, aber ich bin mir gar nicht so sicher.«

»Ich war drogenabhängig, das konnte nicht gut gehen.«

»Das wusste ich doch. Ich hab mich trotzdem auf dich eingelassen.«

»Du fandest mich eben gut.«

»Glaubst du, das eine hat mit dem anderen nichts zu tun?«

»Ja. Du nicht, nicht wahr?«

»Nein. Ich glaube, alles hat mit allem zu tun. Schau uns an: beide von klein an auf der Flucht, beide verwaist, beide auf der Suche nach etwas, das uns Halt gibt.«

»Aber ich bin der Süchtige.«

»Ich bin nicht so lange belogen worden. Du wirst immer noch belogen.«

»Was willst du damit sagen?«

Stille.

»Ach nichts.«

»Ich will wissen, was du damit sagen wolltest.«

»Das soll dir deine Mutter sagen, zwing mich nicht dazu, bitte!«

»Meine Mutter hat es dir gesagt und nicht mir?«

»Sie hatte Angst um dich.«

»Angst um mich, und deshalb belügt sie mich immer noch? Ich will, dass du es mir jetzt sofort sagst, jetzt sofort, sonst reise ich ab.«

»Und Tom? Bist du nicht auch seinetwegen hergekommen?«

»Lenk nicht vom Thema ab! Du weißt etwas über mich, das ich nicht weiß.«

»Es ist nichts über dich, Shimon, es ist ... nur etwas über deine Eltern, und es tut mir leid, dass ich es schon weiß, ich habe nicht darum gebeten, deine Mutter hat es mir an dem Tag gesagt, als ich sie in Tel Aviv wiedersah, ich war eigentlich wegen etwas ganz anderem gekommen, aber dann ...«

Stille.

»Sag es mir.«

»Aber bitte sei ihr nicht böse, du musst sie verstehen, sie hat nur Angst gehabt.«

»Sag es mir.«

Stille.

»Also gut.«

Stille.

»Deine Mutter hat dir gesagt, dass dein Vater ein Deutscher ist und dass er tot ist, nicht wahr?«

»Ja. Stimmt das etwa nicht?«

»Doch, es stimmt. Aber sie hat ihn nicht geliebt. Sie ist von ihm vergewaltigt worden. Von ihm und vier weiteren SS-Männern. Sie weiß gar nicht, welcher von ihnen dein Vater ist.«

Stille.

Shimon bewegt sich nicht, plötzlich liegt er wie gelähmt im Bett, Lisa umschlingt ihn mit ihrem ganzen Körper, Haut auf Haut, er nimmt es wahr, er weiß, was es bedeuten soll, er kann es nicht empfinden. Er empfindet nichts. Er denkt, dass er jetzt etwas Stärkeres als eine Zigarette braucht. Lisa flüstert ihm ins Ohr:

»Es tut mir leid, Liebling, ich … ich konnte nicht länger so tun, als wüsste ich es nicht. Verzeih mir.« Lisa weint die Tränen, die Shimon nicht vergießen kann, Shimon nimmt es wahr, er weiß, was es bedeutet, er weiß, was er fühlen müsste, doch es geschieht nicht. Nichts geschieht. Stille breitet sich in ihm aus.

Lisa sagt:

»Es hat nichts mit dir zu tun, Shimon, bitte hör mich an! Du bist du, du bist nicht das, was zwischen deinen Eltern vorgefallen ist.«

Shimon sagt:

»Du hast doch gesagt, alles hängt mit allem zusammen.«

»Aber nicht so. Shimon, bitte!« Sie dreht seinen Kopf in ihre Richtung. Im Dämmerlicht der Straßenlaterne, die von draußen hereinscheint, sieht er wieder so aus wie sechs Jahre zuvor in ihrem Bett in Annas Haus. Diesmal schläft er nicht und ist nicht betrunken, doch Lisa fühlt mit einem Schmerz in der Brust, dass er trotzdem nicht da ist. Sie hält seinen Kopf zwischen ihren Händen, er schaut sie an, er erkennt sie, er weiß, dass er sie liebt. Doch er kann es nicht fühlen. Sie sagt:

»Du hast einen Sohn. Wenn du nicht für mich kämpfen kannst und nicht für dich selbst, dann kämpfe für ihn.« Shimon blickt an Lisa vorbei, dort liegt Tom in seinem kleinen Bett und schläft und weiß gar nicht, wie nah sein fremder Vater ist. Wenn er jetzt geht, kann Lisa ihm erzählen, dass etwas dazwischengekommen ist, dass das Flugzeug eine Panne hatte, dass er krank geworden ist, irgendetwas. Shimon Sarfati. Seine Initialen in lateinischer Schrift. Wie ein versteckter Hinweis erscheinen sie ihm, immer schon sichtbar, sein ganzes Leben lang direkt vor seinen Augen. Vater zu sein, erscheint ihm plötzlich wie ein Gefängnis, Wie kann einer, der im freien Fall ist, ein Kind halten? Sie hätte aufpassen müssen, sie hätte einfach besser aufpassen müssen! Langsam löst er sich aus Lisas Umklammerung, er hat vergessen, was sie bedeutet, jetzt fesselt sie ihn nur noch, er hört nicht auf ihre Bitten, ihre Tränen berühren ihn nicht. Tief in ihm hört er eine erschrockene Stimme, die darauf besteht, dass er im Begriff ist, etwas Schreckliches zu tun, etwas Unverzeihliches. Doch sie kommt ihm vor wie die Stimme eines kleinen, ängstlichen Jungen.

Lisa will ihm keine Szene machen, sie will Tom nicht aufwecken, sie bleibt im Bett liegen und weint, so leise sie kann. Shimon bekleidet sich langsam, methodisch. Als er angezogen ist, verlässt er wortlos das Zimmer. Er nimmt nichts als sein Portemonnaie und den Reisepass mit, um das Gepäck muss Lana sich kümmern. Er will nur fort, ins Offene.

Als Tom am Morgen aufwachte, riss Lisa sich zusammen. Sie hatte kaum geschlafen, aber sie gratulierte ihrem Sohn zum Geburtstag, sie sang ein Lied für ihn, die Tränen, die sie währenddessen vergoss, tarnte sie mit einem Lächeln. Sie gab ihm die Geschenke, die sie aus Berlin mitgebracht hatte, sie packte den Kuchen aus, den sie in Berlin gebacken hatte, und steckte fünf bunte Kerzen darauf, die sie in Berlin gekauft hatte. Sie zündete sie an, und Tom pustete sie aus. Er achtete nicht auf den fremden Koffer, der in der Ecke stand. Als er nach seinem Vater fragte, log Lisa ihn an. Sie erzählte ihm, er habe nicht kommen können, weil er sehr krank geworden sei.

»Aber deine Tante Lana ist gekommen, willst du sie kennenlernen?« Tom wollte nicht, er dachte an seine Freunde aus dem Kindergarten, die er gegen den Vater eingetauscht hatte, und jetzt war der Vater nicht da.

»Konnte er das nicht früher sagen?«

Lisa schüttelte den Kopf, sie sagte:

»Manchmal kommt es zu plötzlich.« Sie atmete so oft tief durch, bis sie sich wieder unter Kontrolle hatte, sie sagte:

»Schau mal: Onkel Tobi ist da, deine Uroma ist da, deine Tante Lana ist da und ich bin da – so viele Menschen, die dir alle etwas mitgebracht haben!«

»Aber keine Kinder, keine Freunde.«

Tom brauchte eine Weile, bis er sich mit der Lage abgefunden hatte. Dann spielte er mit seinem Geschenk, ein kleines Fort aus Holz mit Cowboys, Indianern und Pferden, man konnte das Tor öffnen und schließen, es gab Aussichtstürme und sogar eine Kanone.

Lisa verließ das Zimmer, um die anderen vorzuwarnen, sie log, sie sprach von einem Streit, sie bat darum, ihre Lüge von der Krankheit mitzutragen.

Lana war verwirrt und besorgt. Sie hatte mit allem gerechnet, nur nicht damit, dass Shimon mitten in der Nacht verschwinden würde.

Frau Kramer sah Lisa an, dass sie nicht alles gesagt hatte, sie fühlte den Schmerz ihrer Enkeltochter, als wäre es ihr eigener, doch sie ging darüber hinweg und sagte:

»Vielleicht kommt er ja noch zurück.«

»Ja«, sagte Lisa tonlos, »vielleicht.«

Alle wussten, was zu geschehen hatte. Sie begaben sich mit den Geschenken, die sie mitgebracht hatten, in Lisas Zimmer. Sie sangen für Tom, der sie dabei beobachtete, sie lächelten so glücklich sie konnten, dieser Tag würde ein hartes Stück Arbeit werden.

Es wurde noch ein akzeptabler Geburtstag für Tom. Er durfte alles bestimmen, er durfte so viele Süßigkeiten essen, wie er wollte. Als er beim Frühstück den Wunsch äußerte, schwimmen zu gehen, fuhren sie noch einmal hundert Kilometer westwärts und gingen in Blankenberge an den Strand. Tom war das Zentrum der Welt, und die vier Erwachsenen kreisten unermüdlich um ihn wie Satelliten. Insgeheim gab es andere Kreise, andere Zentren und andere Gefühle. Als sie am Abend in das Haus in Antwerpen zurückkehrten, war Lisa einen Moment lang wieder so wach wie am Vorabend, einen Moment lang schien die reine Wiederholung ihr eine zweite Chance zu bescheren, einen Moment lang erwartete sie, dass Shimon erneut die Tür öffnen und sie küssen werde.

Doch es geschah nicht. Die Wohnung war verlassen, Shimons Koffer stand an derselben Stelle wie am Morgen. Dort, wo er neben ihr im Bett gelegen hatte, war es leer.

Bevor Tom in seinem Bett einschlief, fragte er seine Mutter:

»Wird der Papa wieder gesund?«

Lisa sagte leise:

»Bestimmt wird er das.« Tom lächelte schläfrig und sagte:

»Toll, dann kann er ja nächstes Mal zu uns nach Hause kommen.«

Er schlief ein.

Ohne sich zu entkleiden, ließ Lisa sich auf ihr Bett sinken. Sie versuchte, die Hoffnung aufzugeben, doch sie war zu müde. Der Schlaf überfiel sie, noch bevor sie unter ihre Decke schlüpfen konnte.

HUNDERTSIEBENUNDSECHZIG

Er war vergeblich durch Antwerpen gelaufen. Jemand hatte ihm gesagt, Dafür musst du in die Niederlande. Er war zum Bahnhof gegangen und in den erstbesten Zug nach Amsterdam gestiegen. Während der Fahrt hatte er geschlafen, aber nichts gegessen. Er rauchte ununterbrochen. Sein Magen war leer und schmerzte. Es war frisch, er trug nur ein dünnes Jackett über dem Hemd und fror. Lisas Worte, ihre Bitten, ihre Verzweiflung, ihr Körper. Tom, der ahnungslos neben ihnen in seinem Bettchen lag und schlief. Shimon wollte, dass alles aus seinem Kopf verschwände, er suchte etwas, das ihm dabei helfen konnte. Er lief an den Grachten entlang, die Geschäfte waren noch geschlossen, die Stadt mit ihren schmalen Gassen, ihren kleinen, alten Backsteinhäuschen lag feucht und verschlafen. Er kehrte zum Bahnhof zurück, kaufte sich einen Imbiss, aß ihn, ohne auf den Geschmack zu achten, nur, um den Körper am Leben zu halten, wie man ein Auto betankt, damit es weiterfährt und einen zum Ziel bringt. Er lungerte im Bahnhof herum, in der Hoffnung, jemanden zu treffen, der ihm etwas verkaufen konnte, doch Polizisten patrouillierten durch die leeren Hallen. Später fand er einen blassen Jungen, der sich auf dem Dam herumtrieb und der ihm sagte, er solle zum Zeedijk gehen. Shimon fragte sich durch und gelangte in eine schmale, gewundene Straße, die gesäumt war von niedrigen Backsteinhäusern. Geschäfte gab es hier, Bars, Nachtclubs, doch er musste bis zum Sonnenuntergang warten, bevor die Dealer auftauchten.

Er sprach einen athletischen Mann mit blonden Dreadlocks und Vollbart an, der einen Schäferhund an kurzer Leine führte. Gemeinsam zogen sie sich in eine schmale Gasse zwischen zwei heruntergekommenen Häusern zurück. Ware gegen Geld, Shimon kaufte ihm noch ein Besteck ab, eine kleine Spritze, einen Löffel, abgepackten Essig. Dann ließ der Mann ihn allein, und Shimon setzte sich in die dunkelste Ecke, die er finden konnte, und zog sein Jackett aus. Weil er kein Wasser hatte, spuckte er so oft auf den Löffel, bis sich genügend Flüssigkeit angesammelt hatte. Er schüttete das weiße Pulver hinein und gab den Essig hinzu, dann hielt er sein Feuerzeug drunter, bis das Pulver sich auflöste. Er zog die bräunliche Flüssigkeit in die Spritze, warf den Löffel weg, zog sich den Gürtel von der Hose, legte ihn um seinen Oberarm und zog ihn fest. Er zog den Ärmel seines Hemds hoch, pumpte mehrmals mit der Faust und suchte in der Dunkelheit die richtige Einstichstelle. Als er glaubte, sie gefunden zu haben, schob er sich die Nadel unter die Haut. Er spürte den Schmerz, er wusste, dass er vielleicht sterben würde, er hatte die Gedanken wahrgenommen, die ihn vor unbekannten Dealern warnten. Doch er war nicht abzubringen, er zog den Kolben der Spritze ein wenig hoch und versuchte zu erkennen, ob Blut herauskam. Er sah etwas Dunkles in den Hohlraum der Spritze dringen und gab sich zufrieden. Dann löste er den Gürtel mit den Zähnen und drückte sich das Heroin in den Arm.

Es dauerte nur Sekunden, dann veränderte sich alles. Er stand auf und genoss die Bewegung seines Körpers. Das Jackett, in dem sein Geld und sein Pass steckten, ließ er liegen. Er ging langsam durch die dunkle Gasse, hinaus in den Zeedijk, wo Autos und Menschen und Lichter und Geräusche auf ihn warteten. Alles kombinierte sich zu einer Harmonie, die Welt war ein großartiges Kunstwerk, in dem alles seinen Platz fand, seine Farbe, seine Schwingung und sein Gefühl. Alles hing miteinander zusammen, auch er und Lisa und Tom, sie bildeten ein perfektes Dreieck, das durch nichts zerstört werden konnte. Endlich hatte er das Glück gefunden, das er gesucht hatte, das Glück des Vergessens. Das Glück der Bewusstlosigkeit.

Am nächsten Morgen erwachte er in einem geschlossenen Raum. Er lag auf einer Pritsche, es gab ein kleines, vergittertes Fenster. Die Tür ließ sich nicht öffnen. Er fühlte sich elend, er fror, obwohl er wahrnahm, dass es nicht kalt sein konnte. Die Erinnerung kam zurück, Lisas Worte, Lisas Verzweiflung, ihr Körper, der kleine Junge. Plötzlich konnte Shimon sich nicht mehr gegen die Gefühle, die hinter den Bildern lauerten, schützen. Er weinte hemmungslos, bis ein Beamter der niederländischen Polizei die Tür öffnete und ihn aufforderte mitzukommen. Man setzte ihn verheult wie er war an einen Schreibtisch, auf dessen anderer Seite ein weiterer Beamter an einer Schreibmaschine saß. Name: Sarfati, Vorname: Shimon, Geburtsdatum: 09.11.1945, Geburtsort: Berlin, Nationalität: Israelisch. Name der Mutter, Anna Sarfati, Name des Vaters, Ich weiß nur, dass er SS-Mann war. Der Beamte geriet ins Stocken, er warf Shimon einen irritierten Blick zu, dann fasste er sich und schrieb ›Unbekannt‹ und stellte Fragen zum Vorabend, die Shimon wahrheitsgemäß beantwortete.

Es dauerte eine Woche, bis das israelische Generalkonsulat Shimons Identität bestätigte und die Abschiebung vorbereitete. In dieser Woche kam er zu der Überzeugung, dass er einen großen Fehler gemacht hatte. Doch es war zu spät. Die Tür war verschlossen, er hatte die einzigen Menschen, die ihm jemals etwas bedeuteten, für immer verloren. Er hatte kein Heroin und nicht genug Zigaretten. Sein Körper schmerzte. Er sang aus vollem Hals, Papa was a rolling stone, und weinte um sich, als stünde er gemeinsam mit Lisa und Tom am offenen Grab und sähe sich selbst darin liegen, All he left us was alone.

Das Konsulat hatte ihm neue Kleidung gekauft, ein weißes Hemd, eine Bluejeans und Turnschuhe. Jemand aus dem Verteidigungsministerium hatte mit einem Telefonanruf dafür gesorgt, dass Shimon Sarfati nicht mit illegalem Drogenbesitz in Verbindung gebracht wurde. Er saß am Gang einer DC-8 der EL AL und hielt sich fest. Er schwitzte und rauchte Zigaretten und bestellte Wein, bis er betrunken war. Als er spürte, dass er nicht mehr weitertrinken konnte, ohne sich zu erbrechen oder die Kontrolle über seine Sinne zu verlieren, wurde sein Kopf ohne Vorwarnung vollkommen klar. Das Flugzeug hörte auf, sich zu bewegen, Shimon saß mitten in einem Raum ohne Begrenzung und blickte sich staunend um.
Es dauerte nur Sekunden, dann war es verflogen. Ernüchtert spürte Shimon die Bewegungen des Flugzeugs und hörte dessen Geräusche. Er klammerte sich an die Armlehnen seines Sitzes und an die Erinnerung an einen kurzen Moment ohne Angst.

Als Shimon an der Fassade emporblickte, verspürte er einen Widerwillen, sich in die Enge des Gebäudes zu begeben. Er stand vor der Hibner-Straße 7 in Petach Tikwa, das Gebäude war vierstöckig und eckig und gedrungen und aus nacktem Beton, die Fenster waren groß. Shimon kannte diese Häuser, überall waren sie in den sechziger Jahren hochgezogen worden, um die Flüchtlinge aus den arabischen Staaten und die Einwanderer aus der ganzen Welt unterzubringen. Normalerweise fühlte er sich wohl in der Nähe dieser

Häuser, sie erschienen ihm viel ehrlicher als Jaffa mit seinem geschönten Altertum. Doch im dritten Stock dieses Hauses wartete seine Mutter auf ihn. Er hatte sie vom Flughafen aus angerufen, er hatte gesagt, Ich muss mit dir reden, und er hatte es so gesagt, dass sie sich denken konnte, was auf sie zukam. Er hatte vorgehabt, sie zur Rede zu stellen, Wie konntest du mir das verheimlichen? Doch nun wäre er am liebsten wieder fortgegangen, irgendwohin, die Straße entlang, immer weiter geradeaus bis zum Ende. Am liebsten hätte er sich verloren in der Welt.

Er rauchte noch eine Zigarette, dann drückte er auf den Klingelknopf über dem Namen Anna Stirnweiss. Der Summer ertönte so schnell, als hätte seine Mutter seit seinem Anruf oben an ihrer Wohnungstür gewartet. Shimon stieg die Treppe hinauf. Seine Mutter stand oben am Geländer und blickte ihm entgegen. In ihren Augen mischten sich Freude und Sorge und Fragen und ein verhohlener Vorwurf, Shimon kannte diesen Ausdruck, seit er denken konnte. Er ignorierte es, er schenkte seiner Mutter die pflichtgemäße Umarmung, ihm fiel auf, dass sie nicht mehr so gebeugt war, die Schultern nicht mehr so nach vorn zog, wie er es von ihr gewohnt war. Sie wirkte jünger, Shimon dachte, Die Trennung tut ihr gut.

Sie führte ihn in die Wohnung. Sie hatte nicht an der Tür gewartet, sondern gekocht, sein Lieblingsessen, Zimmes mit Honig und Muskat, glänzende Möhrenstückchen auf einem großen, weißen Teller, getrocknete Pflaumen, dazu Hummus und geschnittener Paprika, Gurkenscheiben und Tomatenstücke. Eine Käseplatte. Rotwein. Geschnittenes Brot. Zwei Teller, vier Gläser, eine Karaffe mit Wasser, Besteck.

Shimon sah den gedeckten Tisch, er stand auf einem schmalen Grat zwischen dem Gefühl, bestochen zu werden, und dem anderen Gefühl, geliebt zu werden, er konnte sich nicht entscheiden zwischen beiden. Er setzte sich und goss sich Wein ein. Seine Mutter nahm ihm gegenüber Platz. Sie lächelte ihn an und sagte:

»Ich bin so froh, dass du heil wieder zurück bist.« Sie blickte scheu, als befürchte sie, die Anspielung auf Amsterdam könne ihn wütend machen. Shimon nahm es wahr, er ignorierte es und leerte sein Glas in einem Zug. Er sagte:

»Ich kann nicht erst essen und dann reden, Mama.«

»Ok, dann reden wir sofort.« Sie lächelte ihn tapfer an, er sagte:

»Erzähl mir, wie die SS-Männer dich gefickt haben.« Er blickte sie an, brutal, gnadenlos, abwartend. Anna erschrak mehr über seinen Gesichtsausdruck als über das Gesagte. Sie schenkte sich Wein ein, ihre Hände zitterten, sie nahm es wahr, sie überging es, sie trank den Wein. Sie sagte:

»Dein Selbstmitleid widert mich an, Shimon.« Sie blickte ihm fest in die Augen, mit einer solchen Antwort hatte er nicht gerechnet. Er starrte seine Mutter an, er fand kein eindeutiges Gefühl, seine Wut war fort, er fühlte sich wund, plötzlich war die Liebe weg, und er war nackt. Anna sagte:

»Was du Lisa und Tom angetan hast, das tut man einfach nicht. Egal, wie schwer dein Leben war, egal, was du mir und der ganzen Welt vorzuwerfen hast.« Sie starrte ihn an, er hatte die Wut an sie verloren, und jetzt war er unbewaffnet. Sie besann sich und sagte:

»Es tut mir leid, Shimon, dass ich dir die Wahrheit so lange vorenthalten habe, und vielleicht bist du deshalb so verloren. Aber irgendwann wird man erwachsen und nimmt das Leben in die eigene Hand, irgendwann sagt man sich, Was soll's, ich kann immer noch das Beste draus machen.« Sie holte Luft, sie suchte nach den richtigen Worten, sie sagte:

»Wundert es dich wirklich, dass ich dir die Wahrheit nicht gesagt habe? Sieh dir an, wo wir leben? Wärest du gerne in Israel aufgewachsen mit dem Bewusstsein, das Ergebnis einer Vergewaltigung zu sein? Durch einen oder zwei oder drei oder vier oder fünf SS-Männer? Wäre dir das lieber gewesen, Shimon?« Sie goss sich Wein nach und trank. Sie sagte:

»Solange du denkst, andere sind dafür verantwortlich, dass es dir nicht gut geht, wirst du nichts anderes sein als ein Egoist, hörst du? Ein Egoist mit einem kleinen Herzen, der sein Leben wegwirft.« Sie trank erneut.

Shimon hatte sich von der Attacke seiner Mutter erholt, jetzt saß er da und hörte ihr zu. Alles hängt mit allem zusammen, Lisas Worte kamen ihm in den Sinn. Er sagte:

»So leicht machst du es dir? Du konntest nichts sagen, und ich muss sehen, wie ich klarkomme? Mehr hast du nicht zu bieten, Mama?« Er schüttelte den Kopf, während er sie ansah. Er sagte:

»Du verlangst von mir, dass ich mich um meinen Sohn und um Lisa kümmere, aber du selbst hast es nicht getan, du hast dich nur um dich und dein Geheimnis gedreht, du hast mich Peretz untergeschoben in der Hoffnung, dass die Wahrheit einfach verschwindet. Und du nennst mich einen Egoisten?«

Anna begann zu weinen. Sie schrie:

»Ich war vergewaltigt worden, verstehst du das nicht? Von fünf Männern! Mein Leben war zu Ende, aber ich war einfach nicht tot! Ich war einfach nicht tot! Und zu allem Übel war ich auch noch schwanger!«

»Zu allem Übel, das hast du schön gesagt, Mama.«

»Ach, Shimon, verstehst du denn nicht? Ich liebe dich, für mich hast du nichts mit diesen Männern zu tun. Du bist mein Sohn, ganz gleich, wie es passiert ist. Doch ich war kaputt.« Sie legte ihre Hand auf die Brust, sie sagte:

»Da drinnen war alles kaputt. Aber ich konnte nicht einfach liegen bleiben oder Drogen nehmen oder mich besaufen! Ich musste zusehen, dass ich mit dem Leben davonkam, Shimon. Und Peretz war mein Retter, und er war auch dein Retter. Plötzlich gab es wieder eine Aussicht auf mehr als nur vergessen wollen und nicht können.« Sie schluchzte, sie sagte:

»Ich dachte, ich kann Peretz nicht so richtig lieben, weil ich erlebt hatte, was ich erlebt hatte. Ich dachte, wenn die Zeit vergeht, wird die Erinnerung verblassen, und dann kann ich Peretz richtig lieben. Ich war so jung, Shimon, viel jünger, als du jetzt bist.« Sie schwieg und senkte den Kopf und weinte. Sie wischte sich die Tränen mit dem Handrücken aus den Augen, sie schniefte, sie sagte:

»Glaub mir, Shimon, wenn ich es besser gewusst hätte, hätte ich es anders gemacht. Doch ich konnte nicht. Und als du auf der Welt warst ...« Sie schwieg und blickte Shimon an, während ihr die Tränen über das Gesicht liefen.

»Du warst so rein und unschuldig, so hübsch. Es war wie ein Wunder. Wie konnte aus diesem furchtbaren Erlebnis etwas wie du entstanden sein? Ich verstand es nicht, aber es gab mir Kraft, weiterzumachen, du gabst mir Kraft, weiterzumachen, Shimon. Ohne dich wäre ich vielleicht ...« Sie brach ab und weinte. Sie sagte:

»Es tut mir leid, Shimon, es tut mir leid.« Die Stimme versagte ihr.

Shimon schwieg. Er suchte in sich, es gab nichts, was er hätte sagen können. Er schenkte seiner Mutter und sich selbst Wein ein. Nach einer Weile sagte er:

»Lass uns essen, Mama.«

Anna nickte tapfer, sie riss sich zusammen, lächelte ihren Sohn an, trocknete ihr Gesicht mit der Serviette ab.

Dann aßen sie.

HUNDERTSIEBZIG

»Ist das alles, Oma? Ein Kind großziehen, keinen Mann haben, arbeiten gehen, mit dem Studium nicht vorankommen. Ist das alles?« Lisa seufzte und strickte weiter an dem Schal, den sie Tom zu Weihnachten schenken wollte.

Frau Kramer, die damit beschäftigt war, Handschuhe für ihren Urenkel zu machen, ließ ihr Strickzeug in den Schoß sinken und blickte aus dem hohen Fenster über die verwaiste Schrebergartenkolonie hinweg zu dem hohen Turm der Sankt-Christophorus-Kirche. Durch den Fensterrahmen drang ein kalter Luftzug herein. Es war schon dunkel draußen, Anfang Dezember 1974. Hinter ihnen lag ein ereignisreiches Jahr. Toms Abschied aus dem Kindergarten, die Ferien an der Nordsee in Tobias Weiss' Sommerhaus, Toms Einschulung in die Grundschule.

Und gleichzeitig war es ein Jahr, in dem nichts geschehen war, ein verlorenes Jahr für Lisa. Ohne ihre Enkeltochter anzuschauen, sagte Frau Kramer:

»Erinnerst du dich an den Pfarrer, von dem ich dir erzählt habe?«

»Ja, natürlich.«

»Er hieß Karl Bergmann. Letzte Woche ist es mir plötzlich wieder eingefallen.«

»Bist du sicher?«

Frau Kramer nickte, sie war ganz sicher, und sie wunderte sich, wie Erinnerungen manchmal im eigenen Kopf verschwanden und dann wieder unversehrt auftauchten. Sie erzählte ihrer Enkeltochter nicht, dass sie sich seit längerem wieder an den Namen des Pfarrers erinnerte, und sie verschwieg ihr die Bedenken, die sie wegen Lisas hoffnungsloser Suche nach Hinweisen auf ihre Eltern hegte. Sie entschied, dass es keinen Sinn hatte, mit ihr darüber zu diskutieren, ob dieses Leben zu wenig war. Wer hätte das entscheiden sollen? Sie dachte, Wenn ich Tom anschaue, dann weiß ich, warum ich noch am Leben bin. Sie wusste, für Lisa konnte das nicht gelten.

Am nächsten Tag begann Lisa, nach Karl Bergmann zu suchen. Sie telefonierte mit verschiedenen Diözesen in Westdeutschland, allen erzählte sie, was sie wusste. Doch niemand konnte ihr helfen. Sie fuhr mit dem Fahrrad zur Hauptpost in der Donaustraße und durchsuchte die Telefonbücher der westdeutschen Städte, aber es gab so viele Menschen mit dem Namen Karl Bergmann, dass sie ihr Vorhaben, sie alle anzurufen, aufgab.

Im Frühjahr 1975, zwei Monate später, läutete morgens, während Lisa ihren Sohn für die Schule fertig machte, das Telefon. Frau Kramer nahm den Anruf entgegen, dann rief sie nach ihrer Enkeltochter. Am anderen Ende befand sich eine Verwaltungsangestellte des Erzbistums Köln. Sie sagte:

»Frau Kramer, erinnern Sie sich an mich? Sie haben mich vor Weihnachten angerufen.«

Lisa erinnerte sich. Die Frau sagte:

»Ich glaube, ich habe Ihren Karl Bergmann gefunden. Er leitet eine Mission in Brasilien. Er hat Deutschland nur wenige Jahre nach dem Krieg verlassen, deshalb war es schwer, ihn zu finden. Aber ich hatte Glück, er stammt aus Köln und kehrte erst einmal hierher zurück. Leider habe ich keine Adresse und keine Telefonnummer. Wenn Sie mich fragen, lebt er dort in ganz einfachen Verhältnissen.«

»Haben Sie denn gar keinen Anhaltspunkt?«

»Das Einzige, was ich habe, ist das hier.« Sie sagte etwas, Lisa verstand es nicht. Erst, als die Frau buchstabierte, entstand ein Wort auf dem Notizzettel: Codajás.

»Mehr kann ich Ihnen leider nicht sagen. Wenn Sie mich fragen, lebt er mit Wilden zusammen.«

Lisa bedankte sich und legte auf. Sie musste Tom auf den Weg bringen, ein Pausenbrot schmieren, eine Flasche Wasser in den Schulranzen stecken, dafür sorgen, dass ihr Sohn nicht ohne Schal und Mütze in die Kälte lief.

Als Tom und Frau Kramer fort waren, setzte sie sich mit dem Zettel in der Hand auf einen Stuhl in der Küche und las erneut das Wort. Dann seufzte sie und fragte sich, wie weit sie bereit war zu gehen, um etwas in Erfahrung zu bringen.

Kibbuz Givat Chayim, 21. März 1974

Geliebte Lisa,

es fällt mir schwer, Dir zu schreiben, ohne nicht gleich auf die Knie zu fallen und Dich um Verzeihung anzuflehen. Und doch: Verzeih, verzeih, verzeih!

Immerhin: Ich lebe noch. Und es geht mir besser. Inzwischen sage ich mir: Es musste alles genau so geschehen, damit ich jetzt diesen Brief schreiben kann.

Peretz hat mir eine Arbeit in diesem Kibbuz besorgt. Er liegt eine Stunde nördlich von Tel Aviv. Ein paar Häuser umgeben von Feldern, sonst ist hier nichts. Seit September bin ich hier.

Ich wohne bei den Franks im Haus, mein Zimmer war früher ein Abstellraum. Dann haben sie ein Loch in die Wand gemacht, und jetzt hat es ein Fenster. Jede Woche donnerstags arbeite ich mit Ephraim Frank in den Orangenhainen, er mit der Harke, ich mit dem Rechen, Erde auflockern, Unkraut jäten, die Bäume auf Schädlinge untersuchen und so weiter. Manchmal erzählt er von Deutschland, von seiner Kindheit in Dortmund, von den schönen Städten, von den Opern, den Konzertsälen. Von seinen Verhandlungen mit Eichmann, als er Schiffe voller Juden die Donau hinab bis ins Schwarze Meer und von dort nach Palästina organisierte. Er hätte jederzeit abhauen können, einmal ist er sogar in die Schweiz zum Zionistenkongress gefahren und wieder zurückgekehrt nach Deutschland, um noch mehr Juden zu retten! Wenn ich ihn nicht nach solchen Dingen frage, redet er nicht darüber. Hätte Peretz mir nicht vorher gesagt, wer Ephraim Frank ist, wüsste ich es vermutlich bis heute nicht.

Von der Brichah hat er auch erzählt, von Peretz' Arbeit, von den vielen Juden, die vor den Pogromen in Polen nach Berlin flohen. Von der *President Warfield*. Von Pöppendorf. Meine Geschichte – unsere Geschichte.

Ich mag Ephraim, er ist ein besonderer Mensch. Als ich ihn fragte, ob er nicht ein Buch über sein Leben schreiben wolle, sagte er: Ich lebe in der Gegenwart, nicht in der Vergangenheit. Und dann arbeitete er einfach weiter.

Ich arbeite viel hier, es tut mir gut. Ich versuche, meinen ruinierten Körper wieder auf Vordermann zu bringen. Ich habe aufgehört zu rauchen, ich trinke keinen Alkohol mehr. Und ich bin clean.

Lisa, ich liebe Dich. Ich will lernen, ein richtiger Vater zu sein. Wenn du es noch willst, komme ich nach Deutschland.

Bitte sende Tom einen Kuss von mir und sag ihm, dass ich bei ihm bin, auch wenn er mich nicht sehen kann.

Dein Shimon

HUNDERTZWEIUNDSIEBZIG

Im Herbst stand plötzlich Sarah vor der Tür. Sie sah aus, als hätte sie die ganze Nacht nicht geschlafen. Anna holte sie herein und gab ihr etwas zu essen. Anna vermutete, dass Schmuel sie verlassen hatte, doch Sarah schüttelte den Kopf, ohne etwas zu sagen. Anna gab ihr Shimons Zimmer, Sarah legte sich ins Bett und schlief bis zum nächsten Morgen. Als Anna sie weckte, wollte sie nicht wach werden. Anna zwang sie und schickte sie unter die Dusche.

Später frühstückten sie. Sie saßen am Tisch, Sarah saß dort, wo Shimon Monate zuvor gesessen hatte, um sie zur Rede zu stellen. Anna dachte, Kinder. Sie sagte:

»Was ist los?«

Sarah starrte auf den leeren Teller, der vor ihr stand. Mit tonloser Stimme sagte sie:

»Ich habe ihn verlassen.«

»Warum? Hat er dich nicht gut behandelt?«

Sarah blickte überrascht auf.

»Doch, das hat er. Er war ... sehr gut zu mir.« Sie atmete tief ein. »Er wollte keine Kinder mehr haben, er sagte, Wenn sie groß sind, bin ich ein Greis.« Sie zuckte mit den Schultern. »Also habe ich keine bekommen.« Sie schwieg. Sie sagte:

»Jetzt bin ich einundvierzig.« Sie rang nach Luft, als fehle ihr Sauerstoff. Sie sagte:

»Jetzt ist es zu spät.« Sie schwieg und schloss die Augen. Anna suchte nach etwas, das sie aufmuntern konnte. Sie sagte:

»Du bist schon Mutter gewesen, Sarah. Denk an Shimon. Du hast mir geholfen, ihn durchzubringen. Jahrelang warst du der einzige Mensch außer mir, dem er vertraute.« Im selben Moment fragte sie sich, ob das die Wahrheit war. Zwei Frauen mit einer Lebenslüge, die eine, weil sie verheimlichen musste, dass sie gewaltsam zur Mutter gemacht worden war, die andere, weil sie die Tochter einer Fremden sein musste, um den Tod ihrer Familie zu überleben. Wie einsam musste Shimon gewesen sein!

Sarah winkte ab.

»Ach, das ist lange her. Ich habe meinen Zweck erfüllt, jetzt erinnert er sich nicht einmal mehr an mich.«

»Er wird es tun, Sarah. Vielleicht nicht morgen. Er muss erst einmal sein eigenes Leben in den Griff bekommen.«

Sarah schwieg. Plötzlich sagte sie:

»Ich hätte niemals deine Tochter werden dürfen.« Sie schloss die Augen, Tränen traten zwischen ihren Lidern hervor und rollten die

Wangen hinab, sie weinte lautlos, ihr Gesicht blieb starr, die Kiefer-muskeln traten unter der Haut hervor.

Anna wollte sie trösten, sie wollte aufstehen und sie in den Arm nehmen. Doch es ging nicht.

Nach einer Weile erhob Sarah sich, der Stuhl machte ein dumpfes Geräusch, als sie ihn mit den Beinrückseiten über den Boden schob, Holz auf Stein. Wortlos verließ sie die Küche. Anna hörte, wie die Wohnungstür sich öffnete und wieder ins Schloss fiel. Sie fühlte den Impuls, Shimon anzurufen und ihm aufzutragen, Sarah zu besuchen. Doch sie blieb sitzen und tat nichts. Sie dachte, Alles zu seiner Zeit.

HUNDERTDREIUNDSIEBZIG

Shimon fuhr mit dem Zug von Frankfurt nach Berlin. Er hätte flie-gen können, doch er entschied sich dagegen. Er saß mit Deut-schen in einem Abteil, draußen war es nasskalt, Novemberregen klatschte gegen das Fenster, die Menschen im Abteil schwiegen. Shimon fühlte sich beobachtet, bis er bemerkte, dass die Leute sich gegenseitig beäugten, als suchten sie eine Gelegenheit, das Schweigen zu überwinden. Doch sie fanden keine.

Der Schaffner, ein Mann um die fünfzig, groß, stämmig, Schnäuzer, kurzes ergrautes Haar unter einer blauen Schirmmütze, zog die Tür auf und verlangte die Fahrkarten. Zum zweiten Mal wurde Shimon von einer deutschen Uniform kontrolliert, zum zweiten Mal zuckte er innerlich zusammen.

Als der Schaffner weg war, wollte das Mädchen, das vor Shimon saß, hinaus auf den Gang. Die Mutter war dagegen, zwischen beiden entspann sich ein Streitgespräch im Flüsterton. Shimon verstand die Kleine nur zu gut. Er stand kurzerhand auf und verließ das Abteil, um sich ans Fenster zu stellen, und entdeckte, dass vor ihm bereits mehrere Reisende auf dieselbe Idee gekommen waren. Ankunft in Berlin Zoologischer Garten. Die Menschen standen bereits auf dem Gang, die Koffer in der Hand, alle wollten nur raus aus dem Zug nach der langen Fahrt oder vielleicht auch nach der langen Angst voreinander. Shimon spürte diese Angst fast körperlich, sie griff ihn an, sie machte es ihm unmöglich, sich frei zu bewegen, er dachte, Wenn sie wenigstens nicht ständig einander beobachten würden. Er fühlte, dass er allzu bereit war, Verbindungen in die Vergangenheit zu sehen, und verbot es sich kurzerhand. Er wollte, er musste diesem Land eine Chance geben, und wäre es auch nur, um seinen Aufenthalt erträglich zu gestalten.

Als der Zug hielt, kam die Schlange in Bewegung und löste sich draußen auf dem Bahnsteig auf. Shimon war einer der Letzten, die ausstiegen, er hatte einen großen und einen kleinen Koffer dabei, in dem kleinen Koffer befanden sich Geschenke.

Der Bahnsteig hatte sich in Windeseile geleert, nur hier und da und auf den anderen Steigen sah Shimon noch Menschen. Langsam ging er auf die Treppe zu, hinab in die Halle und zum Ausgang. Er war zurück. In seiner Geburtsstadt, die immer noch eingeschlossen, immer noch aufgeteilt war.

Er trat hinaus in die Nacht. Es hatte aufgehört zu regnen, die Straßen glänzten schwarz im Schein der Laternen. Lisa hatte ihm geschrieben, er solle ein Taxi nehmen, das tat er. Er stieg in den Fond eines schwarzen Mercedes und nannte die Adresse. Der Taxifahrer sagte, Wird gemacht, und fuhr los.

Shimon blickte aus dem Fenster, während das Taxi durch die Stadt fuhr. Alte Häuser, neue Häuser, ganze Straßenzüge aus verschiedenen Epochen, Baulücken, vereinzelte Ruinen, Parks, Brachen, ein ständiger Wechsel, ein Flickenteppich, eine Geisterbahn aus Vergangenheit und Gegenwart. Shimon kam aus dem Schauen nicht heraus, noch nie hatte er eine solche Stadt gesehen, eine Stadt wie eine offene Wunde, eine Stadt wie eine Allegorie des Untergangs und der Wiederauferstehung. Er fühlte sich zutiefst verwandt mit dieser Stadt. Damit hatte er nicht gerechnet.

Die Fahrt war kurz, nach zwanzig Minuten fuhr das Taxi vor. Shimon stieg aus. Es hatte erneut zu regnen begonnen. Er stand mit seinen Koffern vor einem hohen Wohnhaus aus der Gründerzeit, ein breites Tor aus massivem Holz versperrte den Zugang. In dem Tor befand sich eine Tür, daneben sah er Klingelknöpfe und Namensschilder.

Er suchte in sich nach dem Wunsch zu fliehen. Doch er fand nichts als die Furcht, sie könnte aufgehört haben, ihn zu lieben, und die Furcht, sein Sohn könnte enttäuscht von ihm sein. Er ging auf die Tür zu, er fand ›Kramer‹ und drückte auf den Knopf. Lisas Stimme sagte:

»Shimon?«

Shimon sagte:

»Ja.«

Der Summer ertönte, Shimon drückte die Tür auf, die erstaunlich schwer war. Dann stand er in einem breiten Durchgang, links und rechts zweigten Treppenhäuser ab, geradeaus sah er ein weiteres Tor mit einer Flügeltür, die Tür stand offen und er sah einen Innenhof und dahinter ein weiteres Gebäude und weitere Türen. Hinter ihm fiel die Tür krachend ins Schloss.

Er wusste nicht, was er tun sollte. Er kehrte um, zog die Tür zur Straße mühsam wieder auf und suchte an den Klingeln nach einem Hinweis. Aus der Gegensprechanlage sagte Lisas Stimme:

»Shimon, es ist der linke Treppenaufgang im Vorderhaus!«

Shimon kehrte erneut um. Er stieg die Treppe hinauf. Im dritten Stock stand eine Tür halb offen, helles Licht drang aus der Wohnung in das schwach beleuchtete Treppenhaus.

Als Shimon sich der Tür näherte, hörte er Schritte, dann wurde sie geöffnet, und vor ihm stand Lisa mit Tom im Pyjama an der Hand, der ihn verschlafen anblinzelte und sagte:

»Hallo, Papa.«

Shimon stellte sein Gepäck ab und kniete sich vor seinen Sohn. Er sagte:

»Hallo, Tom. Es freut mich, dass wir uns endlich begegnen.« Er lächelte seinen Sohn so offen an, wie er konnte. Tom wurde verlegen, er wandte sich halb ab und sagte:

»Komm, Papa«, und ging vorbei an seiner Mutter tiefer in die Diele hinein.

Shimon gehorchte, er nahm seine Koffer und wollte Tom folgen. Doch Lisa war im Weg. Sie standen voreinander und sahen sich an. Tom beobachtete sie.

Shimon sah Lisas Lippen, sie bebten leicht, er sah ihre Nasenflügel, sie zitterten unmerklich, sein Herz schlug plötzlich schneller, bis zum Hals, noch nie war er so nüchtern, so ungeschützt einer Frau entgegengetreten. Er konnte sich nicht rühren, am liebsten hätte er die Koffer fallen gelassen und sie umarmt, doch das ging nicht, eines der Geschenke war zerbrechlich. Er musste die Koffer langsam abstellen, er musste sich die Zeit nehmen, er musste den Übergang ertragen, er musste sich wieder aufrichten, er musste einen Schritt auf sie zumachen.

Er tat es ganz langsam, sein Herz pochte in den Schläfen, in seinem Kopf war eine Hitze, als wäre er errötet. Er fühlte sich wie ein kleiner Junge, der vor einer großen Frau steht.

Als er sich wieder aufrichtete, umarmte Lisa ihn plötzlich, sie tat es nicht langsam, nicht vorsichtig, Shimon vergaß seine Furcht, er zog sie an sich, er fühlte nichts als ihre Lippen auf seinen, er roch nichts als ihre Haut, er sah nichts als ihre Schönheit.

Dann sah er aus den Augenwinkeln Tom, der sie immer noch beobachtete.

Noch nie hatte Tom seine Mutter auf diese Weise gesehen. So viele Gefühle stürzten gleichzeitig auf ihn ein, dass kein einziger Gedanke in seinem Kopf Platz fand. Er wusste noch nicht, dass dieses erste Bild seiner Eltern ihn das ganze Leben lang begleiten würde.

Shimon löste sich von Lisa, er griff nach dem kleinen Koffer und hockte sich hin und sagte:

»Schau mal, was ich dir mitgebracht habe, Tom.«

Lisa schloss die Wohnungstür hinter ihm, Shimon öffnete den Koffer. Tom kam vorsichtig und neugierig näher.

In ihrem dunklen Zimmer lag Frau Kramer im Bett und lauschte auf jedes Geräusch, das aus der Diele drang. Sie hatte Müdigkeit vorgetäuscht, um die jungen Leute nicht zu stören mit ihrer Anwesenheit, und vorgehabt, wirklich zu schlafen, wenn Shimon ankäme. Doch es war ihr nicht gelungen.

HUNDERTVIERUNDSIEBZIG

Berlin, den 16. Juli 1975

Meinetwegen ist er noch hier. Aber ich kann spüren, dass er sich nicht wohlfühlt. Er hält nicht hinter dem Berg damit, dass er Jude ist. Das ist seine Form der Ethnologie. Er sagt es den Leuten wie beiläufig, und dann sieht er dabei zu, wie sie versuchen, sich nichts anmerken zu lassen. Er lebt in ständiger Provokation. Die einzigen Pausen, die er hat, ist die Arbeit im Konsulat und wenn er zu Hause ist. Er hat sogar versucht, Oma zu provozieren. Er hat ihr von Abba Kovner erzählt und gesagt, er hätte sich gewünscht, es wäre ihm gelungen, Hamburg zu vergiften. Oma hat ihn angeschaut und gesagt, Dann wäre die Legende vom Brunnenvergifter endlich einmal wahr geworden. Da wusste er nicht mehr, was er sagen sollte. Ich glaube, seitdem respektiert er sie. Aber er kommt nicht zur Ruhe. Er nimmt keine Drogen, er raucht und trinkt nicht und er bemüht sich, ein guter Vater zu sein. Mehr kann ich vorerst nicht von ihm erwarten. Wenn er nur nicht glauben würde, dass er sein Ziel bereits erreicht hat. Ich liebe ihn so sehr, dass ich mir nichts sehnlicher wünsche, als dass er es schafft, endlich er selbst zu werden.

Er sagt, er hasst das Gutmenschentum der Deutschen, alle wollen sie ständig zeigen, dass sie moralisch richtig handeln, Bitteschöndankeschön nennt er das. Die Deutschen haben eine Bitteschöndankeschön-Moral, eine Bitteschöndankeschön-Kultur, ein Bitteschöndankeschön-Bewusstsein. Bitteschöndankeschön-Sex. Er ist so radikal! Ich verstehe, was er meint. Wenn er nur aufhören könnte, ständig zu verallgemeinern. Sieht er denn nicht, dass die Nazis genau davon lebten? Immerhin trifft er sich seit kurzem regelmäßig mit einigen Musikern, drei Gojim und ein Jude. Sie wollen eine Band gründen. Vielleicht ist das ein Weg.

Tom hat eine ziemliche Wandlung durchgemacht in den letzten Monaten. Er ist aufsässig geworden, versucht, sich mir zu widersetzen, wo er kann. Bei seinem Vater hört er aufs Wort. Zu seinem siebten Geburtstag hat Shimon ihm ein ferngesteuertes Wasserflugzeug geschenkt. Die Dinger sind teuer, ich hätte mir gewünscht, dass er das Geld sinnvoller verwendet. Die beiden sind wie kleine Jungen. Sie sind mit Toms Freunden zum Wannsee gefahren und haben den ganzen Tag mit dem Flugzeug gespielt. Als sie nach Hause kamen, war Tom so glücklich, wie ich ihn noch nie gesehen habe. Ich hoffe nur, Shimon sieht, wie viel Verantwortung er trägt.

Und ich? Wie geht es mir? Bin ich jetzt glücklicher? Ja und nein. Ja, ich bin glücklich mit ihm, er ist der Mann, mit dem ich mein Leben verbringen will. Es ist mir gelungen, den Büro-Job gegen eine halbe Stelle an der Uni einzutauschen. Finanziell ist das kein großer Unterschied, und ich komme dem Studium wieder näher. Aber ich wälze immer noch den Gedanken an Karl Bergmann und Codajás. Ich war in der Rostlaube und bin dort zu den Lusitanisten gegangen. Ich hatte Glück, sie sind dort auf Brasilien spezialisiert. Einer der Professoren hatte gerade Sprechstunde, also ging ich zu ihm. Er sagte, es klinge nach einem Ortsnamen. Er riet mir, einen Atlas zu konsultieren. Das tat ich und fand Codajás am Fluss Solimões, mitten im Amazonas. Und immer noch stehe ich vor der Frage, ob ich das wirklich machen will. Ich müsste Tom bei Oma und Shimon lassen und nach São Paulo fliegen, von dort nach Manaus und dann 300 Kilometer mit dem Schiff flussaufwärts bis Codajás. Shimon weiß noch gar nichts von Karl Bergmann, ich müsste es ihm bald erzählen, damit er sich an den Gedanken gewöhnen kann. Ich müsste anfangen, für die Reise zu sparen, aber von welchem Geld? Ich müsste noch mehr arbeiten und noch weniger studieren. Wenn ich einmal dort wäre, müsste ich darauf gefasst sein, Malaria, Dengue oder irgendeine andere tropische Krankheit zu bekommen. Ich müsste wochenlang im tropischen Klima aushalten. Und das alles, um einen Mann zu finden, der vielleicht etwas weiß, das mir die Unruhe nimmt.

Armer Tom. Was für Eltern! Die eine auf der Suche, der andere auf der Flucht. Ein Wunder, dass wir seit acht Monaten zusammenleben. Zum Glück hat er noch seine Urgroßmutter. Sie ist ein Halt für uns alle, sogar für Shimon, obwohl er sich das vielleicht nicht eingesteht. Seit Marias Tod kommt sie mir immer mehr vor wie eine Seherin. Manchmal denke ich, der Unterschied zwischen Leben und Tod interessiert sie gar nicht mehr. Sie möchte nur so lange für uns da sein, wie sie kann. Ich habe Angst vor dem Tag, an dem sie es nicht mehr sein wird.

Der Anruf kam am 14. Juni 77, einen Monat vor Toms neuntem Geburtstag. Sie waren zu Hause, Lisa, Shimon, Frau Kramer, Tom, und aßen zu Abend. Tom rannte ans Telefon, weil er hoffte, es sei einer seiner Freunde. Er wechselte ein paar Worte, dann rief er nach seiner Mutter. Esther Schwimmer war am Apparat. Lisa sprach eine Weile mit ihr, dann kehrte sie ins Wohnzimmer zurück und setzte sich auf ihren Stuhl. Shimon sagte:

»Was ist denn los? Du siehst aus, als hättest du eine Erscheinung gehabt.« Lisa starrte ihn an. Sie sagte:

»Josef Ranzner lebt in München.«

»Auf keinen Fall!«

»Warum denn nicht? Ich verstehe es nicht, bitte erklär es mir.«

»Sie ist darüber hinweg. Sie muss diesem Arschloch nicht noch einmal begegnen.«

»Aber du machst ja dasselbe mit ihr, was sie früher mit dir gemacht hat.«

»Das ist etwas anderes.«

»Nein, Shimon, es ist genau dasselbe.« Shimon wusste, dass sie recht hatte, doch er konnte es nicht zugeben. Lisa sagte:

»Es geht gar nicht um deine Mutter, nicht wahr? Es geht um dich.« Shimon spürte, dass sie die Wahrheit gesagt hatte. Er schwieg. Sie saßen allein in der Küche, Tom und Frau Kramer schliefen bereits, es war spät, der Himmel war immer noch schwach erleuchtet von der Sonne, die ihren uralten Tag längst weitergezogen hatte über die Erdoberfläche und genau jetzt anderswo einen Morgen, einen Mittag, einen Abend machte. Der längste Tag des Jahres war eine Eintagsfliege wie alle anderen, nun ging er zu Ende. Die Luft war lau, das Küchenfenster weit geöffnet, in der Schrebergartenkolonie gegenüber wurde gegrillt, man roch es, man hörte eine Gitarre und leisen Gesang, Menschen waren auf der Straße, ihre Stimmen drangen herauf. Lisa trank Rotwein, Shimon stilles Wasser.

Sie waren trotz der Müdigkeit wach geblieben, um Zeit füreinander zu haben und um endlich zu einer Entscheidung zu kommen. Lisa sagte:

»Ich *muss* nach München fahren. Ich muss versuchen, etwas herauszufinden, Shimon, ich muss.«

Shimon sah sie an. Er nickte langsam. Sie musste. Alles in ihrem Gesicht, ihrer Haltung zeigte ihm, dass es so war. Er sagte:

»Gut. Ich bleibe hier und kümmere mich um Tom.«

»Du müsstest das nicht tun, du könntest mitkommen. Tom ist gut aufgehoben bei seiner Uroma.«

»Ich weiß. Aber ich brauche Zeit, ich bin nicht so schnell wie du.«

Sie sah ihn an, sie dachte, Ich brauche *dich*, doch sie sagte es nicht, sie würde ohne ihn auskommen müssen.

Am Bahnhof stand diesmal nicht David Schwimmer, sondern Esther. Sie war älter geworden, man sah es ihr an, doch ihrer Schönheit hatte es gutgetan. Sie umarmten sich, dann brachte Esther Lisa zu ihren Eltern. Die Stadt war sommerlich warm, In Berlin blühen noch die Linden, sagte Lisa. Sie sprachen wenig, Esther fuhr den

Wagen, einen blassgrünen Renault 4, vorsichtig durch die Straßen, So lange habe ich den Führerschein noch nicht, sagte sie.

Sie kamen im Lehel an. Esther fuhr am Haus ihrer Eltern vorbei. Sie hielt zwei Häuser weiter auf der Straße und zeigte an Lisa vorbei auf ein Haus, auf eine Fensterfront und sagte, Da hat er gewohnt. Sein Sohn war mit Ben in einer Klasse. Lisa nickte, Aha, und schwieg. Esther wendete den Wagen, parkte, schaltete den Motor aus, sie blickte Lisa an. Lisa atmete tief durch, sie sagte:

»Wie ist Gudrun?« Esther zuckte mit den Achseln.

»Ganz nett. Ben ist unsterblich verliebt.«

»Und die Sache mit ihrem Vater?« Esther wiegte den Kopf.

»Na ja, nicht leicht, denke ich. Aber sie ist hart im Nehmen. Sie hat schon anderes hinter sich.«

»Was denn?«

»Ich weiß es nur von Ben. Sie hat wohl früh mit Drogen angefangen. Hat eine Zeit lang auf der Straße gelebt, solche Sachen eben.« Sie blickte Lisa an.

»Du kennst das doch.«

Lisa nickte, sie kannte es, und trotzdem und vielleicht gerade deshalb war sie verwundert.

Sie nahmen den Koffer von der Rückbank und überquerten die Straße, Esther schloss auf, sie sagte:

»Auch wenn der Anlass nicht so schön ist: Ich freue mich, dich zu sehen.« Lisa lächelte sie an. Sie gingen hinauf. Oben warteten David und Judith Schwimmer, David sah fast unverändert aus, Judith hatte graue Strähnen bekommen. Im Esszimmer saßen Ben und Gudrun, sie erhoben sich, als Lisa hereinkam, instinktiv suchte Lisa nach Ähnlichkeiten zwischen Shimon und Gudrun. Aber Gudrun war ganz anders, ein offenes Buch, man sah ihr jede Regung an, jetzt war sie nervös und ängstlich und mutig und gab Lisa die Hand und sagte:

»Hallo Lisa, ich bin Gudrun.«

Lisa ergriff ihre Hand. Shimons Halbschwester. Vielleicht. Lisa begrüßte Ben, der sie wachsam beobachtet hatte und nun zufrieden wirkte. Sie setzten sich. Es gab Schalet, denn es war fast auf die Woche genau zehn Jahre her, dass Lisa zum ersten Mal bei ihnen übernachtet hatte, Du bekommst dasselbe Zimmer wie damals, sagte Judith. Ben zelebrierte den Zufall, Esther verneinte ihn, die Geschwister stritten halb im Scherz, halb aus Gewohnheit. Gudrun sagte wenig, Lisa beobachtete sie heimlich, doch Gudrun spürte es und warf ihr scheue Blicke zu, wie ein Mensch ohne Haut wirkte sie auf Lisa, jede Berührung schien ihr einen Schreck einzujagen, aber sie war auch stark, und Ben und sie hatten etwas Symbiotisches, sie schienen einander blind zu verstehen, Ganz anders als Shimon und ich, dachte Lisa und fand kein klares Gefühl zu diesem Gedanken.

David Schwimmer war ungewöhnlich schweigsam. Später, als sich alle zurückgezogen hatten und Esther bei Lisa im Zimmer saß und Fotos von Shimon, Tom und Frau Kramer anschaute, erzählte sie, warum:

»Er ist besorgt, weil Gudrun keine Juden zur Welt bringen kann.« Lisa war überrascht, so hatte sie Esthers Vater nicht eingeschätzt, aber Esther zuckte mit den Schultern und sagte:

»Er ist Zionist, auch wenn er lieber in Deutschland lebt. Und das bedeutet, dass die Kinder eines jeden Juden, der eine Nichtjüdin zur Frau nimmt, verloren sind.«

»Verloren?«

»Na ja, verloren für das Judentum, verloren für Israel. Wir beide sind fein raus.« Sie grinste.

»Aber Ben müsste sich eine Jüdin suchen.«

»Hat er denn mit Ben darüber gesprochen?«

»Natürlich, aber du kennst ja meinen Bruder. Er hat gesagt, Papa, das weiß ich doch, schließlich bin ich Jude. Das war's.« Lisa musste lachen.

»Und dass Gudrun die Tochter eines Massenmörders ist, der Israel erst in diese ...«, sie suchte nach Worten, sie sagte: »personelle Knappheit gebracht hat, spielt keine Rolle?«

Esther setzte ein ahnungsloses Gesicht auf, sie sagte:

»Wer weiß.«

Am Samstagmorgen war die Stimmung anders. David und Judith Schwimmer waren früh aufgestanden, David Schwimmer hatte das Haus verlassen, Judith Schwimmer war mit Putzen und Waschen beschäftigt und tauchte nur ab und zu im Esszimmer auf, wo ihre Kinder mit ihren Gästen frühstückten.

Nachdem sie sich über Belangloses unterhalten hatten, sagte Gudrun plötzlich:

»Ich war vorgestern bei meinem Bruder. Er lebt ganz in der Nähe unseres Vaters in Neuperlach.« Sie schwieg und schien sich auf eine innere Stimme zu konzentrieren. Sie sagte:

»Heinrich wollte mir die Adresse nicht geben. Irgendwie hat er herausgefunden, dass Ben Jude ist. Und jetzt hat er Angst, dass er unseren Vater vor Gericht bringen will.«

»Und willst du das?«, fragte Lisa Ben.

»*Ich* will das«, sagte Esther, »aber erst, wenn du mit ihm gesprochen hast.« Gudrun sagte:

»Ich habe ihn angelogen. Er hat mir nicht geglaubt.« Sie hob die Schultern an und ließ sie fallen.

»Wir müssen zuerst zu ihm.«

»Steht dein Vater nicht mit seinem falschen Namen im Telefonbuch?« Gudrun schüttelte den Kopf.

»Entweder er hat kein Telefon oder er hat sich austragen lassen.«

Sie fuhren zu dritt.

Neuperlach befand sich noch im Bau. Ben kannte die Gegend nicht. Er saß am Steuer von Esthers R4, neben ihm saß Gudrun, Lisa im Fond. Als Ben die kantigen Hochhäuser sah, die dicht an dicht standen, und die breiten Straßen, die wie Schneisen hindurchführten, schüttelte er sich und rief:

»Das ist ja furchtbar!« Lisa sagte nichts, sie fühlte sich an Gropiusstadt im Süden Neuköllns erinnert, die gleichen Hochhäuser, der gleiche Beton, die gleichen Kräne, die überall emporragten, die gleiche Mischung aus Baustellen und bereits bewohnten Gebäuden. Ben sagte ungläubig:

»Und hier wohnt dein Bruder?« Gudrun blickte aus dem Fenster und sagte:

»Ja, es ist billig.« Sie sagte nicht, was sie dachte, Wenn er sich selbst bestrafen will, dann soll er es tun. Wenn er glaubt, dass Hässlichkeit reinigt, dann muss er eben hässlich leben.

Sie fanden die Straße, die Hausnummer und parkten den Wagen. Sie gingen auf ein Gebäude zu, das mindestens fünfzehn Stockwerke hatte, Gudrun sagte, Er lebt im neunten. Hundert Klingelknöpfe in Reih und Glied, Gudrun fand Scholz, sie läutete. Der Summer ertönte, Gudrun sagte, Er weiß, dass wir kommen, ich habe ihn angerufen. Vier Fahrstühle, einer wartete im Erdgeschoss, neunter Stock, Lisa spürte die Beschleunigung. Dann waren sie oben, zwei Gänge, von denen wiederum jeweils zwei Gänge abzweigten, Gudrun kannte den Weg.

Endlich standen sie vor einer weißen Tür mit einem Spion im oberen Drittel. Gudrun läutete erneut.

Als Heinrich Scholz seinen ehemaligen Klassenkameraden und WG-Mitbewohner erkannte, wusste er nicht, wie er reagieren sollte. Er wirkte, als würde er die Tür am liebsten wieder schließen. Doch es ging nicht, er musste sie öffnen und die Besucher hereinlassen. Ben lächelte ihn gewinnend an, er sagte:

»Mensch, Heinrich, warum bist du nicht in der WG geblieben, da war es doch viel schöner!«

Heinrich lächelte säuerlich, er wusste nicht, was er darauf antworten sollte, immer schon war er längeren Unterhaltungen mit Ben aus dem Weg gegangen, viel zu schnell, viel zu wortreich war der andere. Viel zu ironisch. Er und Gudrun passten gut zusammen.

Lena kam ihnen entgegen, den kleinen Michael hatte sie auf dem Arm, Gudrun ging zu ihr, sie nahm ihren Neffen und küsste ihn, Heinrich hatte die Szene beobachtet, jetzt stand er unschlüssig in der Diele. Ben sagte:

»Das ist übrigens Lisa Kramer, Gudrun hat dir von ihr erzählt, nehme ich an.«

Heinrich nickte steif, Lisa fand keine Möglichkeit, ihm die Hand zu geben. Endlich überwand er sich, sie ins Wohnzimmer einzuladen. Lena fragte nach Kaffee oder Tee, Ben bestellte Kaffee, Gudrun Tee, Lisa nichts, Lena verschwand in der Küche.

Die Familie Scholz besaß eine Couch-Garnitur aus braunem Glattleder, zwei Elemente, ein langes und ein kurzes, im Neunzig-Grad-Winkel um einen Couchtisch aus Glas und Messing gestellt, dazu ein passender Sessel auf der freien Seite. In der Verlängerung stand ein großer Fernseher mit dem Rücken zum Fenster. An der Wand hing die Kopie eines Arcimboldo-Gemäldes.

Sie setzten sich, Heinrich saß breitbeinig auf der Couch, stützte die Ellbogen auf die Oberschenkel, legte die Kuppen seiner Finger aneinander, wirkte angespannt, als warte er, sein Kopf war nach unten geneigt, seine Augen auf die Glasplatte des Couchtischs geheftet oder auf den Flokati darunter.

Gudrun setzte sich mit dem kleinen Michael neben ihn, der Junge beobachtete Ben und Lisa.

Ben räusperte sich, er wusste, es war seine Aufgabe, das Eis zu brechen. Er grinste Heinrich an und sagte:

»Kannst du dich noch erinnern, früher haben wir oft Fußball im Englischen Garten gespielt?«

Heinrich blickte auf, ohne den Kopf zu heben, er sagte:

»Ja, ich erinnere mich.«

»Hast du Lust, mal zu kommen? Wir spielen immer noch mittwochs abends.« Heinrich schüttelte den Kopf.

»Zu weit.«

»Du hast doch bestimmt ein Auto. Du könntest bei uns parken, dann fahren wir zusammen mit dem Rad hin.« Heinrich schüttelte den Kopf. Er sagte:

»Nee, Ben, ich war seit meinem achtzehnten Geburtstag nicht mehr in der Straße. Du weißt ja inzwischen, warum.«

Ben nickte, er sagte:

»Ja, ja, ich weiß, dein Vater war ein Obersturmbannführer und hat Leute ermordet.«

Heinrich sagte:

»Juden«, und warf ihm einen lauernden Blick zu. Ben nickte.

»Ich weiß, Juden, wie ich einer bin. Aber darum geht's heute nicht, Heinrich. Lisa hier ist aus Berlin gekommen, weil sie hofft, dass dein Vater ihr bei der Suche nach ihren Eltern helfen kann.«

»Juden?« Er warf Lisa einen fragenden Blick von unten her zu. Lisa nickte, sie sagte:

»Sie waren polnische Juden. Meine Mutter hieß Margarita und mein Vater Tomasz Ejzenstain. Meine Mutter erschoss ...«

»... den Sturmbannführer Karl Treitz, ich weiß.«

»Aber es gab einen Polen, der den Sturmbannführer zu ihr gelockt hatte. Er hieß Piotr, mehr weiß ich leider nicht.«

Heinrich blickte durch das Glas auf den Flokati, er dachte, der Teppich müsse demnächst gereinigt werden, er blickte auf zu Lisa, die ihn immer noch ansah. Sie sagte:

»Vielleicht kann Ihr Vater mir helfen, vielleicht hat er ihn gekannt.«

Heinrich nickte, Gudrun beobachtete ihn jetzt, der kleine Michael hatte an Ben Gefallen gefunden, der Grimassen schnitt und ihn angrinste. Heinrich sagte:

»Und wenn Sie die Information haben, die Sie brauchen, was dann?«

»Dann werde ich versuchen, Piotr zu finden.«

»Und er?« Heinrich deutete mit dem Kopf auf Ben. Ben unterbrach sein Spiel und sagte:

»Wenn du es nicht willst, Heinrich, tue ich nichts.«

»Das sagst du so.«

»Wenn du mir nicht glaubst, kann ich natürlich nichts machen.«

Heinrich überlegte, er wollte keinen offenen Affront. Er sagte:

»Nicht, dass ich dir nicht glaube. Aber du bist ja nicht allein.«

Plötzlich sagte Gudrun:

»Es gibt noch mich, Heinrich, und ich schwöre dir, ich werde Vati vor Gericht bringen, und wenn ich ihn von der Polizei suchen lassen muss oder von Simon Wiesenthal. Und du kannst dieser Frau entweder jetzt helfen, damit sie vorher etwas über ihre Eltern erfährt, oder du lässt es sein.« Sie setzte ihm den kleinen Michael auf die Beine. Sie sagte:

»Du kannst dir überlegen, wie du vor deinem Sohn dastehen willst, wenn er einmal groß ist. Ich werde es ihm erzählen, darauf kannst du dich verlassen. Ich werde ihm sagen, Damals war dein Vater zu feige, lieber wollte er deinen mörderischen Großvater entkommen lassen, als dass er einer Waise geholfen hätte, ein wenig mehr über ihre ermordeten Eltern zu erfahren. Überleg es dir, Heinrich, du weißt, dass ich nicht daherrede.«

Sie schwieg und blickte ihn an. Sie hatte zu keinem Zeitpunkt wütend oder aufgebracht gewirkt. Nun saß sie neben ihrem Bruder, als hätte sie soeben davon gesprochen, wie süß sein kleiner Sohn sei. Lisa war überrascht, sie hätte nicht gedacht, dass diese scheue Frau eine solche Kraft entfalten konnte. Sie blickte zu Ben hinüber, doch er nahm sie nicht wahr, sein Blick hing an Gudrun.

Heinrich saß schweigend da. Er hielt Michael im Arm, Lena kam herein, sie brachte Kaffee und Tee auf einem Tablett. Wie eine Kellnerin stellte sie die Getränke vor ihren Besuchern ab. Als sie fertig war, erhob sie sich. Michael streckte seine kleinen Arme nach ihr aus, sie ging um den Tisch herum und hob ihn aus dem Schoß ihres Mannes. Dann sagte sie:

»Nun gib ihnen schon die Adresse, Heinrich!« Es klang, als wolle sie das Thema oder die Menschen oder die Gefühle, die im Raum hingen, oder alles zusammen endlich loswerden. Heinrich rührte sich nicht und blickte niemandem in die Augen, als er die Adresse aussprach. Lisa sagte:

»Danke«, doch sie sah Gudrun dabei an.

HUNDERTACHTZIG

»Ken?«

Lisa erkannte Annas Stimme. Sie sagte:

»Guten Morgen, Anna, ich hoffe, ich rufe nicht zu früh an.«

»Lisa! Was für eine schöne Überraschung! Nein, hier ist es doch schon eine Stunde später. Warum rufst du denn an? Geht es euch gut? Ist alles in Ordnung?«

»Ja, mach dir keine Sorgen, mit Shimon und mir ist alles gut, wir sind so glücklich, wie wir sein können.«

»Da bin ich aber erleichtert. Ich dachte schon ...«

»Nein, nein. Er bemüht sich sehr, er und Tom verstehen sich prima. Ich rufe dich wegen etwas anderem an, und ich weiß nicht so recht, wie ich es dir sagen soll.« Sie schwieg und heftete ihren Blick auf Esther Schwimmer, die vor ihr am Esstisch saß und sie gespannt ansah. Langsam sagte sie:

»Anna, wir haben jemanden gefunden, der ... von dem du einmal dachtest, er sei tot. Wir ... es ist ...« Sie hörte einen erschrockenen Laut vom anderen Ende der Leitung. Sie brach ab, sie wusste nicht, wie sie weitersprechen sollte. Plötzlich dachte sie, Was tue ich hier? Sie spürte einen jähen Schmerz in ihrer Brust. Sie sagte: »Anna, es tut mir so leid, ich hätte meinen Mund halten müssen, ich bin so dumm, ich ...«

Lisa hörte, dass sie weinte. Nach einer Weile sagte Anna leise: »Entschuldige, Lisa. Das muss ich erst einmal verdauen.«

»Natürlich. Aber ...« Sie schwieg, sie hatte das Gefühl, mit jedem Wort in einer Wunde zu wühlen. Sie sagte:

»Es gibt noch etwas.« Anna sagte nichts. Lisa atmete tief durch und fuhr fort:

»Wir sind zu ihm gegangen und haben geläutet, aber er öffnet die Tür nicht. Ich glaube, er hat Angst. Esther, sie ist eine Freundin hier aus München, hat vorgeschlagen, dass wir ihm auflauern und ihn überwältigen. Vielleicht hätte er das sogar verdient. Aber so weit möchte ich nicht gehen, ich will keine Gewalt anwenden. Ich käme mir selbst vor wie ... wie ein Nazi. Deshalb dachte ich ...« Lisa brach ab. Sie wagte es nicht, ihre Bitte auszusprechen. Sie hörte Annas Atem und ahnte, dass sie ihre Gedanken erraten hatte. Esther warf ihr einen fragenden Blick zu. Lisa hob die Schultern. Sie wartete. Anna sagte:

»Gut.« Sie schwieg, als überprüfe sie noch einmal ihre Entscheidung. Dann sagte sie: »Ich komme nach München.«

Anna saß am Telefon und starrte ins Nichts. Kein einziger Gedanke ging ihr durch den Kopf. Sie sah. Josef Ranzners Gesicht über ihr. Sie lag. Nackt auf dem Rücken, die Beine gespreizt. Josef Ranzners Schweiß, der von seinem Gesicht auf ihres tropft, Josef Ranzners Blick, der ihren Körper ausspäht, Josef Ranzners Hände, die ihre Arme halten, Josef Ranzners Bauch, der sich auf ihren Bauch legt, Josef Ranzners Geschlecht, das in ihr Geschlecht eindringt, Josef Ranzners Rhythmus, schnell und abgehackt, wie ein Trommelfeuer, als ob er durch sie hindurchstoßen und auf der anderen Seite wieder herauskommen will, Josef Ranzners Kiefermuskeln, die mahlen und mahlen, während seine Augen jede Regung ihres Gesichtes beobachten, weil Josef Ranzner aus jeder Regung noch mehr Erregung zieht. Josef Ranzners Orgasmus. Josef Ranzners Erschöpfung. Josef Ranzners Rückzug, seine kalte Schulter. Keine Erleichterung, nur Trauer, weil Josef Ranzner sie einfach so verlassen hat, die Vergewaltigung kommt nach dem Höhepunkt zu ihrem Höhepunkt, wenn Josef Ranzner grußlos geht, wenn die Tür ins Schloss fällt und Josef Ranzner sich wichtigeren Dingen zuwendet, während sie liegen bleibt, eine aufgerissene Frau, wertlos, missbraucht, weggeworfen, von den unteren Rängen noch einmal und noch einmal und noch einmal und noch einmal benutzt wie das einzige Taschentuch von armen Leuten, jetzt hat jeder einmal hineingeschnäuzt, jetzt kann man es endgültig fallen lassen, jetzt kann niemand es mehr benutzen, nicht einmal wir.

Anna stand auf. Sie schüttelte die Bilder ab. Sie dachte an Abba. Abba, der Rächer, Abba, der Einsichtige, Abba, der Held, Abba, der Verbrecher, Abba, der Dichter. Abba hatte alles gehabt. Sie hatte nur Vergessen und Erinnern, Lüge und Wahrheit.

Plötzlich hatte sie es eilig. Sie schrieb ihrer Tochter einen Brief und legte ihn auf den Küchentisch. Sie packte einen kleinen Koffer, sie rief ein Taxi. Sie saß mit dem Koffer in der Küche und wartete auf das Taxi. Als es läutete, nahm sie ihren Koffer und verließ die Wohnung.

Sie fuhr mit dem Taxi direkt zum Flughafen. Sie kaufte ein Flugticket der Lufthansa. Sie trank einen Kaffee, sie aß etwas.

Drei Stunden lang musste sie warten, doch die Zeit verging, ohne dass sie es wahrnahm. Sie saß am Gate und betrachtete die Menschen, die kamen und gingen, sie hörte ihre Stimmen, sie spürte die Gegenwart von noch mehr Menschen, die über ihr und unter ihr in Bewegung waren, sie nahm die Vibration des großen Gebäudes wahr, in dem sie sich befand. Der Raum in ihr verschmolz mit dem Raum, in dem sie saß. Als sie aufgefordert wurde, in das Flugzeug einzusteigen, tat sie es. Sie setzte sich auf ihren Platz am Fenster. Als das Flugzeug startete, fühlte sie seine ganze Schwere, die sich in die Luft wuchtete und höher und höher hinaufstieg, bis das Flugzeug das Land hinter sich ließ und Anna Stirnweiss über das Meer dorthin flog, wo sie herkam.

HUNDERTZWEIUNDACHTZIG

Es läutete. Er ging wie immer im Dunkeln zum Spion. Er erwartete, dass erneut die drei Frauen vor der Tür standen, von denen eine ohne jeden Zweifel Emmas Wiedergeburt war. Er würde sie sich auch diesmal gern im Spion anschauen, aber öffnen würde er selbstverständlich nicht, dazu war ihm die ganze Sache zu verdächtig. Am Ende steckte dieser junge Mann dahinter, der Vati gerufen hatte, der mit der Karl-Treitz-Maske.

Als er auf den Gang hinausspähte, sah er eine Frau dort stehen, die ihn ansah, als könne sie von außen durch den Spion direkt in seine

Augen schauen. Er fuhr zurück. Doch er musste erneut hindurch-spähen, denn diese Frau hatte etwas ausgelöst, das nicht mehr zu bremsen war.

Obwohl er sich sagte, Sie kann dich nicht sehen, war er auch beim zweiten Mal überzeugt, dass sie es dennoch tat. Ihr Blick ging so tief in seine Seele, tiefer, als alle Blicke es jemals vermocht hatten, tiefer, als er selbst hinabschauen konnte. Ohne dass er es bemerkte, formten seine Lippen lautlos ein Wort.

Anna.

Er schob die Kette aus der Schiene, er drehte den Knopf des Sicher-heitsschlosses zurück, so dass der Bolzen die Tür freigab, er drückte die Klinke herunter und öffnete langsam die Tür.

Langsam öffnete sich die Tür. Dann sah Anna Josef Ranzner in die Augen. Sein Gesicht war mit Falten übersät. Gudrun, die seitlich der Tür stand, schlug die Hand vor den Mund über den Zustand ihres Vaters. Gebeugt war er und klein und schmächtig geworden, Anna überragte ihn fast um einen Kopf. Sie sahen einander in die Augen, Josef Ranzner stand da und blickte erwartungsvoll und zutraulich wie ein Kind. Keine Furcht, keine Schuld, kein schlech-tes Gewissen, kein Trotz. Josef Ranzner sagte:

»Komm doch herein, Anna.« Seine Stimme klang dünn und brüchig. Er wandte sich schwerfällig und mit kleinen Schritten halb um, öff-nete die Tür noch weiter und bat sie mit einer Geste herein. Furcht blitzte in Anna auf wie ein grelles Licht, das sofort wieder erlosch. Was kann er mir schon tun? Sie nickte und trat ein. Gudrun, Lisa und Esther folgten ihr, Ranzner beachtete sie nicht.

Die Wohnung war sauber und ordentlich, das Mobiliar schlicht, aber gepflegt. Auf dem Wohnzimmertisch lag ein Fernglas, zwi-schen den Gardinen gab es einen breiten Spalt, dahinter lag eine Brache, hinter der Brache standen weitere Hochhäuser.

Ranzner sagte:

»Setz dich dahin, Anna.« Er wies auf einen kleinen, braunen Cord-sessel ohne Armlehnen. Anna setzte sich hinein. Ranzner blieb stehen, er sah sie lange an, sein Gesicht war friedlich. Er sagte: »Alles wird gut. Möchtest du etwas zu trinken?« Anna nickte, Ranzner ging an den drei anderen Frauen vorbei in die Küche und kam mit einem Glas Orangensaft zurück, stellte es vor Anna ab und setzte sich auf einen Stuhl ihr gegenüber. Der Tisch war nun zwischen ihnen, Ranzner saß höher als sie. Als Anna bewusst wurde, dass sie früher genau so vor ihm gesessen hatte, ging ein Frösteln durch sie hindurch.

»Na, was ist? Willst du nicht trinken?« Anna griff zu dem Glas und tat, als trinke sie. Ranzner lächelte sie an. Er sagte:

»Wo warst du denn?« Anna sagte:

»Ich habe den Blutfleck weggewischt.« Ranzner verstand nicht. Anna sagte:

»Vom Sturmbannführer Karl Treitz.« Ranzner verstand, er nickte, als wolle er Beifall spenden. Er sagte:

»Der arme Karl Treitz, ich habe ihn nie gefunden.« Anna verstand, was er meinte. Sie sagte:

»Wir müssen Piotr suchen.«

»Piotr?«

»Den Polen, der den Sturmbannführer in die Falle gelockt hat.«

»Ach, den, ja, ja, den müssen wir suchen. Aber warum denn, Anna?«

»Er weiß, wo der Sturmbannführer ist.«

»Wie soll er das wissen? Er ist doch nur ein Pole. Polen wissen gar nichts, sie sind dumm.«

»Ja, sie sind dumm, ich weiß.«

»Sagst du das jetzt nur, damit ich zufrieden bin, Anna?«

»Nein, ich weiß, dass sie dumm sind.«

»Woher denn?«

»Der Piotr hat mir verraten, wo der Sturmbannführer ist.«

»Das kann nicht sein, dann wüsstest du es ja.«

»Ich habe es vergessen.«

»Dann bist also du die Dumme.«

»Ja.«

»Jetzt willst du mir aber einen Bären aufbinden, Anna. Ich durchschaue dich, mir kannst du nichts vormachen.«

»Nein.«

»Nein, Obersturmbannführer.«

»Nein, Obersturmbannführer.«

»Das ist schon besser, Anna.« Er lächelte sie freundlich an. Er sagte:

»Trink.« Anna trank zögernd aus dem Glas. Sie wusste nicht, wie es weitergehen sollte, sie hatte das Gefühl, dass sie jeden Augenblick aufspringen und hinauslaufen würde. Sie riss sich zusammen, sie sagte:

»Vielleicht erinnern Sie sich ja einfach nicht mehr an den Nachnamen von Piotr und wollen deshalb nicht nach ihm suchen.« Ranzner zog erstaunt die Augenbrauen hoch, dann lächelte er sie an.

»Natürlich erinnere ich mich nicht mehr. Er war ja nur ein Polack, ein Kaminski.« Er lächelte immer noch. Anna starrte ihn an. Sie sagte:

»Ich muss jetzt gehen, Herr Ranzner.« Sie stand auf. Josef Ranzner erhob sich von seinem Stuhl, er kam auf sie zu. Er sagte:

»Ach, wie schade. Vielleicht kommst du ja bald wieder, dann unterhalten wir uns weiter. Es war so schön mit dir.«

Er gab ihr die Hand, seine Hand war weich und runzelig, sein Händedruck schwach. Anna strebte der Tür entgegen, Ranzner folgte ihr, sie gingen an den drei Frauen vorbei, die wie ein verstummter griechischer Chor dort gestanden und alles mit angesehen hatten und die jetzt hinter Ranzner zur Wohnungstür gingen, Gudrun mit tränenden Augen, Lisa schockiert, Esther kopfschüttelnd. Ranzner schien ihre Gegenwart zu ignorieren.

Als die Frauen draußen auf dem Gang standen, wandte Anna sich um und sagte:

»Erinnern Sie sich, dass Sie mich damals in Konin vergewaltigt haben, Herr Ranzner?« Ranzner nickte und lächelte freundlich, er sagte:

»Oh ja, das war unser Lieblingsspiel, nicht wahr, Anna, sehr schön war das immer. Aber heute kann ich nicht mehr so richtig. Nur noch mit dem Feldstecher schauen.« Er wirkte kurz ein wenig melancholisch, dann fasste er sich wieder und sagte:

»Wenn du unsere Kinder siehst, dann grüße sie von mir.« Gudrun konnte sich nicht mehr beherrschen, sie sagte:

»Vati, *ich* bin deine Tochter!« Josef Ranzner sah sie kurz an, als habe er ein Geräusch gehört, dann wanderte sein Blick zu Anna zurück und er sagte:

»Ich warte jeden Tag auf dich. Bis bald, Anna.« Er schloss die Tür und ließ die vier Frauen allein auf dem Gang zurück.

HUNDERTDREIUNDACHTZIG

Fünf Tage später starb Josef Ranzner in seinem Bett. Niemand war anwesend. Erst, als die Polizei in die Wohnung eindrang, um ihn wegen Simon Wiesenthals Anzeige festzunehmen, fand sie den Toten. Er sah aus, als sei er friedlich entschlafen.

HUNDERTVIERUNDACHTZIG

Zwei Tage vor dem neunten Geburtstag ihres Enkels kehrte Anna Stirnweiss nach Berlin zurück.

Im Hüttenweg 46 in Berlin-Dahlem stand auf einer Wiese und umgeben von Tannen und Buchen eine Kirch-Synagoge der US-Armee, ein weißes Gebäude, das man ohne den schlanken hohen Glockenturm auch für eine Turnhalle hätte halten können.

Am 2. September 1977, einem ungewöhnlich warmen Freitagmorgen, heiratete Lisa Kramer Shimon Sarfati. Sie hatten sich zunächst nicht auf einen gemeinsamen Nachnamen einigen können. Lisa wollte lieber Sarfati heißen. Shimon wollte endlich Peretz' Namen ablegen, aber vor dem deutschen ›Kramer‹ schreckte er zurück. Erst kurz vor der standesamtlichen Trauung im Rathaus Neukölln entschieden sie, der Vater solle denselben Nachnamen tragen wie sein Sohn.

Von Neukölln aus fuhr die Hochzeitsgesellschaft, Anna Stirnweiss, Marta Kramer, Peretz Sarfati, Lana Sarfati, Tobias Weiss und seine Begleiterin, Mosche und Selma Teichmann, die gesamte Familie Schwimmer mit Gudrun Kruse, die vier Musiker von Shimons Band mit ihren Instrumenten, einige seiner Freunde und Bekannten aus dem israelischen Generalkonsulat in West-Berlin, einige von Lisas Studienfreunden aus dem Historischen Seminar der Freien Universität, Toms beste Freunde mit deren Eltern und die neu gegründete Familie Kramer, nach Dahlem, um dort in der Kirch-Synagoge am Hüttenweg 46 die jüdische Hochzeitszeremonie abzuhalten.

Lisa trug keine umgemodelte Gardine, sie saß nicht im Freien umgeben von Trümmern, es war nicht nasskalt, nirgends patrouillierten Militärfahrzeuge, nirgends waren Flüchtlinge in Sicht, die darauf warteten, dass endlich etwas geschah mit ihren geretteten Leben. Und dennoch musste Anna, während der Rabbi seinen Text auf Hebräisch und Deutsch sprach, zu Peretz hinüberblicken, trafen sich ihre Augen, bat sie stumm um Vergebung und griff anschließend nach Lanas Hand, die neben ihrer Mutter saß und meinte, es sei wegen der Liebe, die doch noch gesiegt hatte.

Von Dahlem fuhren sie zum Schlachtensee, das war Lisas Idee gewesen, um dort zu schwimmen und den steifen Anlass übergehen zu lassen in eine schöne Freizeit.

HUNDERTSECHSUNDACHTZIG

Noch am See, während sie auf Decken saßen unter Schatten spendenden Laubbäumen und das mitgebrachte Picknick verzehrten, entspann sich eine Diskussion darüber, ob Josef Ranzner ›Kaminski‹ gesagt hatte, wie man ›Polack‹ sagt, oder ob es sich nicht doch um Piotrs Nachnamen handelte. Vielleicht war sogar beides der Fall.

Die Einzige, die fest davon überzeugt war, dass sie endlich etwas in der Hand hielt, war Lisa. Esther sagte, Du musst das natürlich glauben, du wolltest es schließlich finden. Anna sagte nichts, sie hatte ihre Zweifel. Der Gedanke an Josef Ranzner jagte ihr einen Schauer über den Rücken. Sie wurde das Gefühl nicht los, ihm mit ihrem Erscheinen seinen größten Wunsch erfüllt zu haben.

Gudrun schwieg, sie hatte Tom beobachtet, der mit seinen Freunden im Wasser spielte. Mitten in die Diskussion zwischen Esther und Lisa hinein sagte sie, Alles ist möglich, ohne den Blick von den Jungen abzuwenden.

Lisa nickte, wenn alles möglich war, dann musste sie es versuchen. Shimon hatte dieses Gespräch nicht mitbekommen, er war mit seinen Musikern hinausgeschwommen, Lisa sah sie recht weit entfernt, kleine schwarze Punkte mitten im blauen, glitzernden See. Sie beschloss, erst einmal nachzuforschen, bevor sie mit ihm darüber sprach. Sie warf ihrer Großmutter einen Blick zu. Die alte Frau saß neben Anna auf einem Klappstuhl und lächelte ihre Enkeltochter an und verriet nicht, was sie dachte, Kind, du hast doch alles, was willst du noch?

»Es gibt eine Möglichkeit, Shimon, warum sollte ich sie nicht wahrnehmen? Warum sollte ich nicht weitersuchen?«

»Was willst du denn finden? Höchstens einen alten Mann oder ein Grab, wenn überhaupt. Kaminski! Es gibt Millionen Kaminskis!«

Lisa schwieg. Sie konnte ihren Mann im Halbdunkel des Schlafzimmers kaum erkennen. Sie ließ sich in ihr Kissen zurücksinken und starrte an die Decke. Sie sagte:

»Was hast du dagegen, Shimon? Sag mir die Wahrheit!« Shimon schwieg eine Weile, dann sagte er:

»Du kommst mir allmählich genauso süchtig vor, wie ich es war. Du nimmst zwar keine Drogen, aber du kannst nicht ablassen von deiner Suche. Ich habe aufgehört, und das habe ich für uns getan. Aber du ...« Er brach ab.

Lisa schwieg erschrocken. Sie brauchte eine Zeit, bis sie einen klaren Gedanken fassen konnte. Dann sagte sie langsam:

»Shimon, das ist nicht fair. Ich bringe niemanden in Gefahr. Ich verlasse niemanden. Ich bin nicht unberechenbar. Und ich liebe dich kein bisschen weniger, nur weil ich auf der Suche nach diesem Mann bin.« Sie wandte sich ihm zu, stützte ihren Ellbogen auf und versuchte, Shimon in die Augen zu sehen. Sie sagte:

»Außerdem hast du es nicht für uns getan, sondern für dich. Es gibt keinen Pakt zwischen uns, Shimon. Genügt es dir nicht, dass wir uns lieben?«

Shimon schwieg, er hatte die Augen geschlossen. Lisa gab auf. Sie drehte sich auf die andere Seite, sie wollte schlafen.

Als sie schon fast so weit war, spürte sie Shimon, der dicht an sie heranrückte, seinen Arm um sie legte, seine Lippen ganz nah an ihr freies Ohr brachte und flüsterte:

»Es tut mir leid. Kann ich dir helfen bei deiner Suche?«

Avigur, Schaul (geb. 1899 in Dvinsk im heutigen Lettland; gest. 1979 in Israel), ursprünglich *Saul Meyeroff* oder *Saul Meirov*, war ein jüdischer Geheimdienstmitarbeiter und Politiker. Ab 1939 war er Kommandeur des Mossad le Alija Bet (Institution für Einwanderung B, wobei das ›B‹ für ›illegal‹ steht) und organisierte von Tel Aviv bzw. Paris aus die Flucht der europäischen Juden nach Palästina.[1]

Ben-Gurion, David, gebürtig *David Grün* (geb. 16. Oktober 1886 in Płońsk, Kongresspolen; gest. 1. Dezember 1973 in Tel HaSchomer, Israel), war der erste Premierminister Israels und einer der Gründer der sozialdemokratischen Arbeitspartei Israels. Er war Parteivorsitzender von 1948 bis 1963.[1]

Ben-Natan, Asher (geb. 15. Februar 1921 in Wien als *Artur Piernikarz*) war erster israelischer Botschafter in Deutschland. Als Jude musste er 1938 aus Wien fliehen, kehrte aber unmittelbar nach Kriegsende wieder nach Österreich zurück. Als Leiter der Brichah in Österreich half er zahlreichen Juden zur Emigration.[1]

Bevin, Ernest (geb. 9. März 1881 in Winsford, Somerset; gest. 14. April 1951 in London) war ein britischer Gewerkschaftsführer und Politiker (Labour Party). Er war Außenminister von 1945 bis 1951.[1]

Bidault, Georges-Augustin (geb. 5. Oktober 1899 in Moulins, Auvergne; gest. 27. Januar 1983 in Cambo-les-Bains) war ein französischer Politiker. Im Zweiten Weltkrieg war er aktives Mitglied der Résistance. Nach dem Krieg arbeitete er im Kabinett Félix Gouin der Provisorischen Regierung als Außenminister, bis ihn am 19. Juni 1946 die konstituierende Nationalversammlung zum Präsidenten der Provisorischen Regierung wählte. Er übernahm erneut das Außenministerium.[1]

Borsody, Eduard von (geb. 13. Juni 1898 in Wien; gest. 1. Januar 1970 ebenda) war ein österreichischer Kameramann, Cutter, Filmregisseur und Drehbuchautor ungarischer Herkunft.[1]

Checker, Chubby, bürgerlich *Ernest Evans* (geb. 3. Oktober 1941 in Spring Gulley, South Carolina), ist ein US-amerikanischer Rock 'n' Roll-Sänger.[1]

Dantziger, Samuel, 37 Jahre alt, Überlebender des Konzentrationslagers Auschwitz, wurde am 29. März 1946 in einem Displaced-Persons-Lager in Stuttgart während einer Razzia von einem deutschen Polizisten erschossen, nachdem er ihn als einen ehemaligen Lageraufseher aus Auschwitz erkannt hatte. Aufgrund dieses Vorfalls verbot die amerikanische Militärregierung deutschen Behörden das Betreten jüdischer DP-Camps.*

Dekel, Ephraim (ursprünglich *Ephraim Kresner*, geb. 1903 in Litin in der Ukraine; gest. 22. August 1982) kam 1921 nach Israel. Seit 1923 war er Mitglied des militärischen Geheimdienstes der jüdischen Untergrundarmee Haganah in Tel Aviv und später deren Chef. Von 1928 bis 1948 war Dekel außerdem Chef der Feuerwehr im britischen Mandat Palästina, die in Wahrheit eine Tarnorganisation der Haganah war. Ab 1946 war er von Prag aus der Europa-Kommandant der Brichah.[2]

Eleasar ben Juda ben Kalonymos (*Eleazar ben Jehuda meWorms*; geb. um 1176 in Mainz (unsicher); gest. 1238 in Worms) war ein deutscher Rabbiner, Autor und Kabbalist. Er verfasste u. a. *Rokeach* (»Salbenbereiter«), ein ethisches sowie halachisches Werk. Eleasar erlebte großes Leid während der Kreuzzüge. In der Nacht des 22. Kislev 1196 war er mit einem Kommentar zur Genesis beschäftigt, als zwei Kreuzritter in sein Haus eindrangen und seine Frau Dulcina, seine beiden Töchter Belat und Hannah und seinen Sohn Jacob töteten. Seine Frau hatte ein Geschäft mit Pergament-Rollen betrieben, um die Familie zu unterstützen und ihm die Möglichkeit zu geben, sich seinen Studien zu widmen. Ein großer Teil seiner liturgischen Dichtung protestiert gegen Israels Leiden und bringt Hoffnung auf Erlösung und Rache an den Peinigern zum Ausdruck.[1]

Frank, Erich, später Ephraim, Decknamen: Ernst Caro; Aroch. (geb. 4. März 1909 in Gelsenkirchen als Sohn von Emma und Herman Frank: gest. 17. März 1996 in einem Krankenhaus in Israel). Frank organisierte bis zur Wannsee-Konferenz 1942 die Auswanderung deutscher Juden in persönlichen Verhandlungen mit Adolf Eichmann. Er floh mit dem letzten Schiff die Donau hinab, gelangte über das Schwarze und das Mittelmeer nach Palästina. Nach dem Krieg kehrte er auf Bitten von David Ben-Gurion nach Europa zurück, um in München das Kommando der deutschen Brichah, der Fluchtorganisation der überlebenden europäischen Juden nach Palästina, zu übernehmen.**

Gehlen, Reinhard (geb. 3. April 1902 in Erfurt; gest. 8. Juni 1979 in Berg am Starnberger See) war Generalmajor der Wehrmacht, Leiter der Abteilung *Fremde Heere Ost (FHO)* des deutschen Generalstabs, Leiter der Organisation Gehlen und erster Präsident des deutschen Bundesnachrichtendienstes (BND).[1]

Haarer, Johanna, geborene **Barsch,** (geb. 3. Oktober 1900 in Tetschen; gest. 30. April 1988 in München) war eine österreichisch-deutsche Ärztin und Autorin von auflagenstarken Erziehungsratgebern (vor und nach 1945), die eng an die Ideologie des Nationalsozialismus angelehnt waren.[1]

Harrison, Earl Grant (geb. 27. April 1899; gest. 28. Juli 1955) war ein amerikanischer Anwalt, Akademiker und Beamter. Im Auftrag von US-Präsident Harry S. Truman bereiste er im Sommer 1945 einen Großteil der Displaced-Persons-Camps der amerikanischen Besatzungszone und fertigte den sogenannten Harrison-Bericht über die unzumutbaren Zustände an, die er dort vorgefunden hatte. Dabei lenkte er die Aufmerksamkeit der Regierung zum ersten Mal auf das besonders schwere Schicksal der jüdischen Heimatlosen. Dies führte dazu, dass die US-Armee als einzige der vier Besatzungsmächte DP-Camps einrichtete, die ausschließlich für Juden bestimmt waren und von ihnen selbst verwaltet wurden.[1]

Hönow, Günter (geb. 21. Oktober 1923 in Stahnsdorf bei Berlin; gest. 25. Januar 2001 in Berlin-Zehlendorf) war ein deutscher Architekt der Nachkriegsmoderne.[1]

Jakubowitz, Zwi (geb. ?; gest. 18. Juli 1947), fünfzehnjähriger Flüchtling auf der *President Warfield (Exodus)*, der bei der Enterung des Schiffes durch die britische Marine erschossen wurde. Außerdem fanden noch drei weitere Personen während des stundenlangen Übernahmekampfes den Tod: ein britischer Soldat, der Bootsmann William Bernstein und der Passagier Mordechai Boimsteing. Über hundert Menschen wurden zum Teil schwer verletzt.[1]

Klepper, Jochen (geb. 22. März 1903 in Beuthen an der Oder; gest. 11. Dezember 1942 in Berlin) war einer der bedeutendsten Dichter geistlicher Lieder des 20. Jahrhunderts. Am 28. März 1931 heiratete er die um 13 Jahre ältere jüdische Rechtsanwaltswitwe Johanna Stein. Sie brachte ihre Töchter Brigitte und Renate mit in die Ehe. Da Johanna und ihre beiden Töchter Jüdinnen waren, geriet die Familie nach Hitlers Machtübernahme zunehmend unter Druck. Am 18. Dezember 1938 ließ sich Johanna Klepper in der Martin-Luther-Gedächtniskirche in Berlin-Mariendorf taufen. Anschließend wurde das Ehepaar Klepper kirchlich getraut. Kleppers ältere Stieftochter, Brigitte, konnte kurz vor Kriegsausbruch über Schweden nach England ausreisen. Ende 1942 scheiterte die Ausreise der jüngsten Tochter ins rettende Ausland und ihre Deportation stand unmittelbar bevor. Überdies musste Klepper nach einer persönlich erteilten Auskunft des Reichsinnenministers Wilhelm Frick davon ausgehen, dass Mischehen zwangsweise geschieden werden sollten und damit auch seiner Frau die Deportation drohte. Die Familie nahm sich in der Nacht vom 10. auf den 11. Dezember 1942 durch Schlaftabletten und Gas gemeinsam das Leben.[1]

Köpcke, Karl-Heinz (geb. 29. September 1922 in Hamburg; gest. 27. September 1991 ebenda) war ein deutscher Nachrichtensprecher.[1]

Kovner, Abba (auch *Kowner*; geb. 14. März 1918 in Sewastopol; gest. 25. September 1987 im Kibbuz En haChoresch, Israel) war ein hebräischer Schriftsteller, Widerstandskämpfer und Partisanenführer.[1]

Leibowitz, Jeschajahu (auch *Yeshayahu*; geb. 29. Januar 1903 in Riga; gest. 18. August 1994 in Jerusalem) war ein israelischer Naturwissenschaftler und Religionsphilosoph.[1]

Leibowitz, Josef, (geboren in Litauen ?, gestorben ?) Überlebender des Holocaust. Während der Münchner Jahre von Ephraim Frank dessen rechte Hand.**

Levi, Primo (geb. 31. Juli 1919 in Turin; gest. 11. April 1987 ebenda) war ein italienischer Schriftsteller und Chemiker jüdischen Glaubens. Er ist vor allem bekannt für sein Werk als Zeuge und Überlebender des Holocaust. In seinem autobiographischen Bericht *Ist das ein Mensch?* hat er seine Erfahrungen im KZ Auschwitz festgehalten.[1]

McNarney, Joseph Taggart (geb. 28. August 1893 in Emporium, Pennsylvania; gest. 1. Februar 1972 in La Jolla) war ein hochrangiger Offizier der Vereinigten Staaten. Zwischen November 1945 und Januar 1947 war er amerikanischer Oberkommandierender in Europa und Militärgouverneur der amerikanischen Besatzungszone in Deutschland.[1]

Mühsam, Erich Kurt (geb. 6. April 1878 in Berlin; gest. 10. Juli 1934 im KZ Oranienburg) war ein anarchistischer deutscher Schriftsteller, Publizist und Antimilitarist. Als politischer Aktivist war er maßgeblich an der Ausrufung der Münchner Räterepublik beteiligt, wofür er zu 15 Jahren Festungshaft verurteilt wurde, aus der er nach fünf Jahren im Rahmen einer Amnestie freikam. In der Weimarer Republik setzte er sich in der Roten

Hilfe für die Freilassung politischer Gefangener ein. In der Nacht des Reichstagsbrandes wurde er von den Nationalsozialisten verhaftet und am 10. Juli 1934 von der SS-Wachmannschaft des Konzentrationslagers Oranienburg ermordet.[1]

Nehlhans, Erich (geb. 12. Februar 1899 in Berlin; gest. 15. Februar 1950 in der Sowjetunion) war nach Ende des Zweiten Weltkriegs zusammen mit Hans Münzer, Leo Hirsch, Leo Löwenstein, Fritz Katten und Hans Erich Fabian Mitbegründer und zeitweise Vorsitzender der Jüdischen Gemeinde zu Berlin.[1]

Primann, Mordechai, ursprünglich *Friedman*, (geb. 2. Mai 1932 in Jerusalem) war seit den fünfziger Jahren einer der Sprecher des Radiosenders ›Kol Israel‹ (Stimme Israels). Aufgrund seiner angenehmen Stimme erfreute er sich großer Beliebtheit. Später unterrichtete er am Liphshitz College in Jerusalem. Er hat zwei Töchter, einen Sohn, sechzehn Enkel und fünf Urenkel.[2]

Riesenburger, Martin (geb. 14. Mai 1896 in Berlin; gest. 14. April 1965 ebenda) war ein deutscher Rabbiner.[1]

Rudolph, Wilma (*Wilma Glodean Rudolph*; geb. 23. Juni 1940 in Saint Bethlehem, Tennessee; gest. 12. November 1994 in Brentwood, Tennessee) war eine US-amerikanische Leichtathletin und Olympiasiegerin. Ihre Leistungen brachten ihr den Namen »Schwarze Gazelle« ein.[1]

Truman, Harry S. (geb. 8. Mai 1884 in Lamar, Missouri; gest. 26. Dezember 1972 in Kansas City, Missouri) war ein US-amerikanischer Politiker der Demokratischen Partei und von 1945 bis 1953 der 33. Präsident der Vereinigten Staaten von Amerika.[1]

Wessel, Gerhard (geb. 24. Dezember 1913 in Neumünster; gest. 28. Juli 2002 in Pullach) war vom 1. Mai 1968 bis zum 31. Dezember 1978 Präsident des Bundesnachrichtendienstes und Generalleutnant a. D.

Zameret, Shmaria (geb. 17. Oktober 1910 in Babrujsk, Weißrussland; gest. 26. August 1964 in Beit Hashita), Deckname ›Rudi Siegelbaum‹. Zameret arbeitete vom Beginn des Zweiten Weltkriegs an für den Mossad Le Alija Beth in Frankreich, Griechenland, der Schweiz, Belgien und anderen Ländern. Später Ephraim Franks Kontaktperson in Frankreich.***

Zeve, Sally, litauischer Jude (geboren 1910 in Kaunas, Litauen; gestorben?), Holocaust-Überlebender. Zwischen Dezember 1945 und bis zu seiner Verurteilung durch ein amerikanisches Militärgericht im Juli 1948 Mitinhaber der Bavarian Truck Company in München, Barer Straße 27 (Baracke an der Alten Pinakothek).**** Nach Shlomo Kless, der selbst als Gesandter aus Palästina für die Brichah arbeitete, diente die Bavarian Truck Company in Wahrheit der Bereitstellung von Lastwagen zum heimlichen Transport der Juden aus Deutschland.*****

[1] **Quelle:** Wikipedia in deutscher und englischer Sprache.

[2] **Quelle:** Wikipedia in hebräischer Sprache.

* **Quelle:** J. I. Fishbein: »End Our Help To The Nazis«, in: The Sentinel. 18.4.1946, vol. 143, no. 3.

** **Quellen:** Dekel, Ephraim: B'Riha. Flight To The Homeland. New York (Herzl Press) 1959; Zertal, Idith: From Catastrophe To Power. Holocaust Survivors And The Emergence Of Israel. Berkeley e. a. (University of California Press) 1998; Yad Vashem: Archival Signature 0.1/221; Frank, Ephraim: »Memories Of My Life.« 1993, Privat.

*** **Quelle:** www.beithashita.org.il/apage/13959.php (Website des Kibbuz).

**** **Quelle:** NARA: Records of United States Occupation Headquarters, World War II (Record Group 260), entry (A1) 647: Office of Military Government, Bavaria (OMGBY); Land Director; Records of the Deputy Director Land Commissioner, 1947–1949, box 293, folder: T Transportation.

***** **Shlomo Kless:** Be-Derekh Lo Slula: Toldot ha-Berihah, 1944–1948 [On An Unpaved Path. The History Of The Brichah 1944–1948]. Giv'at Havivah (Moreshet) 1994, S. 258.

Stephen Uhly

Adams Fuge

Roman

256 Seiten, btb 74361

**Agent wider Willen in einem ironisch komponierten Spiel
mit Identität und Integration, Schuld, Urteil und Vorurteil**

Adem Öztürks Aufwachsen verläuft nicht unter den
alleridealsten Umständen. Seine deutsche Mutter läuft vor
dem immer fanatischer werdenden türkischen Vater davon,
der an dem schmächtigen, schwachen Sohn keine rechte
Freude hat. Aber beim Militärdienst in der Türkei hat Adem
Glück, als er aus Versehen einen hochrangigen kurdischen
Soldaten erschießt. Er wird belobigt und soll in Deutschland
einen Neonazi jagen. Aber in diesem Roman ist nichts, was
es scheint. Der Kurde war ein Doppelagent, der Nazi entpuppt
sich als V-Mann des BND (»viel rechtsradikaler als die
wahren Rechtsradikalen«), die – vielen – Toten nehmen
munter am weiteren Romangeschehen teil. Und wer, ja wer
ist eigentlich Adem?

»Ein schneller, amüsanter hinterrücks intelligenter Roman.

FAZ

btb

Stephen Uhly

Mein Leben in Aspik

Roman

272 Seiten, btb 74347

Der schärfste Familienroman des Jahres …

Die Großmutter schmiedet Mordpläne und erzählt diese,
verpackt als Gute-Nacht-Geschichte, ihrem Enkel. Als der
Großvater Jahre später tatsächlich stirbt, erfährt der Enkel,
dass der Verstorbene gar nicht sein leiblicher Opa war und
dass sein Vater einst seine Mutter mit seiner Großmutter
betrog und die Frucht dieser Liaison seine Halbschwester ist,
mit der er eine Affäre beginnt, obwohl sie eine Liebschaft zu
ihrem eigenen Vater pflegt, was den Enkel wiederum nicht
davon abhält, seine Großmutter zu schwängern, die das Kind
später als das Kind ihres neuen Liebhabers ausgibt. Alles bleibt
in der Familie …

»Ein fulminantes Debüt.«
Florian Illies, Die Zeit

btb

Stephen Uhly

Glückskind

Roman

288 Seiten, btb 74612

**»Dieser Roman … eröffnet ein ganzes Universum!
Ein berührendes, ein grandioses Leseerlebnis!«**
Egon Ammann

Deutschland 2012. »Warum war ich überhaupt so, wie ich
war?«, fragt sich Hans D. Jahrelang hatte er keine Fragen
mehr. Im Gegenteil, er war kurz davor, fraglos aufzugeben.
Und dann? Dann bringt er den Müll hinunter, geht zu den
Tonnen, findet im Müll ein Kind. Es beginnt ein berührender
Prozess über die Entscheidung, was geschehen muss. Das Kind
behalten, es verbergen? Und die Mutter? Eine Mordanklage
zulassen, wider besseres Wissen? Was ist gerecht? Wie
handeln? Am Ende der Geschichte sind die Dinge neu
geordnet. Ein Kind wird überlebt haben, und mit Hans D.
werden wir wissen, dass Liebe der Schlüssel ist für Erkenntnis,
Veränderung, ein gutes Leben.

»Das Buch ist wahrlich ein Glücksfall - auch für den Leser.«
Andrea Steiler, Münchner Merkur

btb